4

W0066851

Verlangen nach Drachen

Verena Roßbacher

Verlangen nach Drachen

Roman

Kiepenheuer & Witsch

FSC

Mix

Produktgruppe aus vorbildlich
bewirtschafteten Wäldern und
anderen kontrollierten Herkünften

Zert.-Nr. SGS-COC-1940
www.fsc.org
© 1996 Forest Stewardship Council

Verlag Kiepenheuer & Witsch, FSC-DEU-0096

1. Auflage 2009

Umschlaggestaltung: Tom Ising für Herburg Weiland
Umschlagmotiv: © Hans Strand/Getty Images
Autorenfoto: © Sarah Schlatter
Gesetzt aus der Bembo
Satz: Pinkuin Satz und Datentechnik, Berlin
Druck und Bindearbeiten: GGP Media GmbH, Pößneck
ISBN 978-3-462-04097-5

Serpens, nisi ederit serpentem draco non generetur.
(Eine Schlange, die noch keine andere gefressen hat,
wird kein Drache.)

Inhalt

1.

Grün.
Die Verwandlung.

Er schaute. Sah, wie sein Gesicht sich ausdehnte und in einen Drachenkopf verwandelte, zarte Feuerblasen beim Ausatmen, die Augen ganz schwarz. Er schaute genau, schaute.

Roth klopfte vorsichtig das Holz ab, lauschte. Er fuhr mit der Hand über den Geigenkörper. Er schaute aus dem Fenster, im Baum hing eine azurblaue Plastiktüte schlaff in der Sonne, er legte den Kopf schief, Nanu, auf der Plastiktüte stand Nanu. Er holte sein Telefon hervor, tippte eine Nummer ein.

Hallo, ich bin's. – Jetzt schon? Er warf einen Blick auf die Uhr. – Stimmt, ist schon Mittag. Was gibt's denn Schönes? – Da wird sich der Basti aber freuen, heimlich natürlich, wie es so seine Art ist. – Ich halte dich auch nicht lange auf, ich wollte nur fragen, ob Klara bei dir ist. – Nicht. Und weißt du, wo sie sein könnte? Wir waren verabredet. Er setzte sich auf das Fensterbrett, schaute hinüber zur Geige auf dem Tisch. – Auch nicht. – So, hat sie das? Und warum weiß ich das nicht? – Und wie heißt er, wenn ich fragen darf? – Wieso weißt du das nicht, sie ist immerhin deine Tochter. – Vermutlich vertraut sie dir nicht, ist ja auch kein Wunder. – Warum beleidigend, das ist doch offensichtlich. – Komm Lissi, mach dir nichts vor, jede normale Tochter würde, hätte sie eine normale Mutter, mit ihr über diese Dinge sprechen. – Natürlich nicht, du hast sie im Stich gelassen, keine normale Mutter würde das tun. – Ja, jajaja, immer wenn man die Sachen auf den Punkt bringt, wird es dir zu bunt, das ist ja nichts Neues, das kennen – Hallo?

Er schaute auf das Display, legte das Telefon weg. Er betrachtete die Geige, schaute aus dem Fenster. Nanu.

Roth öffnete die Tür.

Geschlossen!

Er ließ sie hinter sich zufallen, legte den Mantel ab und hängte ihn über den Garderobenständer.

Geschlossen, Roth hörte ihn aus der Küche rufen.

Jajaja, er ließ sich auf einen Stuhl fallen, lockerte den obersten Knopf des Hemdkragens und zog die Speisekarte näher heran, studierte sie.

Die Schwingtür flog auf, Neugröschl stürmte ins Lokal, ein Fleischmesser in der Hand, es ist geschlossen, er schaute wild in die Runde.

Tankrad, ich bin's, Roth hob zwei Finger zum Gruß, er schob die Speisekarte über den Tisch, ich nehm eine Eierspeis.

Neugröschl war in zwei Schritten beim Tisch, nagelte die Speisekarte mit einem gekonnten Hieb unter dem Messer fest. Geschlossen, rief er, auch für dich.

Zu früh für Eierspeis? Zu spät für Eierspeis? Na gut, dann nur einen Kaffee.

Neugröschl zog mit einem Ruck das Messer aus dem Tisch, hielt es Roth unters Kinn und hob seinen Kopf damit ein Stück hoch, er schaute ihm in die Augen. Roth, sagte er leise, ich warne dich, ich hab heut nicht meinen Tag, pack dein Zeug und schau, dass du weiterkommst.

Tankrad, sagte Roth bedächtig, er faltete die Hände vor sich auf dem Tisch, dieses hier ist eine Speisegaststätte, heute ist kein Ruhetag, kein Betriebsurlaub, kein Todesfall, man kann nicht als Wirt einfach mir nichts, dir nichts sein Lokal zusperren, wo kämen wir denn da hin. Ich habe Hunger.

Neugröschl holte aus, schleuderte das Messer quer durchs Lokal, es blieb in der Holzverkleidung stecken, zitterte noch lange nach. Dann geh hinüber in den *Elefanten*, er warf sich auf einen Stuhl, langte Roth in die Hemdtasche und nahm sich eine Zigarette aus der Packung. Ich darf doch.

Er wedelte das Streichholz aus, tat ein paar Züge, im *Elefanten* drüben kannst du Eierspeisen essen bis zum Speiben, noch dazu gibt's dort heute Hendln. Ich weiß nicht, warum du hier herinnen hockst und mir die Zeit stiehlst. Im Übrigen ist heute geschlossen.

Die Tür war offen.

Weil ich vergessen hab abzusperren, schrie Neugröschl, er hieb mit der Faust auf den Tisch.

Roth ging hinüber zur Theke, stellte eine Tasse unter die Espressomaschine und ließ sich einen Kaffee heraus. Die Tür zur Küche schwang auf, Getrappel. Wie geht's, Frufru, Roth wartete, bis die Maschine sich ausschaltete, neue Erkenntnisse in der Sinnsuche? Frufru schleppte seine Ohren über den Parkett, setzte sich neben Neugröschl auf den Boden.

Wie auch immer, sagte Roth, kramte in den Schubladen, öffnete die Schränke. Er zog eine Keksdose von irgendwoher. Er holte zwei staubige Linzeraugen heraus, legte sie neben den Löffel auf die Untertasse, ich habe ein Problem. Er setzte sich wieder an den Tisch, schüttete Zucker in die Tasse, rührte um.

Neugröschl drückte die Zigarette aus, fuhr sich mit den Händen übers Gesicht, das ist ja mal was ganz Neues. Probleme hab ich übrigens für zwei.

Roth trank einen Schluck Kaffee, stippte mit dem Finger die Zuckerkrümel zusammen, ich glaube, ich muss mir eine neue Identität suchen.

Was heißt da neu, Neugröschl steckte sich eine weitere

Zigarette an, die Tür öffnete sich, ein Mann erschien auf der Schwelle, tat einen Schritt, geschlossen, rief Neugröschl, der Mann zögerte einen Moment, warf einen Blick auf Roth, zog die Tür wieder ins Schloss. Sie sahen zu, wie er an den Fenstern draußen vorbeiging, verschwand.

Wenn ich du wär, Neugröschl sog den Rauch ein, würd ich mir überhaupt mal eine Identität zulegen, du bist ja eher einer von denen, bei denen man schon beim Anschauen vergisst, wie sie ausschauen, er warf das Streichholz neben sich auf den Parkett.

Ich brauche einen neuen Namen, Roth hob die Hand, streckte den Daumen hoch, den Zeigefinger, zählte, einen anderen Beruf, am besten eine neue Adresse und eine andere Vergangenheit. Er hielt Neugröschl den kleinen Finger hin, eine ganz andere Vergangenheit.

Ich seh das Problem nicht, Neugröschl schob seine Hand weg, heißt du halt von jetzt an Grün statt Roth, Beruf, mein Gott, Berufe gibt's genug, ich zum Beispiel suche dringend einen Beikoch, wohnen kannst in der Frau Sperber ihrer Wohnung, die ist vorgestern tot umgfalln beim Blumengießen, und Vergangenheit, was braucht der Mensch eine Vergangenheit. Geschlossen, rief er, die Frau draußen vor der Tür nahm die Hand wieder von der Klinke, warf einen Blick auf die Öffnungszeiten. Sie öffnete die Tür.

Geschlossen, sagte Neugröschl.

Draußen steht aber –

Kann schon sein. Ist trotzdem geschlossen.

Aber –

Gehen Sie rüber in den *Elefanten*, da gibt's heute Backhendln.

Ich esse doch gar kein Fleisch.

Fangen Sie halt heute damit an. Hier ist jedenfalls geschlossen.

Die Frau ging zur Tür, ich finde das eine Frechheit.

Ich auch, Neugröschl zündete sich eine Zigarette an, eine bodenlose Frechheit.

Sie warf die Tür hinter sich ins Schloss, die Gardinenstange krachte zu Boden. Sie schauten zu, wie sie die Straße überquerte und im *Elefanten* verschwand. Frufru betrachtete Neugröschl, machte einen irritierend langsamen Satz und landete auf dem Sessel neben ihm. Er schaute über den Tisch zu Roth, Neugröschl, legte den Kopf vorsichtig seitlich auf die Tischplatte.

Was heißt du suchst einen Beikoch, Roth nahm sich ebenfalls eine Zigarette aus der Packung, Neugröschl hielt ihm ein Zündholz hin, Roth paffte ein paar Mal, lehnte sich zurück.

Was heißt, was heißt du suchst einen Beikoch, das ist doch nicht so schwer zu verstehen. Ich such halt einen Beikoch. Kannst gleich anfangen.

Ich kann überhaupt nicht kochen.

Wurscht, dann kümmerst dich halt um die Suppen. So wie's in meiner Küch aussieht, bist eh erst mal damit beschäftigt, Land zu sichten.

Was ist überhaupt mit deinem Beikoch, du hast doch einen Beikoch, was ist denn mit dem Sterzinger.

Nix. Ich will jetzt auch nicht über den Sterzinger reden. Reden wir von dir. Wieso willst auf einmal bei mir die Suppen umrühren, du hast doch was, du bist doch wer.

War, Roth ließ den Kaffeerest in der Tasse kreisen, trank ihn aus, das ist ein einziges Fiasko.

Ein Paar kam zur Tür herein, stieg über die Gardinenstange. Der Mann half seiner Frau aus dem Mantel, sie strebten einem Tisch zu.

Geschlossen, Neugröschl ging hinter die Theke, kam mit einer Flasche und zwei kleinen Gläsern wieder.

Und wieso sitzt er hier, der Mann deutete auf Roth.

Frufru drehte den Kopf, schloss die Augen.

Das ist niemand, Neugröschl zog den Korken aus der Flasche, schenkte die beiden Gläser voll.

Wir auch, der Mann zog seiner Frau den Stuhl vor, wir sind auch niemand.

Neugröschl schob den Stuhl zurück unter den Tisch, niemand wird hier nicht bedient, sagte er, geschlossen.

Und warum wird er bedient, der Mann deutete auf Roth.

Er wird nicht bedient, niemand wird hier nicht bedient, er wird hier nur ausgehalten.

Wer jetzt?

Niemand. Raus, aber plötzlich, schauen Sie, dass Sie weiterkommen.

Der Mann half seiner Frau in den Mantel, immerhin ist das hier ein Speiselokal.

Nein, das ist eine Autowerkstatt. Wiederschaun.

Sie schauten zu, wie das Paar die Straßenseite wechselte, einen Blick auf die Fassade warf.

Fiasko, ich denke, du hast dich neuerdings auf Geigenbau spezialisiert, Neugröschl hob das Glas, sie prosteten sich zu. Frufru lupfte ein Augenlid, spähte hervor.

Roth leerte das Glas. Geigenbau, Geigenbau ist ein bisschen viel gesagt. Er tupfte sich mit dem Tischtuch den Mund ab. Weißt du, was eine Stradivari ist, fragte er, er schaute zu, wie Neugröschl das Glas wieder auffüllte.

Der Rolls-Royce unter den Geigen? Neugröschl klemmte sich die Zigarette in den Mundwinkel, lehnte sich zurück und streckte die Beine aus.

Roth nickte, so ungefähr. Und weißt du, was eine Guadagnini ist?

Lamborghini?

Roth nickte. Was wäre, nur einmal angenommen, du wärst eine Autowerkstatt und einer bringt dir seinen Rolls-Royce zum Ölwechsel vorbei. Du schüttest, nur hypothetisch, du schüttest statt Motoröl zum Beispiel einen Ätzstoff hinein, irgendwas unglaublich Ätzendes, ich kenne mich damit jetzt nicht so aus, auf jeden Fall ätzt es dir nicht nur den Öltank des Autos weg, nein, es ätzt dir das ganze Auto weg. Am nächsten Morgen, der Vorherige kommt und will seinen Wagen abholen, und da steht nur noch das Gerippe.

Wieso, sagte Neugröschl langsam, wieso hat es eigentlich nicht schon den Kanister, in dem der Ätzstoff drin war, weggeätzt?

Das ist doch nur rein hypothetisch. Tatsache ist, der Rolls-Royce ist hin. Und ein Lamborghini.

Neugröschl kniff ein Auge zu. Du hast eine Stradivari zur Sau gemacht?

Aber so richtig. Roth nickte betrübt. Nicht zu vergessen den Lamborghini.

Ratzekahl weg?

Bis auf die Saiten. Die mochte er nicht.

Er?

Genau. In der Schweiz haben sie damit phänomenale Erfolge erzielt, die forschen da schon seit geraumer Zeit mit den verschiedensten Arten und Unterarten –

Es gibt auch Unterarten?

Eben. Das ist alles sehr kompliziert, aber ich habe so meine Informanten, sie sitzen quasi mittendrin, mitten zwischen Arten und Unarten, Assistenten sind ja so schlecht bezahlt, auch in der Schweiz, Tankrad, denk nicht, Assistent in der Schweiz sein wär ein Honigschlecken, die sind immer froh um ein Zubrot, um eine Scheibe Wurst auf die Semmel, ich krieg die Informationen, sie die Wurst. In St. Gallen sitzt dieser Spezialist, sitzt da am Rosenberg inmitten seiner hungrigen Assistenten, der verdient sich einen goldenen Hintern damit, zu dem kommen die Musiker von weit her, damit er denen ihre Instrumente wieder auf Vordermann bringt, der züchtete den –

Wen jetzt?

Schizophyllum commune, sagte Roth, der Gemeine Spaltblättling, er gehört zu der Gruppe der Moderfäule-Erreger.

Ein Pilz, stellte Neugröschl fest, ein hundsgewöhnlicher
Pilz. Siehst du. Mit meinem Schwammerlgulasch wär dir das
nicht passiert, morgen bist du gebucht.

Ich glaube, Roth schüttete den Schnaps in sich hinein,
wenn ich da zwei Tage lang bei dir die Suppe anschaue, ex-
plodiert wahrscheinlich die Küche. Irgendwas in der Art.

Wahrscheinlich. Neugröschl nickte ein bisschen, wahrscheinlich hast du recht.

Ich habe einfach kein Glück.

Stimmt.

Dabei sind meine Ideen phantastisch.

Absolut.

Ich erinnere dich an die groß angelegte Eberzucht zur Iso-
lierung ihres Androstenols, der Duftstoff, den paarungswil-
lige Eber absondern, um bei den Weibchen eine Duldungsstarre auszulösen.

Ich erinnere mich. Irgendwas war schiefgelaufen.

Genau. Ich weiß eigentlich bis heute nicht, was. Nur, dass
ich von der Feuerwehr des Öfteren von den unmöglichsten
Orten abtransportiert werden musste. Konnte keinen Schritt
mehr tun. *Duldungsstarre.* Es war schrecklich.

Schrecklich. Dann die Sache mit den Klavieren.

Ich hätte sie beinah vergessen, gut, dass du mich daran
erinnerst.

Du hast, waren es sieben, acht? Acht Klaviere auseinandergenommen.

Ich weiß.

Nicht wieder zusammenbauen können.

Roth seufzte, ich weiß.

Wegen des fehlenden Ergänzungstons.

Wegen des fehlenden Ergänzungstons.

Du hast das Klavier auseinandergenommen, wolltest den fehlenden Ergänzungston finden, der die Verstimmung wieder zum Einklang mit den Schöpfungsharmonien bringen soll. So standst in der Zeitung. Ein schöner Artikel. Fast poetisch. Der fehlende Ergänzungston.

Proslambanomenon, Roth nickte vor sich hin, der fehlende Ergänzungston. Hab ihn nicht gefunden.

Nein, Neugröschl schüttelte ebenfalls den Kopf, leider nein. Acht Klavicre. Fertiggemacht. Und eine Identität. Wie hießest du damals?

Prohaska.

Prohaska, richtig. Wie kamen wir damals eigentlich auf Prohaska?

Weiß ich nicht mehr. War irgendwas Unsauberes.

Auch egal. Aber die Idee war gut. Mit dem Ergänzungston, mein ich.

Absolut.

Und jetzt das. Wie kommt eigentlich der Spaltblättling in den Rolls-Royce, was sucht der Pilz in der Geige.

Ich habe ihn hineingesetzt.

Ach so.

Dachte, er würde bei Dissonanzen im Instrument Abhilfe schaffen.

Alles klar.

Roth haute mit der Faust auf den Tisch, das ist gar nicht so abwegig, schrie er, die Tür öffnete sich, geschlossen, verdammt noch mal! Der Herr zog hastig die Tür wieder ins Schloss, eilte davon. Roth wischte mit der flachen Hand über den verschütteten Schnaps.

Das war der Hrdlicka, sagte Neugröschl, schaute, wie der Mann um die nächste Häuserecke rannte.

Hrdlicka war das? Roth hob den Kopf, ein netter Mensch eigentlich. Und so still immer.

Still, das hast du schön gesagt. Das haben die Taubstummen halt so an sich. Aber wer dich toben sieht, braucht eigentlich gar keine Ohren.

Dass eine minimale Verminderung der Holzdichte, nahm Roth den Faden wieder auf, die Geige besser schwingen lässt jedenfalls, ist kein Geheimnis, die akustischen Wellen können sich dann besser ausbreiten, das weiß jeder Idiot.

Minimale Verminderung, Neugröschl zog das Geschirrtuch aus dem Gürtel, warf es Roth zu.

Jajaja. Der Pilz war einfach zu verfressen, das kann ich doch nicht wissen. Kenne ich mich aus mit Pilzen? Ich erkenne nicht einmal einen Champignon, wenn er mir auf der Wiese entgegenkommt. Ich dachte, so ein Pilz ist eher gemütlich unterwegs.

Und das probierst du dann einfach schnell einmal an zwei Supergeigen aus.

Hoch gepokert, viel gewonnen, Roth grinste, er hatte den Schnaps aufgewischt, knüllte das feuchte Tuch zusammen und warf es hinter die Theke.

Anstatt dass du dir eine blöde Schülergeige nimmst, zum Probieren, Neugröschl legte die Hand auf Frufrus Kopf, streichelte.

Schülergeige, Roth winkte ab, eine Schülergeige kann durch die schiere Vernichtung nur gewinnen, da hab ich nichts gekonnt, mit einer Schülergeige. Der Spezialist in St. Gallen wirtschaftet sicher nicht mit einer Schülergeige herum, das hat der gar nicht nötig, zu dem kommen die ganz Großen, die Anne-Sophie zum Beispiel. Yehudi.

Yehudi ist tot.

Wie auch immer, die Anne-Sophie lebt. Lebt und geigt. Schöner denn je. Dank dem St. Galler mit dem goldenen Hintern. Er muss über spezielle Spezialkulturen verfügen. Spezialisten haben immer spezielle Spezialkulturen. Da gibt's kein Rankommen. Sitzt vermutlich drauf.

Mit dem goldenen Hintern, sagte Neugröschl hilfreich.

Genau. Auch egal. Jedenfalls ist mir jetzt die zündende Idee gekommen, wie man das Problem der verstimmten Geigen löst, der Pilz, der gemeine Spaltungsirre, Schizophyllum commune, war eine viel zu grobe Verfahrensweise, viel zu grob. Das weiß der Spezialist nur noch nicht. Jetzt akupunktiere ich.

Du akupunktierst. Ins Hirn?

Blödmann, die Geigen natürlich. Bohre kleine Löcher hinein. Das wirkt.

Da bin ich völlig überzeugt davon.

Glaub, was du willst. Roth biss krachend in eines der Linzeraugen, hielt sich den Kiefer. Er schaute den unversehrten Keks an, dass du nicht schon lange die Gesundenpolizei auf dem Hals hast, ist eigentlich ein Skandal, die Kekse hier haben praktisch schon Antikwert. Aus welcher Zeit stammen die denn?

Müssen noch von der Mehlspeisenberta sein, die backte anständige Linzeraugen. Wo hast denn die her?

Roth deutete zur Theke, Mehlspeisenberta, war das nicht die Vorgängerin von der Mehlspeisenwetti, die die Vorgängerin von der Mehlspeisensusi war? Sozusagen das Mittelalter des Neugröschls. Er schob die beiden Kekse über den Tisch zu Frufru, der Hund schnappte mit weichen Lippen einen der Kekse, begann zu lutschen, schloss die Augen.

Sag lieber Steinzeit, die Mehlspeisenberta liegt schon längst einen Meter tiefer.

Wann gedenkst du eigentlich dein Lokal wieder einmal in Betrieb zu nehmen?

Wenn ich einen neuen Beikoch hab. Wenn ich jemanden für die Mehlspeisen hab. Wenn ich einen fürs Kellnern hab, wenn ich jemanden fürs Oberkellnern hab. Wenn ich einen neuen Lehrling hab und zwei neue Gehilfen in der Küche. Zwei Kellner, ich brauche zwei Kellner. Und den Oberkellner.

Darf ich fragen, wo der Beikoch Sterzinger, die Mehlspei-sensusi, Anna und Hermine, Oberkellner Johann, Bubi der Lehrling und die beiden Gehilfen abgeblieben sind? Poldi und Woldi oder wie sie hießen, Humpty und Dumpty. In Luft aufgelöst?

Poldi und Woldi, so heißt kein Mensch. Hubi und Didi hießen die. Aber in Luft aufgelöst ist gar nicht so falsch. Sieht ganz so aus.

Du hast sie vergrault. Du hast sie alle rausgeworfen.

Sie hatten einen schlechten Charakter.

Alle.

Alle.

Ich verstehe. Roth war aufgestanden, reckte sich. Wo, sagst du, war die Wohnung von der Blumensperber?

Schinaglgasse, 15 glaub ich, die Vermieterin wohnt im Haus, den Namen weiß ich jetzt aber nicht.

Ich schick dir wen vorbei, von wegen Oberkellner.

Wie heißt er?

Franz.

Franz ist gut.

Franz ist ein Unikat.

So eins brauch ich.

Schick ich dir.

Hast du zufälligerweise einen Beikoch?

Muss mal überlegen. Vielleicht bei den Chinesen. Hab da was im Kopf. Muss ich aber zuerst mit der Chinesenmafia verhandeln. Grüße dich.

Roth, du bist ein guter Mensch.

Roth? Roth drehte sich um, steckte eine Zigarette in den Mundwinkel, grinste, mein Name ist Grün.

Valentin? Grün starrte in den Aquarellkasten, wechselte den Telefonhörer ans andere Ohr, Valentin? Klingt mir nach Waldorfschüler. Er tupfte mit dem Pinsel ins Orange, beugte sich über das Papier und färbte das Mieder ein. – Ein Gärtner? Das passt ja wie die Faust aufs Auge. Er tauchte den Pinsel ins Wasserglas, trocknete ihn ab. Ich vermute, er trägt Schafwollunterhosen und wäscht sich die Haare mit Heilerde. Er nahm seine Kaffeetasse, setzte sich an den Küchentisch. – Nein, sag ich ihr nicht, was denkst du von mir. – Ich? Ich verfolge ein neues Projekt, das wird der Knüller. – Nein, nein, diesmal ernsthaft. Wir ziehen übrigens um. Schinaglgasse, 15 glaub ich. – Ja, im 10. – Weiß ich nicht, hab sie mir noch nicht angeschaut. – Warum? Ich bekomme zu viel Post in der letzten Zeit. Verehrerinnen. Das nervt einfach. Du, ich muss Schluss machen, muss noch ein bisschen was erledigen. Grüße dich. Und meinen lieben Freund Sebastian natürlich auch, hat Klara in der Zwischenzeit das ein oder andere Wort an ihn gerichtet? Na, kommt noch, nur nicht den Mut verlieren, bis zur Pensionierung, bis zu ihrer meine ich natürlich, wird sich das – Hallo?

Unglaublich. Grün wanderte den Flur hinauf, lief wieder zurück. In meiner eigenen Wohnung. Er blieb vor der Badezimmertüre stehen, lauschte, Wasser plätscherte. Still.

Grün wanderte im Flur auf und ab, im Badezimmer war es ganz still. Was macht er da bloß. Er setzte sich auf einen Hocker, starrte in den Setzkasten. Er nahm einen der Swarovski-Elefanten heraus, drehte ihn in der Hand. Aus der Küche roch es nach Kaffee, getoastetem Brot. Eier. Er starrte den Elefanten an, er hatte eine kleine, aus roten Glaskristallen gefertigte Rose in den Schwanz geknüpft und schien zu grinsen. Die Tür zum Badezimmer ging auf, Grün stellte den Elefanten zurück, erhob sich.

Wer sind Sie denn, er verschränkte die Arme vor der Brust.

Entschuldigung, Valentin Kron, er streckte die Hand aus.

Schöner Bademantel, Grün deutete auf den Bademantel.

Das ist Ihrer, oder? Kron hob einen Arm, die Ärmel reichten ihm bis knapp unter die Ellbogen, er ist ein bisschen zu klein.

Das tut mir wirklich sehr leid.

Ich habe nichts anderes gefunden.

Steht Ihnen ausgezeichnet.

Tut mir leid, wirklich.

Nein, nein, nein, kein Problem. Kein Problem, Grün schob sich neben Kron ins Bad, schaute zu ihm hoch. Nicht schlecht, das Rasierwasser, nicht wahr?

Kron fasste sich an die Wange, ja, riecht gut.

Teures Zeug, verdammt teures Zeug. Aber bedienen Sie sich ruhig, Sie können gerne ab und zu zum Rasieren hierherkommen.

Grün schloss die Badezimmertür hinter sich, setzte sich auf den Wannenrand. Er starrte in den Nebel. Schemenhaft die Umrisse einer Unterhose auf dem Klo. Er öffnete den Deckel, spülte sie weg. Schafwolle, murmelte er, nicht zu fassen. Im Spiegel, nichts zu sehen, er malte mit dem Zeigefinger einen Blitz in das beschlagene Glas. Er zog sich den Pyjama aus, stieg in die Wanne und drehte das Wasser auf. Er hielt eine Weile die Hand darunter, schaltete das Wasser wieder ab und stieg aus der Wanne. Er wischte das Boilerthermometer ab, so, sagte er. Der Waldorfschüler hat es geschafft, 500 Liter heißes Wasser zu verduschen, sagenhaft. Er wickelte sich ein gerüschtes Handtuch um die Hüften, ging über den Flur. Vor der Küchentür blieb er kurz stehen, er hörte sie lachen. Er öffnete die Tür.

Störe ich?

Hallo, Papa. Klara löste sich von Kron, strich sich die Haare zurück, eigentlich schon.

Das tut mir leid, Grün holte sich eine Tasse aus dem Küchenschrank, schenkte sich aus der Espressokanne am Herd Kaffee ein.

Er setzte sich an den Tisch. Das Fenster stand offen, Wind blähte die Tüte im Baum, flaute wieder ab. Nanu.

Sammeln Sie Elefanten, fragte Kron.

Wie kommen Sie denn darauf?

Kron deutete auf den Rüssel an der Tasse, die ganzen Elefanten in der Wohnung. Ich dachte, Sie sammeln vielleicht Elefanten.

Das muss ein Zufall sein, dass sich das so häuft, ist mir noch gar nicht aufgefallen.

Flunkere doch nicht so, Klara bestrich ein Stück Toast mit Butter und Honig, ließ Kron davon abbeißen, die sind von der Vormieterin, sagte sie, mein Vater hat die Wohnung mitsamt den Elefanten, Sammeltassen und alten Damenhüten übernommen, mein Vater hat die Wohnung übernommen, ohne auch nur ein Handtuch auszusortieren.

Ich weiß nicht, was du gegen die Handtücher hast, Grün angelte sich ein Stück Brot von Krons Teller, belegte es mit Käse. Es gibt nichts, was einen Mann besser schmückt als rosafarbene Rüschen, finden Sie nicht auch, Gernot?

Papa bitte.

Verzeihung, das war Ihr Vorgänger, Herr Valentin natürlich. Oder was denken Sie über rosafarbene Rüschen?

Kron schluckte schnell den Bissen hinunter, hustete, ja, sagte er.

Ja, wiederholte Grün, interessante Antwort. Er schaute suchend auf dem Tisch herum, griff nach einem Apfel. Und was machen Sie so, wenn ich fragen darf, wofür interessieren Sie sich, außer für meine Tochter natürlich, kennen Sie sich vom Studium? Von der Universität? Was studieren Sie, lassen Sie mich raten, Ethnologie vielleicht, Sie sehen sehr sensibel aus, Sie studieren sicherlich Ethnologie, wobei, nein, jetzt weiß ich es, Soziologie, bestimmt studieren Sie Soziologie, sie haben diesen typischen Statistikerblick, Gernot übrigens studierte ebenfalls Soziologie, vielleicht kennen Sie sich?

Gernot, er wandte sich an Klara, streckte die leere Tasse über den Tisch, wie war noch mal der Nachname?

Klara angelte sich die Espressokanne vom Herd, schenkte die Tasse voll, was tut denn das jetzt zur Sache, Valentin studiert überhaupt nicht Soziologie. Valentin ist Gärtner.

Grün wollte eben einen Schluck Kaffee nehmen, hielt in der Bewegung inne, Gärtner, sagte er, er stellte die Tasse ab, Sie studieren Gartenbau.

Wer redet von Gartenbau, Klara steckte sich die Haare hoch, Valentin studiert überhaupt nicht, er ist Gärtner, einfach Gärtner.

Grün polierte den Apfel, interessant, sagte er. Und was machen Sie da so, als Gärtner? Ich bin ja sehr für die Natur. Ich wäre selber gerne Gärtner geworden, leider hat das Geld nicht gereicht bei uns.

Ich glaube, wir gehen besser, Klara stand auf, Kron legte das angebissene Brot auf den Teller, stand ebenfalls auf.

Aber nein, Grün fasste Kron am Arm, zog ihn wieder auf den Sessel zurück, wo wir doch gerade mal warm werden miteinander, er drückte Kron seine Tasse in die Hand, ich sehe, Sie trinken Tee. Das ist klug. Das Teetrinken unterscheidet den Gentleman vom gemeinen Volk. Es ist einfach eleganter als das Trinken von Kaffee, er beugte den Kopf über den Tisch, wedelte sich den Dampf entgegen, Darjeeling, Assam, er schnupperte, verzog das Gesicht, er nahm Kron die Tasse wieder aus der Hand, was ist denn das für ein Kraut, er roch daran, Klara, wieso kochst du unserem Gast ein so widerliches Zeug, was soll denn das sein, Heublumen? Er schüttete den Tee in den Ausguss.

Kron räusperte sich, Löwenzahn, sagte er, Löwenzahn und Birkenblätter, das reinigt.

Grün starrte ihn an, drückte ihm die leere Tasse zurück in die Hand, er klopfte ihm auf die Schulter, alles klar, sagte er, alles klar.

Er schälte eine lange Schlange von seinem Apfel, hängte sie an die Lampe über dem Küchentisch. Wir sind auch eher Naturtypen, Klara und ich. Stefan, einer Ihrer Vorgänger, passte diesbezüglich einfach so gar nicht zu uns. Ein Autofreak. Manchmal in der Nacht, wenn alles schlief, die Stille sich über die Stadt legte wie ein Federbett, konnte man aus dem Schlafzimmer kleine Motorengeräusche vernehmen. Das war Stefan. Im Schlaf verwandelte er sich in einen Lamborghini und raste quer durch die Alpen. Stefan. Ich bin froh, dass meine Tochter sich besonnen hat und an die Ursprünge zurückgekehrt ist, zurück zur Natur.

Wir gehen jetzt, Klara zog Kron hinter sich her.

Bis heute Abend, Grün ließ einen Löffel Schlagobers in seine Kaffeetasse gleiten, vergiss nicht, dass heute Abend unsere Blumenbestimmstunde ist. Er nickte Kron hinterher, donnerstags bestimmen wir immer Blumen, müssen Sie wissen, wir sind nämlich sehr für die Natur.

Grün starrte in die Dunkelheit, zündete sich eine Zigarette an. Er legte die Füße auf das Balkongeländer, lehnte den Kopf an die Hauswand. Klare Nacht, er schaute hinauf in den Sternenhimmel, ein feiner Sichelmond über den Dächern. Er ließ die Asche neben sich ins Nichts rieseln, schaute in die dunklen Fenster ringsum. Er warf einen Blick auf die Uhr. Er holte die Weinflasche unter dem Stuhl hervor, schenkte das Glas voll. Er lehnte sich zurück, stellte sich das Glas auf den Bauch, schaute in den Himmel. Die Stadt kam langsam zur Ruhe, einzelne Gespräche unten auf der Straße, Absätze auf dem Asphalt, verloren sich nach und nach, ein Auto, zwei.

Er schaute auf die Uhr, fischte sein Mobiltelefon aus der Tasche, tippte eine Nummer ein, wartete.

Ich bin's. – So spät schon, ich habe gar nicht auf die Uhr geschaut. Du, was anderes, ist die Klara bei dir? – Nein. Und hast du eine Ahnung, wo sie ist? – Natürlich weiß ich, wie alt sie ist, mit zwölf bin ich schon lange in den Federn gelegen. – Zehn Jahre auf oder ab, was tut das zur Sache, zumindest kann man mir Bescheid sagen, ich bin kein Hotel. Wo wohnt der überhaupt, der, na, Valentin Waldorfschüler. – Und wieso erlaubst du ihr das, ist dir das völlig einerlei, wenn unsere Tochter mit einem Handwerker verkommt? – Tu nicht so liberal, schrie er, du siehst ja, wohin es gekommen ist mit der Haltung. – Ich rege mich überhaupt nicht auf, es tut mir nur leid, dass die Klara eine Mutter hat, die sich nur noch für ihre neue Familie interessiert. Ich hoffe, du weißt, dass das alles auf Klaras Kosten geht. Aber bitte, du kennst nur dein eigenes Vergnügen, das ist nichts Neues. – Hallo? Er schaute auf das Display, irgendwann ging das Licht aus.

Kommen Sie, rief Grün den beiden Damen an der Tür zu, kommen Sie, Grüß Gott, schauen Sie sich um, nehmen Sie die Dinge in die Hand, keine Hemmungen meine Herrschaften, alles muss weg. Die Legende zu der Bepreisung finden Sie im Flur rechts, es gibt rote, gelbe, grüne und blaue Punkte, bei Fragen wenden Sie sich bitte gerne an mich. Die Elefanten haben alle einen Einheitspreis.

Grün schob sich zwischen den Leuten vorbei in die Küche, schenkte sich eine Tasse Kaffee ein.

Sagen Sie, eine ältere Frau drehte die blau-weiße Kaffeemühle in der Hand, ist die innen auch nicht verrostet?

Grün nahm ihr die Mühle aus der Hand, warf einen Blick ins Mahlwerk, ich baue Ihnen das schnell auseinander, dann schauen wir uns das an, er schraubte das Gehäuse auseinander. Nehmen Sie sich doch ein Stück Kuchen, das Geld bitte in die Kaffeekasse links, für einen guten Zweck, Kuchenessen für die Hungerkinder dieser Erde, er legte die einzelnen Teile der Mühle vor sich auf den Tisch.

Grün? Neugröschl winkte von der Tür her, schob die

Kauflustigen auseinander, nickte nach rechts und links, grüße Sie, Frau Teupel, wie geht's? Was wollens denn mit der Kaffeemühle, Kaffee kriegens bei mir auch, und einen besseren noch dazu. Und Ihr Mann? Ist er noch unter den Lebenden? Wie man's nimmt, oder, Herr Hrdlicka, er hob die Hand, formte mit Daumen und Zeigefinger einen Kreis, schöner Elefant, er schaute über die Köpfe hinweg, Ludwig!

Einen Moment, Grün drückte Frau Teupel den Schraubenzieher in die Hand, machen Sie einfach weiter wie bisher. Er drängte sich an den anderen vorbei, Neugröschl entgegen, Tankrad, schön, dich zu sehen. Was darf's sein, ein Stuhl, ein Bett, ein rosa gerüschtes Handtuch?

Was ist denn das für eine Veranstaltung, Neugröschl nahm einen knallgelben Elefanten mit roten Karos vom Regal, was soll denn das?

Ein Elefant.

Ach was. Neugröschl stellte den Elefanten zurück, und was tun die ganzen Leut hier? Mein halbes Stammpublikum treibt sich bei dir in der Wohnung herum, hab mich schon gewundert, warum keiner kommt heut, Gabi, er hob die Hand, grüße dich, ja, schlecht wie immer.

Wohnen wie bei Sperbers, sagte Grün, er drückte Neugröschl einen Werbezettel in die Hand, Flohmarktpreise. Frau Teupel kam mit dem Mahlwerk und dem Schraubenzieher aus der Küche, was ist denn jetzt mit meiner Kaffeemühle, rostig ist sie nicht.

Grün betrachtete die Einzelteile, hielt sie wahllos da und dort aneinander, räumte sie in eine Tüte und drückte sie ihr in die Hand, schenk ich Ihnen, sagte er, mahlen nach dem Baukastensystem, er drehte sich um, Neugröschl war ihm in die Küche gefolgt. Und, Grün zündete sich eine Zigarette an, wie läuft's? Was heißt übrigens leer, wieso ist dein Lokal leer, hast du wieder offen?

Seit Anfang der Woche. Kann nicht klagen, Neugröschl

zog einen Stuhl unter dem Tisch hervor, kratzte mit dem Fingernagel den gelben Punkt herunter, schaute sich um und klebte ihn Grün auf die Stirn. Der Franz war eine Entdeckung, kein Vergleich mit dem Johann. Es gibt niemanden, der vor dem Franz nicht kuschen würde, der Geräuschpegel im Lokal ist merklich gesunken, die Gäst unterhalten sich nur mehr flüsternd. Wenn er an ihrem Tisch vorbeikommt, verstummen sie vollständig. Der Franz ist eine Autorität.

Du scheinst auch bester Laune zu sein, Grün musterte ihn, was ist mit dem Wan?

Neugröschl hob den Daumen, er nahm sich eine Zigarette aus Grüns Paket, zündete ein Streichholz an, ich darf doch, er wedelte das Streichholz aus. Das Schlitzauge kocht wie ein Teufel, muss man sagen, der Wan ist sein Geld wert. Fehlt mir nur noch wer für die Mehlspeisen und im Service, als Lehrling fängt mir demnächst der Sohn von der Ines ihrer Schwester an, bloß Hubi und Didi, Hubi und Didi hab ich auch noch keinen.

Kann ich die Vase billiger haben, ein Mann drehte eine malvenfarbene Kristallvase in der Hand.

Ist schon billig, Grün stellte die gebrauchten Teller in die Spüle, ließ das Wasser darüber laufen.

Der Mann zählte das Geld ab, schaute auf Grüns Stirn. Wie viel waren noch mal die gelben Punkte?

Ich bin schon reserviert.

Der Mann packte die Vase ein, schade, sagte er. Grün steckte das Geld ein, klopfte ihm auf die Schulter, kaufen Sie sich einen Hund, sagte er.

Neugröschl hatte sich über den Tisch gebeugt, bohrte den Zeigefinger in eines der Tortenstücke. Seit wann kannst du denn backen?

Annette, Grün stapelte die Teller ins Abtropfgestell, die Nachbarin.

Und wo ist sie?

Trägt mit ihrem Opa und noch wem gerade die Badewanne hinüber, blauer Punkt, ein Schnäppchen.

Neugröschl löste mit der Kuchengabel die einzelnen Tortenböden auseinander, zerrieb einen Batzen Parisercreme zwischen Daumen und Zeigefinger, roch daran. Morgen fängt sie bei mir an. Mehlspeisenannett, klingt doch ganz charmant, oder?

Papa? Klara drängelte sich zwischen den Leuten hindurch, gut, dass ich dich sehe. Ich dachte, wir sind schon wieder umgezogen. Hallo Tankrad, sie warf einen Blick auf Neugröschl, den Kuchenteller. Schmeckt's?

Neugröschl schob den Teller mit dem zerlegten Tortenstück beiseite, Klara, bist groß geworden, kommst du schon bald in die Schule?

Klara lachte, stellte ihre Tasche ab, nahm sich ein Stück Kuchen, wie geht es euch?

Kann nicht klagen. Frufru hat halt so seine Altmännerallüren, manchmal redet er davon, dass seine tote Oma ihm im Traum zuwinkt, ihn zu sich herwinkt, aber mein Gott, ich werd auch nicht jünger.

Darf ich fragen, wo du warst? Grün stapelte die abgetrockneten Teller, legte das Geschirrtuch weg.

Bei Valentin, weißt du doch.

Dürften wir uns einmal den Stuhl ansehen?

Klara wandte sich um, stand von ihrem Stuhl auf, das Ehepaar untersuchte die Unterseite des Stuhls, drückte auf das Polster. Der passt nämlich sehr gut zu unserem Set in der Stube, erklärte die Frau Klara, es waren einmal sechs Stück, aber immer, wenn mein Mann einen Wutanfall hat, geht wieder einer zu Bruch, da muss man halt immer schauen, dass man beizeiten wieder den ein oder anderen ersetzt.

Valentin, äffte Grün, nichts weiß ich, mir sagt man ja nichts. Aber immerhin trifft man dich einmal alleine an.

Valentin kommt gleich, er muss noch die Tomaten –

Ich will's gar nicht wissen, Grün hob die Hände, erzähl mir nichts von Gemüse. Ich will nur wissen, wo du die letzten Tage warst.

Papa, glaubst du nicht, dass ich langsam alt genug bin, dir nicht mehr über jeden Schritt Rechenschaft abzulegen?

Solange du in meiner Wohnung wohnst, ist es nicht mehr als recht, wenn du Bescheid gibst, wo du bist. Dir hätte weiß Gott was zugestoßen sein können. Ich habe mich Tag und Nacht gesorgt um dich.

Das sieht man, Klara warf einen Blick in die Runde. Du hast dich aber auch nicht schlecht amüsiert, wie es scheint.

Ich amüsiere mich nicht, ich versuche das Rasierwasser zu verdienen, das dein Herr Valentin hier in großem Stil sich ins Gesicht schüttet.

Sei doch nicht so geizig. Valentin genießt das einfach, dass er hier duschen kann.

Was soll das bedeuten, wo duscht er denn sonst?

Jetzt fang dich wieder ein, sie trat beiseite, zwei junge Männer trugen den Herd hinaus.

Aber wo duscht er denn normalerweise?

Gar nicht. Er hat keine Dusche.

Keine Dusche. Wohnt er im Urwald.

Nein, in einem Gartenhaus. Und jetzt wechseln wir bitte das Thema.

Schön. Grün starrte seine Tochter an. Keine Dusche, das ist unfassbar.

Neugröschl räusperte sich, ich werd dann mal, er erhob sich, wo wohnt denn die Mehlspeisenannett?

Gegenüber, Annette irgendwie, steht aber an der Tür.

Grüße dich, Neugröschl hob die Hand, wandte sich zu Klara, schaust du einmal wieder vorbei? Der Frufru redet oft von dir, fühlt sich glaub ich ein bisserl vernachlässigt von seiner Prinzessin.

Tut mir leid, Klara ging ein Stück mit in den Flur, sie

schoben sich an den Leuten vorbei, sag ihm das. Ich komme aber sicher die nächsten Tage einmal.

Falls einmal einen Job brauchst, nur so nebenbei, ein paar Stund die Woche, Neugröschl deutete mit dem Kopf nach hinten in die Küche, wer weiß, wie lang ihr das noch derrafffts miteinander, auf jeden Fall brauch ich dringend jemand im Service.

Das ist lieb, Klara nahm seine Hand, begleitete ihn zur Tür.

Ist hier *Wohnen wie bei Sperbers?* Eine junge Frau mit schiefer Frisur warf einen Blick durch die Wohnungstür.

Nein, Klara lehnte sich an den Türrahmen, hier ist *So geht's zu bei Grüns.*

Die junge Frau schaute unschlüssig auf das Gewimmel hinter Klara, dann habe ich mich wohl in der Hausnummer geirrt.

Sicher, Klara lächelte Neugröschl zu, er drückte auf den Klingelknopf an der Tür gegenüber, Annette Herzig, er beugte sich über das Namensschild, meine neue Mehlspeisenannett.

Klara winkte kurz, schloss die Tür hinter sich.

Klara nahm den Tauchsieder aus dem Wasser, warf eine Handvoll Blätter hinein. Sie nahm sich eine der übrig gebliebenen Elefantentassen und trat auf den Balkon. Der Steinboden war noch ganz warm von der Sonne, sie setzte sich, streckte die Beine aus und schloss die Augen.

Klara?

Hier draußen, sie stieß die Balkontür zur Küche ein wenig auf, ließ Grün heraus, er stellte die Tortenplatte mit den restlichen Kuchenstücken ab, reichte ihr eine Gabel.

Es wurde langsam Abend, ganz rot und orange der Himmel über der Stadt, erste Lichter hinter den Fenstern.

Wohnen wie bei Sperbers war erstaunlich lukrativ, Grün

klopfte auf die kleine Metallkassette neben sich, ich überlege, die ganze Angelegenheit in größerem Stil auszubauen. Vielleicht fahre ich einfach mit der Schinaglgasse fort, das Quartier gefällt mir eigentlich ganz gut und die Sterbedichte ist aufgrund des hohen Durchschnittsalters außergewöhnlich hoch.

Du bist zynisch, Klara langte hinüber, nahm den gelben Punkt von seiner Stirn, jetzt gehst du her und verhökerst von den Toten die Unterhosen.

Unterhosen. Hat vielleicht jemand von der Frau Sperber die Unterhosen gekauft? Nein. Und verhökert wird es sowieso, ob ich das mache oder die Caritas, ist gehupft wie gesprungen.

Und wo willst du jetzt wohnen? Klara zerteilte den Apfelkuchen, steckte sich ein Stück in den Mund. Außer ein paar Elefanten ist praktisch nichts mehr da.

Wir gehen ins Hotel. Bis ich eine neue Wohnung in der Schinaglgasse habe, das kann ja nicht so schwer sein, die Schinaglgasse ist weiß Gott lang genug. Zwischenzeitlich ins Hotel. Wir gehen ins Hotel *Elefant*. Die Elefanten kommen natürlich mit.

Ich nicht.

Natürlich du auch.

Klara rührte in der Tasse, fischte die Blätter heraus und reihte sie vor sich auf den Boden. Ich ziehe zu Valentin, sagte sie.

Das verbiete ich dir.

Klara lachte, nein, im Ernst.

Willst du jetzt in einem Gartenhaus wohnen, mit dem Kron in einem Gartenhaus wohnen? Und wo willst du duschen? Und was macht ihr im Winter?

Du weißt doch selber nicht, wo du im Winter sein wirst, im Hotel *Elefant* vielleicht? Wie willst du das denn bezahlen?

Klara, jetzt einmal ernsthaft, Grün stand auf, lehnte sich an das Geländer des Balkons, schau, ich habe nichts gegen den Valentin, wirklich nicht, nur –

Was, Klara war ebenfalls aufgestanden, schaute ihn an.

Ich weiß es nicht, Grün starrte hinunter auf die Straße, ein Mann schleppte eine Gehbank vor sich her, rastete, ging noch ein Stück. Ich glaube einfach nicht, dass er gut für dich ist.

Woher willst du denn das wissen?

Ich weiß gar nichts Klara, sei doch nicht gleich so empfindlich. Ich meine nur, dass er irgendwie – labil ist.

Nur weil er nicht wie du zu allem seinen blöden Kommentar abgibt.

Nein, wirklich nicht Klara, darum geht es überhaupt nicht. Ich habe auch mit deiner Mutter darüber gesprochen, sie sieht das ähnlich.

Klara schlug mit der Hand auf das Geländer, so, unterhaltet ihr euch über mich, zieht hinter meinem Rücken über Valentin her. Erst giftet ihr euch jahrelang an, telefoniert nur, wenn's ums Geld geht, und jetzt? Plötzlich gibt's wieder ein Gesprächsthema.

Schau Klara, wir machen uns doch nur Sorgen um dich.

Und, was sagt sie? Klara verschränkte die Arme vor der Brust, was hat meine Mutter, die alles und jeden analysieren muss, zu Valentin zu sagen?

Am besten, du redest selber mit ihr, das wird das Gescheiteste sein.

Das werde ich mit Sicherheit nicht tun. Jetzt hast du auch schon angefangen, kannst du ruhig alles erzählen.

Es gibt gar nicht so viel zu erzählen. Nur, dass sie denkt, dass du einen anderen Typen von Partner bräuchtest, dass du dir immer Männer mit einer ähnlichen Problematik aussuchst.

Und die wäre?

Rede doch selber mit der Lissi, so genau erinnere ich mich auch nicht mehr, was sie gesagt hat. Dass Valentin einer ist, der schon zu viele Verletzungen hat, die nicht mehr weggehen werden oder so ähnlich. Dass du, weil du selber keine so guten Nerven hast, einen brauchst, der gesund ist, irgend so was.

Was soll das wieder heißen, keine guten Nerven, bin ich psychotisch oder was, was heißt Verletzungen, was hat denn der Valentin für Verletzungen, was soll das alles?

Reg dich doch nicht so auf –

Ich rege mich aber auf, weil ihr immer und überall eure Finger drin haben müsst, weil ihr einen kaputt macht mit eurem ständigen Herumgekrittel und dem ganzen Psychoscheiß, seid ihr vielleicht froh geworden damit?

Das ist ungerecht, Klara, wir sind aus ganz anderen Gründen nicht froh geworden, sicher nicht, weil wir die Dinge versucht haben zu reflektieren.

Reflektieren nennst du das, klingt ja wertvoll.

Wieso überhaupt Grün? Blöder Name, Klara schüttete Müsli in eine Schale, goss kalte Milch dazu. Sie setzte sich zu Kron an den Tisch und reichte ihm einen der beiden Löffel, ich mache da nicht mit.

Willst du vielleicht weiterhin Roth heißen? Du ganz allein? Es gibt zu Roth so wenig Beziehung wie zu Grün, niemand in unserer Familie hieß je Roth.

Niemand in deiner Familie hieß je Prohaska, Prohaska wie Pornokönig Prohaska.

Neugröschl und ich hielten ihn für einen Wissenschaftler in der Geschlechterforschung, er brachte mich auf die Idee mit der Eberzucht.

Die ganze Welt hielt ihn für einen Wissenschaftler in der Geschlechterforschung. Bis die ganze Welt wusste, wer er in Wirklichkeit war. Und wir hießen prompt Prohaska.

Wie gesagt, ein Irrtum. Grün ist aber total unverfänglich. Na gut, um das Ganze abzukürzen, Grün, von mir aus, ist aber der letzte Name, den ich mitmache. Und die letzte Wohnung, sie nahm einen Handzettel vom Küchentisch, *Wohnen wie bei Zolgakov,* in drei Wochen. Sie schaute in die Runde, wer den Plunder kaufen soll, ist mir ein Rätsel. Wer hängt sich eine russische Heugabel ins Esszimmer? Und was kommt danach?

Schinaglgasse 32, Herr Thiel zieht ins Altenheim. Ein erneuter Namenswechsel wird übrigens nicht nötig sein, ich habe jetzt insgesamt drei Projekte am Anlaufen, die können gar nicht schiefgehen.

Weißt du, dass du das von jedem deiner sogenannten Projekte behauptest?

Du wirst dich noch wundern, wenn Grün irgendwann in aller Munde ist.

Valentin, was hältst du von Grün.

Kron schluckte den Bissen hinunter, Grün ist schön, sagte er, er lächelte, Klara Grün klingt sehr schön.

Klara küsste ihn auf den Mund, Grün drehte sich um, blickte zur Decke, Grün ist schön, äffte er leise, war schon vorauszusehen, dass das dem Blumenstreichler gefällt.

Was ist eigentlich mit heute Abend, er drehte sich um, kommst du mit zum Neugröschl, wir sind eingeladen. Er hat einen neuen Hubi und Didi.

Ja, Klara pustete Kron in den Nacken, er duckte sich, wir kommen auch.

Grün verließ die Küche, stolperte über einen Hocker aus Kamelleder, wir, murmelte er, er gab dem Hocker einen Tritt, er flog gegen die Wohnungstür, was soll ich denn mit dem Kron beim Neugröschl.

Gibt's dich jetzt nur noch im Doppelpack, Grün spülte sich den Mund aus, stellte die Zahnbürste zurück ins Glas.

Wieso denn, Klara bürstete ihre Haare aus, begann sie zu flechten.

Weil man langsam glauben könnte, der Herr Valentin sei dir aus der Ferse gewachsen, ein Anhängsel, ein Wurmfortsatz sozusagen.

Klara steckte die Haare fest, schaute in den Spiegel, jetzt bin ich doch auch allein.

Aber nur, weil er prüde ist, Grün schüttete sich das Rasierwasser in die Hände, verteilte es im Gesicht, und sich nicht mit wem zusammen ins Bad traut. Im Übrigen ist er ja in der Wohnung.

Valentin ist nicht prüde, er ist das nur nicht gewohnt. Klara nahm einen Flakon vom Regal, betätigte den Sprühknopf.

Grün riss ihr die Flasche aus der Hand, ja bist du verrückt geworden, schrie er, wo hast du das überhaupt her?

Spinnst du jetzt oder was? Klara nahm ihm die Flasche aus der Hand, das benutze ich schon ewig. Sie drückte auf den Sprühknopf, ich dachte, das ist noch von der Mama, das stand da im Badezimmerschrank.

Ja wer hat das denn in den Badezimmerschrank gestellt, Herrgottnochmal?

Papa bitte, renk dich wieder ein, wer hat das in den Badezimmerschrank gestellt, was weiß denn ich, die Mama halt, oder du oder niemand. Wo soll man ein Parfum denn sonst hinstellen, in den Eisschrank?

Grün starrte sie an, Parfum, sagte er schwach, Parfum ist gut. Er machte eine kleine Pause, schaute sie genau an, schnupperte, und dich hat noch nie die Feuerwehr von den unmöglichsten Orten abholen müssen?

Klara besprühte ein letztes Mal ihr Dekolleté, gab ihm den Flakon zurück. Du hast Ideen, sie prüfte noch einmal den Sitz ihrer Haare.

Komisch, sagte Grün, er roch vorsichtig an der Flasche, stellte sie zurück.

Valentin und ich gehen ein bisschen nach draußen. Wir sind dann gegen Abend wieder da.

Ja, Grün schaute noch einmal auf die Flasche mit der glasklaren Flüssigkeit darin, jaja.

Grün schob einen Einkaufswagen vor sich her, wanderte an den Regalen mit den Konserven vorbei. Er räumte eine Sechserpackung Pelati in den Wagen, suchte in seiner Hosentasche nach dem Einkaufszettel.

Drei Fische bräuchte ich, tönte es von weiter vorn, drei Fische – von der Fischtheke weiter vorn – was nehme ich denn da –

Grün hielt inne, schaute sich um. Er schob behutsam den Wagen ein wenig vor, warf einen Blick um die Ecke.

Und geben Sie mir was von den Garnelen, für eine Vorspeise für drei Personen, pro Kopf vier Stück? Oder was meinen Sie?

Grün zog sich vorsichtig zurück, die Räder des Einkaufswagens verdrehten sich, stellten sich quer, Grün zerrte, nichts zu machen, er schleifte den Wagen hinter sich her, krachte gegen ein Regal, Dosen mit Leberknödelsuppe rollten über den Gang.

Herr Roth, der Mann an der Fischtheke hatte sich umgedreht, die Verkäuferin hatte einen obszön großen Fisch in der Hand, die Augen stierten planlos in die Gänge, entschuldigen Sie mich einen Moment, wandte er sich zu ihr, entscheiden Sie das mit den Fischen, Sie sind hier die Fachfrau. Der Herr Roth, sagte er, kam langsam auf ihn zu.

Maestro Barnabas, Grün ließ den Wagen stehen, stieg über die Leberknödeldosen, ging mit ausgestreckten Händen auf ihn zu, das ist eine Überraschung, gut, dass ich Sie treffe, so ein Zufall, ich versuche schon seit Tagen, Sie zu erreichen, aber Sie sind ein viel beschäftigter Mann, immer unterwegs, womöglich in Übersee –

Keineswegs, der Mann stellte seinen Einkaufskorb auf einen Stapel einkartonierter Mandeltorten. Er rieb seine Hände, schaute auf Grün, keineswegs, sagte er.

Hervorragende Ware, Grün deutete auf die Torten, italienisches Gebäck, unbedingt empfehlenswert.

Herr Roth, ich möchte mich nicht über italienische Mandelkuchen unterhalten, mich würde interessieren, ob Sie mit der Violine meines ersten Geigers irgendwelche Fortschritte machen.

Fortschritte ist gar kein Ausdruck, rief Grün, er fasste Barnabas am Arm, schlenderte mit ihm den Gang entlang, Schokoladentafeln, Gummitiere, Mozartkugeln, Maestro, ich selbst hätte es kaum für möglich gehalten, was aus so einem Instrument herauszuholen ist, die Geige ist nicht wiederzuerkennen, die Geige –

Herr Roth, wir versuchen schon seit geraumer Zeit, Sie zu erreichen, haben Sie Ihre Telefonnummer gewechselt? Wir würden gerne bei Ihnen vorbeikommen und uns vom Ergebnis überzeugen, Barnabas holte eine Agenda aus der Sakkotasche, blätterte.

Nächsten Freitag, gegen 14 Uhr, passt Ihnen das?

Freitag ist schlecht, ganz schlecht, ich fahre für vier Tage nach Turin, treffe den ein oder anderen Kollegen vom Fach, eine Konferenz, ein wenig fachsimpeln, kleiner Austausch unter Experten, Sie verstehen.

Montag? Früh um neun?

Wunderbar, Grün breitete die Arme aus, Montag passt ganz ausgezeichnet, er fasste Barnabas am Arm, sie wandelten den Gang wieder zurück, Sie werden staunen, wirklich, Sie wissen nicht, was Sie erwartet, ich habe übrigens mein Atelier verlegt, Schinaglgasse 113, klingeln Sie bei Zolgakov, ein leider notwendiges Pseudonym, ich habe Kollegen, denen durchaus schon das ganze Atelier ausgeräumt wurde, und da mein Name langsam an Ruf gewinnt, wie auch immer, sicher ist sicher. Und die Geige – Sie werden staunen, Maestro, staunen. Aber jetzt, er senkte vertraulich die Stimme, Sie müssen ein Paket von dem Mandelkuchen mitnehmen, versprechen Sie es mir.

Barnabas lachte, klappte die Agenda zu und steckte sie wieder ein, wenn Sie meinen, Herr Roth, er nahm seinen Einkaufskorb und legte einen Kuchenkarton hinein. Roth legte einen zweiten dazu, Barnabas wollte protestieren, Roth legte den Finger auf den Mund, Sie werden mir dankbar sein, Maestro, glauben Sie mir. Er streckte die Hand aus, Maestro, sagte er, wir sehen uns am Montag, 9 Uhr in der Früh, er schüttelte mit beiden Händen ausgiebig Barnabas' Hand, schön, dass wir uns auf diesem Wege getroffen haben, ich wusste wirklich nicht mehr, wie ich zu Ihnen durchdringen sollte. Und, er deutete auf den Korb, essen Sie nicht alle auf einmal.

Kein Fleisch? Grün starrte in den Kühlschrank, er klemmte den Hörer ans Ohr, nahm ein Erdbeerjoghurt heraus, schüttelte es, was isst er denn sonst? – Sehr schön, er lässt wirklich nichts aus. Hülsenfrüchte. Schon wenn ich daran denke, kommt mein Gedärm in Wallung und gibt markante Töne von sich. Es scheint sich bei ihm um einen Prototyp zu handeln, ich hätte es wissen müssen. Wer trägt schon lila Halstücher. Er öffnete das Joghurt, leckte den Deckel ab und legte ihn in die Abwasch. – Nichts, gar nichts, habe ich mich eben so angehört? Er steckte einen Löffel voll Joghurt in den Mund. Lila Halstücher sind genau mein Fall, ich habe den ganzen Schrank davon voll. – Lissi, ich bitte dich, lila Halstücher, mach dich nicht lächerlich mit so einer Pseudoliberalität, das nimmt dir keiner ab. – Weil ich dich kenne, darum. – Doch. Ich kenne dich in- und auswendig. – Das bildest du dir ein. Du hast dich kein bisschen verändert. Du bist genau so, wie ich dich immer gekannt habe. – Jaja, red's

dir nur ein, wenn du dich besser fühlst damit. – Schon gut
Lissi, wir wissen beide, dass das nicht stimmt, schau doch in
den Spiegel. Sieht so jemand aus, dem es gut geht? – Hallo?
Er legte das Telefon weg, rührte in seinem Joghurt. Er aß
ein paar Bissen, trat ans Fenster, schaute hinaus. Gegenüber
kletterte einer auf dem Dach herum, klopfte ab und zu mit
einem Hammer. Er sah eine Ente über dem Kamin auf-
tauchen, plump und wie zu schwer für die Luft, ruderte
hektisch durch das Blau, segelte vor dem Haus und landete
im Schnittlauchtopf auf dem Fensterbrett.

Grün stellte das Joghurt weg, hallo, sagte er, er schaute
hinter sich, suchen Sie jemanden? Er ging einen Schritt auf
das Fenster zu, die Ente schaute sich im Zimmer um, trampelte den Schnittlauch platt. Grün ging ein wenig in die
Knie, näherte sich langsam dem Fenster, hallo, sagte er leise,
suchen Sie jemanden, die Ente schaute ihn aufmerksam an,
hallo, sagte Grün, hallo, er war jetzt ganz nah am Fensterbrett, war auf Augenhöhe mit der Ente, meine Dame, sagte
er, meine, er fasste sie mit einem schnellen Griff, hob sie
hoch, nahe an sein Gesicht, meine Dame. Die Ente schlug
um sich, er hielt sie fest, fasste ihren Kopf mit der Hand,
drehte ihn zu sich. Er spürte unter den Federn den kleinen,
warmen Leib, den hastigen Atem. Na, Kleine, sie muster-
ten sich, und wo ist dein Lebensabschnittsgefährte? Nie da,
wenn man ihn braucht, oder. Kenne ich. Er klemmte sich
die Ente unter den Arm, durchquerte die Küche, kenn ich,
kenn ich, sagte er, durchquerte das Wohnzimmer, wundern
Sie sich nicht über die Einrichtung, er deutete in die Runde, die Teppiche, Zierteller, Spitzendecken, vor uns wohnte
ein Russe mit sentimentalem Verhältnis zur Folklore in der
Wohnung, man sollte das nicht verurteilen. Es gibt einfach
solche und solche. Er ging durch den Flur ins Bad und setzte
die Ente auf den geplüschten Klodeckel. Er hielt mit der
einen Hand noch immer ihren Kopf, solche und solche gibt

es, sagte er, tastete mit der anderen nach der Flasche auf dem Regal. Das Parfum stand im Badezimmerschrank, hat sie gesagt, das Parfum! Im Badezimmerschrank! Und wie ist es da hingekommen? Bitte schön? Hingefallen? Ein Komplott? Lauern die Eber schon vor den Toren der Stadt, in Erwartung der totalen Erstarrung, auf dass sie dann alles bespringen, was sich nimmer rührt und – ach, was soll's. Keine Ahnung. Er schüttelte die Flasche, betrachtete die Ente. Ich habe absolut keine Ahnung. Ein Komplott. Bloß von wem? Ist auch egal. Er hielt der Ente die Flasche vors Gesicht. Ein kleiner Test, erklärte er, nichts von Bedeutung, aber immerhin sind Sie eine Entendame, und Sie haben ein bisschen Zeit mitgebracht. Er hielt die Flasche etwa zwanzig Zentimeter vom Entenkopf entfernt, es geht ganz schnell, keine Angst, bleiben Sie ganz entspannt, atmen Sie tief ein und aus, es geht, er betätigte den Sprühknopf, so schnell. Die Ente fuhr mit dem Kopf herum, taumelte, er ließ sie los und trat einen Schritt zurück. Sie verharrte einen Moment, es wirkt, flüsterte er beschwörend, es wirkt, sie verharrte, blinzelte, schlug ein-, zweimal ihre Flügel und flatterte vom Klo, rannte gegen die Badewanne und tappte dann zur Tür, verschwand im Flur. Grün lief ihr hinterher, stolperte über den Kamelhocker, gab ihm einen Tritt, die Ente eilte schnurstracks über die bunten Teppiche durchs Wohnzimmer, die Küche, hüpfte aufs Fensterbrett und warf sich in die Luft. Flatterte mit dem hektischen Flügelschlag der Enten, galoppierenden Kühen gleich, davon.

Grün war ans Fenster getreten, sah ihr nach, sah sie zwischen den Häusern, über den Giebeln verschwinden. Er wartete darauf, sie plötzlich, zentnerschwer, vom Himmel fallen zu sehen, steingleich auf den Asphalt klatschen, doch sie flog einfach davon, verschwand über den Dächern der Stadt. Gegenüber klopfte einer hie und da auf den Schindeln herum. Nanu, sagte Grün, er suchte die Bäume nach der azurblauen Plastiktüte ab, leuchtendes Kissen im Wind, Nanu. Ach nein, falsche Wohnung, ganz falsche Wohnung. Egal. Irgendwie musste einfach was schiefgegangen sein in der Androstenolproduktion, die Schweinedamen erstarrten geduldig, aber sonst? Frauen und Enten – null Reaktion. Komisch. Er hielt die Flasche eine halbe Armlänge von sich entfernt, schloss die Augen. Er spürte den feinen Nieselregen im Gesicht, in den Haaren, auf dem Hals, Nanu, dachte er noch, und, Feuerwehr, dann dachte er nichts mehr.

Sie gingen durch die Straßen, es war schon dunkel. Klara hatte sich bei Kron untergehakt, Grün eilte zügig voran, kommt, rief er nach hinten. Er warf einen Blick zurück, blieb stehen. Er schaute in die Auslage einer Fleischerei, riesige Schinken baumelten im Fenster in dem dunklen Geschäft, Würste in meterlangen Ketten, Speckseiten, drehten sich leise. Ein lachendes Schwein stand hinter der Eingangstür, stieß sich eine Gabel in die Seite und säbelte mit einem Messer ein Stück Bauchfleisch heraus.

Was rennst du denn so, Klara und Kron waren herangekommen, schauten zwischen die Würste.

Essen Sie auch so gerne Fleisch, Herr Valentin? Klara und ich, wir sind so richtige Fleischesser, Klara hat als Baby sozusagen von der Muttermilch übergangslos zu Fleisch gewechselt. Babybrei und Zwieback? Nicht für Klara. Noch keinen einzigen Zahn im Mund, aber eine Wurst in der Hand.

Das stimmt überhaupt nicht.

Frag deine Mutter, Grün wandte sich wieder der Straße zu, und das hat sich bis heute nicht geändert, ein Tag ohne Fleisch ist für Klara ein verlorener Tag.

Ich esse gar kein Fleisch mehr.

Seit wann denn das bitte?

Seit drei Wochen.

Grün blieb stehen, bist du übergeschnappt? Weißt du, wie ungesund das ist?

Das ist nicht ungesund, in Indien leben ganz viele Menschen schon seit Generationen ohne Fleisch.

In Indien, sind wir hier in Indien? Sie bogen in die Allee ein, die Blätter raschelten im Wind, der Weg zwischen den Bäumen wie ein Tunnel, Indien ist auch nicht ohne Grund ein Dritte-Welt-Land.

Kein Mensch redet mehr von Dritte-Welt-Ländern, Indien holt gerade unglaublich auf.

War Goethe vielleicht Inder? Michelangelo, Mozart, Einstein? Nein. Keiner, der an der mitteleuropäischen Blütezeit beteiligt war, war Inder oder Vegetarier.

Einstein schon.

Einstein ein Inder? Das wäre mir neu.

Vegetarier.

Nein.

Doch.

Der einzige prominente Vegetarier, der mir einfällt, war Hitler. Willst du so enden?

Der Mensch ist gar nicht dafür geeignet, Tiere zu essen, sagte Kron, er räusperte sich, er kann sie nicht verdauen.

Nicht verdauen? Her mit dem Rind, ich verschlinge und verdaue es vor Ihren Augen.

Ja, längerfristig natürlich schon, aber es dauert zu lange. Fleischfressende Tiere haben einen kurzen Darmtrakt, damit das rasch faulende, giftige Fleisch schnell wieder aus dem Körper herauskommt. Pflanzliche Nahrung zersetzt sich viel langsamer als Fleisch, darum haben Pflanzenfresser einen mindestens doppelt so langen Darm wie Fleischfresser. Der menschliche Darm ist zu lang. Es ist der Darm eines Pflanzenfressers, das Fleisch beginnt schon zu faulen, bevor es im Mastdarm angelangt ist.

Wer redet von Därmen, ich esse das Rind mit dem Mund

und scheiße mit dem Hintern, was interessiert mich da ein Mastdarm.

Klara blieb stehen, die Straßenlaterne hinter ihr hatte einen Wackelkontakt, flackerte noch einmal, zweimal, verlöschte dann, glomm noch ein wenig nach. Ihr Gesicht war ganz weiß in der Dunkelheit. Vielleicht gehst du lieber allein zum Neugröschl, sagte sie, du bist wieder nur provozierend heute.

Diese Fäulnisgase, die sich, während das Fleisch im Darm liegt, ausbreiten, vergiften den ganzen Körper, sagte Kron. Auch Kiefer und Zähne sind nicht die von Fleischessern.

Danke für Ihren Beitrag, Grün deutete mit dem Finger in Krons Richtung, Sie glauben das, weil Sie der Vegetariermafia auf den Leim gegangen sind, er hob einen Ast vom Asphalt, schlug damit gegen seine Waden, er setzte sich wieder in Bewegung, Klara und Kron folgten ihm langsam. Überhaupt, Sie reden so viel, das ist mir richtig unheimlich. Sonst, stumm wie eine Nuss – er überlegte kurz, eine *ganz* stumme Nuss, fügte er hinzu. Aber ich sehe schon, Sie versuchen meine Tochter gegen mich aufzuhetzen.

Kron starrte ihn an, aber nein, sagte er, das ist einfach nicht wahr.

Grün schlug mit dem Ast gegen die Baumstämme, warf ihn in die Höhe, fing ihn auf. Ich denke, es ist eine Verschwörung.

Wer verschwört sich gegen wen, fragte Klara, sie war stehen geblieben, schaute in die Dunkelheit zwischen den Bäumen, ich hole ein paar Blumen für Tankrad und Frufru, sie wandte sich nach links, verschwand in den Rosenbüschen.

Zum Beispiel die Tiger, schlug Grün vor, sie wollen die Weltherrschaft, sie wollen die Rinder für sich, rief er ihr hinterher.

Sehr überzeugend, tönte es aus der Dunkelheit.

Das Zusammenleben der Menschen wäre friedlicher, wenn sie kein Fleisch essen würden. Es könnte eine gerechtere Verteilung der vorhandenen Getreidemengen geben, wenn nicht mehr der größte Teil des weltweiten Getreideanbaus an Tiere verfüttert würde, sagte Kron. Niemand bräuchte mehr Hunger leiden.

Ich sage Ihnen mal was, Grün hatte sich umgedreht, trat dicht an Kron heran, schaute hoch in sein Gesicht, Frauen wollen keinen Weichling. Frauen wollen einen Mann. Einen richtigen Mann. Wissen Sie, was ein Mann ist? Sie wollen einen Mann, der mit bloßen Zähnen einen Bären reißt und hinterher mit blutigem Mund ihre Küsse holt, sie wollen den Geruch von Tod und Gewalt, den der Mann mit sich bringt, wenn er sie packt, sie wollen die pure Kraft, er streifte kurz mit den Augen Krons muskulösen Oberkörper, die Kraft eines Fleischessers meine ich. Er tippte Kron mit dem Zeigefinger auf die Brust, denken Sie an meine Worte, er trat einen Schritt zurück. Denken Sie daran.

Klara tauchte zwischen den Bäumen auf, sie leckte das Blut von ihrem verkratzten Arm, bündelte ein paar Rosenzweige, woran soll er denken?

An Gott, immer an Gott, Grün setzte sich wieder in Bewegung, er peitschte mit dem Ast die herunterwachsenden Zweige der Platanen, der Mensch braucht Fleisch zum Essen und Gott zum Denken.

Sie traten aus der Allee und überquerten die Brücke, Autos fuhren an ihnen vorbei, die Lichter der Scheinwerfer, in den Augen schmerzend grell nach der Düsternis zwischen den Bäumen. Sie schauten hinunter in das schwarze Wasser des Flusses, Enten saßen als dunkle Haufen dicht gedrängt am Ufer, die Köpfe zwischen den Federn, schliefen. Grün warf den Ast hinab, schaute zu, wie er mit dem Wasser davontrieb.

Sie gingen am *Elefanten* vorbei, wechselten die Straßenseite, Klara blieb vor dem Lokal stehen. Grün hielt die Tür auf, sie zögerte, schaute Kron an.

Hinein jetzt, Klara, es wäre sehr unhöflich Tankrad gegenüber, nicht zu kommen, er gehört zu unseren ältesten Freunden. Grün schob Klara vor sich her, ließ die Tür hinter sich zufallen. Kron öffnete sie erneut und folgte ihnen.

Grün gähnte, er legte die Zigaretten und das Feuerzeug vor sich auf den Tisch, lehnte sich zurück.

Klara beugte sich zu Kron hinüber, flüsterte etwas in sein Ohr, er schüttelte den Kopf, sie küsste ihn auf die Wange.

Volles Haus heute, bemerkte Grün, er hob die Hand, Neugröschl war in der Küchentür aufgetaucht, winkte herüber.

Grün zog seine Jacke aus, hängte sie über seine Stuhllehne und schaute sich nach dem Kellner um, da kommt der Franz, bemerkte er, gut sieht er aus.

Franz trug ein Tablett, groß wie ein Taschentuch, schlängelte sich mit steinerner Miene durch das gedrängt sitzende Publikum.

Wenn man nicht weiß, dass er bis anhin ausschließlich als Kleinkrimineller unterwegs war, man würde es ihm nicht ansehen, Grün schüttelte andächtig den Kopf, das Pokerface vielleicht, aber ein guter Kellner hat das allemal.

Der Oberkellner war bei ihnen angekommen, wischte mit einer raschen Handbewegung über den kleinen Tisch.

Franz, sagte Grün, er streckte ihm die Hand hin, gut sehen Sie aus.

Ludwig, Franz klemmte das Tablett unter den Arm, schüttelte die Hand, schön, Sie zu sehen, wie laufen die Geschäfte, er machte eine knappe Verbeugung zu Klara, was darf ich den Herrschaften bringen.

Einen Liter vom Hauswein und drei Gläser, Grün schob

die Blumenvase an den Rand des Tisches, zog den Aschenbecher näher zu sich heran.

Zwei Gläser, Kron räusperte sich, nur zwei Gläser bitte, ich trinke einen Kamillenblütentee.

Grün warf einen Blick an die Decke, Herr, lass es dunkel werden, murmelte er, Kamillenblütentee hat der Franz nicht, sagte er dann laut, nicht wahr Franz? Kein Kamillenblütentee im Haus.

Franz machte einen Diener in Richtung Kron, ich werde ihn nötigenfalls mit meinen eigenen Händen pflücken.

Verrenk dir nichts dabei. Und bring ihm ein paar von den Linzeraugen mit, rief Grün hinterher, die Linzeraugen, sagte er zu Kron gewandt, sind hier berühmt, müssen Sie wissen, die vergisst man sein Lebtag nicht mehr.

Entschuldige mich einen Moment, er schob Klara die Speisekarte hin, und such dir schon was aus, ich muss ein, zwei Worte mit dem Franz wechseln.

Er erhob sich, folgte Franz durch das Gedränge hinter die Theke.

Franz, sagte er, er schaute sich um, hast du auf eine Minute Zeit?

Franz schraubte eine Flasche zu, schnippste mit dem Finger. Die Kellnerin schaute sich um, er deutete auf das vorbereitete Tablett, sie nickte.

Das ist Ingrid, sagte er, er öffnete die Tür zur Küche, ließ Grün vorbei, wenn der Chef jetzt noch wen Dritten zum Kellnern einstellt, sind wir komplett.

Sie durchquerten die Küche, das Personal eilte mit dampfenden Tellern an ihnen vorbei, am Herd hantierten, gehüllt in eine Wolke von Gebrodel und Düften, Seite an Seite, Neugröschl und sein neuer Koch, hochrot, konzentriert.

Franz ging bis ans Ende der Küche, sie traten in einen schwach beleuchteten Flur, zogen sich in die Kühlkammer zurück. Franz schaltete das Deckenlicht an, verschloss die

Tür hinter ihnen. Grün setzte sich auf eine riesige Melone, betrachtete die vorbereiteten Schalen Vanillecreme unter Klarsichtfolie auf einem Tablett.

Du kennst doch wen in der Versicherung, sagte er, holte sich eine der Schalen unter der Folie hervor, Franz nahm den Bunsenbrenner aus dem Gürtel, flammte die gezuckerte Oberfläche der Creme, bis sie karamellisierte, Gebrannte Creme, sagte er, eine Spezialität des Hauses.

Schön, sagte Grün, er schaute sich nach einem Löffel um, Franz zog einen aus dem Ärmel, um was geht's denn, er lehnte sich gegen die Wand.

Ich hab hier ein Problem, Grün warf den Löffel in die Luft, fing ihn auf, mit einem Kunden, weißt schon, die Sache mit den Geigen.

Franz betrachtete seine Hände, nickte langsam.

Hab sozusagen, Grün strich mit dem Finger sanft über die glatte Zuckerfläche, was vergeigt.

Franz zog eine Augenbraue hoch, haha, sagt er.

Genau. Grün klopfte mit dem Löffel die glasharte Oberfläche, die Creme quoll zwischen den Rissen hervor, deswegen wird am Wochenende bei mir die Wohnung ausgeräumt, Schinaglgasse 113, Zolgakov, darum kümmere ich mich aber selber, ich dachte da an den Heinzi und seinen Bruder, der was nur ein Aug hat, bei denen läuft's auch grad eher mau.

Franz nickte, der Heinzi ist gut, sagte er, sauber.

Eben. Der hat noch nie was in die eigene Tasche gewirtschaftet, der Heinzi ist kriminell aus purem Idealismus. Damit das Gewerbe nicht ausstirbt, quasi. Einer muss die Drecksarbeit halt machen, so denkt der Heinzi. Und sein Bruder macht sich immer gut, so ein Zyklop auf dem Set, super, sehr dekorativ. Hüte dich vor den Gezeichneten, hat meine Oma immer gesagt. Hat sie recht gehabt. Zyklopen sind ja sozusagen die Schutzheiligen derer, die im Dunkeln wirken. Gut für uns, schlecht für den Rest. Im Übrigen

48

hat der Oberarme wie der Atlas persönlich, der trägt dir bei Bedarf auch das ganze Haus weg, musst ihm nur sagen wohin. Ganz genau sagen allerdings, schlau ist er nämlich nicht. Jedenfalls, ich bestell die schon auf die Nacht vom Samstag auf den Sonntag, dann können sie in aller Ruh ausräumen und dann notfalls noch einmal anrücken, falls was vergessen worden ist. Die Einbrecher handeln schnell und sicher, sieht aus, als haben sie's von langer Hand geplant. Von den Nachbarn kriegt keiner was mit, alles alte Leute, gehen um neun ins Bett. Offiziell bin ich in Turin. Wollte eigentlich am Sonntag wieder da sein, habe aber eine Autopanne, übernachte im Motel und komme dann direkt am Montagmorgen zurück, bin fassungslos. Rechnungen und Alibi der letzten Tage, alles da. Die Einrichtung kann ich verschmerzen, sind zwar die einen oder anderen Erinnerungsstücke an meine russische Oma dabei –

Was, Franz hob interessiert die Augenbraue, eine russische Oma hast du auch? Was du nicht alles hast.

Tja, wer hat, der hat, Grün klopfte auf die Melone unter sich, lass das bloß meine Oma nicht hören, die hupft sonst im Dreieck, auf alles Russische ist die ganz schlecht zu sprechen. Die einen mögen keine Kutteln, meine Oma mag keine Russen. So ist halt ein jeder Mensch ganz verschieden. Jedenfalls, was ich sagen wollte, das Problem sind zwei wirkliche Objekte von Wert. Zwei Geigen. So – bessere. Einer der Besitzer wird übrigens auch zugegen sein, damit er die Dramatik gleich hautnah miterlebt, er kommt um neun, so ein Pünktlichkeitsfanatiker, wäre also gut, wenn die gesamte Mannschaft schon versammelt wär und alles im Gang ist, ich stoß dann dazu, das wirkt dynamischer. Wenn du den von der Versicherung in Position bringst, kümmer ich mich um Polizei, da kenn ich wen. Ich will kein Geld, aber der wird es wollen. Er löffelte die Creme leer, stellte die Schale aufs Tablett zurück.

Ich werde sehen, was sich machen lässt, Franz betätigte den Bunsenbrenner, sie schauten in die Flamme.

Wäre also schön, wenn der Kollege von der Versicherung direkt vor Ort wäre. Oder besser: die Kollegen, zwei wären eindrücklicher und der Schadenshöhe angemessen.

Franz hatte die Augen halb geschlossen, wanderte mit der Flamme nah an seinem Arm entlang nach oben, wieder nach unten, war wohl ein heißes Eisen, sagte er beiläufig.

Ganz heißes Eisen, Grün klopfte wieder mit dem Fingerknöchel gegen die Melone, hats aber zerrupft, vor lauter Hitz. War blöd gelaufen.

Franz nickte, ja, sagte er, jaja, manchmal läufts einfach blöd. Manchmal nicht.

Grün hatte sich erhoben, genau, sagte er, und jetzt hol ich mir die Stückerln wieder aus dem Feuer und schmelz mir das neu zusammen. Also, die Kollegen von der Versicherung, gegen neun, nein, um neun, oder besser schon um halb, sicher ist sicher.

Franz drehte die Flamme herunter, steckte den Bunsenbrenner in den Gürtel zurück, wird schon schiefgehen, sagte er, er öffnete die Tür.

Gut, die Creme, Grün ging an ihm vorbei, trat in den schummrigen Flur.

Franz löschte das Licht in der Kühlkammer. Spezialität des Hauses, sagte er.

Grün schob den leeren Teller weg, gähnte. Er zündete sich eine Zigarette an und wedelte das Streichholz aus. Er gab der Kellnerin einen Wink. Erzählen Sie mal ein bisschen von sich, er klemmte sich die Zigarette in den Mundwinkel, faltete die Hände auf der Tischplatte, schaute Kron erwartungsfroh an, Herr Valentin.

Kron warf Klara einen Blick zu, ich weiß gar nicht, er räusperte sich, da gibt es gar nicht so viel zu erzählen.

Grün gähnte, hielt sich die Hand vor den Mund.

Hör doch auf zu gähnen, was soll denn das? Klara schaute ihn an.

Das belüftet das Gehirn. Man hat herausgefunden, dass das Gähnen keineswegs ein Zeichen von Sauerstoffmangel oder gar Schläfrigkeit ist, Langeweile womöglich, vielmehr dient es – die Kellnerin nahm die Teller vom Tisch, servierte Mokka. Grün schüttete Zucker in seine Tasse und rührte um – vielmehr dient es der Kühlung des Gehirns, sagte er, man erhält sich so seine intellektuelle Sportlichkeit. Er gähnte herzhaft, fahren Sie fort, Herr Valentin, ich bin ganz Ohr.

Das Polizeiauto stand quer über dem Bürgersteig, Uniformierte lehnten gegen die Hausmauern, rauchten, das blaue Licht der Sirene huschte über die Gesichter, Grün begutachtete den Versicherungsbeamten, nahm ihm die Brille ab, setzte sie wieder auf.

Der Mantel geht gar nicht, sagte er, schüttelte den Kopf, keine Chance, in so einem Mantel würd ich dir nicht mal ein Butterbrot abkaufen, geschweige denn eine Versicherung, wo hast denn den her, von der Heilsarmee? Zieh ihn aus.

Ist aber noch so frisch, der Beamte wickelte sich eng in den Mantel, äugte hinauf in die Wolken, kommt auch gleich was.

Kommt was.

Na, Regen halt.

Na und? Nimmst halt einen Schirm.

Ich hab keinen Schirm.

Beamte haben immer einen Schirm.

Ich nicht.

Schlecht. Den Mantel jedenfalls hängst über die Tür von dem Polizeiauto, das wirkt. So ganz dynamisch, kommst an, lässt dir alles erklären und fängst sofort zum Arbeiten an, und zum Arbeiten kann man so einen Teppich nicht gebrauchen, klar? Wo ist überhaupt dein Kumpel, ihr solltet doch zu zweit sein – was? Kauft sich gerade einen Leberkäs? Ja spinnt der? Günter, er winkte hinüber zu einem der Polizisten, gehst sofort hinüber in die Fleischerei und holst den Idioten her, tot oder lebendig, mir wurscht, aber in zehn Sekunden steht er hier auf der Matte, klar? Tot wär wahrscheinlich eh besser, murmelte er vor sich hin, dann redet der mir keinen Blödsinn daher, und wehe, er packte den Versicherungsbeamten am Kragen, er hat so einen Mantel an wie du, du ziehst sofort den Mantel aus, im Mantel kann man nicht arbeiten, er warf einen angewiderten Blick auf den Mantel, nicht in so einem Mantel, den wirfst ganz dynamisch über die Autotür, aber krempel ja nicht die Ärmel hoch, die Comics da will keiner sehen heut, verstehst? Und tu in Gottes Namen den Ring aus dem Ohr, den seh ich jetzt erst, was denkst du dir eigentlich, so hier aufzutauchen, er schnipste ihm gegens Ohr, hob warnend den Zeigefinger, keine Faxen, klar? Ich zahl dich nicht für Faxen, und wenn du's verbockst, gerb ich mir aus deinem Skrotum einen Tabakbeutel, verstanden?

Aus was?

Trottel. Abgang, aber mit Gefühl!

Grün beugte sich ins Innere des Autos, Kollege, könnten wir noch den Ton haben, von der Sirene? Ich glaub, so im Hintergrund würd sich das gut machen.

Die Sirene ging an, schwoll ab, schwoll an, Grün lauschte, nickte befriedigt, gab den Polizisten am Haus einen Wink, sie drückten die Zigaretten aus, kamen langsam heran, meine Herren, Position, er schaute auf die Uhr, zehn vor neun, der Zeitfanatiker kommt sicher zu früh, also an die Arbeit, rennts halt ein wenig herum, tuts ganz geschäftig, sehr schön, könnten wir das noch einmal üben, wie ihr aus dem Auto herausrennts, ins Haus hineinrennts, so ganz zivilisiert chaotisch herumrennts, also, ich komm gerade aus

Turin, werf den Koffer von mir, also so, er warf den Koffer weg, bin total hin und weg und du, Pischinger, er hob den Koffer wieder hoch, legte dem Polizeichef den Arm um die Schulter, du – er hob den Kopf, Obacht, flüsterte er plötzlich, Obacht, es geht los, das ist er, mit dem albernen Schal und das Würsterl daneben der Geiger, und –

Was, rief Grün, er warf den Koffer von sich. – Unfassbar! Ein Skandal, jaja, eben aus Turin, er fuhr sich mit der Hand durchs Haar, Leihwagen, Expertenkonferenz, Autopanne, Motel, italienische Lässigkeit, dolce far niente, Leihwagen, umständlich, debattieren, Italiener – alles weg? Unmöglich, sagen Sie, dass das nicht – Nachbarn? Alles alte Leute, stocktaub, neun ins Bett. Zyklop wurde gesichtet? Gott steh uns bei, hüte dich vor den Gezeichneten, hat meine Oma immer gesagt, hat sie recht gehabt. Profis. Spürsinn. Schnell, sicher, von langer Hand geplant, alles weg, ratzeputz, ich werd nicht mehr – Maestro, er blickte auf, lief mit ausgestreckten Armen auf Barnabas zu, da sind Sie, ich bin so froh, dass – eben aus Turin, und der junge Yehudi, ich bin geehrt – ja, eben aus Turin, Autopanne, italienische Autowerkstatt, Larifari, Signore tati, Signore tata, Spaghetti, Mafia. Die Herren von der Versicherung, Polizeichef Pischinger, die Kollegen von der Spurensicherung – wichtige Erinnerungsstücke, Oma, Tundra, Taiga, Heugabel, Butterfass, Traditionen, wichtige Bindungen, Oma in der Taiga, buttern und ackern in der Taiga, nie Urlaub – ein Skandal, Wohngegend, extra Pseudonym, skrupellos, wurde observiert, Zyklopen. Herr Polizeichef, wo waren Ihre Leute? Sind wir hier am Balkan? – Maestro, beruhigen wir uns, ganz blass, Schal ausziehen, genau, und das Würsterl, schnell! Schnell, schnell Wasser für den Virtuosen! – Genau, einfach über den Kopf, das wirkt Wunder, das erfrischt, alles klären, jajaja, Arabische Emirate, Ölmagnat, gute Freunde. Stradivari. Alles wird geklärt. Scheich. Kleine Reise, Gespräche. Scheich. Stradivari. Butterfass? Gelobt sei

Gott der Herr! Christus ist auferstanden, Christos voskres! Voistinu voskres!, wie meine Oma immer sagte, er ist wahrhaft auferstanden, Butterfass, eines ist mir geblieben, so froh, tiefe Erinnerung, kleiner Bub, nackig, russische Oma, so viel Leid, so viel Müh, Tundra, im Butterfass gebadet, kein Geld – sehr freundlich, das Taschentuch, mit Initialen, wie ich seh, so eine Ehre, Maestro, Ihr persönliches Nasentuch, wie kann ich Ihnen je – nur einmal schnäuzen, geht schon wieder, sentimentaler Mensch, russisches Erbe, Sie kümmern sich, einen Kaffee, einen Schnaps, genau, muss mich setzen, ganz flau, Spaghetti, ganz schlecht, Aglio et Olio, Landwein, alles gepanscht, Mafia, Butterfass, ich bin so froh.

Grün erschien in der Küchentür, bonjour madame. Ça va?

Klara hob den Kopf, murmelte irgendwas, schaute wieder in die Zeitung.

Er legte die Bäckertüte auf den Tisch, das Buch, schenkte sich Kaffee ein. Er öffnete das Küchenfenster, schaute in das dichte Laub der Bäume, irgendwo begannen Kirchenglocken zu läuten. Er rückte sich einen Stuhl heran, stieg hinauf und deponierte ein Baguette auf den Küchenschrank, kletterte herunter und trat einen Schritt zurück. Er begutachtete das Ganze von unten, stieg noch einmal hoch und rückte das Brot ein wenig zurecht. Er setzte sich an den Tisch, hob lauschend seine Hand ans Ohr, ah, c'est la cloche. Midi est sonné? C'est le sonneur de *Notre-Dame*?

Klara blätterte die Zeitung um.

Et Monsieur Valentin? Grün setzte eine überraschte Miene auf, schaute sich ausgiebig um, hob die Tischdecke und warf einen Blick unter den Tisch, il dort? Il prent une douche? Il va bien entre toute la nature?

Klara faltete langsam die Zeitung zusammen, schob sie von sich. Und was wird das?

Ich versuche, ein Gespräch mit dir zu führen. Wir könnten uns über den *Glöckner von Notre-Dame* unterhalten, ein wunderbares Buch.

Sie zog die Beine hoch auf den Stuhl, schlang die Arme um die Knie. Und dieses Gestammel?

Ich lerne jetzt Französisch. Ich lese, er klopfte mit der flachen Hand auf das Buch, ich lese den *Glöckner von Notre-Dame* auf Französisch.

So. Französisch ist das. Hab schon gerätselt. Klingt gewagt aus deinem Mund. Zu was soll denn das gut sein.

Ich werde Modepapst.

Gute Idee. Klara schaute zum Küchenschrank hoch. Da liegt ein Baguette auf dem Küchenschrank, sagte sie.

Genau, Grün nickte zufrieden, das erzeugt gleich so ein französisches Flair.

Papa, es liegt *auf* dem Küchenschrank.

Wenn ich es *in* den Küchenschrank lege, sieht's ja keiner. Da ist das Flair dann beim Arsch.

Aha. Den Hut wirst du dann vermutlich auch zum Duschen nicht ausziehen.

Das ist eine Baskenmütze. Très français. Und das Duschen hab ich mir schon lange abgewöhnt, seit dein Monsieur Valentin –

Schon gut, schon gut, sie blickte über den Tisch, fischte sich die Bäckertüte und holte ein Croissant hervor, biss hinein. Werden wir jetzt jeden Tag frische Croissants zum Frühstück haben, jetzt, wo du Modepapst wirst?

Ich übe mich in guter Lebensart. Franzosen haben gute Lebensart. Sie essen die besseren Kipferln, trinken den röteren Wein, schneidern die schöneren Kostüme. Baguette und Baskenmützen, voilà la France. Ich werde mich, in meiner neuen Rolle als Couturier, ganz als Franzose fühlen, ich werde in meine Entwürfe dieses gewisse französische Etwas einbringen. La transformation totale, ich werde mich völlig umkrempeln, ich fange ganz und gar neu an, er hob sein

Buch hoch, schlug es auf, der *Glöckner von Notre-Dame* wird mir dabei helfen, er läutet quasi eine neue Ära ein.

Als Modepapst.

Als Modepapst.

Klara seufzte, zog die Zeitung wieder näher zu sich heran, entfaltete sie, blätterte um, goss sich vom Kaffee nach, tauchte ein Stück Croissant ein.

Soso, Grün faltete die Hände, schaute konzentriert auf die Buchseiten, ist Monsieur Valentin nicht da, trauen wir uns sogar, einen Kaffee zu trinken. Wo ist der gesunde Schnittlauchtee? Das werd ich ihm aber brühwarm –

Papa, sagte Klara bedächtig hinter der Zeitung, noch ein Wort und ich erschlag dich mit einem Baguette, Ehrenwort. Sie blätterte um, legte das Croissant weg. Starrte in die Zeitung, sag mal, sagte sie langsam, sie legte die Zeitung auf den Tisch, tippte mit dem Finger auf die Seite, das ist doch wohl nicht dein Ernst.

Doch, mein voller Ernst.

Klara schaute ihn an.

Was auch immer es ist, sagte Grün, er wischte ein paar Krümel von den Buchseiten, blätterte um, mein voller Ernst.

Und was soll das sein? Neue Geschäftsidee? Heiratest du jetzt schwule Scheichs, vergiftest und beerbst sie?

Scheichs? Was denn für Scheichs?

Klara hob die Zeitung hoch, hielt sie vor ihn hin, wieso küsst du grinsende, bärtige Herren in Röcken?

Grün nahm ihr die Zeitung ab, betrachtete das Bild, das ist ein Bruderkuss, das hat man da unten so.

So, hat man das. Und seit wann hast du Brüder unter den Arabern?

Seit neuerdings. Ein Mann ist praktisch überall unter Brüdern. Ein richtiger Mann. Weißt eh, er zeigte seine blanken Zähne, ließ sie aufeinanderklacken, einer, der dir einen

Bären mit den bloßen Zähnen reißt, so ein Mann. Überall Brüder. Ob Ost, ob West –

Papa –

Ob Nord, Grün hob abwehrend die Hände, ob Süd, Brüder. Und: Das Schöne an arabischen Ölmagnaten ist ja, dass sie das alte Europa lieben. Sie lieben es. Sie kaufen es. Europa ist für sie ein großer Supermarkt. Ein Süßigkeitenladen. Sie kaufen, was ihnen gefällt. Häuser, Bilder, was sag ich, Museen, ganze Landstriche.

Und?

Und? Und und und. Sie kaufen alles und haben alles. Autos, Schlösser und Violinen, van Goghs, Chalets, warum nicht einen Schweizer Berg.

Violinen.

Genau. Ein kleiner Deal und, schwupps, überreiche ich dem Barnabas und seinem Würsterl einen Ersatz für das kleine Malheur. Einen adäquaten Ersatz, wohlgemerkt, Geigen aus dem 18. Jahrhundert, tadelloser Zustand, Stradivari, Guadagnini, alles da, Rolls-Royce, Bugatti, Lamborghini, schwuppdiwupp.

Schwupps, aha.

Eben.

Und was für ein Deal?

Grün wachelte mit der Zeitung, hab da was gedeichselt, keine große Sache, ein Schnips, er schnipste mit den Fingern, und schwupps –

Klara nahm ihm die Zeitung aus der Hand, verstehe, sehr super, vergessen wir das. Sie blätterte eine Seite um, hob sie vor ihr Gesicht.

Grün nahm sich noch ein Croissant, bestrich es mit Butter, schlug sein Buch wieder auf.

Projekt Schinaglgasse ist also damit gestorben, sagte sie irgendwann hinter der Zeitung.

Natürlich nicht, rief er, schob das Buch zur Seite, die Schinaglgasse läuft so nebenher, das ist ein gutes Zubrot, gerade in der Anfangsphase, wenn die Leute sich an meine neuen Kreationen gewöhnen müssen, ist es gut, noch ein, zwei Nebenverdienste zu haben, auch meine neuen Akupunkturmethoden müssen sich erst mal ein wenig herumsprechen.

Klara legte endgültig die Zeitung weg, musterte ihn. Die Wohnung ist schön, sagte sie, ich würde hier nicht gleich wieder ausziehen.

Nächstes Wochenende. Grün angelte sich die Zeitung, nahm sein Buttermesser und trennte das Foto heraus, er legte es neben seine Kaffeetasse, er beugte sich nah darüber, strich es glatt. Dann geht's in die 150, sagte er, vierter Stock, fünf Zimmer, wir werden zwei Katzen haben.

Ich nicht.

Doch, du auch.

Im Ernst, Papa, ich werde nicht mehr mitkommen.

Klara du machst dich unglücklich, glaub mir das. Lass dir noch Zeit, Herr Valentin wohnt doch praktisch sowieso hier oder du bist bei ihm. Wo ist er überhaupt?

Er arbeitet.

Was arbeitet er denn, nein, nein, Grün winkte ab, jetzt fällt es mir wieder ein, keine Geschichten vom Acker bitte. Wo ist das überhaupt, sein, na wie sagt man, Arbeitsumfeld.

Am Stadtrand. Wo die Felder anfangen.

Wie kommt er dahin? Mit dem Bus?

Mit dem Fahrrad.

Da ist man doch Stunden unterwegs!

Klara war aufgestanden, spülte ihre Tasse und stellte sie ins Abtropfgestell, Stunden, sagte sie, so weit jetzt auch wieder nicht.

Und was machst du, musst du nicht an die Uni, studierst du eigentlich gar nicht mehr? Machst du jetzt nicht mehr in Fossilien bei diesem Verrückten, wie hieß er noch, Tripper, Trapp, Tipptopp?

Findest du das witzig?

Ja, das finde ich sehr witzig.

Teupel ist nicht verrückt. Ein bisschen eigen vielleicht.

Teupel, genau. Eigen. Das ist aber beileibe kein Grund, sein Studium hinzuschmeißen, nur weil der Teupel ein bisschen eigen –

Es sind Semesterferien. Ich fahre jetzt auch raus, Erdbeeren einkochen.

Wo kochst du Erdbeeren ein, beim Herrn Valentin? Im Gartenhaus? Auf dem Spirituskocher? Und wo duschst du hinterher? In der Kloschüssel? Gibt's da überhaupt ein Klo? Wo geht ihr denn aufs Klo?

Klara winkte ab, bitte, bitte, über das Klo unterhalten wir uns das nächste Mal, ja? Ich geh nur Erdbeeren einkochen, Erdbeersaft, gut, oder?

Super, Grün starrte sie an, supergut.

In der alten Waschküche von dem Achleitner, das ist der Bauer, bei dem Valentin arbeitet. Der hat eine alte Waschküche mit einem riesigen Kupferkessel, den verwendet er zum Einkochen. Ich koche Erdbeersaft. Dieses Jahr haben wir eine Erdbeerschwemme.

Haben wir. Ich nicht. Du wirst richtiggehend rustikal. Was ist das, juvenile Stadtflucht? Bindest du dir eine Schürze um, ein geblümtes Kopftuch?

Blödmann, Klara nahm ihre Tasche, bis dann.

Bis wann?

Mal sehen.

Klara, mir reicht das langsam.

Was denn schon wieder? Sie war unter der Tür stehen geblieben, schaute ihn an.

Nichts.

Sie schaute noch ein bisschen, Grün schob mit der Handkante die Krümel auf dem Tisch zu einem Haufen, nichts. Er hörte ihre Schritte im Flur, die Tür.

Er saß am Tisch, schaute auf die Krümel, den verschütteten Kaffee, das Bild. Ein grinsender, bärtiger Scheich im Kleid, groß wie ein Bär, er selbst, Küsse. Brüder. Das Baguette, lag auf dem Schrank. Draußen der Wind in den Blättern, Kirchenglocken. Schönes Licht. Nichts.

Schön, dass du dich auch wieder einmal blicken lässt, Grün tauchte in der Küchentür auf, und der Herr Valentin ist auch nicht weit, das freut mich, guten Abend, kann ich Ihnen etwas anbieten?

Kron stellte die abgetrocknete Pfanne auf den Tisch, hielt das Geschirrtuch in der Hand, er warf Klara einen Blick zu.

Sie stand beim Herd, drehte sich um und drehte das Gas zurück. Sie strich die Haare zur Seite. Hallo Papa.

Grün tat ein paar Schritte in die Küche, legte den Schlüssel auf den Küchentisch neben die Teller, hängte seine Jacke über die Stuhllehne. Er zog einen Sessel unter dem Tisch hervor und setzte sich, schlug die Beine übereinander. Und, er fischte sich eine grüne Olive aus der Schale auf dem Tisch, lächelte Kron an, was gibt's Neues auf Feld und Flur?

Klara schaltete das Gas ab, schaute einen Moment auf die Töpfe. Sie ging zum Küchentisch, nahm ihre Tasche. Komm Valentin, wir gehen, sie ging zur Tür.

Grün spuckte den Olivenkern in die hohle Hand, stand auf, trat ihr in den Weg, aber wieso denn? Er warf den Kern in die Luft, fing ihn auf. Lasst euch nicht stören. Ihr habt gekocht, ihr wollt essen, lasst euch nicht stören.

Du bist betrunken.

Das stimmt nicht.

Natürlich stimmt das, komm Valentin.

Ich trinke schon lange nicht mehr, Klara, ich habe das im Griff, ab und zu ein Glas Wein, ich habe das im Griff.

Du bist völlig betrunken, du ekelst mich.

Klara, reiß dich zusammen!

Lass mich los, Klara wand sich aus seinem Arm, ging an ihm vorbei zur Garderobe, schlüpfte in ihre Schuhe. Valentin, komm, lass uns gehen.

Kron stand mit dem Geschirrtuch in der Küche, Grün schaute ihn an, er legte das Geschirrtuch hin, ging Richtung Tür.

Grün nahm das Tuch, trat ihm in den Weg, was soll das, sagte er, ich störe euch doch nicht.

Kron wollte an ihm vorbei, Grün fasste ihn am Arm, Herr Valentin, störe ich vielleicht? Was mache ich falsch? Habe ich euch irgendwas getan? Kron wollte sich frei machen, Grün fasste ihn fester, schlang ihm das Geschirrtuch um den Hals, zog ihn nah an sich heran, berührte fast seine Stirn, Herr Valentin, flüsterte er, Kron versuchte, seinen Kopf zu befreien, Grün drehte das Tuch enger, schau doch, sagte er, schau doch her, schau mich an, er hob Krons Kopf an, schaute ihm ins Gesicht, Kron wanderte mit den Augen über die Wände, Tapete, Bilder, die Küchenschränke, den Herd und die Töpfe, wie gehetzt, schau doch her, schrie Grün, er beutelte das Tuch, steckte Kron den Olivenkern in den Mund, na komm, wehr dich, oder hast du Angst? Wehr dich doch, er warf das Geschirrtuch zu Boden, stieß Kron vor die Brust, immer vor die Brust, drängte ihn gegen die Wand, kommt was?

Kron versuchte, den Olivenkern aus dem Mund zu nehmen, Grün stopfte ihn zurück, fasste mit der Hand sein Gesicht, drückte es zusammen, er spürte, wie hinten Klara auf seinen Rücken einschlug, Klara lass das, sagte er nach hinten, halt dich da raus, Kron duckte sich unter ihm weg, tat ein paar Schritte in den Raum, Grün erwischte ihn am Pullover, schüttelte ihn, Kron versuchte, die Finger von seinem Pullover zu lösen, Grün packte ihn fester, beutelte ihn, Kron stolperte ein paar Schritte zurück, fasste nach der Wand, Grün war ganz nah vor ihm, schaute in sein Gesicht, hast du Angst? Hast du Angst? Er boxte ihn in den Bauch, Kron krümmte sich, schnappte nach Luft. Klara war in zwei Schritten bei ihm, stieß ihren Vater zur Seite, sie fasste Kron unter den Arm, hielt ihn fest. Er holte Luft, richtete sich ein bisschen auf, er spuckte den Olivenkern aus. Sie stützte ihn, Grün trat ihr in den Weg.

Verschwinde, sagte sie leise, verschwinde sofort, oder ich schreie das ganze Haus zusammen. Sie schauten sich an, eine Sekunde, zwei, drei, Grün trat einen Schritt zurück, lehnte sich gegen die Wand. Klara führte Kron an ihm vorbei, nahm seine Jacke von der Garderobe. Das verzeihe ich dir nie, sagte sie.

Jajaja.

Er hörte die Tür ins Schloss fallen, Schritte im Stiegenhaus. Dann war es ruhig.

Klara, ich weiß, dass du mich hörst, nimm bitte ab. Grün wartete, schaute in das dunkle Lokal, Neugröschl saß am Tresen unter einem kleinen Licht, zählte Geld. Klara, ich warne dich, ich versuche schon seit Wochen dich zu erreichen, langsam ist meine Geduld zu Ende. Er wartete, Frufru hatte sich auf den Klavierhocker gelegt, schlief mit dem Kopf auf dem Deckel. Klara? Er wartete, hängte den Telefonhörer auf. Er ging an den Tischen vorbei, setzte sich neben Neugröschl. Er schaute zu, wie er die Zahlen in das Abrechnungsbuch eintrug, Münzberge vor sich aufgetürmt. Sie nimmt einfach nicht ab, sagte er.

Neugröschl strich die Kreditkartenbelege glatt, steckte den Stoß in ein Briefkuvert. Er schenkte Grün ein Glas Orangensaft ein, schob es hinüber. Sie wird sich schon wieder melden, er schraubte die Flasche zu.

Du hast leicht reden.

Sie braucht ein bisschen Abstand. Das ist doch verständlich.

Nein. Mir ist das völlig unverständlich. Wieso Abstand? Bevor Herr Valentin hier aufkreuzte, hat sie auch keinen Abstand gebraucht.

Kron ist in Ordnung, wirklich.

Woher willst du denn das wissen, sitzt er bei dir vielleicht in deinem Morgenrock beim Frühstück?

Er beliefert mich.

Wie bitte, Grün stellte das Glas auf den Tresen zurück.

Der Achleitner beliefert alle möglichen Leute in der Stadt, Obst, Gemüse, Milchprodukte, schöne Sachen. Das macht der Kron. Er fährt einen grünen Lieferwagen.

Grün fasste Neugröschl am Revers, war dicht vor seinem Gesicht, hast du dich jetzt mit dem Kron gegen mich verbandelt?

Neugröschl nahm seine Hände herunter, fang dich ein, Ludwig, niemand verbandelt sich gegen dich, langsam kriegst du eine Paranoia. Er schob ihm einen Teller mit Buttersemmel hin, komm, iss was, du bist wahrscheinlich unterzuckert.

Grün starrte auf die Semmel, steckte ein Stück davon in den Mund, kaute, Herr Valentin ist ein kranker Mensch, sagte er.

Nicht kränker als du oder ich. Er hat's halt schwer gehabt.

Schwer, mein Gott, schwer hab ich's auch.

Die Klara tut ihm gut, das sieht man.

Klara ist keine Krankenschwester. Ich will nicht, dass meine Tochter eine von denen mit einem Helfersyndrom wird.

Du kannst von Glück reden, dass du damals eine mit Helfersyndrom gefunden hast, vergiss das nicht. Wer weiß, wo du jetzt wärst, hättest du nicht die Lissi gehabt.

Gott bewahre, dass Klara auf einen wie mich trifft. Aber Herr Valentin ist keinen Deut besser, anders, aber nicht besser. Er wird sie unglücklich machen.

Grün stieg die Stufen hinunter, winkte dem Fahrer kurz zu. Die Türen schlossen sich hinter ihm, der Bus wendete und fuhr zurück in die Stadt. Grün schaute sich um. Es wurde schon dunkel, reglose Schatten auf der Wiese, vorne begann der Wald. Er überquerte die Landstraße, öffnete ein Gatter und ging den Pfad entlang. Es war heller, als er vermutet hatte, er warf einen Blick nach oben, suchte den Himmel ab, der Mond ging auf, hing schon schwanger über dem Wald. Die Wiese kam in Bewegung, Grün blieb stehen, schaute. Nichts. Schatten. Hatte er sich getäuscht, er ging ein paar Schritte, sie kamen näher, tauchten aus dem Dämmerlicht auf, blökten.

Guten Abend, er blieb wieder stehen, drehte sich um, die Schafe schlossen einen Ring um ihn, rückten näher. Warteten. Er hörte sie atmen, roch die Leiber, Wolle. Was wollt ihr, er schaute in die Runde. Ihr wollt spielen, stimmt's? Aber nicht mit mir, ich habe zu tun. Im Wald. Muss was erledigen. Er wartete, suchte nach einem Spalt zwischen den Tieren. Ich komme später noch einmal vorbei. Auf dem Rückweg. Die Schafe standen ganz ruhig, schauten. Er drehte sich herum, du, er zeigte mit dem Finger auf eines der Tiere, ging auf das Schaf zu. Er ließ sich ein wenig in die Knie und schaute ihm in die Augen. Du bist hier der Boss, stimmt's? Hör mir zu. Es geht um meine Tochter. Ich muss dringend mit ihr sprechen. Nachher erzähl ich euch alles. Er erhob sich. Der Bock starrte auf den Boden, die Beine in die Wiese gerammt. Er tat einen Schritt zur Seite. Grün drängelte sich hindurch, ging über die Wiese. Der Mond arbeitete sich hoch, er warf einen Blick zurück, sie schauten ihm hinterher, reglos. Er winkte.

Der Wald vor ihm wie ein schwarzes Loch, er verlangsamte seinen Schritt, Steine knirschten unter seinen Schuhen. Er blieb stehen, schaute zwischen die Bäume, ab und zu ein fahler Schimmer von dem Mond, er drehte sich um, sie schauten ihm nach, dicht gedrängt, silberweiß in dem Licht.

Er trat zwischen die Bäume wie nicht wahr. Es war still, als hielte der Wald den Atem an, angespannt, als müsste er einen falschen Schritt nur tun und hier bräche die Hölle los, kreischendes Getier, brüllende Bäume, noch war es still. Er lauschte auf seine Schritte auf dem Weg, roch den Moder, die schwüle Luft. Der Weg führte immer tiefer in den Wald hinein, er hörte eine Eule rufen, sah sie auffliegen, über den Wipfeln der Tannen kreisen, verschwinden. Der Weg führte immer geradeaus, immer tiefer in den Wald hinein. Irgendetwas flatterte über ihm, über den Baumkronen, kreuzte den Weg, Fledermäuse vielleicht. Oder Vampire. Sehr wahrscheinlich waren es Vampire. Hatten ihn gewittert. Grün entfernte sich von der Mitte des Weges weg hin zum Rand, ging am Saum zum Wald. Er spürte unter den Tannen eine kühle, harte Luft, scharf. Irgendetwas lauerte. Flüsterte? Was war los im Wald? Was spielte sich ab, jenseits des Weges, was bereitete sich vor? Er verlangsamte seinen Schritt, horchte, irgendetwas bewegte sich langsam durchs Unterholz, krachend wälzte sich ein massiger Leib durch Moos und Gesträuch, hatte sich durch Schluchten gezwängt, war über Kämme geschloffen, es kam näher. Grün war stehen geblieben, hielt den Atem an. Er spähte zwischen die Tannen, hörte er es atmen? Waren das Augen, was waren das für Augen, keine Augen. Keine Augen. Grün entspannte sich, lauschte noch einmal. Nun war es still. Er trat wieder in die Mitte des Weges, es umfing ihn eine satte, warme Luft, verschluckte ihn. Es war ganz still.

Grün war erneut stehen geblieben, der Weg gabelte sich, vervielfachte sich, er stand in der Mitte einer Wegkreuzung, sechs Wege führten schnurgerade von ihm weg, verloren sich in der Nacht.

Er ging geradeaus weiter, blieb vor einem Wegweiser stehen. Er holte sein Mobiltelefon heraus.

Hallo Lissi, ich bin's. – So spät schon, aber ich halte dich auch nicht lange auf, du kannst gleich weitersingen. Als du neulich einmal zu Besuch bei Klara warst, wie hieß das da noch einmal? – Nein, ich muss ihr was hinschicken, Post von der Uni, irgendwas von dem Irren, dem Teupel, was Mumifiziertes vermutlich, riecht ein bisschen streng. – Am Wiesenrain, so heißt das? Das müsste der Postbote finden, oder? – Stimmt, schicke ich es am besten dem Bauern, Achleitner heißt der, glaube ich. – Gut, das war's schon, grüß die Kinder. Sing noch schön. Und ganz besondere Grüße an deinen Mann. – Hallo?

Er schaute auf das Display, steckte das Telefon wieder ein. Er zündete ein Streichholz an, hielt die Flamme dicht an den Wegweiser. Er kehrte um, schlug den Weg links daneben ein.

Er ging schon eine ganze Weile, gewöhnte sich allmählich. Die Dunkelheit war wie ein verschlucktes Geräusch, über sich konnte er manchmal den Mond sehen, dann wieder verdeckt von den Baumkronen. Vor ihm kreuzte etwas den Weg, er blieb stehen, ein Radau im Gehölz, er wollte gerade weitergehen, ein ganzes Rudel, oder war das eine Meute, eine Sippe? Kreuzte seinen Weg, nur wenige Meter entfernt, fünf, sechs Wildschweine in gestrecktem Galopp, verschwanden im Unterholz, er lauschte auf das Bersten, Krachen der Äste. Zwei, drei Sekunden verstrichen, ein weiteres Schwein querte den Weg, eilte den anderen hinterdrein. Was erlebe ich hier eigentlich, Grün setzte seinen Weg fort, spähte in die Schwärze rechts und links des Weges.

Vorne wurde es merklich heller, eine Lichtung, ausgeleuchtet von dem Mond. Da vorne, Grün überlegte, da vorne könnte jetzt alles sein, blasse Damen beim Tanz, Ritter beim

Turnier, ein Zwergentreff. Fahles Licht. Er trat aus dem Wald auf die Lichtung, der Mond spiegelte sich im Teich, die Bäume standen bis ganz dicht ans Ufer.

Es ist wirklich ganz warm.

Grün zog sich in das Dunkel der Bäume zurück, lehnte sich gegen einen Stamm. Er schaute suchend über das Wasser, sah Klaras Kopf über der Wasseroberfläche, es ist wirklich ganz warm, hatte sie gerufen, sie hatte sich einen Blumenkranz aufgesetzt, schwamm ans andere Ufer. Kron saß an der Böschung, Grün gegenüber, auf der anderen Seite des Teichs, er hatte ihn nicht gesehen.

Klara war am jenseitigen Ufer angekommen, plätscherte im seichten Wasser.

Es war windstill, Grün hörte die kleinen Wellen gegen die Steine schlagen, hörte sie lachen, oder muss ich dich hineinjagen, sagte sie.

Kron sagte irgendwas, was, sagte Klara, wie bitte, dachte Grün. Kron wiederholte, etwas lauter, Klara bewegte sich nicht, schaute Kron an, schien zu überlegen, dann halt ich dich eben fest, sagte sie.

Grün wandte sich ab, er ging ein paar Schritte zurück unter die Bäume, schaute in den dunklen Weg. Äste brachen irgendwo, wahrscheinlich die Schweinesippschaft, irgendwo im Unterholz. Er warf einen Blick zurück, Klara saß jetzt, in ein Handtuch gewickelt, neben Kron, hatte den Kopf auf seine Schulter gelegt.

Grün ging den Weg zurück, hörte die Steine unter seinen Füßen, spürte die Augen zwischen den Tannen, Vampire in der Luft. Er ging einfach zügig den ganzen Weg zurück.

Er zündete ein Streichholz an, ließ das Licht der Flamme über den Fahrplan wandern. Es verlöschte, er warf es weg. Kein Bus. Er hätte es wissen müssen, nach neun fuhr hier draußen kein Bus mehr. Dies war das Ende der Welt, der

Untergang der Zivilisation, kein Bus. Der nächste dann wieder, er zündete ein Streichholz an, um acht. Morgen. Um acht. Er lehnte sich an den Zaun, zündete eine Zigarette an, warf das Streichholz weg. Und jetzt? Keine Ahnung. Der Mond hatte den Himmel überquert, seinen fetten Bauch einmal quer über das Firmament geschleppt, ging gerade unter. Es wurde langsam kalt, in den Nächten spürte man, dass es auf den Herbst zuging. Grün trat die Zigarette aus, öffnete das Gatter. Er überquerte die Wiese, näherte sich den schlafenden Tieren, eines hob den Kopf, musterte ihn.

Ich bin's nur, Grün umrundete die Herde, die Schafe lagen dicht gedrängt, die Köpfe auf dem Rücken, dem Bauch des Nachbartiers, atmeten. Er setzte sich neben den Leithammel, der Schafbock schaute ihn an, bewegte die Ohren.

Es fährt kein Bus mehr, sagte Grün, er legte sich zurück, stützte sich mit dem Ellbogen auf, zupfte einen Grashalm, das Gras unter ihm war kalt und wie feucht. Sie schauten über die mondblasse Wiese.

Du fragst dich sicher, was ich hier draußen eigentlich zu suchen habe, Grün legte den Kopf auf das Fell des Schafs, schaute in den Himmel.

Tatsächlich frage ich mich das auch. Es war eine klare Nacht, Sterne. Der ruhige Flug der Lichter eines Flugzeugs, sie blinkten rot und weiß, zogen über den Himmel.

In der Stadt vergisst man, dass es Sterne gibt, weißt du das? Ich meine, man weiß natürlich, dass sie da sind, aber man sieht sie nicht. Oder nur als schale Idee. Und langsam vergisst man sie. Erst wenn man sie dann ganz unverhofft wieder einmal sieht, richtig sieht, merkt man, wie gut einem die Sterne tun, wie sehr man sie braucht. Das ist wie mit dem Schnee. Man kann den Schnee nicht denken, es gibt keinen anderen Zustand, der das Gefühl ersetzt, das man hat, wenn es schneit. Das ist seltsam. Mit den Sternen ist es auch so. Er spürte die Wärme des Schafs unter sich, roch die

Wolle, den festen Körper. Ich wollte mich eigentlich nur einmal umschauen hier. Grün wandte den Kopf, schaute dem Schaf in die Augen.

Du fragst dich, warum ich dann nicht bei Tag komme, was gibt es in der Nacht auch groß zu sehen. Er drehte den Kopf, Himmel. Sie geht nicht mehr ans Telefon, sie sieht auf dem Display, dass ich anrufe, und hebt nicht ab. Sie kennt auch die Nummer vom Neugröschl, hebt nicht ab. Das regt mich auf. Jeden Monat überweise ich Geld auf ihr Konto, das nimmt sie. Seit Wochen bemühe ich mich um sie, habe ich vielleicht keine Gefühle? Ist es nicht mehr als recht und billig, sich um seinen Vater zu kümmern? Habe ich das verdient?

Eines der Schafe erhob sich, legte sich auf die andere Seite, rückte mit dem Hinterteil eng an Grün heran. Grün legte die Hand auf das Fell, strich darüber. Der Mond sank in den Horizont, Grün sah zu, wie er nach und nach verschwand. Die Wiese lag in der Finsternis, die Dunkelheit des Waldes kaum mehr auszumachen, Grün spürte die Müdigkeit, schloss die Augen.

Er kann nicht schwimmen, sagte er, er legte die Wange gegen den Bauch des Schafbocks, spürte den schnellen Atem, aus was für Verhältnissen muss einer kommen, wenn er nie schwimmen gelernt hat. Meine Frau hat recht. Meine ehemalige Frau. In diesen Dingen hat sie ein Gespür, glaub mir. Natürlich, das ist ein lieber Kerl. Als ob das reichen würde. Man muss auch, wie soll ich sagen, man muss auch lebensfähig sein. Ich weiß nicht, was das ist, dass man das so stark spürt, dass das einer ist, der einen aussaugt, weil er's braucht, er, Grün spürte das Einnachten in seinem Kopf, jetzt habe ich vergessen, was ich sagen wollte. Noch im Einschlafen spürte er, wie eines der Schafe näher rückte, den Kopf auf seinen Bauch legte, schwer wurde. Dann wusste er nichts mehr.

Guten Morgen.

Grün öffnete die Augen, schaute in das Gesicht eines Schafbocks, er kaute irgendwas, Guten Morgen, erwiderte er langsam.

Ich hoffe, Sie haben gut geschlafen.

Grün starrte dem Schaf ins Gesicht, der Kiefer, immer in Bewegung, er wandte den Kopf. Die anderen Tiere hatten den Bauern umringt, er streckte ihnen eine Handvoll Salz hin, schaute zu, wie sie es aufleckten. Grün fuhr sich mit den Händen über das Gesicht, stand auf. Die Sonne ging gerade auf, es war eine kühle, herbe Luft, die Wiese feucht vom Tau, der Himmel blank. Es würde ein herrlicher Tag werden.

Der Bauer wischte die Hand ab, schloss den Deckel des Salztopfs.

Ich warte auf den Bus, sagte Grün.

So. Soso. Das dauert noch. Ist noch nicht sechs, der Bauer schaute ihn an. Ich hoffe, Sie haben meine Schafe in Ruhe gelassen.

Wo denken Sie hin, sie waren so freundlich, mir einen Platz in ihrer Mitte anzubieten.

Der Alte hätte Ihnen auch den Kopf abgebissen, der Bauer nickte hinüber zu dem Schafbock, er kaute ununterbrochen, zeigte seine gelben Zähne.

Das glaube ich Ihnen aufs Wort.

Der Bauer strich dem Leithammel über den Kopf, klopfte ihm den Bauch. Er ging ein paar Schritte über die Wiese, kommen Sie, sagte er, ich mach Ihnen Frühstück.

Grün lief hinter ihm her, der Bauer wartete, sie gingen zusammen über die Wiese. Grün warf einen Blick zurück, die Schafe kauten und standen kreuz und quer, der Leithammel war noch ein Stück in ihre Richtung gekommen, schaute ihnen nach. Grün hörte vom Wald einen Kuckuck rufen, einmal, zweimal, er kriegte sich gar nicht mehr ein. Aber das war ja wohl Unfug, es war ja wohl kein Frühling, oder was.

Er schaute aus dem Fenster, hielt das Telefon ans Ohr, sie fuhren einen ganz anderen Weg als auf der Herfahrt, er lauschte auf das Klingeln, hallo, Lissi, ich bin's. – Ja, es ist noch früh, aber die Sonne ist schon vor einer Ewigkeit aufgegangen. – Ich würde dich gerne sprechen. – Ich meine direkt. Ich würde dich gerne treffen und direkt sprechen. – Nein, dich allein. – Wieso soll das nicht gehen. – Dann komm ich jetzt einfach zum Kindergarten und warte auf dich. – Ich will aber nicht mit dir und deinem Mann sprechen, ich will mit dir sprechen, ist das zu viel verlangt? – Was hat dein Mann mit Klara zu tun. – Ja, um Klara, um was denn sonst. – Dann hast du dich halt getäuscht, ich will nicht über uns reden, ich will über Klara reden. – Weißt du, dass sie ein Leben lang an dieser Trennung leiden wird? – Ich rede nicht von uns. Töchter, die eine Trennung von ihren Eltern erleben müssen und dann auch noch einen neuen Mann der Mutter, werden promiskuös. – Das denk ich mir nicht aus, das ist erwiesen, du müsstest das eigentlich wissen, das ist doch dein Beruf, schau dir doch einmal die entsprechenden Studien an. Aber wahrscheinlich verdrängst du solche Sachen einfach, was dir nicht in den Kram passt, ist entweder nicht wahr oder du hast nie davon gehört. Du machst ja immer alles richtig. – Stimmt doch. Solche Töchter kriegen auch viel früher Kinder, auch erwiesen. Die sie in der Regel natürlich allein erziehen, weil sie zu einer wirklichen Partnerschaft mangels Vorbild überhaupt nicht in der Lage sind. – Ich rede nicht von uns, schau doch einmal hin! Schau hin, was mit deiner Tochter passiert, interessiert dich das überhaupt noch? Hast du noch irgendeinen Funken Gefühl für Klara? – Hallo? Er schaute auf das Display, drückte auf die Wahlwiederholung. Ich bin's noch einmal, warte, warte Lissi, leg nicht auf, ich komme zum Kindergarten, lass uns reden, bitte. Dein Basti ist ein guter Mann, wirklich, er säuft nicht, droht nicht, schlägt nicht, schreit nicht, er hat ein bisschen wenig Humor für meinen Geschmack und ist auch sonst knochentrocken, aber sonst – Hallo? Er drückte auf die Wahlwiederholung, lauschte auf das Klingeln, der Anrufbeantworter schaltete sich ein. War nur ein Witz, Lissi. Aber wir hatten auch eine gute Zeit, das stimmt doch, oder. Weißt du noch, wie wir uns kennengelernt haben? Du hast so schön ausgesehen. Sag, dass wir eine gute Zeit hatten. Damals hast du viel gelacht, weißt du noch, wie oft ich dich zum Lachen gebracht habe? Ich habe dich schon lange nicht mehr lachen sehen. Lachst du noch manchmal? Eher weniger, oder. Bist du glücklich Lissi? Ich glaube, du bist nicht glücklich. Ich glaube, du hältst nur durch, um dir nicht dein Versagen einzugestehen. Dein nochmaliges Versagen. Damals mit mir dachtest du vielleicht noch, falsche Wahl. Jetzt merkst du, dass es keine richtige Wahl gibt, keine richtige und keine falsche. Unsere war nicht falsch, Lissi, wir haben uns nur zu wenig bemüht. Ich bereue viel, Lissi, weißt du, dass – er schaute auf das Display, Freizeichen.

Er steckte das Telefon ein, schaute nach draußen. Sie fuhren irgendwo herum, wo er noch nie gewesen war. Die Luft hier herinnen war stickig und roch nach Lyoner Wurst, er stand auf, wankte in dem Bus nach vorne und bat den Fahrer zu halten. Der Chauffeur legte die Wurstsemmel weg, fuhr an den Straßenrand und bremste. Die Bustüren klappten auf. Grün hielt sich am Geländer fest, stieg die Treppe hinunter. Der Chauffeur schaute durch die offene Bustür zu ihm hinunter, Grün winkte ihm zu, alles in Ordnung, sagte er über das Motorengeräusch hinweg, ich gehe ein Stück zu Fuß, alles in Ordnung. Die Tür klappte zu, der Bus fuhr an. Grün schaute ihm nach, sah ihn in der Landschaft verschwinden. Er hatte den falschen Bus genommen. Er war jetzt irgendwo. Er setzte sich ins Gras, versuchte, seinen Magen unter Kontrolle zu bekommen, atmete ein, aus, atmete ein, er stützte sich auf den Ellbogen, erbrach das Frühstück ins Gras. Er spuckte, merkte, wie er zitterte, in den Beinen, in der Brust, ein hohles Gefühl, wie gleich weinen. Der Speichel sammelte sich wieder und wieder in seinem Mund, er spuckte, wischte sich mit ein paar Breitwegerichen den Mund aus. Die Wiese duftete, war ganz warm. Er stand auf, die Beine, als wären sie zu zart, ging ein paar Schritte, vorsichtig, ging in die Richtung, in die der Bus verschwunden war. Bienen waren unterwegs, Schmetterlinge, Käfergetier, alle. Alles flog, krabbelte, gaukelte, Grün schleppte sich am Straßenrand dahin. Langsam ließ das Zittern nach, er spuckte den Speichel aus. Es schien hier endlos dahinzugehen, kein Ende abzusehen, nach einer Straßenschleife in der Landschaft kam eine neue Schleife in der Landschaft und so weiter. Wiesen, Felder, Bäume. Das war alles. Es würde ein heißer Tag werden, er hörte die Grillen, das ganze Getier. Keine Stadt. Hier gab es weit und breit keine Stadt. Er schleppte sich dahin.

Fernes Brummen, ein Riesenkäfer näherte sich von hinten, ein fetter, bösartiger Riesenkäfer, Grün drehte sich um, die Sonne haute ihm eine ins Gesicht, ins Gesicht, er blinzelte, hob die Hand und schirmte seine Augen ab. Ein Auto tauchte in seinem Gesichtsfeld auf, gewann an Kontur, kam näher, er war zur Seite getreten, blieb stehen. Er hielt die Hand an die Stirn, kniff die Augen zusammen. Ein Lieferwagen, er drehte sich um, begann wieder zu gehen, ein grüner Lieferwagen.

Kron bremste, fuhr im Schritttempo neben ihm her, beugte sich über den Beifahrersitz und öffnete die Tür. Wollen Sie mitfahren?

Grün schaute auf die Straße vor sich, drehte sich um. Sonne, Wiesen, Schleifen in der Landschaft. Keine weiteren Riesenkäfer, nichts. Nein, sagte er.

Kron fuhr langsam neben ihm her, schaute auf die Straße.

Grün ging noch eine Schleife, Kron nebenher.

Noch eine.

Keine Stadt. Kühe glotzten ihm ins Gesicht, irgendwo hoch oben schrie ein Habicht oder was das war, schwebte in der Luft, kreiste, tauchte in den Himmel und schoss pfeilschnell zu Boden, raste auf das Feld zu und schraubte sich schon wieder in die Luft, höher, höher, bis er oben anstieß. Grün schaute ihm nach, hörte das Wogen der Ähren, kleine Kornkapseln im Wind. Das war nicht die Stadt, wie er sie kannte. Noch eine Kuh. Schleifen. Keine Stadt.

Grün stieg ein, zog die Tür zu, Kron schaltete in den zweiten Gang, beschleunigte. Grün schaute aus dem Fenster. Es gab nichts zu sehen, Wiesen. Kron bremste ab, fuhr vorsichtig über ein Loch im Asphalt, schaltete wieder hoch. Grün betrachtete ihn von der Seite, die Hände auf dem Lenkrad, ganz ruhig, die Arme gebräunt, so muskulös, golden die Haare darauf. Er schloss die Augen, sah wieder den Achleitner vor sich, das alte Gesicht, die schönen, weichen Augen, so überraschend weiche Augen in diesem alten Gesicht, der Körper wie eine Wurzel.

Am Anfang war noch ein paar Mal sein Vater vorbeigekommen, Achleitner hatte hauchdünne Scheiben vom Speck geschnitten, schob ihm den Teller hin. Sie saßen auf der Bank vor dem Bauernhaus, die Fenster standen offen, Grün hörte drinnen in der Küche Geklapper und das leise Gedudel des Radios. Der Bauer wischte das Messer an der Hose, säbelte ein Stück Brot ab, legte es neben den Speck. Der Vater. Hab ich gleich gesehen, dass das ein schwieriger Fall ist, mit den Jahren sieht man das einfach, oder? Hat ihn gesucht, hat seinen Sohn gesucht, wie er die Adress hier rausgekriegt hat, das weiß nur der Herrgott, vom Valentin selber sicher nicht. Kron? Hab ich gefragt, Valentin Kron? Kenn ich nicht, nie gehört, sagte Achleitner. Ich hab einfach weiter die Buschbohnen hochgebunden, und der Aff setzt sich einfach da hin, er zeigte auf die Bank unter ihnen, setzt sich hin und richtets sich ein, da zu warten. Ich hab

die Bohnen fertig gemacht, den Viechern die Klauen geschnitten,
Tomaten gewässert. Dann bin ich rüber in Stall, lass mir von dem
Deppen net die Zeit stehlen. Irgendwann war er dann weg. Der
ist aber noch ein paar Mal wiedergekommen. Der war eisern. Das
letzte Mal hat er noch eine Weile getobt, die Gemüsekisten umge-
schmissen, die waren schon vorbereitet gewesen zum Ausliefern. Die
Milch, die Eier, Ribisel und Marmelade, alles hin. Ich hab dann
den Bruno gerufen. Gell, Alter, er tätschelte dem Hund unter dem
Tisch den Kopf. Der hatte gerade eine trächtige Hasendame erwischt
gehabt. Hat auch dementsprechend ausgesehen, hat noch gekaut.
Der Herr Kron senior ist dann schnell wieder gegangen. Von da an
war eine Ruh.

Grün blinzelte, wandte den Blick ab, die Straße zog sich
gemütlich durch die Felder, weiß der Himmel, wo er mit
dem Bus hingefahren war, vermutlich in ein anderes Land.
Ein ganz anderes Land. Und Kron? Wo kam eigentlich Kron
her? Der Lieferwagen, Kron belieferte mit dem Lieferwagen
wahrscheinlich die ganze Umgebung, das Ende der Welt.
Grün lehnte den Kopf gegen die Tür, schloss wieder die
Augen. Er spürte die Sonne im Gesicht, Schatten, wenn der
Wagen unter Bäumen fuhr, er fühlte sich wie schwebend
und wie kurz vor dem Einschlafen, Schleifen in der Landschaft, zu Fuß wäre er Stunden unterwegs gewesen, Jahre.

Reden tut er darüber nicht, Achleitner hatte den Obstler geöffnet,
roch daran, hielt ihn Grün hin und schenkte ein, was soll man
auch sagen. Er hatte sich zurückgelehnt, streichelte die Katze auf
seinem Schoß. Nix kann man sagen. Manchmal ist das so, dass
man einfach nix sagen kann. Er wandte den Kopf, schaute Grün
an, lächelte, wenn man jung ist, zumindest. Später schon, oder?
Er lehnte den Kopf an die Hausmauer, streichelte die Katze, viel
später kommen auf einmal die Wörter, Gott weiß von wo. Und
dann kann man auf einmal sagen, dass es wehtut. Im Herz, oder,
er nahm die Katze hoch, legte sie Grün auf den Schoß, stand auf,
im Herz tut's ganz furchtbar weh und das kann man dann auf

einmal sagen. Aber aushalten muss man's trotzdem. Da hilft einem niemand. Er ging zur Tür, stieg aus den Gummistiefeln und trat ins Haus.

Grün hatte diese Katze angeschaut, wie sie schlief, die kleinen Ohren bewegte im Wind. Er spürte die Wärme an der Hauswand, die scharfe Hitze vom Schnaps im Bauch, roch den Speck. Achleitner kam wieder aus dem Haus, schlüpfte in die Stiefel, er hielt einen kleinen Tiegel in der Hand, winkte ihn zu sich und ging Richtung Stall. Grün bettete die Katze auf die Bank, lief ihm nach. Der Bauer durchquerte das warme, dünstende Halbdunkel, trat zu einer Kuh, die einsam am anderen Ende des Stalls stand, er kniete sich hin und öffnete den Tiegel. Ich hab nur einmal den Rücken gesehen, er nahm etwas von der Salbe heraus und begann, ganz sanft das entzündete Euter der Kuh einzucremen, da hatten ihm die Kinder was reingeworfen, von den Hagebutten die Kern, aber das war nicht bös gemeint, nur so aus Jux. Wie er das Hemd ausgezogen hat, hab ich das gesehen. Er schraubte den Deckel wieder zu, stand auf, klopfte dem Tier den Bauch. Das hat nicht schön ausgeschaut, sagte er, er strich über das lange, gebogene Rückgrat der Kuh, der muss auf ihn eingedroschen haben wie ein Spinner. Mit was, weiß ich nicht. Mit den bloßen Händ jedenfalls nicht.

Grün öffnete die Augen und schaute auf die Straße. Sie fuhren durch eine Allee, Schatten, die Sonne zwischen den Bäumen, schnelle Muster auf seinen Beinen, der Armatur, dann die ersten Häuser.

Kron warf einen Blick in den Rückspiegel, fuhr an den Straßenrand, er schaltete den Motor aus, ich muss schnell eine von den Kisten hineinbringen.

Grün nickte.

Kron stieg aus, öffnete hinten die Ladetüren. Grün sah ihn mit einer Gemüsekiste zum Haus gehen, klingeln. Eine Frau öffnete und ließ ihn hinein. Grün spürte auf einmal die Müdigkeit, in dem Auto war es warm, es roch nach Zwetschgen und Pfefferminze. Eigentlich hätte er sich gerne den ganzen Tag so herumfahren lassen. Eigentlich. Eigentlich hätte er gerne mit Kron keine Probleme gehabt. Träge Fliegen hockten auf dem Lenkrad. Zwischen seinen Beinen auf der Fußmatte lag ein lilafarbenes Tuch, er hob es hoch, hängte es in die Handschlaufe neben der Tür. Er lehnte sich zurück, draußen fuhren Autos vorbei.

Die Tür zum Haus öffnete sich, Kron trat heraus, er hatte die leere Kiste unter den Arm geklemmt. Die Frau schaute herüber zum Auto, kam ein paar Schritte näher, dicht ans Fenster. Sie schaute zu Grün herein, lächelte, er wandte den Kopf ab, starrte geradeaus auf die Motorhaube. Sie sagte etwas, Kron lachte, sagte auch irgendwas. Die Frau wickelte sich die Strickjacke eng um den Leib, winkte kurz und trat zur Seite.

Grün hörte, wie Kron die Ladetüren zumachte, er stieg ein und startete den Motor. Er warf einen Blick in den Rückspiegel, reihte sich in den Verkehr ein. Grün schaute auf diese Arme, so ruhig auf dem Lenkrad. Dass es im Herz wehtut, hatte der Achleitner gesagt. Ob das stimmte? War das das Herz? Er schloss die Augen, spürte die Sonne, sie wanderte über sein Gesicht. Spürte nur, dass es wehtat. Das war also das Herz. Würden irgendwann die Wörter kommen, oder? Gott weiß woher. Er hätte gerne gefragt. Ob es Kron auch in seinem Herz wehtat.

Kron kurbelte das Fenster hinunter, hielt an einer Ampel. Soll ich Sie irgendwo rauslassen?

Grün öffnete die Augen, das Licht schaltete zu Gelb, Grün, Kron fuhr wieder an. Sie überquerten den Fluss, vorne tauchte der Echsenkopf auf der Kuppel des Paläontologischen Instituts auf, der Springbrunnen.

Ich steige hier aus, sagte Grün.

Kron fuhr auf einen der Parkplätze vor dem Institutsgebäude, er schaltete den Motor aus. Sie hörten das Geplätscher des Wassers. Ein Mann mit Aktenkoffer ging über den Platz, verschwand hinter der Drehtür. Kron hatte die Hände auf dem Lenkrad, ganz ruhig. Sie saßen ganz ruhig. Lauschten auf das Plätschern des Wassers, rauschende Autos, der Geruch von Zwetschgen und Pfefferminze – es gab – nichts. Es gab nichts zu sagen. Irgendwann löste Grün den Gurt und stieg aus. Er schlug die Tür zu und trat einen Schritt zurück, Kron ließ den Wagen an, hob die Hand, Grün dreht sich um und ging über den Platz.

Er hörte, wie der Motor des Lieferwagens sich entfernte, verschwand. Er schaute in das Wasser des Springbrunnens, sein Gesicht verschwamm in dem Geplätscher. Er sah erschöpft aus. Er schaute. Sah, wie sein Gesicht sich ausdehnte und in einen Drachenkopf verwandelte, zarte Feuerblasen beim Ausatmen, die Augen ganz schwarz. Er schaute genau, schaute, Gott sei Dank bildete sich alles wieder zurück. Er sah erschöpft aus. Einfach nur sehr erschöpft.

2.

Kron.
Die Erinnerung.

Er schnitt den Karton auf, wickelte das Glas aus dem Papier, hielt es ans Licht. Eingelegt in Formaldehyd, ein Fötus, schwebend, ein winziges Menschlein.

Ich verstehe immer noch nicht, was wir hier eigentlich wollen, Kron schaute in die kahlen Wipfel der Bäume, lange Finger in der Dunkelheit.

Lenau trat das Schilf zur Seite, legte den Weg frei. Er reichte Kron die Spitzhacke und ging voraus, ging vorsichtig über das Eis, zählte die Schritte ab.

Hier waren wir einmal im Sommer, Kron ging hinter Lenau her, auf dem Eis lag eine feste Schicht Schnee, er stieg über die restlichen Schilfstangen und trat hinaus auf den gefrorenen Teich. Kein Mond, er sah Lenau als dunkle Silhouette in der Mitte des Teiches, er schob den Schnee vom Eis.

Spitzhacke, sagte Lenau, Kron reichte ihm die Spitzhacke, da kommt nie jemand her, man ist ganz für sich, sagte Kron.

Lenau begann, mit weit ausholenden Schlägen das Eis zu bearbeiten, die grauen Haare wie ein Sturm über dem Kopf. Kron zog den Mantel enger um sich, die Äste fingerten sich ineinander, ein dichtes, feines Netz im Himmel. Der Teich lag dämmrig und ungut in einem mürben Licht. Lenau bückte sich, schaufelte das Eis aus dem Loch.

Quer durch den Wald und über die Wiese, dann ist man beim Achleitner, eine Stunde oder eineinhalb zu Fuß. Kron schob mit der Schuhspitze den Schnee zu einem Haufen. Er schaute zwischen die Bäume, horchte, ab und zu Geräusche. Ob in dem Gartenhaus wieder jemand wohnt? Wahrscheinlich nicht. Das war vor mir auch nicht benutzt worden, die Kinder vom Achleitner haben da manchmal gespielt, sonst nichts. Er ließ sich in die Hocke nieder, sah die Eisstücke fliegen. Das Gartenhaus. Die Wohnung war ein Fehler, ich hätte das wissen müssen. Ich gehöre da nicht hin. Vorher habe ich die Winter auch überlebt, im Gartenhaus. Wir hatten diese Wohnung genommen und das war, als würde nichts mehr glattlaufen. Ich habe schon gewusst, warum ich ins Gartenhaus gezogen bin, das war ja kein Zufall. Ich habe mich da sicher gefühlt, ruhig. Mit dieser Wohnung konnte ich nicht mehr mithalten, mir ist das entglitten. Schon allein diese ständige Stadt um mich herum, der Lärm und die vielen Leute immer, ich mag das nicht. Und zwischen uns ist auch irgendwas passiert, ich weiß nicht was. Aber vielleicht lag das alles nur an mir. Ich bin mir nicht mehr hinterhergekommen, verstehst du? Zum Beispiel diese Zimmer, gut, die Wohnung war nicht groß, eine Küche und ein Wohnzimmer und ein Schlafzimmer, aber mir war das zu viel. Das Wohnzimmer haben wir gar nie benutzt, weil ich es nicht geschafft habe. Ich konnte mein Gartenhauszimmer einrichten und es war schön. In der Wohnung war nichts schön, meine Dinge, die ich immer mochte, waren ganz verloren und schäbig darin. Manchmal denke ich, sie hat diese plötzliche Hilflosigkeit erschreckt. Das hat sie auf einmal gespürt. Dass ich nicht darüberstehe. Über allem.

Plötzliche Hilflosigkeit, murmelte Lenau, so so. Er richtete sich wieder auf, bald sind wir durch, er drückte Kron den Spaten in die Hand, holte aus, in dem Licht sah er aus wie ein Schlächter, Kron legte sich zurück, schaute in den Himmel. Er sah Lenau zuschlagen, ausholen, die Spitzhacke vor dunklem Himmel, zuschlagen, spürte die Kälte durch den Mantel dringen.

Andererseits, sagte er laut über das Eishacken hinweg, manchmal denke ich, wir hätten sowieso keine Chance gehabt. Das vorher im Garten vom Achleitner, das war Schonzeit, das war nicht wirklich.

Lenau legte die Spitzhacke beiseite, schaufelte Eisbrocken heraus und stieß mit dem Spaten durch die restliche dünne Eisschicht, Wasser, das Geräusch von Wasser. Er kniete sich vor das Loch, neigte sich darüber.

Da wären wir, sagte er, Kron richtete sich auf, schaute in das Eisloch. Das Wasser lag wieder ruhig und schwarz, Lenau hob den Glasballon aus dem Rucksack, befestigte den Strick am Flaschenhals und ließ den Ballon hinuntergleiten, schickte stückweise das Seil nach. Mal sehen, sagte er, er begutachtete die Seilrolle, die Schlinge für Schlinge in dem Loch verschwand, ich hoffe, ich habe mich nicht getäuscht.

Warum holst du ihn nicht einfach wieder herauf, er ist doch längst voll.

Das Seil hatte sich bis auf die letzten drei Schlingen abgewickelt, Lenau ließ ein weiteres Stück in dem Loch verschwinden, natürlich, sagte er, der Ballon füllt sich sofort, aber, er zupfte kurz am Seil, schob noch ein Stück nach, auf den Grund, Kron, einmal soll er die Tiefe ergründen, er wanderte mit den Augen über die Eisfläche, maß die Entfernung zum Ufer, womöglich habe ich mich getäuscht, das wäre natürlich fatal, die letzte Seilwinde glitt hinab, Lenau schien zu lauschen, gut, sagte er. Die letzten dreißig Zentimeter Strick lagen schlaff auf dem Eis, Lenau wickelte sich das Ende davon ums Handgelenk, setzte sich neben Kron.

Und ich verstehe den Schluss nicht, sagte Kron, ich habe

irgendwann aufgehört zu begreifen, was passiert. Ich weiß
nicht, wann. Vielleicht habe ich nie begriffen. Bin immer nur
hinterhergetaumelt, von Anfang an. Damals stand sie beim
Achleitner auf dem Hof, auf einmal, die Kette am Fahrrad
war ihr gerissen. Die langen Haare. Die zarte Haut. Lachte.
Ich habe sie angeschaut und gewusst, ich habe das einfach gewusst, dass wir gut sein könnten zusammen. Sie war so pur.
Das hat mir gefallen. Ich habe mich einfach verliebt, schnell,
in dem Moment. Ich kam mit den Setzlingen aus dem Glashaus und habe mich verliebt. Es war ganz einfach. Ich habe
es mir einfach vorgestellt. Schön. Ich dachte, ich sähe ein
schönes Leben, Klara und ich. Ich dachte, wir wohnen in
dem Gartenhaus, für immer. Er lachte, formte einen Schneeball und warf ihn in die Luft. Ich dachte das wirklich. Und
irgendwann war sie dann weg. Wie ohne Zusammenhang.
Ich habe nicht mehr verstanden. Seit wir in der Wohnung
wohnten, wurde das Tempo schneller. Es wurde irgendwie
jeden Tag schneller, ich habe nicht mehr mithalten können.
Manchmal hat sie mich was gefragt, ganz banale Sachen nur,
ob mir die oder jene Tasse gefällt, die sie kaufen möchte, und
ich sage, ja, gut, gefällt mir gut, und zwei Tage später merke
ich erst, dass wir jetzt eine Tasse haben, die mir nicht gefällt.
Sie fragt mich, ob wir da und dorthin gehen, irgendein Fest,
und ich sage, natürlich, das machen wir, und ich stehe da und
wollte nie hin. Ich habe immer gewusst, was gut für mich ist
und wie viel ich vertragen kann, ich habe das einschätzen
können. Und auf einmal wusste ich nichts mehr. Das ist wie
wenn man weiß, dass man keine Erdbeeren essen darf, weil
man allergisch darauf ist. Man isst sie dann einfach nicht. Man
vergisst irgendwie, warum man sie nicht isst, man vergisst,
dass es Erdbeeren überhaupt gibt. Und dann ist man zum
Beispiel bei jemandem zu Besuch, ist zum Essen eingeladen
und es gibt Erdbeerkuchen zum Nachtisch. Und man isst
ihn einfach, wie aus Versehen, weil man zu Besuch ist und

weil man nicht daran denkt oder weil man schon richtig vergessen hat, was passiert, wenn man Erdbeeren isst. So war das mit Klara. Mit Klara war alles wie eine Überforderung, ich musste mich so anstrengen, mitzukommen, dass ich ganz den Kontakt zu mir verloren habe. Ich hatte alles vergessen. Ich war nur noch damit beschäftigt, mithalten zu können. Ich habe nicht mehr überlegen können, gar nichts. Bin nur mehr gehetzt, damit ich den Anschluss nicht verliere. Er drehte sich zur Seite, fuhr mit der Hand in das Loch im Eis, das Wasser war beißend kalt und wie gierig, er zog die Hand wieder heraus, steckte sie unter den Mantel. Lenau schraubte den Deckel von der Thermoskanne, schenkte Tee in eine Tasse und reichte sie ihm. Kron trank einen Schluck, stellte sie neben sich auf das Eis, wärmte die Hände daran. An dem letzten Abend. Ich bin spät nach Hause gekommen, es war noch so viel zu tun. Der Achleitner hatte die ganze Woche schon lamentiert, Schnee und Frost und bitterkalt. Hat darauf beharrt, die Beete abzudecken und alles winterfest zu machen. Der hat einen frühen Schnee gerochen. Recht hat er gehabt. Jedenfalls war's an dem Samstag schon spät, sieben oder noch später, ich weiß es nicht mehr. Ich kam die Treppe hoch, und die Brödel stand in der Tür, hatte die Katze auf dem Arm.

So geweint hat sie, die Nachbarin wiegte den Kopf, die Katze glitt zu Boden, stromerte ihm entgegen, die Nachbarin raffte ihre Strickjacke über der Brust zusammen, Herr Kron, sie können sich gar nicht vorstellen, was die Minna geweint hat vor der Tür. Ich weiß ja nicht, was das Fräulein macht, aber überhören tut man das nicht –

Guten Abend, Frau Brödel, Kron hievte die Kiste auf den linken Arm, stellte die Tüte obenauf und suchte in der Tasche nach dem Schlüssel, das ist lieb, dass sie sich um die Minna gekümmert haben.

Und einen Hunger hat sie gehabt, und gefroren hat sie, richtig gezittert, bis zum Schwanz, und so dunkel im Stiegenhaus, Herrschaftszeiten, hab ich mir irgendwann gedacht, jetzt muss ich halt doch einmal schauen gehen –

Sie haben ihr aber nichts zu fressen gegeben, oder, das haben wir doch –

Das Licht im Stiegenhaus erlosch.

Nein, nein –

Kron suchte nach dem Lichtschalter.

Gar nichts hat die Minna, das Licht ging wieder an, hinausgehen tut das Fräulein wohl gar nicht, nicht dass mich das etwas angehen würde, aber ich könnte schwören, dass das Fräulein den ganzen Tag in der Wohnung ist, und wie sie dann die Minna –

Schauen Sie einmal, Frau Brödel, was ich heute gefunden habe, haben Sie schon einmal einen gesehen, er tastete mit der einen Hand in der Tüte, holte einen durchsichtigen Plastikbeutel heraus.

Nein Herr Kron, wie grauslich, hören sie mir auf mit den Viechern, Frau Brödel hatte sich in die Wohnung zurückgezogen.

Ein Maulwurf ist das, sagte Kron.

Maulwurf hatte ich noch keinen, sagte Kron.

Lenau hatte den Proviant hervorgeholt, wickelte die Schokolade aus dem Papier.

Der war auf dem kleinen Erdhügel gelegen, grad, als hätte er sich hochgekämpft, um noch einmal den Himmel zu schauen. Ganz friedlich lag er da, Kron trank noch einen Schluck, schaute in die Tasse, schmeckt gut, was ist das denn.

Trink nur, sagte Lenau, das sorgt für einen klaren Geist.

Er brach die Schokolade in kleine Stücke, kniff ein Auge zu, hielt ein Eckchen zwischen Daumen und Zeigefinger, schob es vor einen Baum, einen Maulwurf, sagte er, einen Maulwurf hast du gefunden, bewegte das Schokoladenstück vor seinem Auge hin und her, das erklärt natürlich vieles.

Kron schob einen Riegel Schokolade in den Mund, plötzlich war in seinem Kopf ein Gefühl wie Staubsaugen, ein Gefühl, als würde jemand gründlich und mit höchster Wattzahl in seinem Kopf staubsaugen.

Gehen S' mir mit den Viechern, Frau Brödel wachelte hektisch mit der Hand, das ist nicht recht, was Sie da machen, Herr Kron, alles, was recht ist, aber das ist nicht recht, die Viecher in die Gläser hineinstopfen, das hätt der Herrgott nicht gewollt. Die Katze schaute wie erschlagen auf den Maulwurf in dem Beutel, Kron legte ihn zurück.

Na ja, sagte Kron, dann einen schönen Abend noch, Frau Brödel. Und vielen Dank wegen der Minna.

Er stieg die Treppe hoch, blickte sich nach der Katze um, sie saß neben dem Fußabtreter, schaute stumpfsinnig hinter ihm her. Kommst du, sagte er, musst schon selber gehen jetzt, ich habe keine Hand frei. Ohnmächtig langsam begann die Katze, die Stiegen zu erklimmen, machte eine Pause, erkletterte in Zeitlupe eine weitere Stufe, Kron schmerzte der Arm, die Katze pausierte, schaute zu ihm herauf, schaute zurück auf die überwundenen Stufen, maunzte. Das Licht im Stiegenhaus erlosch, Kron suchte mit dem Schlüssel nach dem Schloss, die Katze schmiegte sich plötzlich um sein Bein, maunzte, biss in seine Waden. Das Paket rutschte ein wenig zur Seite, er klemmte es unter dem Kinn fest.

In der Wohnung war es dämmrig, die Katze wurlte zwischen seinen Beinen herein ins Zimmer, er stolperte, fasste die Kiste fester. Er hörte Klara das Fenster schließen, fuhr mit der Hand die Wand entlang, das Paket rutschte zu Boden.

Klara? Er tastete nach dem Schalter, knipste das Licht an.

Schon das, sagte Kron, er stellte die leere Tasse auf das Eis, legte sich wieder auf den Rücken und schaute in den Himmel, in seinem Kopf wurde jetzt geräumt, alles ordentlich verpackt, eingekastelt. Nebel zog über die Bäume, leckte schon um die Äste, schon das hab ich nicht begriffen, warum sie immer da im Dunkeln gesessen ist.

Lenau schob ihm die Tasche unter den Kopf, streckte die Beine aus. Immer im Dunkeln, sagte er.

Jeden Abend, sagte Kron, die Sterne verschwanden nach und nach unter dem Nebel, es wurde kälter, feuchter. Mein Kopf fühlt sich an, als würde jemand Großreinemachen, sagte er.

Es gibt einen Schweizer, sagte Lenau, er schlug die Beine übereinander und verschränkte die Hände darüber, der die Bilder von Künstlern aufräumt, regelrecht aufräumt. Er zerlegt mit einer Schere das Bild in seine Details, beispielsweise van Goghs Bild seines Schlafzimmers, alles schief und quer, die Bilder schief an der Wand, der Waschtisch, die Dinge auf dem Waschtisch, ein einziges Durcheinander, der Stuhl, quer in dem Zimmer, kurzum, ein Saustall. Der Schweizer nun schneidet alles aus. Jeden Stuhl, den Waschkrug, die Schüssel, Handtücher, alles wird ausgeschnitten, hübsch ordentlich alles auf oder unter das Bett geschichtet. Was geht, wird auf das Bett verfrachtete, manierlich gestapelt, den Rest stopft er unters Bett. Das Resultat: Ein leeres, sauberes Zimmer, sehr ordentlich, der Schweizer macht alles ordentlich, ordnet mit Schweizer Gründlichkeit das Künstlerchaos.

So ungefähr, sagte Kron, so ungefähr fühlt sich das an. Er schloss die Augen, fühlte das Aufräumen.

Und wo? Wo saß sie?

Am Fenster, ich habe in der Küche nur den einen Liegestuhl zum Sitzen, der steht am Fenster.

Und schaute hinaus.

Vermute ich mal, viel kann man nicht tun, so im Dunkeln. Der Schweizer hatte in seinem Kopf neuerdings alles katalogisiert, hatte mit einer sauberen Schulschrift die Gedanken auf kleinen Etiketten notiert, beklebt, eingeordnet.

Kron schaute in die Tüte, holte eine gelbe Blume hervor und strich die Blütenblätter glatt. Er ging hinüber zu Klara. Eine letzte Blume, sagte er, küsste sie. Die Katze war mit einem langsamen Satz auf den Tisch gesprungen, schnupperte in der Kiste, wühlte sich mit dem Kopf in die Tüte. Kron scheuchte sie vom Tisch, nahm den Beutel mit dem Maulwurf heraus, legte ihn in den Kühlschrank.

Klara stellte die Vase aufs Fensterbrett. Kron ging ins Schlafzimmer, stieg aus der Hose und hängte die Sachen über den Stuhl. Er suchte im Schrank nach frischen Kleidern, schlug das Laken zurück.

Die Katze saß wie in Trance vor dem Kühlschrank, kratzte über die glatte Oberfläche, klopfte mit dem Schwanz auf den Fußboden.

Sitzt du hier so im Dunkeln, sagte er, streichelte Klaras Rücken, sie war unter der Decke sehr warm, ist nicht für dich, sagte er über ihre Schulter zu der Katze. Ist auch schon tot, da langweilst du dich nur, kriegst gleich was.

Viel Katze, sagte Lenau, er goss Kron von dem Tee nach.

Was?

Ein bisschen viel Katze, für meinen Geschmack.

Ich weiß nicht. Kron tauchte ein Stück Schokolade in die Tasse, steckte es in den Mund, das ist die Minna. Das ist einfach die Minna.

Er öffnete den Kühlschrank, die Katze versuchte hastig, sich zwischen Kron und der Kühlschranktür hindurchzuzwängen, er fasste sie am Genick, hob sie zu seinem Gesicht, lachte, die Katze hing schlaff hinab, äugte in den Kühlschrank. Er kraulte ihren Bauch, holte das Fleisch aus der Tür. Er faltete das blutige Papier auseinander, begann die Lunge in feine Würfel zu schneiden. Er stellte die Schale auf den Fußboden, die Katze hockte unverwüstlich neben dem Kühlschrank, starrte die Tür an. Kron ging in die Knie, schaute die Katze genau an, drehte ihr Gesicht zu sich herüber, schnupperte, na dachte ich mir schon, murmelte er, arme Minna, er tätschelte ihr den Kopf, sie wankte ein bisschen.

Klara hatte das Brot hochgehoben, roch daran, misstrauisch.

Kron lachte, wie verträumt meine Liebe ist, sagte er. Er fuhr unter die Decke, strich über ihren Rücken. Die Katze maunzte von irgendwo ganz nah, krallte sich in den Stoff und versuchte, seine Hosenbeine hochzuklettern. Er fasste mit den Händen unter Klaras Haare, die Katze hing auf halber Höhe, schaute unter sich auf den Boden, maunzte kläglich. Klara drehte den Kopf und legte die Stirn an seine Brust. Die Katze maunzte ununterbrochen.

Du Viech, sagte er, langte nach unten und hob sie zu sich hoch, die Katze schmiegte sich an sein Gesicht, biss sanft in sein Ohr, Klara machte sich los, setzte sich an den Tisch. Sie biss ins Brot, schaute auf Kron, schien dem Geschmack hinterherzuüberlegen.

Ist es nicht gut, das Brot, was stimmt denn mit dem Brot nicht, schmeckt es dir nicht. Kron nahm eine Scheibe, hielt sie unter die Nase, riecht doch gut, oder, er legte sie auf seinen Teller. Dass da überhaupt noch Zwetschgen auf dem Baum waren. Die sehen nicht mehr so schön aus, aber musst du einmal kosten. Ganz süß, wie Dörrzwetschgen. Sah aus, als hätte jemand kleine Schrumpfköpfe in den Baum gehängt. Der Achleitner hatte heute eine Panik mit den Beeten, ich glaub, wenn wir das nicht noch erledigt hätten, der würde heute Nacht noch im Pyjama aus dem Bett krabbeln und die Beete abdecken, so gewurmt hat ihn das.

Kannst du dir vorstellen, was das für eine Stimmung immer war? Ich kann das gar nicht richtig beschreiben. Kron stützte sich auf, ich bin nach Hause gekommen und das war, als würd mir jemand die Luft wegnehmen. Vielleicht war das das Warten, das man gespürt hat, ihr ständiges Warten. Das hat mir einen Druck gemacht und ein schlechtes Gewissen. Immer habe ich überlegt, dass ich jetzt so spät dran bin, und habe mich beeilt und war schon im Voraus ganz nervös. Ich kann dem Achleitner auch nicht um fünf Auf Wiederschaun sagen, wenn dann am nächsten Tag der Schnee kommt und nichts ist fertig. Ich kann auch nicht sagen, am Samstag geht nicht, da habe ich keine Zeit. So ist das nicht da, die Arbeit muss schon gemacht werden. Und sie sagt nie was. Aber spüren tut man das immer. Weißt du, ich habe immer an sie gedacht, aber im Unguten, ob ich Fahrrad gefahren bin oder im Garten gearbeitet habe, einkaufen, ganz egal was, ich bin nie einfach Fahrrad gefahren und habe im Garten gearbeitet und nur das gemacht, sie war immer mit präsent. Aber so, als würde ich was falsch machen. Als würde sie mir sagen, dass ich was falsch mache. Das war schon so, dass ich gar nicht mehr gerne heimgekommen bin. Da habe ich richtig eine Angst gehabt. Und dieses ständige Schweigen, da fühlst du dich wie ein Depp, ehrlich, so ein stumpfes Schweigen. Kron langte nach der Thermoskanne, Lenau rückte nah an das Eisloch heran und begann, den Glasballon hochzuziehen. Er wickelte das Seil Stück für Stück wieder zusammen, der Ballon tauchte aus dem Wasser auf, er wuchtete ihn hoch und verschloss ihn.

Kron lachte, weißt du, was ich oft zusammengeredet habe, nur damit überhaupt jemand was sagt, er schenkte sich die Tasse voll. Die verdammten Zwetschgen, diese letzten, fast verschrumpelten Zwetschgen, er trank die Tasse in einem Zug leer, aber die waren wirklich noch gut.

Morgen geht auch noch, stellen wir sie aufs Fensterbrett, schön kühl, kochen wir sie morgen ein, so zum Beispiel, das ist ungewöhnlich früh kalt geworden heuer, der Bauer hat das auch gesagt, begeistert ist er natürlich nicht, die Kühe stellen sich stur, wollen nicht aus dem warmen Stall hinaus, er müsse praktisch jede einzeln dazu überreden, hast du gesehen, den kleinen Maulwurf, der hat die letzten Sonnenstrahlen in dem Jahr noch geschmeckt. Und so immer weiter, Kron wickelte die Tassen in das Geschirrtuch, vom Bauern und vom Feld und dann von den reifen Hagebutten, ich habe ihr, nicht dass ich annehme, dass sie das groß interessiert hat, ausführlich das Käsemachen beschrieben, da hatte ich dem Bauern geholfen an dem Tag, jeden Handgriff habe ich ihr erzählt, von den nackten Armen bis zu den Achseln tief in dem Käserkessel, von den Regalbrettern mit den riesigen Käselaibern, von der stinkenden Molke, alles. Jeden Tag.

Er langte hinter sich und suchte eine Frucht aus der Kiste, wischte sie am Ärmel, koste einmal, sind wirklich ganz reif. Sie nahm die Zwetschge, drehte sie in der Hand. Beim geringsten Druck würde die Haut aufplatzen, sie legte sie neben den Teller. Die Katze maunzte, er hob sie hoch, legte sie auf seinen Schoß, streichelte.

Katze, sagte Lenau, Katze.
    Und dann, mitten hinein in mein Geschwätz, sagte Kron –

Wir könnten doch einmal Ragout essen, sagte Klara, die Katze schaute über den Tisch, schaute sie an.
    Ragout?, sagte Kron, seine Hand ruhte auf dem Katzenkopf, Ragout? Die Katze maunzte, er strich mit der Hand über ihre Ohren, den Nacken.
    Ragout, sagte Klara und blickte von ihrem Teller auf. Zum Beispiel Hirschragout. Es ist Herbst.
    Herbst?

Was hatte Ragout mit dem Herbst zu tun, oder, das ist doch nicht zu viel gefragt, Kron ließ den Ballon in den Rucksack gleiten.

Was hat das denn mit dem Herbst zu tun? Er schob die Ärmel hoch, die Katze wand sich an seiner Brust, legte den Kopf in seine Halsbeuge, schnurrte.

Herbst, Klara, ich verstehe das gar nicht.

*Valentin bitte, als würde ich mit einem Idioten reden, du musst
doch nicht alles siebenmal wiederholen. Herbst, Ragout, Hirsch.
Es gibt Hirsch zu kaufen, man kocht Hirschragout. Preiselbeeren,
glasierte Äpfel dazu, Rosmarinkartoffeln, und dann ist der Herbst
da.*

Kron verstaute die Werkzeuge, schnürte den Beutel zu. Er
schaute sich um, es war dunkler geworden, der Nebel kroch
über den gefrorenen See, die Bäume am Ufer schon kaum
mehr zu sehen. Lenau warf etwas in das Loch in der Eis-
decke.

Was, fragte Kron –

Nichts, sagte Lenau. Nur ein kleines Geschenk, die Nymphen könnten sich ärgern sonst.

Ach so, sagte Kron, na wenn du meinst.

Manche Dinge, sagte Lenau, er holte ein paar Lederhand-
schuhe aus der Manteltasche, streifte sie über, manche Dinge
versteht man erst mit der Zeit, erst in entsprechendem Alter. Für Nymphen bist du, mein lieber Kron, einfach noch
zu jung. Was weiß ein junger Mensch von den Mysterien.
Nichts. Die Begegnung gerade mit Nymphen, sagte er und
hob den Zeigefinger, sollte man in jungen Jahren tunlichst
vermeiden, er deutete auf Kron, sie stürzen einen ins Unglück, merk dir das.

Weil sie böse sind, fragte Kron, sind die Nymphen böse?

Nein, Lenau schüttelte den Kopf, sie wissen nicht, was sie
tun. Das ist es. Das ist das Schreckliche.

Sie machten sich auf den Rückweg, kletterten durch das
steif gefrorene Schilf ans Ufer.

Lass uns hier lang gehen, sagte Lenau dann leise, das ist
zwar etwas weiter, aber weniger beschwerlich. Er hatte den
Rucksack auf den Rücken genommen, Kron schulterte das
Werkzeug, folgte ihm.

Und du, sagte er nach einer Weile, du bist alt genug. Für die Nymphen, mein ich.

Lenau blieb wieder stehen, er schaute auf den Weg, ich genieße sie, sagte er, er drehte sich um, schaute Kron an, lächelte, aber ich werde nicht mehr süchtig, das ist der Unterschied.

Sie setzten sich wieder in Bewegung, die Tannen standen in diesem Abschnitt sehr dicht, der Schnee lag nicht ganz so hoch, das Gehen fiel ganz leicht. Kron schaute zwischen die Bäume, der Schnee verschluckte alle Geräusche, der Wald war wie ohne Ton, nur das Knirschen der Schritte, sonst war es still.

Die Katze schaute ihm verträumt in die Augen. Es ist bald Winter, die Bäume sind fast kahl, schau doch raus. Ich würde niemals Ragout kochen. Ich bin kein Jäger.

Jäger, sie leckte die Krumen vom Finger, man muss doch kein Jäger sein, um Ragout zu essen.

Ich esse, was ich mit meinen Händen gezogen und geerntet habe.

Es wachsen nun mal keine Hirsche. Nicht in dem Achleitner seinem Garten und auch in sonst keinem. Hirsche wachsen nicht in Gärten.

Ja. Hirsche wachsen im Wald und werden vom Jäger gepflückt. Und ich bin kein Jäger.

Für die Katze kaufst du Fleisch.

Kron lächelte, er streckte die Hand über den Tisch, komm Klara, streit nicht, die Katze isst doch Fleisch, die Katze ist ein Fleischesser.

Klara rollte die Zwetschge über die Tischplatte, sah zu, wie die Krumen sich um die Zwetschgenhaut legten. Und Schnapspralinen, sagte sie.

Klara, sie konnte nicht in die Wohnung.

Ich würde in so einem Fall sicher nicht zu Frau Brödel gehen und mich mit Schnapspralinen vollstopfen lassen. Das spricht überhaupt nicht für ihren Charakter.

Er zog seine Hand zurück, schaute auf die Zwetschge. Von unten hörten sie die Nachrichtenmelodie.

Hier ist es immer so still, sagte sie.

Das, sagte Kron, er war stehen geblieben, war eine Frechheit. Hier war es still, weil sie still war. Klara wurde von Tag zu Tag stiller. Sie ließ sich nur noch abholen. Sagte Ja, wenn sie Ja sagen sollte, Nein, wenn sie dachte, ich erwünschte ein Nein. Sie erwartete anscheinend von mir, dass ich hier die Unterhaltung machen sollte.

Noch bevor der Mensch auf der Bildfläche erschien, war es den Walen möglich, über eine Distanz von bis zu 15 000 Kilometern miteinander zu kommunizieren, Lenau stieg über einen umgestürzten Baumstamm.

Kron reichte ihm das Werkzeug und kam hinterher, aha.

Beispielsweise der Furchenwal kann ausgesprochen laute Geräusche von einer Frequenz von etwa zwanzig Hertz, das wäre auf einem Klavier die tiefste Oktave, erzeugen. Diese Art von Niederfrequenztönen wird im Meer praktisch nicht absorbiert, somit können sie über den Tiefseekanal, fast möchte ich sagen, weltweit, Verbindung zueinander aufnehmen. Könnten. Mit den Dampfschiffen begannen die Lärmbelästigungen, Handelsschiffe, Kriegsschiffe, man trieb es immer bunter, und zwar vornehmlich ebenfalls im Niederfrequenzbereich von zwanzig Hertz, was unter den Walen zu einiger Verwirrung geführt haben muss. Heute funktionieren die Walgespräche allenfalls noch über eine Distanz von ein paar Hundert Kilometern, wenn überhaupt. Die großen Liebesgeschichten sind vorbei.

Lenau war auf einer Lichtung stehen geblieben, ein mächtiger Vogel erhob sich von einem Baum, kreiste kurz über ihnen und verschwand in der Dunkelheit.

Zumindest unter den Walen, sagte er.

Der Schnee lag glatt und unberührt vor ihnen, er musste hier herinnen gut siebzig, achtzig Zentimeter hoch liegen. Es gibt immer einen, der stört, sagte Lenau, er schaute hinüber auf die andere Seite der Lichtung, schaute auf Kron. Und man kann keine Rücksicht nehmen. In ein paar Sekunden werden wir hier unsere Spuren hinterlassen haben und wir sind der Meinung, es geht nicht anders, aus unserer Sicht geht es nicht anders, immerhin wollen wir auf die andere Seite gelangen, und zumeist ist gar nicht zu erkennen, dass überhaupt etwas gestört wird, ein Zustand, ein Gleichgewicht, womöglich eine Idylle. Man wusste von den Walen. Gut, man wusste nicht, dass sie zwanzig Hertz durch den Meeresäther jagen, um sich über den neuesten Klatsch zu informieren, um sich Liebeserklärungen zu machen, was auch immer. Hätte man es gewusst, es bleibt zu bezweifeln, dass dessenthalben auf den Dampfschiffverkehr verzichtet worden wäre, nein, ich fürchte fast, es hätte überhaupt keinen Einfluss gehabt.

Und warum erzählst du mir das?

Lenau begann, durch den Schnee zu stapfen. Es gibt immer einen, der stört.

Kron setzte seine Füße in die vorgelegte Spur.

Auf jeden Fall, nahm er den Faden wieder auf, dachte ich mir, es könnte uns ein wenig aufheitern, wenn wir eine Musik spielen würden. Ich bin nicht der große Musikkenner, aber ein Radio hatte ich schon.

Ich habe ein Radio, ich müsste es nur einstellen, ich hab das nie benutzt, er zog sie vom Stuhl hoch, die Katze klammerte sich an sein Hemd, Todesangst, miaute jämmerlich. Wir können ein wenig tanzen, er klaubte die Katze herunter, setzte sie zu Boden, nahm Klaras Hände, drehte sie um sich herum.

Hör auf Valentin, du bist viel zu tapsig zum Tanzen, du würdest aussehen wie ein Bär mit deinen großen Füßen.

Es gibt doch Tanzbären, sagte er, zog sie dicht zu sich heran, dann bin ich eben ein Tanzbär.

Du bist eher ein ganz normaler Braunbär.

Ach Klara, sei nicht so eklig, komm wir stellen das Radio ein. Wir können ja das Licht löschen, dann siehst du nicht, dass du mit einem Bären tanzt, er fasste ihre beiden Hände, sie stieß ihn von sich, manchmal bist du wirklich blöd, sagte sie, lief ins Nebenzimmer, warf die Tür hinter sich zu.

Kron hatte die Hände sinken lassen. Weißt du was, sagte er zu der Katze, ich möchte wetten, dass morgen der erste Schnee fällt, ich rieche das. Er blickte sich um. Die Katze hockte neben dem Kühlschrank, eigenartig gekrümmt, ihr kleiner Leib zuckte. Er ging zu ihr, strich über ihren Rücken, wartete, bis sie fertig war, wischte dann das Erbrochene auf.

Sag ehrlich Minna, wie viele Schnapspralinen hat die Frau Brödel in dich hineingestopft, die Katze legte erschöpft den Kopf auf sein Knie, schien augenblicklich zu schlafen. Er nahm sie hoch, legte sie in den Liegestuhl und drapierte die Wolldecke um sie herum.

Er ging ins Schlafzimmer, Klara saß auf dem Fensterbrett, als müsste man sie wegtragen, sollte sie je wieder damit aufhören. Er umfasste sie und wiegte sie ein wenig, vielleicht gehen wir bald zu Bett, oder, sagte er, wir machen die Zwetschgen morgen. Ich muss nur den Maulwurf –

Maulwürfe, Schlangen, Hasenbabys –

Ein Maulwurf, nur einer –

Kröten, Fledermäuse, junge Katzen, was willst du eigentlich noch alles einwecken, einen Elefanten?

Wenn ich einen finden würde, vollgefressen mit dem Achleitner seinen Erdbeeren, totgefressen zwischen den Stachelbeersträuchern, warum nicht, er grinste, da müsste ich dann bei Hulesch und Quenzel *ein Riesenkompottglas auftreiben.*

Diese Tiere sind mir unheimlich, sagte Klara, sie starren mich an, wenn ich allein bin.

Ja, sie schauen. Schauen einen an, immer gleich. Das ist beru-

higend. Der Maulwurf bleibt immer der Maulwurf, der am Ende des Herbsts sich an die Erdoberfläche schaufelt, ein letztes Mal die Sonne genießt. Das ist ein schöner Moment. Und er bleibt.

Und das tote Katzenbaby von der Minna? Ich bezweifle, dass es ein schöner Moment war, nicht für das Katzenbaby, nicht für Minna, nicht für dich.

Ja. Und bleibt auch. Als trauriger Moment. Aber das ist nicht so wichtig.

Immer Vergangenheit, was willst du mit dieser vielen Vergangenheit.

Ist nicht nur vergangen. Ich konserviere ein ganzes Leben. Den letzten Moment und viele, die ich gar nicht kenne. Weil ich sie konserviere, bleiben sie. Irgendwie ist es auch Zukunft.

Die Vergangenheit ist zugleich Zukunft, so denke ich mir das, sagte Kron. Alle Erinnerung, die nicht vergessen geht, hat eine Zukunft, was man erlebt, hat als Erinnerung eine Zukunft, so denke ich mir das nämlich.

Lenau stapfte durch den Schnee, nichts, was war, sagte er, lässt sich durch nichts, was inzwischen geschehen ist, abhalten zu sein. Anders formuliert, jede einmal ausgespielte Karte bleibt auf irgendeine Weise im Spiel.

Kron bückte sich und fasste eine Handvoll Schnee, formte eine feste Kugel und zielte auf Lenaus Hinterkopf.

Lenau tat einen Schritt zur Seite, sah zu, wie der Schneeball an ihm vorbeiflog, damit beschäftige ich mich im weitesten Sinne auch, sagte Lenau von vorne, was das in der letzten Konsequenz bedeutet, das weiß ich noch nicht, aber auf jeden Fall ist das ein interessantes Gebiet, hochinteressant.

Hast du darum so viele Haare, weil du am Hinterkopf ein zweites Paar Augen installiert hast?

Mein lieber Kron, das ist letztendlich alles nur eine Frage der Konzentration, genau genommen ist jede Art von Sehen, ja, wagen wir gar zu sagen, von Wissen, letzten Endes eine Frage der Konzentration. Es gibt dazu eine ganz amüsante Anekdote aus dem Umkreis Isaac Newtons, der sich schon in jungen Jahren als ganz und gar außergewöhnliche Persönlichkeit erwies. 1666, er war damals 23 Jahre alt und Student in Cambridge, zwang ihn der Ausbruch der Pest, ein ganzes Jahr in seinem Geburtsort, Woolsthorpe, zu verbringen. Woolsthorpe war nun nicht eben die Umgebung, die einen jungen, aufstrebenden Wissenschaftler in geistiger Hinsicht verwöhnt hätte, ganz im Gegenteil, Woolsthorpe muss zum Sterben langweilig gewesen sein, Woolsthorpe war eine Provinz übelster Provenienz, wenn ich diesen Kalauer an dieser Stelle verwenden darf, anyway, wie der Woolsthorper sagt, es hinderte Newton nicht daran, in eben jenem Jahr des scheinbaren Müßiggangs die Differenzial- wie auch die Integralrechnung zu erfinden, er vertrieb sich die Zeit mit allerlei fundamentalen Entdeckungen über das Wesen des Lichts, darüber hinaus legte er die Grundlagen für die Theorie der allgemeinen Massenanziehung, kurzum, ein *Jahr der Wunder*, von dem man annimmt, dass es sich in der Geschichte der Physik nur noch einmal wiederholte, 1905 nämlich, als Einstein – aber das führt jetzt zu weit. Wie nun also Newton gefragt wurde, wie ihm diese wirklich höchst erstaunlichen Entdeckungen gelingen konnten, antwortete er, zugegeben wenig hilfreich: *durch Nachdenken*.

Lenau blieb stehen, wies nach vorne, es wurde merklich heller und sie konnten das Ende des Waldes sehen.

Durch Nachdenken, sagte Lenau, ist das nicht allerhand? Sein Atem formte sich zu einer zähen Wolke, stand in der Luft und schwebte langsam davon.

Allerhand, sagte Kron.

Das bedeutet, sagte Lenau, er ging wieder voran, dass alles, was gedacht werden kann, gedacht werden kann, was verstanden werden kann, verstanden werden kann.

Ach was.

Mir scheint, du bist dir der Bedeutung dessen gar nicht bewusst, mein Lieber, zugegeben, es bleibt die Frage, ob Newton, selbst eine soziale Null, in menschlicher, in emotionaler Hinsicht, ob Newton also in der Lage gewesen wäre, sein Genie in ähnlicher Weise zur Verwendung zu bringen, es bleibt die Frage, ob er hätte verstehen können, was vor sich geht. Er berührte zeit seines Lebens keine Frau, er war kränklich, streitsüchtig, ganz und gar ungesellig, ein richtiger Unsympathler. Tatsächlich hielt er seine spektakulären Vorlesungen praktisch vor leeren Bänken, er schien nicht in der Lage, sein Wissen auch nur ansatzweise begreiflich zu machen.

Das beruhigt mich, sagte Kron.

Es ist irgendwie nicht richtig, sagte Klara, das mit den Tieren.

Frau Brödel sagt das auch.

Bitte nicht, Klara hielt sich die Ohren zu, erzähl mir bitte nichts von Frau Brödel.

Na ja. Sie meint nur, wegen Minna.

Minna mag mich nicht und ich mag Minna nicht. Minna beobachtet mich, sitze ich im Liegestuhl, sitzt Minna vor dem Liegestuhl, schaut mich an, als wäre ich ein Maulwurf mit zwei Köpfen. Ich gehe und streiche mir ein Brot, Minna sitzt auf der Spüle, versucht mich zu hypnotisieren, versucht das Brot zu hypnotisieren. Gehe ich ins Bad, geht Minna auch ins Bad, sitzt in meinem Rücken, rätselt vermutlich darüber, was ich in ihrer Wohnung zu suchen habe, Minna treibt mich in den Wahnsinn, und sie tut das vorsätzlich.

Sie ist eine Katze, Klara.

Wer weiß das schon.

Bitte, Klara.

Ich denke, sie fühlt sich wohler, wenn sie bei Frau Brödel sitzt und ihre Lieblingssendungen im Fernsehen sieht.

Meinst du, die Minna hat Lieblingssendungen, Kron lachte, die Sendung mit der Maus wahrscheinlich.

Er ging zum Schrank, holte die Pumpe heraus und pumpte die Matratze auf, es ist nur wegen der Schnapspralinen, sagte er laut über das Pumpen hinweg, der Minna ist ganz elend.

Mir ist auch elend, sagte Klara, Kron schloss das Ventil, verstaute die Pumpe wieder in dem Schrank, ging zum Fenster, hast du auch Schnapspralinen gegessen. Er hob sie hoch, soll ich dich ins Bett tragen, Liebste, er küsste sie in die Halsbeuge, vielleicht brauchst du nur ein wenig Schlaf, vielleicht musst du nur den Rausch ausschlafen.

Ins Bad, sagte sie, ich muss noch ins Bad, ich habe keinen Rausch. Kron trug sie ins Bad, setzte sie auf dem Klodeckel ab, ich muss mich jetzt um den Maulwurf kümmern.

Mit der Minna hatte sie recht, sagte Kron, die Minna mochte sie nicht, von Anfang an nicht. Minna ist eine sehr eifersüchtige Katze.

Sie waren am Waldrand angekommen. Lenau schien zu überlegen, ich meine, sagte er, wir sollten uns *Schein und Wesen* heute vielleicht von hinten nähern, sozusagen durch den Hintereingang, *des Wesens Hintertür*, oder was denkst du.

Mir ist das einerlei, Kron hatte das Werkzeug abgestellt, wickelte den Schal enger um den Hals, was schneller geht, sagte er, ich finde, es wird immer kälter.

Er räumte das Geschirr in die Spüle, ließ Wasser darauf laufen. Die Katze hatte zu schnarchen begonnen, er ging zu ihr hin, sie hatte sich ein weiteres Mal übergeben, manierlich über den Liegestuhlrand zu Boden. Er wischte es auf, strich ihr übers Fell, sie zitterte unter der Berührung, schmiegte sich tiefer in den Stuhl.

Kron holte den Maulwurf aus dem Kühlschrank. Er begann, die Erde vorsichtig mit einer Zahnbürste von dem Fell zu bürsten, von den Füßen, der Schnauze. Er hörte, wie Klara das Licht im

Badezimmer löschte, die Tür zum Zimmer schloss, still. Er schaute auf, die Wohnung um ihn herum lag in völliger Finsternis, er sah sich sitzen an dem Tisch wie in einem erleuchteten Ei, schwebend in der Dunkelheit.

Er füllte das Glas bis zur Hälfte mit Spiritus, ließ vorsichtig den Maulwurf hineingleiten. Er stieß sanft mit den Pfoten auf, federte zurück, er füllte das Glas bis zum Rand mit dem Alkohol, legte den Gummiring auf und klemmte den Deckel fest.

Er hielt das Glas ans Licht, drehte es, schaute dem Maulwurf ins Gesicht, in die geschlossenen Augen, er schien zu lächeln, im Gesicht noch die Sonne, die herbe Luft, Müdigkeit. Kron ging zum Regal, rückte die Kreuzotter ein wenig zur Seite und platzierte den Maulwurf daneben. Er schaute an den Gläsern entlang, die Körper schwerelos in der Flüssigkeit, oder hinabgesunken an den Boden, er sah den kurzen Moment, blickte in die Gesichter, eigenartig pur in der Flüssigkeit, ernst.

Er räumte den Tisch auf, hob die Wolldecke über den Leib der Katze, löschte das Licht.

Sie waren auf der Brücke stehen geblieben, Kron ließ einen Stein auf das Eis fallen, er klackerte in der Dunkelheit noch lange nach.

Ich dachte mir immer, sagte er, das ist wie Ewigkeit schauen, wenn ich den Tieren ins Gesicht sehe. Ich habe nie gefunden, dass sie wirklich wie tot ausschauen. Zum Beispiel das Hasenbaby, das hab ich der Hasenmutter aus dem Leib herausgenommen, da hatte der Hund vom Achleitner die erwischt gehabt, eh selten genug, dass ein Hase sich von so einem fassen lässt, aber die war wahrscheinlich mit dem dicken Bauch nicht mehr schnell genug. Und bevor der Bruno das alles herausreißt und halb zerkaut in der Gegend verstreut, hab ich ihm das Tier weggenommen und mir eines von den Jungen mitgenommen. Aber das hat immer eher schön ausgesehen als traurig.

Der Weg von der Brücke zum Haus war als schmaler Pfad in dem Schnee erkennbar, Lenau stieg die Stufen hoch zur Tür und sperrte auf.

Kron öffnete die Augen, in dem Zimmer war es dämmrig und das Licht von draußen wie verstopft. Der Schnee fiel in dicken Flocken, seltsam verlangsamt. Dicht neben seinem Kopf saß die Katze, betrachtete versunken sein Gesicht. Er langte über den Fußboden, ließ das Feuerzeug aufflammen und zündete die Kerze an, schaute auf das Flackern an der Wand, bis es sich beruhigte. Er drehte sich vorsichtig herum, schaute in Klaras Gesicht. Die Haare krochen über das weiße Laken auf den Fußboden wie feine Wurzeln durch den Schnee, er hörte ganz leise das Atmen, ihr entspanntes Gesicht, er rückte mit dem Kopf ein wenig näher, schmiegte sich an das Haar, er zog die Decke über die Schultern, steckte das Laken um sie beide herum fest, streichelte die Haut an ihrer Schulter, zog sie eng an sich heran. Er schlüpfte mit seiner Hand um ihre Taille, strich über ihren Rücken, küsste ihre Schulter, den Hals.

Es schneit, Klara, sagte er, er fuhr mit seinem Bein an ihrem Schenkel hoch, schlang sich um ihre Hüften, heute stehen wir am besten gar nicht auf, er drehte sie ein wenig zu sich, fuhr mit dem Handrücken über den warmen Bauch. Die Katze war um das Bett herumgegangen, schaute ihn an. Klara öffnete die Augen, hallo, sagte er, sie schloss sie wieder, ich bin aber hungrig, mir ist ganz schlecht vor Hunger, sagte sie, er lachte, ich werde uns was holen, aber vielleicht sollten wir vorher ein wenig küssen. Sie drehte den Kopf, ich bin aber jetzt hungrig. Er fasste mit den Händen unter ihre Haare, griff in diese verschlafene Hitze, streichelte ihren Rücken, die warmen Schenkel, hungrig, sagte sie, sehr sehr hungrig. Er stemmte sich hoch, zupfte sie am Haar, was habe ich für eine Prinzessin in meinem Bett, sagte er, lachte und stopfte das Laken um sie fest. Er stand auf, zog die Strickjacke unter ihren Kleidern hervor, ging in die Küche, die Katze lief vor ihm her, begeistert.

Er nahm die leere Schale vom Boden, stellte sie in die Abwasch,

dir geht's wieder besser, oder, die Katze maunzte leise, blickte zu
ihm hoch. Er stellte den Wasserkessel aufs Feuer, füllte Trocken-
futter in ihren Napf, erneuerte das Wasser. Er trat ans Fenster.
Die Bäume waren beinah kahl, der Schnee staubte um die letzten
Blätter, legte sich wie nebenbei auf die Äste, die Straße war noch
kaum befahren. Gegenüber in der Küche brannte Licht, leuchtete
zwischen den Zweigen herüber, Kron war nie aufgefallen, wie gut
man in die gegenüberliegende Wohnung schauen konnte, in dem
Küchenlicht konnte er jede einzelne Teedose auf dem Regal aus-
machen, über dem Küchentisch hing eine Posaune.

Ich habe mich gefragt, warum mir nie aufgefallen ist, wie
gut man von uns hinüberschauen konnte, zumindest die
Posaune hätte mir doch auffallen müssen

Ach herrje, sagte Lenau, ach herrje.

Was, sagte Kron, er war ihm ins Zimmer gefolgt, Lenau
stellte den Ballon auf den kleinen runden Tisch am Fenster,
schaltete die Tischlampe an. Kron ließ sich auf den Diwan
fallen, legte die Beine hoch.

Aber das war einfach, weil man sonst durch die Blätter der
Bäume gar nicht hinübersehen konnte, sagte er. Erst seit es
Herbst war und sie praktisch von Tag zu Tag kahler wurden,
konnte man zwischen den Ästen hindurch das gegenüberliegende Haus sehen.

Lenau knipste über dem Bücherregal ein weiteres Licht
an, verschwand dann durch eine Tür in der Tapete.

Kron lag auf dem Diwan, schloss für einen Moment die
Augen. Er hörte das Ticken und Klingen der unzähligen
Uhren, spürte jetzt langsam die Müdigkeit, ein paar Minuten
länger nur, und er würde einschlafen. Er stand auf, streckte
sich und ging im Zimmer herum. Er stieg über die Bücherstapel am Boden zum Regal, wanderte mit den Augen über
die Buchrücken, betrachtete die Messinstrumente. Eigenartig geformte Wurzeln hingen wie Brennholz gebündelt

an der Wand, alte Stiche und Karten. Er ging zum Fenster, Lenau hatte die schweren Vorhänge zugezogen, Kron schob sie beiseite und legte die lange Fensterreihe frei. Draußen war es tiefe Nacht. Die Scheiben reichten beinah bis zum Boden, auf der niedrigen Fensterbank standen große, mit Wasser gefüllte Fischgläser. Kron ließ sich auf die Knie herab, die Gläser waren bis auf das Wasser leer, dann und wann aber zuckte ein fluoreszierendes Licht durch das Wasser, glomm noch nach und verschwand wieder.

Das sind meine neuesten Versuche, Lenau war hinter ihn getreten, konntest du etwas erkennen?

Einen Blitz.

Lenau nickte, jaja, Blitze, er hatte sich umgezogen und knöpfte die Weste zu, seit Wochen bastele ich an einer Apparatur, um sie – aber das erklär ich dir später.

Willst du dich gar nicht mehr hinlegen, Kron betrachtete ihn von Kopf bis Fuß, die Schuhe wirkten wie frisch poliert, der Anzug, Hemd, moosgrüne Fliege, schillernd im Licht, Lenau erweckte den Eindruck, die vorangegangenen Stunden weniger im verschneiten Wald als vielmehr studierend über seinen Büchern verbracht zu haben.

Ach, sagte Lenau munter, das lohnt sich heute Nacht nicht mehr. Kron warf einen Blick auf die ihm am nächsten stehende Uhr, halb acht, war wohl kaum möglich, er schaute zu einer der Konsolen, zu den Regalen, auf sämtlichen Zifferblättern eine andere Uhrzeit.

Kron legte sich wieder auf den Diwan, Lenau hatte ein Tablett mit Tee und kleinen Kuchen mitgebracht, reichte ihm eine Tasse.

Eine kleine Auffrischung kann sicherlich nicht schaden. Er legte sich ein Kuchenstück auf den Teller, aber zurück zu den kahlen Bäumen, er lehnte sich in dem Sessel zurück, das interessiert mich.

Krons Blick wanderte die Hauswand entlang, das höher gelegene Fenster musste das Badezimmer sein, es war gekippt. Das nächste Zimmer das Schlafzimmer, ein Bett, ein Schrank, ein Mann saß am Fenster unter einer Leselampe. Er sah ihm eine Weile zu, das Licht schien den Mann zu konzentrieren, wirkte seltsam persönlich, Kron hörte das Wasser kochen. Er goss den Tee auf, räumte Butter und Eingemachtes auf das Tablett, schnitt Scheiben vom Brot und klappte die Toastertüren zu. Die Katze hockte reglos vor dem Futternapf, starrte ihn vorwurfsvoll an.

Jetzt gibt es das, sagte er, man kann nicht immer Fleisch kriegen, die Katze tappte mit der Pfote nach seinem Bein, so ist das, Minna, ich mag jetzt nicht mit dir diskutieren. Er ging zurück zum Fenster, schaute hinaus auf die verschrumpelten Zwetschgen in der Kiste unter dem Schnee, in die leere, erleuchtete Küche gegenüber, auf die Posaune. Ein Stockwerk weiter darunter saß eine Frau im Morgenrock am Tisch, las Zeitung. Hinter den meisten Fenstern brannte noch kein Licht.

Er stellte das Tablett neben das Bett, zog die Strickjacke aus.

Willst du die nicht langsam aussortieren, sagte Klara, schob sich ein Kissen in den Rücken, die Katze schlich ins Zimmer, sprang auf den Stuhl.

Aussortieren, fragte Kron und schlüpfte wieder unter das Laken, die Jacke, wieso das denn, die ist doch noch gut.

Du siehst aus wie ein Schaf, sie schenkte Tee in die Tassen, er strich ihr eine Strähne hinter das Ohr, küsste sie, Schafe sind doch lustig, sagte er, und so gemütlich.

Hast du nie zugeschaut, wie die Schafe sich ausruhen, wenn sie müde sind? Kron wandte den Kopf und blickte zu Lenau, die Schafe kuscheln sich alle auf einen Haufen, legen den Kopf auf das Hinterteil vom Vordermann oder in die Bauchmulde, und wenn der einmal sich bequemer hinlegt und ein bisschen herumrutscht, rücken sie sofort auf und kuscheln sich wieder fest. Die Schafe sind wie sie und ich in unserem Bett, ich rückte auch immer nach, wenn sie einmal herumgerutscht ist.

Lenau seufzte, er wischte ein paar Krümel auf der Tischplatte zusammen, sag mal ehrlich, Kron, ist dir eigentlich nie in den Sinn gekommen, dass das nun wirklich nicht die Vergleiche sind, die eine Frau gerne hören möchte? Schafhinterteile, kuscheln sich auf einen Haufen, Kron, was für ein Unfug.

Kron nahm sich einen der kleinen Kuchen vom Teller, wieso denn, sagte er, Schafe sind doch wirklich lustig, er tauchte den Kuchen in den Tee, steckte ihn in den Mund.

Lenau betrachtete ihn aufmerksam, ein nicht uninteressanter, sowohl literarisch als auch für dich persönlich übrigens nicht uninteressanter Moment, er stand auf und löschte die Lichter. Er trat ans Fenster und hantierte an dem Teleskop, blickte hindurch. So eine kleine Madeleine, ein Lindenblütentee, das bewirkt Wunder, mein Lieber, aber erzähl nur weiter.

Kron lehnte sich zurück, stellte die Tasse auf der Brust ab, plötzlich war das Bett zu schmal, sagte er.

Das Bett ist zu schmal, sagte Klara, hielt die Tasse von sich, was ist das denn für Tee, der schmeckt ja komisch.

Wieso ist das Bett zu schmal, das war doch nie zu schmal, das Bett.

Das Bett ist eine Luftmatratze, Valentin, vermutlich gerade mal 70 Zentimeter breit.

Aber Klara, denk nur, wie schrecklich weit du entfernt wärst, wenn das Bett auch nur ein bisschen größer wäre.

Die Luftmatratze.

Na gut, die Luftmatratze. Wir würden ganz das Küssen vergessen, er nahm ihre Hand, hielt sie an seine Wange, küsste sie.

Du, was ist das denn für ein Tee, ich glaube, ich kann das nicht trinken.

Wäre aber gut, das kräftigt für den Winter, das sind Eichen-rinden, Walnussblätter —

Keine Details bitte, sie stellte die Tasse ab, bestrich eine Scheibe Brot mit Marmelade, Valentin, er schmeckt eklig, warum trinken wir eigentlich nie Kaffee?

Du hast doch nie Kaffee getrunken, wir mögen doch gar keinen Kaffee, Klara.

Ich glaube, jetzt würde ich Kaffee mögen.

Wusstest du übrigens, dass man jetzt, wo die Blätter weg sind, direkt den Leuten von drüben in die Zimmer schauen kann, er nahm einen Apfel vom Tablett, rieb ihn am Laken, direkt auf derselben Etage zum Beispiel wohnt ein Mann, und weißt du, was er macht?

Cello spielen, sagte Klara, sie langte nach einer neuen Scheibe Brot, verschlang sie ebenso hastig, angeekelt, wie die erste.

Was ist denn mit dem Brot, schmeckt dir das nicht, Kron schnupperte an dem Brot. Cello spielen, jetzt am Morgen schon, er drehte den Apfel, fing den Schein der Kerze auf der polierten Oberfläche.

Er übt, sie nahm einen Bissen von einem weiteren Brot, den ganzen Vormittag, er übt immer den ganzen Vormittag.

Der saß in dem Licht von der Leselampe, spielte Cello, sagte Kron.

Ach herrje, sagte Lenau, der Niederfrequenzler, er stellte die Schärfe ein, da haben wir ihn, er trat vom Fernglas weg und ließ Kron hindurchschauen, den sieht man eher selten, weil er erst auftaucht, wenn keiner mehr schaut.

Habe ich noch gar nicht gesehen, sagte Kron, er brach den Apfel in zwei Hälften.

Weil du zur Arbeit fährst am Morgen, sie aß ihr Brot auf, leckte die Butter von den Fingern. Die Katze schaute auf Kron, schaute auf Klara, Kron.

Kron legte Käsescheiben auf sein Brot, ist er arbeitslos, sagte er, hat er wahrscheinlich gar keine Arbeit, dass er immer da herumsitzt, oder, er nahm einen Bissen vom Brot, vom Apfel, legte beides auf den Teller.

Klara klopfte die Krümel von der Bettdecke und rutschte nach unten, stopfte das Kissen hinter dem Kopf zurecht. Er spielt in einem Quartett, in der Tonhalle, sagte sie, der muss immer erst nachmittags zu den Proben und abends oft weg, wegen der Konzerte.

Soso, Lenau starrte durch das Fernglas hinaus in den Himmel, durch Beobachtung, Kron, durch die reine Beobachtung erlangt man manchmal das Wissen.

Kron trank in großen Schlucken, in der Tonhalle, sagte er, er steckte die restliche Apfelhälfte in den Mund, der Saft rann an seinem Mundwinkel herunter, wollen wir da einmal hingehen und zuschauen, wenn er spielt. Vielleicht macht das Spaß, was meinst du.

Du willst in die Tonhalle? Die Katze starrte ihn an, Klara drehte sich zu ihm, du warst doch noch nie in der Tonhalle, du hörst überhaupt keine Musik, was willst du denn in der Tonhalle.

Kron stellte die Tasse auf den Boden, beugte sich zu ihr und küsste sie, das stimmt, sagte er, aber mit dir könnte ich doch das erste Mal in die Tonhalle gehen und Musik hören, du kannst ein Konzert aussuchen und wir gehen hin. Mit dir würde ich gerne Musik hören. Das hat sich bisher nur nicht so ergeben, mit dem Musik hören.

Ich mag nicht mit einem Schaf in die Tonhalle gehen, sagte sie, er zog die Decke über den Kopf und biss in ihre Taille, die Katze schaute zum Fenster hinaus, Klara wand sich, ich habe schon was Passendes, sagte er, sie kicherte, er legte sich auf sie, strich ihr über die Schläfen.

Komm, Valentin, hör auf.

Ich wurde heute noch gar nicht geküsst, sagte er. Sie ließ sich küssen, wälzte sich unter ihm hervor, richtete sich ein wenig auf, auch die Hosen gehen nicht, sagte sie, die haben Hochwasser. Ich möchte fast behaupten, alle.

Es muss eine geben, die du noch nicht kennst.

Valentin, du besitzt genau drei Hosen, die kenne ich in- und auswendig. Und du duschst zu wenig.

Ich wasche jeden Abend die Erde ab.

Ja, die Erde, sagte sie, aber sonst.

Was ist sonst.

Ist doch egal, vergiss es einfach, sie ließ sich wieder zurücksinken.

Was ist sonst, Klara.

Das ist sinnlos.

Du ekelst dich vor mir, bin ich schmutzig.

Nein Valentin, so meine ich das nicht. Nicht den Geruch, den wäschst du nicht mit ab.

Was für ein Geruch.

Ich weiß doch auch nicht, Feld, Heide, Valentin, eine Mischung aus allem Möglichen.

Ich stinke.

So meine ich das doch nicht.

Ich dachte, du magst meinen Geruch.

Ach Valentin. Tut mir leid.

Sie hatte immer gesagt, ich würde riechen wie Feld und Heide, sagte Kron, das klang schön, ich dachte, sie mag das.

Mochte ich auch. Vergiss es einfach, ich weiß nicht, was das ist auf einmal.

Sie wusste nicht, was das sei, auf einmal.

Da hat sie natürlich recht, Lenau hatte sich zurückgelehnt

und starrte in eines der Fischgläser, man weiß nicht, was das auf einmal ist. Aber es ist ein nicht zu vernachlässigender Faktor. Ein Blitz zuckte durch das Wasser, er beugte sich rasch darüber, interessant, murmelte er, das hätte ich nun gar nicht, es glomm noch eine Zeit lang nach und war schon wieder verschwunden.

Lenau war aufgestanden und wanderte in dem Zimmer herum. Er blieb vor dem Tisch an der Wand stehen, der Spiegel dahinter vervielfältigte die Pflanzentöpfe darauf, er strich mit dem Daumen über eines der Blätter, zupfte es vom Stängel und roch daran.

Und was ist daran nicht zu verstehen, Kron? Er drehte sich herum, ging die paar Schritte zu dem Diwan, reichte Kron das Blatt, schau es dir noch einmal an, erinnere dich.

Kron hielt sich das Blatt unter die Nase.

Warum bist du so griesgrämig, sagte er, lass uns heute einen schönen Tag haben. Wir können die Zwetschgen verkochen und einen Schneespaziergang machen, und am Abend gehen wir in die Tonhalle.

Vielleicht machst du die Zwetschgen allein. Schon wenn ich an diesen schwülen Geruch nur denke, wird mir schlecht. Ich kann ja hier sitzen und lesen.

Die Gelüste, Lenau deutete dozierend Richtung Kron, die Gelüste sind völlig unterschiedlich, es gibt in diesem Fall überhaupt keine Regel, Kron, merk dir das. Die eine sehnt sich nach frisch gebrühtem Kaffee, die andere ekelt schon der pure Gedanke daran. Sehr umstritten sind auch angebratene Zwiebeln. Das Geruchsvermögen ist in dieser Phase hochsensibilisiert, hochsensibilisiert.

In welchem Fall, was für ein Phase? Angebratene Zwiebeln, was meinst du damit?

Sie wand sich unter seinem Arm hindurch und stand auf, sie hatte eine ganz blasse Haut und in dem Licht wie durchscheinend. Sie suchte in dem Schrank nach frischer Wäsche, scheuchte die Katze von ihren Kleidern. Minna sprang zu Boden, ohne sie anzuschauen, Klara begann sich anzukleiden, die Haare verdeckten ihr Gesicht, zitterten über den Boden, wenn sie sich bückte. Er sah zu, wie sie die Strümpfe hochzog, den Rock, sie schloss den Reißverschluss. Ich glaube wirklich, lieber nicht, sagte sie, wegen der Tonhalle. Sie knöpfte die Bluse zu, trat ans Fenster. Die Schneeflocken sanken an ihr vorbei, es war nur wenig heller geworden.

Gestern dachte ich, ich würde es riechen, sagte sie, ich weiß, dass das Blödsinn ist, über die Straße herüber und dann noch bei dem Nebel, aber trotzdem. Mir war, als würde ich es vor Augen haben, ich war wie gelähmt davon.

Kein Blödsinn, sagte Lenau, die Nase ist ein wirklich merkwürdiges und erstaunliches Organ. Und sie ist nie gleich, verstehst du das, Kron, schon bei minimalen, sagen wir einmal, Veränderungen im psychischen oder, in diesem Falle, physischen Bereich spielt die Nase verrückt, und plötzlich riechst du Dinge in der Luft, die du vorher auch nicht nur ahnen konntest.

Aber was roch sie, sagte Kron, er zerdrückte das Blatt zwischen den Fingern, zerrieb es und roch dran, es fiel ihm immer schwerer, sich zu konzentrieren, nur mit Mühe hielt er die Augen offen, was für ein physischer Bereich.

Was, Klara, was riechst du. Sie setzte sich aufs Fensterbrett, fuhr mit den Fingern durch die verhedderten Haarsträhnen, versuchte sie zu glätten. Sie ließ die Hände sinken, ich schaue und kann nicht aufhören damit, ich weiß gar nicht, wann das begonnen hat. Wahrscheinlich einfach, als —

Kron, sagte Lenau scharf, Kron fuhr hoch, er musste für einen Moment eingeschlafen sein, er fuhr sich mit den Händen über das Gesicht.

Du darfst jetzt nicht nachlassen. Habe ich dir eigentlich einmal von der Heikekrabbe erzählt?

Was bitte? Kron rappelte sich hoch, streckte sich.

Im Jahr 1185 war der nominelle Führer eines Samuraiclans, der Heike, ein siebenjähriger Junge. Er hieß Antoku. Ein anderer Clan, genannt die Genji, machten jedoch ebenfalls Anrechte auf den Kaiserthron geltend, und so kam es am 24. April 1185 bei Dan-no-ura am Japanischen Meer zur entscheidenden Schlacht. *Dan-no-ura,* am Japanischen Meer. Durch verschiedenerlei Faktoren, die hier jetzt keine Bedeutung haben, unterlagen die Heike, wurden grausamst niedergemetzelt, die Überlebenden warfen sich ins Meer, so auch der kleine Kaiser mit seiner Großmutter, der Dame Nii. Und mit den Worten, *in der Tiefe des Meeres ist unsere Hauptstadt,* versanken sie in den Wellen.

Kron hatte seine Stirn an ein Bücherregal gelehnt, ich höre schon das Meeresrauschen, murmelte er.

In der Tiefe des Meeres ist unsere Hauptstadt, wiederholte Lenau, er war vor einer der Konsolen stehen geblieben, musterte die Uhren. Aber das Eigentliche, sagte er, habe ich dir noch gar nicht erzählt. Er nahm eine Weckeruhr herunter und zog sie auf.

Die Heikesamurai leben heute noch auf dem Grund des Japanischen Meeres, als Krabben. Diese Krabben tragen auf dem Rückenpanzer die Zeichnung eines seltsamen Gesichts, welches erschreckend ähnlich ist den Zügen eines Samurais. Fängt einer der Fischer eine solche Krabbe, wird sie wieder ins Meer zurückgeworfen. Er würde Unglück über seine gesamte Familie bringen, so er eine solche Krabbe verspeiste.

Wie aber, er betrachtete das Ziffernblatt, warf einen Blick

auf die große Standuhr, Kron hatte ihm das Gesicht zugewandt, beobachtete ihn aus halb geschlossenen Augen. Lenau schien einen Moment lang zu überlegen und drehte die Zeiger der Weckeruhr, willkürlich, dachte Kron verschwommen, er bestimmt die Uhrzeit völlig willkürlich. Lenau stellte den Wecker auf die Konsole zurück, wie kommt das Samuraigesicht auf den Rücken der Krabbe?

Das frage ich mich auch, Kron schloss die Augen.

Ein spannendes Problem. Die Muster auf den Schalen werden selbstverständlich vererbt, allerdings gibt es bei Krabben, wie natürlich auch beim Menschen, verschiedene Abstammungslinien.

Allerdings.

Angenommen, unter den frühen Krabbenvorfahren hatte es eine gegeben, deren Muster entfernt einem menschlichen Gesicht glich, dann werden die Fischer sie schon vor der Schlacht 1185 wieder zurück ins Meer geworfen haben, einfach aus purem Aberglauben, vermutet man, und dadurch haben sie einen entwicklungsgeschichtlichen Prozess in Gang gesetzt. Eine Krabbe ohne Gesicht auf dem Rücken wurde gegessen, ihr Stamm hinterließ also weniger Nachkommen als eine Krabbe, die aufgrund des Samuraigesichts auf dem Rückenpanzer wieder zurück ins Meer geworfen wurde. Diese war, dank der Rückenzeichnung, geschützt. Kannst du mir folgen?

Kron fuhr hoch, sicher, alles klar.

Im Laufe der Generationen überlebten vorzugsweise die Krabben, deren Muster am stärksten an ein Samuraigesicht erinnerten, begünstigt natürlich durch die Legende der untergegangenen Heike. Somit war es schließlich nicht nur ein menschliches Gesicht, das vererbt wurde, nicht einmal einfach nur ein japanisches, sondern das eines wilden, finsteren Samurai. Je stärker der Rückenpanzer einer Krabbe einem Samurai glich, desto höher ihre Überlebenschance. So kam es, dass es letztendlich eine ganze Menge dieser Samurai-krabben gab.

Lenau stellte die leeren Tassen auf das Tablett, dieser Vorgang wird als künstliche Zuchtwahl bezeichnet, im Falle der Heikekrabben war es das mehr oder weniger bewusste Werk der Fischer, die Krabben selbst hatten damit nichts zu tun, sie sind unser Werk. Die Krabbe war einfach immer nur die Krabbe.

Kron hatte den Bücherstapel von der Sitzfläche genommen und sich auf den Stuhl neben dem Regal gesetzt. Und was hat das mit mir zu tun, er faltete die Hände über den Büchern, was hat diese Krabbe mit mir und Klara zu tun.

Lenau stand mit dem Tablett am Fenster, langsam wurde es heller. Wir sind die Fischer, bildlich gesprochen sind wir immer die Fischer, und wir sind es, die die Wahl treffen. Wir wählen aus, und was uns nicht gefällt, werfen wir zurück ins Meer. Bildlich, rein bildlich gesprochen.

Kron ließ den Kopf auf die Bücher sinken, mit meiner Freundin, sagte er, was hat die Krabbe mit mir und Klara zu tun.

Man sieht nur, was man sehen will, das ist vermutlich ganz menschlich, Klara ist für dich das, was du in ihr sehen möchtest, umgekehrt natürlich genauso. Lenau zog die Vorhänge wieder vor, du musst dir da keinen allzu großen Vorwurf machen, alle versuchen alle zu erziehen, das ist ganz normal, man versucht, sich den Menschen zu erziehen, den man gerne hätte, und wundert sich dann, wenn man feststellt, dass man sich geirrt hat. Er verschwand in der Tür.

Kron legte sich wieder zurück, die Katze stapfte über die Decke zu ihm her, trampelte sie sich auf seiner Brust zurecht, rollte sich ein. Er spürte nah unter sich den Boden, sie waren wirklich zu schwer für die Luftmatratze, er musste sie jetzt schon täglich neu aufpumpen.

113

Wir können diese Woche einmal schauen gehen wegen einer Matratze, schlug er vor, ich muss jetzt am Samstag auch nicht mehr raus, das war gestern das letzte Mal, ist nicht mehr so viel zu tun jetzt. Gehen wir am Samstag einmal schauen. Wo kauft man denn so was, vielleicht am Baumarkt, oder? Müssen wir eine Straßenbahn nehmen.

Lass mal, Valentin, du warst doch immer zufrieden mit der Luftmatratze. In einem Baumarkt kriegt man auch keine Matratzen.

Hast schon recht, er lupfte die Katze von seiner Brust, wühlte sich aus dem Bett, stieg über das Frühstückstablett und umarmte Klara von hinten, für mich allein geht das, aber jetzt bist du ja da, du bist was anderes gewöhnt. Das ist schon nicht so bequem. Nur lass uns keine zu große Matratze nehmen, dass ich dich noch finde in der Nacht, er drehte sie zu sich herum, lächelte sie an, schau doch nicht so ernst, sagte er, freust du dich gar nicht über den Schnee. Die Katze ging mit hoch erhobenem Schwanz aus dem Zimmer.

Valentin, hörst du mir zu, sie machte sich los, ich schaue immerzu, verstehst du, ich kann nicht aufhören damit. Zieh dir doch was an, das ist komisch, wenn du so nackt bist und ich angezogen.

Er holte die Strickjacke, sie lehnte den Kopf an seine Schulter, roch das Schaf, Feld, Heide, ach Valentin, sagte sie, ich bin blöd, oder.

Mach dir nicht so viele Gedanken, Liebste, flüsterte er, streichelte ihren Rücken, wir werden jetzt mehr Zeit haben, wenn es kälter wird, ich komme nachmittags vielleicht schon um zwei oder um drei. Wir können Kekse backen, für Weihnachten, oder wir machen ein paar Wanderungen, falls doch noch einmal der Herbst ein bisschen zurückkommt.

Ich fühl mich so elend immer, ich weiß gar nicht, was das ist.

Das kommt vom Herumsitzen in der Wohnung, da muss man ja elend werden.

Was soll das denn jetzt heißen.

Nichts soll das heißen, ich würde auch elend werden, würde ich immer hier herumsitzen. Vielleicht überlegst du dir eine Arbeit, die du machen magst, oder komm mit mir hinaus und hilf mir, das kann dir guttun.

Was soll ich denn arbeiten, ich kann nichts arbeiten, sie schob ihn weg, ging ins Bad, er hörte das Wasser, die Seifenschale, sie drehte den Hahn zu, er hörte den Pumpzerstäuber ihres Parfums, die kurze Stille, wie sie sich im Spiegel betrachtete. Sie kam mit einer Haarbürste zurück und begann sich zu kämmen. Ich kann nicht in der Erde herumwühlen, was soll ich da. Maulwürfe von den Erdhügeln sammeln.

Einen Maulwurf findet man nur einmal im Leben. Ein Maulwurf bringt sieben mal sieben Jahre Glück, das liegt nicht einfach so auf den Wiesen herum.

Falsch, Lenau hatte ihn an beiden Schultern gefasst, er schüttelte ihn, Kron öffnete die Augen. Das ist falsch, sagte Lenau, falsch. Ein Maulwurf bringt immer die Wende, das kann natürlich Glück sein, muss es aber nicht. Maulwürfe gehören, ob ihrer seltenen Erscheinungsmomente an der Erdoberfläche, im weitesten Sinne zu der Gattung der Chimären. Es ist ein alter Glaube, dass das Erscheinen von Chimären – wie übrigens auch Ungeheuern – einen Wechsel der Zeiten anzeigen.

Kron hatte nicht bemerkt, wie er wieder ins Zimmer gekommen war, er musste in der Zwischenzeit ein paar Mal ein- und ausgegangen sein, auf dem Diwan waren jetzt eine Federdecke und ein Kissen vorbereitet, eine kleine Leselampe.

Lenau half ihm aufzustehen und führte ihn zu dem Diwan. Du fragst dich nun gewiss, was ich mit Ungeheuer meine, fuhr er fort. Nun, ein Ungeheuer ist ein Einzelfall, ist kein bestimmbares Tier, der Drache beispielsweise ist solch ein Einzelfall, kein Drache gleicht einem anderen, aus dem einfachen Grund, weil der Drache die Verwirklichung der Möglichkeit des exzessiven reptilischen Großwuchses ist, bis hin zur Gestaltveränderung. Es kann sich dabei aber natürlich auch um das Wiedererscheinen, die Wiederkehr uralter Formen handeln, die überlebten und nun nicht mehr als Vertreter einer Tierart, sondern vielmehr als Monstra wirken. Wann jedoch, das ist der spannende Punkt, wann kommt es bei einem Tier zu ungeheuerlichem Großwuchs? Lenau klopfte das Kissen zurecht, drehte sich zu Kron, lächelte. Wenn er immer weiterwächst, natürlich. Wann aber, er zupfte seine Fliege unter dem Kinn in Form, wann wächst er immer weiter? Wenn er keine Gegner mehr hat, keine Konkurrenten. Und wann hat er keine Gegner mehr? Wenn er sie besiegt. Das also bedeutet, er hob den Zeigefinger, ein Drache ist einer, der alle anderen besiegt und somit überlebt hat – und damit schließe ich Artgleiche keineswegs aus, ein Tier, welches über sich keinen Gegner mehr hat, hat ihn neben sich. Sein Bruder, seine Mutter, der Freund, sie alle sind natürlich potenzielle Gegner, da sie gleich stark sind. Bezwingt er sie, hat er alles bezwungen – er ist den Zeiten entschlüpft und wird weiter wachsen, wachsen und wachsen und ewig leben. Das ist der Drache. Außerhalb der Zeit.

Sie schauten sich an, Kron hatte sich auf den Diwan gesetzt.

Aber ich sehe, Lenau rückte den Tisch ein bisschen zur Seite, ich sehe, ich ermüde dich mit meinen Ergüssen, jetzt legst du dich am besten ein bisschen hin und –

Und danach, fragte Klara, sie hatte sich wieder auf das Bett gesetzt, nahm die Tasse.

Nach was.

Nach den sieben mal sieben Jahren Glück, was kommt da.

Das weiß ich nicht, vielleicht zertritt man versehentlich eine Schnecke, das bringt dann Unglück, oder man sieht eine Bisamratte bei einer Expedition an Land, dann stirbt man auf der Stelle, oder man hat eine Klara, dann hat man sowieso Glück.

Sie steckte die Spangen fest, ließ den Tee in der Tasse kreisen.

Es klingelte. Sie schauten sich an, wer kann denn das –

Wer schon, sagte Klara, sie stellte die Tasse weg, ging zum Fenster, schaute den Schneeflocken hinterher. Kron ging zur Tür, die Katze saß wartend im Eingang, er öffnete.

Hab ich mir gedacht, bring ich Ihnen was zu Mittag, Frau Brödel kicherte, ich weiß ja nicht, ob das Fräulein was kocht, oder haben Sie schon zu Mittag, ihr Blick wanderte über die Strickjacke, die Beine, oder hab ich Sie gestört –

Nein, sagte Kron, er wickelte die Jacke straff um sich herum, wir sind eben erst –

Und die kleine Minna, hat sie sich wieder erholt von dem Schreck, Frau Brödel bückte sich, die Katze schaute an ihr vorbei, rührte sich nicht, so geweint hat sie, Frau Brödel stützte sich am Türstock und richtete sich schwer atmend wieder hoch, so geweint, Herr Kron, und einen Hunger, aber ich hab ihr natürlich nichts gegeben, gell Minna, ein bisschen Fernsehen haben wir geschaut und warm haben wir es uns –

Vielen Dank noch einmal, sagte Kron, er hob den Topf hoch, ich bring Ihnen das Geschirr später hinunter.

Eilt nicht, lassen Sie sich nur Zeit, und abwaschen brauchen Sie das nicht, Sie müssen sich ausruhen von der Arbeit und das Fräulein hat sicher keine Zeit, wo es doch –

Wiederschaun, sagte Kron, ich bring Ihnen das dann. Er klinkte die Tür zu, warf einen Blick auf die Katze, sie schloss für einen Moment die Augen, öffnete sie wieder, ging in die Küche. Klara stand in der Schlafzimmertür, schaute ihn an.

Kron hob den Topfdeckel, Gulasch, sagte er, willst du ein Gulasch essen.

Willst du mich vergiften, sie drehte sich um und schloss die Schlafzimmertür. Kron setzte sich in den Liegestuhl. Die Katze hatte das Trockenfutter in der Wohnung verteilt, saß auf dem Kü-

chentisch. Willst du Gulasch, sagte er, die Katze schaute die Wand an, hatte ihn nicht gehört, er betrachtete zwei Katzenknabbereien vor seinen Füßen.

Kron hatte sich die Decke bis unters Kinn gezogen, fast schon im Schlaf schaute er zu, wie Lenau ein weiteres Fischglas mit dem Wasser aus dem Ballon füllte, eine Karte beschriftete. Die Haare in dem Licht der einen Lampe ein silbernes Nest und wie ständig in Bewegung. Aus einer Blechbüchse löffelte er ein feines Pulver in das Wasser, es verfärbte sich schlagartig blutrot, klarte jedoch nach wenigen Sekunden wieder auf.

Was treibst du da eigentlich, Kron richtete sich ein wenig auf.

Morgen, sagte Lenau, er trug das Glas zum Fensterbrett, wir reden morgen darüber, lass dich jetzt nicht stören.

Er entkernte die Zwetschgen, warf sie in den Topf.

Valentin, sagte sie.

Ja, sagte er.

Die Katze saß auf dem Herd, aß Gulasch. Die Zwetschgen sahen in seinen Händen ganz winzig aus.

Weißt du, sagte sie, das ist so. Sie horchten beide auf das Gulasch im Katzenmund, schauten auf das Messer, die Kerne. Das ist, begann sie erneut, als hätte ich eine neue Nase. Wenn ich auf der Straße gehe, kriege ich Appetit, weil schräg vor mir, auf der anderen Straßenseite, einer eine Wurstsemmel isst. Fünfzig Meter vor mir geht ein Mann und ich rieche immer noch das Rasierwasser in der Luft und mir wird's, als müsste ich mit ihm nach Hause gehen.

Was willst du denn bei einem Wildfremden zu Hause?

Ich weiß es nicht. Unten im Stiegenhaus falle ich fast in Ohnmacht, weil ich rieche, dass die Brödel im dritten Stock Schokoladenkuchen backt.

Was hast du plötzlich gegen Schokoladenkuchen, Kron schob den Haufen Zwetschgenkerne weiter in die Mitte des Tisches, die Katze leckte sich das Maul, schaute in den Gulaschtopf, aß noch einen Happen.

Ich weiß es nicht, nichts weiß ich, aber ich drehe fast durch dabei. Wenn du nach Hause kommst und diesen Geruch mit hereinbringst, was ist es, Gras, Erde, Obst, Schweiß oder Dünger, ich weiß es nicht, aber ich muss den Atem anhalten, es überwältigt mich völlig. Ich habe ein Gefühl, als müsste ich ersticken. In der Nacht, dein ganzer Körper strömt diesen Geruch aus, deinen Geruch, ich bin wie benebelt, manchmal gehe ich in der Nacht ins Bad, denke, ich muss mich übergeben, und es kommt nichts. Aber das Gefühl ist, als wäre ich immer kurz davor, verstehst du?

Vielen Dank, Kron kerbte eine faule Stelle heraus, warf die Zwetschge in den Topf.

Ich kann doch nichts dafür, Valentin, ich versuche doch nur, dir was zu erklären.

Und was soll ich deiner Meinung nach tun?

Nichts sollst du tun. Man kann nichts tun, das ist es, was ich meine. Ich weiß, dass ich falsch bin, nicht du. Du bist gut, dein Geruch ist gut, er war immer gut. Ich bin anders.

Er legte das Messer weg, vor ihm auf dem Tisch lag eine Zwetschge, sie war viel zu blau, violett fast schon, und er legte die flache Hand darauf. Er spürte die Haut platzen, und das Fruchtfleisch quoll zwischen seinen Fingern hervor. Er betrachtete die Innenfläche der Hand. Er fuhr über sein Gesicht und rieb den Saft über die Stirn und über die Wangen. Klara schaute ihn an, schaute auf die Kerne.

Was soll das, fragte sie.

Nichts soll das.

Er stand auf, scheuchte die Katze herunter, stellte den Topf auf den Herd. Er zündete das Feuer unter den Zwetschgen, schöpfte Honig aus dem Kübel, sah zu, wie er zwischen die Früchte rann.

Ich würde jetzt gehen, wenn ich du wäre, sagte er, *gleich fängts*

an nach Zwetschgen zu riechen, nicht dass ich auch noch dein Er-
brochenes vom Fußboden wischen muss.

Sie hat geschaut, Kron hielt die Augen geschlossen, er hörte
Lenau eine Uhr aufziehen, nur so von hinten, aber ich habe
das gespürt, habe gewartet und gehorcht, auf die Tür habe
ich gehorcht.

Er lehnte den Kopf an den Dunstabzug, sah zu, wie es von seinem
Gesicht herunter in den Topf voll Zwetschgen tropfte, zügig und
unablässig in die Zwetschgen tropfte, er machte einen Schritt zur
Tür, unter seinem Fuß knirschte ein Stück von dem Trockenfutter.
Er ging Richtung Tür, ließ es sein. Schaute die Katze an, die
Katze schaute ihn an. Es rann ihm über das Gesicht, hörte gar
nicht mehr auf.

Er merkte noch, wie das Federbett um ihn herum fest-
gesteckt wurde, hörte die Tür, Uhren, unzählige, tickende,
klingende Uhren, die Zeit ungewiss.

Er erwachte und lauschte auf das Zwölf-Uhr-Geläut der
Standuhr, aber was mochte das schon heißen. Er richtete sich
ein wenig auf und schob die Vorhänge beiseite, es schneite
wie verbissen, er ließ sich wieder zurücksinken, betrachtete
die Fischgläser auf der Fensterbank. Feine Blitze zogen in
rascher Folge durch das Wasser, Lenau hatte die Gläser mit
kleinen Schildern beschriftet. Kron beugte sich über den
Rand des Diwans, *Dan-no-ura, Japanisches Meer, August,* die
Jahreszahl war unleserlich, typisch, dachte Kron, das ist wieder einmal typisch.

Auf dem Beistelltisch neben dem Diwan stand eine Tasse
mit Tee, er trank sie aus, er war noch warm, Lenau musste
ihn hereingetragen haben, als er noch schlief.

Er schloss die Augen. Er fühlte sich, als hätte einer eine

Saugglocke über seinen Kopf gezogen, seltsam komprimiert das Gesicht, die Haare, er fühlte die Müdigkeit im ganzen Körper und in seinem Kopf aber eine schlagartige Wachheit und Umtriebigkeit, der Schweizer ruht nie.

Die ganzen Tage über hatte es geschneit, von der Straße die Geräusche des Räumfahrzeugs, gegenüber an der Hauswand die Reflexion der orangen Signalleuchten. Die Bäume waren jetzt ganz weiß, auf den Ästen stapelte sich der Schnee, bis er irgendwann ganz sanft und schnell herabfallen würde.

Es klingelte, Kron erhob sich aus dem Liegestuhl, legte die Katze in das Segeltuch.

Hab Sie heute gar nicht gehört heimkommen, Herr Kron, immer wieder um die Zeit bin ich zur Tür und habe gehorcht, aber gehört hab ich gar nichts, die ganzen Tage habe ich nichts gehört, sind Sie womöglich auch krank, Frau Brödel nestelte an ihrem Morgenrock, suchte ein Taschentuch hervor und fuhr sich über die Nase, hab mir was geholt bei der Kälte, früh gekommen heuer, der Winter, gell, ist was abgegeben worden für Sie, mit der Post, ja die Minna, sie bückte sich, kommst du gar nicht mehr zu der Tante Käthe, ja die Minna, das Fräulein ist wohl verreist, sie stützte sich ab, richtete sich schwer atmend auf, man sieht so gar nichts mehr von ihm —

Ja, sagte Kron, nahm das Paket entgegen, die Katze saß versteinert neben dem Türstock, schaute konzentriert an Frau Brödel vorbei.

Steht ja nichts drauf, sagte sie, von wem oder was es ist —

Kron wog das Paket in den Händen, drehte es, wollen Sie nicht hineinschauen, sie kicherte, vielleicht ist es wichtig, gell, Minna, vielleicht ist was Wichtiges darin —

Ja, sagte Kron, danke, schönen Abend dann noch.

Ich kann Ihnen auch gerne was heraufbringen, wenn Sie jetzt allein sind, ich weiß ja nicht, wann das Fräulein wiederkommt, Kron schob die Tür ein Stück zu, ich kann Ihnen ja den Topf vor die Tür stellen, rief sie durch den Spalt, dann stör ich Sie nicht —

Nicht nötig, sagte Kron, vielen Dank auch, er schloss die Tür.

Die Katze lief zum Tisch, sprang hoch, legte den Schwanz um den Leib.

Er schlitzte das Papier auf, löste die Klebestreifen von dem Karton und wickelte das Glas aus dem Papier. Er stellte es auf den Tisch, setzte sich. Es schwebte winzig klein in dem riesigen Glas, die Katze hatte sich leicht geduckt, verfolgte den Flug, er hielt das Glas unter das Licht, drehte es, schaute ihm ins Gesicht, in die geschlossenen Augen, war es ein Lächeln, war es eine Traurigkeit, es war nur ein stilles kleines Gesicht, so sanft und wie ohne Zeit.

Eine unförmig große Kuckucksuhr über seinem Kopf warf die Tür auf, ein Wesen rätselhafter Art gab unartikulierte Schreie von sich, sieben, acht, es verschwand ebenso schlagartig, wie es erschienen war.

Er hörte die Zimmertür aufgehen, Lenau trug ein großes Frühstückstablett an den Tisch.

Am frühen Morgen ist immer besonders viel los, er beugte sich über die Fischgläser, nur was das bedeutet, ist mir immer noch ein Rätsel, er seufzte, schob den Sessel näher an den Tisch heran.

Und was genau –

Ach, eine kleine Spielerei, Lenau butterte eine Toastscheibe, Tee? Er goss aus einer Silberkanne den Tee in dünnem Strahl in die beiden Tassen, Orangenmarmelade? Ein ganz feines Produkt, ganz feine Pulpe –

Die Blitze –

Wie gesagt, eine kleine Spielerei, Lenau lehnte sich zurück, rührte gedankenverloren in seiner Teetasse, ein Zufall eigentlich, wenn man davon ausgehen möchte, dass es so etwas wie Zufälle überhaupt gibt, dass ich zu diesem Buch gekommen bin, interessanterweise übrigens schon seit mehreren Generationen im Besitz meiner Familie, nur war mir seine Existenz bislang unbe–

Die Tür der Kuckucksuhr öffnete sich, ein Vogel mit brennenden Schwanzfedern schoss heraus, schrie gellend und anhaltend, Kron verschluckte sich an dem Marmeladenbrot, Lenau erhob sich hastig und goss seinen Tee über die Flammen, der Vogel verstummte augenblicklich, zerfiel hurtig zu feiner, nasser Asche. Kron räusperte sich, Lenau klopfte ihm den Rücken, schenkte Tee nach.

Diese Uhr habe ich selbst gemacht.

Sehr schön, Kron versuchte mit hochrotem Kopf, den Bissen aus der Luftröhre zu husten.

Vielen Dank, Lenau ließ zwei Stücke Zucker in seine Tasse fallen, sie funktioniert zugegeben noch nicht einwandfrei, einmal höre ich tagelang keinen Ton, dann wieder habe ich alle Viertelstunde lang zu tun. Ich hatte eigentlich geplant, ausschließlich Fabel-Vögel zur Verwendung zu bringen, leider scheitere ich an deren Gesang, kennst du vielleicht den Ruf des Phönix, des Vogels Greif?

Tut mir leid, Kron lehnte sich zurück, atmete befreit.

Na macht nichts, ich werde schon noch dahinterkommen, aber wo war ich stehen geblieben. Das Buch, richtig, ein, tja, wie soll man das nennen, der Volksmund nennt so etwas gerne ein Zauberbuch, aber das ist natürlich Unsinn. Es handelt sich ausschließlich um, meinetwegen ungewöhnliche, Rezepturen und Anwendungen von Zutaten, die hinlänglich bekannt sind, chemische Vorgänge im Grunde genommen. Aber, und das darf ich doch mit einigem Stolz behaupten, immerhin scheint einer meiner Urahnen ein findiger Kopf gewesen zu sein, mit ganz originellen Resultaten.

Er rührte mit dem Löffel in dem nächststehenden Fischglas, kleine Lichtfäden durchzogen das Wasser. Jedenfalls waren die Ergebnisse der bisherigen Experimente doch verblüffend und ganz unterhaltsam, übrigens warst du selbst gestern sozusagen mein Versuchskaninchen, das *Erinnern und das Verstehen*, na ja, mit diesem allerdings bin ich nicht recht zufrieden, er trocknete den Löffel in seiner Serviette und betrachtete aufmerksam den Strudel. Aber wer weiß, vielleicht war die kleine Expedition gestern nicht ganz umsonst und das Wasser aus dem Weiher erweist sich als glückreicher. Vielleicht hat so ein Meer über die Jahrtausende hin doch eine zu turbulente Fluktuation, und dann die Tiefe, wer weiß, ob ich wirklich bis an den Grund gelangen konnte oder nicht doch an irgendeinem Korallenkonstrukt hängen geblieben bin. Er lehnte sich zurück, lächelte Kron zu, eigentlich steht dem Erfolg nichts im Wege, ich habe meines Wissens alles richtig gemacht, selbst das, was aus heutiger Sicht vielleicht als magischer Schnickschnack bezeichnet werden mag, der *Leermond im Zeichen der Jungfrau* beispielsweise, das *Ruhen am Grund*. Du magst denken, das kann man alles beiseite lassen, und vielleicht hast du recht. Vielleicht auch nicht. Die Menschen verfügen zu den unterschiedlichen Zeiten über ein unterschiedliches Wissen, und lässt es sich auch nicht nachvollziehbar erkennen, so sollte man es doch respektieren. Du magst über die Münzen lachen für die Nymphen, Lenau beugte sich ein wenig vor, stellte die Teetasse auf den Tisch, aber, lieber Kron, bist du dir deiner ganz sicher? Er langte nach den Streichhölzern, entzündete eine kleine, schmale Zigarre und blies den Rauch an die Decke.

Sie schauten beide zu den Gläsern auf der Fensterbank, das Aufleuchten der Vergangenheit, Kron, die Erinnerung des Wassers, zusammengedrängt in einen fluoreszierenden Blitz. Und die neueren Erkenntnisse scheinen es zu bestätigen, das Wasser erinnert sich, das Wasser scheint Träger zu sein der mannigfaltigsten Art von Information. Sollte mein Versuch gelingen, Kron, so sehe ich in dem Aufleuchten einzelne Erinnerungen, sagen wir, persönliche Erinnerungen des Teiches gestern, und hier haben wir das Japanische Meer, und, er lachte fröhlich, sollte ich erfolgreich sein, so ersteht hier, in meinem Zimmer, der grimmige Heikeclan, für einen blitzartigen Moment nur gibt das Meerwasser mir sein Bild preis, und er blinzelte Kron zu, meine ganz private Erweiterung des Experiments besteht darin, diese Momente dann festzuhalten, ich werde sie, drücken wir es vereinfacht aus, ich werde sie fotografieren.

Er schlug die Beine übereinander, schickte drei Rauchringlein an die Decke, ich werde der Welt eine Fotografie der ausgerotteten Heikedynastie schenken, vielleicht ein Porträt der Dame Nii? Und, er deutete auf das letzte Glas, womöglich den Beweis für die Existenz des Urtieres in Loch Ness. Ich weiß, ich weiß, er deutete Richtung Kron, ich weiß, was du jetzt sagen willst. Du hältst mich für verrückt, aber in der Tat geht man in dem See von nicht nur einem, nein, von mehreren Urtieren aus, Lasermessungen haben das schon vor Jahren bestätigt, mehrere an verschiedenen Stellen installierte Lasergeräte zeichneten zur gleichen Zeit die unbekannten Objekte auf. Man kennt ihre Größe, vermutet ihre Form, Wissenschaftler gehen gar von einer Population von mindestens sechzig solcher Tiere aus, anscheinend die Zahl, die ein langfristiges Überleben überhaupt erst möglich machen. Nur sehen, Kron, sehen kann man sie in dem morastigen, pechschwarzen Wasser des Lochs nicht, Tauchgänge sind völlig unmöglich, aber, wer weiß, vielleicht verfügen wir bald über ein hübsches kleines Erinnerungsfoto, Nessie wie sie leibt und lebt.

Die Kuckucksuhr öffnete die Tür, ein zerrupfter, grimmiger Vogel brüllte eher als dass er sang, verschwand aber nach wenigen Sekunden wieder.

Der Vogel Rock, sagte Lenau, er dämpfte die Zigarre aus, ich halte ihn für einen der gelungeneren, oder was meinst du.

Was heißt Versuchskaninchen, Kron hatte sich wieder in die Kissen zurücksinken lassen, schaute auf die Blitze in den Gläsern.

Souvenir et comprendre, Erinnern und Verstehen, ein ganz simples Teerezept eigentlich, aber mit schöner Wirkung, auf der Basis von Lindenblütentee. Interessant, oder, man fragt sich natürlich, ob er das gewusst hat, oder ob Proust nur durch einen mysteriösen Zufall, wieder einer dieser Zufälle, auf den Lindenblütentee gekommen ist, es war nämlich, und das wird oft nicht mitbedacht, in der Realität kein Lindenblütentee. Proust selbst hat das im Manuskript noch des Öfteren umgeändert, einmal ist es schwarzer Tee mit Röstbrot, dann wieder –

Was soll das heißen. Wieso Proust?

Nun, dir ist doch sicherlich einiges klar geworden gestern, um nicht zu sagen alles. Dummerweise bist du aber noch vor dem Ende eingeschlafen, ich hatte wirklich nicht mehr gewusst, womit ich dich noch bei Laune halten könnte. Aber vielleicht hast du ja geträumt, klärend geträumt?

Kron starrte aus dem Fenster, dieser viele Schnee, und eher ahnte er als dass er sich erinnerte, ja, er war sich fast sicher, so eine Erinnerung nicht zu haben, er ahnte sich am Fenster stehen, Schnee. Gegenüber spiegelte sich das Küchenlicht in der Posaune über dem Tisch. Der Mann ging zur Kredenz, wendete die Schallplatte, schien einen Moment lang zu lauschen, wunderte sich, Kron wusste nicht, was er sonst tun sollte als sich wundern, schaute nach draußen, zarte Flocken wunderten vom Himmel. Er steckte die Kerzen auf dem Tisch an, löschte das Licht. Er musste sich wundern, dachte Kron, musste auf sie hinunterschauen, ihr zuschauen beim Essen, seinen Bart zausen, dann und wann ein Schluck Wein, musste sich wundern, über alles, immerhin war er, ohne auch nur einen Finger zu rühren, zu einer Klara gekommen. Vielleicht lauschten sie auf die Trompete oder war es ein Klavier, vielleicht summte er dann und wann die Melodie, sang mit einer Stimme, tief wie die See. Setzte sich an den Tisch, betrachtete seine Hände vor sich, betrachtete ihre

Haare, wie sie ihr über die Schultern, über die Stuhllehne flossen. Was mochte sie wohl riechen an ihm, die Musik, das Abenteuer, ein Zigeunerleben, vielleicht wischte er ihr den Saft vom Ragout von der Oberlippe, vielleicht –

Hätten sie geschaut, hätten sie einmal herübergeschaut, sie hätten einen Mann gesehen, in eine Decke gewickelt, der hatte eine blutverschmierte Stirn, zwetschgenrote Striemen, in der Decke wie nach der Havarie, Schiffsbalken, Segelmasten, Wasserfässer an die Stirn geknallt, aber das musste eine Verwechslung sein, eine Vermischung, Lenau hatte ihm zu viel vom Wasser gesprochen, *Dan-no-ura*, Japanisches Meer, August, die Jahreszahl unleserlich, typisch, zwischen den Wellen der kleine Kaiser, zwischen den Wellen schwamm der nackte kleine Kaiser, lachte, Antoku lachte und planschte mit den Beinen, der kleine Kaiser, ein kleines Kind, sein kleines Kind schwamm zwischen den Wellen, lachte, lachte, sieben mal sieben Jahre Glück, dachte er, der Maulwurf –

Die Wende, Kron, Lenau trug seufzend das Tablett hinaus, er bringt die Wende. Chimären und Ungeheuer. Das kann natürlich das Glück sein, muss aber nicht.

3.

Stanjic.
Die Vorahnung.

Er wickelte das Haar um den Zeigefinger, legte es in das Fach eines Eiswürfelbehälters. Er goss einen Schluck Wasser darauf, eine zarte Alge. Er legte in jedes Fach ein Haar.

Er hatte das Federbett zurückgeschlagen, betrachtete den Wasserfleck an der Decke. Er versuchte, sich an seinen Traum zu erinnern, es war irgendetwas wirklich Lustiges gewesen, er glaubte sich zu erinnern, im Traum unmäßig laut gelacht zu haben. Er lauschte, hörte sich die Schubertquartette an, seit Tagen schon hörte er sich die verschiedensten Interpretationen der Schubertquartette an, vermutlich, um sich davon abzulenken, dass ihm selbst gerade keine Interpretation zu Schubert einfiel. Bis heute Mittag sollte er Schubert irgendwie interpretiert haben, er starrte auf den Wasserfleck, Lili würde sofort merken, dass er in Sachen Schubert überhaupt nicht weitergekommen war, irgendetwas an Schubert versperrte sich ihm, entzog sich ihm förmlich schon beim bloßen Zuhören. Er war, es war eine unerfreuliche Feststellung, aber er war für Schubert vermutlich schlichtweg nicht tief genug. Vielleicht sollte er einfach die Interpretation eines Interpreten mit mehr Tiefgang übernehmen, er angelte sich die Plattenhülle, Casals beugte sich tiefgründig über sein Cello, die erste und zweite Geige schmiegten sich in seinen Windschatten, die Bratsche starrte verträumt ganz woandershin.

Bratschisten, Stanjic zog die Bettdecke bis unters Kinn, legte die Plattenhülle weg, Bratschisten hatten's leicht, Bratschisten lebten sowieso in ihrer ganz privaten Parallelwelt, niemand machte sich Gedanken um die Tiefgründigkeit in der Interpretation eines Bratschisten. Na egal, niemand würde jedenfalls Casals die Tiefe absprechen wollen. Vielleicht sollte er heute einfach mal einen auf Casals machen. Er seufzte, schloss die Augen. Lili würde auch das merken.

Ihm war irgendwie unbehaglich, er öffnete die Augen, starrte auf den Fleck an der Decke. Irgendetwas war nicht richtig. Er betrachtete den Plattenteller, absolut nicht richtig, vielleicht, er drückte den Hebel hinunter, erhöhte die Umdrehungszahl, in beängstigendem Tempo bretterten die Musiker über ihre Instrumente, der Bratschist brach sich die Finger, er schaltete schnell wieder zurück, zumindest an Casals konnte es nicht liegen.

Irgendetwas war absolut nicht richtig, er schaute, der Fleck war nicht größer geworden, war auch nicht kleiner geworden, er rollte ein wenig zur Seite, schloss erschrocken die Augen, rollte sich zurück. Er lag wieder knapp im Schatten, wandte den Kopf, betrachtete die Kuhle neben sich, dachte, dass sie von der Sonne geweckt worden sein musste, aus tiefem Schlaf aufgestöbert, Augen auf, Sonne. Die Sonne war nicht richtig. Gestern noch der tiefe Winter und jetzt das, die Sonne brachte einen Geruch mit und einen Wind, er stützte sich auf, schaute sich um. Die Kleider in dem Zimmer verstreut, die Schallplatten, Notenhefte in den Regalen, alles ganz pur und satt in dem Licht, plötzlich staubig, seit es Frühling war, war es plötzlich ganz staubig überall. Er fuhr mit der Hand die Kuhle entlang, klaubte ein Haar vom Kopfkissen, hielt es hoch. Sie musste das Fenster geöffnet haben, bevor sie gegangen war, ein sanfter

Wind kam von draußen herein, er hielt das Haar an dem einen Ende und ließ es an sich vorbeiwehen. Überhaupt, wo war sie denn hingegangen, an die Uni? Ins Neugröschl? War heute diese Exkursion nach – wo auch immer, irgendwo außerhalb, irgendwas Versteinertes, ein Ort mit einem absolut unmöglichen Namen. Kleinradieschen? In der Art jedenfalls. Untergurking oder so, allmählich hatte er den furchtbaren Verdacht, Klaras Dozent suche seine Ausflugsziele ausschließlich unter dem Aspekt der albernen Namensgebung. Er stand auf, suchte eine Hose und schlüpfte hinein.

Er ging ins Bad, schaute im Spiegel, sein Gesicht. Er fühlte sich, als wäre er sich noch nie begegnet, am Bart erkannt, wäre nicht der Bart, er war nicht sicher, ob er sich erkannt hätte. Er schaute sich an, wunderte sich, ratlos. Er durchforstete den Bart, beugte sich nah an den Spiegel heran, fasste mit spitzen Fingern das fremde Haar und klaubte es heraus. Überall, dachte er halbwegs fassungslos, sie ist überall. Er ging zum Regal mit den Handtüchern, schaltete die Stereoanlage ein und tauschte die CD aus. Er ließ das Badewasser einlaufen, drehte die Lautstärke höher und begann, sich die Zähne zu putzen, schaute sich ins Gesicht. Es sah abwegig aus, mit der Zahnbürste direkt hoffnungslos. Er schaute, an ihrer Parfumflasche ein Haar, er zupfte es mit zwei Fingern weg.

Er glitt in das heiße Wasser, tauchte unter, lauschte. Auch schön, das Kronos Quartett bemühte sich auch sehr schön um Schubert. Von unten betrachtete er die vorbeiziehenden Schaumwolken, er sah seine eigenen Haare neben sich wogen, tauchte auf. Ein Haar, ein meterlanges Haar an der Kachel an der Wand. Er fischte weitere Haare aus dem Badewasser, wo sie zwischen dem Badeschaum dahinglitten wie zarte Wasserschlangen, träg, in dem warmen Tümpel.

Er stieg aus der Wanne, wickelte sich in ein Handtuch und

rubbelte die Haare trocken, bloß klang das Kronos Quartett immer in erster Linie nach Kronos Quartett und erst sekundär nach, in diesem Falle, Schubert. Er zog sich die Hose an, ging in die Küche, füllte Kaffee in die Espressokanne und schaltete die Herdplatte ein. Er öffnete den Küchenschrank über der Spüle, kramte in den Schallplatten. Er zog eine hervor, warf einen Blick auf das Cover, na bravo, murmelte er. Die Sonne schlief auf der Kredenz, leuchtendes Blau, die Scheiben ganz blank und frisch geputzt, er ging hinüber, eine Täuschung, völlig ungeputzt, die Scheiben waren kein bisschen geputzt, er legte die Platte auf, schaute zu, wie die Nadel langsam ausfuhr, behutsam aufsetzte, Knistern. Er spürte die Wärme im Rücken, lauschte, oder Mischa Maisky, auch eine Möglichkeit, gewiss war auch an Maiskys Schubertinterpretation nicht wirklich etwas auszusetzen. Noch dazu, er betrachtete diesen Bart auf dem Cover, die Haare, diese rein physische Ähnlichkeit des frühen Maisky mit dem konkreten Stanjic, vielleicht sollte er die Sache einfach von dieser Seite her angehen, immer dem Bart nach.

Aber, Stanjic hob die Stimme, holte eine Tasse aus der Spüle und wusch sie ab, das ist nicht dein persönlicher Egotrip, David, um den es hier geht, es geht um die Interpretation der Gruppe, wir, das Quartett, müssen für Schubert eine Übersetzung finden. Bloß, solange du für dich, für dein Instrument keine Lösung gefunden hast, ist das völlig sinnlos.

Danke Lili, hatte ich ganz vergessen. Er nahm die Nadel von der Platte, tauschte die Scheibe gegen eine andere, somit, sagte er mit salbungsvoller Stimme, wenden wir uns also weniger den großen Cellisten zu, die zufällig in ein Quartett getaumelt sind, vielmehr lenken wir unser Augenmerk auf die großen Gruppen in der Quartettgeschichte, hier beispielsweise, er warf einen Blick auf das Plattencover, das fantastische Alban Berg Quartett mit dem nun wirklich nicht über die Maßen bekannten Valentin Erben am Violoncello, Valentin wie Valentin, Erben wie Kron, Erben ist nicht Casals, aber, das müssen wir uns einfach eingestehen, er hat für sich, für sein Instrument eine Lösung gefunden und somit seinen Beitrag zur Gruppeninterpretation geleistet. Er drehte am Lautstärkeregler, trocknete die Tasse ab und stellte sie neben den Herd.

Er öffnete die Schublade der Kredenz, kramte die Rechnungen und Stifte zur Seite, fahndete nach der Lupe.

Er schenkte sich eine Tasse Kaffee ein und machte eine Runde durch die Wohnung. Überall fleißiges Geigen und Fiedeln, aus der Küche, dem Bad, aus dem Schlafzimmer, wunderbarer Schubertsalat. Mit der Lupe waren es noch viel mehr Haare, am Vorhang, am Marmeladenglas, in der Haushaltsapotheke, er nahm in der Toilette ein Haar vom CD-Gerät, pustete in die Boxen und drückte auf den Knöpfen herum. Er setzte sich auf den Klodeckel und trank einen Schluck Kaffee, betrachtete seine Zehen. Er schaute in die Gesichter auf der CD-Hülle, der Bratschist, Stanjic legte das Bild weg, trank die Tasse leer, der Bratschist hatte, seinem entrückten Gesichtsausdruck nach, gerade ein Erweckungserlebnis. Er hätte auch gerne ein Erweckungserlebnis. Er lehnte den Kopf gegen den Spülkasten, schloss die Augen, lauschte, Pause, es knisterte und knusperte von irgendwoher, hüpfte, hüpfte, hüpfte aus der Küche, er stand auf und ging hinüber, hob die Nadel, legte sie ein paar Rillen weiter wieder auf. Schubert, er würde, vermutlich spätestens Ende dieser Woche, spielen wie Schubert höchstselbst, er würde fühlen wie Schubert, er würde endlich diese unglaubliche Schubert'sche Tiefe erlangt haben.

Ich freu mich schon, murmelte er, als er den Korridor entlangkroch, mit der Lupe war es unwahrscheinlich schmutzig in seiner Wohnung, er steckte sie in die Hosentasche.

Er legte die Haare vor sich auf den Küchentisch, glatt ausgezogen nebeneinander wie die Saiten auf einem Instrument, beschwerte sie mit dem Quartettführer. Er schüttete den Rest aus der Kanne in die Tasse, öffnete die Brotschublade und legte ein altbackenes Croissant auf die heiße Herdplatte. Er setzte sich vor die Haarreihe auf den Küchenstuhl. Vom Fenster her strich der laue Wind um seine nackten Füße. Er betrachtete auf seiner Brust die Gänsehaut, die Posaune über dem Tisch drehte sich, drehte sich eine Zeit lang nach links, hielt einen kurzen Moment inne, dröselte sich hernach wieder auf, er schaute, wie das Licht in dem Messing sich spiegelte, golden über die Wände huschte, überlegte. Die Luft von draußen roch ganz neu, er ging zum Herd, wendete das Croissant. Er schaute auf die Küchenuhr, rückte den Stuhl darunter und nahm den Zettel vom Sekundenzeiger. Er faltete ihn auf, las. Er schaute auf das Sonnenlicht auf dem Fußboden, ihm gegenüber, jetzt auf gleicher Höhe, die Posaune, drehen, aufdröseln, Reflexe an den Wänden, wie kleine Teiche, er steckte den Zettel in die Hosentasche, sprang vom Stuhl.

Er tunkte das Croissant in den Kaffee, stellte sich ans Fenster, schaute hinaus. Kron hatte drüben alle Fenster weit geöffnet, die Zimmer lagen im Schatten. Stanjic wärmte seine Hände an der Tasse, die Gänsehaut breitete sich aus, er fühlte sie die Arme hochklettern, den Rücken. Er ließ seinen Blick durch die gegenüberliegende Wohnung wandern, nicht zu sehen, Kron werkelte vermutlich schon fleißig irgendwo zwischen den frischen Beeten, staubte die Setzlinge ab. Unter Krons Schlafzimmerfenster, eine Etage unter ihm, ging ein Fenster auf.

Guten Morgen, rief die Frau, sie lehnte sich heraus, trug eine schreiend rote Kittelschürze, nicht dass Sie sich eine Lungenentzündung holen, Herr Musikant, so als ein Nackiger.

Stanjic schaute rasch auf seine Beine, er war sich nicht

mehr ganz sicher, ob er eine Hose anhatte, geht klar, sagte er, trank einen Schluck Kaffee.

Neben der Frau erschien erst ein Katzenkopf, kurz darauf die gesamte Katze.

Das ist doch die Minna, dachte Stanjic, fett geworden das Viech. Wohnt jetzt praktisch bei der Dings, na wie heißt sie, richtig fett geworden, und vermutlich Alkoholiker.

Sind Sie noch gar nicht beim Üben, rief die Frau herüber, sie kraulte der Katze den Kopf, müssen Sie heute gar nicht zur Probe.

Doch, Stanjic steckte das letzte Stück Croissant in den Mund, hob kurz die Hand. Er schloss das Küchenfenster und ging ins Schlafzimmer.

Er zog die Trainingshose aus, streifte sich die Strümpfe über, das wär's noch, murmelte er, dass ich jetzt auch noch die Dings, na, Brösel, an der Backe habe, demnächst stellt sie mir auch die Rindsrouladen vor die Tür. Er warf einen Blick in den Spiegel, Socken, nackt, *Herr Musikant*, wiederholte er, er hob die Arme über den Kopf, stellte sich in Position des sterbenden Schwans, soll sie nicht immer am Fenster herumspionieren, das Alban Berg Quartett setzte zum wiederholten Male zur *Rosamunde* an, *allegro*, sagte er warnend zu seinem Spiegelbild, *ma non troppo*.

Er knöpfte das Hemd zu und schnallte den Gürtel fest. Er nahm eines von Klaras Haarbändern vom Nachttisch, frisierte sich auf dem Kopf eine Palme. Kleinradieschen, sagte er zu seinem Spiegelbild, er ging ein wenig in die Knie, kniff die Augen zu Schlitzen, ich hab dich hier noch nie gesehen, Cowboy, zischte er, die Hände am Gürtel, bereit zu ziehen, mach dich flach oder du hättest dir gewünscht, nie deinen verfaulten Fuß nach Untergurking gesetzt zu haben, eine schnelle Bewegung, er zog die Pistolen, feuerte, jetzt wird's dunkel, mein lieber Freund von der Blasmusik, er pustete den Rauch weg, grinste sich zu, steckte den Colt ein, sein

Lächeln verschwand, meine lieben Alban Bergs, sagte er streng, wenn ich euch heute noch einmal Schubert fiedeln hör, pust ich euch das Gehirn in die Suppe, Ehrenwort.

Er stellte den Plattenspieler ab, nahm das Cello aus dem Kasten und begann es zu stimmen. Er setzte sich ans Fenster. Er spielte eine Etüde, zwei, er begann langsam, wurde immer langsamer, *non troppo, non troppo*. Die Sonne fingerte warm über sein Gesicht, er schloss die Augen, umfasste das glatte Holz, in der Wärme schien es zu duften, hatte er nicht gestern noch sich durch Schneeverwehungen gekämpft, war es gestern gewesen, er tastete nach den Saiten. Er sollte dringend üben. Er sollte schon ziemlich lange ziemlich dringend üben. Er legte das Instrument aufs Bett, ging zurück in die Küche, lauschte.

Er wechselte die Platte, schaute aus dem Fenster, auch eine Möglichkeit, er betrachtete das Foto auf dem Plattencover, der Bratschist fummelte irgendwas an seinem Instrument, während der Rest der Truppe in die Kamera grinste, er stellte die Musik leiser, starrte auf die Haarsaiten auf dem Tisch. Er zog eine der Strähnen unter dem Quartettführer hervor, wickelte sie um den Zeigefinger und legte den Haarring in das Fach eines Eiswürfelbehälters. Es sah entwaffnend ordentlich aus. In jedes Fach ein Haar. Es waren noch sehr viel mehr Haare da und er beschloss, noch mehr Eiswürfelbehälter zu kaufen.

Es war – er überlegte eine ganze Weile, was hier eigentlich los war.

Er zog die Lammfelljacke aus, wickelte den Schal vom Hals. Er fuhr sich mit der Hand über die Brust, es war – zu warm, das war es, es war eindeutig zu warm. Er schaute herum, so ist das also, dachte er, so ist das also. Eine wirklich schlagartige Griesgrämigkeit überfiel ihn. Die Sonne im Gesicht, auf der Brust, in den Haa– er fasste sich an den

Kopf, zog das Band aus den Haaren, er lief hier mit einer Palme auf dem Kopf herum wie der letzte Idiot, er band die Haare im Nacken zusammen, roch, diesen, ja was. Um die Bäume herum dieses schamlose Blühen.

Er stampfte einen Krokus zurück, glaubte wahrhaftig, den Schweiß auf der Stirn zu spüren, aber das war wirklich übertrieben. Es konnte nicht mehr sein als – März? April? Er klopfte seinen Schuh am Stamm, sah die Erde in feuchten Klumpen herunterkrümeln. Er lehnte den Kopf gegen den Baum, roch das Holz, das warme Holz. Was waren denn das, Linden, Eichen? Er betrachtete einen knallroten Käfer, der zielstrebig den Stamm nach oben marschierte. *Alles dränget hin zur Sonn*, sagte Stanjic, er legte dem Käfer seinen Finger in den Weg, er krabbelte hurtig darum herum, verschwand irgendwo in den Ästen.

Ach! dass die Luft so ruhig, ach! dass die Welt so licht, als noch die Stürme tobten, war ich so elend nicht, Stanjic starrte nach oben in das Geäst, nur, sagte er, falls irgendjemanden hier interessiert, was Schubert zu dieser Angelegenheit zu singen hat. Er wartete, schaute hinauf in das Geäst, interessiert euch nicht, dachte ich mir schon.

Er hakte seine Jacke in die Borke, stopfte den Schal in den einen Ärmel. Er hockte sich nieder und lehnte den Kopf an den Stamm, schloss die Augen. Vögel. Hunderte, Tausende von Vögeln krawallten irgendwo über ihm. Er wusste nicht so recht – weiter. Schubert? Vielleicht, wer konnte das schon mit letzter Bestimmtheit sagen, aber vielleicht verfügte Schubert über keinerlei Tiefe. Es gab durchaus Schubert'sche Zeitgenossen, die ihn für einen rohen Klotz Holz hielten, ein Fass gar, und, nun ja, vielleicht war er ja tatsächlich das viel zitierte ›Bierfass, das nicht wusste, was es schrieb, und die Musik passte ihm nur äußerlich, wie ein Kleid‹. Wer hatte das gesagt? Keine Ahnung, Stanjic schüttelte den Kopf, irgendjemand hatte es bestritten, irgendjemand es gesagt, aber wer was? Er, Stanjic, müsste aber womöglich einfach nur das passende Kleid finden. Vielleicht waren er und Schubert Bierfässer.

Ganz in der Nähe redete es unablässig, Stanjic rieb vorsichtig seine Stirn an der Rinde, beständiges Geschwätz. Hatte er geschlafen? Er hob eine Spinne von seinem Arm, hängte sie an den Baum.

Sogar die Vögel schienen etwas stiller geworden zu sein, lauschten sie? Er musste ein, zwei Bäume weiter stehen, Stanjic lugte um den Stamm herum, tatsächlich. Er schob sich einen Baum näher heran. Die Haare wie Stanniolpapier in der Sonne, gekonnt wirr auf dem Kopf herumgeschichtet, grüne Fliege, schillernd im Licht.

Stanjic zog den Kopf zurück, schaute hinter sich. Die Allee, die eine Straßenseite im Schatten, Bänke, Bäume, Rosenbüsche, gegenüber die Sonne, niemand. Er spähte hinter dem Baum nach vorn, sonst, keiner. Keiner, zu dem der Silberkopf hätte sprechen können.

Nie sah ich einen schöneren Baum, sagte der Mann, so etwas in der Art jedenfalls, er lobte die Kronen der Bäume, die Stämme, er bewunderte im Einzelnen die Verästelungen, das zaghafte und aber juchzende Grün, so sagte er, zaghaft und aber juchzend, den Baum in seiner Gesamterscheinung sowie die Bäume als Gruppe. Stanjic sah ihn vor sich, wie er vor seinem Schlafzimmerspiegel übte, noch im karierten Pyjama übte, eine Geste ausführte, ganz schlecht, völlig falsch murmelte, in die Ausgangsposition zurückging, er ließ seine weißen Hände kreisen, *das zaghafte und aber juchzende Grün.*

Stanjic schaute in die Wipfel, junge Blätter. Blätter. Kein Winter, zwischen den Blättern flatterte die Sonne, Vögel hüpften von da nach dort und wieder zurück. Was erlebe ich da eigentlich, Stanjic kam hinter seinem Baum hervor, wechselte die Straßenseite und schaute von hier unauffällig noch einmal hinüber, der Mann schickte sich scheinbar gerade an, auch die Baumstämme angemessen zu würdigen, er formte mit seinen Armen weite Kreise, Idiot, dachte Stanjic.

Hulesch und Quenzel lag noch gänzlich im Schatten, er machte die Jacke, er schaute an sich herunter, schaute auf sein Hemd, den Gürtel, er machte nicht die Jacke zu, er hatte die Jacke in der Allee vergessen. Er blickte zurück und sah am Ende der Straße den Mann, er kam gemütlich in seine Richtung, hielt sein Gesicht in die Sonne.

Stanjic drehte sich um, eilte die Treppe hoch zum Geschäft, riss die Tür auf, Ladenglocke, über der Tür war eine Ladenglocke, klimperte sehr lustig, er hob den Kopf. Er spürte sein Gesicht regelrecht eindunkeln und fühlte deutlich, wie sein Bart sich heillos zerzauste. Er blickte nach der lustigen Glocke, diese Glocke, murmelte er, eine Wut im Gesicht, im Bart, überall, eine Wut.

Er schaute sich um. Die Verkäuferin lächelte höflich, er blickte zornig in die Regale. Er schaute unverwandt die Thermoskannen an, so ein Idiot, murmelte er, in seinem Rücken ging die Tür, die Glocke, am liebsten hätte er die Thermoskannen vom Regal gefegt, ein weiterer Kunde betrat den Laden, diese Glocke, er drehte sich um, die Verkäuferin schaute erschreckt, er wandte sich wieder den Thermoskannen zu, wartete, bis die Röte aus seinem Gesicht wich. Er nahm eine der Thermoskannen vom Regal, schraubte an ihr herum, schraubte auf, schraubte zu, wog sie in der Hand, besänftigte den Bart, strich ihn bartzart, drehte sich um. Am Ladentisch stand die Verkäuferin, duckte sich ein wenig, die anderen Kunden an den Regalen erstarrt, er schaute auf die Thermoskanne, stellte sie zurück und fragte gedämpft nach den Eiswürfelbehältern.

Er ging hinter der Verkäuferin her, arbeitete sich Regal

um Regal tiefer in das Ladeninnere, an ihm vorbei zogen kleine Frühstücksbrettchen und riesige Jausenplatten wie schlechte Träume, fassgroße Rumtöpfe, Eierzerteiler, er hastete der Verkäuferin hinterher, flaschengrüne Einmachgläser in kilometerlangen Reihen, Geflügelscheren wie Folterwerkzeuge.

Eiswürfelbehälter in allen nur denkbaren Modellen, die Verkäuferin vollführte einladende, ausholende, verführerische Handbewegungen, er starrte sie an, das zaghafte und aber juchzende Grün, sagte sie, nahm sachkundig das Trenngitter aus der Wasserschale, was, sagte er, was bitte, das zertifizierte und aber juchzende Grün, bitte, sagte Stanjic, Panik kam in ihm hoch, diese zertifizierten Modelle justifizieren den gewaschenen Preis, Stanjic starrte der Verkäuferin ins Gesicht, schaute auf ihren Mund, das Lippenrot, sah die Zähne, was bitte, flüsterte er. Die Verkäuferin schien einen Moment verwirrt, ich sagte, wiederholte sie etwas lauter, wir führen zum Geburtstag des Eiswürfels Modelle aus hundert Jahren professioneller Eiswürfelproduktion.

Na bravo, murmelte Stanjic, er öffnete den obersten Hemdknopf. Er ließ sich Eiswürfelbehälter vorlegen, Eiswürfelbehälter um Eiswürfelbehälter, betätigte beeindruckt den Hebel eines Fabrikats, mit dem sich die Würfel umstandslos herausstemmen ließen.

Hier wäre das Material Aluminium, sagte die Verkäuferin, nahm ihm das Modell aus der Hand, vollzog mit geschickten Griffen die Hebelbewegung, das Wasser gefriert hier regelmäßig und feinstrukturig, was sich mit einem wohlgestalten und formschönen Produkt bedankt. Stanjic blickte wie geprügelt auf diese roten Fingernägel, sie hebelte galant vor und zurück, eine zu ihrer Zeit sehr gern gekaufte Ware, natürlich dem amerikanischen Markt entwachsen, die Amerikaner waren, was gehobeneren Eiswürfelkonsum betrifft, dem Rest der Welt einfach um Längen voraus. Von fern, von sehr fern, irgendwo in den weiten Gefilden des Ladenlokals klingelte eine Glocke, Stanjic und die Verkäuferin schauten sich an, entschuldigen Sie mich einen Moment, flüsterte sie, drückte ihm den Eiswürfelbehälter in die Hand. Sie eilte zwischen den Regalen davon.

Stanjic hebelte vor, hebelte zurück. Er überlegte einen Moment, ihre Haare in Behältern mit obszönen Eiswürfelformen zu gefrieren (Busen, Penis, Popo), rätselte, ob er die Haare auch in einer Eiswürfelmaschine sauber verarbeiten könnte, schließlich aber empfand er doch die Hebelfunktion, entsprungen dem amerikanischen Markt, als eleganteste Lösung.

Die Amerikaner waren, sagte er, was gehobeneren Eiswürfelkonsum betrifft, dem Rest der Welt einfach um Längen voraus.

Er irrte eine Zeit lang in den Gängen umher, ein Hase, der Länge nach hingestreckt, lag mit dem Gesicht auf dem Fußboden, ein Hase, hilflos erdrückt von einem riesigen Weidenkorb, er stieg vorsichtig über ihn drüber, bog um die Ecke, eine ganze Rotte von Hasen, hüfthoch und grinsend, spärlich beleuchtet in einem toten Winkel, teilweise noch verpackt in Seidenpapier, die Ohren eben aus dem Karton gesteckt, Hasen mit bunten Tüchern um den Hals und Weidenkörben auf dem Rücken, was soll der Quatsch, murmelte Stanjic, no rabbits in Kleinradieschen, er klopfte auf seinen Gürtel, macht euch vom Acker, Leute, er nahm eine der Pistolen aus dem Halfter, ließ sie um seinen Finger kreisen, ihr habt Glück, heute ist Tag des Hasen, er steckte die Pistole wieder ein, lasst euch hier nie wieder blicken, klar? Er wandte sich um, kletterte über den erlegten Hasen zurück, andere kennen da nichts, sagte er zu ihm, *Tag des Hasen? Nie gehört. Tag des Hasenbratens, Kumpel.* So kann's gehen. Er blieb stehen, lauschte, hinter ihm das Klacken von Absätzen, er ging ein paar Schritte in die Richtung, lauschte, still. Er machte kehrt, hinter ihm, Absätze, er rannte in die Richtung, aus der das Geräusch kam, sah eine Dame in gestreiftem Hosenanzug um ein Regal mit Gmundner Porzellan in einen Korridor biegen, er hastete hinterher, ein Satz über den Hasen, schaute in den Korridor, nichts. Er lauschte, es war ganz still. Er schlich an dem Regal entlang, spähte um die Ecke, ein Schatten, gestreifter Hosenanzug? Er schlitterte über die Fliesen, schaute in die Gänge, weg.

Kann ich Ihnen behilflich sein?

Er machte einen Sprung zur Seite, schaute sich um.

Die Frau klemmte einen Ordner unter den Arm, reichte ihm die Hand, Frau Hulesch mein Name, was kann ich für Sie tun.

Stanjic warf einen Blick in den Korridor neben sich, reichte ihr dann die Hand, ich, er zögerte, schaute in ihr Gesicht, die Augen, was war denn mit ihren Augen los, flackerten oder was das war, sie hob die Brille, die an einer Kette um ihren Hals hing, setzte sie auf.

Ich suche – den Ausweg, sagte er.

Sie nahm ihre rote Brille ab, wenn Sie mir bitte folgen wollen, sie ging voran, rechts und links, wieder rechts, er ging hinter ihr her, betrachtete die Absätze ihrer Schuhe, klackten, klackten, links, links, klackten, klackten, klackten, sie blieb stehen, er stolperte.

Sie schaute ihn an, legte eine Hand ans Ohr, lächelte. *Die Tücke des Objekts*, sagte sie, die Tücke des Objekts. *Hulesch und Quenzel* bedankt sich für Ihren Besuch. Er horchte, irgendwo geschäftsmäßiges Gemurmel, weit, weit vorn Tageslicht, er ging ein paar Schritte in die Richtung, drehte sich um, niemand, Regale, Korridore, er sichtete endlich die Kassa.

Er wartete am Verkaufspult, schaute auf die Auslage mit Schweizer Armeemessern. Sie fingen links klein an und blähten sich von Messer zu Messer weiter auf, wurden immer fetter, Löffel, Gabeln, Kompass, ein Lineal, ein kleiner Spiegel, in einem Schweizer Messer, so schien es, konnte man einfach alles unterbringen, einen ganzen Haushalt. Eines der Objekte führte unter vielen anderen praktischen Details eine winzige Lupe mit sich, er könnte, hätte er ein Schweizer Messer, spontan und jederzeit, egal wo, nach Klaras Haaren fahnden, er könnte, hätte er ein Schweizer Messer, während der Pausen auf den Proben den Instrumentenkoffer untersuchen, er könnte, wenn er zum Einkaufen fuhr, ihr Auto einer Inspektion unterziehen, er könnte die Allee entlanggehen und die Bäume nach ihren Haaren abtasten, könnte eine Wanderung unternehmen und feststellen, ob sie schon vor ihm den Gipfel erklommen hatte. Womöglich wäre, erstünde er das aufgeblähteste unter ihnen, sogar im Fall der Fälle ein Eiswürfelbehälter zur Hand. Er klopfte mit den Fingern auf das Glas, die Verkäuferin blieb verschollen. Hinter dem Ladentisch an der Wand war ein Regal angebracht, die verschiedenen Fächer gefüllt mit kleinen, perlfarbenen Papiertüten, wie auch die Messer in ganz unterschiedlichen Größen, womöglich, dachte Stanjic, womöglich trug der reinliche Schweizer seine Schweizer Messer in kleinen, perlfarbenen Papiertüten mit sich herum, unter Umständen, dachte Stanjic, einfach eine der listigen Ideen der schweizerischen Kriegsführung, die Schweizer Soldaten an der Front holen wie ein Mann ihre perlfarbenen Papiertüten hervor, der Feind denkt, aha, der Schweizer hält Brotzeit, entspannt euch, Jungs, ein bisschen rauchen, mal was trinken, quatschen, stattdessen, was tut der Schweizer? Wählt zielsicher und mit einem Griff eine der vielen Funktionen seines Schweizer Messers, zum Beispiel ein Maschinengewehr, eine, Stanjic überlegte kurz, eine Pumpgun, hieß doch so, oder, und mähte alles nieder. Er griff nach seinem Gürtel, zog den Colt, zielte auf die Papiertüten, *Einfall der Liechtensteiner an der Ostgrenze*, schnarrte er, *alle Mann an die Papiertüten, alle –*

Die Verkäuferin schichtete die zehn Eiswürfelbehälter auf

den Verkaufstisch, verdeckte die Messer, *Hulesch und Quenzel* wünscht Ihnen viel Freude damit, sagte sie strahlend, nahm eine der größten Papiertüten vom Regal und packte alles ein, jetzt im Frühling nimmt man doch ganz gerne mal einen kühlen Drink zu sich.

Stanjic ließ hastig den Arm sinken, richtig, sagte er beunruhigt, nahm die Tüte in Empfang. Sie begleitete ihn zur Tür, herrlich dieses Wetter, sagte sie, die Bäume, wie jetzt dieses erste, zaghafte Grün, sie öffnete die Tür, über seinem Kopf bimmelte es, diese Glocke, schrie er, Entschuldigung, sagte die Verkäuferin hastig, sie trat einen Schritt zurück, Entschuldigung vielmals, sie zog sich eilig hinter den Verkaufstisch zurück, er warf die Tür hinter sich zu, öffnete sie, warf sie zu, öffnete, irgendwann war es ruhig. Von draußen sah er die Verkäuferin kalkweiß hinter dem Ladentisch stehen, er öffnete erneut die Tür, die Verkäuferin wich zurück, stieß hinten an, vereinzelt schwebten Papiertüten in unterschiedlichen Größen aus den Fächern über ihr, perlfarben wie der junge Tag, der über die Schweizer Gipfel kriecht, es war ganz still.

Nicht lustig, sagte er warnend, diese Glocke klimpert nicht lustig.

Stanjic stand vor dem Laden, blickte sich um. Er schüttelte die Tasche, die Alubehälter klickten gegeneinander, *wohlgestalt und formschön*, dachte er, so ein Idiot.

Er schaute hinüber, die Häuserfront gegenüber war von der Sonne überzogen, glänzend wie frisch lasiert, es war kühl hier im Schatten, er schaute hinüber. Er überquerte die Straße, schloss kurz die Augen, er schauderte unter der plötzlichen Wärme.

Er starrte minutenlang in dieses Schaufenster. Er verstand nicht, hinter dem Glas war beinah ein halber Meter Erde aufgeschüttet, Farn wuchs, Moos, ein ganzer Wald, erstes zaghaftes und aber juchzendes Grün, einer hatte liebevoll kleine Käferpräparate an die Halme gesetzt, Schmetterlinge gaukelten.

Er betrachtete hoffnungslos eine Raupe, die bis in alle Ewigkeit einen Halm erklomm, den Raupenleib in eifriger Bewegung noch gekrümmt, er hob den Blick. Zwischen den Zweigen der Bäume eine Frau, schwamm in einem Weiher mit grünem Wasser, man sah ihre Haut unter der Oberfläche wie Milch in einer Weinflasche. Sie schwamm dem anderen Ufer zu, zu sehen waren nur ihre Schultern über dem Wasser und ihr Hinterkopf, die Haare schwarz, oder war es nur von der Nässe. Auf dem Kopf trug sie einen Blumenkranz, und die langen Haare sahen in dem grünen Wasser aus wie Algen. Stanjic konnte nicht erkennen, war das Bild gemalt oder war es eine Fotografie, irgendetwas an dem Bild war nicht richtig und unheimlich. Er überlegte, ob es für einen Urlaub warb oder für unberührte Natur, vielleicht für ein Fruchtjoghurt, hier die Milchbäuerin schwimmend in ihrer Freizeit, sprach es für ein natriumarmes Mineralwasser, für Holz aus natürlichen Beständen, eine Moorkur zur langfristigen Darmsanierung. Er klaubte seinen Blick herunter, schaute in die Tüte, ließ die Eiswürfelbehälter gegeneinanderklicken, und ein bisschen stieg der Grimm vom Hals hinauf in sein Gesicht, *die Tücke des Objekts,* dachte er, was wollte sie wohl damit sagen. Er öffnete die Ladentür.

Es war, als prallte er ab, prallte zurück, eine feuchtwarme, tropische Luft wie eine Wand, der Geruch von Erde, von geschnittenem Gras, der Duft verschiedenerlei Blüten quoll aus der offenen Tür, waberte auf den Gehsteig, ihm wurde für einen Moment schwarz vor den Augen und ganz elend. Er hob die Hand vors Gesicht und tastete nach dem Türrahmen, versuchte ganz flach nur zu atmen. Mir ward ganz blümerant, flüsterte er vor sich hin, wusste nicht, kicherte er, seufzte er, er tat einen weiteren Schritt, sein Blick klarte auf.

Grün, das ganze Ladenlokal schien in ein grünes, dichtes Licht getaucht, wie auf dem Grunde eines Teichs, wie auf dem Boden eines Einweckglases, feuchtes Licht. Er zog die Tür zu. Hinter dem Verkaufstisch, auftauchend wie aus einem Dämmer, bildete sich die Kontur eines Mannes, Stanjic war, als renke sich sein Blick nur langsam ein, als müsse er die Augen neu einstellen, der Mann trug jetzt eine rote Schürze, über der Brust ein eleganter Schriftzug, *Die Floralien*, die Schürze an der Seite zu einer großen Schleife gebunden, Haar, gekonnt wirr auf dem Kopf herumgeschichtet wie Silberpapier. Er sortierte Narzissen in eine große Vase. Der Idiot, flüsterte Stanjic betroffen. Er schaute ihm dabei zu, als bliebe ihm keine andere Wahl. Der Florist arrangierte noch ein bisschen, wischte sich die Hände an der Schürze, diese Farben, sagte er, fantastisch, was, eine Stimme wie chinesische Glöckchen, Stanjic hätte gern in die Narzissen gebissen, Schmeichler, dachte er.

Stanjic blickte auf die Blumenkübel, diese ganzen Blumen, sein Blick wanderte weiter auf die Fliege unter dem Floristenkinn. Er streifte flüchtig sein Gesicht, ein Magier, dachte er und starrte auf einen Strauß roter Nelken, dachte an die Hände der Verkäuferin bei *Hulesch und Quenzel*, sie hebelte die imaginären Eiswürfel vor, hebelte sie zurück. Er stellte die Tasche nieder, rieb die Hände aneinander, seinen Händen nach war es November, der Geruch von Blumen legte sich über seine Augen.

Efeu rankte über die Wände, Ampeln voller eigentümlicher Hängegewächse, Kakteen wie erstarrt in obskuren Bewegungen, in der Mitte des Raumes ein steinernes Becken, große Blätter von Lotosblüten, Goldfische, eine Wasserschildkröte, zwei. Stanjic schaute nach der Decke. Keine Decke, hoch oben eine Kuppel aus grünem Glas, wie eine Säule dieses teichige Licht und in der Mitte der Kuppel eingelassen eine blutrote Steinplatte, ein Engel blickte sinnend

auf ihn herab, schwebte in diesem roten Lichtstrahl, Stanjic
wandte hastig den Kopf, starrte in ein Gewirr von Ästen,
starrte in ein Gesicht, ein schamlos grinsendes Gesicht, er
trat einen Schritt näher, halb verborgen im Schilf ein lebens-
großer Faun, leicht geduckt, den Finger an den Lippen, als
wären sie sich einig. Der Raum schien tiefer zu werden, je
weiter er drang, zwischen Orangenbäumen eine gepolsterte
Liege, der rote Lichtstrahl von oben warf einen kreisrunden
Fleck auf die Kissen. Drusen von Amethysten, Muschel-
schalen groß wie Waschbecken, er schaute genauer, überall tauchten sie auf, zwischen dem Farn ein kartoffelgroßer
Troll, davoneilende Nymphen hinter den Lorbeerkübeln,
der Engel schwebte langsam kreisend in dem grünen Licht
der Kuppel, gehüllt in diesen blutroten Strom, auf Moos
die Büste einer Frau, lag, den Kopf im Moos, die Augen
geschlossen. Stanjic betrachtete das Gesicht, den sanften
Mund, wie ein Lächeln im Traum, er strich mit der Hand
über ihren Kopf, sie öffnete die Augen, er zog rasch die
Hand zurück, nein, nein. Sie schlief, lächelte im Traum.

Stanjic zog sich zum Ladentisch zurück, schaute hoch,
zögerte. Erst dachte er, es sei das Bild aus dem Schaufenster.
Er trat einen Schritt näher zur Kassa. Es war vom gegenüberliegenden Ufer aus gemalt oder fotografiert, er hätte es
nicht sagen können, die Frau schwamm nun direkt auf den
Betrachter zu. Der Weiher war grün, und die Haut unter
der Wasseroberfläche schimmerte milchweiß. Die Frau trug
diese Blumen im Haar und lachte, lachte sie? Das Gesicht
schien in ständiger Bewegung, alles bewegte sich, die Wasseroberfläche, als rühre der Wind an ihr, die Blätter in den
Bäumen am Ufer, Wolken, oder war es Nacht, manchmal
dachte er, sie zu kennen, dann wieder war sie ihm völlig
fremd, es war irgendetwas nicht richtig mit dem Bild.

Er schaute auf seine Tasche, bewegte sie mit den Fußspitzen hin und her, lauschte auf das Klicken, ob er ihm

behilflich sein könne, er drehte sich um, der Florist behängte eine steinerne Gruppe tanzender Wichte mit bunten Eiern.

Kann ich Ihnen behilflich sein, sagte er noch einmal, wandte sich ihm ein wenig zu, in der Hand ein bemaltes Ei, rot, grün und blau, war das da drauf ein Krokodil, den Rachen erwartungsfroh gesperrt?

Nein, meinte Stanjic schnell, nein, er käme bestens zurecht. Er fuhr mit der Hand über die Platte des Ladentischs, starrte auf seine Handfläche, die grüne Fliege unter diesem schneeweißen Kinn, die Frau auf dem Bild und die Haare zu Hause, was, überlegte er, klopfte den Schmutz von der Hand, soll ich bloß tun. Was soll ich bloß tun?

Er kaufte einen Strauß weißer Tulpen.

Der Florist wählte die einzelnen Blumen, Stanjic betrachtete seinen Nacken. Am Hals krauste sich silbern das Haar, ekelhaft, dachte er, wie ekelhaft, er trug unter der Schürze ein cremefarbenes Hemd, der Florist bückte sich, ruckelte eine Tulpe aus dem Bottich, erhob sich ein wenig, bückte sich, je nach Lichteinfall sah Stanjic merkwürdige Zeichen auf dem Stoff erscheinen, wieder verschwinden. Das Haar von unerträglichem Silber, man hätte erblinden können vom puren Hinschauen.

Stanjic blickte auf die Zeichen auf dem Hemdstoff, und plötzlich, glasklar und wie ein Schnitt im Geradeeben, fand er sich in einem Zimmer wieder, in einem ganz anderen Zimmer. Große Fensterflügel, der Regen draußen wie ein Teil des Interieurs, alter, cognacfarbener Parkett, Perserbrücken schlugen Wege und Pfade vor, die einen in das Allerinnerste des Zimmers zu führen schienen, die Wände mit den Büchern wie tapeziert. Und er wusste, als wäre es gerade eben gewesen, er hatte vor dem Haus gestanden, vor der Frontseite einer großen Villa, das Mauerwerk verwittert und moosig am Sockel, eine Freitreppe mit leicht eingetretenen

Stufen, in denen sich das Wasser sammelte, und unter dem Giebel, in dem Regen kaum zu erkennen, eine Inschrift, er hatte die Augen zusammengekniffen, spürte das Wasser den Hals hinab in das Hemd rinnen, *Schein und Wesen*, das war der Name, *Schein und Wesen*. Stand unter dem Giebel. Er stieg die ausgetretenen Stufen hoch, trat durch die Tür, was er sah, war ganz unwahrscheinlich, er drehte sich um, die Tür, die Treppe. Er schloss die Tür, wandte sich um. Vor ihm kein Korridor, kein Vorzimmer, nicht eine Garderobe oder weitere Türen. Rasenfläche, vor ihm lag eine weitläufige Rasenfläche, Bäume, Sträucher, Buschwerk, das Haus war kein Haus, war reine Fassade, ein Scherz unter Magiern. Der Regen goss in Strömen, und einen Steinwurf weit entfernt ein weiteres Gebäude, ganz quadratisch gebaut, einstöckig, wie ein altes Badehaus, er hatte in dem gießenden Regen den Rasen überquert, war eingetreten, und im Haus nur dieses eine Zimmer, ein Ticken und Klingen in der Luft wie von Tausend Uhren, an den Wänden, in Regalen, Vitrinen Tausend Uhren, die Zeit auf jeder eine andere, seltsames Gerät, Chronometer, Barometer, urtümliche Messgeräte standen auf kleinen Tischen und Konsolen, große runde Fischgläser auf dem Fensterbrett, auf dem Fußboden, mit nichts als Wasser darin, nur manchmal ein fluoreszierendes Aufleuchten, ein Glimmen, Wasser. Unter dem Fenster auf dem Diwan der Mann, studierte irgendwas, studierte einen architektonischen Plan, eine Zeichnung, Sternenkarte, schaute auf. Er hatte eine Uhrmacherlupe ins rechte Auge geklemmt, das Hemd schimmerte in dem dunstigen Grau von draußen, das Haar. Wie alt mochte er sein, fünfzig? Älter? Schwer zu sagen, er hätte – jedes Alter haben können. Aber auch wieder nicht. Er schaute ihn an, wie er triefend nass seine Teppiche einsaute, lächelte. *Aber manchmal*, sagte er bedächtig, sagte er heraus aus diesem Zwielicht da am Fenster, *aber manchmal wohnt die Zukunft schon in uns, ohne dass wir es wissen, und unsere –*

149

Der Florist richtete sich auf, hielt ihm einen Strauß Tulpen vors Gesicht, fragte, ob ihm diese genehm seien.

Und unsere was, fragte Stanjic, schaute an sich herunter, er hätte alles verstanden, alles wäre er ohne Umstände bereit gewesen zu verstehen, nur nicht, dass seine Kleider keine Spur von Nässe trugen –

Was, wiederholte der Florist.

Stanjic nickte, lehnte sich an den Ladentisch, fuhr mit der Handfläche immer wieder darüber, nickte, *und unsere,* dachte er, *und unsere,* unerträglich dachte er, diese Stimme, diese Haare einfach unerträglich, als ob er das Silber gefressen hätte, die blöden Tulpen.

Noch Grünzeug dazu?

Grünzeug, sagte Stanjic verächtlich.

Der Florist band die Blumen zusammen, wickelte sie in Seidenpapier, *Die Floralien*, Stanjic starrte auf die Floristenhände und er dachte, sie müssten sehr weich sein und nach den Blumen duften, nach Erde. Er hatte einen bitteren Geschmack im Mund, hätte gerne ausgespuckt, in die Rosenkübel gespuckt, einen Geschmack wie Metall, und fühlte die Angst.

Kann man die Kakteen kaufen, fragte er, vielleicht sollte er lieber einen Kaktus kaufen, vielleicht sollte er statt der Tulpen lieber einen Riesenkaktus kaufen.

Heute nicht, sagte der Florist.

Wieso heute nicht, Stanjic drehte sich um.

Heute ist kein Kakteenkauftag, der Florist fixierte das Papier mit Klemmzwecken.

Stanjic dachte daran, wie der Florist über die Tulpen gestrichen hatte, und schüttelte abrupt den Kopf. Der Blumenverkäufer blickte auf, alles in Ordnung, fragte er, lächelte, teuflisch, dachte Stanjic, bestens, sagte er, wunderbar, und wandte sich zu einer Kiste Setzlinge, zupfte die Blätter ab.

Er reichte das Geld über die Theke, nahm den Strauß in Empfang.

Das Bild, sagte er, kann ich das kaufen?

Der Florist schaute schräg an ihm vorbei, er strich über die Fliege unter seinem Kinn, das aus dem Schaufenster, sagte er.

Ich nehme das hier, Stanjic deutete über den Verkaufstisch.

Das ist nicht zu verkaufen, sagte der Florist, er ging hinüber zu den Wichteln, steckte ihnen frische Zweige von Forsythie hinter die Ohren.

Kein Bilderkauftag, fragte Stanjic.

Kein Bilderkauftag, bestätigte der Florist, er trat einen Schritt zurück, betrachtete die Wichtel, das heißt, das Bild aus dem Schaufenster kann ich Ihnen verkaufen.

Stanjic schaute auf die Wichtel, die Eier drehten sich ein, dröselten wieder auf, sie waren – dem Anlass, wie Stanjic verärgert konstatierte, völlig unangemessen – allesamt mit Krokodilen, Schlangen und feuerspeienden Drachen bepinselt, er schüttelte langsam den Kopf, ich will aber das hier, sagte er.

Der Florist stand nun wieder hinter dem Ladentisch, er notierte etwas auf einem Bestellblock, das kann ich absolut verstehen, sagte er freundlich, aber es ist unmöglich.

Stanjic klopfte mit den Fingerknöcheln gegen das Verkaufspult, unmöglich, sagte er, soso, die Tasche zu seinen Füßen kippte zur Seite. Der Florist kam hinter dem Verkaufspult hervor und kniete sich nieder, begann, die Eiswürfelbehälter einzusammeln, Stanjic ließ sich langsam hinabgleiten.

Sie haben da viele Eiswürfelbehälter, sagte der Florist.

Ja, sagte Stanjic, Eiswürfelbehälter. Er hielt einen Behälter in der Hand und richtete sich auf.

Der Florist betätigte die Hebelfunktion und Stanjic hörte ihn irgendetwas sagen.

Was, sagte Stanjic.

Damit lassen sich die Würfel umstandslos herausstemmen, sagte der Florist, lauter jetzt, nickte anerkennend. Natürlich dem amerikanischen Markt entsprungen, die Amerikaner waren, was den gehobeneren Eiswürfelkonsum betrifft, dem Rest der Welt einfach um Längen voraus, um Längen, bekräftigte der Florist.

Stanjic schwieg. Der Florist schob den letzten Behälter in die Tüte und reichte sie nach oben, perlfarben wie die jungen Tage, für ein formschönes und wohlgestaltes Produkt, sagte er. Stanjic presste den Beutel an sich, studierte intensiv das Seidenpapier der Blumen, *Die Floralien*, stand darauf, er dachte an die roten Fingernägel der Verkäuferin, die roten Schweizer Messer, das Rot auf den Gipfeln, wenn die Sonne in den Abend sinkt, Alpenglühen, er fühlte sich exakt wie Alpenglühen, rot die Sonne in den Gipfeln, er dachte: rot.

Die sind sehr praktisch, diese Eiswürfelbehälter. Man kann die Mondstrahlen hineinfüllen und tiefgefrieren, ganz schön praktisch, aus Aluminium sind die nämlich, der Florist richtete sich ebenfalls auf.

Stanjic schaute auf seine Fliege.

Die Mondstrahlen, sagte er schwach.

Wenn Sie dann einmal, in einer Nacht, den Mond nicht finden können, tauen Sie einfach schnell einen Mondwürfel auf, und schon haben Sie eine frische Portion Mond, sagte der Florist und zupfte an seiner Fliege, grün und aus Seide.

Stanjic schaute in seine Tasche, sehr praktisch, wiederholte er.

Der Florist ging voraus und öffnete die Tür. Die Sonne fiel den beiden ins Gesicht, und der Florist wandte sich um und sagte samtig, ein herrlicher Tag, nicht wahr?

Stanjic nickte, und endlich blickte er dem Floristen in die Augen.

Mit diesem wundervollen Modell können Sie die einzelnen Würfel ja gänzlich umstandslos herausstemmen, sagte dieser leise, fast, als sagte er es nicht, und lächelte, und in seinen Augen bewegten sich Kränze von Blumen, sie dehnten sich aus und zogen sich hinterher wieder zusammen. Stanjic spürte die Angst, ein Magier, dachte er, ein gottverdammter Magier, sein Bart stand in alle Richtungen, das spürte er genau, Mond, sagte er verzweifelt zu dem Floristen und floh.

Er blickte auf zum Himmel, die Sonne stand hoch, Stanjic fror und war nicht sicher, ob das ein Frühling sein sollte oder war's, ihm war ganz flau, er musste dringend etwas essen, das wars, er würde rübergehen ins *Neugröschl* und schnell was Richtiges essen, eine Frittatensuppe oder eine Nudelsuppe, irgendeine Suppe würde er schnell essen, er hastete die Allee entlang, nahm seine Jacke vom Baum und wickelte sich den Schal eng um den Hals. Er stampfte wütend einen Krokus zurück. Er versuchte, die Erde vom Schuh zu schütteln, trat verärgert gegen einen Baum und heulte auf vor Schmerz, na bravo, dachte er, Fuß gebrochen, auch das noch, er humpelte unter den Bäumen entlang, abholzen, stöhnte er, alles abholzen, langsam ließ der Schmerz ein wenig nach, er musste laut lachen bei dem Gedanken an das Gesicht des Floristen, wie er an einem Morgen die Allee entlangkam, die ehemalige Allee entlangkam und, großartig, sagte er, großartig.

Was ist mit dem *Jazz*?

Stanjic schreckte auf, ließ die Blumen fallen, den Beutel, verdammt, er kniete sich nieder.

Er schaute sich um, wie – Jazz.

Das *Jazz!*

Olli, du bist das, hab dich gar nicht, er sammelte die letzten Eiswürfelbehälter ein, stopfte sie in die Tüte. Er stemmte sich hoch, schlug ein.

Dave, alles klar? Olli schüttelte ihm ausgiebig die Hand, wasn los? Warum bist du nicht im *Jazz*? Wie siehst du denn aus? Was willst du mit den ganzen Eiswürfelbehältern? Wie siehst du denn aus, sag mal? Hast du die Platte? *Shaky shaky*, Olli wedelte mit den Hüften.

Im *Jazz*, Stanjic fasste sich an den Kopf, keine Palme, immerhin nicht die Palme, er zog das Band aus den Haaren, er schaute ratlos in Ollis Gesicht, band die Haare wieder zusammen, Jazz?

Alles klar, Cowboy? Olli legte den Kopf schief, schaute kritisch in sein Gesicht. Wozu brauchst du denn so viele Eiswürfelbehälter, willst du dich betrinken? Was ist das überhaupt für ein Modell?

Natürlich dem amerikanischen Markt entwachsen, Stanjic betätigte den Hebel, die Amerikaner waren, was gehobeneren Eiswürfelkonsum betrifft, dem Rest der Welt einfach um Längen voraus.

So habe ich das noch gar nicht gesehen.

Um Längen.

Aber lenk nicht ab, *Jazz*.

Jazz.

Das *Jazz*! Dein Laden, Alter, ich ruf schon stundenlang bei dir an, gehen wa rein? Sag mal, wie siehst du denn aus? Haste die Platte? Alles klar?

Alles klar, Stanjic fasste sich an den Kopf, strich die Haare glatt, aber, Olli, pass auf, das passt mir jetzt gerade gar nicht, habe ich heute ganz vergessen.

Wie vergessen, du hast vergessen, dass du einen Laden hast?

Ich muss, Stanjic schaute auf die Uhr, ist auch schon spät, verletzt, er deutete auf seinen Fuß, bin auch verletzt, Olli, muss auch die Blumen, man muss auch an die Blumen denken.

Spinnst du oder was, wir gehen jetzt ins *Jazz*, Olli deutete auf den Laden, geöffnet bis 19 Uhr, hier steht's doch, was heißt denn verletzt, ist dir ne Platte auf den Kopf gefallen oder was? Und Blumen? Seit wann isst du denn so was?

Fuß gebrochen, nicht so schlimm. Ich geh dann mal, hab auch gar keinen Schlüssel dabei. Klara kommt auch gleich.

Kommt die Klara halt hierher, Klara kommt doch immer, ist doch immer mit dabei, ich fass es nicht, was heißt denn keinen Schlüssel, das glaub ich einfach nicht. Und wie siehst du denn aus? Rufst du halt den Matz an, der hat doch auch einen Schlüssel.

Matz, genau, Stanjic zupfte sich das Band aus den Haaren, schüttelte den Kopf, band es im Nacken wieder zusammen, morgen ist eh der Matz im Laden, Stanjic stellte sich auf das unversehrte Bein, lockerte den Fuß.

Morgen? Wer redet denn von morgen?

Heute auch, das war's, heute ist auch der Matz im Laden, ich habe gar nicht den Laden vergessen, heute und morgen ist der Matz im Laden. Und gestern, fügte Stanjic hinzu. Anfang der Woche er, dann ich.

Der Matz ist aber nicht im Laden.

Das musst du dem Matz sagen.

Der Matz ist aber nicht da!

Das kannst du ihm dann am besten auch gleich sagen.

Das ist doch dein Laden, Mensch.

Und Matz. Heute ist es Matz' Laden. Und morgen. Gestern auch schon. Ich habe zu tun.

Zu tun. Olli starrte ihn an, Blumen kaufen oder was.

Proben, ich muss proben.

Und warum probst du dann nicht, sondern schlenderst mit Blumen durch die Innenstadt? Und wie siehst du eigentlich aus?

Hab's vergessen, er riss das Band aus den Haaren, stopfte es in die Jackentasche, muss jetzt auch los, Olli, alles klar, bis dann, *shaky,* er hob die Hand.

Shaky, sagte Olli matt, schlug ein, Stanjic humpelte die Straße entlang, der Wind wehte ihm die Haare ins Gesicht, alles ins Gesicht, er blieb an der nächsten Ecke stehen, band sich auf dem Kopf eine Palme.

Der hat sie doch nicht mehr alle, er hörte Olli hinter sich vor sich hin murmeln, er drehte sich um, Olli hatte die Straße überquert, stand vor dem dunklen Laden, starrte hinein.

Matz?, rief er, klopfte gegen die Scheibe, Matze? Hier ist Olli!

Stanjic blieb stehen, sein Fuß schmerzte stark, er öffnete die Schnürsenkel und nahm den Schuh ab. Er schaute sich um, setzte sich auf eine Parkbank. Er legte den Fuß hoch und schloss die Augen. Die Probe, er hatte die Probe vergessen. Er hatte sich nicht einmal vorbereitet. Er hatte zu Schubert keinen Plan, er hatte für sein Instrument, das musste leider gesagt sein, keine Lösung. Er spürte das Pulsieren in seinem Fuß, fühlte ihn förmlich anschwellen. Er legte sich rücklings auf die Parkbank, knöpfte die Lammfelljacke bis obenhin zu, bettete die Blumen auf seine Brust, die Eiswürfelbehälter, es war so – lau. Er schaute in den Himmel, sah Föhnwolken vorüberziehen, zarte, wattierte Gebilde, geruhsam. Das Problem mit Valentin Erben war, dass der zwar zweifellos eine Lösung für sein Instrument gefunden haben mochte, durch seine Gruppenkompatibilität jedoch völlig von der Gesamtinterpretation aufgesaugt wurde, sodass seine Lösung zum Instrument praktisch unauffindbar war. Ganz im Gegensatz zu seinem Virtuosenfavoriten Pablo Casals. Casals machte die Gesamtinterpretation des Quartetts zur Hintergrundmusik, Casals war zwar, was seine Lösung bezüglich des Violoncellos anging, womöglich sogar durchschaubar, Casals war aber, Virtuose hin oder her, ganz einfach zu sehr auf seinem ganz persönlichen Egotrip. Einen Casals hätte Lili stante pede aus dem Quartett geworfen, Casals hin oder her, einem Casals hätte Lili einfach nur einen sortierten Tritt in sein ausladendes *derrière* verabreicht, für einen Casals ist Lili sich zu schade, Konstantin, die chronische zweite Geige, denkt, was Lili denkt, und Béla, nun ja, Béla war Bratschist. Stanjic seufzte. Er würde bei der Probe Lili erklären – er schloss die Augen, er würde Lili gar nichts mehr erklären brauchen, weil die Probe ohne ihn stattfand. Lili würde ihn bestenfalls gar nicht zu Wort kommen lassen, wenn er ihr irgendwas erklärte.

Er hätte den Ankauf des Bildes vorhin erzwingen müssen, das war's. Stanjic versuchte, den Fuß zu bewegen. Er hätte dann zwar immer noch keine Lösung für sein Instrument gehabt, immerhin aber ein Bild. Er hatte sich zu rasch abfertigen lassen, er war sich jetzt ganz sicher, dass der Besitz dieses Bildes für ihn von ungemeiner Bedeutung war. Das Pulsieren in seinem Fuß begann sich zu einem unangenehmen Pochen auszuweiten, Stanjic stöhnte leise vor sich hin, er zog das Bein an, streckte den Fuß hoch in die Luft, Föhnwolken, sein Fuß, angeschwollen zu einem unansehnlichen Klumpen, darum herum drapiert bauschige Föhnwolken, er seufzte.

Geht es Ihnen nicht gut?

Er ließ den Fuß sinken, starrte in das Gesicht über ihm, er fasste seine Eiswürfelbehälter fester.

Ich, nun ja –

Die Frau umrundete die Bank, Stanjic versuchte, sich aufzurichten, die Eiswürfelbehälter, da fielen schon wieder die Eiswürfelbehälter, er versuchte noch, den einen oder anderen aufzufangen, alle Eiswürfelbehälter auf dem Boden. Die Frau hatte sich schon gebückt, räumte sie in die Tüte zurück.

Ist mit Ihnen alles in Ordnung?

Natürlich, alles klar, Stanjic befühlte seinen Fuß, er war sehr heiß, wurde immer heißer, er streifte den Strumpf ab.

Ich habe, ich hatte nur eine kleine Auseinandersetzung, mit –

Die Frau steckte den letzten Behälter in die Tüte, schaute ihn an.

Mit einem Baum.

Die Frau drückte ihm die Tüte in die Hand, ich habe leider gar nichts bei mir, sie hatte ihre Handtasche geöffnet, für solche Fälle, kramte, ein Erfrischungstüchlein vielleicht, wobei, sie warf einen Seitenblick auf den Fuß, wenn das schon solche Formen angenommen hat, da nützt das nun auch wieder nicht so viel.

Sie setzte sich neben Stanjic auf die Bank, schaute in ihre Tasche.

Bitte, lassen Sie doch, ist nicht weiter schlimm, Stanjic zog den Strumpf über, schlüpfte in den Schuh, er unterdrückte ein Stöhnen.

Sie schaute in die Tasche, zog einen Plexiglasbehälter hervor, warf einen Blick hinein, vielleicht beruhigt Sie das, sie lachte, das ist die Versteinerung einer Schlange, sehen Sie? Sie hatte zu der Zeit noch Beine, aber sie bilden sich schon zurück, da können Sie noch von Glück reden, oder?

Stanjic schaute die Schlange an, stimmt, sagte er.

Die Frau legte den Behälter wieder in die Tasche zurück, ich muss das meinem Mann in die Uni bringen, er hatte sie vergessen, sie schaute auf die Uhr, du liebe Zeit, das Seminar ist auch schon bald um, es tut mir wirklich leid, dass ich Ihnen so gar nicht helfen –

Nein wirklich, ist nicht so schlimm, Stanjic deutete auf die Handtasche, der Anblick der Schlange hat mir wieder neuen Mut gegeben.

Ehrlich?

Ganz ehrlich. Stanjic war aufgestanden, reichte der Frau den Arm.

Vielen Dank, sie knipste ihre Handtasche zu, warf einen

Blick auf die Uhr, jetzt muss ich aber wirklich springen, sie winkte ihm kurz zu, lief davon.

Da springt sie, sagte Stanjic. Zur Uni, er schaute, wie sie die Straße überquerte, hinter einer Häuserzeile verschwand. Hat eine Schlange in der Handtasche, bei der sich die Beine zurückbilden. Schon! Sie bilden sich schon zurück, hat sie gesagt. Er setzte sich wieder auf die Bank, umfasste die Tüte mit den Eiswürfelbehältern, er fuhr sich mit der Hand über den Kopf, erstarrte. Er schloss die Augen, nur keine Panik, Cowboy, murmelte er, zählte langsam bis drei und zog das Band aus der Palme, warf es weg, spürte den Wind in den Haaren, den Wind in den Bäumen, spürte seinen Fuß.

Da habe ich doch wirklich noch Glück gehabt, nahm er den Faden wieder auf, er versuchte vorsichtig, den Fuß zu bewegen, ließ es schnell wieder bleiben, er hätte sich ja auch durchaus zurückbilden können.

Er stieß die Tür zum *Neugröschl* auf, setzte sich an einen Tisch am Fenster und stellte die Tasche mit den Eiswürfelbehältern neben sich.

Hallo, Frufru, sagte er, er drehte seinen Kopf, spähte über den Schal zu Boden. Der Hund setzte sich neben seinen Stuhl, schaute zu ihm hoch.

Stanjic lehnte sich zurück, warf einen Blick aus dem Fenster. Leute gingen vorbei, Männer, Frauen, Greis und Kind, in dem neuen Licht seltsam aufgeräumt und sortiert. Frufru legte seinen Kopf auf Stanjics Fuß, begann praktisch augenblicklich zu schnarchen.

Stanjic unterdrückte einen Aufschrei, biss die Zähne zusammen, er versuchte, seinen verletzen Fuß unter Frufru hervorzuziehen, nichts zu machen, der Hund lag zentnerschwer, schlief wie tot, schnarchte. Stanjic nahm sich eine Zeitung, blätterte. Frufru, hör auf zu schnarchen, sagte er, der Hund lupfte ein Augenlid, ja dich mein ich, Stanjic ruckelte ein bisschen mit dem Fuß, der Schmerz zuckte das Bein hinauf, Frufru rückte noch ein Stückchen näher, schlief wieder ein. Lautlos, atmete.

Dissonanzen im Gehäuse? Stanjic strich die Zeitung glatt, las, *Klingt Ihr Instrument nicht, wie es soll? Akupunktur hilft! Ich arbeite schnell, zuverlässig und günstig.*

Stimmt. Vielleicht lag sein Problem mit Schubert weniger an ihm als an seinem Instrument, sein ~~Violoncello~~ war ganz einfach verstimmt, dissonant ~~von der Schnecke bis zum Rumpf.~~ Er trennte die Annonce aus der Zeitung, steckte sie ein.

Er schaute sich um, Franz?

Niemand.

Franz?

Die Tür zur Küche schwang auf, der Oberkellner schlurfte heran.

Bitte?

Ich hätte gerne was zu essen, zum Beispiel eine Frittatensuppe oder eine Leberknödelsuppe oder –

Franz schüttelte langsam den Kopf, nein, sagte er.

Nein? Noch zu früh für Suppe? Schon zu spät für Suppe? Nicht Suppenzeit? Dann nehme ich erst mal einen Kaffee.

Kaffee ist aus.

Kaffee ist aus?

Aus.

Stanjic überlegte, betrachtete Frufrus Kopf, die langen Ohren, vielleicht einen Tee?

Franz schüttelte den Kopf, klopfte mit den Fingerknöcheln gegen das Tablett, groß wie ein Taschentuch.

Kakao?

Nein.

Es gibt heute – nichts?

Richtig.

Der Neugröschl hat heute keine Lust, ein Kaffeehaus zu sein?

Exakt.

Autowerkstatt?

Ja.

Stanjic nickte ein bisschen, bückte sich hinunter und hob Frufru ein wenig an, zog vorsichtig seinen Fuß unter seinem Kopf hervor. Er nahm seine Einkaufstüte mit den Eiswürfelbehältern, hob sie hoch, Eiswürfelbehälter, erklärte er, ich habe mir einige Eiswürfelbehälter gekauft.

Wollen Sie ein Lokal eröffnen.

Genau.

Viel Glück.

Danke Franz. Bis dann.

Er schloss die Haustür auf, tauchte von diesem Frühling in den Hausflur, in dem Stiegenhaus roch es muffig, im Stiegenhaus herrschte überhaupt keine Jahreszeit, es roch immer wie alte Kartoffeln, ob Frühling, ob Herbst, alte Kartoffeln.

Er ließ die Tür hinter sich ins Schloss fallen, schaute in das dämmrige Licht auf der Treppe. Er lehnte sich gegen die Türfüllung, roch das Holz, den Baum, dachte, er spürte es pulsieren, ihn schwindelte, er wand sich hinkend die Treppen hoch. Er hörte aus seiner Wohnung das Telefon klingeln. Er kroch immer höher und wurde immer langsamer, schaute von oben hinunter ins Treppenhaus, das war rund und schraubte sich in den Himmel, das Telefon verstummte, er sah Blumenkränze, die dehnten sich aus und zogen sich zusammen, schnell und immer schneller, von oben ein sinnender Engel, *formschön und wohlgestalt*, sagte der Engel freundlich, *formschön und wohlgestalt*. Stanjic stürzte in die Wohnung und warf die Tür hinter sich zu. Er kippte die Tasche über dem Tisch aus und wühlte mit den Händen in den Alubehältern. Er fasste mit beiden Händen in seinen

Bart, und hätte er gekonnt, er hätte ihn vom Kinn herunter-
gerupft, aus dem Fenster geworfen, ganz weit.

Er wickelte sämtliche Haare, deren er fündig geworden
war, um seinen linken Zeigefinger, legte die Haarringe in
die Fächer. Er füllte eine Karaffe und goss über jedes Haar
einen Schluck Wasser, die Haare waren in den Pfützen Spi-
ralen und sahen aus wie schwarze Algen. Er füllte acht der
Behälter vollständig, und in dem neunten lagen dreizehn
Haare. Es würden mit den zwei weiteren Behältern 253
Haarwürfel sein. Er öffnete den Kühlschrank, holte einen
Beutel mit Beeren, eine Packung Fleisch aus dem Tiefkühlfach, räumte stattdessen alle Eiswürfelbehälter hinein.

Er zog den Strumpf aus, wickelte einen Lappen mit es-
sigsaurer Tonerde um den Fuß, zog den Strumpf wieder
an.

Er ging ins Wohnzimmer, griff nach dem Telefon, wählte.
Er legte den Zeitungsausschnitt vor sich auf den Tisch, wartete.

Ja, hier Casals. Ich interessiere mich für Ihr Angebot. – Ja,
ein Cello. – Ja, völlig verstimmt, geht gar nichts mehr. –
Halber Tag Arbeit, sagen Sie, so lange dauert das. – Wie? –
Ja, glaube ich Ihnen, ich habe mich nur gewundert. – Mit
einem schmalen Zollstock klopfen Sie ab, klopfen das Instrument ab, klar, auf der Bassseite klingen die tiefen Töne,
auf der Diskantseite die hohen, das ist schon klar. – Bei Ver-
stimmungen ist das vertauscht, sagen Sie, hohe ertönen, wo
tiefe sein sollen, und umgekehrt. Dort setzten Sie an. Also
was jetzt. – Einen Bohrer, Zahnarztbohrer, ich verstehe. –
Danach ist das Verhältnis der Klopftöne wieder ausgewogen,
interessant, alle sitzen am richtigen Ort, das klingt wirklich
großartig. – Die Geigen klingen ausgeglichener und voller,
das ist genau das, was ich brauche. Bloß versteh ich gar nicht,
wieso das funktioniert. – Einen Stein in den See? Was passiert, wenn ich einen Stein in den See werfe? Keine Ahnung.

Er geht unter vielleicht? – Wellen, stimmt, es entstehen Wellen, gleichmäßige Wellen? Kann schon sein, so genau habe ich mir das noch nicht angeschaut. – Okay, ich stelle mir vor, die Welle trifft auf ein Hindernis. Und dann? – Sie bricht, ein Teil der Welle schwappt zurück, wenn Sie das sagen. – Bei der Geige? Der Schall ist wie eine Welle, trifft er auf die Stelle des Einstichs, beeinflusst das die Gesamtfrequenz. Das leuchtet ein. – Ja, so einfach ist das. – Genau, da komm ich einfach mal vorbei, ich schreib mir das auf, Moment, also, Schinaglgasse 84, das ist im 10. oder? – Alles klar. – Ja, ich auch. – Wiederhören.

Er humpelte ins Zimmer nebenan, betätigte den Schalter der Leselampe. Er nahm das Cello vom Bett, trug es zum Fenster, öffnete beide Flügel. Gegenüber brannte kein Licht, er zupfte eine Saite, horchte, zog etwas an, setzte sich dann. Er strich mit dem Bogen über die Saiten, stimmte nach, spielte ein paar Takte. Völlig verstimmt. Bei ihm saß nicht ein hoher Ton, wo ein tiefer sein sollte, bei ihm war alles verkehrt, alle hohen auf der Bassseite, alle tiefen auf der Diskanten. Natürlich würde so nichts aus Schubert. Mit so einer Geige wäre Casals nicht Casals. Dieses Cello bedurfte dringend einer Akupunktur. Er schaute aus dem Fenster, schaute auf das gegenüberliegende Haus. Wo er nur blieb. Er spielte ein paar Takte, schloss die Augen, horchte sich hinterher. Spürte seinen Fuß warm werden, pochen, heute spiele ich für dich, Kron, sagte er, Requiem für David und Klara, aber du hätschelst irgendwo die Erdbeerbeete, erntest die ersten Frühlingszwiebeln oder was, hör zu Kron, das ist für dich, bist du jetzt zufrieden. Bach mag sie, sagte er, Dissonanzen hin oder her, lassen wir Schubert, ich habe da meine ganz private Lösung noch nicht gefunden, lass uns über Bach reden, weißt du Kron, sie mag Bach, Klara liebt Bach, kennst du Bach, sagt dir das was oder denkst du dabei an eine Gelegenheit, die Erde von den Frühkartoffeln zu waschen. Er spielte, schaute, die Wohnung blieb düster, er spielte, hörte das Telefon wie von ganz fern, verheddterte sich immer tiefer in der Musik, er ließ es irgendwann bleiben, lehnte das Cello ans Bett.

Kron, sagte er, Kron, Kron, du weißt nicht, was du verpasst.

Er schleppte sich in die Küche, schaltete den Backofen ein. Stanjic wickelte die Tulpen aus dem Papier, schnitt die Stiele an und sortierte sie in eine Vase. Kein Kakteenkauftag, so was Blödes habe ich noch nie gehört, er knüllte das Papier zusammen, stopfte es in den Mistkübel.

Er stellte die Blumen in die Mitte des Tisches, schaute sie an und bezweifelte, dass sie ihm gefielen, *und unsere was*, dachte er, *was*. Er nahm den Alban-Berg-Schubert vom Plattenteller, schob ihn in die Hülle. Er öffnete den Küchenschrank über der Spüle, no time for classic, sagte er, Klassik ist für Kastraten, bin ich etwa ein Kastrat? Nein. Ich bin ein Cowboy. Was ich brauche, ist Musik für Cowboys, er wanderte mit den Augen über die Plattenrücken, zog eine der Scheiben heraus und legte sie auf den Plattenteller. Er wartete auf die ersten Takte, nahm seinen Revolver aus dem Halfter, kontrollierte die Patronen, ließ das Lager wieder einrasten, steckte ihn zurück in den Gürtel. See you soon in saloon, sagte er vor sich hin, begann, Kartoffeln zu waschen. Einer blies Trompete, er bestrich die Kartoffelhälften mit Öl. Er stellte die Trompete lauter, öffnete das Fenster. In einer Pfanne briet er Zwiebeln und legte die gefrorenen Fleischbrocken dazu. Er glasierte Äpfel, kochte die Preiselbeeren. Der Plattenarm hob sich, kehrte an den Plattenrand zurück, setzte behutsam die Nadel in die Rille, einer blies Trompete, das Telefon. Er lauschte, zählte, zwanzig, man wird ungeduldig, murmelte er.

Er ging zum Fenster und beugte sich hinaus. Die Sonne

164

hatte sich in den Dächern verhakt und tropfte in die Regenrinnen.

Er nahm das Geschirr aus der Kredenz, holte das Besteck aus der Schublade und entkorkte den Wein. Er verschob die Fleischstücke in der Pfanne, der Hirschgeruch beruhigte ihn. Er blickte aus dem Fenster, die Sonne versandete irgendwo am Horizont. Er schaute auf die Uhr. Er schüttete ein wenig von dem Wein über die Mischung aus Zwiebeln und Fleisch.

Irgendwann schaltete er die Herdplatten aus, den Ofen. Er setzte sich an den gedeckten Tisch, er dachte, er spüre, wie der Fuß schwoll und drohte, den Strumpf zu sprengen, das wär's, dachte er, wenn der Kron drüben meinen explodierten Fuß von der Scheibe kratzen würde beim Heimkommen. Wo der überhaupt bleibt. So viel kann die Natur doch gar nicht zu tun geben. Der Kron trödelt. Der Kron muss trödeln, anders lässt sich das nicht erklären. Unterbreitet jedem Unkraut persönlich, warum er es jetzt vernichten muss, streichelt den Fenchel aus der Erde oder was. Die Tulpen blühten, sie blühten zu sehr, und unsere was. Stanjic wandte den Blick ab. Er schenkte sich ein Glas Wein ein und hielt es gegen das Licht der Deckenlampe. Er kniff ein Auge zu und schob das Glas vor die Tulpen. Sie waren sehr rot, er schloss die Augen und trank in großen Schlucken. Ein Kaktus tut not, dachte er, kein Kakteenkauftag, eine Frechheit eigentlich, morgen kauf ich alles auf, nehm ich alles mit, jeden Riesenkaktus nehm ich mit, morgen geh ich mit einem Handkarren. Der Plattenarm, behutsam, Trompete.

Er nahm das Glas und die Flasche und setzte sich aufs Fensterbrett, legte den Fuß hoch. Er horchte auf die Musik und sie schien ihm zu sanft, zu sanft. Er schenkte sich nach, die Sonne war längst nach Haus gegangen. Der Geruch des

Hirschs verstopfte ihm die Nase, der Geruch des Hirschs beunruhigte ihn. Er angelte nach einem Geschirrtuch, schnäuzte sich. Fast erwartete er, den Hirsch in dem Tuch wiederzufinden, verdattert, verheddert, ausgeschnäuzt.

Stanjic drehte den Kopf und sah in der Scheibe hinter sich sein Gesicht. Er fuhr mit der Hand durch seinen Bart, jedes einzelne Haar klammerte sich hilfesuchend an seine Finger. Er riss sie los, Blödsinn, dachte er. Seine Augen waren dunkel und zu dunkel, etwas darin zu sehen. Irgendwas. Angst oder Wut. Zu dunkel. Stanjic lehnte den Hinterkopf an die Scheibe und legte seine Hand über die Augen. Er verharrte, wünschte sich, die Trompete würde schweigen. Er dachte an *Hulesch und Quenzel*, das Flackern in den Augen der Geschäftsführerin, die Röte stieg aus seinem Hemd ihm in den Kopf, diese Glocke, flüsterte er, *die Tücke des Objekts*. Der Hirsch bereitete ihm Übelkeit, es grauste ihn vor dem Zimt, mir ward ganz blümerant, flüsterte er, lachte, Idiot. Er schmeckte die Bitterkeit auf den Lippen und ahnte den Zorn. Er schenkte sich das Glas voll, leerte es. Er lehnte mit dem Hinterkopf an dem Fensterglas und schlug dagegen, schlug immer wieder mit dem Hinterkopf gegen das Glas.

Telefon.

Stanjic rutschte vom Fensterbrett, humpelte ins Wohnzimmer und setzte sich auf das Sofa. Er zog das Telefon auf die Knie, hob den Hörer ab.

Ja, sagte er. Er lauschte, stimmt, sagte er, hab ich vergessen. Er horchte, hielt den Hörer auf Armlänge von sich entfernt, wartete.

Lili? Er klemmte den Hörer ans Ohr, nicht vergessen, also nicht direkt vergessen, ich bin krank. Er wickelte das Telefonkabel ums Handgelenk, Fuß gebrochen, sagte er, ja, blöde Geschichte. Er legte den Kopf zurück, starrte an die Decke, horchte, ja beim Arzt. – Nein, nein, morgen wieder in Ordnung. – Wie? Na ja, angebrochen. Müsst ihr heut halt ohne mich probieren, ich seh das Problem gar nicht. Er schloss die Augen.

Bin nicht betrunken, sagte er. Vor seinen Augen wanden sich Kränze, zogen sich zusammen, wieder aus. Die schlafende Frau auf dem Moos öffnete die Augen, die flackernden Augen, schloss sie, öffnete sie. In ihren Augen das Glühen, die Sonne in den Gipfeln, ich muss sowieso mit dir über Valentin Erben sprechen. – Was? – Von den Alban Bergs, der Cellist. – Wie bitte? Ich lenk nicht ab. – Ja, weiß ich. – Wir sind ein Quartett. – Ich weiß, was ein Quartett ist, Lili, natürlich weiß ich, was ein Quartett ist, er stand auf, klemmte den Hörer ans Ohr, Lili, er zog das Kabel hinter sich her. Er schaute hinüber in die dunkle Wohnung. Lili schau, sagte er laut, versuchte die Trompete zu übertönen, er gab der Posaune einen Stoß, sie flog rasant über den Küchentisch, krachte gegen die Küchenwand, hallo, rief er, drehte sich um, nein, das war hier in der Wohnung, die Posaune kehrte zurück, knallte an seinen Hinterkopf, verdammter Dreck, er humpelte vom Tisch weg, rieb sich den Kopf, hier ist alles in Ordnung, Lili, rief er in den Hörer, Klara räumt gerade auf, glaub ich, hör mal, ich muss jetzt Schluss machen, Kron kommt gleich, ich meine Klara kommt gleich, egal, Klara geht gleich – ich – Lili – ich habe nichts getrunken, ich ruf dich an, ich meine, ich komme, morgen komme ich, er bückte sich, befühlte den heißen Fuß, ja, alles geprobt, total geübt, morgen können wir loslegen. Er ließ sich auf die Küchenbank fallen, schaute finster der Posaune zu, die Trompete trompetete. Also. – Ja. – Ist gut, Lili. – Tut mir wirklich leid, Lili. Sag das auch den anderen. – Ist gut. – Ja nehm ich mit. – Alle Noten. – Um zwei. – Also.

Stanjic hörte den Schlüssel im Schloss, er ließ den Hörer auf die Gabel fallen, stellte das Telefon auf die Küchenbank und stand auf, vom Fuß zog ein scharfer Schmerz hinauf ins Bein. Er sah seine Handfläche an und spreizte die Finger. Es war kalt, es musste November sein, bald würde es schneien. In der Wohnung gegenüber ging das Licht an. Na bravo, sagte er, du hast das wirklich im Blut, mein Lieber, heute gibt's ganz großes Kino. Er lehnte sich aus dem Fenster, sah zu, wie Kron eine kleine Kiste auf den Küchentisch stellte, eine kleine Kiste was auch immer, dachte Stanjic, musste grinsen, Frühlingsboten, Bärlauch, unser Freund der Frühlingsbote.

Er ging ein paar Schritte in den Raum, seine Beine waren flaumig, der Boden wattiert. Er blieb mitten in der Küche stehen, dachte einen Moment, seinen gebrochenen Fuß vor sich weitergehen zu sehen, überlegte, ob es Winter war oder eher ein Frühling. Sie kam in Strümpfen aus dem Flur, er betrachtete sie von sehr fern durch das Trompeten, dachte, das ist doch kein Frühling, niemals ist das ein Frühling.

Sie legte ein Paket auf die Kredenz und zog den Mantel aus. Sie ging in den Flur zurück, im Hereinkommen nahm sie die Spange aus dem Haar. Er machte vorsichtig zwei Schritte auf sie zu, strich eine Strähne aus ihrem Gesicht, wie Kaffee, dachte er sinnlos. Er fuhr mit der Hand über ihren Hals und über die Schulter, sie war ganz warm.

Zu starker Kaffee, hörte er sich sagen, schaute sie an, seine Stimme ganz undeutlich, er räusperte sich, starrte sie an, verzog das Gesicht zu Grimassen, die Lippen über die Zähne, riss den Mund weit auf, streckte die Zunge heraus, so weit es ging.

Das lockert, sagte er zu ihr, Models machen das auch, immer auf dem Rückweg, auf dem *Catwalk-Rückzug* wird grimassiert, er sah ihr Gesicht, verstummte.

Schwarz wie zu starker Kaffee, begann er wieder, lauschte seiner Stimme, schon besser, die Haare meine ich, deine Haut ist zu weiß, weiß wie Milch und die Milch zu fett. Du bist, wie wenn man zu viel Milchkaffee getrunken hat, da flattert's einem in der Seele. Ich will nicht wissen, wie deine

Haare im Wasser aussehen, ich will es ganz einfach nicht wissen. Seine Stimme verwirrte sich im Bart, er schwieg, zog das Gesicht quer, die Stirn kraus, entspannte.

Und unsere was, sagte er.

Sie setzte sich an den Tisch, seine Hand fiel herab.

Alles in Ordnung, David?

Er sog den Geruch ein, der von ihr ausging, und ihm wurde es ganz wunderlich, bestens, sagte er, großartig. Er humpelte zum Fenster, Kron ging in der Küche umher, verschwand im Flur, das Licht im Bad, Kron im Bad, Kron sich waschend im Bad.

Was ist denn mit deinem Fuß, sagte sie, du hinkst ja.

Gebrochen, sagte er.

Gebrochen?, sagte sie.

Ja, ein Baum hat mich angegriffen.

Du, wenn der gebrochen wäre, dann könntest du aber nicht mehr so herumgehen.

Vielleicht angebrochen, schlug er vor, es war eh nur ein kleiner Baum.

Er wusste, er müsste sich erinnern, er versuchte sich zu erinnern und es fiel ihm nicht ein. Ihm fiel diese Erinnerung an den Geruch nicht ein, nein, andersherum, ihm fiel nicht ein, woran ihn dieser Geruch erinnerte. Ihm ward nur so blümerant, er hielt sich an der Kredenz fest. Als sein Blick sich wieder klärte, sah er neben seiner Hand das Paket, in Seidenpapier gewickelt, *Die Floralien*, er hob es hoch. Er zerriss das Papier, knüllte es und warf es ins Waschbecken, der Blumenkranz duftete den Hirsch nieder. Er starrte auf den Kranz, versuchte, sich zu erinnern, sich nicht zu erinnern. Er schaute aus dem Fenster, und jetzt, mein lieber Kron, die Knabberradieschen herausgeholt und die Beine hochgelegt, es geht in die erste Runde. Er drehte sich zu ihr, sah sie an.

Du riechst nach Feld und Heide, sagte er aufs Geratewohl.

Falsch, er spürte das, Feld und Heide war passé, nah dran, aber falsch.

Du riechst wie Wald, Weiher, und das Wasser ist grün. Mir ward ganz blümerant. Treffer.

Er lachte, streifte den Kranz über sein Handgelenk und hielt sich die Ohren zu. Er lachte noch ein bisschen weiter, unter den Fingern tönte es dumpf wie vom Grunde eines Teichs. Wie aus dem Bauch eines Wals, wie – egal. Er verstummte und schaute zu ihr hinunter, sie saß am Tisch, rollte irgendwas zwischen ihren Fingern herum. Sie hob den Kopf, bewegte die Lippen.

Ich hör dich nicht, sagte er, seine eigene Stimme vernahm er durch die Hände wie gestopft, blöde Geschichte, da saß sie schon einmal, erklärte, erklärte alles und, nichts zu machen. Sie bewegte wieder die Lippen, er schaute ihr eine Weile lang dabei zu, wie sie Wörter formte und Sätze, dann nahm er die Hände von den Ohren.

Einige Stücke Kuchen kaufen fürs Abendbrot, sagte sie eben, und er sagte, was? Er nahm ihr das Ding aus den Fingern, was war das überhaupt, ein Stück Tulpenstiel, warf es hinter sich. *Und unsere was?* Ich verstehe nicht. Kuchen kaufen, er schüttelte sie an der Schulter, in dem Kranz ein Rauschen wie von einem ganzen Wind, ich verstehe gar nichts Klara, sagte er, Kuchen, was für ein verdammter Kuchen, sie lehnte sich zurück.

Er schaute die Küchenuhr an, rätselte über die Bedeutung der Zeiger, und in seinem Bauch war eine Unordnung, mehr Uhren, dachte er, ich brauche mehr Uhren. Er erinnerte sich an den Zettel am Sekundenzeiger, in der Hosentasche, holte ihn hervor, entfaltete ihn. *Ich liebe dich*, sagte er, das stimmt doch, oder, das hast du geschrieben, *ich liebe dich*, das ist deine Schrift, ich kenne doch wohl deine Schrift, eindeutig, *ich liebe dich*, das ist doch eindeutig. Er wendete den Zettel, das ist alles, sagte er, ich liebe dich. Er schaute sie an,

sie saß irgendwie in einem Schattenloch auf der Küchenbank, saß irgendwie in einem toten Winkel womöglich zusammen mit einer Rotte Hasen, hüfthoch und grinsend, da
saß Klara mit Hasen im Schatten, er konnte ihr Gesicht nicht
ausmachen, er ahnte nur das Grinsen der Hasen. Er stopfte
den Zettel in die Hosentasche zurück.

Na egal, sagt er. Ich liebe dich. Er horchte auf die Musik,
klinkte ein, *every second of my life I'm in love with you.* Er
schaute in das Schattenloch, war gar nicht sicher, ob da überhaupt wer saß. Grinse nicht, sagte er. Er ging in die Knie,
schaute, eindeutig, Hasen.

Are you with me, darling, sang er. Er hörte, wie sie den
Teller weiter in die Tischmitte schob, immerhin, immerhin
musste sie da sitzen, wenn sie den Teller schob.

Klara, sagte er, *Klaraklara*, schleppte das Wort an sich vorbei. Er schaute die Uhr an, es war halb neun, oder drei
viertel zehn, es war siebzehn Minuten nach acht, kurz nach
vier oder fünf vor zwölf, er lachte, horchte seiner Stimme
hinterher, nein, Lachen konnte man das eigentlich nicht
nennen, eher Stöhnen, er wollte lachen und musste stöhnen,
die Musik von der Schallplatte wurde ihm langsam unheimlich, er müsste den Fuß hochlagern.

Sie nahm ihm den Kranz aus der Hand, setzte ihn auf
ihren Kopf, die Haare waren zu schwarz, der Kranz blühte
zu stark. Stanjic schaute sie an. An seinem Rücken kroch die
Kälte, November, ein ganz klarer November, er ging zurück
zum Fenster und schenkte Wein in sein Glas. Er blickte hinaus, es war stockfinster, gegenüber alle Zimmer erleuchtet,
Kron, wo war Kron, jetzt nicht schlappmachen, Kleiner,
das Beste kommt noch. Die Musik schwieg urplötzlich, er
hörte das Ticken der Küchenuhr, ihn schauderte, Klara ließ
den Plattenarm einrasten. Er setzte das Glas an den Mund,
hörte, wie sie sich wieder setzte, schloss die Augen. Der
viele Wein brannte in der Kehle und er holte tief Luft, als

er das leere Glas auf dem Fensterbrett abstellte. Er schnallte den kaputten Fuß ab und stellte ihn aufs Fensterbrett. Fühlte sich gleich besser. Er wandte der Nacht den Rücken zu und hielt die Flasche gegen das Licht. Er ließ den Wein gegen die Wände schwappen, blickte sie an, natürlich, *schöner denn je.* Was denn sonst. Zu schön, ja. Er hüpfte an den Tisch, stellte die Flasche nieder. Er nahm die beiden Teller. Am Herd füllte er sie mit dem kalten Ragout, den Äpfeln, Preiselbeeren, holte aus dem Ofen die verrunzelten Kartoffeln. Er stellte den einen Teller vor sie hin, setzte sich. Er spießte ein Stück Hirschpfeffer auf die Gabel, häufte Beeren und eine Apfelscheibe dazu und steckte sich den Bissen in den Mund, Mahlzeit, sagte er.

Man kann es doch wieder warm machen, sagte sie.

Stanjic kaute, tunkte ein Stück Kartoffel in den Fleischsaft, zerdrückte sie mit der Gabel.

Nein, sagte er, schluckte.

Er drückte die Kartoffel püreefein, sah auf.

Nein. *Man kann es nicht mehr warm machen.*

Er blickte sie an und sagte, und er klopfte bei jedem einzelnen Wort mit dem Messerrücken auf die Tischplatte: Man kann es nicht mehr warm machen, verstehst du, verstehst du das, Klara.

Er warf das Messer neben den Teller. Er nahm die Flasche und tat einen tiefen Zug. Er stellte sie ab, wischte sich über den Mund, strich über seinen Bart, er zog die Oberlippe über die Zähne, grimassierte.

Wein, fragte er, sie schüttelte den Kopf. Er schaute sie an, wartete.

Sie räumte das Fleisch auf dem Teller herum, ordnete die Preiselbeeren zu kleinen Kränzen, grimmig schaute er ihr dabei zu. Sie hielt inne, schob den Teller von sich. Sie strich über die Blumen in ihrem Haar. Stanjic griff sich das Besteck, säbelte an einem Brocken Hirsch, schmeckt's, fragte er, fuderte einen Riesenbissen in den Mund, kaute mit vollen Backen, wischte sich den Saft von den Lippen.

Sie wickelte eine Strähne um ihren Finger, um ihr Handgelenk, schaute aus dem Fenster, Stanjic folgte ihrem Blick, Kron machte sich an seinen Einweckgläsern zu schaffen. Er wollte irgendwas bemerken, aber es fiel ihm nichts ein, nicht mal zu Kron fiel ihm irgendwas ein.

Er ließ den Kopf auf die Brust sinken, sein Bart war ein schwarzes Loch und saugte das Licht weg, er fühlte sich nach Einschlafen, fühlte sich nach auf der Stelle Einschlafen.

Weißt du, sagte er, das Problem mit Schubert ist nicht die Tiefe, es fehlt mir nicht an Tiefe, es fehlt mir an Breite. Casals. Sehe ich etwa aus wie Casals? Nein. Es fehlt mir der dicke Bauch des Casals. Ich pfeif auf die Gruppendynamik, pfeif ich drauf. Ich bin der Casals unter den Virtuosen. Casals.

Alles in Ordnung, David?

Alles bestens, großartig.

Hat Lili mit dir geschimpft? Du übst zu wenig in letzter Zeit.

Üben, Stanjic tippte an die Posaune über dem Tisch, ließ sie schaukeln, wer redet hier von Üben. Ich esse zu wenig, einen Bauch des Casals erlangt man nicht durch Üben, man muss ihn sich eressen.

Wieso warst du überhaupt schon so früh da, ist die Probe ausgefallen?

Stimmt, ausgefallen. Wahrscheinlich hat der Béla das mal wieder vergeigt. Bratschisten. Verlasse dich niemals auf Bratschisten. Ich glaube, er wurde von einem Riesenkaktus erschlagen.

Klara lachte.

Nein ernsthaft, und das ist für einen Bratschisten nicht mal ungewöhnlich.

Solange du noch Witze machst, kann's so schlimm nicht sein, sagte sie.

Falsch, ganz falsch, du hast das rundherum falsch verstanden.

Sie lächelte ihm zu, ja? Lächelte, aber er schaute einfach nicht hin.

Und wo warst du? Kleinradieschen, Großradieschen, Niederklein? Er legte die Hand an den Gürtel, zog, zielte, there are no rabbits in town, darling, schoss, pustete den Rauch weg.

David?

I'm your cowboy, baby. Komm mit mir ins Bett.

Sag mal, hast du vielleicht Fieber? Ist der Fuß richtig schlimm? Ist dir schlecht? Was war denn das mit dem Baum, hast du –

Ich glaube diesen Frühling nicht, Klara, glaub ich nicht. Und er interessiert mich nicht, ich will nichts hören von einem Frühling. Er drehte die Flasche in der Hand.

Ich habe doch gar nicht –

Jaja, schon gut, ich habe dich verwechselt. Komm doch einfach mit mir ins Bett, Süße.

Mit wem verwechselt?

Du weißt ja nicht, was in meinem Kopf los ist, brüllte er, er nahm eine Kartoffel, schleuderte sie aus dem Fenster. Sie knallte gegen das Glas, fiel mit dumpfem Laut zu Boden, er musste irgendwann das Fenster zugemacht haben. Er atmete ein, aus, schon gut, sagte er, gut, gut, gut.

Weiter?, sagte er irgendwann, und wie weiter? Fang noch mal von vorne an, ich habe das nicht ganz verstanden.

Was von vorne.

Alles, am besten einfach alles, Cowboys sind schnell mit dem Colt, aber langsam mit dem Hirn, erzähl einfach alles noch einmal. Oder komm mit mir ins Bett. Am allerbesten. Cowboys sind am besten im Bett.

Also, sagte sie, ich war schon auf dem Heimweg, wollte in der Bäckerei Kuchen kaufen fürs Abendbrot, da gegenüber von der Drogerie, jetzt weiß ich gar nicht mehr, wie der heißt, Bäckermeister *Fuschl* oder so. *Hast du einen Gusto, komm zu Bäcker Fuschl,* das steht an der Tür, irgendwas in der Art.

Fuschl. Was interessiert mich der Bäckermeister Fuschl. Cowboys essen eh auch keinen Kuchen, Kuchen ist für Pfarrer und Kastraten. Bin ich etwa ein Kastrat? Nein. Weiter, wie weiter?

Gut, dann halt kein Kuchen. Jedenfalls kam ich da an den *Floralien* vorbei, der Blumenladen, gegenüber von *Hulesch und Quenzel,* den kennst du, Ecke Krebsgasse, daneben ist ein Fleischer. Der Florist schloss gerade seine Ladentür. Sie verstummte, strich mit dem Finger über eine Tulpe. Da vor der Fleischerei steht immer ein lachendes Schwein, das sich ein Stück Bauchfleisch heraussäbelt, sagte sie.

Es war ganz dunkel jetzt, auf ihrem Gesicht das unruhige Licht der Kerze.

Habe ich etwas verpasst? Hast du etwas Relevantes gesagt und ich habe es gerade verpasst? Stanjic schob die Vase zur Seite, zündete ein Streichholz, hielt es dicht vor Klaras Gesicht, schaute sie an.

Lass das, Klara schob seine Hand weg.

Stanjic steckte das Streichholz in eine Kartoffel auf ihrem Teller, schaute, wie es herunterbrannte, was erzählst du mir da von Bäckermeistern und Schweinen, was erlebst du da, what's up in town?

Er meinte, er hätte auf mich gewartet. Klara beobachtete das Licht auf der Kartoffel, das Feuer flammte noch einmal auf, als es den Rosmarin berührte, verlosch.

Wer jetzt, der Fleischer?

Er hatte den Kranz für mich gemacht, Klara lachte, er sagte, ich hätte Haare, schwarz wie die Nacht.

Stanjic nahm die Flasche, trank sie in einem Zug leer. Er ließ die Hand herabfallen und die Flasche rollte über den Fußboden. Er lauschte, bis das Geräusch verebbt war. Nacht? sagte er. Sein Hals dünnte ein, er kriegte kaum noch Luft, er öffnete den Hemdkragen, ein sehr phantasievoller Vergleich.

Wir sind ein Stück zusammen gegangen, er erzählte mir, er würde bei jedem Weg die Bäume bewundern, sie seien das gewöhnt.

Er öffnete einen weiteren Knopf, wohin gegangen.

Da die Allee entlang.

Schon klar. Was macht er da?

Die Bäume, na ja, er sagt ihnen nette Sachen, dass sie gut aussehen, schön gewachsen sind, so Sachen halt.

So ein Idiot.

Viermal am Tag, sagte sie, auf dem Weg zu seiner Blumenbinderei, zu Mittag, wenn er zum Bäcker geht um ein Mittagessen, auf dem Rückweg und abends auf dem Heimweg.

Ach, sagte er, man ernährt sich ausschließlich von Backwaren oder wie, ist der Pfarrer? So ein Hals war viel zu schmal, um ordentlich Luft zu holen, viel zu schmal, er ärgerte sich, spürte die Röte heraufsteigen.

Na ja, sagte sie, man kann da auch Suppe kaufen und Zwiebelkuchen und so.

Ach so, sagt er, Zwiebelkuchen, ja dann. Der Bauch des Casals, denk an meine Worte, der Bauch des Casals.

Dann sind wir gehüpft.

Gehüpft seid ihr, sagte er, vielleicht eine seltsame Sitte unter Kastraten? Er saugte so viel Luft ein, wie er nur vermochte, was erlebte er da eigentlich gerade, seine Stimme krümmte sich, hüpfen kann ich auch.

Auf einem Bein.

Auf einem Bein macht mir momentan keiner nach, ich –

Der Florist sagte, er würde immer wieder mal auf einem

Bein hüpfen, nur um sicherzugehen, dass er kein Einbeiner ist.

Der Hals dehnte sich plötzlich wieder aus, er schnappte nach Luft, legte den Kopf in den Nacken, lachte lauthals, er lachte wie kartoffelgroße Trolle, wenn sie zwischen dem Farn einen Goldschatz erspateln.

Stanjic hörte abrupt damit auf, keuchte, das war viel zu anstrengend, er hatte Tränen in den Augen vom Lachen. Er blickte in ihr Gesicht und hob die Hand, als sei das gar nicht seine. Er langte über den Tisch. Mit dem Handrücken wischte er ihre Blässe hinweg, in seinem Mund, was war das, ein Geschmack wie Metall oder irgendwas anderes, was er nicht kannte. Wehmut. Gehörte das überhaupt zu den Elementen?

Ein Einbeiner, sagte er. Er dachte an die Goldfischgläser, das Aufleuchten, das Glimmen, Wasser. Der Magier. Die Uhren. Ihm gehört die Zeit. Wusstest du, dass heute kein Kakteenkauftag ist? Just wenn ich einmal Kakteen kaufen will, ist kein Kakteenkauftag, das ist doch verdächtig. Das war's dann wohl.

Er schwankte und tat ein paar Schritte in die Mitte der Küche. Er hielt inne und drehte sich um. Er betrachtete sie und sagte mit einer Stimme, als hätte er einen Goldfisch verschluckt, eine Wasserschildkröte, zwei, er dehnte sein Gesicht, lockerte die Mundpartie, machte einen O-Mund, *Catwalk-Rückzug.*

Sie schaute ihn an, er ließ es bleiben und er dachte, er sähe unter dem Kranz ihre Haare wehen. Wie albern, dachte er.

Du bist schön, Klara, sagte er, hielt sich mit der Hand an der Kredenz, du bist so schön. Ich würde so gerne mit dir ins Bett gehen, weißt du das. Er wankte und fasste auch mit der anderen Hand nach der Ablage. *Und unsere was?* Er stützte sich ab, sah hinunter auf seine Hände, dachte, er wische über den Ladentisch, betrachtete seine Handfläche, suchte den

Schmutz, da standen doch irgendwo die Setzlinge, die schlafende Frau, die Augen so geschlossen, und da dahinter dieses Glühen, brannten die Alpen, brannten da in ihren Augen die Berge, in ihm eben auch, und die Frau in dem Teich, das andere Ufer, so fern. Er sagte, *Klara.* Er rief, wund, blutig wie der ausgeweidete Hirsch, ganz deutlich sah er ihn vor sich, ganz deutlich war er selbst der ausgeweidete Hirsch, ein Ästchen Immergrün, ins Herz, immer ins Herz.

Seine Stimme triefte, war es Wasser, war es Blut, er polterte zu Boden, als hätte er's geplant, so ein *waidwundes* Liegen war das.

Sie saß am Tisch, die Blumen blühten. So prächtig.

Irgendwann stand sie auf, er hörte im Flur den Bügel an der Garderobe, sie zog ihren Mantel an. Stanjic hörte, wie die Tür ins Schloss fiel, brüllte.

Er zog sich über den Fußboden, langte hoch zum Lichtschalter, schaltete das Licht an, er schloss erschrocken die Augen, löschte es wieder aus. Er lehnte mit dem Rücken zur Wand, starrte hinüber. Kron saß am Küchentisch, aß irgendwas, Brot, las. *Neues von der Saatgutfront,* dachte Stanjic, *Richtig Gärtnern mit Kompost.* Er schaute auf die beleuchteten Fenster, im Badezimmer ein Handtuch an der Tür, eine blöde Badebürste. Im Schlafzimmer das Bett, das Laken aufgeschlagen, bärlauchblütenweiß. Wie die da Platz gehabt haben, dachte er, heute zum ersten Mal, wollte ihm scheinen, fiel ihm auf, wie schmal dieses Bett war, fast könnte man meinen, das wäre, nein, das ist eine Luftmatratze, mein lieber Kron, dachte er, du hältst tatsächlich noch Überraschungen parat, hast du mit der Klara auf der Luftmatratze geschlafen. Über dem Stuhl eine Strickjacke wie ein ausgenommenes Schaf. Sein Blick wanderte über die Wand, über die Wand, den Schrank, aber was war das, zurück, zurück zur Wand, er starrte das Plakat an, ein gerahmtes Plakat unter Glas, neu, dachte er, eindeutig neu, heute gekauft, gerahmt, angedübelt, direkt an der ihm gegenüberliegenden Schlafzimmerwand festgedübelt. Ein Kopf, ein zweigesichtiger Kopf, ein Januskopf war das, schaute zurück, schaute nach vorn, je ein Gesicht – schaute zurück, schaute nach vorn. Eine Schrift, weiße Buchstaben, Stanjic krabbelte über den Boden zur Kredenz, stützte sich an der Wand ab, zog sich hoch, suchte in der Schublade, hüpfte ans Fenster. Er schaute durch das Opernglas, stellte an dem Rädchen die Schärfe ein, schaute. Er las den Satz, ließ das Glas sinken, las ihn erneut, starrte durch das Glas in das Schlafzimmer auf der anderen Straßenseite, verstand nicht, las, *Aber manchmal wohnt die Zukunft schon in uns, ohne dass wir es wissen, und unsere –* er stockte, ließ *das Glas sinken, und unsere was,* sagte er leise, hob das Glas – *und unsere Worte, die zu lügen meinen, bezeichnen eine nicht ferne Wirklichkeit.* Panik stieg in ihm auf, er ließ das Glas sinken, *manchmal wohnt die Zukunft schon in uns,* sagte er, *und unsere Worte, die zu lügen meinen,* er hob das Glas erneut, starrte, Marcel Proust, wieso kennt er Proust, wieso kennt der Kron plötzlich Marcel Proust. Er ließ sich auf den Boden gleiten, schaute durch das Opernglas in der Küche herum, eine Verschwörung, der Kron hat sich mit dem Magier verschworen, gegen mich verschworen, der Kron – er blieb mit dem Blick an der Uhr hängen, betrachtete die vergrößerte Drei, folgte dem Sekundenzeiger. Er rückte den Stuhl unter die Uhr, faltete den Zettel auseinander, befestigte ihn an dem Sekundenzeiger. Er stand unter der Uhr, folgte mit dem Opernglas dem Sekundenzeiger. *Ich liebe dich. Ich liebe dich.* Er schwenkte hinaus in die Nacht, sah Nacht, Nacht.

In mir scheint nie die Sonne, dachte er, oder besser, in mir ist immer Nacht. Auch nicht so gut. Bei mir tags nie. Klingt auch blöd. In mir ist immer Dunkel. Das ist gut. Hörst du, Kron, in mir ist immer Dunkel. Kennst du das. Kennst du nicht, oder? Bei dir folgt jeder Nacht ein Tag. Auf Regen folgt Sonnenschein, nach Winter kommt Frühling. Reift's heute nicht, reift es morgen. Er dachte an Klara, na gut, räumte er ein, Klara war eine blöde Geschichte, saublöde Geschichte. Auf Klara folgt Nacht.

Er öffnete das Fenster und lehnte sich hinaus, Kron, schrie er, Kron. Ich muss mit dir reden, sagte Stanjic hinüber, leise jetzt. Gegenüber waren die Fenster geschlossen, Kron saß am Tisch, aß Brot, las. In seinem Rücken auf dem Regal die Einmachgläser, Schlange, Katze, Maus, schlafende Gestalten.

Stanjic humpelte zum Küchenschrank, durchwühlte die Schallplatten. Er öffnete den Kühlschrank, hielt eine der Scheiben unter das kleine Licht. Und nun, er ließ die Platte aus der Hülle in seine Hand gleiten, *Feuermann, Emanuel Feuermann*, der dem Violoncello eine menschliche Stimme zu entlocken vermag, in seinen guten Momenten, versteht sich. Er ließ die Nadel hinuntersinken, lauschte.

Er legte sich auf die Küchenbank, starrte an die dunkle Decke. Die Posaune schaukelte leicht im Wind. Gaukelt im Wind, dachte er, schmetterlingsgleich. Das Licht von gegenüber spiegelte sich leicht in dem Messing, Goldfischglas, fluoreszierendes Aufleuchten, ein Widerschein der Zukunft, Glimmen. Feuermann. Spielte, spielte. Er dachte an die Raupe auf dem Halm, festgefroren auf dem Weg nach oben, der Halm bog sich schon unter der Raupenlast. Ohne dass wir es wissen, dachte er, aber ich wusste, ich wusste doch, die Zukunft, Vergangenheit, er schaute dem Janus ins Gesicht, schaute dem Janus ins Gesicht, ins Gesicht, schaute zurück, blickte nach vorn, der Kopf begann sich zu drehen, schaute nach vorn, schaute zurück, Vergangenheit, Zukunft, der Kopf drehte sich immer rasanter, er sah das Gesicht, sah das andere, sah nur noch ein Gesicht, sah Janus, Janus lachte, sah Klara, Klara, wie sie lachte. Feuermann, spielte und spielte immer weiter, *now we continue with* Après un Rêve, *an arrangement of Pablo Casals,* tönte es aus dem Plattenspieler, spielte, das ist nun also diese berühmte menschliche Stimme, murmelte Stanjic, er schloss probeweise die Augen, öffnete sie wieder. Die Küche kreiste um ihn herum, Tisch, Stühle, die Kredenz schwankte gutmütig an ihm vorbei, der Herd setzte zur dritten Runde an, er schloss die Augen.

Später wachte er auf, so blümerant, sagte er und, gottverdammte Glocke. Er schaute auf die Uhr. *Ich liebe dich.* Jede Sekunde muss gehört werden. *Ich liebe dich.*

Er holte eine Flasche Wein aus dem Regal, den Korkenzieher. Er hangelte sich an der Wand entlang in das Schlafzimmer, schaltete die Leselampe ein, richtete sie aus, sortierte die Noten. Er öffnete den Wein, trank einen Schluck aus der Flasche. Er setzte sich, zog das Cello zwischen die Beine, stimmte. Er saß, starrte auf den ersten Satz, es war ihm völlig schleierhaft, er blätterte, betrachtete die Seiten, er drehte das Heft auf den Kopf, vielleicht steht es ja auf dem Kopf, dachte er. Er langte zum Regal, suchte eine weitere Partitur, er legte sie vor sich auf den Notenständer, schaute ratlos in die Seiten. Lili anrufen, dachte er vage, ich muss die Lili anrufen, ich muss ihr sagen, dass ich gar keine Noten lesen kann, am besten ruf ich jetzt die Lili an.

Er betrachtete das Cello, hielt es mit ausgestrecktem Arm vor sich hin. Er humpelte in die Küche, holte aus der Schublade der Küchenkredenz einen Zollstock. Er legte das Cello auf das Bett, klopfte mit dem Zollstock über das Holz, klopfte, Millimeter für Millimeter, lauschte. Er legte den Stock weg, dachte ich mir's doch, er fuhr mit der Hand über den Geigenkörper, alles verstimmt, das totale Chaos. Wie ein Stein, wie wenn man einen Stein in ein Cello wirft, was passiert? Er geht unter. Gleichmäßig geht er unter. Die Wellen vom linken Ufer sind dort, wo die vom rechten Ufer sein sollten und wieder andersherum. Klara schwimmt in die falsche Richtung, in die total falsche Richtung, und der eine steht am einen Ufer und der andere am richtigen. Ich nicht. Ich bin die Dissonanz im Bass. Ich bin der Stein, der untergeht. Ich bin die Welle, die sich bricht. Alles verkehrt, alles verstimmt. Man muss etwas tun. Er nahm den Korkenzieher, bohrte ein Loch ins Holz. Er klopfte da und dort mit dem Zollstock, bohrte. Er pustete das Holzmehl aus den Löchern, schaute in das Innere des Instruments. Er legte seine Lippen auf eines der Löcher, zögerte. Ist da jemand, fragte er. Er legte sein Ohr ans Cello, lauschte. Keiner.

Keine menschliche Stimme in seinem Cello. War es zu viel verlangt, dass sein Cello zumindest Hallo sagen könnte? Feuermanns Cello sprach immerhin Französisch und Englisch, Feuermanns Cello war praktisch bilingual, sein Cello schwieg sich aus, *Après un Rêve*, flüsterte er in eines der Löcher, er lauschte, das Ohr am Geigenbauch, piep, machte er in eines der Löcher, piep, piep. Nichts. Er setzte sich, nahm das Cello zwischen die Beine, spielte. Was war denn hier los. Er drehte die Noten um, drehte die Noten um, um.

Lili anrufen, dachte er.

Er wankte in die Küche zurück, nahm das Telefon, wählte. Er horchte auf das Freizeichen.

Es würde noch 253 Gelegenheiten geben, ein Haar zu finden von ihr. In der Suppe oder in der Wanne, wenn das Badewasser eingelaufen war, an der Oberfläche zwischen dem Schaum. Er lauschte, hörte das Klingeln in der fernen Wohnung, im dunklen Flur klingelte das Telefon. Er würde 253-mal ihr Haar vom Kopfkissen klauben können, er könnte es in seinen Bart flechten und an der Stuhllehne verhaken. Er lauschte, oder einmal ein Haar am Marmeladenglas. Und warum nicht einmal ein Haar auf dem Plattenteller, in der Toilette, im Geigenbauch. Warum dauerte das denn so lange, er klopfte mit der flachen Hand gegen den Hörer, lauschte.

Hallo Simon, sagte er, ich bin's, David, ich muss die Lili

sprechen. – Ja, ich weiß. – Ja, sehr spät. Ist aber wichtig. – Bitte. – Nein, nie wieder, Ehrenwort. Er wartete, Simon aus dem Flur zurück ins Bett, Lili aus dem Bett in den Flur. Piep, piep, machte er in den Hörer, ich bin die menschliche Stimme aus dem Äther. – Hallo, ich bin's. – Ja, weiß ich. – Ja, sehr spät. – Ich muss dir dringend was sagen. Er setzte sich auf die Küchenbank, schaute auf die Posaune, fast schwarz unter der Decke, ganz still, windstill.

Lili, ich bin kein Quartett. Ich kann gar nichts. Und Schubert. Da ist diese Bache mit Schubert. Sache meine ich. Er schaute auf die Uhr. *Ich liebe dich.*

Diese Breitenwirkung werde ich nie erzielen können, ihr könnt das nicht von mir verlangen. Ich bin nicht Casals. – Ja, betrunken. Die Klara, du, die Klara ist. *Formschön und wohlgestalt.* Dann der letzte Haarwürfel.

Ich glaub, ich muss das Violoncello verkaufen, willst du ein Violoncello kaufen? Frisch akupunktiert, alles top. *Irgendwann würde sie gegangen sein.* – Macht ihr halt ein Trio. *Irgendwann gegangen sein.* – Na gut, kommst du einmal vorbei. *Klara.* – Morgen kommst du vorbei, okay. – Ja, ins Bett. *Klara gegangen sein.* – Kommst du morgen. – Ja, wir reden dann. *Klaraklara.* – Nein, mach ich nicht, keinen Blödsinn. *Ich liebe dich. Every second of my life.* – Genau, sofort ins Bett. – Also. Fragst du halt einmal, ob einer ein Violoncello braucht. *Klara. Ich liebe dich. Klara.* – Also. *Are you with me.* – Ja gut. – Also. Er legte auf, stupste sacht die Posaune an, gaukeln. *Klaraklaraklara.*

Stanjic hüpfte ans Fenster, stolperte, griff nach dem Fensterbrett, der Fuß fiel wie in Zeitlupe in die Tiefe, verschwand in der Nacht, na bravo, murmelte er, als ob ich sonst keine Probleme hätte. Er hob das Opernglas, stellte die Schärfe ein, zog den Revolver, zielte.

Er suchte den Mond, zielte, suchte den Mond, aber da war keiner.

4.

Lenau.
Die Verwirrung.

Am Tag danach packte er seine Sachen und zog in ein Militärzelt vor seinem Haus. Saß da, schaute hinaus. Regen.

Er sah sie die Treppe von *Schein und Wesen* herunterkommen und winkte ihr mit dem Schäufelchen kurz zu. Er füllte eine weitere Handvoll Erde in den Topf, ruckelte einen der Setzlinge aus der Steige. Er bettete ihn in den Blumentopf und füllte mit Erde auf.

Guten Tag, meine Liebe, rief er über den Rasen, herrliches Wetter heute, nicht wahr, Klara kam langsam über den Rasen auf ihn zu, sie hatte ihre Schuhe ausgezogen. Lenau klopfte sich die Erde von den Händen und ging ihr mit ausgebreiteten Armen entgegen, wunderbar siehst du aus, sagte er, frisch den Meereswellen entstiegen, das Haar noch feucht, das Salz getrocknet auf der Seidenhaut, er küsste ihre Schulter.

Hallo, sagte Klara, immer noch beim Umtopfen, sie stellte die Schuhe ab, die Tasche und legte sich neben den Umtopftisch ins Gras. Lenau schob die Erde zu einem Haufen zusammen und baute eine neue Reihe Töpfe vor sich auf.

Ich habe neue, fabelhafte Gewächse bekommen, heute aus Übersee direkt zu mir hereingesegelt. Er siebte zwei Schaufeln voll Sand in einen der Töpfe und deckte ihn mit

Erde ab. Ich will dich nicht in zu große Aufregung versetzen, aber du wirst staunen, was ich uns da an Land gezogen habe, uns blüht nicht viel weniger als ein Wunder, ein botanisches, ein wunderbares Wunder.

Ich bin schon ganz überrascht, Klara streckte die Beine hoch und pendelte sich zu einer Kerze ein.

Sehr schön, meine Liebe, astrein, Lenau klöpfelte am Rand eines Blumentopfs die Erdkrumen weg.

Klara zog langsam die Beine wieder ein.

Was gibt's Neues, Lenau suchte nach der Gartenschere, schnitt ein, zwei Zweige ab, in der materiellen Welt?

Gestern war ich in dem Konzert in der Staatsoper, sagte Klara, sie hatte sich das Kniekissen unter den Kopf geschoben und die Augen geschlossen.

Richtig, sagte Lenau, er warf eine Handvoll Steinsplitter in den Topf, richtig. Mozarts 250. Sollte nicht, na, wie hieß er, der Pianist vom *Neugröschl*, der bedient das Glockenspiel, in der Papageno-Arie.

Konrad Wurlich, sagte Klara, aber er ist auch der Assistent vom Barnabas.

Wurlich, so war's, der mit der unglaublichen Frisur, Lenau kürzte eine Bambusstange in die richtige Länge und drehte sie in die Erde. Und, hat er für Furore gesorgt? Das Glockenspiel in der Papageno-Arie ist ja quasi der Höhepunkt, im Papageno sowieso, eigentlich aber im gesamten Mozart, ja, ich möchte fast behaupten, Mozart wäre völlig vergangen und vergessen ohne diese fulminante Glockenspielpartie.

Ja, meinte Klara, sie drehte sich auf den Bauch, so könnte man das nennen, er hat für Furore gesorgt, der Konrad, das ist eigentlich das einzige Wort, das den Abend beschreiben könnte.

Wieso Konrad? Wieso heißt der Wurlich bei uns auf einmal Konrad?

Ich finde es nicht freundlich, ihn Wurlich zu nennen.

Was heißt da freundlich. Wurlich ist Wurlich, und es gibt keine treffendere Bezeichnung für ihn.

Na gut.

Und was war das nun mit der Furore? Hat er danebengehauen, hat er den Abend in den Sand gesetzt, hat der Maestro getobt, Lenau drückte die Erde um die Pflanze fest und wand ihre Ranken um den Bambus, hat der Mozart im Grab rotiert? Ach nein, er schüttelte ausgiebig den Kopf, hängte die Ranken wieder um, haben sie den nicht in eine von den Pestgruben geworfen? Kein Platz zum Rotieren.

Barnabas war blöderweise gar nicht da, Barnabas lag kreislaufkollabiert auf der Intensivstation. Stell dir einmal vor, Alexander, Mozart, 250. Geburtstag. Da ist diese große Gala, das Haus seit Monaten schon ausverkauft, Musikliebhaber –

Musikliebhaber, Lenau begutachtete seine Pflanze, Musikliebhaber, das hat doch nichts mit Musik liebhaben zu tun, diese aufgebrezelte Kulturschickeria –

Musikliebhaber, wiederholte Klara, Musikliebhaber aus den hintersten Winkeln der Welt sind angereist, um den Barnabas die Staatskapelle dirigieren zu sehen, das Fernsehen überträgt live in dreiundzwanzig Länder, die Theaterleitung hat prompt umbauen lassen für dieses Spektakel, hinten, wo vorher die Stehplätze waren, erinnerst du dich? Da haben sie die gesamte Wand weggenommen und um sicher dreißig Reihen erweitert.

Ach. Weiß ich wenigstens, wo die Steuern hingehen. dreißig Reihen Sitzplätze, aber der kleine Mann, der sich immer nur die Stehplätze leisten konnte, der schaut durch die Finger.

Als ob du dich für kleine Männer interessierst.

Nein. Aber vielleicht fang ich heute damit an.

Also gut, fängst du heute halt damit an. Pflanzen, Steine, kleine Männer, warum nicht. Wo war ich, genau, umbauen haben sie lassen, ein Riesenaufwand, dem Geburtstag sind Jahre von Planung vorausgegangen, verstehst?

Armer Mozart, murmelte Lenau, er besprühte die Pflanzen vor sich mit Wasser, armer Mozart, kleiner Mann.

Ach was, Klara machte eine ungeduldige Handbewegung, armer Mozart, das hätte ihm sicher gefallen, gefreut hätte er sich, sag mal, sie nahm ihm die Sprühflasche aus der Hand, was fällt dir ein, das auf deine Pflanzen zu sprühen?

Was mir einfällt? Das ist mein Amethystwasser, das tut denen gut.

Unfug, das ist mein Parfum, das benutze ich schon ewig.

Riecht aber gar nicht.

Findest nicht? Sie schnupperte daran, besprühte ihren Hals, die Haare, o ja, das riecht sogar sehr gut, aber ich war noch gar nicht fertig, sie steckte die Flasche in ihre Tasche, hör zu, weißt du nämlich, was passiert?

Nein, Lenau nahm die Gießkanne, füllte sie mit Wasser. Weiß ich nämlich nicht.

Fünfzig Minuten vor Konzertbeginn, Barnabas hat sich gerade noch einen Tee bestellt, die Frau vom Büfett kommt rein, kommt mit dem Teetablett in seine Garderobe und sieht gerade noch, wie er zusammenbricht, da vor dem Garderobenspiegel einfach so zusammenbricht, aus, Kreislauf weg, völlig kollabiert. Sie rennt schreiend und immer noch mit dem Tablett und dem verschütteten Tee durchs ganze Haus –

Das hätte dem Mozart gefallen, behauptete Lenau.

Das Rettungsauto kommt angebraust, fährt bis zum Bühneneingang, die von der Technik tragen ihn raus, das Rettungsauto braust wieder davon –

Tatütata, sagte Lenau.

Nimmt ihn mit, Intensivstation, weg. Innerhalb von zehn Minuten ist das schiere Chaos ausgebrochen. Im Haus, Krisensitzung, natürlich, der Intendant sprachlos vor Schreck, die Operndirektorin kurz vor dem Herzschlag, was tun? Ein Ersatz muss her, bloß, wer in aller Welt soll das sein? Gesucht ist nicht einfach ein Dirigent, vielmehr jemand, der, wie Barnabas selbst gleich auch die Klavierpartien mit übernimmt. Finde mal so jemand auf die Schnelle!

Sicher nicht, Lenau schüttelte streng den Kopf, so einer kommt mir nicht ins Haus. Dirigieren und klimpern, er tippte sich an den Kopf, Angeber. Kein Wunder, dreht sein Herz durch, eine Zumutung, aus purer Angeberei. Wäre das nötig gewesen? Nein. Gibt es vielleicht keine Pianisten? Nein. Muss gespart werden? Nein. Reine Angeberei.

Und wen rufen sie an, unterbrach ihn Klara, bei wem klingelt, er war gerade dabei, sich für den Abend fertig zu machen, bei wem klingelt also das Telefon?

Doch wohl nicht beim Wurlich, Lenau schob die Pflanzenreste auf dem Arbeitstisch zusammen, Klara, erzähl mir nicht, dass sie just den Wurlich angerufen haben.

Genau, Wurlich, Konrad Wurlich. Er bindet sich in der Orchestergarderobe eben die Krawatte, und da klingelt das Telefon.

Klara, der Wurlich ist Barpianist, der Wurlich spielt beim Neugröschl die Hintergrundmusik, der Wurlich schafft's mit viel Üben gerade mal ins Cappuccinoorchester, der Wurlich sorgt vielleicht beim *Neugröschl* für Stimmung, das ist aber auch schon alles, was es über den Wurlich zu sagen gibt. Außer über die Frisur.

Klara setzte sich auf, fischte sich eine Handvoll der abgeschnittenen Zweige vom Tisch und begann, sie zwischen ihren Zehen zu befestigen. Cappuccinoorchester, du hast gar keine Ahnung, auf welchem Niveau der Konrad eigentlich spielt. Cappuccinoorchester. Er hat das gar nicht nötig, beim Neugröschl, er spielt da nur aus Freundlichkeit und weil's ihn freut, es gibt heute kaum noch Barpianisten, der Konrad macht das, weil's ihn freut, weil er das Lokal mag, weil er den Neugröschl mag. Auf jeden Fall hat er nun den Hörer in der Hand, 45 Minuten noch bis zum Konzert und er muss sich jetzt entscheiden, ob er ein dreistündiges Konzert dirigieren soll, das er nur auszugsweise kennt, und obendrein noch das Klavierkonzert übernehmen. Und dann bindet er die Krawatte wieder ab. Binnen von Sekunden, blass geworden wie Milch.

Findest du das poetisch? Sag eher, wie gekotzte Milchsuppe, Lenau stemmte sich mit dem gesamten Körpergewicht auf den Schaufelstiel und zerkleinerte ein paar frische Erdschollen.

Warum musst du immer so bissig werden und so bös? Klara hatte alle Zehenzwischenräume mit Ästen gefüllt und streckte die Beine von sich, die Blätter raschelten im Wind.

Weil ich solche Angeber nicht leiden kann, solche Gernegroß und Tausendsassas.

Konrad ist kein Angeber, er hat eine Mordsangst gehabt, während er in den Frack gestiegen ist, hat ihm die Sologeigerin die vertrackteren Übergänge vorgespielt, selber aschfahl vor lauter Angst, dass der Abend in die Binsen geht, als er die Fliege band, erläuterte die Operndirektorin mit erstickter Stimme den Konzertablauf. Klara war aufgestanden und stakste mit großen Schritten um den Tisch herum, wackelte mit den Ästen.

Der Intendant, als er nach drei Martini wieder bei Stimme war, gab zu bedenken, den Glockenspielpart im Papageno unter solchen Umständen an wen anderen zu delegieren. Auf keinen Fall, rief Konrad, bloß nicht, das ist doch das Einzige, was ich geübt habe!

Hm. Gut gebrüllt, Löwe. Lenau zog die Stirn kraus und überblickte den Arbeitstisch, Augenblick, ich muss mir von dem Goldtopas noch ein bisschen was holen.

Wieso denn Goldtopas, ich denke, du topfst Pflanzen, Klara ging neben ihm her auf das Badehaus zu, Lenau wechselte die Schuhe, legte die Arbeitsschürze ab und klopfte den Erdstaub vom Revers.

Der Grünabfall bleibt draußen, sagte er, Klara zupfte die Zweige zwischen den Zehen hervor. Sie ging barfuß hinter ihm her durch den Flur in das große Zimmer. Lenau blieb vor einem alten Apothekerschrank stehen und überflog die Schilder, Topas, Topas, hier haben wir ihn. Er entnahm der Schublade einen der Steinbrocken und hielt ihn gegen das Licht, der Topas, $Al_2(F, OH)_2/SiO_4$, gehört zur Mineralklasse der Silikate, leitet sich ab vom arabischen *topazas*, gesucht und gefunden. Er ist der klassische Augenstein, nicht zu unterschätzen auch im psychischen Bereich, wenn man beispielsweise etwas nicht einsehen will. *Gesucht, gefunden.*

Klara stand dicht neben ihm und betrachtete den Stein im Sonnenlicht. Und was willst du nicht einsehen? Sie nahm ihm den Stein aus der Hand und betrachtete Lenau durch das Gold hindurch.

Ich brauche den nicht, Lenau küsste sie auf die Stirn, mir ist immer alles klar. Aber meine Kunden, ich spreche von meinen Kunden. Sie kommen zu mir, suchen nach einer bestimmten Pflanze und wissen nicht so recht, welche sie nehmen sollen. Jeder braucht ein bisschen was anderes, der eine was fürs Gemüt, der andere für die Nase, ein Dritter für den Darm. Und es gibt immer wieder einmal Personen, deren Hauptproblem es ist, nicht zu sehen, im weitesten Sinne, sie wollen und können ein bestimmtes Faktum schlichtweg nicht einsehen. Denen verkaufe ich dann das ein oder andere passende Pflänzchen, und um die Wirkung zu verstärken, gebe ich zur Erde jeweils den Staub oder die Splitter, je nachdem, der passenden Edelsteine, in diesem Falle Goldtopas.

Er ging voraus in die Küche, Klara setzte sich an den Tisch. Lenau holte den Mörser vom Regal und begann, den Stein zu zerstampfen. Probier einmal von den Erdbeeren, rief er ihr über den Lärm hinweg zu, eine meiner neuesten

Züchtungen, wenn sie dir gefallen, benenne ich sie nach dir.

Klara zog die Schale mit den Erdbeeren zu sich herüber, nahm eine Frucht und drehte den Stiel heraus. Sie steckte sie in den Mund.

Und? Lenau nahm die Abdeckung vom Mörser und schaute sich die Brocken an.

Schmecken wunderbar, Klara nahm eine weitere Erdbeere.

Das sind zwei ganz alte Sorten, die ich da vereint habe, heute überhaupt nicht mehr auf dem Markt, findet man mit Glück nur noch in alten Hausgärten, *Mieze Schindler* und *Belzsche Bulpe*, gedüngt mit deinen Haaren.

Klara lachte, verschluckte sich, sie spuckte die Erdbeere in die Hand, hustete. Ich trau es dir zu, du gehst in der Nacht heimlich hin und schneidest mir die Haare ab. Du würdest nicht einmal davor zurückschrecken, mir zu dem Zweck ein Schlafmittel unters Essen zu rühren.

In den Wein, meine Liebe, Schlafmittel rührt man mit Vorteil unter einen kräftigen, vollmundigen Rotwein, wie wir ihm so gerne zusprechen.

War mir eh so, als würden meine Haare eher schrumpfen als wachsen in der letzten Zeit.

War nur ein Scherz, würde ich nie tun, abgesehen von den geringen Mengen Blut, frisches Wadenblut, die ich dringend für einen schottischen Tomatenversuch benötigte, habe ich nie ohne dein Wissen –

Klara winkte ab und beförderte die angekaute Erdbeere in den Mistkübel, schon gut, ich will es gar nicht wissen. Ich bin überzeugt davon, dass du genau das tust, mir heimlich Blut abzapfen und Haare abschneiden.

Nein, Ehrenwort, diese Erdbeeren sind das Produkt ganz profaner Botanik, Mieze Schindler und Belzsche Bulpe.

Soll's glauben, wer will. Der nächste dubiose Punkt: Wer

oder was sind Mieze Schindler und Belzsche Bulpe? Klara steckte sich zwei weitere Erdbeeren in den Mund und reihte die Blätterkränze vor sich auf dem Tisch, klingt nach was Ordinärem.

So heißen die Erdbeersorten. Mieze Schindler war die über alles geliebte Frau des großen Erdbeerzüchters Schindler, sie backte, wenn man seinen Tagebucheintragungen Glauben schenken darf, die köstlichsten, sinnenverwirrendsten Erdbeertorten und er hatte sein Leben quasi diesen Torten und also ihr verschrieben, hängte seinen Beruf als Seidenhändler an den Nagel und züchtete fortan nahezu fanatisch Erdbeeren, Tag und Nacht, sommers wie winters, er züchtete Erdbeeren sozusagen so geläufig, wie ein anderer atmet. Mieze Schindler ist zweifellos der gelungenste seiner Versuche, heutzutage leider vom modernen Markt verschwunden, da kaum transportfähig, die Früchte sind einfach zu gut, um weite Strecken überstehen zu können, zu reif, zu weich, zu saftig, zu süß.

Klara betrachtete das tiefrote Fleisch der Erdbeere, und Belzsche Bulpe?

Belzsche Bulpe, Lenau hatte den Zeigefinger erhoben, Belzsche Bulpe steht, wie auch Mieze Schindler, in der Tradition der Walderdbeere, die aromatischsten Beeren überhaupt, und hat, wenn man so will, eine eher tragische Geschichte. Ihre Züchtung geht zurück auf eine gewisse Frau Bulpe, ganz wichtige Figur auch sie in der Geschichte der Erdbeere, jedoch waren ihre Züchtungen ganz anders als Herrn Schindlers, nicht das Produkt streng botanischer Kreuzungsarbeit, vielmehr experimentierte Frau Bulpe mit den großen Gefühlen, mit den großen menschlichen Gefühlen. Die Triste Bulpe beispielsweise, eine ebenfalls sehr aromatische, jedoch geschmacklich herbere, würzigere, man möchte fast sagen, tiefere Beere als die Belzsche, entwickelte sich aus Frau Bulpes unstillbarer Traurigkeit, sie berichtet in ihrem botanischen Logbuch von ihrer konsequenten Entscheidung, Tränen ausschließlich über den Setzlingen einer eher unscheinbaren Walderdbeerzüchtung zu vergießen, und siehe da, das Ergebnis war eine reife, sozusagen erwachsene, vollaromatische Erdbeere mit einer dezenten Brise Meer.

Mehr?

Meer, Meer wie Ozean, Meer wie die See, habe ich dir je erzählt von der These, dass die Fähigkeit, Tränen, salzige Tränen hervorzubringen, ein Relikt aus unseren Zeiten als Fische ist? Wir tragen sozusagen noch immer unseren Ursprung in uns, jede Traurigkeit, die wir durch Tränen zum Ausdruck bringen, ist eigentlich eine Traurigkeit darüber, nicht mehr im Paradies, nicht mehr im Meer, nicht mehr zu Hause zu sein, es ist die große Traurigkeit, die sich in jeder kleinen manifestiert. Die große, unendliche, unstillbare Traurigkeit.

Lass mich raten, Klara beobachtete ihn aus halb geschlossenen Augen, Belzsche Bulpe entwickelte sich dank der heftigen, zügellosen Wutausbrüche deiner Bulpe ausgezeichnet, es war eine primitive, nichtssagende Erdbeersorte, die da im hintersten Winkel ihres wirklich sehr großen Gartens gedieh, sogar von den Vögeln verschmäht in ihrer Langweiligkeit, und siehe da, seit Witwe Bulpe ihre unbändige Wut über so ziemlich alles, Schnecken, Hagel, fehlgeschlagene Erdbeerzüchtungen, ihre zahllosen Männerbekanntschaften, misslungene Kuchen und was dem mehr sei, seit sie also dazu überging, ihr Ausbrüche über eben jenem Erdbeerbeet seinen Lauf nehmen zu lassen, ihren giftigen Speichel durch die Gegend spuckte, stampfte und schrie, was passiert? Belzsche Bulpe, eine der famosesten Züchtungen in der Geschichte der Erdbeere überhaupt, feurig und doch süß, temperamentvoll, sündig, leider jedoch für den europäischen Markt weniger geeignet, da zu Zügellosigkeiten anstiftend, die ein katholisches Land niemals erdulden kann.

Ja, sagte Lenau, ja, so in etwa hat es sich tatsächlich zugetragen. Woher bloß weißt du, dass Frau Bulpe verwitwet war, tragisch verwitwet?

Das ist meine weibliche Intuition, Klara griff sich eine neue Erdbeere, drehte den Stiel heraus.

Das mit den Männerbekanntschaften, zahllos gar, möchte ich aber mit Verve bestreiten, Witwe Bulpe lebte seit dem tragischen Hinscheiden ihres über alles geliebten Mannes keusch, keusch bis zur Prüderie. Man sagt, sie habe ihre lachsfarbene Unterwäsche nicht einmal zum Bade ausgezogen, so keusch.

Denkst du. Gerne gelesen sind jedoch *Die geheimen Aufzeichnungen der Witwe Bulpe*, ein Buch von –

Ah, das muss mir wohl durch die Lappen gegangen sein, bedauerlich, klingt nach einem Buch, das man einfach gelesen haben muss, ein *must* im literarischen Kanon.

Ein *must*, ganz recht, das hast du sehr schön gesagt.

Nun, um auf Erdbeeren zurückzukommen, Erdbeeren, ein wesentlich harmloseres Produkt ihres Forschungswillens, harmloser, jedoch keineswegs weniger köstlich war, übrigens die Gaude Bulpe, sie –

Klara warf die Erdbeere, Lenau bückte sich und sie klatschte über der Spüle an die Wand.

Danke, sagte Klara, das Prinzip ist mir vollständig klar geworden.

Schön, schön, Lenau legte den Stößel beiseite und füllte das Pulver in einen kleinen Stoffbeutel, dann können wir uns vielleicht wieder nach draußen begeben.

Tee, sagte Klara, es ist 4 Uhr.

Schon vier, Lenau schaute auf die Uhr an seinem Handgelenk, blickte zu der Uhr über der Küchentür, stehen geblieben, sagte er, kurz vor vier stehen geblieben. Das muss die Erschütterung der Erdbeere verursacht haben.

Meinst du nicht, dass das ein bisschen übertrieben ist?

Was heißt übertrieben, das ist eine sehr sensible Uhr, in diesem Haus wurde noch nie ein lautes Wort gewechselt, geschweige denn mit Erdbeeren geworfen.

Du hast gerade eben einen Stein zertrümmert, noch dazu einen Goldtopas, nicht eben sensibel.

Aber rhythmisch, da weiß die Uhr, dass alles in Ordnung ist, es muss Takt haben. Der Erdbeerflug und anschließende Aufprall hingegen, ein gefühlsmäßiges Desaster. Wahrscheinlich ist sie tatsächlich schon während des Fluges, des Erdbeerfluges stehen geblieben. Lenau stieg wieder vom Stuhl und lauschte für einen Augenblick dem Ticken der Küchenuhr. Sie hat dir schon verziehen, meinte er. Er setzte den Wasserkessel aufs Feuer und stellte die Tassen auf ein Tablett. Er ging in die Speisekammer, Klara hörte ihn rumoren, er kam mit einer großen Gebäckdose zurück.

Eine neue Kreation, sagte er, eines der Rezepte aus Crescentias Experimentierbuch, mit geringfügigen Änderungen, ich dachte mir, ich lasse den Taubenspeichel und die Otterneuter weg und füge sie erst beim nächsten Versuch hinzu, so die Wirkung ausgeblieben sein sollte.

Und was ist die Wirkung? Klara stellte Milchkännchen und Zucker auf das Tablett und goss den Tee auf, während Lenau die Gebäckstücke auf einen Teller legte.

Wart mal ab, erst kosten, er betrachtete die Gebäckstücke auf dem Teller, verschob eines davon und erzeugte damit ein schönes Muster in Herzform und schloss die Dose.

Er nahm das Tablett, trug es durch das Zimmer und den Flur hinaus zur Eingangstreppe und stellte es ab. Er nahm aus dem Wandschrank in der Garderobe zwei Samtkissen, und sie setzten sich auf die Treppe.

Lenau schenkte den Tee ein, wie ging es übrigens weiter mit Löwenwurlich?

Klara ließ einen Löffel voll Zucker in die Tasse rieseln und rührte um.

Viel Zeit war nicht mehr, sagte sie, sie legte den Löffel neben sich auf die Treppe, ein paar Fingerübungen auf dem Klavier, kurze Politur der Schuhe –

Darf ich fragen, woher du eigentlich all diese Details hast? Lenau hatte die Tasse mitsamt der Untertasse in die Hand genommen und lehnte sich ans Geländer, er trank einen Schluck, stellte die Tasse zurück und rührte noch ein bisschen, wer hat dir das denn alles so haarklein erzählt?

Ich war mit in der Garderobe. Klara nahm eines der Gebäckstücke vom Teller, mit Honig, oder, sagte sie, sie leckte sich den Finger.

Ein Sirup aus Honig, kostbarstem, selbst gemachtem Damaszener Rosenwasser und Safran, er tupfte mit dem Finger in die Flüssigkeit und zog zwischen Zeigefinger und Daumen einen Faden, auch der Safran stammt aus meiner hauseigenen Orchideenzucht, es ist die kleinste Kleinzucht der Welt, schon die Schweizer Safranproduktion ist winzig klein, ausschließlich für den Hausgebrauch der Schweizer Elite gedacht, meine Orchideenkleinzucht ist daneben praktisch inexistent, gemacht für die Crème de la crème, also für uns. Er wischte den Sirup von den Fingern.

Aber zurück zum Wolferl, wieso warst du nicht im Publikum, ich denke, Löwenwurlich hatte dir eine Freikarte besorgt.

Hat er auch, Klara biss vorsichtig ab, hm, schmeckt – ich weiß gar nicht wie, aber hervorragend.

Hochgeheime Gewürzmischung, ungemein komplex in der Zutatenliste, extravaganteste Arbeitsschritte. Und warum sitzt du dann beim Wurlich in der Garderobe?

Weil ich mitgekommen bin. Wir sind zusammen los, und Konrad bat mich, noch kurz mit in die Orchestergarderobe zu kommen und ihm mit der Krawatte zu helfen.

Krawatte, was bitte soll man von einem Mann halten, der seine Krawatte nicht zu binden vermag.

Und da klingelte dann das Telefon und Konrad ging es wirklich nicht mehr gut. Ich dachte, es würde ihm helfen, wenn ich dabei bin.

Wieso überhaupt zusammen los, was heißt, wir sind zusammen los, von wo zusammen los, wieso denn zusammen?

Klara kaute, legte das Stück auf den Teller und leckte den Sirup von den Fingern. Lenau reichte ihr eine Serviette, sie legte sie neben sich.

Von ihm zu Hause, sagte sie.

Und was tust du bei ihm zu Hause?

Was weiß ich, die Karte abholen oder ihm meinen Föhn leihen. Oder meine Krawatte.

Föhn, das ist gut, was braucht man mit so einer Frisur – was heißt, was weiß ich, du warst doch dabei.

Bitte Alexander, hör auf mit dem Verhör, ist doch ganz egal, willst du jetzt hören, wie's weiterging?

Bitte. Lenau nahm ebenfalls ein Stück Gebäck und verzehrte es in hastigen Bissen, wischte sich die Hände ab.

Ich glaube, sagte Klara und lehnte sich ebenfalls zurück, man musste wirklich ein Kenner sein, ich hätte es nicht bemerkt, wenn mich der Intendant nicht darauf hingewiesen hätte, dass Konrad immer die Notenblätter vorzeitig umblätterte, um zu sehen, was als Nächstes kommt. In der Flüstermuschel vorne an der Bühne, die wird bei Konzerten natürlich sonst nie benutzt, was soll einer bei einem Konzert auch flüstern, saß jetzt jemand von der Theaterleitung und flüsterte ihm nach jedem Verbeugen den nächsten Programmpunkt zu. Das Klavierkonzert meisterte er wirklich mit Anstand, sein zweiter Satz wurde hinterher unisono gerühmt.

Mit der Frisur, und das alles mit der Frisur, rief Lenau, er verzehrte ein weiteres Stück Gebäck, trank seine Tasse leer, es bleibt ein Rätsel, er schüttelte bekümmert den Kopf und schenkte Tee nach, es wird mir auf ewig ein Rätsel bleiben.

Hör doch auf, was ist denn mit der Frisur.

Was damit ist? Ich erlaube mir, an dieser Stelle mit Friedrich Wilhelm dem Ersten zu antworten, der ein sehr treffliches Wort über seinen missratenen Sohn, den späteren Friedrich den Zweiten, zu kreieren wusste. *Er weiß wohl,* sagte also Friedrich Wilhelm, *daß ich keinen efeminierten Kerl leiden kann, der keine menschliche Inclination hat, nit reiten noch schießen kann, seine Haare wie ein Narr sich frisiert,* und so weiter und so weiter.

Als könntest du Reiten und Schießen.

Die von Lenaus waren zu allen Zeiten hervorragende Reiter, exzellente Jäger, das liegt unserer Familie gewissermaßen im Blut.

Und Grigorij Jakowlewitsch?

Das ist wahr, räumte Lenau ein, Grigorij fällt, wenn man so will, etwas aus der Art, aber, meine Güte, es ist eine russische Nebenlinie.

Na, lassen wir das. Weißt du, die wirkliche Überraschung, und es gab dem ganzen Konzert sozusagen den Schmäh, war, als Konrad sich vor der Abschlusssymphonie auch noch ans Glockenspiel setzte und von dort aus die Arie des Papageno dirigierte.

Sag ich doch, Lenau nickte, das Glockenspiel im Papageno ist der eigentliche Höhepunkt in Mozarts Werk, ein Hit, ein richtiger Hit. Ganz klar wollte er diesen Triumph keinem anderen überlassen. Er ist ein Possenreißer.

Am Ende des Konzerts, die Leute standen Kopf. Das Publikum, so etwas habe ich überhaupt noch nicht erlebt, niemanden hielt es mehr auf den Sitzen, das Publikum tobte, es war herrlich.

Das Publikum feiert immer sich selbst, es gefällt sich in dieser eitlen Geste, sagte Lenau.

Das stimmt nicht, sie feierten Konrad, ihm gebührte der Applaus. Und er steht da vorn, blass, ernst, man kann aus der Nähe richtig sehen, wie er tief ausatmet, er verbeugt sich, der Applaus tost, er dreht sich um zum Orchester und bittet seine Musiker, sich zu erheben, wie es üblich ist, erst der Dirigent, dann die Musiker. Er dreht sich um. Hinter ihm tobt das Publikum. Er fordert die Musiker – und niemand steht auf. Keiner der Musiker erhebt sich. Ohne irgendeine Absprache hat das Ensemble beschlossen, dass der Applaus dieses Abends nur Konrad gehören sollte.

Du wirst sentimental.

Es war so.

Ich mag so etwas nicht, ein Konzert wie eine Sportveranstaltung, diese Leute sind von ihren Medien völlig verdorben, sie lieben diese großen Gesten, diese rührseligen Szenen. Diese Neigung zum Heroentum verabscheue ich. Und Mozart auch.

Du bist wirklich ekelhaft, du kannst einem jede Freude nehmen.

Und Maestro Barnabas, ich hoffe, er lebt noch.

Ja, zu unserem Glück tut er das. Er konnte sich die zweite Hälfte des Konzerts auf der Intensivstation anschauen – die Liveübertragung von Arte. Konrad musste natürlich gleich zu ihm, kurz nach dem Konzert, als er sich endlich von der ganzen Presse und dem Rummel losmachen konnte, fuhren wir mit dem Rad zum Krankenhaus. Barnabas erwartete ihn schon, aufrecht im Bett, erschöpft und krank, aber sehr sehr zufrieden, und er sagte nur, *Konrad, mein lieber Konrad, du bist verrückt.*

Verrückt, das ist natürlich freundlich gesprochen, ich hätte ihn sofort entlassen.

Ich habe überhaupt keine Lust mehr, dir irgendwas zu erzählen, Klara nahm sich ein neues Stück Gebäck vom Teller, reden wir über was anderes. Erzähl mir mehr von deinen

Lügengeschichten über die Witwe Bulpe oder sonst irgendwas. Oder sag mir, was es mit dem Gebäck auf sich hat, es schmeckt wirklich außergewöhnlich gut, ich könnte regelrecht süchtig danach werden. Sie biss ein Stück ab, Lenau hatte sich ein wenig nach vorn gebeugt und betrachtete sie genau.

Es fördert die Liebe, sagte er langsam, erhitzt sie, macht einen eindeutiger in seiner Liebe, es fördert die Empfindsamkeit.

Welche Liebe, macht es einen verliebt? Klara nahm einen weiteren Bissen.

Nein, sagte Lenau, nein. Keine Substanz kann das, nichts auf der Welt kann Liebe verursachen, wo sie nicht ist. Sehr wohl jedoch kann durch verschiedene Gewürze oder Kräuter, auch Steine natürlich, mitunter auch mithilfe von tierischem Produkt, Taubenspeichel, Otterneuter, wir verstehen uns, kann also die schon vorhandene Liebe intensiviert werden, es kann eine noch unausgereifte, vielleicht gar noch ungewisse oder unerkannte Liebe zur Klimax bringen, es kann eine schwach gewordene Liebesglut aufs Neue entfachen, die Glut, *tapas, die Glut,* verstehst du, es vermag ganz einfach, das Äußerste aus einem Menschen herauszuholen und zu stärken.

Klingt gut, Klara wollte eben einen weiteren Bissen von dem Gebäck nehmen, als Lenau herübergriff und es ihr aus der Hand nahm.

Ich fürchte jedoch, du hast genug.

Keineswegs, Klara langte an ihm vorbei zu dem Teller, ich könnte den ganzen Teller leer essen.

Lenau nahm ihn schnell an sich und barg ihn hinter dem Rücken.

Schluss jetzt, sagte er, ich habe noch zu topfen. Er räumte die Dinge auf das Tablett und ging Richtung Küche.

Als er zurückkam, band er sich die Schürze wieder über

dem Anzug zusammen und wechselte die Schuhe gegen die Gartenpantoffeln. Klara war vorausgegangen und stand auf der Wiese neben dem Gärtnertisch. Sie schaute zu, wie er von dem Topaspulver je eine Prise auf die Erde in die Töpfen streute und mit einer weiteren Schicht Erde zudeckte.

Und wie sollen die Leute das verwenden?

Je nachdem, Lenau hob die Setzlinge aus der Steige herüber und füllte mit Erde auf. Man kann die Blätter direkt kauen oder Tee damit zubereiten. Sollte sich die Uneinsichtigkeit schon physisch niedergeschlagen haben und die Leute haben richtige Augenprobleme oder leiden unter kurzzeitigem Erblinden oder Sehstörungen, welcher Art auch immer, empfehle ich, die erhitzten Blätter direkt auf das Auge zu legen, in Kombination mit dem schluckweisen Trinken eines Pflanzendektots, also einem ungewöhnlich lange ziehenden Sud der Blätter oder Samen.

Und welche Steine hast du unter die vorherigen Pflanzen gemischt?

Splitter von Bergkristall, ganz allgemein ein guter Heilstein, er hat in seiner Kristallform die Eigenschaft, weißes Licht, also Photonen zu speichern und gebündelt abzugeben, er eignet sich damit ganz generell für eine energetische Aufwertung von Örtlichkeiten.

Und welchen Stein verschreibst du dir selbst?

Ich verschreibe mir gar nichts, ich brauche nichts. Ich schaffe die Dinge aus mir selbst heraus, ich bin ein starker Charakter, ich bin reiner Charakter. Lenau stellte die fertigen Töpfe mit den Setzlingen in die Steige zurück und trug sie zum Gewächshaus.

Klara kam langsam hinterher und schaute von außen durch die Scheiben hindurch zu, wie er die Töpfe verteilte.

Du bist nicht ehrlich zu mir, sagte Lenau durch das gekippte Oberfenster hindurch, du weißt, das kann ich nicht leiden.

Ich habe dich nie angelogen.

Du verschweigst, das ist viel schlimmer, Lenau ging die Pflanzen entlang und pflückte die welken Blätter ab, Klara folgte ihm außerhalb.

Was soll ich denn sagen?

Du sollst mich nicht für dumm verkaufen. Lenau nahm einen Korb vom Regal und begann, die reifen Tomaten von den Stauden zu pflücken.

Es ist nicht mehr gut mit uns.

Hör auf mit solchen albernen Floskeln, so was stößt mich ab.

Aber es ist so. Wir sind nicht mehr richtig verliebt.

Verliebt, hör doch bitte auf, mich mit derartigen Operettenideen zu belästigen, denkst du, Verliebtheit kommt und geht einfach so? Für die Liebe muss man was tun, kann sein, dass der erste Rausch vorbei ist, jetzt ist eben eine andere Zeit.

Ich will aber den Rausch, ich will, dass er immer ist.

Und jetzt denkst du, dieser Clown könnte der Richtige dafür sein? Lenau deutete mit einer unflätig großen Tomate auf Klara, du täuschst dich, meine Liebe, du täuschst dich ganz gewaltig. Er warf die Tomate in den Korb, es gibt keinen, der besser zu dir passt als ich, du wirst nie einen Besseren finden, als ich es bin. Er zupfte eine Zeitlang stumm winzige Tomätelchen von den Zweigen, du und ich, sagte er dann, wir sind füreinander geschaffen. Vergiss nicht, wie wir uns kennenlernten, ich habe dich *gesucht und gefunden*, ich hatte deine Fotografie, bevor ich dich noch kannte.

Das vergesse ich nicht. Soll ich dir etwas sagen, nur weil ich mich erinnere, weil ich mich immer erinnere, bin ich hier, ich denke immer, ich hoffe immer, es würde wieder so.

Natürlich nicht, jetzt ist eine andere Zeit, das Zusammensein muss man lernen.

Immer diese Meinungen von dir, du hast zu allem und

jedem eine fertige, schulbuchmäßige Meinung, ich bin das so leid, dieses Dozieren, diese Zeigefingermethodik, ich kann deine Monologe nicht mehr hören.

Klara blieb stehen und starrte in das Glashaus, Lenau hatte den Korb abgestellt und hielt eine Tomate in den Händen, er schaute Klara an, und was soll das heißen, fragte er, er machte ein paar Pantherbewegungen, legte den Kopf in den Nacken, brüllte, wie Raubkatzen es tun, auf zu Löwenwurlich, auf ins nächste Abenteuer.

Ich weiß es nicht, sagte Klara, ich weiß es doch auch nicht. Sie ging am Gewächshaus entlang zurück, und Lenau sah sie über die Wiese und an der Fassade von *Schein und Wesen* vorbeigehen.

Klara, untersteh dich, rief er.

Sie verschwand hinter dem Haus. Er schaute in den Korb mit den Tomaten. Interessante, vielfarbige, vielgestaltige alte Landsorten, sagte er, besondere Widerstandskraft gegenüber der gefährlichen, der gefährlichsten Tomatenkrankheit überhaupt, die tückische Braunfäule. Er nahm eine Frucht aus dem Korb, sehr beliebt, *König Humbert*, immer wieder mit Freuden verzehrt, *Haubners Vollendung, Golden Current,* die saftig-süße, hier die begehrte *Russische, Frembgens Rheinlands Ruhm*, Spitzensorte, oder einfach *Besser* aus dem süddeutschen Raum, 18. Jahrhundert.

Lenau saß in dem großen Zimmer im Sessel am Fenster und schaute hinaus. Es war stockfinster, im Zimmer brannte nur die Leselampe neben ihm, er beobachtete die Blitze in den Wassergläsern auf der Fensterbank.

Seltsam, sagte er vor sich hin, sehr seltsam. Er langte nach den Streichhölzern und steckte sich eine der schmalen Zigarren an, rauchte. In fünfen der sechs Gläser beim Fenster folgten die Blitze in gemächlichem Abstand aufeinander, in dem letzten jedoch, ganz rechts, schäumte das Wasser in der

Unruhe, das fluoreszierende Licht erhellte jetzt das Glas beinahe kontinuierlich, wie eine Taschenlampe mit manuell betriebenem Generator wurde das Glas, je kürzer die Abstände, desto heller. Er hatte die Kamera seit einigen Tagen von den anderen Gläsern entkoppelt und ausschließlich mit Klaras Glas verbunden, sie reagierte auf jede Blitzbewegung in dem Wasser, das hieß, sie reagierte momentan praktisch ununterbrochen. Er zog seine Uhr hervor, kurz nach drei. Er lehnte sich in dem Sessel zurück, schloss die Augen, drehte die schmale Zigarre zwischen den Fingern, lauschte auf das Ticken der Uhren, das Klicken der Kamera. Irgendwann würde er nicht mehr darum herumkommen, irgendwann würde er den Film herausnehmen müssen, ihn entwickeln, sich die Bilder anschauen. *Müssen*, sagte er vor sich hin, was heißt müssen. Er öffnete die Augen, in dem Glas war es nun ruhiger geworden, dann und wann ein Blitz. Doch. *Müssen*. Er hatte keine Wahl.

Und ich verstehe noch immer nicht, sagte Lenau, es gibt kein System, keinen durchschaubaren Plan, wann beschleunigt sich die Periodizität, wann stellt sie sich beinah ein, es ist von Glas zu Glas verschieden, und Klara, *was macht Klara*, was tut Klara.

Er ging zum Fensterbrett hinüber, klemmte sich den Zigarillo in den Mundwinkel und löste die Kabel der Kamera. Er nahm den Film heraus.

Er setzte sich zurück in den Sessel, wog die Filmrolle in der Hand, betrachtete das Klaraglas ganz am Rand der Reihe, fast friedlich jetzt, zarte Lichtschimmer dann und wann, friedlich.

Verändern sich die Blitze durch meine Beobachtung, bin ich es, der durch mein Beobachten Klaras Handeln lenkt, habe ich es hier mit dem klassischen Beobachterproblem zu tun? Aber vielleicht ist das Unsinn. Vielleicht nicht. Er sah eine Bewegung auf der dunklen Wiese, er steckte die

Filmrolle in die Tasche des Morgenrocks, nahm ein Buch zur Hand. *Was ist ein Quasiteilchen.* Schlug es an irgendeiner Stelle auf, las. *Was ist ein Quasiteilchen.* Er hörte die Haustüre auf- und zugehen, Schritte. Als Klara ins Zimmer trat, hatte er seit Stunden gelesen, gewartet. *Was ist ein Quasiteilchen.* Eines seiner Lieblingsbücher.

Lenau schöpfte mit der Kelle drei Teigpfützen in die Pfanne und drehte das Gas ein wenig herunter. Er schaute zu, wie die Pfannkuchen an den Rändern langsam braun wurden, und wendete sie. Er öffnete das Ofenrohr und ließ die fertigen Pfannkuchen in die Gratinform gleiten, streute Kokosflocken und einige Butterstücke darüber und schloss den Ofen. Er drehte die Gasflamme aus, setzte sich an den gedeckten Tisch und begann die Zeitung zu lesen. Er knickte die Seite ein paar Mal um und trennte einen der Artikel ab, steckte ihn in die Hosentasche.

Er hörte Klara aus dem Badezimmer über den Flur kommen, sie hatte die nassen Haare mit einem Handtuch umwickelt und trug seinen Morgenrock.

Er stand auf und rückte ihr den Stuhl zurecht.

Ausgeschlafen? Er schenkte Tee in die Tassen, verteilte die kleinen, heißen Pfannkuchen auf die Teller und goss Ahornsirup darüber.

Klara goss sich Milch in ihren Tee und trank einen Schluck, nahm einen der Pfannkuchen und steckte ihn in den Mund, er reichte ihr eine Serviette, sie legte sie neben sich.

Ja, sagte sie, eigentlich ja. Stimmt die Uhr?

Alle meine Uhren stimmen, sagte Lenau.

Ja, klar, sie gehen nur alle anders, ich meine, ist es jetzt wirklich halb zwölf?

Was ist schon die Wirklichkeit, meine Uhren veranschaulichen den eigentlichen Sachverhalt, nämlich die gänzliche Absenz einer realen, messbaren Zeit, es ist die Uhrzeit, die wir bestimmen, Lenau zerteilte seinen Pfannkuchen mit Messer und Gabel und führte einen Bissen zum Mund.

Das mag schon sein, nur dass ich in letzter Zeit, wenn ich von hier zum *Neugröschl* zur Arbeit komme, immer zu spät bin. Wenn das so weitergeht, mit deiner *Absenz der realen messbaren Zeit*, wirft er mich raus, das ist das Problem. Ich habe dann ein real messbares, finanzielles Problem.

Du hast doch auch eine Uhr, was ist mit der.

Ja, komisch, nicht? Einmal ist es kurz nach eins auf meiner Uhr, Mittag, sollte man meinen, und die Sonne geht gerade unter, ich komme in der Nacht von der Arbeit zurück, und meine Uhr zeigt aber halb acht.

Es war auch fast halb acht, als du gestern Nacht gekommen bist.

Es war kurz vor halb vier.

Auf jeden Fall zu spät.

Was ich sagen will, ist, Klara stippte mit einem Pfannkuchen den Sirup auf, dass du aufhören sollst, meine Uhr zu manipulieren.

Ich finde, du arbeitest zu viel, es ist eine Schamlosigkeit von dem Neugröschl, dich so lange dazubehalten, wundert mich auch, dass ihr um die Zeit überhaupt noch Gäste habt, was ist das denn für ein Publikum.

So lange haben wir gar keine Gäste, gegen Ende räumen wir nur noch auf, aufstuhlen, wischen, solche Sachen halt.

Du bist in erster Linie Studentin, Klara, wie soll man ernsthaft studieren, wenn man bis nachts um drei arbeitet.

Können wir jetzt in Ruhe frühstücken, ich bin das Thema irgendwie leid.

Was heißt frühstücken, es ist fast zwölf.

Meine Güte, was hat das mit der Realität zu tun, auf meiner Uhr ist es jetzt halb vier.

An deiner Uhr muss jemand manipuliert haben.

Klara hielt sich die Ohren zu, lachte, ist gut, ist gut.

Er reichte ihr die Hand über den Tisch, du sprichst mit dem Neugröschl, versprochen?

Ja, ja mach ich.

Man hat Troja entdeckt.

Ist nicht wahr, Klara goss sich einen großen Schluck Sirup auf den Teller, leckte sich den Finger ab, Lenau reichte ihr die Serviette, sie legte sie neben sich, hör doch mal auf damit, sagte sie.

Doch. Es gibt neue Belege für seine Größe, Homer hatte recht. Die Behauptung, er habe in seinem Epos pure Fiktion beschrieben, ist damit haltlos.

Aha. Klara trank die Tasse leer, hielt sie ihm entgegen. Lenau schenkte ihr nach.

Bist du eigentlich an gar nichts interessiert, was ich dir erzähle, merkst du nicht, dass ich versuche, mit dir ein Gespräch zu führen?

Bitte, Klara hob beide Hände, bitte, bitte, es ist noch früh, ich bin gerade erst aufge–

Es ist Mittag, Klara.

Bitte, nicht schon wieder, in Ordnung, es ist Mittag, ich bin gerade erst aufgestanden, ich habe wenig geschlafen, ich bin noch nicht bereit für deine Geschichten.

Das sind nicht meine Geschichten, das sind die neuesten Neuigkeiten aus Troja.

Gutgutgut. Sie holte die Filmrolle aus der Tasche des Morgenrocks. Und welche Neuigkeiten sind das?

Meine wissenschaftliche Anordnung, die Wasserproben in den Gläsern. Er wollte ihr die Filmrolle aus der Hand nehmen, sie barg sie hinter dem Rücken.

Von welchem der Gläser?

Von dem letzten in der Reihe, das japanische Meer, der versunkene Samuraiclan, Antoku, planschend in den Wellen, die Dame Nii, du erinnerst dich. Er hielt noch immer die Hand offen, Klara reichte die Rolle über den Tisch.

Zeigst du mir die Bilder?

Wenn ich die Zeit finde, sie zu entwickeln, warum nicht.

Zum Beispiel heute.

Heute geht nicht.

Und warum, es ist Samstag, du musst nicht in den Laden, ich muss nicht ans Institut, die Zeit ist relativ. Warum tust du immer so heimlich mit deinen Bildern?

Ich habe dir alles gezeigt, was ich habe, ich habe dir sogar die spektakulären Bilder aus Loch Ness gezeigt, dir und sonst niemandem.

Sie waren auch wirklich sehr interessant, ein bisschen düster vielleicht, aber, wie du sehr richtig bemerkst, mit etwas Phantasie kann man sich durchaus die ein oder andere *Verdunkelung* in der Dunkelheit als ein oder gar mehrere Seeungeheuer vorstellen.

Es ist immerhin ein Moorsee, was erwartest du dir.

Auch die Fotografien der Blitze des Taunitzer Bergsees waren sehr ästhetisch, vor allem diese geheimnisvollen Zehen.

Es ist nicht meine Schuld, dass in der gesamten Taunitzer Bergseegeschichte keine Menschenseele je ein Bad genommen hat. Immerhin fand einer den Mut, eine kleine Temperaturprobe zu nehmen. Im Übrigen zeugen speziell die Taunitzer Blitze von einem sehr regen Treiben, mehr, sagen wir, faunischer Natur. Ich bin ja bei meinen Experimenten nicht nur, ja, nicht einmal in erster Linie an der Spezies des homo sapiens interessiert, vielmehr richtet sich mein Fokus a) auf die Geschichte, die Erinnerung des Wassers schlechthin, b) auf die Art der Erinnerung, will heißen, welche Erinnerung produziert ein heftiges Fluoreszieren, welche Episode aber hinterlässt nur einen fahlen Schimmer. Und just hinter dieses Geheimnis bin ich bei all meinen Forschungen noch nicht gekommen, es bleibt mir rätselhaft, warum das Niederfallen der Herbstblätter ein regelrechtes Gewitter hervorruft, der Kampf des Fisches mit dem Fischreiher jedoch nur ein schnelles Glimmen. Es ist, von unserem wertenden, moralisch geprägten Gesichtspunkt aus, nicht zu verstehen. Ich stelle Thesen auf, sie verifizieren sich ein-, zweimal, kurz darauf kann ich das schiere Gegenteil beweisen. Ich bin nun dazu übergegangen, mich des Wassers nicht mehr als Erinnerungsspeicher, sondern vielmehr als direktem Medium zu bedienen.

Und was soll das heißen? Klara öffnete den Ofen und holte die Gratinform hervor, sie verteilte die restlichen Pfannkuchen auf ihre beiden Teller.

Es geht zurück auf einen kleinen Hinweis, einen Fingerzeig in der Versuchsanordnung, ich fand ihn in dem Buch der Crescentia von Lenau.

Die mit dem Liebesgebäck.

Richtig. Einer ihrer eher profaneren Versuche, das Gebäck, *ein Scherz*, ein Spaß, eine Spielerei. Die Idee von der Wassererinnerung geht auf sie zurück, die fotografische Dokumentation ist mein bescheidener Beitrag. Jedenfalls erwähnt sie, zwar in einem gänzlich andersgearteten Experiment, andere Protagonisten sozusagen, die eventuelle Möglichkeit, in dem Wasser eine ganz andere Reaktion hervorzurufen, oder, anders gesagt, eine weitere Dimension von Wasser sich zunutze zu machen. Es handelt sich um die Verwendung dieser Wasserprobe als, sagen wir, Seismograf, als Messgerät der konkreten, aktuellen, just zu dem jetzigen Zeitpunkt in dem Ursprungsgewässer stattfindenden Erschütterungen oder, um es neutral zu formulieren, Ereignissen. Vereinfacht ausgedrückt, ich mische die Ingredienzien nach Anleitung, streue sie in die Wasserproben und stelle so die Verbindung her, zum Beispiel zum Taunitzer Bergsee. Ich bin damit bei der *aktuellen* Erfahrung des Bergsees dabei, ich erlebe seine Höhen und Tiefen hautnah. Und zwar bin ich nicht, wie zu Zeiten Crescentias durch das Fehlen technischen Materials, auf das reine Beobachten und Spekulieren der Blitze reduziert, ich bin durch die Kamera in der Lage, jetzt, von meinem Zimmer aus, die aktuellen Daten des Bergsees festzuhalten.

Erstaunlich. Aber auch nicht so ganz geheuer, oder? Darf ich fragen, was du eigentlich mit meinem Wasserglas anstellst?

Das Wasser aus dem Teich? Rühre ich nicht an.

Die Bilder in deinem Laden sind die einzigen, die du aus meinem Wasser gemacht hast?

Ehrenwort.

Schütt es weg.

Wie bitte?

Ich möchte, dass du das Teichwasser wegschüttest.

Aber warum denn, traust du mir nicht?

Wenn du es eh nicht mehr benutzt, kannst du es ebenso gut in den Abfluss gießen.

In die Brombeeren. Crescentia empfiehlt ausschließlich einen gut tragenden Brombeerbusch. Das besänftigt die Geister.

Na wunderbar, deine Brombeeren tragen hervorragend, Klara stand auf, band sich den Morgenrock enger um den Leib, Lenau erhob sich ebenfalls, legte die Serviette auf den Tisch.

Jetzt gleich?

Klara war schon in das große Zimmer vorausgegangen, mein Geist wird hochgradig besänftigt sein, sie beugte sich über die Kärtchen an den Gläsern. Sie blieb vor dem zweiten von links stehen.

Hier, sagte sie, Klara, Seerosenteich, das Datum kann ich nicht erkennen. Typisch für dich, das machst du mit Absicht, oder?

Lenau hatte das Sakko ausgezogen und faltete die Hemdsärmel hoch.

Was sagt uns schon so ein Datum, meinte er, alles relativ, er fasste das Goldfischglas und trug es zur Tür, Klara ging an ihm vorbei und öffnete die Eingangstür. Sie gingen über den Rasen zu dem Umtopftisch, Lenau stellte das Fischglas ab.

Bist du dir im Klaren darüber, er wandte sich ihr zu, fuhr sich durch die Haare, dass du damit die Erinnerung an dich löschst?

Eine Erinnerung, nur die Teicherinnerung. Im Übrigen ist das Wasser ja nicht voll von Erinnerungen an mich, sondern von Erinnerungen an Regen und Schnee, Fische, Frösche, welkes Laub und was dem allem mehr ist. Ich komme in dem Wasser nur am Rande vor, hast du selber gesagt.

Das ist richtig, Lenau lockerte die Fliege unter seinem Kinn, es besteht jedoch die eventuelle Möglichkeit, den Fokus, die Perspektive einem ganz bestimmten Faktor zuzuwenden, da du in dem Teich gebadet hast, konnte ich deine Fotografie erstellen und sozusagen deine Spur aufnehmen, ich könnte praktisch die restliche Teicherfahrung ausblenden und dich *herzoomen*, ausschließlich also deine Präsenz beobachten.

Hör auf damit, Schluss jetzt mit dem Unfug, Klara nahm das Glas mit beiden Händen und goss das Wasser in die Brombeeren. Sie stellte das leere Gefäß auf den Arbeitstisch.

Ich geh mich jetzt anziehen, sagte sie. Sie nahm das Handtuch vom Kopf und schüttelte ihre Haare. Vielleicht machen wir eine Fahrt über Land, ich muss heute erst um zehn beim Neugröschl anfangen.

Bitte sehr, bitte gern, Lenau starrte auf die letzten Zuckungen der Blitze in dem Brombeergebüsch, bis das Wasser vollständig versickert war, ganz wie Madame wünschen.

Sie gingen zusammen zum Haus zurück, Klara ging weiter Richtung Badezimmer, Lenau räumte in der Küche den

Tisch ab, stellte das Geschirr in die Spüle. Er schaute aus dem Fenster hinüber zu den Brombeeren.

Das war's also mit meinen japanischen Samuraibildern, dabei war ich so nah dran. Die Dame Nii steckte sozusagen schon ihre Aristokratennase ins Bild.

Er ließ das Wasser in das Spülbecken fließen und begann abzuwaschen.

Aber für die Forschung muss man natürlich Opfer bringen, sagte er, er stapelte die Teller und Tassen auf den Spülstein, begann, die Gratinform zu schrubben, für die Forschung –

Alexander?

Klara hatte die Badezimmertür geöffnet und steckte den Kopf heraus, sie war dabei, sich die Haare zu kämmen.

Ja?

Das wollte ich dich schon die ganze Zeit fragen, woher hast du eigentlich den Archaeopteryx?

Gekauft.

Wie gekauft, so was kauft man doch nicht im Laden nebenan.

Das ist richtig, ich habe ihn auch nicht im Laden nebenan gekauft. Nebenan residiert der Metzger, ich wüsste jetzt wirklich nicht, woher der Metzger einen Archaeop –

Sondern?

Er wurde mir angeboten.

Na gut. Und wie hast du ihn bezahlt?

Bar.

Bar?

Bar. Eine Million Dollar, glatt auf den Tisch.

Klara trat aus dem Badezimmer, kam auf Lenau zu.

Und woher, sie klopfte ihm mit ihrer Haarbürste auf die Brust, woher genau nimmst du eine Million Dollar?

Das sind meine verwandtschaftlichen Beziehungen.

Lass mich raten. Du hast Grigorij Jakowlewitsch beschwatzt, dass er dir seinen Poincarégewinn überlässt.

Beschwatzt! Er war mir was schuldig.

Eine Million Dollar?

Wenn man so will, ja. Ich habe ihm einmal einen wichtigen Dienst erwiesen.

Klara war einen Schritt zurückgetreten und schaute ihn an.

Du bist wirklich mies, wenn das stimmt, bist du wirklich mies.

Sie ging über den Flur zum Badezimmer und drehte sich unter der Tür noch einmal um.

Grigorij Jakowlewitsch lebt mit seiner Mutter in *armseligsten* Verhältnissen irgendwo in der *Peripherie* von St. Petersburg, ernährt sich von Kartoffeln und Kohl –

Klara, die Zeitungen übertreiben das maßlos, es muss das ein oder andere Gürkchen dabei –

Kann sich kein Auto leisten, geht nicht zum Friseur –

Grigorij Jakowlewitsch geht nicht zum Friseur, weil sich selbst mit einer Million kein Friseur finden würde, der sich dieser Frisur annimmt.

Du bist so verdammt zynisch und arrogant, das ist richtig ekelhaft, Klara stampfte mit dem nackten Fuß auf den Dielenboden.

Schön, da sind wir wieder einmal in der besten Stimmung für eine Landpartie.

Du kannst dir deine Landpartie in den Hintern schieben.

Immerhin wolltest du eine Landpartie unternehmen, werde doch nicht immer so vulgär.

Man kann mit dir gar nicht anders, als irgendwann vulgär zu werden.

Du kannst nicht anders, weil es dein eigentlicher Charakter ist.

Und was ist mit deinem Charakter?

Mein Charakter ist untadelig, ich stamme aber auch nicht von Wirtsleuten und Bauerntrampeln ab.

Du bist einfach ein Arschloch.

Lenau nahm einen Teller von der Spüle und warf ihn gegen die Wand, ich bin deine Beleidigungen verdammt noch mal leid, schrie er, ich bin dein Getue leid, ich bin dein Moralisieren leid, gerade du.

Klara nahm das japanische Teeservice –

15. Jahrhundert, rief Lenau –

– nahm also das japanische Teeservice von der Kommode und depperte es auf den Fußboden, und soll ich dir sagen, was ich alles leid bin, du bist einfach ein Scheißtyp, du bist ein hinterfotziger, durchtriebener Heuchler, ein Lügner und Betrüger, am liebsten würde ich dich schlagen, so einen Hass kriege ich auf dich.

Und was tust du noch hier, kommst du aus Bequemlichkeit hierher, weil du gerade niemand anderen hast?

Ich habe es nicht nötig, mir diesen Dreck anzuhören, Klara nahm ihre Strickjacke von der Garderobe und schlüpfte in die Schuhe.

Davonlaufen, das kannst du immer, Lenau lief an ihr vorbei und stellte sich vor die Tür, denkst du wirklich, ich lass mich von dir so abfertigen, noch dazu im Schlafrock?

Lass mich sofort raus, Klara packte Lenau am Arm, er hielt sie fest.

Du bist eine elende Hure, denkst du, ich weiß nicht, was du tust, wenn du um vier Uhr früh nach Hause kommst?

Lass mich sofort raus, Klara wand sich in seinem Griff, biss ihn in den Oberarm, Lenau haute ihr mit der Faust ins Gesicht. Klara taumelte zurück, fasste sich ans Auge.

Klara, tut mir leid, Lenau ging auf sie zu, komm lass mich sehen, Klara, es tut mir so leid.

Klara spuckte ihm ins Gesicht, ich hasse dich, hasse, hasse dich.

Komm, hör auf, Klara, lass uns wieder gut sein, das wollte ich nicht, wirklich.

Du hast es aber gemacht, du Scheißkerl.

Hör doch auf jetzt, Klara, du hast mich gebissen.

Weil du mich nicht rausgelassen hast.

Weil ich mich vertragen will mit dir, Klara, ich –

Und ich will mich nicht vertragen mit dir, ich will nur weg von dir, ich hasse dich.

Du provozierst mich mit Absicht, stimmt's?

Genau, Frauen werden geschlagen, weil sie einfach zu sehr provozieren.

Ist auch so, das sagt nämlich niemand dazu, warum jemand schlägt, nein, schlussendlich stehen nur die armen, geschlagenen Frauen da, und der Mann ist der Idiot.

Du bist auch der Idiot.

Lenau schmiss den Garderobenständer um, hör auf damit, schrie er, hör endlich auf damit.

Du bist so aggressiv, du bist krank, mit dir kann man überhaupt nicht normal reden.

Bitte, Lenau wies zur Tür, geh und erzähl irgendwem, was sich abspielt hier, klar, werden dir alle dasselbe raten, werden alle *entsetzt* sein und wieso du nicht schon lange und so weiter, bitte, mach das doch.

Ich trau mich überhaupt keinem Menschen mehr zu erzählen, was sich abspielt zwischen uns.

Und das ist auch richtig, Lenau stieg über die Garderobe, kam auf sie zu und zog sie sanft zu sich, weil man nur diese Sachen erzählen kann und nicht unsere Liebe, niemand kann begreifen, was ein Paar zusammenhält.

Fass mich nicht an, mich hält überhaupt nichts mehr zusammen mit dir.

Dann geh doch, blöde Kuh, Lenau stieß sie von sich, denkst du, ich steh hier und bettel um dich?

Danke, darauf kann ich verzichten, Klara ging zur Tür, warf sie hinter sich ins Schloss.

Sie hörten den Regen auf dem Dach, in den Bäumen, den Regen am Fenster, langsam kam die Dämmerung. Lenau hatte das Feuer im Kamin angezündet, das Licht huschte über die Wände, rot, gelb, orange, der Regen an den Scheiben, im Zimmer war es warm, der Geruch von Äpfeln im Ofen, Kardamom und Nelken, sie lag auf dem Diwan, hatte ihm das Gesicht zugewandt, schaute, die Augen ganz wach, er streichelte ihre Wangen, das Haar, die weiche Haut. Hörst du den Regen, Liebste, flüsterte er, so nah an ihrem Hals, küsste diesen zarten Hals, sie schloss die Augen, er küsste die Lider, den warmen Mund, küsste diesen Hals, er glitt unter die Bluse, spürte den Leib, den zarten Leib, so zarte Glieder, zarter Hals, hörst du, flüsterte er, streichelte ihren Rücken, ganz sanft die Taille, hörst du den Regen in den Bäumen, Liebste, öffnete die Knöpfe, den Rock, streifte ihn weg, streifte den Stoff weg, hob sie hoch und bettete sie auf die Kissen, den Kopf und die Hitze unter den Haaren, hineinfassen in diese dichten dunklen Haare, verworrene Gespinste und diese gestaute Hitze, küsste diesen Hals, die Hüften, glitt in den warmen Mund, die Hitze in diesem Mund, er umfasste diesen Leib, der Regen in den Bäumen, Äpfel, Nelken, so heiß, hörst du, Liebste, diese langen Haare, die Hitze unter diesen langen Haaren, die Schenkel, er fuhr unter die Strümpfe, wischte sie weg, öffnete diese Schenkel, so glatt die Haut, der Mund, so weiche Haut, hörst du, entblättern, das Hemd, sinkt weg, alles sinkt weg, versinkt, näher her zu mir, hörst du, Regen, Regen, draußen der Regen, hörst du den Regen flüstern, Feuer an den Wänden, Liebste, der Regen in den Bäumen, so weiche Haut, willst du mich, Liebste, küsst du mich, Liebste, spürst du diesen Mund, die Hände, komm zu mir, Liebste, sei Seide, so heiß, schon zerfließt du, ich spüre dein Herz, in deiner Brust das Herz, in deinem Bauch, lautes Herz, ruft es, lockt es, flüstert das Herz, dein Herz, Liebste, zwischen den Schenkeln, ich spüre dein Herz, Liebste, so heiß, so lüstern zwischen diesen Schenkeln, diese weichen Schenkel, spürst du die Hände, öffne diese Schenkel für mich, Liebste, spürst du meine Hände, den Atem, hörst du den Regen, Liebste, hörst du, wie der Regen niederfällt, hörst du die Bäume, schmeckst du den Kardamom, so scharf, so scharf und rau, umfasst du mich, spürst du meinen Mund, wie er dich nimmt, gib mir deinen Mund, Liebste, komm zu mir, näher her zu mir, deinen heißen Mund, hörst du den, er drang in sie wie in einen verwunschenen Teich, warmes Wasser, laues Grün, das Moor und Schlamm an den Ufern, Regen, spürte die Hitze, brach auf, unten auf Grund, ganz in den Tiefen, aufbrechen, die Hitze in den Tiefen, Untiefen, aufsteigen, hochsteigen, die Wellen, Nelken, Seide, Kardamom, scharf, der Teich, ein See, ein Meer, die Gischt, das Tosen der Gischt, laute Brandung, Seide zergeht, reißt, floss.

Hörst du den Regen, Liebste? Hörst du den Regen in den Bäumen? Hörst du mein Herz? Schmeckst du meinen Mund, Liebste, gib mir deinen Mund, nur sanft, süße Äpfel, warme Nelken, deine Augen, geschlossen, siehst du den Feuerschein? Sinkst in die Tiefe, Liebste, halt mich fest, Liebste, lass niemals los, hör den Regen, Flüstern in den Bäumen, hör das Herz. Bleib bei mir, Liebste, bleib ganz nah bei mir.

Er schraubte die Halterungen los und hob behutsam die Steinplatte heraus. Er verstaute sie in der Tasche und wickelte die Bernsteinscheibe aus dem Papier.

Schau, rief er hinunter, er hielt die Platte in das Sonnenlicht, der Strahl traf unten direkt auf ihr Gesicht, sie schaute zu ihm hoch.

Das sieht wirklich gefährlich aus, sagte sie, er stieß sich leicht mit den Füßen ab, pendelte unter der Kuppel, er hatte den Bernstein mit beiden Händen gefasst, und jedes Mal, wenn er das Sonnenlicht streifte, sah er für einen Bruchteil von Sekunden unten ihr Gesicht aufleuchten, Schatten. Er kam langsam wieder zum Stillstand, schaute hinauf, in der Kuppel war nun ein Loch zum Himmel, er sah die Wolken über sich vorüberziehen, schnell. Sieht so aus, sagte er, als könnte es heute noch ein Gewitter geben. Er legte die Bernsteinplatte in die Fassung und begann vorsichtig, die Schrauben wieder festzudrehen. Bernstein, sagte er, oder $C_{40}H_{64}O_4$, wie der Chemiker zu sagen pflegt, gehört natürlich nicht zu den eigentlichen Mineralien, vielmehr ist es eine rein organische Verbindung mit *amorphem Kristallsystem*, entstanden vor etwa fünfzig Millionen Jahren aus ausschließlich Nadelhölzern, kann ein Gewicht von bis zu zehn Kilogramm erreichen. Was allerhand ist, nicht wahr. Er tastete in der Umhängetasche nach dem Schraubenzieher, macht ungemein heiter, sagte er, er zog die Schrauben an, Bernstein macht richtig glücklich, ist gesund für eigentlich alles, speziell aber für den Halsnasenohrenbereich und nicht zu vergessen die Psyche, Bernstein ist sozusagen das Opium der Psyche. Unser Leben wird sich, dank dem Bernstein, radikal verändern, verbessern natürlich, nichts bleibt, wie es ist.

Er verschloss die Tasche, schaute noch einmal nach oben, die Bernsteinplatte saß passgenau in der Kuppelöffnung.

Das hätten wir, sagte er, Idar-Obersteiner Maßarbeit, die Idar-Obersteiner würden dir auch eine Linse aus Stein schleifen und die würde sitzen, die Idar-Obersteiner sind einfach vom Fach. Du kannst mich wieder runterlassen.

Das Ruhebett war leer, wo ihr Kopf gelegen hatte, nur der runde Schein des Bernsteins. Weit unten, direkt unter seinen Füßen sah er die Wasserschildkröten in dem Becken, sie tauchten auf, tauchten wieder hinab, Klara, rief er, ich bin fertig. Er hing jetzt still, nur ganz langsam drehte sich das Seil, er überblickte das gesamte Ladenlokal, nicht zu sehen. Das Seil drehte sich fünf, sechs Umdrehungen nach rechts, dröselte anschließend ganz ruhig wieder nach links. Die Wolken über ihm verdunkelten sich, die Wasserschildkröten waren auf ein Lotosblatt geklettert, reckten die Hälse, es kommt näher, sagte er zu ihnen hinunter, spürt ihr es schon. Die Schildkröten starrten zu ihm hinauf, öffneten ihre Mäuler, schlossen sie.

Der Hunger, sagte er zu ihnen hinunter, ist eine wichtige und existenzielle Erfahrung im Leben eines jeden Organismus. Für jeden, Schildkröten überhaupt nicht ausgenommen. Schon Kepler postulierte im Übrigen eine *Symphonie der Stimmen*, wie er das nannte, sie setzte sich zusammen aus der Geschwindigkeit der einzelnen Planeten, Planeten haben, wie euch zweifellos bekannt ist, keineswegs alle dieselben Geschwindigkeiten, der eine bummelt gemütlich dahin, dem anderen kann es nicht schnell genug gehen. Kurzum, die Kepler'sche Symphonie war also eine Umsetzung der Planetengeschwindigkeit in die bestimmten Noten der Tonsilben *do re mi fa so la si do*. Zu seiner Zeit war dies das übliche System, die Töne der Tonleiter zu benennen, *do re mi fa so la si do* also anstelle von *c d e f g a h c*, wie ihr das sicherlich noch aus der Schildkrötenschule gewohnt seid. *Do re mi fa so la si do*. Es geht zurück auf einen gewissen Guido von Arezzo. Guido von Arezzo. Wie auch immer, in dieser Sphärenmusik hatte natürlich auch die Erde ihre Melodie, sie beschränkte sich allerdings auf zwei Töne, nämlich *f* und *e*, welche in der Systematik Arezzos also das *fa* und das *mi* sind, und das in alle Ewigkeit. *Fa* und *mi*. Solange die Erde sich dreht, wird das *fa* und das *mi* ihre Melodie sein. In Keplers Ohren wiederum ein eindeutiges und einleuchtendes *fames*, also das lateinische Pendant zu Hunger, und dies, so argumentierte er durchaus bestechend, dies sei die trefflichste Beschreibung für die Erde, besser als durch dieses schmerzliche Wort könne dieser unser Planet nicht ausgedrückt werden. *Hunger*, versteht ihr, richtiger, existenzieller, allumfassender Hunger. Ihr denkt dabei vielleicht im ersten Hinhören an Salat, aber richtiger, echter, purer Hunger ist viel mehr, Leben, Liebe, Denken, Schmerz, alles, alles ist eigentlich und in Wahrheit ein Hunger.

Hinter der Kassa ging die Tür auf, Klara nahm die Strickjacke von der Garderobe, die Schildkröten ließen sich von dem Blatt in das Becken gleiten, tauchten ab. Wir reden später weiter, sagte er ihnen hinterher, ihr habt bestimmt noch die ein oder andere Frage.

Lässt du mich runter, sagte er zu Klara.

Er schaute hoch, honiggelb leuchtete der Stein zwischen dem grünen Glas der Kuppel, heute ist es schon zu spät, aber morgen Mittag, wenn die Sonne in ihrem Zenit steht, werden wir uns an dem herrlichen Schauspiel ergötzen, den Engel in einem himmlischen Goldstrahl schweben zu sehen.

Fein, sagte Klara. Ich gehe jetzt, sie streifte die Ärmel des Kleides hinunter und schloss die Riemen ihrer Sandalen.

Du gehst? Wohin gehst du, ich wusste gar nicht, dass du gehst, Lenau pendelte sanft unter der Kuppel, spähte hinunter.

Arbeiten.

Ich wusste gar nicht, dass du heute zu arbeiten hast.

Jetzt weißt du es.

Beim Neugröschl oder was.

Natürlich beim Neugröschl, wo denn sonst.

Warum bist du denn so schnippisch auf einmal.

Ich bin nicht schnippisch, ich gehe jetzt einfach arbeiten.

Ich verstehe nicht, wir wollten doch –

Schau Alexander, ich hab's eilig, ich mag jetzt nicht diskutieren, wir reden ein andermal.

Du kannst mich doch hier nicht einfach so hängen lassen, du musst –

Ein richtiger, existenzieller, allumfassender Hunger, sagte Klara, sie knöpfte ihre Strickjacke zu, diese ganz spezielle Erfahrung sollte man sich nicht entgehen lassen. Sie ging zur Tür, warf einen Blick auf die Straße, ich nehm mir deinen Regenschirm, sieht ganz so aus, als ob es heute noch ein Gewitter geben würde.

Ja, es kommt immer näher, ich brauche den Schirm aber selber, wie soll ich sonst –

Ich glaube nicht, Klara öffnete den Schirm, betrachtete die Blumen in dem Stoffhimmel, die Platte sitzt doch fest, *Idar-Obersteiner Maßarbeit*, ich glaube nicht, dass du da oben was abbekommen wirst.

Du bist doch verrückt, Lenau rüttelte an dem Seil, lass mich runter, sofort!

Klara klappte den Schirm wieder zusammen, also dann, sie öffnete die Ladentür, trat einen Schritt hinaus.

Du scherzt doch, Klara, das ist ein Witz.

Lach doch.

Klara, das wagst du nicht, ich warne dich, Klara, wenn du das tust –

Was dann, Klara drehte sich um, tat ein paar Schritte in den Laden, stützte sich auf den Schirm, schaute hinauf, was dann.

Ich stürz mich ins Schildkrötenbecken, ich löse die Sicherungen und stürze mich ins Schildkrötenbecken.

Fein. Sie wandte sich wieder der Tür zu.

Ich tu es wirklich, Klara, untersteh dich.

Ist gut. Vielleicht erklärst du den Schildkröten vorher noch die Originalität eines solchen Spektakels.

Du bist eine blöde Kuh, eine richtig saublöde Scheißkuh.

Na sicher, ordinär werden kannst du immer, und das bei der Verwandtschaft, sie schüttelte den Kopf, vielleicht muss man doch vermuten, dass eine derer von Lenau mal einen kleinen Seitensprung, einen winzigen Seitenhupf getätigt hat, vielleicht mit *Friedolien dem Schuster* oder *Willi dem Kutscher.*

Klara, ich warne dich, mach mich nicht wütend, ich garantiere für nichts mehr.

Klara war langsam näher gekommen, war nun direkt unter ihm, wovor warnst du mich, fragte sie hinauf.

Ich bring dich um, Lenau trat mit den Beinen, du bist eine Hexe, eine –

Ich mag einfach nicht mehr, sagte Klara, verstehst du, ich bin das leid mit dir, dieses ewige Theater.

Welches Theater, das ist kein Theater, lass mich runter, Klara, sofort, lass mich auf der Stelle runter. Wenn du mich jetzt hier im Stich lässt, wenn du das wagst, wirst du keine ruhige Minute mehr haben, das schwör ich dir, das verzeih ich dir nie.

Der Himmel hatte sich schlagartig verdüstert, es donnerte, schon ganz nah, Unheil am Himmel, drohend.

Ich weiß. Klara ging wieder zur Tür, jetzt geht's schon los, sagte sie, löste die Schlaufe am Schirm, es kommt näher. Mach's gut, Alexander.

Klara, rief er, die Tür fiel hinter ihr ins Schloss, du blöde, saublöde Kuh, er trat in die Luft, pendelte unter der Kuppel, über ihm donnerte es erneut. Erste, schwere Tropfen klatschten auf das Glas, unten die Kassa im Licht der Klemmlampe, sonst, Dämmer.

Es war vollständig dunkel geworden, der Regen hatte nachgelassen. Lenau hörte das Tropfen in den Regenrinnen, unten an der Kassa das kleine Licht. Das Seil drehte sich ganz langsam nach rechts, zwei drei Umdrehungen, hielt für einen halben Augenblick lang inne, drehte nach links.

In dem Teich plätscherte es, Lenau schaute nach unten und dachte, er sehe die Schatten der Kröten, oder waren es

Urtierchen, die ersten Schwimmtierchen, die das Land er-
oberten, erste kleine Expeditionen unternahmen, *Tiktaalik*,
aus dem australischen Meer.

I bi gern elei, sagte er. *Do chöme eim d'Gedanke.*

Er lauschte, unten war es still, *I bi gern elei*. Wisst ihr, von
wem das stammt? *I bi gern elei*. Das ist aus dem Schweizer-
deutschen, von Robert Walser, dem großen Alleinseiner. *I bi
gern elei*. *Do chöme eim d'Gedanke*. Ich bin auch gern allein.

Er legte den Kopf in den Nacken, direkt über seinem
Gesicht die neue Bernsteinplatte. Er holte den Schraubenzieher aus der Umhängetasche und begann, die Schrauben
zu lösen. Er hob die Platte heraus und schaute in den Nacht-
himmel. Wolken, Nacht. Das Wasser von dem vorangegangenen Regen tropfte ihm ins Gesicht. Natürlich, sagte er,
kein Mond. Er schraubte die Platte wieder fest, wenn man
wirklich einmal Mond brauchen würde, ist keiner da, kein
Mond, kein Mondwürfel, da haben wir den Salat. Er hörte
unten die Kröten in dem Wasser, begeistert.

Das war kein Stichwort für euch, geht wieder schlafen,
heute wird das nichts mehr mit dem Salat. Er stöberte in
der Tasche. Und auch mit sonst wird es nichts. Verstehe gar
nicht, warum ich nicht daran dachte, mir für diese Aktion
einen Brotbeutel zurechtzumachen, die Arbeit in solcher
Höhe macht einfach hungrig. Ein kleines Sortiment an
Sandwiches, ein Küchelchen. Er hing wieder still, baumelte
leicht unter der Kuppel, in dem Laden war es ganz ruhig,
draußen fuhr ein Auto vorbei, zwei, ruhig.

Fa, sang er, er lauschte. *Mi. Miiiii.* er lauschte, die Schildkröten, kein Mucks. *Faaaamii*, sang er, *Faaaaaaamiiiii, Faa-
aaamiii.*

*Abr i bi jo gärn elei. Richtig gärn. Do chöme eim immr so
d'Gedanke. D'Gedanke.* Kommen euch auch immer die Gedanken, fragte er nach unten, er war überzeugt, die Schildkröten auf dem Lotosblatt sitzen zu sehen, sie schauten zu

ihm herauf, reckten die Hälse, schauten herauf, dachten sich irgendwas. Blödes.

Mir schon. Er legte den Kopf wieder in den Nacken, schloss die Augen, drehte sich. Gedanken.

Die Tür öffnete sich, ein älterer Mann betrat das Ladenlokal, schaute sich um. Guten Tag, sagte er in den Raum hinein, er nahm seine Brille ab, ich komme wegen des Archaeopteryx, den Sie da neuerdings im Schaufenster haben.

Er war vor einem kalbsgroßen Citrin stehen geblieben, setzte die Brille wieder auf und beugte sich nah an den Stein heran, ich würde ihn mir gerne einmal näher anschauen, sagte er, er fuhr mit der Hand über die Oberfläche des Steins, auch ein schönes Objekt, murmelte er.

Es wundert mich, dass Sie als Privatperson im Besitz eines Archaeopteryx sind, meiner Information nach befinden sich sämtliche Exemplare in fester wissenschaftlicher Hand.

Das ist nicht ganz richtig, sagte Lenau, er schlenkerte mit den Beinen, bis er sich so weit gedreht hatte, dass er den Gast ins Blickfeld bekam, er gelangte auf zugegeben nicht ganz lautere Art und Weise in meinen Besitz. Vielleicht, wenn Sie so freundlich sein wollen –

Der Mann setzte seine Brille wieder auf, schaute sich um.

Über Ihnen, Lenau winkte hinunter.

Der Mann blickte hoch unter die Kuppel, es würde mich interessieren, sagte er hinauf zu Lenau, welcher Epoche genau er entstammt, ich wage kaum zu behaupten, dass es sich um das tatsächlich interessanteste Stück handelt, bestens erhalten, und die abgedrehten Hinterzehen bezeugen in eindeutiger Weise die nahe Verwandtschaft zum Dinosaurier.

Sehr richtig, sagte Lenau hinunter, der Archaeopteryx, *the missing link*, den Darwin postulierte, ist mehr Dinosaurier, als man vorher vermutet hat, auch der Kopf, ich möchte Sie bitten, Ihr Augenmerk einmal auf den Kopf zu lenken, er ist in dieser Perspektive, nämlich von oben, auf keinem der neun anderen bekannten Exemplare zu sehen. Wenn Sie so freundlich sein wollen, mich aus meiner unangenehmen Lage zu befreien, hinter Ihnen an der Wand befindet sich ein Flaschenzug, dann würde ich ihn einmal hereinholen.

Tatsächlich, fragte der Mann, er nahm die Brille ab, blickte sich um. Er ging zur Wand hinter der Kasse, löste die Sicherung und begann, an dem Rad zu drehen, tatsächlich, der Kopf von oben, das ist hochinteressant, wirklich hochinteressant. Sie sind sich vermutlich bewusst, dass Sie mit diesem Exemplar den Archaeopteryx der Archaeopteryxe besitzen, meines Wissens vermutet man just diesen in einem privaten Sauriermuseum in den Vereinigten Staaten.

Lenau sank mit jedem Zahn, der einrastete, weiter in Richtung Becken, die Wasserschildkröten waren auf ein Lotosblatt geklettert, schauten zu ihm hoch. Er berührte mit den Fußspitzen den Beckenrand, löste die Gurte und sprang zu Boden.

Vielen Dank, sagte er, er legte die Umhängetasche ab und setze sich auf den Beckenrand, vielen vielen Dank. Entschuldigen Sie, ich muss mich für einen Moment setzen.

Wenn ich nicht irre, der Mann hatte eine Uhrmacherlupe hervorgeholt und kniete vor dem Citrin, sehr schöne Phantomeinschlüsse, sagte er, in einem Stein dieser Größe wirklich phantastisch, Brasilien, vermute ich, ja, der Archaeopteryx, wenn ich nicht irre, soll ein Schweizer in den Siebzigern des vorangehenden Jahrhunderts ihn gefunden haben, der Name ist mir jetzt gerade entfallen, Üetli, Spörri, Nötzli, oder war es Stöckli –

Öttli, sagte Lenau, er beugte den Oberkörper nach unten und atmete tief ein und aus. Er stand auf, ging ein paar sumpfige Schritte in dem Laden herum, der Schweizer Öttli, er vollführte einige Rumpfbeugen, ein eigentlich ganz unbekannter Sammler, hat sonst keine nennenswerten Funde gemacht, aber mit dem Archaeopteryx natürlich –

Natürlich, Öttli, der Mann nickte ein paar Mal vor sich hin.

Verzeihen Sie die womöglich impertinente Frage, aber Sie haben nicht zufälligerweise eine Kleinigkeit zu essen bei sich, Lenau war ebenfalls neben dem Citrin stehen geblieben, nicht, dass es meine Art wäre, Besucher um Essen zu fragen, es ist nur –

Der Mann steckte die Lupe in die Hosentasche seines Anzugs und öffnete seinen Aktenkoffer, Öttli, sagte er, Öttli, er stapelte seine Papiere auf den Boden, Bücher, Ordner, reichte Lenau eine Butterbrotdose, keine nennenswerten Funde und dann der Archaeopteryx, unglaublich.

Lenau lehnte sich mit dem Rücken gegen den Stein und öffnete die Dose, nahm ein doppelt belegtes Sandwich heraus und stellte den Behälter hinter sich. Er biss ein großes Stück von dem Brot, kaute. Irgendwas, er kaute vorsichtig, hielt inne, der Mann hatte sich neben ihm zu Boden gekniet und leuchtete jetzt mit einer starken Taschenlampe ins Innere des Citrins. Lenau fühlte mit der Zunge, holte ein Stück Papier aus dem Mund und betrachtete es. Er klappte das Brot auf und nahm von dem in dünne Scheiben geschnittenen Emmentaler ein quadratisches, angebissenes Stückchen Papier, las.

Das Sandwich, begann er, er hielt den Zettel in der Hand, woher beziehen Sie eigentlich Ihre Sandwiches?

Meine Frau, sagte der Mann, das Licht der Taschenlampe zitterte, verlosch, er klopfte mit der flachen Hand auf den Stiel, es glomm wieder auf. Ich esse sie für gewöhnlich auf dem Weg von der Universität zum Institut.

Lenau betrachtete den Zettel in seiner Hand, steckte ihn in seine Sakkotasche. Er öffnete die Brotdose und klappte das zweite Sandwich auf, las, was auf dem Zettel stand, klappte das Brot wieder zu.

Dann ist doch jetzt sicherlich Ihre Mittagspause, wollen Sie mir nicht Gesellschaft leisten beim Essen? Er reichte die Brotdose mit dem zweiten Sandwich nach unten, der Mann nahm es in die Hand, starrte in den Citrin. Früher habe ich mich viel mit den Phantomen beschäftigt, sagte er, ganz früher natürlich, die Phantome sind ja sozusagen der Einstieg ins Geologische, der erste Fuß in der Tür, er nahm einen Bissen von dem Brot, heute interessiert mich das nicht mehr so sehr, aber schön, schön finde ich sie immer noch.

Lenau schlenderte zum Schildkrötenteich hinüber, legte das Salatblatt und die Tomatenscheiben aus seinem Sandwich auf das Lotosblatt, setzte sich auf den Rand des Beckens und verzehrte sein Brot, die Schildkröten kamen aus ihren Höhlen, dehnten sich, reckten, wanden die Hälse. Er warf einen Blick auf den Mann neben dem Citrin, in großen Happen verschwand das Brot in seinem Mund, aus der Ferne noch sah Lenau das Weiß des Papierstreifens zwischen dem Käse und den Gurken. Er schaute zu, wie die Schildkröten sich um seinen Salat herum gruppierten und ihn allmählich wegfraßen. *Faaaamiiiiii,* sagte Lenau zu ihnen hinunter. Er wischte sich die Hände ab und steckte das Taschentuch zurück in die Sakkotasche.

Dürfte ich Sie vielleicht noch einmal um Ihre Hilfe bemühen, ich müsste den Engel wieder an seinen Platz bringen, er warf einen Blick auf seine Uhr, wenn wir uns beeilen, hängt er exakt im Bernsteinstrahl, der Sonnenstand wäre ideal, Zenit, die Sonne ist fast in ihrem Zenit. Er wechselte das grobe Bergsteigerseil an dem Flaschenzug gegen ein durchsichtiges und befestigte es an dem großen, steinernen Engel, der an der Wand lehnte.

Wenn ich ihn halte, sagte er über die Schulter, und Sie ihn hochziehen, nur, bis er über dem Becken ist, ich würde Sie dann ablösen. Er fasste den Engel um die Mitte, der Mann ließ Zahn für Zahn das Rad einrasten, der Engel wurde in Lenaus Armen immer leichter, schwebte, die Schildkröten betrachteten kauend die Zehen direkt über dem Wasser, Lenau ließ ihn los. Der Engel drehte sich, Lenau löste den Mann ab und zog das Seil immer mehr an, der Engel stieg höher und hing schließlich wieder unter der Kuppel, in einem goldenen Lichtstrahl, sinnend.

I bi gern elei, sagte Lenau, er arretierte den Flaschenzug, *do chöme eim d'Gedanke.*

Er schaute hoch unter die Kuppel, das grüne Glas machte in dem Laden ein Licht wie in einem Teich, wie bei Sonnenlicht in einem flaschengrünen Teich schwimmen, tauchen, die Augen weit offen, grün, dicht.

Was sagen Sie, der Mann schob die Brille in die Stirn, beugte sich dicht über die Auslage an der Kassa, schöne Doppelender haben Sie da, richtiggehend viele.

Ach eine pure Leidenschaft, da und dort finde ich wieder einen. Wenn Sie an der Universität unterrichten, können Sie so einen natürlich gut gebrauchen, Doppelenderkristalle sind ungewöhnliche Konzentrationsstützen, gerade für das Halten von Vorträgen besonders geeignet, das Dozieren schießt einem dann sozusagen ins Blut, ich selbst würde niemals ohne einen aus dem Haus gehen. Lenau fasste in die Hosentasche, holte einen etwa sieben Zentimeter langen, stabförmigen Bergkristall hervor, welcher an beiden Enden über perfekte Spitzen verfügte, dieser hier stammt aus dem Südbayrischen, ein wirklich perfekter, makelloser Vertreter seiner Art, musste nicht einmal poliert werden.

Sehr schönes Exemplar, wirklich, der Mann nahm den Stab zwischen Daumen und Zeigefinger, so auf den ersten Blick wirken auch die sechs Flächen nahezu identisch.

Auf den Millimeter, Lenau hatte sich wieder auf den Beckenrand gesetzt, schaute nach oben, ich wechsele immer mal ganz zuoberst an der Kuppel die Steine aus, müssen Sie wissen, ich habe mir die extra zuschneiden lassen. Ein Bernstein von wunderbarer Farbe, oder was denken Sie? Der Bernstein macht sich gut da oben. Vorher hatte ich eine Rubinplatte eingelegt, auch sehr schön, aber man kriegt das Rot irgendwann über, jetzt für den Sommer dachte ich mir, ein schönes, tiefes Gold könnte nicht schaden. Inzwischen bin ich mir allerdings gar nicht mehr sicher, ob das eine so gute Idee war mit dem Bernstein, kann sein, ich muss mir was anderes überlegen, vielleicht ein Aquamarin, der Aquamarin, $Be_3Al_2Si_6O_{18}$, ist ein vorzüglicher Herzstein, vielleicht der Herzstein schlechthin, womöglich habe ich mich mit dem Bernstein einfach vertippt, geirrt, gnadenlos vertan, Halsnasenohren, schön und gut, die Psyche, wen interessiert momentan die Psyche, das Herz, es geht um das Herz.

Der Mann schaute hoch, auf die Entfernung natürlich schwer zu sagen, aber es scheinen keine weiteren Einschlüsse vorhanden zu sein.

Keine Einschlüsse, eine klare, rotgoldene Scheibe.

Ohne Einschlüsse natürlich wertlos. Schöne Amethyste haben Sie, die große Druse dahinten ist von außerordentlicher Farbintensität, allerdings wundert mich die horizontale Position, die Sie dafür gewählt haben, das scheint mir doch die Wirkung beträchtlich zu schmälern.

Wie Sie sicherlich bemerkt haben, Lenau ging an dem Bassin vorbei zu dem Amethyst, ist die Steinschale mit Wasser gefüllt, er drehte an den Armaturen über dem Stein und ließ das Wasser hineinplätschern, ein hervorragendes Gießwasser für Pflanzen aller Art, ausgenommen die Kakteen scheinen keine Affinität dazu gefasst zu haben, ansonsten aber, ich versichere Ihnen, üppigeren, gesünderen Pflanzenwuchs bringt der beste Dünger nicht zustande.

Ach so, der Mann war zum Eingang gegangen und beugte

sich in das Schaufenster, tatsächlich, sagte er, der Kopf von oben, einmalig. Der legendäre zehnte Archaeopteryx.

Er nahm die Brille ab, das Institut, sagte er, er verstaute die Brille in dem Etui, ich möchte im Namen des Paläontologischen Instituts sagen, wie sehr ich, oder besser wir, wir vom Institut, an einem etwaigen Ankauf dieses Objekts interessiert wären, er warf einen Blick auf seine Uhr, aber ich habe mich schon viel zu lange aufgehalten, sehr interessiert, über Geld lässt sich reden, ich muss –

Er packte die Butterbrotdose, Taschenlampe und Lupe in seinen Aktenkoffer, stopfte die Papiere hinein, die Bücher, die Ordner und ging zur Tür, *the missing link*, sagte er, sehr richtig, er versuchte im Gehen die Schlösser zuzudrücken, ganz richtig gesagt, und dieser hier ist *the missing link of the missing link*, sozusagen, Kopf von oben, fabelhaft, er öffnete die Tür, Sie entschuldigen mich, sagte er nach rückwärts, das Institut, die Wissenschaft, die Forschung –

Lenau war langsam hinter ihm her zur Tür gekommen und sah ihn die Straße entlangeilen.

The missing link of the missing link, er schloss die Tür und lehnte sich mit dem Rücken dagegen, schaute, der Engel, die Sonne im Zenit, der Engel schwebend in dem goldenen Licht, sinnend, das ist es, mir fehlt ganz einfach der missing link vom missing link. Er ging zu dem Schildkrötenteich, setzte sich auf den Rand und fuhr mit der Hand durch das lauwarme Wasser, die Schildkröten schwammen heran, küssten, Lenau nahm den Sandwichzettel aus der Sakkotasche, las.

Er hob eine der Schildkröten aus dem Wasser, hob sie ganz nah an sein Gesicht, schaute ihr in die Augen, wiederholte den Inhalt des Zettels.

Und, sagte er, was bedeutet das?

Die Schildkröte öffnete den Mund, sagte irgendwas, schloss die Augen.

Ja, sagte Lenau, er seufzte, das befürchte ich auch. Er setzte das Tier auf ein Lotosblatt und erhob sich, haargenau das befürchte ich auch.

Lenau nahm einen Messekatalog und ließ sich eine Eintrittskarte geben, zählte das Geld ab. Er betrat die Halle, gleich links war das Steincafé, der Duft von Rosinenbrötchen, Kakao und Waffeln. Er schob sich an den voll besetzten Tischen vorbei, wandte sich einem der Gänge zu und schlenderte an den Ständen vorbei.

Er stutzte, schaute sich um, alles so mysteriös hier, er blätterte im Katalog, schlug die Seite mit dem Orientierungsplan auf, schaute sich um, ach so, murmelte er, die Esoteriker sind in diesem Jahr hier, wurden die umplatziert, habe mich schon gewundert, er rollte den Katalog zusammen und kehrte um. Er umrundete einen Pulk von Besuchern, die interessiert einem Herrn in fliederfarbenen Gewändern lauschten. Er versuchte anhand einer Sternkarte plausibel zu machen, warum der Diamant speziell für Widder, der Saphir wiederum für Waagen hervorragend geeignet sei, mit Vorteil eingelegt in Wasser, gerne *vichy,* über Nacht bei zunehmendem Mond, keinesfalls aber Vollmond –

Blödsinn, Lenau war stehen geblieben, Blödsinn, sagte er zum kahlen Hinterkopf eines Herrn in der letzten Reihe, der Diamant ist für jeden geeignet, der Mann hatte sich ihm zugewandt, er trug an einem Lederband einen durchborten Onyx um den Hals, Lenau musterte ihn kritisch, der Onyx, merkte er an, hilft, entgegen dem allgemeinen Irrglauben, keineswegs gegen Haarausfall, aber, was ich Ihnen erzählen wollte, der Diamant gehört, Lenau hob die Stimme, zu den frequenzreichsten Steinen überhaupt, sechzig Frequenzen, stellen Sie sich das einmal vor, und ist für jedermann gut. Für Widder auch, meinetwegen, aber für alle anderen auch, er deutete auf den Mann, auch für Sie. Werfen Sie den Onyx in die Tonne, oder leiden Sie etwa an Wetterfühligkeit? Schleimbeutelentzündung, Verklemmung, Nymphomanie? Bei Letzterem sind Sie sich nicht so sicher, nicht wahr, aber glauben Sie mir, es ist ein wirklich typisch weibliches Leiden, den Onyx, Sie brauchen ihn nicht, das sehe ich auf einen Blick. Der Diamant hingegen, nahm er den Faden wieder auf, der Diamant kann in besonderer Weise alle Energiezentren stark anregen, vor allem das Scheitelchakra, er klopfte sich mit der Katalogrolle auf den Kopf, muss natürlich mit Vorsicht eingesetzt werden. Von einem Dauereinsatz muss ich dringend abraten. Des Weiteren sollte, außer in Ausnahmefällen, Diamantschmuck in der Nacht unbedingt abgelegt werden. Der Diamant, sagte er sinnierend, betrachtete den Mann, die Glatze, den Onyx. Aber, bleiben Sie beim Onyx, Lenau wandte sich ab, Sie können sich den sowieso nicht leisten.

Er schob sich zwischen drei Damen in langen Röcken vorbei, kunterbunte Stände, Steine für Schamanen und Wahrsager, Steine für Hexen, die Heilkraft der Steine, Hildegardmedizin mit Steinen, der Zwerg war auch wieder da, der den Laden im 15. hatte, ein normaler Mann, das ja, bloß klein wie ein Zwerg und fünf Kinder zu Hause, Zwerge sind fruchtbar, murmelte Lenau, fruchtbar sind sie, es stimmte tatsächlich. Er polierte gerade einen großen, flaschengrünen Stein, blickte auf, lächelte und zwinkerte Lenau zu, Lenau winkte mit dem Messekatalog zurück, warf einen genauen Blick auf den Stein, ein Chrysolith, sagte er leise zu sich, er lachte, kein Wunder, wunderbare Wirkung auf den Sexualtrieb, alle Achtung, mein Lieber, du weißt, was du tust, er winkte noch einmal, oder auch nicht, fügte er dann hinzu, bei fünf Kindern, Zwerge sind fruchtbar, aber nicht besonders vorausschauend, überhaupt nicht vorausschauend, um genau zu sein, er schritt rasch auf das Ende des Korridors zu, leben zu sehr im Moment, das ist ihr Problem, das ist das Problem der Zwerge, sie sind schlau, das ja, schlau wie Füchse, aber zugleich dumm. Er warf einen Blick zurück, der Zwerg war aufgestanden, hielt den blank polierten Stein hoch, einem Besucher entgegen, drehte ihn im Licht, er leuchtete ganz klar, grün, ein schönes, tiefes Grün, beinah ölig. Wobei, Lenau legte den Kopf schief, der Zwerg winkte den interessierten Besucher zu sich herunter, herunter, nah an seinen Mund, flüsterte ihm ins Ohr, drückte ihm den Crysolithen in die Hand, der Mann lachte, reckte sich wieder, überragte den Zwerg, hatte ein ganz rotes Gesicht, tastete in der Hosentasche nach seinem Geldbeutel, Zwerge sind Schelme, dachte Lenau belustigt, Zwerge sind Schelme, er winkte ihm leise noch einmal zu, trat aus dem Gang.

Er schaute sich um, die Halle füllte sich zusehends, er warf noch einmal einen Blick auf den Plan, ging weiter nach rechts und bog in einen Gang ein, in dem die Stimmung auffällig gemäßigter schien, das Tempo quasi heruntergeschraubt, Herren in abgeschabten Cordhosen, speckige Lederjacken, graue Sakkos, Pullunder mit Karomustern, immer mit Aktenkoffer oder schmalen Mappen, hier bewegten sich sozusagen die Briefmarkensammler unter den Steinfreunden, Lenau steckte den Katalog ein, rieb sich die Hände, Halbglatzen, starke Brillen in urtümlichen Kassengestellen, keine Frauen, auffällig keine Frauen waren hier. Er schlenderte an den Ständen vorbei, Kupfer-Aluminiumhydroxid-Phosphat, murmelte der Verkäufer, er hatte sich eine Uhrmacherlupe ins Auge geklemmt, deutete auf eine kleine blaue Stelle im Stein, natürlich nur ein minimaler Einschluss, der Mann vor ihm hatte seine Brille abgenommen, schaute mit kleinen Augen, nickte, Halbglatze, Karopullunder, Bundfaltenhose aus grauem Flanell, Lenau ging langsam weiter, betrachtete die Steine, nahm den einen oder anderen in die Hand.

Weiter vorne die Ecke mit den Fachzeitschriften, er sah

schon von Weitem die Auslagen, Steinmagazine, Bücher, Abhandlungen, überall dazwischen verstreut versunkene Herren, die Aktenköfferchen neben sich, er sah dann beim Näherkommen – So trifft man sich wieder, Lenau winkte mit dem Messekatalog und drängelte sich zwischen lesenden Herren vorbei.

Der Mann schaute über den Rand seiner Zeitschrift, ließ die Hände sinken und starrte Lenau verständnislos ins Gesicht. Er nahm seine Brille ab, musterte die seidengrüne Fliege unter dem Kinn, ach, sagte er, Sie, der Archaeopteryx, er setze die Brille wieder auf, fabelhaft.

Ich habe mich gar nicht vorgestellt, sagte Lenau, er reichte dem Mann die Hand, mein Name ist Lenau, Alexander Lenau.

Teupel, Professor Doktor Teupel, Paläontologisches Institut, Privatdozent.

Teupel steckte die Fachzeitschrift zurück in den Ständer, Lenau, überlegte er, Lenau, er warf einen kurzen Blick auf die Fliege, Sie stammen wohl nicht aus der berühmten Forscherfamilie Lenau, sagte er zweifelnd, von Lenau, wenn ich mich nicht täusche, interessante Familie, er starrte auf die Fliege, aber wohl eher nicht, einzigartige Funde, große Entdeckungen.

Zweifellos, sagte Lenau, meine Vorfahren gehören, wie ich neidlos anerkenne, zu den ganz Großen der Zunft.

Allein Wendelin, Teupel blickte verträumt in die Halle, er hieß doch Wendelin?

Fast, Wundelin, Wundelin Thaddäus, sollten Sie meinen Großonkel väterlicherseits meinen, Wundelin, ein betrüblicher Sprachfehler meiner Urgroßtante.

Und ob ich den meine, Teupel schüttelte fassungslos den Kopf, seit vierzig Jahren auf der Suche nach dem Riesenkalmar, *Architeuthis Dux*, König der Kraken. Das ist ein Forscher! Und erst Adelhaid –

Sie meinen sicher Adelaïde, sie entstammte der französischen Linie derer von Lenau –

Ganz recht, Adelhaid, die große Archäologin im sibirischen Permafrost. Ihr allein, Ihrer Tante verdankt die Wissenschaftswelt ihr fundamentales Wissen über die Skythen.

Nun ja, Tante, sagte Lenau, er hatte einen gut erhaltenen Trilobiten von einem der Tische genommen und strich sanft über den Rückenpanzer, die Skythen, schon Herodot schilderte ja die grausigsten Riten skythischer Krieger, junge Männer tranken das Blut ihres ersten getöteten Feindes, die Leichen der Gegner wurden skalpiert, die Hirnschalen sind praktischerweise als Trinkbecher zur Verwendung gekommen. Und die gute Adelaïde, schon als Kind, berichtet man sich in unserer Verwandtschaft gerne, habe sie in origineller Weise die skythischen Lebensgewohnheiten nachzuahmen versucht, wenn sie ihre Puppen aufschnitt, mit Gras und gehäckselten Zweigen ausstopfte und zusammen mit allerlei Küchengeräten und der ein oder anderen wertvollen Sammeltasse im Garten bestattete. Ein Forscherdrang von Anfang an.

Ja, sagte Teupel, ja, ich kenne den Artikel, 24. August, wenn ich mich nicht irre, Herodot dient in dieser Hinsicht aber keineswegs als wissenschaftliche Quelle, er war in der Halle ein Stück weitergegangen, Lenau legte den Trilobiten zurück und folgte ihm.

Auch Herodot, sagte Teupel, er hatte den Finger erhoben, auch Herodot ist des wissenschaftlichen Rufmords natürlich keineswegs unverdächtig.

Was wollen Sie damit sagen, *kennen den Artikel,* welchen Artikel, fragte Lenau.

Sie umrundeten eine größere Menschentraube, die sich um einen der Tische drängte, versteinerte Löwenfäkalien, erklärte Teupel, Schwachsinn.

Ernsthaft? Lenau drängte sich zwischen den interessierten

Menschenmassen hindurch nach vorn, tatsächlich. Löwenfäkalien in allen Größen. Er kaufte ein Stück, er kaufte das größte Stück, ließ es sich in ein Papier wickeln, Teupel stand am Rande der Menschenmenge, starrte über die Köpfe hinweg ins Nichts.

Da bin ich wieder, Lenau steckte das Paket in die Sakkotasche, Sie haben mich da auf eine Idee gebracht, aber entschuldigen Sie mich, ich glaube, ich unterbrach Sie.

Ich komme einfach nicht drauf, wie hieß er noch, neulich, die Lösung des mathematischen Jahrhunderträtsels –

Lenau winkte ab, wenn Sie von mir wissen wollten, ob ich etwas weiß über den Verbleib Grigorijs von Lenau, ich weiß nichts, gar nichts. Dieser Zweig der Familie spaltete sich im 17. Jahrhundert von den hiesigen von Lenaus ab und wanderte nach Russland aus.

Ah ja, St. Petersburg, sagte Teupel, das berühmte Steklow-Institut, Grigorij Lasarewitsch –

Jakowlewitsch.

Jakowlewitsch, richtig, von Lenau, ganz großer Mathematiker, ganz spezieller Charakter.

So kann man das natürlich auch sehen, Lenau schaute sich um und hob seine Hand zum Gruß, vielleicht möchten Sie mich gerne für einen Moment begleiten, da vorne befindet sich der Verkaufsstand der Idar-Obersteiner Steinschleifer, ich müsste kurz etwas abholen.

Kein Haarschnitt, bemerkte Teupel, kein Nagelschnitt, verbirgt sich vor der Welt, ein Forscher, ein Suchender, eine größere Gruppe Messebesucher kam ihnen entgegen, Teupel hob seinen Aktenkoffer hoch über den Kopf.

Die Zeitungen übertreiben. Keiner derer von Lenau würde sich eine solche Frisur zu Gesichte stehen lassen, es muss sich um eine Fotomontage handeln.

Verzichtet doch tatsächlich auf die eine Million Dollar Preisgeld, Teupel stand flach gegen eine Wand gedrückt, sprach über die Köpfe der Leute zu Lenau hinüber, aber was braucht auch ein Wissenschafter, ein Suchender, ein wahrhaft Getriebener eine Million Dollar.

Ganz meine Meinung, sagte Lenau, sag ich auch immer, was will der Grigorij mit einer Million, kreuzunglücklich würde er werden, aller Wahrscheinlichkeit nach überhaupt mit dem Forschen brechen, in Saus und Braus dahinleben, solchen Leuten tut man mit einem derartigen Haufen Geld wahrlich keinen Dienst.

Löst so nebenbei *das* mathematische Problem schlechthin, Teupel schüttelte fassungslos den Kopf, stellt das Ganze ins Internet, *arXiv.org*, einfach so, auf den Wissenschaftsserver. Und erst allmählich begreift die Wissenschaftswelt, was dem Russen da gelungen ist. Und wissen Sie, was fragte, ganz harmlos, der große Stilton, Mathematiker an allen wichtigen Instituten der Welt, Stilton fragte ganz harmlos, übers Netz, versteht sich, ob er da etwa die berühmte *Poincaré-Vermutung* bewiesen habe.

Salten.

Richtig, Salten, was sagte ich?

Stilton, aber das tut natürlich nichts zur Sache. Darf ich fragen, was mein lieber Grigorij Jakowlewitsch daraufhin zur Antwort gab?

That's correct.

Thats's correct, wiederholte Lenau, sehr schön, sieht ihm ähnlich.

That's correct, Teupel wischte sich mit dem Taschentuch über die Stirn, das war alles.

Sie standen nun vor der Auslage einer weißhaarigen Frau, in mehreren Schaukästen ausgebreitet lagen Schmuckstücke aus Stein und Silber.

Alexander, sagte die Frau, schön, Sie zu sehen.

Die Freude ist ganz meinerseits, Frau Sülvin, darf ich Ihnen einen Bekannten vorstellen, Herrn Professor Doktor

Teupel, vom Paläontologischen Institut, Privatdozent, Herr Professor Doktor Teupel, Frau Sülvin.

Freut mich, Frau Sülvin reichte ihre Hand über den Verkaufstisch, dass Experten wie Sie noch Steinmessen besuchen, das haben Sie doch sicherlich nicht nötig.

Ich habe durchaus schon das ein oder andere interessante Objekt entdecken können, Teupel holte seine Brille hervor, es dient sozusagen meiner Entspannung, und, Frau Sütterlin, unterschätzen Sie nicht die kleineren Sammler, durchaus kann ein unbekannter Sammler einen richtigen Coup landen, einen *Coup*.

Ich komme wegen des Medaillons, sagte Lenau.

Frau Sülvin öffnete einen der Metallkästen neben der Kassa und reichte ihm ein kleines Päckchen, ich hoffe, es entspricht Ihren Vorstellungen, sagte sie.

Gewiss, sagte Lenau und steckte das kleine Paket in die Tasche, davon bin ich vollkommen überzeugt.

Er reichte seinerseits ein Kuvert über den Tisch, Frau Sülvin verschloss es in ihrer Kassa. Eine ungewöhnliche Aufgabe, bemerkte sie, aber sie hat mir viel Freude gemacht.

Ja, Lenau lächelte, ungewöhnlich und sehr poetisch, nicht wahr?

Das ist es, Frau Sülvin neigte den Kopf, es ist das Äußerste, was ein Galan tun kann, für seine Dame.

Sie sehen, Lenau verbeugte sich, ich bin dazu bereit.

Frau Sülvin lachte, daran habe ich nie gezweifelt, Alexander.

Teupel hatte die Hände hinter dem Rücken verschränkt und beugte sich über die Kästen, beispielsweise, sagte er, Herr von Lenau besitzt sozusagen den *Coup des Coups*, den Supercoup, ebenfalls gefunden von einem kleinen, bis dahin unbedeutenden Sammler, einem Schweizer, der Name ist mir jetzt entfallen, Nüssli oder Häsli, Gümperli, nein, nein, Gümperli auf keinen Fall –

Ich denke, wir sollten jetzt weitergehen, sagte Lenau, er legte seine Hand auf Teupels Arm, wir wollen Frau Sülvins Zeit auch nicht über Gebühr beanspruchen, er schob Teupel vor sich her.

Das mit dem Herrn Öttli, sagte er –

Öttli, so war's, Teupel drehte sich um und wollte zu den Schaukästen der Frau Sülvin zurückkehren, Lenau fasste ihn etwas fester am Arm und dirigierte ihn in die entgegengesetzte Richtung, wissen Sie, sagte er, die Sache ist folgende: Der Archaeopteryx, nun, ich kam durch einen günstigen Zufall in die Gelegenheit, den Archaeopteryx –

Den Archaeopteryx der Archaeopteryxe, bemerkte Teupel.

Richtig, den Archaeopteryx also, oder vielleicht muss ich ganz anders beginnen. Sie kennen ja meinen weitläufigen Verwandten, Grigorij Jakowlewitsch von Lenau –

Großartig, Ihr Neffe, wenn ich nicht irre, Teupel schüttelte den Kopf, einfach großartig, und anstatt das lang gesuchte Ergebnis mit großem Getöse auf einer Pressekonferenz zu präsentieren, oder zumindest in einer Fachzeitschrift – nein, er stellt es einfach ins Internet, kein Kommentar. Ein echter von Lenau, großartige Familie, wirklich –

Lenau seufzte, na gut, lassen wir das. Kennen Sie übrigens schon die neuesten Informationen über Troja? Neue Belege für die Wahrheit der Homer'schen Dichtung, Troja, regionales Zentrum mit weitreichender Bedeutung und keineswegs, wie gewisse Archäologen gerne behaupteten, eine Ansammlung weniger, armseliger Hütten, die sich an die Burgmauern schmiegten.

Ja, habe den Artikel auch gelesen, Teupel wechselte den Aktenkoffer in die andere Hand.

Hören Sie doch auf mit Ihren Provokationen.

Wie bitte?

Ich dilettiere nicht mit irgendwelchen Zeitungsberichten,

das sind neue, brandheiße Fakten, ein Freund von mir, von der Tübinger Universität, ganz feiner Charakter übrigens, sehr naher Freund –

Das große Problem, sagte Teupel, bei den Grabungen um das heutige Hisarlik, oder im Homer'schen Duktus, Troja, liegt ja in der Bevölkerung. Die Menschen dort sind nur bereit, ihr Land für Grabungen zur Verfügung zu stellen, so ihnen im Zuge dessen Arbeitsplätze versprochen werden, auf Lebenszeit, ja, über Generationen hinweg, mit respektablen Löhnen und ohne jede Verpflichtung, jemals auch nur ein Schäufelchen zur Hand zu nehmen. Eine wirklich erstaunliche Forderung, für hiesige Verhältnisse: Arbeit, ohne jede Verpflichtung, jemals zu arbeiten. Herr, na, wie heißt er noch, Pracker –

Pernicka, sagte Lenau düster.

Herr Pernicka von der Tübinger Universität ist zweifellos interessiert daran, die Grabungen fortzuführen, selbstverständlich ohne derartige Versprechungen. Anhand der von Ihnen kolportierten Behauptungen über die Wichtigkeit der dortigen Grabungen versucht er natürlich, den Staat für die Angelegenheit zu interessieren, der dann seinerseits bei der dortigen Bevölkerung für Ordnung sorgen soll.

Sie sehen alles immer von der negativen Seite her, man ist schon geneigt, Ihnen nichts mehr zu erzählen von den spektakulären Fortschritten, die die Forschung nimmt.

Teupel schaute sich um, ich wollte eigentlich noch einen Blick auf den Stand der Sammler aus Bümplitz werfen, sie scheinen in diesem Jahr gar nicht hier zu sein. Eigenartig. Das hätte Sie sicherlich interessiert, Herr von Lenau, ganz spezielle Stücke. Er legte seinen Koffer auf einen der freien Tische und ließ die Schlösser aufschnappen.

Ja, ja, die Bümplitzer, sagte er.

Kennen Sie übrigens den Zwerg, fragte Lenau angelegentlich, er beobachtete, wie Teupel den Inhalt seines Koffers umschichtete, umräumte, er ist nicht ein Zwerg wie diese Liliputaner, fuhr er im Plauderton fort, die man manchmal herumwuseln sieht, ich vermute fast, er ist ein richtiger Zwerg, einer von der Gattung der Zwerge, wie andere der Gattung der Nymphen angehören, wiederum andere zu den Schratartigen gehören, andere sind vom Geschlecht der Ritter, verstehen Sie?

Teupel kramte in seinem Aktenkoffer, stapelte verschiedene Papiere auf den kleinen Tisch, blätterte in den Stapeln.

Die Zwerge sind für normal harmlos, fuhr Lenau fort, er nahm eines der Blätter vom Tisch, betrachtete das Bild einer großen, unglaublich dicken Schlange, sie sind gierig, das ja, und ein bisschen dumm, aber weitestgehend harmlos. Sehr fruchtbar, wussten Sie das? Er legte das Bild wieder weg, eine Gattung, völlig dem Trieb ergeben, ähnlich den Nymphen, nur nicht ganz so ästhetisch, für meinen Geschmack zumindest. Sie hören mir überhaupt nicht zu, nicht wahr, bemerkte er freundlich, verschränkte die Arme, wippte ein bisschen, ich kann Ihnen erzählen, was ich will, Zwerge, Ritter, Nymphen, das geht bei Ihrem einen Ohr hinein und beim anderen ungenutzt wieder heraus, ist doch so, oder?

Teupel murmelte vor sich hin, schichtete noch ein bisschen um, gab die Suche schließlich auf, räumte die Fachzeitschriften zur Seite und holte die Butterbrotdose hervor. Er entnahm ihr eines der belegten Brote und begann zu essen, schien zu überlegen. Lenau beobachtete ihn aufmerksam, Teupel hielt das Brot mit den Zähnen fest und kramte erneut in dem Aktenkoffer.

Ich kann Ihnen erzählen, was ich will, sang Lenau, was ich will, Sie hören mir überhaupt nicht zu-hu, er hob den Deckel von dem zweiten Brot und nahm den Zettel heraus. Er ließ ihn in seiner Sakkotasche verschwinden und sah dann dabei zu, wie Herr Doktor Teupel sein Brot aufaß und die Finger an der Serviette abwischte.

Werfen Sie eigentlich angelegentlich einen Blick in das Innere Ihrer Sandwiches, fragte er?

Wie? Teupel faltete die Serviette zusammen und legte sie zurück in die Butterbrotdose. Schade, sagt er kauend, er räumte die Zeitschriften, Papiere und Bücher wieder in den Koffer und ließ die Schlösser zuschnappen, ich hätte Ihnen gerne eine Fotografie gezeigt, eigenartiges Bild, habe ich wohl liegen lassen, eine Schlange, Python, verschlingt ein vollständiges, trächtiges Mutterschaf, liegt dann vollgefressen und unfähig zu jeder Bewegung auf einer Straße in Indien, musste von der örtlichen Feuerwehr abtransportiert werden. Er nahm den Koffer wieder in die Hand, sie bogen in einen weiteren Gang ein.

Wohin bloß, meinte er, das ist die entscheidende Frage, die mich seither beschäftigt, wohin soll die indische Feuerwehr mit einer Phyton, die ein Schaf verschluckt hat, das ein Schaf im Bauch hat.

Ich meine, ob Sie sich im Klaren darüber sind, was sich in Ihren belegten Broten befindet, versuchte Lenau es erneut.

Schinken, Teupel hatte die freie Hand erhoben und ließ bei jedem Wort einen der Finger in der Faust verschwinden, Emmentaler, Stück Gurke, eine Scheibe Tomate, Salatblatt, unten Butter, 2 Millimeter, oben Senf, Teupel endigte mit zwei waagrechten Handbewegungen.

Ach so, aha, stimmt. Lenau ging eine Zeitlang stumm neben ihm her.

Wissen Sie, neulich, begann Lenau von Neuem, sie schlenderten an den Tischen vorbei, trafen Sie mich höchst unglücklich in einer für mich eher peinlichen, für Sie jedoch vermutlich gänzlich unverständlichen Situation an.

Ach so, sagte Teupel, er nahm ein Taschentuch aus der Sakkotasche und wischte sich über die Stirn, der Archaeopteryx. Nun ja, zugegeben, ich war sicherlich etwas überrascht, ein solches Unikat, verborgen im Privatbesitz, der Forschung unzugänglich –

Ich dachte eher, sagte Lenau, an meine, wie soll ich sagen, ich dachte an die etwas ungewöhnliche Art und Weise meiner – fangen wir es anders an. Es geht um meine, oder was heißt meine, eigentlich ist sie nicht, oder besser nicht mehr, es geht um – es geht um eine Frau.

Ach so, sagte Teupel langsam, er setzte seine Brille auf und starrte auf die grünseidene Fliege unter Lenaus Kinn.

Eine Frau. Lenau stand vor einem hüfthohen geschnitzten Rosenquarz, zwei Delfine mit gebogenen Rücken, lachend, tollend, Delfine eben. Er strich über die Schwanzflossen, ja, eine Frau, sagte er, sie heißt – aber das tut eigentlich nichts zur Sache, kurzum, an dem Abend, bevor Sie, Sie kamen in meinen Laden so gegen – Mittag?

Ja, Teupel schaute sinnend auf die Fliege. Er hatte nun ebenfalls seine Hand auf einen der Delfinköpfe gelegt und streichelte langsam über den Stein.

So war es, sagte Lenau. Und an dem Abend davor, also am Vorabend, an einem Sonntag, später Nachmittag, wollte ich den Engel –

Teupel wanderte mit den Augen an Lenau hinab, das Hemd, Sakko, akkurate Bügelfalte, und betrachtete für einen Moment verständnislos Lenaus blank polierte Schuhe, ich verstehe nicht, sagte er.

Verstehen Sie, ich hing da oben, baumelte kindisch unter dieser Kuppel, unten die hungrigen Schildkröten, kletterten auf das Lotosblatt, tauchten wieder ab, kletterten hoch, öffneten ihre Mäuler und schlossen sie wieder, über mir tobte der Himmel, es blitzte und donnerte, der Regen prasselte auf das Glas des Kuppeldaches, als wäre es mein Kopf, und ich fühlte mich, in mir drin, wissen Sie –

Wo? Teupel hatte seine Brille wieder abgenommen und steckte sie ins Brillenetui, er schaute Lenau mit kleinen, geröteten Augen ins Gesicht, massierte sich die Nasenwurzel.

Lenau ließ von den Delfinen ab und wandte sich ihm zu.

Also anders, sagte er. Ich, nachdem Klara gegangen war, hing ich unter dieser Kuppel, ich baumelte hin und her, es ist sehr schwierig, müssen Sie wissen, überhaupt nicht zu baumeln, es ist schier unmöglich, ruhig, vollständig ruhig zu werden, und ich hatte eine Impression, ganz ähnlich der Erschütterung, die der Mond bei dem interplanetaren Aufprall 1178 gehabt haben muss, interessanterweise ebenfalls am 25. Juni, ich persönlich glaube keineswegs an zufällige zeitliche Übereinstimmungen solcher Daten. Noch heute, achthundert Jahre nach diesem Ereignis, ist der Mond durch den Aufprall in Schwingung, er hat sich in dieser, für einen Mond natürlich vernachlässigbar kurzen Zeit, noch nicht von dem Schock erholt.

Dieses Ereignis, von dem Sie sprechen, wird in Wissenschaftskreisen stark bezweifelt, sagte Teupel, er ging an dem Delfinpaar vorbei und blieb vor dem Kaffeeautomaten stehen, holte die Brille aus dem Etui und begann, die Beschriftungen auf dem Automaten zu studieren. Ein Zusammenstoß des Mondes, wie wir ihn kennen, mit einem Kometen oder Asteroiden in historischer Zeit ist kaum vorzustellen, man beziffert die Chancen für ein solches Ereignis mit 1:100.

Ein kleiner Mann drängte sich neben Teupel an den Kaffeeautomaten, schaute von der Seite an ihm hoch, Teupel starrte auf die Beschriftungen, wandte langsam den Kopf, schaute hinunter, der Mann begann, Münzen in den Schlitz zu werfen. Teupel nahm die Brille ab.

Was wollen Sie damit sagen? Lenau kam ein paar Schritte hinter ihm her.

Bitte?

Der Automat stülpte einen Becher heraus, und eine braune Brühe begann herunterzutröpfeln. Teupel starrte auf den Becher, beugte sich nah an den Kaffeebecher heran, der Mann zog den Becher aus dem Automaten und blickte hoch, Teupel setzte die Brille wieder auf, betrachtete den Mann, wandte sich ab.

Zwischen ihn und Lenau schob sich nun ein Pulk von Besuchern, Teupel erhob die Stimme und sprach über die Menschenköpfe hinweg.

Die Wahrscheinlichkeit spricht ganz einfach gegen ein solches Ereignis in historischer Zeit, allerdings zeigen natürlich die *Tunguska-Explosion* und auch der *Barringer-Krater* von Arizona, dass sich nicht alle Kollisionskatastrophen in der Frühgeschichte abgespielt haben, aber immerhin ist auch das schon 20- bis 30 000 Jahre her.

Es schien ein heller Neumond, zitierte Lenau, er stellte sich auf die Zehenspitzen und versuchte, Teupel wieder ins Blickfeld zu bekommen, *dessen Hörner, wie in dieser Phase üblich, gen Osten zeigten. Plötzlich spaltete sich das obere, und aus dem Mittelpunkt der Spaltung schoss eine Flammenfackel empor, die Feuer, heiße Kohlen und Funken ausspie.* Zitat Ende. *Gervasius von Canterbury* belegte unter Eid –

Teupel hatte die Brille wieder hervorgeholt und las erneut die Aufschriften auf dem Automaten, ich kenne Ihre Quellen, sagte er, er setzte die Brille wieder ab und ließ seinen Blick durch die Halle schweifen, ich halte sie dennoch für ein Gerücht.

Hören Sie doch endlich auf damit, Lenau war zu ihm herübergekommen und schlug mit der flachen Hand auf den Automaten, ein Becher stülpte sich heraus, braune Brühe, hören Sie endlich auf mit der Behauptung, meine Quellen zu kennen.

Darf ich Ihnen übrigens meine Frau vorstellen, sie sitzt im *Rhodochrosit*, sagte Teupel.

Wo? Lenau nahm den gefüllten Becher aus dem Automaten und stellte ihn auf einen kleinen Bistrotisch. Ein weiterer Becher stülpte sich aus dem Automaten, der Kaffee begann hineinzutröpfeln.

Im Steincafé.

Besten Dank, Lenau zog seine Uhr hervor, aber ich habe mich schon zu sehr verzettelt, vielleicht kommen Sie einfach einmal vorbei, Ihre ersten Landgänger würden mich durchaus interessieren, *Schein und Wesen,* Vogelfluh Nummer 7, er reichte Teupel eine Visitenkarte.

Er sah Teupel hinterher, bis er in der Menge verschwunden war. Der Automat hatte zu fiepen begonnen, er nahm den gefüllten Becher heraus und stellte ihn auf den Bistrotisch, der Automat stülpte einen Becher heraus, Kaffee. Lenau ging Richtung Eingang, er zog den kleinen Sandwichzettel aus der Sakkotasche und las. Er blickte auf. Hinter ihm das Fiepen des Kaffeeautomaten, es wurde immer lauter. Er schaute auf den Zettel, las ihn ein weiteres Mal, steckte ihn zurück in die Sakkotasche und ging aus der Halle.

Lenau ließ die Tür hinter sich zufallen, schaute sich um. Er strebte zur Theke und setzte sich auf einen der Barhocker.

Die Tür zur Küche schwang auf, ein Hund trottete heraus, schaute sich um und sprang in einem großen Satz auf den Barhocker neben Lenau. Setzte sich, schaute ihn an.

Du musst Frufru sein, Lenau schlug die Beine übereinander, sie betrachteten sich. Schön bist du nicht gerade. Frufru legte den Kopf auf die Theke, schloss die Augen.

Man sagt, du seiest ein verzauberter Prinz, Lenau stützte sich mit dem Ellbogen ab, betrachtete seine Hände, stimmt das.

Kann schon sein, sagte Frufru.

Sie schauten ein bisschen hinter die Theke. Ein Wischmopp lag auf dem Boden wie eine Krake.

Wird man hier eigentlich jemals bedient? wandte Lenau sich erneut an den Hund.

Nein. Frufru ließ sich zu Boden gleiten, trottete zur Küche und verschwand hinter der Tür.

Schön. Lenau trommelte mit den Fingern auf der Theke, hallo, rief er, hallo!

Er wartete. Hallohallo!

Die Küchentür schwang auf, Neugröschl kam heraus. Was schreien Sie denn so, das ist kein Wirtshaus.

Dann muss ich mich geirrt haben.

Wahrscheinlich, Neugröschl wischte mit einem Küchentuch über die Theke.

Ich würde gerne mit Herrn Neugröschl sprechen.

Der ist verreist.

Das ist bedauerlich. Darf ich fragen, wohin?

Nach Sansibar.

Das ist wirklich ärgerlich. Wann kommt er denn wieder?

Neugröschl hatte die Theke umrundet, setzte sich auf den Barhocker neben Lenau, stopfte das Küchentuch in den Hosenbund. Schwer zu sagen, sagte er.

Lenau holte eine Packung aus der Sakkotasche, zündete sich eine schmale Zigarre an, rauchte. Es geht um Klara, sagte er.

Neugröschl angelte sich die Packung, zog eine Zigarillo heraus, ich darf doch, sagte er.

Lenau ließ das Feuerzeug aufflammen, Neugröschl beugte sich herüber, paffte ein bisschen. Er drehte sich mit dem Rücken zur Theke, stützte die Ellbogen auf. Klara Grün, sagte er.

Mich würde interessieren, Lenau drehte sich ebenfalls herum, was sie so macht, wo sie so ist, was sie so denkt, was sie fühlt. Wo sie so ist. Wo ist Klara, er drehte sich herum, schaute Neugröschl an. Neugröschl legte den Kopf in den Nacken, spitzte den Mund und ließ kleine Rauchringlein zur Decke steigen. Sie schauten zu, wie sie sich in den oberen Gefilden auflösten, verschwanden. Kennen Sie Wurlich, Konrad Wurlich?

Lenau drehte die Zigarillo im Aschenbecher, betrachtete Frufru, der hinter der Theke hervorrobbte. Wurlich, sagte er.

Wurlich, Neugröschl drehte sich ebenfalls herum, stützte den Kopf in die Hand, ich hab dich schon gesehen, Frufru, und wenn ich dich nicht gesehen habe, dann höre ich dich schnaufen.

Frufru richtete sich auf, trottete in die Küche zurück, verschwand hinter der Tür.

Ja, Wurlich, Neugröschl schüttelte den Kopf, mehr Frisur als Mann, aber die Frauen stehn auf ihn.

Und Klara, Klara Grün?

Klara? In der Frisur, auf der Frisur, neben der Frisur, um die Frisur herum.

Und was soll das heißen?

Isst ihn auf, frisst ihn weg, verschlingt ihn, verleibt ihn sich ein, inkorporiert ihn, macht ihn alle.

Lenau starrte auf die Flaschen hinter der Theke. Was kann man bloß tun, sagte er.

Nichts. Neugröschl stand auf, wischte mit dem Küchentuch über die Theke. Warten. Irgendwann spuckt sie das Gewöll aus. Aber sie ist noch hungrig, er lachte, Appetit, sagte er, Klara Grün hat einen gewaltigen Appetit. Er ging Richtung Küchentür.

Wann kommt denn Herr Neugröschl wieder, Lenau steckte das Feuerzeug ein, warf einen Blick auf seine Uhr.

Schwer zu sagen, Neugröschl stieß mit dem Fuß die Küchentür auf, auf Sansibar vergeht einem die Zeit wie im Flug. Er verschwand hinter der Küchentür.

Lenau ließ sich vom Hocker herab, zögerte. Er ging zur Tür, öffnete sie. Draußen war es stickig heiß. Er drehte sich noch einmal um, aus der Küche hörte er Gelächter, Frufru lachte, was das Zeug hielt, Neugröschl. Neugröschl lachte wie nicht recht gescheit.

Guten Tag.

Guten Tag. Lenau wuchtete einen Kübel Oleander um den Schildkröteneich, einen Moment bitte, ich komme sofort.

Ich komme wegen des Archaeopteryx.

Lenau rückte den Kübel in die richtige Position, strich die Blätter glatt, Herr Professor Doktor Teupel, er kam mit ausgestreckter Hand auf ihn zu, freut mich, Sie in meinen bescheidenen Räumlichkeiten wieder einmal begrüßen zu dürfen, womit kann ich dienen, vielleicht ein kleines Gebüsch?

Teupel hatte sich in das Schaufenster gelehnt, notierte irgendwas auf seinem Notizblock. Er richtete sich auf, der Archaeopteryx, er nahm die Brille ab, putzte sie mit einem Taschentuch, Sie sind sich gewiss im Klaren darüber, dass ein solches Objekt, eine derartige Rarität keinesfalls in Privatbesitz verbleiben kann. Im Namen des Instituts möchte ich Ihnen ein Angebot machen, welches Sie sicherlich nicht ausschlagen werden.

Der Archaeopteryx ist nicht zu verkaufen, Lenau ging hinter seine Kassa, legte die Hände auf die Tischplatte. Aber vielleicht kann ich Ihnen etwas anderes anbieten, ein fossiles Einhorn, die Asche eines Phönix, ein vertrockneter Lindwurm?

Teupel setzte seine Brille wieder auf und starrte ihm ins Gesicht, getrockneter Lindwurm, sagte er, ich erinnere mich, es gab einmal dieses Gerücht, an der Drau habe man einen getrockneten Lindwurm gefunden – wie sich herausstellte, handelte es sich um einen Wels, einen drei Meter langen, 250 Kilogramm schweren Wels, wie er noch zu Ende des vorigen Jahrhunderts in der unteren Donau und im Schwarzen Meer durchaus häufiger anzutreffen war, die Frage, die sich nun stellt, ist, wie kommt der Wels an die Drau?

Ein Lindwurm, stellte Lenau richtig, es handelte sich um einen Lindwurm und damit um einen Drachenartigen, er ist das Aufglimmen der alten Zeit, er ist das Hereinragen der Vergangenheit in die Gegenwart. Ein Lindwurm. Lenau strich das Blumenpapier glatt. Der Kampf gegen den Drachen. Was meinen Sie, was bedeutet der Kampf gegen den Drachen? Was bedeutet es, dass die Jungfrau von dem Drachen geraubt wird und der Rittersmann mit dem Ungeheuer kämpfen und es besiegen muss, um sie zu erringen? Was bedeutet es, dass dem Ritter die Prinzessin und das ganze Reich versprochen werden, so er den tosenden Drachen tötet?

Teupel hatte sich dem Kassatisch genähert und die Hände auf die Tischplatte gelegt, sie schauten sich an.

An der Drau, sagte Teupel, er nahm die Brille ab und betrachtete sie. An der Drau.

Lenau umrundete den Kassatisch und fasste Teupel am Arm, sagen Sie, er hatte sich bei Teupel untergehakt, wandelte mit ihm unter die Bäume, verfolgen Sie eigentlich die erstaunlichen Begebenheiten im Umfeld der Schachweltmeisterschaft? Er bog ein paar Zweige zur Seite, Teupel bückte sich und folgte ihm hindurch. Zufälligerweise ist der amtierende Weltmeister ein entfernter Verwandter meiner Familie, sicherlich ist Ihnen sein Name nicht ganz unbekannt, Wladimir Kramnik von Lenau, er verzichtet in der Öffentlichkeit auf seinen adligen Zweitnamen, ein ganz ausgezeichneter Kopf, ganz ausgezeichnet.

Was Sie nicht sagen, Teupel war unter einer rot blühenden Kamelie stehen geblieben, Wladimir Kramnik, einer derer von Lenau, wer hätte das gedacht. Aber, es wundert mich natürlich nicht, der Gedanke drängt sich förmlich auf, fabelhafte Familie.

Lenau streckte den Arm aus, aber bitte, setzen wir uns doch einen Moment. Teupel stellte seinen Aktenkoffer ab und nahm auf dem Diwan unter dem Orangenbaum Platz. Lenau setzte sich in den Sessel daneben, schlug die Beine übereinander. Es wird Sie bestimmt amüsieren, eine kleine Anekdote aus der letzten Titelverteidigung zu Ohren zu bekommen, natürlich, ich muss Sie bitten, diese Interna nicht an Außenstehende weiterzugeben, es handelt sich um ein kleines, pikantes Detail, ganz amüsant. Kurzum, bei der letzten Titelverteidigung, Kramnik von Lenau, der Bohemien von Welt, saß dem Bauerntrampel aus Bulgarien gegenüber, ein unbeholfener, ungeschlachter Kerl, Weselin Topalov, ein schlichtes Gemüt, ehemaliger Schweinehirt, munkelt man, aber, das muss man ihm lassen, im Schach hat er es durchaus zu etwas gebracht. Wie auch immer, von Lenau führte natürlich und die Topalovrotte fühlte sich gezwungen, den Gegner auf psychischem Wege zu terrorisieren. Lenau erhob sich wieder, verschwand in der Teeküche, was folgte, berichtete er von nebenan mit erhobener Stimme weiter, wird in Fachkreisen gerne als die *Klo-Show* bezeichnet, Topalovs Manager beklagte beim Schiedsgericht Lenaus angeblich auffällig häufige und darob verdächtige Gänge zum Klosett, er mutmaßte, von Lenau bediene sich, auf der Toilette verweilend, bediene sich auf der Klobrille hockend, kackend auf dem Klosett, eines Schachcomputers und beziehe von daher Hilfe für seine Partien.

Eine riesige Spinne seilte sich von den Orangenzweigen herab, rastete auf Augenhöhe vor Teupel, er nahm seine Brille ab, starrte mit geröteten Augen in das haarige Gesicht.

Ein natürlich – Lenau tauchte wieder auf, trug ein kleines Tablett und schenkte dampfenden, honigfarbenen Tee in die beiden Gläser. Er reichte eines davon Teupel, nahm wieder Platz und lehnte sich in dem Sessel zurück, nippte an dem heißen Tee – ein natürlich alberner Einwand. Kramnik von

Lenau hatte in den besagten Partien hanebüchene Fehler begangen, die einem Computer niemals unterlaufen wären. Kurz und gut, das Schiedsgericht musste reagieren und schloss die verdächtige Toilette ab und stellte von Lenau fortan Topalovs Klosett zur Verfügung.

Die Spinne baumelte zart vor Teupels Gesicht, er folgte mit dem Kopf der Bewegung, sie pendelte hin und her und landete auf seiner Schulter.

Wladimir war, man muss das an dieser Stelle sagen, entgeistert. Entgeistert. Er blieb, fassungslos, vor dem Klosett sitzen, während Topalov eine geschlagene Stunde vor dem Brett saß, dumpf wie eine Kartoffel, blöd wie ein Sack Nüsse, und sich die Runde ohne Zug gutschreiben ließ. Eine unverdiente Gewinnpartie und ein völlig verstörter von Lenau, der, überraschenderweise und zum Entsetzen der Topalovs, nicht abreiste, sondern, unter Protest, wohlgemerkt, weiterspielte, zwei Partien in den Sand setzte, die Nachwirkungen des Kloschocks vermutlich. Die alleinige Vorstellung, seinen Hintern auf die noch warme Klobrille Topalovs zu setzen, muss ihn verständlicherweise völlig durcheinandergebracht haben. Schlussendlich jedoch derfing er sich wieder und zerfetzte in den letzten Partien den Bulgaren zu kleinen, unappetitlichen Happen.

Die Spinne war über Teupels Brust gekrabbelt und saß nun auf seinem linken Knie, starrte ihn an.

Teupel langte langsam hinunter zu seinem Koffer, legte ihn vor sich auf den kleinen Tisch und ließ vorsichtig die Schlösser aufschnappen. Er behielt die Spinne im Auge, tastete nach der Butterbrotdose und nahm die beiden Sandwiches heraus. Er legte ein Stück Schinken auf seinen Oberschenkel, schob die Box zurück auf den Tisch.

Lenau ließ den Tee in seinem Glas kreisen, der gute alte Wladimir, er trank den Tee in einem Zug aus und stellte das Glas ab. Eine Seele von einem Menschen, eine Seele von einem Menschen. Er warf einen Blick auf Teupel und zog die Butterbrotdose ein wenig näher zu sich heran. Er öffnete die Sandwiches und nahm die beiden Zettel heraus, ließ sie in seiner Sakkotasche verschwinden.

Die Spinne saß regungslos, Teupel schob den Schinken ein wenig näher an sie heran.

Herr Professor Doktor Teupel, Lenau hatte sich erhoben, ich habe mich sehr gefreut, ein wenig mit Ihnen zu plaudern, leider muss ich mich nun wieder meinen Kreaturen zuwenden, meine kleine Freundin hier, er hielt der Spinne die Hand hin, sie krabbelte hurtig zu ihm hinüber, Theophania ist ein wenig schüchtern, das dürfen Sie ihr nicht allzu übel nehmen. Er streichelte zart über den Körper der Spinne. Ich werde Sie zum Ausgang begleiten, er reichte Teupel die Butterbrotdose, den Aktenkoffer. Wenn Sie mir bitte folgen wollen, nicht, dass Sie mir auf den verschlungenen Pfaden meines Paradieses verloren gehen.

Er wartete beim Eingang, hatte die Tür geöffnet, ich danke Ihnen für Ihren freundlichen Besuch, beehren Sie mich bald wieder.

Teupel setzte die Brille auf, trat auf die Straße. Er ging nach rechts die Straße entlang, Lenau war auf den Bürgersteig getreten, streichelte sanft über den Spinnenleib, links, rief er ihm hinterher, das Institut ist links.

Teupel wandte sich um und kehrte zurück, machte sich auf den Weg ins Institut.

Lenau legte den Zettel vor sich auf den Kassatisch, schaute nach draußen auf die Straße, eine azurblaue Plastiktüte wehte vorbei, *Nanu. Ceterum censeo*, sagte er vor sich hin, betrachtete den Zettel, *Im Übrigen bin ich der Meinung, dass Karthago zerstört werden sollte. Im Übrigen* – er verstummte, schaute hinaus, der alte Cato, dachte er, Karthago musste zerstört werden. *Im Übrigen*, hatte Cato bei jeder sich bietenden Gelegenheit – passend oder nicht, nach gemütlichen Tischrunden, am Ende politischer Reden, wo auch immer – *im Übrigen*, hatte Cato jeweils abschließend angemerkt, *bin ich der Meinung, dass Karthago zerstört werden sollte.* Er las den Zettel noch einmal, überlegte, das Alte muss weichen, muss dem Neuen Platz machen, dachte er, überlegte und steckte ihn in die Tasche.

Lenau setzte den letzten Kürbis auf den Stapel, drehte ihn zurecht und kletterte von der Leiter. Er begutachtete sein Werk, ein sich nach oben hin verjüngender Kürbisturm, unten schamlos großbäuchige Exemplare, nach oben hin hübsch gemusterte Zierfrüchte, er räumte die Leiter aus dem Schaufenster und begann, die Hagebutten zu Girlanden zu winden.

Die Ladentür ging auf, kalte Luft, ich komme wegen des –

Herr Professor Doktor Teupel, Lenau richtete sich auf, schön, Sie zu sehen, er zog sich einen Dorn aus dem Finger und legte die Ranken zur Seite, löste die Schleife und zog die Schürze aus. Er umrundete die Kassa und hängte sie an den Haken. Habe ich Ihnen eigentlich schon die wirklich witzige Episode erzählt, die neulich ein Cousin von mir, aber bitte, er ließ Teupel vorangehen, wies ihm den Weg, bitte setzen wir uns doch. Ein netter Cousin von mir – das ist übrigens Zerberus, er flüsterte, er sieht gefährlicher aus, als er ist, gehen Sie einfach vorbei, als ob er gar nicht vorhanden wäre, einfach so, wir sehen ihn gar nicht, haben ihn gar nicht bemerkt, einfach so vorbeigehen – Sören van Lenau, netter Cousin, wie gesagt, ein sehr sympathischer junger Mann übrigens, und, ein Charakteristikum, welches nicht zu unterschätzen ist, Humor, Sören hat einfach Humor, aber ich wollte Ihnen erzählen, was Sören in Timbuktu – Vorsicht bitte, mit diesen Ranken ist nicht zu spaßen, in der Brunft haben sie schon das ein oder andere Ohr abgebissen, sehen aus wie profane Hagebutten, aber der Eindruck täuscht, schieben Sie sich einfach eng an der Wand entlang – aber zurück zu Timbuktu –

Er saß hinter dem Ladentisch, las, manchmal schaute er hinaus, der dichte, enge Nebel in den Straßen, wand sich zwischen den Häusern, gedämpftes Licht, die Kürbisse im Schaufenster, orangefarbener, satter Herbst, er las diese Botschaften, was mochten sie bedeuten, was – Die Tür, er schob hastig die Zettel zusammen, barg sie in seiner Sakkotasche, Herr Professor Doktor Teupel, er eilte hinter dem Tresen hervor, ging ihm mit ausgestreckter Hand entgegen, schön Sie zu –

Wegen des –

Gut, dass Sie da sind, ich wollte Ihnen – Lenau fasste Teupel am Ärmel, zog ihn nach unten, Obacht, da kommen sie wieder, legen Sie sich am besten flach auf den Boden, die jungen Adler üben gerade den Tiefflug – unter uns, er senkte vertraulich die Stimme, sie werden noch einige Zeit investieren müssen – am besten, wir robben einfach aus der Flugschneise, ich wollte Ihnen etwas zeigen, kommen Sie, kommen Sie, jetzt ist die Luft gerade frei, sie sammeln sich in den Wipfeln der Pinie –

Lenau hatte die Fotografien vor sich auf dem Campingtisch ausgebreitet, betrachtete sie. Er hob den Kopf und schaute hinaus, Regen. Das Gras war sehr hoch geworden um ihn herum, er saß in üppigen, kindshohen Wiesen. Vom Campingstuhl aus war das Badehaus kaum noch zu sehen, das Dach, der Giebel.

Er schaute wieder auf die Bilder auf dem Tisch, das Wesen, sagt er vor sich hin, das Wesen verschwindet hinter der Natur, eine sehr schöne Metapher.

Er schob die Fotos zusammen und steckte sie in die Innentasche des Sakkos.

Lenau saß unter dem Vordach des Militärzelts und schaute nach draußen. Es regnete.

Es regnet jetzt, er schaute auf die Uhr, neunzehn Stunden am Stück. Ununterbrochen, gleichmäßig. Er schaute hinüber zu *Schein und Wesen*, auf der Treppe stand schon das Wasser, sein Blick wanderte hinüber zu dem Badehaus. Er hatte sämtliche Vorhänge zugezogen, hinter den Scheiben standen die mit Wasser gefüllten Glaskugeln, fünf Stück, auf der breiten Fensterbank, dahinter die Vorhänge. Lenau holte die Pelerine aus dem Rucksack und streifte sie über, er schlüpfte in die Gummistiefel. Er ging durch den Regen auf das Haus zu, stellte sich vor die große Fensterscheibe. Er betrachtete die Gläser, dann und wann feine, fluoreszierende Blitze, die Kamera, die er in der Fensternische installiert hatte, reagierte bei jeder noch so leisen Bewegung. Er ging ins Haus, schaltete das Licht ein, die Luft war abgestanden, leiser als sonst, viele der Uhren standen, halb zehn, Viertel vor elf, fünf nach drei. Er zog die Vorhänge auf und löste die Kabel, mit denen Klaras Wasserglas mit der Kamera verbunden war. Er trug ein Glas nach dem anderen nach draußen, stellte sie auf den Umtopftisch. Das Wasser strudelte, bäumte sich, Lenau goss den Inhalt des ersten Glases in die Brombeerbüsche. *Taunitzer Bergsee*, sagte er, die ominösen Zehen. Er dachte im Weggießen einen schnellen Schatten zu sehen, mit ausholender Bewegung schüttete er das nächste Glas in die Brombeeren. *Waldbad bei Brink*, dicke Hintern in Badetrikots, *Loch Ness*, Urtiere, leben in größeren Rudeln, *Nymphensprudel*, eigenartige, mondblasse Wesen. Oben bei *Schein und Wesen* öffnete sich die Tür, und ein Mann mit Schirm kam die Treppen herunter. Lenau schaute auf, er stellte das vierte geleerte Glas auf den Arbeitstisch, sah zu, wie der Mann über die Wiese ging, auf das Militärzelt zusteuerte.

Hier bin ich, rief Lenau über die Wiese. Der Mann blickte sich um, nahm die Brille ab, kam auf ihn zu.

Guten Tag, Herr Professor Doktor Teupel, rief Lenau, ich bin gleich so weit, er goss das Seerosenteichglas aus und stellte es ab. Klara, sagte er, schwimmt dem Betrachter entgegen, schwimmt von ihm weg, neuen Ufern entgegen. *That's it.*

Er holte unter der Pelerine ein frisches Taschentuch hervor und wischte sich die Hände trocken, Teupel war bei dem Umtopftisch angekommen, setzte die Brille wieder auf, Lenau langte über die Arbeitsplatte, freut mich.

Teupel klemmte die Aktentasche unters Kinn und reichte ihm die Hand, Herr von Lenau.

Lassen Sie doch das von, ich bitte Sie.

Große Familie, sagte Teupel, allein die Lösung der Poincaréproblematik –

Wenn Sie mir bitte folgen wollen, Lenau troff unter der Kapuze und ging voraus zum Zelt, Teupel folgte ihm.

Ich hoffe, Sie verwunderten sich nicht allzu sehr über die Eigenart meines Hauseinganges, Lenau wand sich aus der Pelerine, hängte sie über einen Kleiderbügel, eine kleine Spielerei, *Schein und Wesen*, eine Fassade, ein Badehaus, Sie verstehen.

Wie bitte? Teupel klappte den Schirm zusammen und lehnte ihn gegen das Zelt.

Bitte, Lenau wies auf einen der Campingstühle, nehmen Sie doch Platz, er faltete das Taschentuch zusammen und steckte es wieder in die Tasche seines Sakkos, er klaubte einzelne nasse Grashalme von den Gummistiefeln.

Teupel setzte sich und legte den Aktenkoffer auf seine Knie und begann, seine Brille mit einem Taschentuch zu trocknen.

Darf ich Ihnen etwas anbieten, Kaffee, Tee?

Teupel hatte die Brille aufgesetzt, blickte sich irritiert um und nahm sie wieder ab. Er schnäuzte sich, gern, sagte er, er steckte das Tuch zurück in die Sakkotasche und ließ die Verschlüsse des Aktenkoffers aufklappen.

Ich habe uns eine Kleinigkeit mitgebracht, sagte er, bezüglich unseres Gesprächs neulich, Sie haben mich da auf eine Idee gebracht, *missing link*, der zarte Faden zwischen Meer und Festland, *die Gattung des Übergangs*, Sie verstehen.

Er holte eine andere Brille aus dem Etui und studierte den Inhalt seines Koffers.

Lenau hatte den Propangaskocher aufgestellt und füllte aus einer Flasche Wasser in einen Alutopf.

Wissen Sie, er löffelte löslichen Kaffee in zwei Tassen, wissen Sie, was mir neulich passiert ist? Milch? Zucker?

Jaja, ich suche gerade diese Versteinerung, Sie wissen schon, das erste Meerestierchen, welches erste Expeditionen an Land unternahm, *Tiktaalik*, aus dem australischen Meer, das Zwischenglied, zwischen Wasser und Erde sozusagen, auch ein sehr schöner missing link, also eigentlich nicht missing, da ist er ja, hier übrigens eine ebenfalls famose Versteinerung, aus Südchina, frisch zutage befördert, von denen liegen dort Tausende herum. Er reichte Lenau einen kleinen Glasbehälter über den Koffer, ich bitte Sie, Ihr Augenmerk ganz speziell den Bauchpartien zu widmen, bei der Familie wissen Sie sicherlich, was Sie da Amüsantes in Händen halten. Lenau nahm den Behälter und legte ihn neben sich.

Auf jeden Fall, Lenau goss das kochende Wasser in die Tassen und rührte um, auf jeden Fall spielte ich neulich meinen Pflanzen im Laden Musik vor, Mozart, die meisten Pflanzen lieben Mozart, er schüttete etwas von dem Zucker in die Tassen, Kühe übrigens auch, die Milchproduktion steigt sozusagen proportional zu den gehörten Mozart-Arien.

Kenne die Geschichten, Teupel sortierte in dem Koffer

herum, Berichterstattung aus dem Sommerloch, 3. Juni, ist aber schon Jahre her.

Lenau warf die Zuckerdose hinter sich ins Zelt, lassen wir das, rief er, erinnern Sie sich an die Bernsteinplatte, bei Ihrem ersten Besuch? Erinnern Sie sich an Ihren ersten Besuch? Blumenladen?

Der Archaeopteryx, natürlich. Wollen Sie ihn verkaufen? Ich wäre, das Institut wäre nach wie vor –

Der Archaeopteryx ist nicht zu verkaufen, Lenau riss die Lasche von einem neuen Milchpaket, er lockerte die Fliege und öffnete den obersten Hemdknopf. Ich spielte also Mozart, sagte er, Pflanzen gedeihen dann, wie gesagt, besser, er hielt einen Moment inne, Teupel wühlte in seinem Koffer, über kurz oder lang, fuhr Lenau fort, über kurz oder lang natürlich auch den Papageno. Ich hatte gedacht, angesichts des Mozartjubiläums meinen Pflanzen eine vollständige Werkschau zu bieten, durchaus auch die eher unbekannteren, wenig gespielten, sehr frühen Sachen. Und, wie kann es anders sein, auch der Papageno hat seinen, meiner Meinung nach völlig überschätzten, hat jedoch seinen Platz im Schaffen Mozarts. Aber bitte, das Volk schätzt nun mal solche Schwänke, ich war ja immer schon eher der Meinung, in Mozart einen verkappten Volkskünstler, er war ja auch, das muss man leider sagen, eine eher ordinäre Person, aber bitte, kurzum, was ich eigentlich sagen möchte, Mozart, Papageno, Schlussarie, dieses Glockenspiel, raten Sie, was passiert?

Er reichte Teupel eine der Tassen, er stellte sie auf den Rand des geöffneten Koffers.

Die Schlussarie ertönt, Lenau trank einen Schluck Kaffee, goss ein wenig Milch nach, dieses alberne Glockenspiel klimpert, eine Stelle übrigens, die Mozart, wären ihm nur etwas mehr Jahre beschieden gewesen auf Erden, sicherlich restlos ausgemerzt hätte, ausgemerzt, kurzum, beim Ge-

klimper des Glockenspiels birst mein in Idar-Oberstein ge-
schliffener Bernstein, zerbricht in Tausend Kleinteile und
regnet in den Schildkrötenteich, weg.

Teupel sortierte die Glasbehälter aus dem Koffer auf
seinen Schoß, legte die Butterbrotdose neben sich auf den
Boden, der war natürlich gänzlich wertlos, sagte er, keinerlei
Einschlüsse, ich vermute, eine Fälschung.

Was erlauben Sie sich, Idar-Obersteiner Maßarbeit!

Hier haben wir ihn, Teupel hielt einen der Behälter ans
Licht und nahm die Brille ab, *Tiktaalik*. Habe ich Ihnen zu
viel versprochen?

Hochinteressant, wirklich, hochinteressant, Lenau starrte
in den Behälter.

Sie dürfen ihn gerne einmal herausnehmen, Ihren Händen
mangelt es sicherlich nicht an Feingefühl, bei der Familie –

Danke, danke, danke, Lenau nahm die Versteinerung
heraus und setzte sie auf sein Knie. Er schaute ihr ins Gesicht.

Das Komische ist, sagte er zu dem Tierchen, ich kann
mich beim besten Willen nicht entscheiden, was ich anstelle
der Bernsteinplatte in die Kuppel setzten soll, nicht, dass
das so schwer wäre, Steine gibt es nun wirklich genug, ich
habe das ansonsten mit einer Bestimmtheit, mit intuitiver
Bestimmtheit gewusst, verstehen Sie, aber nun, nichts, ich
fühle nichts, einfach leer.

Schauen Sie, hier die Vorderpfötchen, Teupel nahm ihm
die Versteinerung wieder ab, damit ist er dann, tollpatschig
und ungeschickt zwar, er ließ das Tier tollpatschig und ungeschickt über den Boden spazieren, aber er ging, der erste
Landgang, ein erster kleiner Ausflug an Land, eine Expedition, das erste Meerestierchen, welches die Erde in Besitz
nahm, das war, nun – die Natur muss den Atem angehalten
haben, meisterhaft.

Teupel verräumte die Behälter wieder in dem Koffer, ich

lasse ihn Ihnen für ein, zwei Tage hier, bestimmt wollen Sie es richtig auskosten, eine solche Rarität einmal in Händen halten zu können. Er stellte die Kaffeetasse auf den Boden unter dem Vordach.

Sie wollen doch wohl nicht schon gehen? Lenau fuhr sich mit der Hand durchs Haar.

Falls Sie sich doch entschließen sollten, den Archaeopteryx verkaufen zu wollen, Teupel hatte sich erhoben, denken Sie immer zuallererst an mich, das heißt uns, das Institut wäre in jedem Fall interessiert, über den Preis lässt sich reden. Er warf einen Blick in den strömenden Regen und klappte den Schirm auf.

Ich empfehle den Goldtopas.

Pardon?

Ihre Kuppel. $Al_2(F, OH)_2/SiO_4$, rhombisches Kristallsystem, vielleicht eine leichte Durchsetzung mit Spurenelementen, gelb, blau durch Eiseneinschlüsse, rosa und grün durch Chrom, auch von der Entstehungsgeschichte her nicht uninteressant, es gehört, wie Ihnen sicherlich nicht unbekannt ist, zu den wichtigsten pneumatolytischen Mineralien, es ist das eigentlich wichtigste pneumatolytische Mineral überhaupt, es ist, mit seiner Entstehung im Endstadium der magmatischen Phase, bei der Gesteinsbildung aus dem gasförmigen beziehungsweise flüssigen in den festen Zustand, natürlich auch ein interessanter Vertreter seiner Art, ein letzter Vertreter vor dem Anbruch einer neuen Zeit, er ist der Letzte seiner Zunft. Nach ihm eine neue Zeit, eine neue Welt.

Kommt überhaupt nicht in Frage.

Die Herleitung des Wortes ist ja eher umstritten, eine Version, die mit Sicherheit richtigste, leitet ihn vom altindischen *tapas* ab, die Glut, *tapas, die Glut*.

Gesucht und gefunden, warf Lenau ein.

Richtig, gesucht und gefunden, ich weiß, wo Sie das herhaben, kenne Ihre Quellen, eine allerdings noch eventuellere Herleitung, *topazas*, nicht wahr, ich tendiere eher zu *tapas*, die Glut. Mir persönlich bedeuten diese weltlichen Definitionen wenig.

Hören Sie endlich auf, meine Quellen zu kennen, schrie Lenau, er warf seine Kaffeetasse hinaus in den Regen, es kommt überhaupt nicht infrage, Goldtopas, sehe ich gar nicht ein.

Der Goldtopas, Teupel hatte seinen Schirm aufgespannt und trat vor das Zelt, der Regen prasselte auf den straff gespannten Stoff, $Al_2(F, OH)_2/SiO_4$.

Er ging über die Wiese. Lenau saß auf dem Campingstuhl und starrte auf Herrn Teupels Kaffeetasse. Die Butterbrotdose lag neben ihm, Lenau öffnete sie und nahm die beiden Zettel aus den Broten, las, schloss die Augen. Er steckte sie in die Sakkotasche und biss in eines der Sandwiches. Er nahm die Tasse von Herrn Teupel und trank von dem kalten Kaffee. Er schaute auf und folgte mit den Augen den Fußspuren in dem nassen Gras, er hob das versteinerte Tierchen nah an sein Gesicht, Goldtopas, murmelte er, völlig unpassend, was weißt du denn, was weiß einer, der die Nachrichten in den Sandwiches auffrisst.

Gemeinsam sahen sie zu, wie Teupel die Treppe zu *Schein und Wesen* hochstieg und hinter der Tür verschwand.

Lenau schlüpfte aus dem Sakko, faltete es zusammen und legte es auf den Rand des Schildkrötenbeckens. Träg treibende Fische, goldene Schatten tief unten im Wasser, die Kröten tauchten auf, tauchten ab, er hängte sich die Tasche mit der Steinplatte um und zog die Gurtkonstruktion für das Seil über, klinkte den Karabiner ein.

Ich bin Ihnen wirklich sehr verbunden, er hakte das Seil ein und stieg auf den Beckenrand. Wenn ich auch nicht glaube, dass mit dem Goldtopas, er klopfte auf die Tasche, die ideale Lösung gefunden ist, ganz im Gegenteil, muss ich meiner Befürchtung Ausdruck verleihen, es handele sich dabei maximal um ein Provisorium, bis meine intuitiven Kanäle wieder freigelegt sind und der richtige, der wirklich passende Stein, er zog prüfend am Seil, kontrollierte noch einmal den Karabiner, sollte ich binnen Kürze, und ich bin fest überzeugt, es kann sich bei dem Zustand der mentalen Verwirrung nur um eine vernichtend kurze Phase handeln, sollte ich also in Kürze die Blitzidee, die Inspiration –

Teupel löste die Sicherung des Flaschenzugs, und Lenau verlor den Beckenrand unter den Füßen.

Der passende Stein, rief Lenau hinunter, und das Leben setzt da wieder ein, wo es aus den Fugen geriet, man dreht die Welt, die Zeit zurück, beginnt von vorn, es ist, als wäre einfach nichts passiert, verstehen Sie –

Ich möchte noch einmal, Teupel zog Zahn um Zahn das Seil an, Lenau drehte sich langsam um sich selbst und stieg höher und höher unter das Kuppeldach, ich möchte noch einmal mit Ihnen über den besprochenen Ankauf des Archaeopteryx sprechen, sagte Teupel.

Lenau war ganz oben angekommen, und Teupel arretierte das Seil. Er hatte seinen Aktenkoffer auf den Kassatisch gelegt und ließ nun die Schlösser aufschnappen. Er stapelte einige Glasbehälter, seine schriftlichen Unterlagen und die Butterbrotdose auf dem Verkaufspult und nahm seine Agenda zur Hand, blätterte.

Ich würde am, er schaute auf die Uhr, am 27. dieses Monats mit einer Expertenkommission bei Ihnen vorbeikommen, nur die üblichen Formalitäten, wir beide wissen natürlich, dass eine Fälschung völlig ausgeschlossen ist, völlig ausgeschlossen, als Vertreter des Instituts jedoch bin ich gezwungen, die Formalitäten, kurzum, neun Uhr dreißig, wenn Ihnen das passend erscheint, wir würden ihn dann gleich mitnehmen, ich bestelle uns ein Taxi, Kombitaxi.

Herr Professor Doktor Teupel, Lenau hatte den Goldtopas aus dem Papier gewickelt und setzte ihn vorsichtig in die Öffnung der Kuppel, ich habe Ihnen doch schon mehrfach erklärt, der Archaeopteryx ist Privatbesitz, ich denke auf keinen Fall daran –

Sagen Sie einen Preis, Teupel schichtete die Glasbehälter wieder in den Koffer, ich bin mir, das Institut ist sich völlig im Klaren darüber, um welche Rarität es sich hierbei handelt, und wir sind nicht irgendein Institut, wir sind *das Institut der Institute*, Geld spielt überhaupt keine Rolle.

Schauen Sie, Lenau zog die Schrauben an, der Goldtopas schimmerte, feine rosa, blaue, gelbe und grüne Adern durchzogen die Scheibe, Blei, Chrom, ich benötige den Archaepopteryx zu meiner geistigen Reifung, er ist der *missing link*, nicht nur für Darwin, er ist der missing link für jedermann, verstehen Sie?

Der missing link, Teupel nickte erfreut, genau, wie ich schon sagte, in der Entwicklung der Arten –

Nein, Lenau klopfte energisch zwei Schraubenzieher gegeneinander, er baumelte sanft unter dem Kuppeldach, Sie hören mir nicht zu, nie hören Sie mir zu, ich spreche nicht von den Arten, was interessieren mich in Wahrheit die Arten, was interessieren überhaupt wen die Arten, ich spreche von uns, verstehen Sie? Er deutete nach unten, von Ihnen, von mir, ich spreche vom Menschen, vom Menschen als Denkenden, verstanden? Darüber unterhalten wir uns.

Teupel öffnete seinen Koffer, kramte, so froh, sagte er, befürchtet, er befände sich in einem dieser amerikanischen Staaten, verstehen Sie, diese amerikanischen Staaten leugnen die Evolution, keine Forschung, leugnen schlechthin gesamte Evolution, versteckt in einem amerikanischen Staat, fürchterliche Ideen in amerikanischen Staaten, tiefstes Mittelalter, Gott hat den Menschen erschaffen, Adam und

Eva, keine Affen, keine Fische in den amerikanischen Staaten, keine Genealogie, alles geleugnet, alles wird ignoriert, Arche Noah, ganz ernsthaft, Gott schuf den Menschen und Gott schuf die Tiere, fuhren mit dem Schiff davon, der neueste Stand der Forschung, chancenlos, Adam aus Lehm, Eva die Rippe, Gottesatem, vorher nichts, dann aus Dreck den Menschen geknetet, Beatmung, fertig, einfach so, Töpferware, Garten, Paradies, ganz ernsthaft, Obst und Schlangen, das ja, Obst ja, Schlangen ja, aber der Archaeopteryx –

Der Archaeopteryx, sagte Lenau scharf, er fördert das Begreifen der Zusammenhänge, er ist der intellektuelle Akt, der Denken genannt wird, wissen Sie, was das bedeutet? Der Archaeopteryx ist das Sinnbild der *Idee,* der Idee an sich, der Fähigkeit, aus einem Gedankenkonvolut ein gänzlich Neues zu generieren, er ist die Verkörperung der Inspiration, eine zutiefst menschliche, ausschließlich menschliche Leistung, das Mysterium der denkenden Wesen, wie kommt es, dass ein Mensch, ein Denkender, in der Lage ist, noch nie Gedachtes zu denken? Einerseits haben wir hier das alte, übernommene Wissen, das Bewährte, und dann haben wir dort die Inspiration, das gänzlich Neue, und dazwischen? Wie konnte der Übergang gedacht werden? Wie kommt das gänzliche Neue in den Kopf des Denkenden? Ein Mysterium, phantastisch, wenn wir es genau betrachten, phantastisch und wunderbar. Aber geheimnisvoll. Das Neue, noch nie zuvor Gedachte birgt in sich zwar noch die Anteile des Ursprungs, ist aber dennoch neu – und der Archaeopteryx ist die Brücke, verstehen Sie, er ist die Hand, die die Schöpfung uns reicht. Eine Brücke. Ein Übergang.

Teupel klappte seinen Koffer zu, nahm seine Brille ab, begann sie zu polieren, Adam und Eva, sagte er bedächtig, er schüttelte den Kopf, und der Archaeopteryx? Als hätte es ihn nie gegeben, er schaute abermals auf die Uhr, ich habe mich schon viel zu lange, die Universität, die Lehre, er setzte die

Brille wieder auf, begann hastig die restlichen Unterlagen in den Koffer zu räumen, die Butterdose fiel zu Boden, Teupel kniete sich nieder, suchte, die Studenten, sagte er, wissenshungrig, die reine Lehre, er tastete unter dem Verkaufspult, die Sandwiches, sagte er, er rappelte sich hoch, na, nicht so wichtig, er ließ die Schlösser seines Aktenkoffers zuschnappen, ging mit großen Schritten zur Tür –

Herr Doktor Teupel, Herr Doktor –

Lenau rief noch, als er ihn schon weit, weit, weit die Straße entlanghasten sah.

Das darf doch nicht wahr sein, Lenau schaute auf den Schraubenzieher in seiner Hand, das darf doch einfach nicht wahr sein.

Das Seil drehte sich langsam, er schaute zur Tür, die sperrangelweit offen hinter Herrn Teupel zurückgeblieben war, der Bürgersteig, Straße, ab und zu flog Laub vorbei.

In dem Becken unter ihm waren die Schildkröten auf das Lotosblatt geklettert, schauten herauf, fassungslos.

Na ihr, sagte er, ich habe die falschen Freunde, oder. Ich habe rundum die falschen Freunde.

Er legte den Kopf in den Nacken, die Sonne war in dem dichten Nebel verborgen, ganz sanft nur leuchtete der Stein, Übergang aus dem gasförmigen beziehungsweise flüssigen in den festen Zustand, sagte er, was das nun wieder bedeuten soll. Er schloss die Augen, das Seil drehte sich langsam, drehte sich nach links, dröselte sich ganz still wieder nach rechts.

Aber eigentlich trifft das meine momentane Verfassung ganz gut. Ich fühle mich weder noch. Ich fühle mich, wie man sich vermutlich nicht fühlt, wenn man sich flüssig fühlt. Aber auch einer, der sich fest fühlt, fühlt definitiv anders. Ich fühle mich wie Gallerte. Ich bin eine zähe, schwabbelige Masse. Ich bin die Ursuppe. Der Urschleim, aus dem alles entsteht: Ich bin die Quintessenz. Ich bin die Quintessenz. Ich bin die Quint –

Hängst du immer noch dort oben?

Er schaute hinunter, die Schildkröten, hatten die Schildkröten jetzt, nicht zu sehen, er schaute zur Tür, Klara trug einen dicken weinroten Mantel und eine grüne Baskenmütze, Haare schwarz wie Kolkraben, und sah –

Was, das Seil drehte sich, Lenau schlenkerte mit den Beinen, um Klara wieder ins Blickfeld zu bekommen, was machst du denn, ich meine, was für eine Überraschung, Klara! Immer noch? Was, ach so. Nein, blöder Zufall, eher schon wieder, ein Freund, musste zur, musste dringend schnell weg. Sie sah – du siehst phantastisch aus.

Ein bisschen riskant, oder, Klara schloss hinter sich die Tür, wenn man eine Million im Schaufenster liegen hat.

Sie ging quer durch den Laden.

Eine Million, ha, haha!

Soll ich dich runterlassen? Sie stellte ihre Tasche auf dem Verkaufspult ab und umrundete die Kassa. Sie löste das Seil und ließ Lenau langsam nach unten sinken.

Er tastete mit den Füßen nach dem Beckenrand, löste die Karabiner und sprang zu Boden, die Schildkröten ließen sich ins Wasser gleiten.

Vielen Dank. Vielleicht ziehen wir den Engel, noch schnell hoch, falls der Nebel sich doch noch einmal verflüchtigen sollte heute, würde er, er schaute auf die Uhr, am späten Nachmittag doch noch einmal Sonne bekommen.

Er tauschte das Seil aus, befestigte den Engel, und gemeinsam sahen sie zu, wie er höher stieg, immer höher, bis unter die Kuppel, sich langsam drehte, sinnend.

Lenau drehte sich um, schaute Klara an.

Schön, dich zu sehen, sagte er, er räusperte sich. Ich nehme an, du kommst zu mir zurück.

Klara lachte, sie bückte sich, hob die Butterbrotdose auf, legte sie auf das Pult.

Nein, sagte sie, nein, natürlich nicht. Sie schaute ihn an.

Ich wollte nur mal sehen, wie es dir geht, was du so machst.

Gut, bestens. Lenau rollte die Hemdsärmel hinunter und schloss die Manschettenknöpfe. Ich warte.

Worauf wartest du?

Auf dich. Ich warte darauf, dass du zu mir zurückkehrst.

Ich werde nicht zurückkommen, Alexander.

Doch. Ich weiß, dass du zurückkommst. Lenau schaute sie an. Du liebst mich. Wieso solltest du dann nicht zu mir zurückkommen.

Alexander, das ist jetzt schon so lange her.

So lange nicht, höchstens ein Jahr.

Es ist über ein Jahr lang her –

Was tut das zur Sache, er lächelte, die Zeit ist ganz relativ, die Zeit ist ganz und gar relativ.

Na wie du meinst.

Klara schaute hinauf zu dem Engel.

Hast du einen neuen Stein eingesetzt?

Sieht so aus.

Und was für einen, mochtest du den Bernstein nicht mehr.

Nein, tatsächlich mochte ich den Bernstein überhaupt nicht, er vermittelte irgendwie das falsche Lebensgefühl, das Wolferl hat's ans Licht gebracht.

Und was für einen hast du dir jetzt ausgesucht?

Sage ich dir nicht. Ich habe ihn auch nicht ausgesucht. Er wurde mir eher aufgedrängt, er ist auch, leider muss ich das sagen, sicherlich nicht die richtige Wahl.

Sieht aber schön aus.

Es geht. Ich hatte etwas Pech mit meinen Steinen, einer um den anderen, den ich in die Öffnung setzte, barst aus mir unerfindlichen Gründen. Die Schildkröten haben ganz schön was mitgemacht. Dass ich den hier nun eingesetzt habe, ist *ein Akt der puren Ratlosigkeit.*

Ich gehe dann mal, Klara nahm ihre Tasche.

Klara, Lenau trat ihr in den Weg, legte ihr die Hände um den Hals. Warum bist du gekommen?

Ich gehe weg, für länger, ich wollte einmal nach dir sehen, bevor ich gehe, was du so machst, wie es dir geht.

Was heißt, du gehst weg, wohin gehst du?

Klara beugte sich über ein Bündel roter Nelken, roch daran, ich wollte mir einmal die Chinesische Mauer ansehen.

Die Chinesische Mauer kannst du dir sparen, die Chinesische Mauer ist ein Flop, glaub es mir.

Klara lachte, sie zupfte eine der Blumen aus dem Bottich und heftete sie sich ans Revers, dann werde ich mir eben einen Flop ansehen.

Komm zu mir zurück, wir gehören zusammen.

Bitte lass das, Klara wand sich unter seinen Händen weg, ich kann ja in einem Jahr noch einmal vorbeikommen, wenn es dir besser geht.

Es wird mir nie besser gehen. Ich werde nie aufhören, auf dich zu warten. Weil ich weiß, dass du irgendwann kommen wirst.

Klara ging zur Tür.

Du musst einfach einmal sehen, was Sache ist, sagte sie, die Hand an der Türklinke.

Das tue ich ja. Du liebst mich. Du bist nur gerade in einer schwierigen Phase.

Klara drehte sich um.

Alexander, sagte sie, ich liebe dich nicht. Verstehst du.

Nein, sagte Lenau, nein. Das verstehe ich beim besten Willen nicht.

Klara ließ die Tür hinter sich ins Schloss fallen, und Lenau schaute ihr nach, bis sie am Horizont verschwunden war.

Er lag auf dem Diwan unter dem Orangenbaum, schaute hinauf in den Goldtopas. Er hatte sich Teupels Butterbrotdose auf die Brust gestellt, aß ein Sandwich. Er schaute auf die Uhr, der Nachmittag war bald vorbei, und der Nebel hatte sich gelichtet. Er wartete auf die Sonne.

Er steckte das restliche Brot in den Mund, las noch einmal die beiden Zettel, steckte sie in die Sakkotasche.

Als der Engel in dem Sonnenstrahl aufglomm, schaute Lenau in das Licht, schaute und schaute und schaute noch, als die Sonne längst nach Hause gegangen war.

Draußen tobte der Herbststurm, er saß aufrecht im Zelt und starrte ins Stockfinstere, hörte das Ächzen, Krachen der Bäume, der Wind gierte um das Zelt, Regen. Er tastete nach der Taschenlampe, ließ den Lichtkegel über die Stoffbahnen wandern, strich vorsichtig über die Zeltwand, Wasser. Er zog sich an und packte seine Sachen in den Rucksack. Er nahm die Regenpelerine vom Kleiderbügel und streifte sie über, verließ das Zelt. Es goss praktisch schon horizontal, Lenau kämpfte gegen den Wind, durch die verwilderte Wiese, das Wasser klatschte mit Wucht in sein Gesicht, er leuchtete mit der Taschenlampe nach allen Seiten, die Wiese, kindshoch, mannshoch, mammuthoch, der Wind zerrte an ihm, er konnte sich kaum auf den Beinen halten, er ließ sich in die Knie hinab und zerrte den Rucksack vom Rücken. Er schlupfte mit dem Kopf unter die Pelerine, breitete sie über sich und den Rucksack. Er nahm die Taschenlampe in den Mund, suchte in den Außentaschen, nichts, räumte den Rucksack aus. Von ganz zuunterst holte er das Schweizer Messer hervor, leuchtete mit der Taschenlampe auf den Kompass, die Nadel rotierte, würde mich nicht wundern, murmelte er zwischen der Taschenlampe hervor, wenn die jetzt auch noch versagt, die Nadel kam allmählich zur Ruhe, Norden. Schweizer Präzision, sagte er, *Schweizer Präzision.*

Schön, sagte Lenau, wenn das Norden ist, er blickte auf,

hob die Pelerine, schaute sich um, dann ist da Süden und dort mein Gewächshaus.

Der Wind wurde immer heftiger, an Gehen war nicht mehr zu denken. Lenau nahm den Rucksack wieder hoch und robbte los. Wiese, Regen. Der Boden war sehr kalt, das Wasser der ganzen letzten Wochen floss schon gar nicht mehr ab. Sumpf, Regen, Regen, im Krieg regnets immer, murmelte Lenau, oder hast du schon einmal Kriegsbilder gesehen, in denen die Sonne vom Himmel lacht. Im Krieg ist immer Regen. Bei mir ist immer Krieg. Er lachte. Einmal blickte er auf, dachte, er sähe sein Zelt an sich vorüberfliegen, den Campingtisch, Stühle. Er arbeitete sich vor. Ab und zu ein Blick auf den Kompass, Norden, Süden, das Gewächshaus. Manchmal kauerte er sich hin, wartete. Dass der Regen nachlasse oder das Gewächshaus zu ihm komme, dass die Welt aufhöre, dass Klara zu ihm zurückkehre, die Welt sich weiterdrehe.

Dann robbte er weiter.

Er hatte sich hingekniet und leuchtete mit der Taschenlampe über die Wiese, suchte. Er zog seine Uhr hervor, es waren zweieinhalb Stunden vergangen, seit er sein Zelt verlassen hatte, das Gewächshaus, weg. Manchmal hatte er seine Schneckenspur gekreuzt, ihm war sehr kalt. Er ließ den Strahl der Taschenlampe wieder über die Wiese gleiten, Regen, überall, Wiese. Er robbte noch ein Stück.

Als er auf das Gewächshaus stieß, war es halb fünf, er hätte nicht sagen können, dass es bereits dämmerte, er hätte nicht sagen können, dass es so aussah, als bräche je wieder ein Tag an, es regnete, stürmte, des Öfteren war er sich sicher gewesen, sein Zelt an sich vorbeifliegen zu sehen, mal kam es von links, mal von rechts, immer in ordentlicher Zelthaltung, die Heringe vertäut im Nichts.

Er rappelte sich hoch, stolperte ins Gewächshaus und zog

die Tür hinter sich zu. Der Regen rauschte, polterte auf das Glasdach, es roch nach faulem Obst.

Er zog die Pelerine über den Kopf und ließ den Rucksack zu Boden gleiten. Er ging zu den Tomatenstauden und holte die Holzkiste aus dem untersten Regal. Er stellte die vier Petroleumlampen vor sich auf, suchte in der Kiste nach Streichhölzern und zündete sie an.

Er drehte die Flammen hoch und verteilte die Lampen in dem Gewächshaus. Er schaute an sich herunter. Die Gummistiefel, der Anzug, alles lag verborgen unter einer dicken Schlammschicht, er begann sich auszuziehen und schnitt sich mit dem Messer einen Kartoffelsack zurecht, zog ihn über.

Die Pflanzen waren vertrocknet, es war der Geruch von Maische, der in der Luft hing, als hätte einer hier Schnaps gebrannt und den Trester zurückgelassen, er zupfte ein paar mumifizierte Tomaten von den Ästen und bedauerte, dass einer nicht den Trester mitgenommen und den Schnaps zurück gelassen hatte.

Er holte sich ein paar von den Strohballen, die er zum Abdecken der Erdbeeren benutzte, häufte das Stroh in die alte Badewanne und legte sich nieder.

Er schaute auf die Schatten der Petroleumlampen, schaute ins Dach des Gewächshauses, lauschte auf den Regen. Es war kalt, er schaufelte das Stroh über sich, lauschte auf den Regen. Langsam wurde es hell.

Er öffnete die Augen, schaute an die Decke des Gewächshauses, der Himmel war strahlend blau. Er versuchte, das Klopfen zu verstehen. In dem Stroh war es angenehm warm geworden, er schloss die Augen, fühlte die Schläfrigkeit, irgendetwas klopfte, oder war es sein Herz? Das Herz, murmelte er, es geht um das Herz. Er schaute in den blauen Himmel, der nicht sein konnte, irgendwo musste die Sonne sein, seit Wochen verschollen, im Urlaub, das Klopfen wurde langsam aufdringlich, vielleicht musste er einen Arzt aufsuchen. Der Wein hatte sich weit die Glaswände hochgerankt, vertrocknete Trauben hingen in dicken Rudeln über ihm, er hatte geschlafen wie erschossen, er schloss abermals die Augen spürte die Wärme, roch das Heu, den Trester –

Hallo, hallo!

Er fasste sich erschrocken an die Brust, mein Herz, murmelte er, ein Arzt, ich muss einen Arzt –

Hallo!

Lenau drehte den Kopf und starrte in Doktor Teupels Gesicht, dicht an das Fenster des Gewächshauses gepresst, hallo, rief Teupel von draußen, er hob seinen Aktenkoffer und deutete darauf, hallo!

Lenau schloss für einen kurzen Moment die Augen, eine Sinnestäuschung, murmelte er, eine Fata Morgana. Hallo! Teupel popperte gegen das Glas. Lenau schaute an die Decke des Glashauses, strahlend blau der Himmel.

Hallo!

Er zog sich aus der Wanne hoch, streifte das Stroh ab und ging zur Tür.

Die meterhohe Wiese lag nach dem langen Regen kreuz und quer in der Landschaft herum, in dem hellen Licht sah er seine nächtliche Spur, der Gang einer Schnecke.

Herr von Lenau? Teupel streckte die Hand aus.

Ich bitte Sie, lassen Sie doch das von –

Großartige Fami –

Bitte, bitte, bitte, Lenau fasste mit beiden Händen seinen Kopf, schloss die Augen. Er strich sich über die Haare, atmete tief ein, aus. Danke, sagte er, danke danke.

Ich habe uns da eine Kleinigkeit mitgebracht, das wird Sie interessieren, Teupel ging an ihm vorbei in das Gewächshaus.

Lenau schaute an sich herunter, der Kartoffelsack, Stroh,

er hatte gestern Nacht vergessen, seine Fliege abzulegen, sie hing müde und eingesaut über seiner Brust.

Entschuldigen Sie meinen etwas desperaten Aufzug, begann er, Teupel hatte seinen Aktenkoffer auf den Rand der Badewanne gestellt, so, sagte er, wollen wir einmal schauen.

Lenau stand neben Teupel, schaute zu, wie er in seinem Aktenkoffer herumsortierte, er setzte sich auf den Rand der Badewanne, Teupel stapelte die Behälter neben sich auf den Boden, Lenau ließ sich in die Badewanne gleiten, schaute zu, wie Teupel die Behälter vor ihm aufreihte, häufte das Stroh über seiner Brust zusammen. Er lehnte sich zurück, lag in der Badewanne, das Stroh, die Wärme, der Himmel strahlend blau, das Herz, ein Arzt, er schloss die Augen.

Wirklich hochinteressant, sagte er manchmal.

Er stieg in die Gummistiefel und geleitete Teupel über die Wiese.

Ich danke Ihnen für Ihren freundlichen Besuch, sagte er. Ich befinde mich momentan in einer Phase – ja, in was für einer eigentlich. Ich würde es Ihnen gerne erklären. Wissen Sie, es geht gerade gar nichts mehr, es geht nicht vor und nicht zurück, ich verharre, warte ab. Worauf? Sie fragen das ganz zu Recht, und ich kann es Ihnen dennoch beim besten Willen nicht beantworten. Ich habe mich an einen Punkt manövriert, an dem ich mein eigenes Leben nicht mehr verstehe, ich weiß nicht, was ich will, und ich verstehe nicht mehr, was ich einmal wollte. Ich habe hier Fotografien, Film für Film habe ich abfotografiert, und ich fühle mich schäbig, sie zu besitzen, und ich schäme mich, sie angesehen zu haben. Damals, auf der Steinmesse, ich weiß nicht, was mich geritten hat, diese Versteinerung zu kaufen, ursprünglich war für Klara das Medaillon gedacht, ein Stück, ein winziger Splitter vom Mond, Nordseite, herausgerissen durch den Einschlag eines Meteoriten, durchs Weltall gereist, um dann irgendwann auf die Erde zu fallen, ein Splitter davon, gefasst in einem Medaillon, zwei konvexe Scheiben Bergkristall, in der Mitte der kleine Hohlraum für das Mondstückchen, es ist das Geschenk eines Mannes an seine Geliebte, verstehen Sie? Der Mond vom Himmel, ein Stück vom Mond, Frau Sülvin hat einfach die beste Hand für diese feinen Arbeiten, und was tue ich? Ich schicke ihr diese versteinerten Löwenfäkalien, gut, im besten Falle eine Alberei, ein Scherz, aber, mein Gott, ich bin fast fünfzig Jahre alt, man sollte meinen, heraus aus dem Alter solcher Kindereien.

Aber es tut mir weh. Es tut im ganzen Körper weh. Es tut weh vom ersten Aufwachen, bis ich spät in der Nacht endlich in den Schlaf finde. Wo? Überall. Es tut überall weh. Und, tatsächlich, ich dachte immer, es handele sich hierbei um eine Floskel, romantisches Geschwätz, im Herzen, mir zerreißt es schier das Herz. Ich neige nicht zu Sentimentalitäten, Herr Professor Doktor Teupel, Pathos liegt mir wirklich fern, aber ich ertrage mein Herz nicht mehr, meine Lungen tun weh, jedes Atmen spüre ich überdeutlich, ich habe Magenschmerzen und keinen Appetit.

In mir ist alles leer und tot. Ich würde mir wünschen, nicht mehr zu fühlen. Ich möchte gerne nicht mehr ich sein. Verstehen Sie das.

Sie waren bei *Schein und Wesen* angekommen, auf den Treppen standen noch die Pfützen, der Sturm hatte einzelne Steine und Schindeln gelöst, sie lagen zerschlagen am Fuße der Fassade.

Sie gingen die Treppen hoch, Lenau öffnete die Tür.

Ja, sagte Teupel, also dann. Er drehte sich noch einmal um, nahm die Brille ab. Er schaute über die Wiese, das Badehaus, das Gewächshaus, die Wiese, ein einziges Desaster, hinten der Fluss, Wald. Er setzte die Brille wieder auf.

Lenau hatte sich ihm zugewandt.

Teupel räusperte sich. Nun ja, sagte er, er schaute über die

Wiese, nahm die Brille ab. Vielen Dank für den Kaffee, sagte er. Er stieg die Treppen auf der anderen Seite der Fassade hinunter, Lenau schaute ihm nach, bis er in der Biegung des Weges verschwunden war.

Er ging langsam über die nasse Wiese. Am Badehaus vorbei, am Gewächshaus, er ging hinunter zum Fluss. Das Wasser stand hoch, nach dem vielen Regen, wälzte sich, als wäre es ein Strom. Er schaute hinüber in den Wald auf der anderen Seite des Wassers. In den Bäumen sah er sein Zelt hängen, matt.

Er hielt den Packen Fotografien in die Luft, ließ sie los. Er sah zu, wie der Wind sie eine Weile vor sich her staubte, sie flattern ließ, nach und nach legten sie sich auf das Wasser und trieben davon, trieben auf dem breiten, fremden Strom, der vor seinem Haus lag, davon.

Schwimmt auf den Betrachter zu, schwimmt von ihm weg, *neuen Ufern entgegen*, sagte er.

Er zog die Fliege fest, brachte sie unter dem Kinn in Form und stieg aus den Stiefeln. Er warf den Kartoffelsack ab und sprang ins Wasser, spürte die Strömung, die Kälte, schwamm.

5.

Wurlich.
Die Rettung.

Wurlich schaute sich um. Er wartete, bis die Frau mit Hund um die Ecke bog, lauschte auf das Verklingen der Schritte auf dem Asphalt. Er ließ das Messer in den Mistkübel fallen, ging schnell davon.

Er schob die Speisekarte und die Blumenvase an den vordersten Rand des Tisches, zog den Aschenbecher zu sich heran. Der übliche Hund schlurfte quer durch das Lokal, wischte mit den Ohren den Parkett. Wurlich klopfte ihm den Bauch, na Frufru, sagte er, er ließ den Blick durch das Lokal wandern, was gibt's Neues im Hundeleben. Frufru legte sich auf den Rücken, streckte die Beine in die Luft, röchelte. Die Tür hinter der Theke schwang auf, für einen Moment hörte Wurlich das Klappern von Geschirr, irgendetwas fiel krachend zu Boden, schepperte noch ausdauernd nach, schreiend verkündete Anweisungen, fast hätte er sagen mögen, Ohrfeigen wurden klatschend verteilt, aber das war wohl ein Irrtum. Eine Wolke von Gulaschgeruch schwappte aus der Küche. Er gab dem Hund einen Klaps, er rutschte ein Stück übers Parkett, drehte sich, trottete zur Theke zurück und verschwand hinter der Tür.

Wurlich schloss für einen Atemzug lang die Augen, sah den Neugröschl vor sich, in der Küche herumwütend, Messer werfend, Töpfe schmetternd, das Personal ängstlich in der Spülecke sich zusammendrückend, Frufru verträumt irgendwo dazwischen herumsitzend, und wieder einmal tobt Tankrad der Tolle, murmelte Wurlich, tastete in der Innentasche des Futterals nach der Zigarettenpackung. Die Tür schwang zu und scheuchte die Geräusche zurück. Er entzündete ein Streichholz, hielt es an die Zigarette, sog den Rauch ein. Die Tür flog abermals auf, Herr Neugröschl erschien mit hochrotem Kopf, eilte an Wurlich vorbei quer durch das Lokal und nahm kommentarlos das eben servierte Essen vom Tisch eines Gastes, der gerade dabei war, die Serviette zu entfalten.

Du bist das, Wurlich, Neugröschl blieb auf dem Rückweg in die Küche neben ihm stehen, hielt den Teller hoch, so ein Nudelauge von einem Lehrling, schüttet der das Fischöl in die Kutteln, er zog das Geschirrtuch aus der Schürze, trocknete sich den Kopf, ich sag dir Wurlich, alles Nudelaugen in der Küche, alles, der eine schmeißt mir die frischen Milchrahmstrudel hinunter, der andere fackelt mit dem Bunsenbrenner der Annett von den Mehlspeisen die Haare an, und der versaut mir den ganzen Topf mit den Kutteln. Fischöl, Wurlich, er tippte sich an die Stirn, Fischöl. Er stopfte das Geschirrtuch zurück, grüßte Wurlich mit einem Fingerzeig an die Schläfe, eilte weiter Richtung Küche.

Wurlich rauchte, schaute hinüber zu dem Gast ohne Kutteln, der betrübt auf das Tischtuch blickte, seine Serviette wieder zusammenfaltete und sich nach der Kellnerin umschaute.

Quer durch das Lokal sah er Ingrid an einem Tisch die Bestellung aufnehmen, der Oberkellner trug mit undurchdringlicher Miene ein kleines Tablett mit zwei Wassergläsern an ihm vorbei. Frufru hatte sich neben den Gast ohne Kutteln gesetzt, schaute nach der Kellnerin, auf den leeren Tisch.

Wurlich wanderte mit den Augen über die Tische, über

die Theke, die Küchentür schwang auf, da war sie. Er führte die Zigarette zum Mund, fühlte sich schlagartig erbleichen. Von rechts das Klappern ihrer Schuhe auf dem Parkett, sie stanzte mit ihren Absätzen die Geräusche in dem Lokal zu kleinen Fetzen. Dicht neben seinem Tisch kam sie zum Stehen, Wurlich starrte auf die Tischplatte, überlegte, ob sie, ganz geschäftige Kellnerin, einen Bestellblock in der Hand hielt, den Kugelschreiber bereit, um jeden seiner Wünsche sorgfältig zu notieren.

Guten Abend, Frau Teupel, Herr Doktor, ich bin gleich bei Ihnen, sagte sie nach rechts. Guten Abend, Koni. Was darf ich dir bringen?

Wurlich stieß den Rauch aus, ob sie alle Wünsche notieren würde, wirklich alle? Er könnte zum Beispiel, Wurlich betrachtete intensiv die Tischplatte, zum Beispiel könnte er –

Konrad?

Eine Käseplatte, sagte er, so ganz konkret, wenn es so ganz konkret wurde, es fiel ihm einfach nichts ein, nicht irgendwas Schlaues fiel ihm ein, am Tisch dicht nebenan blätterte der Mann umständlich die Zeitung um und sagte zu seiner Frau, iss doch noch was, Josefine.

Wurlich warf einen kurzen Blick auf das Paar am Nebentisch.

Nächstes Wochenende, Teupel zog seinen Aktenkoffer unter der Bank hervor, stapelte die Papiere neben sich und nestelte das Notizbuch heraus, nächstes Wochenende hätten wir was ganz Feines in Großradieschen, das wird dich interessieren, meine Liebe, eine kleine, aber wirklich ausgefallene Börse, ganz ausgefallene Stücke.

Trinken willst du gar nichts, fragte Klara, Wurlich schwitzte auf seiner Stirn, er zog das Taschentuch heraus, schüttelte den Kopf. Auf der Tischplatte zählte er fünf Ringe, die von zwei verschieden großen Gläsern herrühren mochten. Kaffee und Saft, dachte er, und fuhr mit dem Zeigefinger der linken Hand die Kurven der Ringe nach, Kaffee und Saft oder Tee und Wein oder Kaffee und Wein. Er versuchte, durch den Mund zu atmen, der Geruch der Kellnerin war eine Frechheit, es schien derselbe zu sein wie immer, waren es Veilchen, war es Rose, Nelken, er hätte es nicht mehr sagen können. Er fuhr einen der Ringe nach, Tee und Saft, dachte er und schob aber diese Möglichkeit beiseite. Erschreckend eigentlich, vielleicht Lavendel.

Willst du nicht einmal von der Gulaschsuppe probieren? Die ist heute wirklich gut, ich habe vorher auch –

Nein.

Die Kutteln –

Gott verhüt es, das Nudelaug in der Küche –

So viel Käse, das kann nicht gesund sein, Koni, willst du jetzt ernsthaft nie mehr etwas anderes essen?

Nicht solang da nur Nudelaugen in der Küche sind, alles Nudelaugen.

Komm, der Neugröschl übertreibt.

Bitte Klara, diskutier nicht herum. Ich ess weder die Kutteln noch von der Suppe. Gott weiß, was das Nudelaug da alles hineingeschüttet hat, der kennt sicher noch Schlimmeres als Fischöl. Frag mich eh, was das in der Küche von dem Neugröschl zu suchen hat, was will denn der Neugröschl mit dem Fischöl.

Wan kocht neuerdings am Dienstag zu Mittag immer Thailändisch, wenn der Neugröschl seinen freien Tag nimmt.

Weiß ich wenigstens, wo ich am Dienstagmittag immer nicht bin, sagte Wurlich, zündete sich an der ersten eine weitere Zigarette an, er schaute haarscharf an Klara vorbei. Franz kam mit einem Tablett vorbei, auf dem zwei Wassergläser standen. Teupel faltete nebenan geräuschvoll an der Zeitung herum, was liest der Wicht auch dieses Riesenblatt, dachte Wurlich, soll er die *Krone* lesen, da hat er wenigstens –

Ich finde schon, dass du in der letzten Zeit ein bisschen einseitig isst.

Deine Schuld.

Bitte Koni, hör doch auf, dich derartig kindisch zu verhalten.

Ich wüsste eigentlich sowieso nicht, was eine Kellnerin das angeht.

Komm jetzt, Konrad.

Käse schließt den Magen.

Neugröschl warf die Schwingtür auf, Klara, rief er, Ingrid. Klara schaute sich um, Neugröschl deutete mit einer Kopfbewegung zur Küche hin, verschwand hinter der zufallenden Tür, Wurlich sog den Rauch ein.

Also einmal die Käseplatte, er hörte ihre Absätze auf dem Parkett, wurden leiser, er stieß heftig den Rauch aus seinen Lungen. Er schnupperte, das Parfum hing noch immer in der Luft. War es ein Parfum? Er war sich nicht mehr sicher. Wie in einem schlechten Witz sah er sich einen winzigen Moment lang rücklings auf dem Klavier liegen, die Lichter schon gelöscht, die Gäste gegangen, sie beugte sich über ihn und er roch, von der rechten Hand fiel Asche auf seinen Schoß, er schaute betroffen auf seine Hand, ja was. Er roch, beim besten Willen nicht, Veilchen, Rose, Nelken, Moos gar, er hätte es beim besten Willen nicht mehr sagen können. War das überhaupt ein Parfum?

Die Eingangstür spülte immer neue Gäste ins Lokal, die Garderobe, tagsüber dezent dekoriert mit dem ein oder anderen Mantel, hatte jetzt die Form eines Misthaufens angenommen, unförmig schwebend über dem Parkett. Die Küchentür kam kaum noch zur Ruhe, Wurlich hörte hysterisches Lachen, Annett, wenn er sich nicht sehr irrte, musste das die angesengte Mehlspeisenannett sein, womöglich hatte jemand ihr eine Salatschnecke in die Topfenfülle gesetzt.

Der Gulaschdunst erschöpfte ihn zutiefst. Die beiden

Kellnerinnen schleppten Tablette voller Biergläser an den Stammtisch nebenan, man empfing sie mit Getöse. Franz servierte drei Tische weiter eine Runde Wasser, Wurlich rutschte auf der Sitzbank nach hinten und lehnte seinen Kopf an die Holzverkleidung. Über ihm hing ein Leuchter mit angekokelten Lampenschirmen. Er schaute in das Licht, bis sein Blick sich verdunkelte, und wendete die Augen wieder ab. Im Saal war es stockduster, Wurlich zählte die Sekunden bis sein Blick wieder aufklarte. Aber für Blut war es eh zu dunkel, *aber für Blut war es eh zu dunkel,* er lächelte, ja, dachte er, das war seine Geschichte, immerhin. Es dämmerte, und von der Decke hing ein Luster, glitzerte geschwind.

Die Küchentür schwang, Wurlich drückte die Zigarette aus und schloss die Augen. Drei Sekunden Nacht, murmelte er, drei Sekunden Luxus, er kicherte.

Und dann wären wir in drei Wochen, er hörte Teupel am Nebentisch in seinem Notizbuch blättern, in Niederbipp, weißt du noch, Josefine, die Niederbipper? Das waren Stücke! Die Niederbipper!

Der Verrückte, Wurlich spähte an den Nachbartisch hinüber, Teupel war praktisch vollständig, man mochte fast sagen, von Kopf bis Fuß hinter einer unflätig großen Zeitung verschwunden, der Verrückte, dachte Wurlich verwundert. Er hörte Klaras Absätze, schloss schnell die Augen, Absätze, er erinnerte sich urplötzlich an den Vorplatz des Konservatoriums. Er öffnete die Augen, Frau Teupel am Nachbartisch hatte ihre Handtasche auf dem Schoß, kramte herum, er beugte sich zu ihr.

Urplötzlich, sagte er, erinnere ich mich an den Vorplatz des Konservatoriums. Frau Teupel legte wie ertappt die Papiertaschentücher zurück in die Tasche, ließ das Schloss einschnappen.

Das war nämlich folgendermaßen, er zündete eine neue Zigarette an. Eingelassen in den Teer waren, verteilt auf die ganze Fläche des Vorplatzes, kleine, silberne Metallplättchen, in unregelmäßigen Abständen. Unter den Studenten kursierte die Vermutung, es handele sich dabei um immer wieder notwendig werdende Ausbesserungen, da Frau Gnagl, Fachkraft für Trompetenspiel und von gesundem Appetit, mit ihren spitzen Absätzen den Asphalt perforiere. Wurlich schaute in das Lokal, lächelte bei der Vorstellung eines auf dem Boden knienden Neugröschl, wie er, die Brille tief auf der Nase, neben sich eine Flasche Obstler, an seinem Feierabend nach Sperrstunde den Parkett ausbesserte, im spärlichen Schein einer Funzel, halb vier Uhr morgens, leise fluchend.

Ja die Frau Gnagl, sagte er, die dicke, gute Trompetengnagl. Er sah vor sich Frau Gnagl, wie sie, gehüllt in ein durchsichtiges Nachthemd, trompetend über dem Vorplatz des Konservatoriums schwebte.

Irgendwann hat mir aber einer erzählt, er senkte vertraulich die Stimme, es seien die Metallplättchen keine Gnaglschäden, vielmehr handele es sich dabei um eine Installation, eine künstlerische Installation, es bezögen jene Metallplättchen sich auf den Sternenhimmel über der nördlichen Erdhalbkugel, dessen Abbildung sie nämlich seien. Flöge man mit einem Hubschrauber über das Konservatoriumsgelände, sähe man auf dem Boden unter sich, was nächtens am Himmel über einem ist. Der Sternenhimmel über der nördlichen Hemisphäre. Auch nicht schlecht, nicht wahr. Wurlich wischte ein paar Krümel von der Tischplatte, das Gulasch aus der Küche nebelte herüber. Gulasch mit Veilchen, mit Rose, ihn grauste, er schloss wieder die Augen, er horchte. Absätze. Klara stellte den Teller auf die Tischplatte vor ihn hin. Der Gulaschgeruch war verweht und Klara blieb mit den Veilchen, den Nelken, Lavendel. Wurlich hielt die Luft an. Vielleicht war das auch ganz was anderes, Moschus, ein Potpourri.

Er spürte, wie die Hitze sich auf sein Gesicht setzte wie auf einen Abort, Frack ausziehen, dachte er bei sich, du musst sofort den Frack ausziehen, sie stand neben dem Tisch, er fühlte genau, wie sie auf ihn niederschaute, und er öffnete einfach nicht die Augen.

Koni, sagte sie, ach Koni.

Wurlich drückte den Kopf fester gegen die Wandverkleidung, presste die Augen zusammen, und zwischen den Fingern spürte er den Hosenstoff. Die Hitze umschloss seinen Kopf, seltsamerweise tatsächlich ausschließlich seinen Kopf, aber durch das Frackausziehen könnte er sie vielleicht ableiten, in den Oberkörper ableiten, von dort in die Beine und somit durch die Füße in den Parkett. Vielleicht sollte er sich das patentieren lassen und fortan als mobile Fußbodenheizung durch die Lokale ziehen, er musste furchtbar lachen.

Komm Klara, er räusperte sich, geh einfach weg, geh einfach zurück in die Küche oder polier Gläser an der Theke, so wenig kann doch ein einzelner Mensch gar nicht zu tun haben, man muss doch als Kellnerin nicht seinen Gästen praktisch auf dem Schoß sitzen, muss die Ingrid mit dem Oberkellner die ganzen Gulaschsuppen und Eierspeisen allein servieren, muss ich den Neugröschl rufen.

Konrad, so kann das doch nicht gehen, ich sehe doch, wie du leidest, warum tust du dir das an. Seit Monaten schon, seit Monaten hockst du hier herum, ist dir das eigentlich klar? Warum in aller Welt tust du dir das an? Und mir geht's auch langsam auf die Nerven.

Ich war vor dir da, sagte Wurlich.

Was soll das heißen?

Du hast mich um meinen Arbeitsplatz gebracht.

Wieso um deinen Arbeitsplatz gebracht, du wolltest doch –

Habe ich etwa nicht hier seit Jahr und Tag auf dem Klavier

gespielt? Auf meinem Klavier? Ich habe schon hier Klavier gespielt, da konntest du auf dem Frufru noch einen Tagesausflug machen. Ich war vor dir da. Jahrhunderte vor dir.

Koni, du bist sieben Jahre älter, das ist überschaubar, oder?

Gefühlte Jahrhunderte, glaub mir.

Sowieso war das hier für dich nur zum Spaß, du wolltest doch eigentlich beim Barnabas –

Barnabas, Barnabas, Wurlich fuchtelte mit der Zigarette, den Barnabas kann ich mir an den Hut stecken mit den Händen, und Spaß? Redest du mir im Ernst von Spaß? Ich habe das Lachen gründlich verlernt, aber gründlich –

Was ist mit deinen Händen?

Nichts, Wurlich lehnte den Kopf matt gegen die Wand, nichts. Das ist ja das Problem.

Er hatte die Augen geschlossen. Das ist ja das Problem, sagte er. Er überlegte, wie viele der Ringe auf der Tischplatte nun wohl von dem Käse verdeckt waren und ob der Brotkorb womöglich einen weiteren besetzte. Er spürte einen unbedingten Drang, es sofort wissen zu müssen, zwei Ringe, drei, vier gar, er hörte die Absätze auf dem Parkett.

Er wartete. Teupel wuschelte mit der Zeitung, sagte, das Wetter wird wieder massiv schlechter, aber um die Jahreszeit sind sie dann ja auch in den Hallen, Josefine, in Büttel werden wir auf jeden Fall in der Halle sein, das kann ich mir überhaupt nicht anders vorstellen.

Wurlich schnappte nach Luft und öffnete die Augen. Frau Teupel schwieg, suchte was in ihrer Handtasche, und der Teller hatte die Kaffeetassenringe verdeckt. Die Teetassenringe. Kaffee oder Tee.

Und natürlich hat sie den Brotkorb vergessen, murmelte Wurlich, er hörte die Absätze näher kommen, drehte sich zu Frau Teupel und schaute ihr innig in die Augen. Die Kellnerin stellte den Brotkorb ab, Wurlich schaute unverwandt,

Frau Teupel nestelte an dem Verschluss ihrer Handtasche, er hörte, wie die Absätze sich wieder entfernten.

Vielen Dank, sagte er zu Frau Teupel, ich musste nur was nachschauen. Er zog den Frack aus, lockerte die Bauchbinde.

Er verschob den Brotkorb und legte den dritten Ring frei. Er zog die Serviette unter dem Besteck hervor, trocknete sich die Stirn.

Der Oberkellner kam mit steinerner Miene an ihm vorbei, zwei Gläser Wasser.

Es haben sich die Leute durchaus schon die Hände gebrochen beim Zeitunglesen, sagte er zu Frau Teupel gewandt, er beugte sich ein wenig nach vorn, der Oberkellner servierte und verdeckte die Sicht auf den fremden Tisch, er lehnte sich wieder zurück. In der Zwischenzeit mussten dort annähernd zehn Wassergläser, na egal. Er glättete die Serviette, faltete sie zu einem wulstigen Paket.

Aber was ich noch hinzufügen sollte, sagte er, wenn ich noch einmal darauf zurückkommen darf, die Trompetengnagl, Sie erinnern sich, das ist quasi die dritte und nicht viel weniger poetische Komponente der Gnaglsache. Wenn nämlich Vorspiel war, für die Aufnahmeprüfung, und die Prüflinge mit ihren Instrumenten das erste Mal über den Hof zum Eingang gingen, Sie können mir glauben, ich übertreibe nicht, wenn ich sage, dass nicht einer, den ich kommen sah, nicht einer sich nicht früher oder später gebückt hätte, um eine dieser vermeintlich verstreuten Münzen aufzuheben, nicht einer.

Er spießte ein Stück Käse auf die Gabel, der Oberkellner strebte Richtung Küche, ich auch, sagte er, als ich zum ersten Mal da war, habe ich mich auch gebückt, schnell und ein bisschen geniert, aber ich habe mich gebückt. Und das ist doch reizend, finden Sie nicht, da installiert einer künstlerisch den Himmel auf dem Vorplatz, und wir alle bücken uns, um die vermeintlichen Münzen aufzuheben. Sind wir nicht alle verhinderte kleine Sterntaler?

Er betrachtete das Stück Käse, ob er das mitbedacht hat, das ist es, was ich mich des Öfteren gefragt habe. Er steckte den Bissen in den Mund, kaute.

Rund, sagte er, schluckte den Bissen hinab, um Sie nicht mit meinen Geschichten zu langweilen, wechseln wir doch ganz spontan das Thema, Käse essen ist eine in sich runde Angelegenheit.

Frau Teupel blickte ihn an und etwas trübte ihren Blick. Ihr Mann schaute von seiner Zeitung auf und zu seiner Frau. Er schaute auf Wurlich, auf dessen Schoß lag Asche.

Wie? sagte er.

Wurlich nickte, jajajajaja, sagte er.

Er legte das Besteck auf den Tellerrand und lehnte sich zurück. Klara trug ein strammes rotes Kleid, in dem Luster an der Decke waren ausnahmsweise alle Birnen intakt, Neugröschl stand mit verschränkten Armen hinter dem Tresen und beobachtete, wie Ingrid am Stammtisch eine ordinär große Schüssel Semmelknödel auftrug. Der Oberkellner, zwei Wassergläser. Frufru hockte mit dickem Hintern völlig wahllos irgendwo im Lokal herum.

Wurlich zündete sich eine Zigarette an und sagte, aber das sind alles Ausreden, wegen des Käses meine ich. Ich esse Käseplatten, weil man nie weiß, was sie einem hier unter das Essen mischen.

Teupel wurstelte die Zeitung zusammen, blickte auf die Käseplatte, auf Wurlich, ach so, sagte er. Ins Polnische hinüber fahren wir auf jeden Fall nicht mehr, sagte er, alles gefälscht, alles Fälschungen. Aber hier, er versuchte, sich die Zeitung auf den Schoß zu legen, blätterte in seinem Kalender, die Zeitung ruschte zu Boden, Frau Teupel sammelte sie auf, im Oberbayrischen hat der Hahl jetzt die Erdenhüterkristalle öffentlich zugänglich gemacht, das sollten wir uns keinesfalls entgehen lassen, fantastische Stücke, Josefine, fantastische Stücke, extraordinär.

Wurlich beugte sich zu Frau Teupel, auch das Amtsblatt, flüsterte er, würde Ihrem Mann nicht so viele Umstände machen, er rückte ein wenig von ihr ab, weiß man, sagte er wieder lauter, was sie da hineinschütten, er machte eine Bewegung zur Küche hin, nickte ihr zu, lehnte sich wieder zurück.

Frau Teupel schaute auf den Stammtisch, ein Mann mit Schnauz zwängte gerade unter ohrenbetäubenden Anfeuerungsrufen einen ganzen Knödel in den Mund, Wurlich folgte ihrem Blick, der Schnauzbart lupfte den Hintern ein wenig vom Stuhl, präsentierte sich reihum, voilà, sagte Wurlich leise und wie zu sich selbst, voilà.

Frau Teupel drehte sich zu ihm herum, schaute ihm in die Augen, Wurlich schaute zurück, und hätte sie sagen können warum, aber ihr war, als müsste er ein wenig länger nur weiterschauen und die Kleider würden ihr, Stück für Stück, vom Leib fallen, sie wendete den Blick hastig auf die Vorderseite der Zeitung, *Und wieder ringt die Union –*

Und nicht zu vergessen, Käse schließt den Magen, tönte Wurlich an ihr Ohr. Ich könnte jederzeit aufstehen und das Lokal verlassen. Der Käse würde mir erlauben, aufzustehen und zu gehen. Zu gehen und, beispielsweise, *originellerweise,* niemals wiederzukehren. Käse schließt den Magen.

Er strich sanft über seinen Kopf, und draußen, fragte er, mal was ganz anderes, Ihrer ganz persönlichen Meinung nach, ist draußen ein Sommer oder ein Herbst.

Frau Teupel flüsterte etwas, der Oberkellner servierte Wasser, drei Tische weiter.

Wie, sagte Wurlich, ich habe nicht ganz verstanden, er beugte sich vor, ich bin nicht *hundertprozentig* sicher, verstehen Sie. Er räumte die Dekoration vom Teller und schlug sie in die Serviette. Es spricht in mir alles für Sommer. Er nahm den Strauß aus der Vase, stopfte das Serviettenpaket hinein, arrangierte die Blumen. Aber es wäre gut zu wissen, er fuhr mit dem Daumen erstaunlich zart über einen Blütenkopf, aber wenn Sie es auch nicht wissen. Er beugte sich ein wenig näher zu der Vase, was denken Sie, er wandte die Augen nicht von der Blume, ist das ein Veilchen, eine Rose, eine Nelke, ich komm beim besten Willen nicht drauf.

Astern, Frau Teupel räusperte sich, es sind Astern, Wurlich schaute sie an, er schien betroffen, Frau Teupel sah ihn tonlos das Wort formen, er blickte auf die Blume, auf den Oberkellner, der zurück Richtung Küche strebte, das heißt, sagte er, er streichelte die Blume, und, Frau Teupel konnte gar nicht schnell genug schauen, zerquetschte sie zu einem feuchten Klumpen.

Aber was bedeutet das, sagte Wurlich, seine Stimme schien um eine Oktave höher geworden zu sein, das würde ja bedeuten –

Er knipste den Blütenkopf vom Stengel, warf ihn in den Aschenbecher.

Niemals wiederkehren, sagt er, er stocherte mit seiner Gabel in dem Aschenbecher, drehte den Blütenkopf um und um, panierte ihn gründlich. Ab und zu könnte ich eine Ansichtskarte schicken. Er wendete den Kopf und betrachtete versunken den Käse. Wenn überhaupt.

Frau Teupel tastete nach ihrer Frisur, steckte eine Haarnadel fest. Er nahm das Besteck wieder zur Hand, schnitt mit dem Messer eine Scheibe vom Brie.

Wissen Sie, sagte er aufgeräumt, wenn ich den nördlichen Sternenhimmel nachbilden würde, auf dem Parkett vom Neugröschl zum Beispiel, ich würde nur einen Teil davon nehmen, einen Ausschnitt, das erschiene mir romantischer. Und es wäre ein Sommerhimmel, er lächelte sie an, bei mir wär immer Sommer, verstehen Sie? Ein ganz bestimmter Tag im Juni, eine Stunde, eine Sekunde, *der Himmel über diesem Saal,* Sommer. Kein Herbst. Keine Astern. Immer Sommer. Er schaute auf die Hand in ihrem Haar, lächelte, sie steckte die Hand unter den Tisch. Immer Juni, 7. Juni.

Teupel winkte der Kellnerin. Wurlich warf das Besteck auf den Teller und drehte sich mit dem Gesicht zur Wand. Man hörte die Absätze, und er drückte die Schläfe ans Holz. Er horchte.

Herr Doktor Teupel, was darf's denn sein?

Eine Gulaschsuppe, sagte Teupel.

Helmut, sagte Frau Teupel, sie räusperte sich, Helmut ich weiß nicht, ob das jetzt wirklich –

Einmal die Gulaschsuppe, Klara ging davon, Absätze.

Wurlich wedelte ihren Geruch weg, schnell, sagte er aufgeregt zu Frau Teupel, Rose, Nelke, Moschus, was ist –

Das ist vielleicht ein Herrenduft, sagte Frau Teupel, womöglich *Alt Innsbruck,* mein Mann benutzt das auch.

Wurlich lauschte, legte die Hand ans Ohr, eine Stimme wie der rote Samt auf den Stühlen, sagte er, wie der Saft von Gulasch, eine Stimme wie Mohnblumen, er betrachtete aufmerksam Frau Teupel, als sei sie gerade erst zur Tür hereingekommen, ich höre das, flüsterte er, ich höre so mancherlei, ich bin Musiker, müssen Sie wissen, Teupel schaute an der Zeitung vorbei, Wurlich wandte sich an ihn, als Musiker hört man so manches, was anderen womöglich verborgen bleibt.

Ach so, sagte Teupel. Er hob die Zeitung. Wurlich schaute auf die Frontseite, *Und wieder einmal kämpft die Union gegen die Dummheit des deutschen Wahlvolkes,* was, dachte er, *Alt Innsbruck,* was will denn die Klara in Alt Innsbruck.

Der Oberkellner kam mit einem Tablett vorbei, Wassergläser.

Franz, sagte Wurlich, was –

Stör mich jetzt nicht, Wurlich, sagte der Oberkellner, stör mich nicht.

Einmal die Gulaschsuppe, sagte die Kellnerin. Wurlich bückte sich unter den Tisch, Klara trug ein Paar knallroter Lackschuhe mit schmalem Absatz, die Strümpfe grün, blütenstengelgleich, dachte Wurlich, grinste, unsere Blume Klara. Es kliklackte auf dem Parkett, und er sah die Beine der Frau Teupel, die waren fleischfarben bestrumpft, in akkurater Position, die Schuhe mit perlfarbenen Schnallen. Er sah Frufru herankommen, er warf einen Blick zu ihm herein, tappte unter den Tisch und setzte sich, schaute mit ihm zusammen hinaus.

Ich wäre vorsichtig, wenn ich Sie wäre, sagte er dumpf unter dem Tisch hervor, alles Nudelaugen in der Küche, er sah die Blütenstengel wieder näher kommen, den Brotkorb vergessen, sagte Wurlich unter dem Tisch zu Frufru, immer vergisst sie den Brotkorb, was sie uns damit wohl sagen will. Er sah die Beine des Oberkellners vorbei Richtung Küche gehen, der Oberkellner, der Franz, dachte er, was wohl der Franz, na ja.

Wurlich tauchte wieder auf, sah dabei zu, wie der Oberkellner am Tresen sein Tablett mit zwei frischen Wassergläsern bestückte. Er nahm das eingeschweißte Stück Gervais vom Teller, und das, sagte er zu Frau Teupel, ist ein Skandal, er ließ die Käseportion unter den Tisch gleiten.

Teupel legte die Zeitung neben sich auf den Tisch und tauchte den Löffel in die Suppe.

Wurlich hörte unter dem Tisch Frufru den Käse auspacken.

Ihren Mann würde ich gerne einmal eine Straßenkarte bedienen sehen, sagte Wurlich, Teupel pustete in die Suppe und führte den Löffel zum Mund. Wurlich spießte einen Bissen auf seine Gabel, der Oberkellner marschierte vorbei.

Frufru, hör auf zu schmatzen, sagte Wurlich, Frufru kaute leiser, ich würde Ihnen gerne etwas erzählen, sagte Wurlich, man hörte das Wogen der Gaststube, am Stammtisch stieß man mit einer neuen Runde Bier an. Frufru saß plötzlich auf dem Klavier, starrte ins Nichts. Manchmal schüttelte er melancholisch den Kopf.

Wurlich legte die Gabel nieder, hob seine Hände, hielt sie Frau Teupel vors Gesicht, sehen Sie, sagte er.

Frau Teupel betrachtete die Hände.

Und, fragte er.

Sie schaute ihn ratlos an, was bitte, sagte sie.

Nichts, sagte er, sehen Sie das, nichts, er ließ sie sinken.

Er nahm die Gabel wieder hoch, kleiner Themenwechsel, sagte er, er fixierte Frau Teupel, von diesen Augen geschaut zu werden, ist reines Glück, so weiche Lippen, diesen Mund zu küssen ist, wie den Himmel zu kosten, sein Blick wanderte an Frau Teupel hinauf, er legte den Kopf schief, ihr Hals so weiß und diese edlen Schultern und ihr Hals, mein Gott, ihr Hals. Er drehte den Kopf und sein Blick verfing sich im Luster, diese Eleganz, seine Stimme schraubte sich zum Falsett, er kreischte beinah.

Frau Teupel nahm die Serviette ihres Mannes und presste sie gegen ihren Mund, Wurlich verstummte, betrachtete die Gulaschsuppe, er beugte sich näher heran, schnupperte, na wer weiß, murmelte er, Teupel war etwas abgerückt, setzte sich die Brille auf, schaute auf Wurlichs Frisur, setzte die Brille wieder ab. Er zog den Teller näher zu sich.

Ein blöder Erguss, nicht wahr, Wurlich stemmte mit der Messerspitze kleine Brocken aus dem Parmesan, ich bin auch eigentlich überhaupt nicht der Mann für so was, verstehen Sie mich recht, natürlich, ich bin Romantiker, aber so? Aber manchmal überkommt einen einfach die Poesie, kennen Sie das auch? Wurlich legte eine Hand an sein rechtes Ohr. Er horchte. Er flüsterte.

Ich glaube fast, ihre Füße tänzeln schon. Hören Sie nicht das Klappern der Absätze? Hören Sie nicht, wie es –

Nein, sagte Frau Teupel, nein.

Wie, fragte ihr Mann.

Der Oberkellner.

Ich sage Ihnen, sagte Wurlich, hier spielen sich Dramen ab, Dramen, der Franz, beispielsweise der Franz, aber, na ja, was soll's.

Er sah den Oberkellner mit leerem Tablett zurückkommen, lauschte auf das unablässige Gemurmel im Saal, Klara irgendwo mit ihren knallroten Schuhen, Beine wie Blütenstengel, und wieder blüht unsere Blume Klara, murmelte er, blüht unsere blöde Blume Klara, er grinste.

Stern um Stern, sagte Wurlich, Klara arbeitet Abend für Abend an ihrem ganz persönlichen Himmel, stanzt ihn dem Neugröschl in sein Parkett, und wir alle, er klopfte mit dem Messer auf den Parmesan und sah feine Späne über den Tellerrand stauben, wir alle fragen uns, ist es ein herbstlicher Himmel, ist es der Sommerhimmel? Locht sie überhaupt am Himmel der nördlichen Hemisphäre oder schon lange am Himmel der südlichen? Und welche Zeit? Welcher Tag? Und wo? Ein nicht ganz unwichtiger Aspekt, wo ist sie, wo ist Klara? Welches ist ihre Position, das ist, gerade in Hinblick auf die Sterne, nicht unter den Tisch zu kehren. Für mich persönlich sind das die alles entscheidenden Fragen, wann, wo, Sommer oder Herbst. Er steckte sich zwei, drei Brocken in den Mund, das ist es, sagte er dumpf, was wir uns alle fragen. Was wir uns alle immer fragen.

Der Oberkellner ging mit konzentriertem Gesichtsausdruck an ihm vorbei, Wurlich wandte sich wieder seiner Käseplatte zu.

Diese Haare. Ich glaube, selbst wenn ich in einer Nacht einmal nicht von ihr träume, die Haare kommen immer vor, und wenn nur als groteskes Accessoire in ganz anderen Zusammenhängen. Neulich beispielsweise träumte ich, dass, er schaute auf, Frau Teupel hatte auffällig rote Wangen, klebte an ihrem Stuhl, na egal, nicht so wichtig, denken Sie sich einfach was Groteskes, er lachte, denken Sie einfach an das Groteskeste, was Ihnen einfällt, er heftete seinen Blick auf den Kragen ihrer Bluse, sie hatte ein schmales Seidentuch um ihren Hals geschlungen, puderrosa, was auch immer, sagte er langsam, sein Blick wanderte ihren Hals entlang, was auch immer das sein mag.

Wissen Sie, der Oberkellner war auf dem Weg zur Kaffeetheke, sie reichen bis zu den Hüften, die Haare natürlich, man sieht das jetzt vielleicht nicht, das ist alles nicht ganz kunstlos verzopft, verhaspelt und verknüpft, aber sie reichen hinab und bis zu den Hüften. Schwarz wie das Klavier drüben in der Ecke, er deutete nach links. Frufru hatte erschöpft den Kopf auf die Vorderpfoten gelegt, die Augen halb geschlossen.

Andere mögen behaupten, sie seien schwarz wie die Nacht, schwarz wie Kaffee, alles Unsinn, sie sind schwarz, haargenau schwarz wie das Klavier, mein Klavier. Wenn Klara ihre Haare löste, und glauben Sie mir, das geht schneller als ein anständiger Mensch glauben möchte, an meinem Klavier lehnte, da hätte ich nicht mehr sagen können, wo Klara aufhört und wo das Klavier anfängt. Klaras Haare sind sozusagen die Verlängerung meines Klaviers oder andersherum, mein Klavier die Ausdehnung, die natürliche Ausdehnung Klaras. Womit eigentlich alles gesagt wäre. Und eine Ausdehnung hat sie immer, wissen Sie, Klara ist nie einfach nur Klara.

Wurlich schaute suchend über den Tisch, vielleicht ist das der eigentliche und damit aber auch der am schwersten zu begreifende Punkt. Sie ist, ich weiß, ich drücke mich ungeschickt aus, sie ist sozusagen zu viel für sich allein, verstehen Sie, was ich meine, Klara ist so viel Klara, dass sie gar nicht weiß, wohin damit.

Er nahm die Speisekarte zur Hand, schlug die erste Seite auf, las. Es gab Nächte, da war sie schön bis zur Unerträglichkeit. Jetzt geht's. Aber damals. Unerträglich. Wurlich klappte die Karte zu, griff entschlossen zur Pfeffermühle und drehte sie über dem Bergkäse.

Wenn Sie genau hinschauen, er hob ein wenig die Stimme und übertönte die Mahlgeräusche, der Käse verschwand nach und nach unter den Pfefferkrumen, wenn Sie ganz genau hinschauen, dann werden Sie feststellen, der Käse war einem schwarzen, sanften Hügel gewichen, er stellte die Pfeffermühle an ihren Platz, Sie schauen ja gar nicht, schrie er unvermittelt, Frau Teupel drehte hastig den Kopf, schauen Sie nur hin, schauen Sie ihren Beerenmund, ein Mund wie ein Brombeerpölsterchen neben dem anderen.

Frau Teupel suchte flüchtig nach den Brombeerpölsterchen, schüttelte den Kopf, blickte auf seinen Teller, betrachtete die Käsestücke, die, nunmehr in appetitliche Happen zerlegt, auf Wurlichs Teller lagen, den schwarzen Hügel, wie von einem Maulwurf.

Sie müssen schon hinschauen, Wurlich beruhigte sich etwas, schauen Sie nur, Ihnen kann man ja alles erzählen, man muss schon schauen, genau und unverblümt muss man den Dingen ins Gesicht schauen, man muss sich aussetzen, der Realität, der schrecklichen Realität aussetzen, verstehen Sie das. Frau Teupel hob den Kopf, an der Theke stand die Kellnerin und sortierte Semmeln in die Brotkörbe, schon wieder diese Stimme, nahe dran am Kreischen, Wurlich strich sich über den Kopf, schien sich zu beruhigen, strich sich sanft übers Haar, der Oberkellner stellte sich neben Klara, füllte zwei neue Gläser mit Wasser, sie sagte irgendwas zu ihm, er schüttelte den Kopf, hob das Tablett.

Wurlich lehnte sich zurück, betrachtete versonnen Herrn Doktor Teupel, er klaubte mit den Fingern ein Stück Semmel aus der Suppe, fing mit der Zunge den hinabrinnenden Saft auf, versuchte gleichzeitig, eine Seite der Zeitung zu wenden. Wurlich wandte sich ab und blickte Frau Teupel direkt in die Augen.

Der schrecklichen Realität, Auge in Auge, sagte er.

Frau Teupel presste ihren Rücken gegen die Stuhllehne und hielt sich mit den Händen an der Fläche des Stuhls. Einzelne Strähnen hatten sich aus dem Haarknoten gelöst und wuselten spinnenfein um ihr Gesicht. Teupel setzte die Brille auf, schaute sich um und winkte der Kellnerin, hob sein leeres Glas.

Wurlich legte mit den Käsestücken Muster auf seinem Teller, und Klara servierte Teupel ein Glas frisches Bier.

Neugröschl kam aus der Küche auf sie zu, zog vom Nebentisch einen Stuhl heran, setzte sich neben Wurlich. Er nahm eine Zigarette aus dem Etui auf dem Tisch, ich darf doch, sagte er, Wurlich zündete ein Streichholz an, Neugröschl lehnte sich zurück, streckte die Beine aus.

Wurlich, sagte er Wurlich, Wurlich, er starrte ins Lokal, schwieg. Frufru hatte sich aufgesetzt, spähte herüber und ließ sich vorsichtig vom Klavier hinuntergleiten. Er schlurfte durchs Lokal, setzte sich auf Neugröschls Füße, starrte ins Lokal.

Am Stammtisch beugten sie über dem Tisch die Köpfe zusammen, einer erzählte mit gedämpfter Stimme irgendwas, Neugröschl betrachtete geistesabwesend das hochgerutschte Hemd und den nackten Rücken des ihm am nächsten Sitzenden.

Ich sag dir, Wurlich, die kochen einen Scheiß zusammen in der Küche, das ist zum Weinen, wirklich zum Weinen. Ich mag am Dienstag schon gar nicht mehr meinen freien Tag nehmen, das Schlitzauge braut da immer was aus seiner Heimat, und am nächsten Tag hast du eine Luft in der Küche, da kommt einem fast das Speiben. Eine Luft, wie das Fischsterben selber, ehrlich. Ich bin ja prinzipiell nicht gegen Fisch, aber was bitte sucht ein Fischöl in einem Eintopf mit Geschnetzeltem, weil was ist das anderes als Geschnetzeltes. *Curry*, das sagt sich so leicht und alle Welt hat eine Mordsfreud, würd ich auf die Karte schreiben, *Jeden Dienstag Eintopf*, ich hätte schön meine Ruhe am Dienstag, Eintopf will kein Schwein, koch ich das Gleiche nur noch dazu mit Fischöl, rennt man mir das Haus ein.

Der Stammtisch brach in johlendes Gelächter aus, die Männer ließen die Gläser aneinanderkrachen. Neugröschl verengte die Augen, wenn das Gfraster nicht bald eine Ruhe gibt, werf ich die allesamt hinaus, glaub's mir Wurlich, die Gäst werden immer lausiger.

Wurlich betrachtete Frau Teupel, sie studierte die Speisekarte, drehte an ihrem Ohrring, er fasste die Haut unter ihrem Ohr genauer ins Auge, eine zarte, papierdünne Haut.

Der Franz, sagte er –

Neugröschl schloss für einen Moment die Augen, weißt du Wurlich, er beugte sich nach vorn, drehte die Zigarettenspitze in dem Aschenbecher, manchmal komm ich mir vor wie in einem Irrenhaus.

Der Oberkellner kehrte zurück, Neugröschl klopfte mit dem Fingerknöchel gegen sein leeres Tablett, meinst du nicht, dass es langsam gut ist, Franz?

Der Oberkellner schaute in die Spiegelfläche des Tabletts, drückte eine Haarsträhne seines Scheitels glatt, man hat nach mehr Wasser verlangt, sagte er ausdruckslos.

Neugröschl beugte sich über den Tisch, schaute nach links, wenn ich mich nicht täusche, sagte er, dürften es in der Zwischenzeit annähernd zwanzig Gläser sein.

Man hat nach mehr Wasser verlangt, also serviere ich mehr Wasser, man hat die Meinung gehabt, ein Glas Wasser zum Kaffee sei nicht genug, gut, wenn man meint, ich wisse nicht, wie viel Wasser zum Kaffee genau richtig sei, gut, so serviere ich mehr Wasser, gut, der Oberkellner klemmte das Tablett unter den Arm.

Lass gut sein, Franz, Neugröschl lehnte sich zurück. Sie tun's sicher nie wieder.

Der Oberkellner murmelte irgendwas und zog Richtung Theke davon.

Neugröschl seufzte, Wurlich sah zu, wie der Oberkellner an einem ganz anderen Tisch jetzt die Bestellung aufnahm.

Was ist eigentlich mit dir und der Klara, Neugröschl klopfte die Asche auf den Parkett, Frufru betrachtete die Krumen, schnupperte, leckte sie auf. Wurlich nahm sich ebenfalls eine Zigarette aus dem Etui, Neugröschl zündete ihm ein Streichholz an.

Nichts, sagte Wurlich, er lehnte sich zurück, nichts.

Beide schauten, wie die Kellnerin drei riesige Schnitzelteller zu einem Tisch trug. Sie stellte einen Teller ab, die Frau an dem Tisch sagte etwas zu ihr hoch, Klara lachte und stellte die beiden anderen Teller ab. Sie wischte sich die Hände an der Schürze, beugte sich noch tiefer, nickte, lachte wieder.

Gar nichts, sagte Wurlich.

Neugröschl zündete eine weitere Zigarette an, und was machst du jetzt, fragte er.

Nichts, sagte Wurlich, er hob seine Hände, siehst du das, fragte er.

Neugröschl musterte die Hände von der Seite, schaute Wurlich an, und, sagt er.

Nichts, sagte Wurlich, eben nichts, er ließ die Hände wieder sinken.

Neugröschl schaute ins Lokal, nickte, Frauen, sagte er, Frauen, er nickte noch ein bisschen weiter.

Vom Stammtisch nebenan lehnte sich einer ein wenig nach hinten, er hatte seine Baseballmütze in den Nacken geschoben, fasste den Koch ins Auge. Herr Neugröschl, rief er herüber, was gibt's denn heute besonders Gutes?

Was auf der Karte steht, sagte Neugröschl, er nahm den

letzten Rest der Zigarette zwischen die Fingerspitzen, der Rauch zog ihm ins Gesicht, er kniff ein Auge zu.

Für so eine Antwort hätt ich Sie ja nicht fragen müssen, sagte der Stammtischler, lehnte sich zurück.

Was fragen Sie dann so blöd. Von mir aus müssen Sie erst gar nicht herkommen, Neugröschl drückte die Zigarette aus, schubste Frufru von seinen Füßen und stand auf. Er klopfte Wurlich auf die Schulter, seither ist auch Ruhe im Gehäus, er nickte hinüber zum Klavier, gibt nimmer so viele, er zog das Geschirrtuch aus der Schürze, wischte über den Tisch, um die Käseplatte herum, wird schon, Wurlich, sagte er, er klopfte ihm noch einmal auf die Schulter, wird immer. Er ging am Stammtisch vorbei, schlug mit seinem Geschirrtuch auf das Stück nackten Rücken, hocken S' nicht so als ein Nackiger hier herum, noch sind wir ein anständiges Haus, er nahm den leeren Teller mit und stieß mit einem Fuß die Schwingtür auf.

Frau Teupel riss die Packung eines Erfrischungstüchleins auf, wischte sich die Hände ab.

Ist Ihnen auch so fad, fragte Wurlich, er zündete eine Zigarette an, lehnte sich zurück.

Ein Schluck von dem hier servierten Kakao, sagte Wurlich irgendwann, und ich würde auf der Stelle tot umfallen, ich schwöre es. Bei manchen mag es bloß eine Art mittlerer Lähmung hervorrufen, ich spekuliere auf ein promptes Abkratzen.

Frufru machte einen Satz, setzte sich neben Frau Teupel auf die Bank, lehnte sich vorsichtig an sie.

Frau Teupel schaute gequält auf dem Tisch herum.

Sie hören das jetzt vielleicht nicht gern, raunte er ihr zu, aber der Kakao hier ist kein gewöhnlicher. Was schon auffällt, ist, dass sie den Kakao nicht aus den Maschinen hier draußen bei der Kaffeetheke herauslassen, sie bringen ihn auf Tabletten aus der Küche, kochen ihn dort in großen Kesseln, und ich bitte Sie, wo hätte man so was schon gesehen. Er schaute sich um, ich weiß nicht, was die Klara damit macht, aber die Klara macht etwas damit, ich weiß nicht, spuckt sie hinein oder mischt sie was darunter, ich tendiere ja eher zu Zweiterem, sie hat da so ihre Verbindungen zu, sagen wir einmal, nicht ganz sauberen Objekten.

Frau Teupel starrte ihn an, ich verstehe nicht, sagte sie.

Wurlich nickte bedächtig, es gibt da so eine Sprühflasche, er schaute sich rasch um, flüsterte, eine Sprühflasche, verstehen Sie? Ein Parfum, er lehnte sich zurück, schaute Frau Teupel spekulierend ins Gesicht, ein Parfum, sagt Klara, er nickte noch einmal, bloß, er beugte sich nah zu Frau Teupel, es riecht nicht. Er wartete, schaute sie an. Es riecht nicht, verstehen Sie. Sie sagt, es riecht, ich sage, es riecht nicht. Sie sagt, o ja, das riecht sogar sehr gut, ich rieche nichts, rein gar nichts, nein, sage ich, dieses Parfum riecht nach gar nichts. Ist das nicht merkwürdig? Es riecht nicht, aber es wirkt, wie, weiß ich nur noch nicht, verstehen Sie?

Ich, Frau Teupel schüttelte den Kopf, ich verstehe nicht, was –

Wurlich schüttelte langsam den Kopf, drückte die Zigarette aus, manchmal frage ich mich, ob ich mir das alles nur einbilde, er seufzte, manchmal frage ich mich sogar, ob ich das alles nur geträumt habe.

Die Schwingtür, es roch nach Gulasch. Sternenstanzen.

Aber die Kellnerin sehen Sie schon auch, oder nicht, Wurlich lachte an sich vorbei und legte sich sein Taschentuch übers Gesicht.

Klara blieb vor dem Tisch stehen, darf ich schon mitnehmen, Konrad?

Das Tuch blähte sich über seinem Mund.

Die Kellnerin blickte auf Frau Teupel, Frau Teupel, darf's

noch was sein, Frau Teupel hing an ihren Lippen. Ein Brombeerpölsterchen neben dem anderen, sie schaute rasch an ihr vorbei.

Danke, sagte sie.

Teupel beugte sich vom Tisch zurück, die Kellnerin nahm den leeren Suppenteller an sich.

Herr Doktor Teupel?

Eine heiße Schokolade, sagte Teupel und sah zu seiner Frau.

Josefine? Auch einen Kakao? Zweimal den Kakao, Teupel nickte der Kellnerin zu, und sie nahm das Geschirr mit sich.

Wurlich saß zusammengesunken auf der Bank, schaute hoch zum Luster. Ingrid war gerade dabei, vorne die oberen Fensterflügel zu öffnen, die geschliffenen Glastropfen schlugen in dem leichten Wind von draußen sacht gegeneinander. Wäre es ein Sommer, dachte er ungefähr, die würden sich nicht so anstellen. Er betrachtete seine Hände. Viel zu schmal, dachte er verzweifelt, schloss die Augen, diese Hände sind viel zu schmal. Astern. Er öffnete die Augen, die Blumen in der Vase staken in alle Richtungen, Astern, Astern.

Scheitern, sagte er unvermittelt, ich weiß schon lange, dass ich immer nur scheitern kann. Wissen Sie, was ich immer für einen Hunger habe? Er rückte ein Stück näher zu Frau Teupel, Frufru legte den Kopf auf ihren Schoß.

Ich komme hungrig und ich gehe hungrig, ganz egal, was und wie viel ich esse. Ich habe durchaus schon von der Gulaschsuppe versucht, ich probierte mich an den Eierspeisen und am Kalbsbraten, Mehlspeisen, Salate, Gemüsegerichte, meine Güte, es ist ja nicht so, dass der Neugröschl sein Metier nicht verstehen würde, der Neugröschl kocht gut, sehr gut sogar. Einerlei. Ich habe von allem gegessen und nichts hat mich gesättigt. Ich esse mich krank und was bleibt, das ist ein Hunger, ein unbeschreiblicher Hunger, ein Mordshunger. Mit den Käseplatten versuche ich gar nicht erst, einem Hunger gerecht zu werden, der, man könnte es so sagen, der nicht organisch ist.

Wurlich blickte zu Klara, die am anderen Ende des Lokals einen Tisch abräumte, sie stapelte die Teller über dem Handgelenk, stützte den Arm an der Hüfte ab, beugte sich über den Tisch und fuhr mit einem Wischtuch über die Platte. Ihr Körper bildete für einen kurzen Moment ein Fragezeichen, löste sich wieder, bestimmt fragt sie sich auch mitunter, sagte Wurlich, ich vermute einmal, sie ist sich selbst ein Rätsel, er nickte vor sich hin, ein Rätsel.

Sie trug die Teller zur Theke, Ingrid kam aus der Küche, schob den Mehlspeiswagen vor sich her. Können Sie sich vorstellen, dass der Anblick, der pure Anblick eines Menschen einen hungrig macht wie ein Rudel Wölfe, einen grausam hungrig macht, können Sie sich das vorstellen?

Frau Teupel starrte auf die Marmorplatte vor sich, schien intensiv die Maserung zu studieren und schüttelte beinah unmerklich den Kopf. Frufru wurstelte sich umständlich zurecht, drehte sich auf den Rücken, streckte die Beine in die Luft. Klara verschwand in der Küche, Wurlich wandte schnell den Blick ab. Die Schwingtür, Gulaschgeruch.

Ja, sagte Wurlich, ich überlege auch immer, ob das jetzt die Ringe sind von Saftgläsern oder von Kaffeetassen, Wein oder Tee, man müsste das einmal nachprüfen, vielleicht würde uns das Klärung verschaffen. Er fixierte die geschlossene Küchentür, vielleicht, meinte er verträumt, würde das alles klären, oder was denken Sie.

Die Tür schwang auf, Klara balancierte ein ungeheuerliches Tablett mit Tassen dampfender Schokolade.

Sehen Sie, Wurlich nickte, kaum bestellt einer hier herinnen eine heiße Schokolade, bestellt gleich das ganze Lokal eine heiße Schokolade, das ist wie eine ansteckende Krankheit, wie die Pest ist das, das ist doch nicht normal, und tatsächlich, man ist hinterher nicht mehr derselbe. Er beobachtete, wie Klara die Tassen an den Tischen verteilte, aus der Küche folgte ihr, ebenfalls mit einem großen Tablett, der Oberkellner.

Sogar der Franz lässt sich dazu herab, Sie könnten schauen bis zum Erblinden, den Franz sieht man sonst nie mit einem Tablett, das die Größe eines Taschentuchs übertreffen würde, der Franz hat das nicht nötig, der Franz ist immerhin der Oberkellner, vom Franz können Sie einen Tee haben oder einen Kaffee, und, Wurlich blickte verschwörerisch um sich, kommen Sie nie, kommen Sie niemals auf die fatale Idee, Sie könnten eventuell Lust haben, zum Kaffee noch ein weiteres Glas Wasser zu trinken. Der Franz weiß, wie viel Wasser Sie zum vollendeten Kaffeegenuss brauchen, er weiß das einfach. Ja, der Franz. Wenn der Franz seinen Mittag nimmt, können Sie hier herinnen hocken und warten bis Sie schwarz werden, bedient werden Sie auf jeden Fall nicht, der Franz hält immerhin gerade Mittag. Wurlich schaute zu, wie der Oberkellner gnädig die Kakaotassen verteilte.

Und das Lustigste, sagte er fast begeistert zu Frau Teupel, er deutete nach links, der Stammtisch!

Frau Teupel blickte hinüber zu dem Stammtisch, die Männer ließen mit glänzenden Gesichtern ihre Biergläser gegen die Kakaotassen austauschen. Als servierte man ihnen den Schnaps jetzt eimerweise, sagte Wurlich leise.

Als Wurlich sah, dass die Reihe an ihren Tisch kam und Klara ein weiteres Mal ihre Richtung anstrebte, erhob er sich, er beugte sich nah an Frau Teupel heran, berührte mit den Lippen fast ihr Ohr, er hielt kurz inne, dieses papierne, hauchzarte Stück Haut, Sie entschuldigen mich, flüsterte er. Er zog den Frack über, ging quer durchs Lokal, am Klavier vorbei zur Tür, die ins Stiegenhaus und zu den Toiletten führte.

Wurlich kam von den Toiletten zurück, er machte eine leichte Verbeugung vor Teupel, dürfte ich einmal Ihre Uhr sehen, fragte er, er schaute auf das Ziffernblatt, schien zu überlegen, setzte sich wieder, besten Dank. Rund, sagte er verbindlich, in der Welt geht's scheint's rund. Herr Doktor Teupel starrte ihm ins Gesicht, schob die Zeitung zwischen Wurlich und sich, murmelte irgendwas.

Ich möchte Ihnen gerne etwas erzählen, begann Wurlich zu Frau Teupel gewandt, er hob seine Hände, wissen Sie, das war nicht immer so. Sie werden immer schmaler, unaufhaltsam verschwinden sie allmählich. Um diese Zeit, zehn Uhr abends, beginnt für dieses Lokal die beste Zeit, beginnt für die Kellnerin, begann auch für mich einmal die beste Zeit. Wurlich ließ sich gegen die Wand sinken, fixierte die Eingangstür, einen Moment noch, eine Sekunde, immer pünktlich, jetzt, sagte er, Frau Teupel schaute zur Eingangstür, schaute zu Wurlich, dieser beugte sich nach vorn, da ist er, sagte er leise, da bin ich, da bin ich, da bin ich, er schaute zu, wie ein weiterer Gast das Lokal betrat, Frau Teupel schaute wieder zur Tür, keiner. Die Tür war geschlossen, Ingrid hatte den Vorhang vor den Windfang gezogen, keiner.

Wurlich hatte die Augen weit aufgerissen, die Eingangstür schwang hinter dem neu Hinzugekommenen zurück, er schaut sich um, zieht einzeln an den Fingern des Handschuhs. Wurlich lehnte sich wieder zurück, betrachtete ihn mit halbgeschlossenen Augen, er taxierte die Bewegung an den Handschuhen, schauen Sie, sagte er, die Hände, diese unverkennbaren Pianistenhände, er steckt die Handschuhe in die Manteltaschen, hängt seinen Mantel an die Garderobe, einen weißen Schal, streicht sanft über seinen Kopf, streicht mit einer possierlichen Bewegung eine Haarlocke aus der Stirn, er trägt eine wirklich überzeugende Frisur, oder finden Sie nicht? Er ist, Wurlich verzog den Mund, er ist kultiviert bis in die Fingerspitzen. Wurlich verfolgte, wie er zur Theke schlenderte, die Tür zur Küche schwappte auf, spülte Klara heraus, sie hob den Kopf, lächelt, wie eine Katze, sagte Wurlich, und seine Augen waren schmale Schlitze, Frau Teupel schaute, wie die Kellnerin an der wirklich ganz anderen Seite des Lokals den Tisch abräumte.

Entschuldigen Sie, sagte sie vorsichtig, aber –

Wie eine Katze lächelt sie, beharrte er, er steckte ein Stück Käse in den Mund, verschluckte sich fast, die Rockschöße, sagte er hastig, hustete, die Rockschöße scheinen ständig zu fliegen, so elegant ist er, Wurlich legte Frau Teupel eine Hand auf den Rücken, Frufru schloss die Augen, Wurlich verfolgte die Vorgänge an der Theke.

Er scheint durchaus zu scherzen, schauen Sie, die Kellnerin amüsiert sich prächtig, er hat schon Witz, das muss man ihm lassen, aber in allererster Linie hat er Charme. Und die richtige Frisur. Und Klara, er lachte befreit auf, ja, da kommen die Perlen, er drückte die Hand fester auf Frau Teupels Rücken, die Perlen aus ihrem Mund, das ist ihre Spezialität, Klara kann lachen, dass die Perlen nur so aus ihrem Mund kugeln, hinab auf den Parkett, wo sie mit feinem Klirren zerspringen und in alle Richtungen zerstieben. Ach Klara, sagte er, ach Klara. Er streichelte sanft über Frau Teupels Rücken, schien wehmütig zuzusehen, wie der Perlenstaub sich in dem Lokal verteilte, in feinsten Partikeln sich in die Ecken legte, auf das Essen, die Gesichter, sich verflüchtigte, er wandte wie zufällig seinen Kopf wieder zur Theke. Ich bestelle irgendwas, sagte er, eine Tasse Kaffee, eine Limonade meinetwegen, irgendwas. Es ist nicht wichtig.

Wurlich schaute unverwandt zur Theke, Frau Teupel sah immer noch ein wenig ratlos dabei zu, wie die beiden Kellnerinnen jetzt an den Fenstern mit langen Hakenstangen die Vorhänge zuzogen. Wurlich fasste Frau Teupel mit festem Griff am Arm, sie drehte den Kopf, ein nicht uninteressanter

Moment, flüsterte er, ich schaue die Kellnerin an, schaue sie an, sie schaut zurück, ich stelle das Glas ab, die Tasse, wie auch immer, der Ärmel des Frackes rutscht zurück und legt die Manschetten frei, und was sehen wir, hauchte Wurlich, elegant bis in die Spitzen, diese unerträgliche Eleganz, sehen Sie nur die Manschettenknöpfe, wie sie funkeln.

Frau Teupel schaute, versuchte zu sehen, wie die Manschettenknöpfe funkelten. Wurlich schaute Frau Teupel an, sie tastete mit der rechten Hand nach ihrer Frisur. Wurlich lächelte, strich ganz schnell und sicher mit dem Zeigefinger ihr eine Strähne hinters Ohr.

Klara näherte sich von links mit dem Mehlspeiswagen, Frau Teupel schaute ihr hilflos entgegen, der Pianist und Klara näherten sich von rechts, Wurlich hielt sich die Blumenvase vors Gesicht. Veilchenduft vernebelte die Sicht. *Alt Innsbruck*, verbesserte er sich, vermutlich war es immer schon *Alt Innsbruck*. Aber was sollte das bedeuten? Ein Herrenduft, ein verdammter Herrenduft.

Er hörte die Stimme des Pianisten, fein moduliert, was sonst, hörte Frau Teupel ihn hinter der Blumenvase sagen. Es ist die Art von Stimme, die Frauen zum Schmelzen bringt, dieses raue Timbre, es macht sie heiß, flüsterte er, heiß, es ist, sagte er nun ganz sachlich, das muss man natürlich auch sagen, eine Frage der Übung. Bittesehr, ich bin Musiker, eine fein modulierte Stimme gehört sozusagen zum Repertoire.

Teupel schaute zu, wie die Kellnerin von dem meterlangen Strudel ein Stück abtrennte, und hielt seine Frau dazu an, von der Schokolade zu trinken. Frau Teupel trank von der Schokolade, und, murmelte Wurlich, Sie wissen nicht, ob Ihnen jetzt nicht doch ein bisschen anders wird. Klara reichte Teupel den Strudelteller über den Tisch, rollte den Servierwagen weiter zum Stammtisch und holte aus der unteren Etage eine große, dampfende Platte Kaiserschmarren, dick mit Staubzucker bestäubt, und zwei Schüsseln mit Kompott.

Ich habe ein Kompott bestellt, sagte der mit Schnauz, schaute angewidert in die Schüsseln.

Bitte, sagte Klara, sie wischte sich die Hände an der Schürze und kratzte die herausgefallene Füllung auf dem Strudelblech zusammen.

Das sind Zwetschgenröster.

Da haben Sie völlig recht.

Wurlich ließ die Blumenvase sinken, schaute hinüber zum Stammtisch.

Was heißt recht, wenn ich ein Kompott bestelle, will ich keine Zwetschgenröster, der Mann mit Schnauz wurde lauter.

Aha. Und warum nicht? Klara tauchte das Messer in einen Behälter mit heißem Wasser, trocknete es mit einem frischen Geschirrtuch.

Weil Zwetschgenröster kein Kompott ist.

Wurlich starrte dem Schnauzbart ins Gesicht, jetzt geht's schon los, sagte er leise, schauen Sie, hören Sie, jetzt wird man renitent, es beginnt schon zu wirken. Zuerst dieses widerliche Aufbegehren, welches anschließend in eine fatale Apathie ausartet.

Zwetschgenröster ist kein Kompott, wiederholte Klara, sie hielt das Messer gegen das Licht, polierte nach und legte es aufs Blech zurück.

Nein. Der Schnauzbart verschränkte die Hände vor der Brust, lehnte sich zurück.

Zwetschgenröster ist ein Kompott, Klara erhob ebenfalls die Stimme.

Nein.

Klara starrte einen kurzen Moment hinunter auf den Mann, drehte sich ein wenig, schaute auf den Apfelstrudel essenden Teupel, streifte seine Frau, die betreten die Schultern zuckte. Frufru hatte sich aufgerichtet, stierte über den Tischrand. Sie blieb an Wurlich hängen, dieser betrachtete mit verschleiertem Blick eine Schüssel mit Kompott.

Tankrad, rief sie Richtung Küche, du wirst hier gewünscht.

In dem Lokal wurde es merklich ruhiger, Sekunden verstrichen, Atemzüge, Frufru hatte einen weiten, pathetischen Satz gemacht und schlich geduckt Richtung Theke.

Die Tür zur Küche wurde aufgestoßen, Neugröschl erschien hinter der Theke, strich Frufru über den Kopf, schaute im Lokal herum, näherte sich dem Tisch.

Was gibt's, fragte er Klara, er stopfte das Geschirrtuch in die Schürze.

Der Herr hat Kaiserschmarrn mit Kompott bestellt, sagte Klara, und ich hab ihm Zwetschgenröster gebracht.

Und, sagte Neugröschl, starrte auf den Schnauz.

Er sagt, Zwetschgenröster ist kein Kompott.

Neugröschl stemmte die Hände in die Hüften, blickte dem Schnauzbart ins Gesicht, musterte dann jeden Einzelnen in der Runde, rundherum verebbten die Geräusche.

Das haben Sie wirklich gesagt? Herr Neugröschl bückte sich über den Tisch und näherte sein Gesicht dem des Mannes mit Schnauz bis auf wenige Zentimeter.

Selbstverständlich, der Mann ruckelte ein wenig mit dem Stuhl, schob die Ärmel hoch, wieder runter. Frufru hatte sich vorsichtig genähert, setzte sich.

Sagen Sie's noch einmal, sagte Herr Neugröschl leise.

Der Mann zögerte, er schob die Ärmel hoch, in dem Lokal war es totenstill jetzt, er räusperte sich.

Zwetschgenröster ist kein Kompott, sagte er.

Neugröschl langte unvermittelt über den Tisch, packte ihn am Genick und versetzte ihm eine Ohrfeige.

Er warf den Schnauzbart auf seinen Stuhl zurück, wischte sich mit dem Geschirrtuch über die Stirn.

Zahlen brauchen Sie nicht, sagte er, Sie sind mein Gast.

Neugröschl drehte sich um, in dem Lokal hätte man hören können, wie dem Oberkellner eine Haarsträhne verrutschte, die Gäste duckten sich ängstlich über ihren Tellern, Frufru äugte gemütlich in die Runde.

Neugröschl schaute in ohnmächtiger Langsamkeit in dem Lokal herum. Es sind noch ein paar da, sagte er warnend zu den Umsitzenden, die sagen, Zwetschgenröster ist kein Kompott. Er schüttelte das Geschirrtuch, aber ich kenn sie alle!

Neugröschl stampfte in Richtung Küche zurück, warf die Tür mit einem Fußtritt auf, verschwand.

Teupel pulte aus dem Apfelstrudel die Rosinen, reihte sie an den Rand des Tellers. Sekunden verstrichen, Stunden, das Lokal, die Gäste, versteinert, der Oberkellner klatschte zweimal in die Hände und durchquerte mit einem Tablett, groß wie ein Taschentuch, das Lokal.

Rundherum begann man wieder zu flüstern, am Stammtisch erhob sich schüchternes Gemurmel, der Mann mit Schnauz befühlte seine Wange. Ein Unikat, sagte er in die Runde, bei dem Herrn Neugröschl weiß man einfach, was man hat. Frau Teupel reichte ihm ein Erfrischungstüchlein aus ihrer Handtasche, er riss die Packung auf, drehte sich ein wenig auf dem Stuhl.

Da sitzt jeder Satz, sagte er zu Frau Teupel, er presste das Tüchlein an die Wange, ein echtes Original, der Herr Neugröschl, das ist der Stoff, aus dem Legenden sind, er drehte sich wieder zu seinen Tischgenossen, das wird man sich noch erzählen, rief er, wie mir der Herr Neugröschl eine gelangt hat, sagenhaft! Sie stießen mit den Kakaotassen an, auf den Poldi, rief einer, auf den Poldi, man lachte, zahlen brauchen Sie nicht, rief der Poldi, Sie sind mein Gast, der Stammtisch johlte, Wahnsinn! Sie sind mein Gast!

Wurlich betrachtete angelegentlich die Vase in seiner

Hand, das ist es, sagte er, was ich meine, lauter renitente Objekte, er sortierte an den Astern herum, kaum trinken die einen Kakao, drehen sie völlig durch.

Er wandte den Blick ab, aber was soll's, sagte er, auf mich hört ja keiner, sauft ihr nur, lasst euch vergiften, verführen, kaltstellen, mir ist das ganz einerlei. Er starrte zum Klavier, der Pianist nimmt auf dem Hocker Platz, hat die Frackschöße mit einer raschen und wie zufälligen Bewegung hinter sich niedersinken lassen, hebt die Hände, lässt sie flattern, sehen Sie, seine Stimme überschlug sich, schauen Sie doch die Hände, das sind meine Hände, so waren einmal meine Hände, Klara lehnt sich gegen das Klavier, und wie er die ersten Takte anschlägt, da hebt er den Kopf, blickt ihr in die Augen und er lächelt, lächelt Klara zu sich herein, sagte Wurlich, sagte es eher zu sich selbst.

Frau Teupel griff an ihren Hals, nestelte das Puderrosane aus der Bluse. Hören Sie, sagte sie, ich sehe niemanden, da ist niemand, am Klavier ist gar niemand, das Klavier wird hier schon länger nicht mehr benutzt.

Wurlich starrte ihr ins Gesicht.

Natürlich, schrie er, natürlich ist da niemand, ich bin ja hier. Er zündete sich eine Zigarette an, natürlich ist da niemand, sagte er ganz ruhig, keiner ist da. Das ist eine schizophrene Schleife, mein Arzt nennt das meine ganz persönliche schizophrene Schleife. Haben Sie so was schon gehört? Nein. Er klopfte unablässig die Asche von der Zigarette. Wie sollten Sie. Nicht einmal ich habe davon gehört, nicht einmal mein Arzt hat davon gehört, kein Arzt hörte je von einer schizophrenen Schleife, ich habe gar keinen Arzt, was soll ein Arzt, was kann mir bitte ein Arzt noch helfen, ein Arzt würde vielleicht sagen, Sie befinden sich in einer schizophrenen Schleife, und was sollte mir das nützen. Wiederum, schizophrene Schleife klingt nun nicht gerade akademisch, kein Arzt würde so etwas sagen, wäre eigentlich interessant, was ein Arzt zu so was sagen würde, vermutlich Syndrom, an einem Syndrom wird immer gerne gelitten. Wäre auch ein Wunder, nicht an einem Syndrom zu erkranken, ich persönlich denke, dass die Bekanntschaft mit Klara sozusagen die Ansteckung ist mit dem Syndrom, sie ist ein passiver Krankheitsträger, eine Epidemie, Klara wäre in der Lage, eine veritable Epidemie auszulösen, vielleicht ist es die Pest, wahrscheinlicher aber die Syphilis, sie endet, sehr tragisch, mit einer Gehirnerweichung, und speziell unter Musikern gibt es durchaus prominente Vorbilder, ich leide also vermutlich unter der schrecklichen Musikerkrankheit, schon Schubert, Verwandter im Geiste, Schumann, sie beide litten an Syphilis, und, wen wundert's, Schumanns Frau? Wie heißt sein Weib? Klara. Sowas! Und führte auch prompt eine Ménage-à-trois mit Brahms. Syphilis. Schrecklich. Dazumal litt die Welt unter Syphilis, schlimmer, als die jetzige an Aids. Syphilis galt an und für sich als ausgerottet, aber natürlich, mich muss es erwischen. Aber bitte, ich bin Musiker. Gehirnerweichung, ich fass es nicht. Wissen Sie, um mal das Thema etwas Erfreulicherem zuzuwenden, wissen Sie, welches mein ganz persönlicher Feiertag ist? Wissen Sie nicht. 7. Juni. Mein Tag. Mein großer Klaratag. Bis die letzten Gäste gegangen waren, war's halb drei. Wissen Sie, Tankrad macht die Abrechnung, die Kellner räumen auf, Hubi und Didi wischen die Böden, man wienert die Küche, poliert die Töpfe, man trinkt noch ein Glas und ich weiß gar nicht, wie es kam. Plötzlich waren nur noch Klara da und ich. Tankrad auch schon hinauf in seine Wohnung gegangen, ich weiß es nicht. Denk ich mir auf jeden Fall, pack ich auch zusammen, sortier da am Klavier noch die Noten und Klara auf einmal hinter mir und − legt mich übers Klavier. Das klingt für Sie jetzt sicher verblüffend, ich immerhin, ein ausgewachsener Mann, aber − sie legte mich übers Klavier, nehmen Sie das einfach als gegeben hin. Und das war der Beginn einer großen Liebe, das war der Anfang von Klara und Wurlich, und würde es nach mir gehen, ich würde heute noch in glückseliger Regelmäßigkeit übers Klavier gelegt werden, ich würde Nacht für Nacht bis in alle Ewigkeit – und verstehen Sie, ich habe nicht den leisesten Schimmer, wie lange es dauerte, sind Jahre ins Land gegangen oder nur Wochen, ist es noch Sommer, ist es schon Herbst und der wievielte, wie viel Herbst verging, wie viele Abende saß ich an dem Klavier und spielte hier für das Publikum und spielte doch nur für sie, ich war die Begleitung an ihrer Seite, ich war der Klang ihrer Bewegung, ich war – lassen wir das, lassen wir diesen verschmusten Quatsch. Wie viel Sommer war vergangen bis zu der Nacht, in der sie nicht mehr kam. Ich lag auf dem Klavier, wartete, schaute in die stockschwarze Decke, lag da, gestehen wir es uns ein, wie ein Stück vergessener Schinken, wartete, aber sie kam nicht. Ließ mich da liegen, mürb werden, hart werden, verrotten. War einfach nach Hause gegangen. Hatte sie mich vergessen? Kaum. Klara hat nun bei Gott kein Gehirn wie ein Sieb, sie war meiner einfach leid, ich wäre meiner auch leid. Ich lag auf dem Klavier, nicht besser und nicht viel anders als der Frufru, der durch das Lokal tappt in der Hoffnung, dass einer ihn hätschelt und ihm schöntut. Ich bin ein blöder Hund.

Sie schauten ins Lokal, es wurde immer heißer.

Am Stammtisch rückte einer den Stuhl zurück und ging mit breitem, pflaumigem Schritt quer durch das Lokal Richtung Stiegenhaus, die Tischrunde rief ihm etwas hinterher, er drehte sich um, feixte, aber ich kenne sie alle, rief er, die Männer am Tisch johlten.

Wurlich drehte sich ein wenig herum, machte eine kleine Verbeugung zu Teupel, dürfte ich den Herrn noch einmal um die Uhrzeit, Teupel hielt ihm sein Handgelenk vors Gesicht, Wurlich warf einen raschen Blick darauf.

Sie erlauben doch, er fuhr mit dem Zeigefinger durch

die halb zerflossene Haube von Schlagobers auf der Heißen Schokolade vor Frau Teupel auf dem Tisch und betrachtete ihn.

Halb elf, sagte er und sah zu, wie der Obers seine Finger entlanglief, halb elf und mit mir beginnt ihre große Zeit. Alles andere vorher war nur Geplänkel, aber schauen Sie, jetzt serviert sie wie geschmiert, jetzt erst zerfließen ihre Hände und biegt sich ihr Körper, und schneller und immer schneller gehen ihre Bewegungen ineinander über, ein Taumel, ein Zauber, Sie können es förmlich mitverfolgen, so schauen Sie doch hin, sie zirrt etwas fest, irgendwas zirrt sie fest. Er beherrschte sich, holte die Stimme zurück und schleckte den Finger ab.

Trinken Sie doch von der Schokolade, trinken Sie nur, sie schmeckt gewiss köstlich, er schraubte sich hoch, riss sich zusammen. Er räusperte sich ausführlich.

Frau Teupel hob die Tasse und trank von der köstlichen Schokolade. Wurlich nahm sein Taschentuch und faltete es zusammen. Ich, er zögerte einen Moment, ich darf doch, sagte er, wischte den Schlagobers von ihrer Oberlippe, lächelte. Teupel war bei der Wirtschaft angelangt und Frau Teupel errötete, sehr dezent, sagte Wurlich freundlich, Sie erröten wirklich sehr dezent, er drückte ihr das Taschentuch in die Hand.

Josefine, sagte Teupel, wir müssen, ich sehe gar keinen anderen Weg, wir müssen an die Fahrt nach Großradieschen unbedingt, er klopfte auf seinen Kalender, ich sehe gar keinen anderen Weg, als direkt anschließend auch noch die Messe in der Oberpfalz, Kleinklein und Großklein müssen fallen, ich sehe keine Möglichkeit, auch noch nach Kleinklein –

Großradieschen? Wurlich betrachtete eingehend Frau Teupel, ist Ihr Mann noch bei Trost?

Großradieschen, Frau Teupel strich das Taschentuch glatt, mein Mann fährt jedes Jahr zu der berühmten Steinmesse

nach Großradieschen, wir übernachten aber jeweils in Kleinradieschen, es ist ein bisschen ruhiger dort.

Wurlich betrachtete Teupel von der Seite, Großradieschen, Kleinradieschen, das ist doch nicht Ihr Ernst.

Frau Teupel tupfte sich den Mundwinkel. Manchmal
schließen wir einen kleinen Ausflug nach Kleinklein oder
Großklein an, ich habe dort Verwandtschaft.

Wurlich schwieg, starrte ins Lokal, Frufru hatte sich direkt
vor der Eingangstür zum Schlafen niedergelegt, Wurlich
schaute zu, wie die aufbrechenden Gäste vorsichtig über ihn
drüberstiegen.

Aber meistens bleibt dafür keine Zeit, Frau Teupel glättete das Taschentuch auf dem Tisch. Es ist aber auch nur eine
weitläufige Verwandtschaft.

Wenn Sie genau hinsehen, Wurlich hustete, nahm den
Faden wieder auf, dann sehen Sie, dass der Saal langsam zu
vibrieren beginnt. Er wies auf die Schnapsregale über der
Theke. Frau Teupel folgte seiner Hand, und sie war nicht
sicher, ob die Flaschen bebten. Wurlich ließ die Hand sinken
und zupfte an seiner Bauchbinde.

Nicht, dass das so außergewöhnlich wäre, so ein Beben,
mein Gott, auf der Welt wackelt's ständig da und dort, man
muss das jetzt nicht überbewerten.

Er legte den Kopf an die Wandverkleidung, lauschte. Er
winkte Frau Teupel heran, ermunterte sie, ebenfalls ihren
Kopf an das Holz zu legen, er schaute sie mit weit geöffneten Augen an und zart, ganz zart, sagte er leise zu ihr,
denken Sie einen kurzen Augenblick lang das Pulsieren zu
vernehmen, das Atmen, oder ist es ein Keuchen, flüsterte
er, Sie sind nicht sicher, nicht sicher sind Sie, vielleicht ein
Keuchen, ein – Frau Teupel schreckte zurück, rückte von
der Wand ab.

Und dann lächelt die Kellnerin, sagte er, immer noch die
Schläfe fest an die Wand gepresst, Klara lächelt. Und der

316

Pianist, er haftet an ihren Fersen, ich bin ihr immer auf den Fersen, ich spüre sie auf, stöbere sie mit meiner Klaviermusik auf und beschwöre ihr zauberhaftes Lachen herauf.

Frau Teupel tat einen tüchtigen Schluck vom Kakao und öffnete den obersten Knopf ihrer Bluse. Sie legte das Seidentüchlein ab. Und, sagte Wurlich, beginnen, sich ausgesprochen wunderlich zu fühlen, ist es nicht so?

Wer, fragte sie, ich meine, wer ist der Pianist?

Wurlich starrte auf den freigelegten Hals, fein wie Pfingstrosen verlor die Haut sich irgendwo in der Bluse, verstehen Sie wirklich nicht?

Teupel blickte auf und schob ihr den Teller hin.

Iss doch, Josefine, du isst ja gar nicht.

Frau Teupel knüllte die Serviette zusammen, aß, klaubte die Rosinen vom Tellerrand.

Die Tür zum Stiegenhaus öffnete sich, der Mann vom Stammtisch erschien wieder, kam am Klavier vorbei, nahm schwankend auf dem Klavierhocker Platz und griff in die Tasten. Der Stammtisch jubelte, so ein Saukerl, rief einer, winkte ihm zu.

Wie Sie sicherlich bemerkt haben, Wurlich wendete den Blick ab, kaum spielt der Pianist ein paar Takte, erglimmt die Kellnerin, sie hebt den Kopf, der Pianist spürt es wohl, er lächelt fein und lockert ein wenig seine Fliege, und fortan greif ich in die Tasten. Und das Lokal dampft. Spätestens zur Mitternacht ist die Hitze hier wirklich eine Unverschämtheit und meine Käseplatte –

Der Mann am Klavier stand auf, hieb in die Tasten, es sind noch ein paar da, schrie er, man wandte sich ihm zu, die behaupten, Zwetschgenröster sei kein Kompott, vereinzelt wurde gelacht, aber ich kenne sie alle, brüllte der Stammtisch, man prostete sich zu, großartig, der Neugröschl, Wahnsinn!

Frau Teupel schaute auf die Käseplatte.

Sie weint, sagte Wurlich, haben Sie so was schon erlebt, die Käseplatte weint.

Er griff nach Frau Teupels Hand, bog ihre Finger auseinander. Er entnahm die zerknitterte Serviette und strich sie glatt. Er tupfte über den Käse auf seiner Platte.

Ich weiß einfach nicht, seine Stimme kippte, ist es ein Sommer, ist es schon Herbst? Vielleicht spielt es eine Rolle, aber vermutlich ist das einerlei, vermutlich ist das ganz und gar einerlei, ob das ein Sommer ist oder eher ein Herbst. Er starrte auf den Rücken des emsigen Pianisten, und Frau Teupel wusste nicht, zu wem er sprach, flüsterte, er flüsterte. Der Saukerl hatte wieder am Tisch Platz genommen, nahm eine Tasse Kakao entgegen, man prostete ihm zu.

Der Boden bebt, die Kellnerin wirbelt, der Pianist peitscht das Klavier, es keucht der Saal, die Kellnerin lacht, um die Tische krallen sich die Beine und hier, seine Stimme hatte sich immer weiter verflacht, endete schließlich in einem eigentümlich hohen Säuseln.

Er lehnte sich auf der Bank zurück, starrte in das Licht unter dem angekokelten Lampenschirm.

Die Kellnerin ist schön, der Pianist ein Teufel und der Käse weint. Er schaute in den Saal, schaute in den stockdunklen Saal, zählte die Sekunden, drei, er schaute Frau Teupel ins nächtliche Gesicht, langsam tauchte sie aus dem Dämmer wieder auf, er lächelte, drei Sekunden Luxus. Er schaute ihr in die Augen als wollte er darin einschlafen, und wissen Sie, was das Schreckliche ist, wissen Sie, was mein schreckliches Schicksal ist? Ich bin zu schwach. Schauen Sie, er hob seine Hände, sehen Sie? Er hielt sie nah an Frau Teupels Gesicht, nichts, nichts. Er ließ sie sinken, schaute auf den Pianisten, ich hatte einmal eine Karriere vor mir, wissen Sie, Sie denken sich jetzt vielleicht, Karriere ist gut, was will einer beim Neugröschl eine Karriere machen, aber ich mag den Neugröschl. Ich habe hier gespielt, weil ich den Neugröschl mag, das Lokal. Aber unter dem Barnabas hätte ich's schon zu was bringen können. Aber so. Was will einer Pianist sein und eine Karriere machen, wenn ihm die Hände wegschmelzen oder schrumpfen, verlöschen, sich wegblenden, was weiß ich, von was für einem obskuren Vorgang ich hier Opfer bin, auf jeden Fall werden sie weniger, meine Hände nämlich, langsam, aber stetig. Ich wache morgens auf und schon wieder ein bisschen Hand weniger. Und wissen Sie was, als ob das nicht schon genug wäre, tu ich mir das hier auch noch an, jeden Abend tu ich mir das an, ich fühle mich nicht in der Lage, auszusteigen. Regelmäßig kapituliere ich, ich komme hierher in der festen Überzeugung, es bis zum Schluss mit anzusehen, ich will mir selbst bis zum Schluss zusehen, ich weiß, dann wäre der Bann gebrochen, aber ich bin zu schwach.

Haben Sie eine Ahnung, was gerade in mir los ist, er klopfte sich auf die Brust, wissen Sie, wie es in einem Mann aussieht, wissen Sie das? Er ließ den Kopf an Frau Teupels Stirn sinken. Mich zerreißt es förmlich, er rieb vorsichtig seine Stirn an der ihren, roch ihre Haut, flüsterte, ich habe ein Gefühl, in der Brust, im Blut, vielleicht ist es in meinem Herzen, in meinem Mund, ich habe ein Gefühl, dass ich schreien will, laut und anhaltend schreien will, und ich beherrsche mich.

Er öffnete die Augen, schaute sie an, löste sich.

Ich beherrsche mich, sagte er, ich beherrsche mich. Er beugte sich nah an den Tisch heran und betrachtete den Käse, er schaute auf den Käse, hernach blickte er auf Frau Teupel, diese umklammerte die Tasse. Nehmen Sie es mir nicht übel, flüsterte er, wundern Sie sich nicht, das ist ein Impuls, wie wenn man sich übergeben muss, oder vielleicht, wie wenn man ein Kind kriegen muss, es überkommt mich, verstehen Sie, der Lärm in dem Lokal schien sich zu verdichten und schneller wurde er, der Lärm wurde immer schneller, der Luster drehte sich in der Hitze, funkelte wie toll.

Wurlich richtete sich auf, er öffnete den Mund, wollte irgendwas sagen, seine Stimme, das Blöde an seiner Stimme war, dass er sie nicht mehr richtig einstellen konnte, sie schmierte durch die Oktaven, er hatte die Augen weit aufgerissen, als gäbe es die Möglichkeit, die Stimme hier herauszulassen, Frau Teupel spürte ein Beben. Ganz plötzlich gellte es, sie hätte eigentlich nicht sagen können, dass es aus dem Mann an ihrer Seite kam, genauso gut hätte es der Saal selber sein können, ihr war, als gelle es quasi sowieso. Der Luster an der Decke klirrte durch die Erschütterung, sekundenlang, minutenlang, sie hätte es nicht sagen können.

Wurlich holte pfeifend Luft, heiß, schrie er, die übrigen Geräusche im Saal waren gänzlich verstummt. Klara war am anderen Ende des Lokals stehen geblieben wie hingeworfen, in den Händen hielt sie ein Tablett voller Aschenbecher. Das Klavier hallte noch nach, der Pianist erstarrt, aber außer Wurlich hörte das eh keiner. Klara wandte sich um, schaute Wurlich ins Gesicht, Wurlich schaute zurück, schaute zurück, schaute.

So heiß, hörst du, heiß ist es, dass mein Käse weint.

Man wandte sich ihm zu, Frau Teupel war sehr erschrocken. Ihr Mann hatte seine Zeitung vom Tisch geworfen und blickte betroffen auf seinen Tischnachbarn und abwechslungsweise auf seine Frau.

Klara stellte das Tablett auf den nächstgelegenen Tisch und wischte sich langsam die Hände an einer Serviette, die Gäste schauten sie an, schauten auf Wurlich. Er war aufgestanden, hatte beide Hände auf den Tisch gestützt, starrte. Neugröschl war in der Küchentür aufgetaucht, Klara schaute ihn quer durchs Lokal herüber an, er machte mit dem Kopf eine Bewegung Richtung Wurlich. Sie warf die Serviette neben das Tablett.

Das Lokal war still wie nach der Sperrstunde, der Luster stand ruhig, Wurlich dachte, er höre nur sein eigenes Keuchen überdeutlich in seinen Ohren. War es schon Sperrstunde? Alle gegangen und nur er noch hier und Klara? Er musste seine Noten zusammenpacken, wo waren seine Noten, hatte er den Frack ausgezogen, wieso war er ohne seinen Frack, wieso mit aufgeknöpftem Hemd und wo war Frufru? Klara, die Lichter gelöscht, die Kleider, wo waren eigentlich Klaras Kleider, Stück für Stück abgefallen unter seinen Augen, und wie kam er auf dieses Klavier, war er – geschwebt, gehüpft, hinaufgefallen? Hatte Klara ihn über ihre Schulter geworfen, quer durch das Lokal getragen, auf dem Klavier abgelegt, einfach so? Er lag da, unfähig, unwillig, wieder herabzusteigen, sah die Schatten der Bäume an den Wänden vorüberziehen, die Lichter der Autos, der Wind, er dachte, er höre den Wind in den Bäumen, an der Decke in dem Dunkel der Luster, drehte sich, ganz sacht das Klirren der Glastropfen, auf den Tischen aufgereiht die Stühle, irgendwo ein Geräusch, Frufru? Frufru? fragte er in die Dunkelheit, heiser, plötzlich heiser geworden, ein Geräusch, es kam immer näher, in dem Halbdunkel des Lokals ein Schatten, waren es die Schemen der Bäume, die sich auf ihn zubewegten, sich wieder entfernten, ein Schatten, kam näher, so eine blassweiße Haut, er hörte ihre Absätze auf dem Parkett, sie würde kommen, zu ihm auf das Klavier, würde ihn einfach so – die Absätze, Absätze, würde ihn einfach so nehmen und, tauchte auf aus diesem Dunkel, ganz bloß, die langen Beine, die Haare, war ganz nah bei ihm, plötzlich und so schnell ganz nah das Gesicht, dieser Geruch, kein Geruch, schiere Hitze, es roch so – heiß, küsste seinen Mund, den Hals, er spürte ihre Hände an seinem Kopf, gruben sich in die Haare, sie strichen die Brust entlang, glatte Finger, so schnell, so genau, er schloss die Augen, hörte die Tasten des Klaviers, ein g, ein fis, ein f, ein c und cis, und h und ein d, womöglich ein d, sie stieg auf das Klavier, stieg über die Tasten, zu ihm her, strich an seinen Beinen entlang, küsste sich die Beine hoch, küsste höher, küsste so genau, langsam und ganz genau, keine Hast, küsste so ganz ohne Eile, diese Lippen, so ein heißer Mund, zarte Zähne, er fühlte die Zunge, leckte ganz sanft, sie glitt an ihm hin, drehte seinen Kopf, drehte ihn zu sich her, küsste so sehr, wand diese langen Beine, diese Haare, wand sich um ihn herum, schloss ihn ein, suchte, suchte ihn zu sich her, zog ihn zu sich herein, war so warm, so unglaublich heiß, überall diese Hitze, Glühen, immer näher, tiefer die Hitze, suchte, sog ihn ein, schneller und schneller, es war so – Er starrte auf ihre Füße, dachte sterben, in Hitze zergehen, auflösen, wie sie näher kamen, dachte, er sähe sie Stern um Stern näher kommen, ging sie im Rhythmus seines Atems? Keuchte er sie zu sich heran, war das sein Atem, der ihre, keuchte sie, stöhnte sie, schrie sie, war er es, dieses Schreien, wer war dieses Schreien, dieses Stöhnen wie Graben in Bergen, wie das tiefe Schürfen in Gestein, weit in die Tiefe, war er es, der ihren Sternenhimmel formte, war es Sommer, Herbst? Astern, Astern, Astern.

Er fühlte, wie der Schweiß von seiner Stirn ihm den Hals hinabbrann, er starrte auf seine Hände auf dem Tisch, alle Ringe waren nun verdeckt, Kaffee, Tee, Wein, Saft, alle.

Frau Teupel schaute ihn von der Seite an. Sie legte vorsichtig die Hand auf seinen Arm. Wurlich spürte es, als hätte er es nicht gespürt, als hätte er etwas gespürt und sich aber geirrt, er hob den Arm, ihre Hand fiel herab.

Wurlich langte über den Tisch, strich über Klaras Hals und über ihre Schultern hin über die Brust, die Hüften. Das Stoffknistern wie Geschenkpapier, er schloss die Augen, der Luster an der Decke kam wieder in Bewegung, schmolz hinweg, und er hörte Tropfen von Glas klatschend auf den Parkett aufschlagen.

Der Käse, sagte er, er weint, und was nur braucht es, ihn bluten zu machen? Hatte er das gesagt? Hatte er so einen Blödsinn gesagt? Er versuchte sich zu erinnern, aber in seinem Kopf war alles weggebrochen, in seinem Kopf war ein Abgrund, eine Steilwand, ein Felssturz, der Kreidefelsen, Caspar David Friedrichs Kreidefelsen, einfach abgebrochen, ein Skandal, ein Vorher, ein Nachher, ein Kreidefelsen, kein Kreidefelsen, in seinem Kopf war kein Kreidefelsen mehr.

Klara ging in die Knie, Wurlichs Hand fiel von ihren Hüften, und, sah er richtig, sie nahm den Saum ihres roten Kleides, tupfte dem Käse die Tränen vom Angesicht, er schaute genauer, nein, nichts. Natürlich nicht. Sie ließ sich in die Knie herab, sie ließ sich nicht in die Knie herab, er hatte vielleicht gerade wieder einen Blödsinn gesagt, vielleicht auch nicht.

Kreidefelsen, sagte er, das war auf jeden Fall falsch, er wusste es schon, während er es sagte, kein Kreidefelsen, sagte er, damit war zumindest wieder eine Neutralität hergestellt, mit keinem Kreidefelsen war er auf jeden Fall auf der sicheren Seite.

Wurlich starrte den Käse an wie erschossen. Konrad, sagte sie, hörst du mich, Konrad. Sie legte ihm die Hand auf die Schulter, Wurlich zuckte zusammen, schaute flehentlich in ihr Gesicht, hob die Hände.

Verstehst du nicht, Klara, ich muss gerettet werden, erlöst. Erlöst du mich. Sie umschloss seine Hände mit ihren eigenen, legte sie zurück in seinen Schoß.

Quäl dich nicht so, Konrad, warum tust du dir das an.

Sagte sie wirklich so einen Dreck? Konnte Klara so einen Scheißdreck daherreden?

Ich habe dich gefragt, sagte Wurlich, er sammelte seine Stimme zusammen, irgendwo in seiner *Peripherie*, ich hab dich etwas gefragt, Klara, ich brauche dich. Verstehst du. Nur dich brauche ich.

323

Das hatte er nicht gesagt. Konnte sein, dass irgendein Weichei das einmal gesagt hatte, er nicht, das nicht –

Konrad, ich finde, du solltest nicht mehr hierherkommen.

Ganz groß, Klara, Klara würde nie solche Plattheiten von sich geben –

Und wohin soll ich sonst.

Wer redete da eigentlich dauernd dazwischen –

Ich habe nichts.

Er wollte auch etwas sagen –

Verstehst du.

Hatte er einfach keine Idee –

Ich habe niemanden.

Die Tour war immer falsch, nicht die Mitleidstour –

Lässt du mich einfach zurück. Lässt du mich einfach liegen. Soll ich jetzt verrecken.

Falsch! Zeige nie, wie verzweifelt du bist, nie –

Ich kann dir doch nichts mehr sagen, Konrad, was soll ich dir noch sagen.

Sag's mir noch einmal.

Genau, das sollte sie noch einmal sagen –

Es gibt nichts zu sagen, ich habe dir alles gesagt.

Ich habe es nicht verstanden.

Sag's doch einfach noch einmal, Baby –

Bitte, Konrad.

Nerv ich dich? Wurlich fasste ihre Hand, nur noch kurz, Klara, hör mir zu, lass uns –

Ich hab alles gehört, Konrad, was willst du bloß, sie zog ihre Hand weg.

Er musste irgendwas Falsches gesagt haben, bloß was, er müsste nur das Richtige sagen, würde er das Richtige sagen, würde alles gut, er müsste, Kreidefelsen? Vielleicht Kreidefelsen?

Ihr Gesicht, Wurlich sah nur, wie es sich verzog zu einer

Fratze, oder vielleicht stimmte was nicht mit seinen Augen, er sah nur, wie sie ihn verschluckte, aber bitte, wie wäre das möglich, mit ihren Blicken quasi verschluckte, die Augen schloss, die Augen öffnete, darf's noch was sein, Konrad, hatte sie das gesagt, hatte sie das wirklich gesagt, den Bestellblock gezückt, was, sagte Konrad, hast du was gesagt, was hast du gesagt, er sagte irgendwas, sie sagte irgendwas.

Die Stille zerbrach, das Klirren von Gläsern, Besteck, die Küchentür schwang. Frau Teupel fächelte sich mit der Speisekarte Luft zu, Wurlich schaute, der Pianist jagte über die Tastatur, er schlüpferte mit schweißnassen Händen die Klaviatur hinauf und zurück, die Musik quoll dick und zäh unter die Tische, Klara schwang sich auf zu atemberaubender Schönheit, ihr Haar umwehte die Stirn, und auf ihrer Haut blühten Tausend Veilchen, Rosen, Nelken, alles blühte. Die Kaffeetassen wogten, in den Mägen brodelte die Suppe, Zitronenlimonade explodierte in den Gläsern, Semmeln wuckelten völlig aufgelöst in den Körben. Wurlich dachte, er müsse umfallen, dachte, er müsse einfach wie eine tote Krot von der Bank fallen, Frau Teupel war aschfahl und sie schaute mit Entsetzen.

Teupel hatte die Zeitung wieder aufgehoben und blätterte mit großzügigen Gesten durch den Sportteil. Wurlich starrte, die Augen groß wie Suppenteller, Suppentöpfe, so Klara das Klavier umrundete, küsste sie den Pianisten in den Nacken, küsste, küsste, Wurlich sah es mit Schaudern, sah sie küssen, sich lösen, küssen, er schien unablässig zu sprechen, er hörte es selber, gottergeben hörte er sich halt zu, mit einer schier unverständlichen Fistelstimme redete er ohne Unterlass, er sah sie die Tür schließen, nachdem der letzte Gast gegangen war, die Saallichter löschen, sah sich auf dem Klavier liegen und warten, bis sie kam, und sie kam nicht, ließ ihn da liegen, auf dem Klavier, die Schmerzensschreie aus der Käsetheke, aber für Blut war es eh zu dunkel, eh zu dunkel. Frau Teupel senkte den Kopf und verdeckte mit den Händen ihre Ohren, zu dunkel, zu dunkel.

Wie sie wieder hochschaute, war er verschwunden, einfach weg.

Ihr Blick schweifte durch das Lokal, die Fenster waren jetzt alle mit dicken roten Samtvorhängen verschlossen, Ingrid stand an die Theke gelehnt, hielt mit beiden Händen eine Tasse und starrte versunken vor sich hin. Die Tür zur Küche schwang auf, der Oberkellner kam mit dem Mehlspeiswagen, als ginge ihn das nichts an, einen kurzen Moment sah Frau Teupel in die Küche hinein, sah Klara auf der Arbeitsfläche sitzen, den Kopf an den Dunstabzug gelehnt, Neugröschl stand vor ihr, schien auf sie einzureden, die Tür schwang zu.

Unter dem Klavier, Frau Teupel, beugte sich über den Tisch, schaute quer durch das Lokal, tatsächlich, unter dem Klavier bewegte sich etwas. Sie sah erst nur eine Frisur, sah diese Frisur, Wurlichs Kopf erschien zwischen dem Klavierhocker und der Tastatur, er schaute zur Theke. Frau Teupel wandte ebenfalls ihren Kopf, die Kellnerin war aus der Küche gekommen, wechselte ein paar Worte mit Neugröschl, schüttelte den Kopf, er verschwand wieder in der Küche und sie begann, die leeren Saftflaschen auszutauschen.

Vielleicht, sagte Frau Teupel langsam, vielleicht sollte man –

Wie? meinte Teupel, blickte seine Frau an. Wie, Josefine? Nimm doch noch von dem Strudel.

Er schob ihr den Apfelstrudel hin, und Frau Teupel klaubte mit zwei Fingern die letzten Rosinen vom Teller, zerdrückte sie, Wurlich schob sich hoch, er hielt einen Gegenstand in der Hand, versuchte, ihn unter dem Frack zu verbergen.

Aber das ist doch, sagte Frau Teupel, sie stand auf, wischte sich abwesend das Rosinenfleisch in den Rock, starrte auf Wurlich, das ist –

Teupel schaute hoch zu seiner Frau, sollen wir gehen, Josefine, willst du lieber draußen warten, während ich zahle. Er nahm ihren Mantel vom Stuhl, suchte im Ärmel nach dem Umschlagtuch, er hielt den Mantel auf, Frau Teupel ging an ihm vorbei durch das Lokal. Wurlich stand jetzt vor dem Klavier, schien auf dem Lack irgendwas zu suchen, schien eine bestimmte Stelle zu suchen, Frau Teupel beschleunigte ihren Schritt, ein Mann vom Stammtisch schob seinen Stuhl zurück, sie stolperte, sah, wie Wurlich das Messer unter dem Frack hervorholte, alles in Ordnung, fragte der Mann, schöne Frau, er hielt sie am Arm, Wurlich holte aus, schöne Frau, sagte der Mann, Frau Teupel hörte sich rufen, alles in Ordnung, fragte der Mann, er hatte sie um die Taille gefasst, fest, Wurlich schlug mit Wucht das Messer in das Klavier, zog es aus dem Gehäuse, holte erneut aus, schlug zu, holte aus.

Frau Teupel starrte in das Gesicht des Mannes, aus seinem Hemd heraus quoll ein rauchschwarzes, wolliges Brusthaar, sie roch das Bier, Knödel mit Fleisch und noch irgendwas, sie drehte den Kopf und sah von sehr sehr fern ihren Mann, mit immer noch ausgestreckten Armen versuchte er, ihr in den Mantel zu helfen. In dem Lokal war innerhalb kürzester Zeit eine beträchtliche Unordnung, Leute liefen zum Klavier, liefen zurück, man stand auf, man setzte sich, starrte in das Klavierloch, gestikulierte, Frau Teupel sah den Film ablaufen, gänzlich ohne Ton, sie sah den Mann nah an ihrem Gesicht die Lippen bewegen, sah ihren eigenen Mann, ihr in den Mantel helfend, Wurlich verschwunden, sie stellte sich auf die Zehenspitzen, fasste mit beiden Händen den Kopf des Mannes, spürte seine Hände fest um ihre Taille, zog sein Gesicht nah zu sich heran, roch das Bier, Knödel,

Fleisch, Brusthaar, küsste ihn auf den Mund, auf den Mund. Er hatte die Hände sinken lassen, Frau Teupel schaute in sein Gesicht, hielt noch immer dieses große Gesicht in Händen, die geschlossenen Augen, einen halben Atemzug lang nur diese geschlossenen Augen des Mannes, er öffnete sie, starrte Frau Teupel an, Frau Teupel starrte zurück.

Neugröschl ging an ihr vorbei, jemand drehte den Lautstärkeregler wieder nach oben, entschuldigen Sie, sagte Frau Teupel, entschuldigen Sie.

Bring ich Ihnen einen Schnaps, oder, der Mann räusperte sich, er öffnete sein Hemd um einen weiteren Knopf, bring ich uns einen Schnaps, er drückte sie auf den Stuhl, stromerte Richtung Theke davon, Frau Teupel starrte auf den Tisch mit den halb vollen Gläsern, Stücke von Dauerbrezeln, roch. Ja was eigentlich. *Alt Innsbruck*, hätte sie gesagt, aber sie merkte jetzt, dass sie sich geirrt hatte, sie verschob eines der Gläser, betrachtete aufmerksam den Ring, schob das Glas zurück. Sie blickte auf, dieses große Gesicht, die Augen geschlossen, sie suchte nach der Kellnerin, was war das nur, Rose, Nelke, Moos gar, Moschus, ein Potpourri. Kein Geruch? O ja, es roch sogar sehr gut. Sehr – heiß. Einfach so. Ein Geruch wie kein Geruch, aber ein Geruch. Sie hatte sich geirrt.

Neugröschl begutachtete das Klavier, die Leute drängten näher an ihn heran, langsam wurde es ruhiger, alles schien auf ein Wort zu warten von ihm, standen um Herrn Neugröschl, um das Klavier, schauten hin und her, warteten, auf ein Wort.

Neugröschl knöpfte die Schürze auf, faltete sie zusammen, faltete sie winzig klein, legte sie auf den Klavierhocker. Er strich mit der Hand über den zersplitterten Lack, schloss den Deckel.

Und jetzt raus hier, sagte er, und zwar alle.

Er ging zurück Richtung Küche, die Menge teilte sich

und legte einen Gang frei für ihn, hinter der Theke hatte sich das Personal zusammengerottet, der Frufru, alle, sagte er, wirklich alle.

6.

Teupel.
Die Störung.

Sie schloss das Fenster, drehte sich um. Der Quittenbaum ragte schattenspendend über das Nachtkästchen, sie ging zum Bett und strich die Erde glatt. Draußen begann es zu schneien.

Schnee und Frost. Frau Teupel schaltete das Radio lauter, sie schenkte Kaffee nach und bestrich ihren Toast mit Butter. *Am frühen Nachmittag ist mit einzelnen Schneefällen zu rechnen, Glatteis auf den Fahrbahnen, Sturm Kyrill nähert sich mit –* sie schaltete aus, betrachtete die Dinosaurierzähne auf dem Tisch, löffelte Zucker in die Tasse.

Teupel hatte sich den geöffneten Aktenkoffer auf den Schoß gestellt, ließ seinen Blick über die Behälter schweifen, griff sich einen heraus und klebte ein Etikett darauf. Er stellte den Behälter in den Koffer, beschriftete ein neues Etikett.

Keine schlechte Ausbeute, sagte er, er schaute suchend über den Tisch, nahm den betreffenden Behälter, das Wochenende hat sich rundum gelohnt, Studenten lassen sich gerne von, sagen wir, eher populistischen Funden beeindrucken.

Aber, er wechselte die Brille, stellte den Aktenkoffer zur Seite und stand auf, der Dinosaurierembryo hat durchaus Museumsqualität.

Er hatte die annähernd metergroße Scheibe auf dem Sofa platziert, leuchtete jetzt mit einer Taschenlampe in das Innere der Versteinerung, phantastisch, ganz phantastisch, hast du gesehen, Josefine, die einzelnen Zehen und diese zarte Biegung des Rückgrats, die vollständige Petrifikation der Zähne, einfach phantastisch. Wenn man bedenkt, dass er in ausgewachsenem Zustand die Größe einer besseren Hütte spielend erreichen konnte, phänomenal. Und dann in Achat! Siehst du das, Josefine, dieses bezaubernde Farbenspiel?

Ich sehe es, Frau Teupel trank einen Schluck Kaffee, bestrich sich eine weitere Toastscheibe.

Das ist keine profane Kalkversteinerung, das ist feinster Achat, ein Saurierei von diesem Umfang, zu feinstem Achat, phänomenal, Teupel schaltete die Taschenlampe aus, setzte sich wieder an den Tisch, beschriftete ein Etikett, ein Freudentag, normalerweise verschwinden Unikate wie diese natürlich in den Museen.

Und wie kommt es, dass bei uns prompt einer auf dem Sofa liegt?

Glück, Teupel klopfte auf den Tisch, schieres Glück, konnten die da unten denn ahnen, dass in der Versteinerung wahrhaftig noch ein Embryo zu finden ist? Nein. Woher auch, niemand konnte das wissen.

Er nahm einen Behälter, starrte hinein, niemand konnte das wissen, wiederholte er, aber einer hat es geahnt.

Wobei, er legte den Behälter zur Seite, notierte etwas auf dem Etikett, wobei, er hob den Zeigefinger, deutete auf seine Frau, ich absolut sicher bin, dass der Herr Jäckel nicht mit so was gerechnet hat, nicht mit einem Embryo. Herr Jäckel ist spezialisiert auf Achatversteinerungen, er ging, da verwette ich meine Professur, er ging von einer vollständigen Achatversteinerung aus, und gierig wie er ist, hat er das Ei in feinste Scheiben schneiden lassen, damit aus einem Minimum an Ei ein Maximum an Verkauf herausschaut, dank seiner Geldgier ist uns somit dieses einmalige Exemplar erhalten geblieben. Die da unten könnten sich so einen Rückkauf fürs Museum niemals leisten.

Die da unten, stellte Frau Teupel fest, sie rührte in ihrer Tasse, schaute ihren Mann an.

Ja, die Armut, Teupel klaubte mit einer winzigen Pinzette kleine Schmutzpartikel aus einem Sauriergebiss, die Armut, Geißel der Menschheit.

Er legte das Gebiss zurück, kehrte zum Sofa zurück, fragt sich nur, wie unser Bébé in die Universität kommen soll.

Frau Teupel steckte den Rest des Brotes in den Mund, fliegen, sagte sie, ich denke, das ist ein Flugsaurier.

Teupel schaute sie an, setzte sich an den Tisch und wechselte die Brille, Petrosaurier, natürlich, selbstverständlich, aber er ist noch viel zu klein, er nahm einen der Zähne aus dem Behälter, wog ihn in der Hand, er ist noch viel zu schwach, gar nicht entwickelt, schau dir nur die Flügel an, diese feinen Knöchelchen, der braucht noch ein bisschen, bis er seine absoluten Fähigkeiten erreicht hat, nein, ich denke eher, du musst dir ein Taxi kommen lassen.

Ich soll mir ein Taxi kommen lassen? Wie komme ich denn dazu?

Teupel warf über den Rand seiner Brille einen Blick nach draußen, nun ja, es könnte Schnee geben. Ein großes Taxi. Ein Kombitaxi. Zwei Chauffeure. Die zwei Chauffeure sollen dir dann beim Tragen helfen, aber gemahne sie beizeiten zu maximaler Vorsicht, das ist kein Autoreifen. Solche Leute sind ja so rücksichtslos.

Darf ich fragen, warum du dir nicht selbst ein Taxi nimmst?

Teupel klebte ein Etikett, stapelte die Behälter in seinen Koffer. Ich? Ein Taxi? Wie sieht denn das aus, ich habe auch gar keine Zeit, ich muss vor dem Seminar, er warf einen Blick auf die Uhr, verklebte die letzten Etiketten, muss vor dem Seminar noch bei dem Adligen vorbei, wegen des Archaeopteryx.

Willst du nicht langsam damit aufhören? Seit geraumer Zeit – sind es Jahre? – seit Jahren also gehst du praktisch jeden Tag bei dem Adligen vorbei wegen des Archaeopteryx. Er wird dir den Archaeopteryx nicht verkaufen, ich denke, er hat dir deutlich gesagt, mehrfach, immerhin kommst du beinah täglich, mehrfach deutlich gesagt, dass er nicht daran denkt, dir den Archaeopteryx zu verkaufen.

Er muss, rief Teupel, er ließ die Schlösser des Aktenkoffers zuschnappen, natürlich muss er den Archaeopteryx verkaufen, ein solches Exemplar in privatem Besitz ist ein Vergehen an der zivilisierten Welt, er ist es der Forschung, dem Institut, er ist es der Welt schuldig, den Archaeopteryx zur Verfügung zu stellen, es ist ein Skandal, diesen Archaeopteryx –

Frau Teupel hatte sich erhoben, ach so, sagte sie. Na, wenn das so ist. Das wird er dann mit Sicherheit verstehen. Sie stellte das Geschirr auf ein Tablett und sammelte das Besteck ein, ging Richtung Küche.

Vergiss deine Sandwiches nicht, sagte sie nach hinten, ich denke, du bist es der Forschung, dem Institut, du bist es der zivilisierten Welt schuldig, deine Sandwiches zu essen. Sie öffnete den Kühlschrank, räumte die Butter und den Käse hinein, nahm einen Salatkopf heraus, hielt ihn sich vors Gesicht, du bist es mir schuldig, sagte sie zu ihm.

Sie schaute den Salatkopf an, schaute, die zerknautschten Blätter, und da rastete irgendwas ein, als würde irgendwas ganz schnell und sauber einrasten, einfach so, in dem Moment.

Die Sandwiches, sagte sie langsam, drehte sich um, vergiss die Sandwiches nicht.

Richtig, Teupel ließ die Schlösser seines Koffers wieder aufschnappen, schob die Behälter beiseite und stellte die

Butterbrotdose dazwischen, die Forschung braucht mich, die Forschung braucht Männer wie mich.

Sie brach ab, Raffael spielte noch ein paar Takte, wandte sich dann ihr zu, im Saal war es ganz dunkel, auf der Bühne vorne nur der eine Spot, Klara schaute in die schwarzen Stuhlreihen, das Licht blendete, sie hob die Hand.

Ich würde gerne mit dir reden, sagte sie nach unten, sie blinzelte, suchte in dem Dunkel.

Ist gut, er gab dem Korrepetitor einen Wink, einen Moment, und ich, sagte er zu Klara gewandt, sie hörte, wie er mit seinem Stift auf den Noten herumklopfte, und ich würde gerne mit dir proben.

Sie lauschte, es war absolut still, von draußen kein Geräusch, keine Autos, keine Menschen, nichts. Sie hatte keine Ahnung, wie spät es war, ob Nachmittag oder schon Abend, hier drin war ein Vakuum, still und dunkel, im Inneren eines Wassers, tief am Grund eines Teichs, sie war so müde, dieses grelle Licht.

Also komm, sie hörte, wie er aufstand, das Papier, die Schritte, er trat ins Licht, kam an den Bühnenrand, er schraubte die Wasserflasche auf, reichte sie ihr, schau, sagte er, lass uns das Ganze noch einmal durchgehen, dann machen wir eine kurze Pause, dann mit Raffael zusammen die einzelnen heiklen Stellen, am Abend kommt schon das Orchester dazu, danach haben wir Zeit, in Ordnung?

Ich kann nicht mehr, sie stellte die Flasche ab, schaute ihn an. Ich kann einfach nicht mehr.

Was kannst du nicht mehr.

So. Dass ich nicht weiß, was los ist.

Nichts ist los. Ich verspreche es dir. Es ist alles in Ordnung. Er gab Raffael einen Wink, ging zurück an seinen Platz, verschwand in der Dunkelheit, verschwand zwischen den Stuhlreihen irgendwo da unten, wartete.

Das Klavier setzte wieder ein, Raffael nickte ihr zu, alles war in Ordnung.

Dürfte ich Sie um maximale Vorsicht bitten, dies ist kein Autoreifen.

Frau Teupel nahm ihre Handtasche vom Tisch und ging voraus. Sie öffnete die Wohnungstür und ließ die beiden Männer mit dem Karton vorbeigehen.

Sie schaute zu, wie sie das Paket im Kofferraum verstauten, setzte sich in den Fond. Die beiden Taxifahrer nahmen vorne Platz, warteten.

Zur, sie zögerte kurz, warf einen Blick in den Rückspiegel, schaute in die Augen des Taxifahrers, zur Hauptpost, sagte sie, sie lehnte sich zurück.

Erschöpft? Er strich ihr die Haare aus dem Gesicht, sie legte ihren Kopf an seine Schulter, roch die Seife, das Rasierwasser, ja, sagte Klara, erschöpft.

Am besten, du gehst aufs Zimmer und ruhst dich aus, er warf einen Blick auf die Uhr, in drei Stunden kommen die andern, ruh dich aus, iss eine Kleinigkeit, ich schick dir die Karte hoch, um fünf klingel ich einmal durch, komm dann einfach rüber.

Und du? Sie fasste ihn am Kinn, drehte seinen Kopf zu sich, streichelte sein Gesicht, kommst du nicht mit hinauf? Lass uns zusammen etwas essen, ich mag nicht alleine essen.

Er nahm ihre Hand weg, stand auf, ich geh noch eine Runde, sagte er, griff sich den Mantel von der Garderobe, kann jetzt nicht herumsitzen, ich muss ein wenig gehen, einfach ein wenig gehen, ein bisschen durch die Straßen, ich esse unterwegs etwas, warte nicht auf mich, er ging hinüber zur Rezeption, sprach kurz mit dem Portier und nahm den Schlüssel in Empfang, kam zurück und legte ihn vor Klara auf den kleinen Tisch.

Also, sagte er, ruh dich aus, ich habe dem Portier Bescheid gesagt, er schickt jemanden mit der Karte, er küsste sie auf den Scheitel, sie schaute zu, wie er die Hotelhalle durchquerte, der Boy öffnete ihm die Tür, verbeugte sich leicht, er verschwand auf der Straße.

Sie nahm den Schlüssel in die Hand, lehnte sich im Sessel zurück, im Kamin brannte ein Feuer, sie hörte das Knacken, das Zischen von Harz, manchmal die Absätze von anderen Gästen auf dem Marmor, gedämpfte Gespräche, sie schloss die Augen, die Absätze, gingen an ihr vorbei, hin zur Rezeption, auf die andere Seite zum Lift, an ihr vorbei ins Restaurant, ihr gegenüber in einem anderen Fauteuil der Mann mit einer Zeitung, das sanfte Blätterrascheln, manchmal das Klicken, wenn er sein Glas abstellte. Sie spürte die Müdigkeit, ihr ganzer Körper, so müde, so ein einsamer Körper.

Sie stellte sich in die Schlange vor dem Schalter.

Sie wissen aber, der eine der Taxifahrer wechselte die Hand und schüttelte den Arm aus, Sie wissen aber, dass Sie diese Wartezeit bezahlen müssen.

Frau Teupel öffnete ihre Handtasche, suchte irgendwas, natürlich, sagte sie, natürlich. Sie holte ein Notizbuch hervor, blätterte darin, las.

Uruguay, sagte sie, waren Sie schon einmal in Uruguay?

Die Taxifahrer erwiderten höflich, sie seien in ihrem Leben noch nie in Uruguay gewesen.

Ich auch nicht, Frau Teupel klappte das Notizbuch zu, er auch nicht, sie deutete auf das Paket.

Ich dachte mir, ich schicke ihn mal voraus, um die Lage zu erkunden.

Die Männer tauschten einen Blick.

Er? Fragte der eine, er wechselte die Hand, schüttelte den Arm aus.

Ein Flugsaurier, Frau Teupel rückte in der Reihe nach, natürlich noch sehr klein, ein Babysaurier, er kann aber in ausgewachsenem Zustand durchaus die Größe einer besseren Hütte erreichen.

Die Taxifahrer schauten sie von der Seite an, tatsächlich, sagten sie.

Tatsächlich, sagte Frau Teupel, sie trat an den frei werdenden Schalter, ich bräuchte einen Adressschein, sagte sie.

Innerhalb des Landes, europäisches Ausland, nichteuropäisches Ausland, die Staaten, andere Kontinente?

Richtig, Frau Teupel wandte sich lächelnd an die beiden Männer, Uruguay gehört ja bislang noch nicht zur EU.

Sie füllte das Formular aus.

Versicherter Versand, nicht versicherter Versand? Die Dame hinter dem Schalter nahm das Formular entgegen, löste das Klebeetikett ab.

Nicht versichert, Frau Teupel deutete auf die Paketwaage, die Taxifahrer stellten den Karton ab, wie hoch sollte man einen Saurier auch versichern, oder was meinen Sie, meine Herren?

Eben, die Männer nickten, wechselten einen Blick, wie hoch, eben.

Die Dame hinter dem Schalter betrachtete das Etikett, die Adresse, sie zögerte, man kann die Adresse nur sehr schwer entziffern.

Uruguay, sagte Frau Teupel.

Das sehe ich, ich meine die genaue Postanschrift, Uruguay ist einwandfrei lesbar, nur, sie schaute auf die Schrift.

Das sind diese komplizierten, landestypischen Dialekte, Frau Teupel öffnete ihre Handtasche, schloss sie, in Uruguay werden sie damit keinerlei Schwierigkeiten haben.

Na, wenn Sie meinen, die Dame warf einen Blick auf die Taxifahrer, sie klebte die Adresse auf das Paket, und im Falle der Unzustellbarkeit? Zurück an Ihre eigene Adresse?

Frau Teupel überlegte kurz, was gäbe es denn für Alternativen?

Die Dame schaute sie an, nun ja, sie zögerte, sollte der Adressat nicht ausfindig gemacht werden, sie warf einen Blick auf das Etikett, würde im Falle einer fehlenden Rücksendeadresse das Paket fürs Erste ins Depot gehen, in Uruguay selbstverständlich. Es gibt jeweils, ich nehme an, das ist in Uruguay ähnlich, eine Sammelstelle für nicht zustellbare Objekte, die bis nach Ablauf einer gewissen Frist, die landesüblich natürlich variieren kann, die dort jedenfalls gelagert werden, ungeöffnet gelagert werden. Nach Ablauf der landesüblichen Frist werden die Objekte geöffnet und, da es sich sodann um, in diesem Falle uruguayisches, Staatseigentum handelt, dem jeweiligen Verwendungszweck zugeführt.

Das klingt doch ganz amüsant, Frau Teupel lächelte die beiden Taxifahrer an, oder was meinen Sie, meine Herren?

Sie nickten stumm.

Die Dame warf einen Blick auf die Paketwaage, Luftweg, Seeweg?

Natürlich Luftweg, rief Frau Teupel, sonst wäre das alles für die Katz. Er ist nämlich noch nie geflogen, viel zu schwach.

Er? Die Dame legte eine Hand auf den Karton, warf Frau Teupel einen strengen Blick zu, es handelt sich doch hier hoffentlich um kein Lebewesen, in diesem Falle nämlich müssten sie den Sondertransport –

Kein Lebewesen, auf keinen Fall kann man hierbei von einem Lebewesen sprechen.

Sind Sie sich ganz sicher?

Hundertprozentig.

Die Dame nahm die Hand von dem Paket, begann, Marken aufzukleben.

Das wird nicht ganz billig.

Versteht sich, Frau Teupel suchte in ihrer Handtasche nach der Geldbörse, er war ja auch nicht ganz billig.

Klara schlug die Augen auf, er saß ihr gegenüber auf dem Sofa, auf diesem, was war das, Chippendalesofa, sehr elegant, er schaute sie an.

Hallo, sie lächelte, bist du wieder da.

Er nahm einen Schluck aus seinem Glas, sie hörte die Eiswürfel gegen die Wände schlagen, was trinkst du da, fragte sie.

Warum bist du nicht aufs Zimmer hochgegangen?

Ich glaube, ich war zu müde, sie stand auf, ging zu ihm hinüber, setzte sich neben ihn, lehnte sich an und nahm einen Schluck aus seinem Glas, was ist denn das, Whisky?

Scotch. Du solltest hochgehen, dich frisch machen, er stand auf, ging hinüber zum Kamin, schaute ins Feuer.

Ist irgendwas? Klara spürte den Zimmerschlüssel in der Hand, er war ganz warm geworden, ist denn irgendwas?

Was soll sein, er drehte sich um, trank sein Glas leer, ich gehe schon hinüber in die Oper, er warf einen Blick auf die Uhr, beeil dich, ja? Er küsste sie rasch auf die Wange, stellte das leere Glas auf den Tisch, in zwanzig Minuten fangen wir an.

Frau Teupel stand auf der Promenade, schaute hinunter ins Wasser. Sie hatte die Tüte aus der Handtasche genommen, zerteilte das Brot in kleine Happen. Die Strömung war sehr schnell, die Enten trieben in rasantem Tempo unter ihr vorbei, warfen ihr kurze, irre Blicke zu, verschwanden hinter der Biegung des Flusses.

Ein Hund trottete die Allee entlang, setzte sich dicht neben Frau Teupel, schaute ins Wasser.

Frufru, sie schaute sich um, bist du ganz allein unterwegs heute. Sie kraulte seinen Kopf, er rückte noch ein Stückchen

340

näher, setzte sich auf ihren Fuß. Sie schauten hinunter ins Wasser. Enten.

Man kann ihnen das Brot nur noch hinterherwerfen, Frau Teupel warf den Enten das zerstückelte Brot hinterher, so ein Tempo hat der Fluss heute.

Frufru nickte.

Machst du einen kleinen Vormittagsausflug, Frau Teupel ging in die Knie, schaute Frufru in die Augen, er blickte an ihr vorbei, Frau Teupel folgte seinem Blick, sie erhob sich.

Herr Neugröschl, sie schaute zu, wie er die Promenade entlang auf sie zukam, ich hatte mich schon gewundert.

Neugröschl stellte sich neben sie, sie schauten ins Wasser.

Ich hoffe, Frufru hat sich anständig benommen, er warf einen Blick auf seinen Hund.

Wir haben ein sehr gepflegtes Gespräch geführt, Frau Teupel kraulte den Hund hinter den Ohren, sie roch Frufru, Schnee, ich glaube, es gibt noch einmal Schnee, sagte sie.

Schnee, er nickte, und Sturm, im Radio kriegen sie sich gar nimmer ein, am besten geht man heut überhaupt nicht mehr raus, wobei, das heißt heutzutag auch nicht mehr viel, so ein Sturm heutzutag weht dich auch mitsamt Haus und Hund davon, mitsamt Wirtschaft und Frufru, gell, er tätschelte dem Hund den Kopf, Kyrill heißt der heut, schön eigentlich.

So schlimm wird es sicher nicht. Haben Sie sich heute frei genommen?

Heut ist Dienstag, Dienstag ist immer mein freier Tag, Neugröschl fuhr sich mit der Hand übers Gesicht, stützte sich mit beiden Armen auf das Geländer.

Dabei kann ich mir das momentan gar nicht mehr leisten, wir haben Personalmangel neuerdings, aber ich hab gerade so genug von dem Betrieb, ich muss auch einmal an die Luft.

Hat der Beikoch gekündigt, Frau Teupel zerkrümelte die Reste des Entenbrots in der Tüte.

Ha, rief Neugröschl aus, er kickte einen Stein ins Wasser, haha, den werd ich mit seinem Fischöl und seinem Koriandergarten höchstpersönlich aus meiner Küche werfen müssen, mit seinen Ingwerknollen hinaussteinigen, freiwillig geht der nicht, der hat sich in meiner Küchn sein little Chinatown eingerichtet, oder von wo der auch herkommt, vom Vietnam. Manchmal denk ich, der ist die Rote Khmer höchstpersönlich, immer lächeln, das ja, aber dahinter – Chili.

Er drehte sich um, lehnte mit dem Rücken gegen das Geländer, Frufru legte sich auf den Rücken, streckte die Beine in die Luft.

Den Lehrling hab ich rausgeworfen, der hat gesoffen wie ein Loch und alles durcheinandergebracht. Zucker in die Suppen und Salz ins Kompott. Und das war noch das Harmloseste. Schindluder mit dem Fischöl, Perversitäten mit Kren, ein normaler Mensch kommt nie im Leben auf so Ideen. Wenn ich dem nicht immer hinterher war, hat der innert kürzester Zeit ein Tohuwabohu angerichtet, so was können Sie nicht einmal träumen. Aber gut, den Nichtsnutz von Lehrling kann ich verschmerzen, die Arbeit ist, seit er nimmer da ist, naturgemäß eher weniger als vorher. Aber die Klara ist weg. Das ist das Problem, Neugröschl betrachtete Frufrus weißen Bauch, im Service habe ich zu wenig Leut, der Franz muss jetzt richtig ins Speisefach einsteigen, der schaut mich jeden Tag an, als hätt ich ihm was Sittenwidriges vorgeschlagen. Reicht aber trotzdem nicht, am Abend sind wir rammelvoll immer, und wen soll man heutzutag einstellen, Studenten? Gott verhüt's, die Klara, gut, das war eine Ausnahme, die Klara war ein Glücksfall, aber was brauch ich Studenten, die immer zu spät kommen, im Schneckentempo durchs Lokal hatschen, bei der Bestellung fast einschlafen und dann trotzdem alles verkehrt machen.

Und die Kellnerin, Klara, Frau Teupel schaute, wie die Enten hinter der Biegung des Flusses verschwanden wie in einem Abgrund, wo ist sie jetzt?

Das würde mich auch interessieren. Neugröschl stupste Frufru in die Seite, er rollte einmal herum, streckte die Beine wieder in die Luft. Weg, einfach weg.

Was heißt weg, man kann doch nicht einfach so weg sein, Frau Teupel drehte sich zu ihm um.

Die Klara schon. Glauben Sie, irgendjemand wüsste, wo sie hin ist? Von wegen, langsam krieg ich den Eindruck, bei mir hat überhaupt nie eine Klara im Service gearbeitet, mitunter denk ich, ich habe diese Klara geträumt, Klara? Was für eine Klara? Dabei kenn ich sie, noch bevor sie überhaupt auf der Welt war, ich kenn die Klara noch als dicken Bauch von der Lissi. Aber jetzt. Ich bin mir nicht sicher. Einfach weg. Geträumt.

Aber irgendjemand muss doch –

Der Ludwig, Neugröschl zupfte an Frufrus Ohren, ihr Vater hat schon sporadisch ein bissel Kontakt, aber wenn Sie mich fragen, sind dem seine Informationen hoffnungslos veraltet. Derzeit erzählt er gern, die Klara sei mit ihrem neuen Mann irgendwo im Asiatischen drüben, aber, glauben S' mir, erstens hat er's aus der Zeitung und zweitens aus einer vom Altpapier. Japan oder wo, aber das ist über ein Jahr her, eher länger. Ein Kind hat sie, sagt man, eine Anna. Muss jetzt aber auch schon senkrecht durchs Leben gehen.

Und dieser, Frau Teupel fuhr mit der Hand über das Geländer, ihr ehemaliger Pianist?

Wurlich! Reden Sie mir nicht von dem Wurlich, das Klavier kann ich vergessen, das Klavier ist ein einziger Schrotthaufen, das Klavier kann ich auf den Müll schmeißen, bloß dass ich nicht einmal dafür die Zeit hab, sticht der mir doch mit dem Fleischmesser auf das Klavier ein, mit dem Fleisch-messer! So ein Depp. Neugröschl knüllte die Hundeohren zusammen und knöpfte sich die Jacke auf, lockerte den Schal.

Hatte er nicht, Frau Teupel erbarmte sich endlich Frufrus und kraulte seinen Bauch, hatte er nicht ein Problem mit seinen Händen?

Neugröschl spuckte ins Wasser, Schwachsinn, sagte er, geschmolzen sind sie, ihm sind die Händ immer weniger geworden, weggeschmolzen angeblich, haben Sie so was schon gehört? Ich nicht.

Er, Frau Teupel beugte sich tiefer über Frufru, er litt an einer schizophrenen Schlaufe.

Genau, das tu ich demnächst auch. Neugröschl holte eine Zigarette hervor, drehte sich mit dem Rücken gegen den Wind, zündete ein Streichholz an.

Der Wurlich, er sog den Rauch ein, wedelte die Flamme aus, der Wurlich hat einfach nicht kapiert, dass sie nichts mehr hat wollen von ihm, das ist doch nicht so schwer zu verstehen, oder?

Aber der andere Pianist –

Es gibt keinen anderen Pianisten, rief Neugröschl, er fuchtelte mit der Zigarette, verstehen Sie nicht, kein Pianist, der Wurlich, was in dem Wurlich seinem Kopf los ist, das würd mich schon einmal interessieren. Vermutlich ein Hit-zestau, kein Wunder bei der Frisur. Dabei hat der haargenau gewusst, dass ich keinen mehr find nach ihm. Barpianisten liegen weiß Gott nicht auf dem Gehweg herum. Die Zeit der Barpianisten ist vorbei, endgültig. Der Wurlich, ach was, was reg ich mich über den Wurlich auf. Das ist, als würd ich am Morgen in mein Lokal kommen und seh mich schon hinter dem Tresen stehen und die Liste für den Markt schreiben. Nur, dass ich dann nicht so blöd wär und mich hinsetz und mir das Theater anschau, mich noch aufreg womöglich, dass der einen total schwachsinnigen Einkauf zusammenstellt, ich würd schön schauen, dass ich weiterkomm, ich würd mich ganz gemütlich rüber in den Elefanten setzen und den ganzen Tag nimmer hervorkommen. Zeitung lesen, Kutteln essen. So. Schizophrene Schleife, prost Mahlzeit.

Er schnippte die Zigarette ins Wasser, stupste Frufru in die Seite, der rollte einmal herum, streckte die Beine wieder in die Luft, komm jetzt, keine Faxen, gehen wir nach dem Rechten schauen zu Haus, er stupste ihn in die Seite, Frufru rollte auf den Bauch, rappelte sich hoch.

Grüße Sie, Neugröschl hob die Hand, der Hund trottete hinter ihm die Allee entlang, sie überquerten die Straße, Frau Teupel sah sie hinter der Häuserecke verschwinden.

Sie blickte hinunter ins Wasser, die Enten trieben in rasantem Tempo an ihr vorbei, sie warf ihnen das Brot hinterher.

Klara schaute hinaus, schaute von so hoch oben nach unten, die vielen Lichter, ständig in Bewegung. Es wurde hier nie dunkel, immer die Lichter, drängten die Nacht zurück, hier gab es keine Sterne, auf den Straßen nie Ruhe, alles in Bewegung, diese Stadt fand nie Schlaf. Sie hätte gerne das Fenster geöffnet, hätte gerne diese seltsame Luft geatmet, dies waren Häuser, in denen Fenster nicht geöffnet wurden, waren das überhaupt Häuser, konnte man zu so etwas noch Haus sagen, Fenster, nur um hinauszuschauen, abgetrennt von den Straßen, dem Lärm, der schlechten Luft, eingeschlossen in diese ungeheuerlichen Türme, eine Stadt, die vergessen machte, dass es Wiesen gab, Felder, die Berge, diese Stille in einem Winterwald, der Geruch von Laub und der feuchten Erde im Herbst, Regen, in den Bäumen, das Grün eines Weihers, dieses tiefe, sehnsüchtige Grün, das Zirpen von Grillen, hier war kein Wind, nicht die klare Luft eines Morgens, wie Steine atmen, frisches Geröll, nicht

Dunst über Äckern, nicht Raureif, hier waren keine Hagebutten, kleine Korallen in einem späten Licht, so pur und genau, bevor der Winter kommt, hier kam nicht Frühling, kein Sommer, diese Stadt war so fern, war so weit entfernt von Gezeiten, von Himbeeren, frischem Gras, von einem Himmel, diese Stadt hatte damit nichts mehr zu tun, hier war das Äußerste, was eine Stadt sein kann, trieb abgekoppelt in schwerelosem Raum, zielloses Driften, die Geschwindigkeit so hoch, so schnell das Tempo, keine Rast, diese Stadt rastete nie, ruhte nie aus, nicht in den Stunden zwischen Mitternacht und Morgen, wenn Städte sonst sich niederlegen, der Atem zur Ruhe kommt, die Nacht durch die Straßen schlieft, ganz lautlos, diese Stadt war immer, immer wach, immer da, forderte, man hörte den Puls, hektischer Herzschlag, Klara lehnte ihren Kopf an die Scheibe, schloss die Augen, das ständige Rauschen der Autos, es hätte der Wind sein können, ein Regen, ein tagelanger Regen, sie hörte das Telefon, ein Klingeln wie Schnurren, sie ging zum Bett, nahm den Hörer ab.

Ja, sagte sie, sie setzte sich auf den Bettrand, ja, sagte sie. Du, sie schaute aus dem Fenster, die Lichter, in allen Farben die Lichter, du, sagte sie, sie lauschte, die Lichter an den Wänden, stetes Wandern, liebst du mich, sagte sie, lauschte, warum sagst du nicht, dass, sie lauschte, ja, sagte sie, aber warum, ja, du, warum sagst du nicht einfach, dass du, ja, sag doch einfach, ja, du, ja, du sag, ja, liebst du mich, liebst du mich noch, ja, du, ja, sag mir, dass du, ja, sag mir dass du mich, ja, dass du mich liebst, ja, bis gleich.

Sie legte den Hörer auf, saß reglos, hörte Rauschen, dachte Regen, Wind, dachte an den Wind in den Bäumen, an tagelangen Regen, das Sitzen am Fenster, wenn der Regen in Bäume fällt, sattes Grün. Sie zog sich eine Jacke über, öffnete die Tür, trat in den Korridor. Dasselbe Licht, immer dieses selbe, eine Licht, im Korridor, in der Oper, in den

Straßen, kein Tag, keine Nacht, es kam nicht darauf an. Tag und Nacht, keine Kategorien, hier waren Tag und Nacht keine Kategorien mehr. Sie ging zum Lift, der Boy verbeugte sich, drückte den Knopf. Sie sehnte sich so nach, sie überlegte, vertiefte sich in das tomatige Rot der Livree, die goldenen Litzen, der ausrasierte Hals, die Lifttüren glitten auseinander, sie trat ein, rundherum die Spiegel, lautlose Türen, sie schaute sich an, beinah nicht zu spüren das Hinabsinken, diese unzähligen Stockwerke, tiefer sinken bis zum Erdboden, von diesen unheimlichen Höhen hinuntersinken, schaute sich an, das Gesicht, das war ihr Körper, so ein einsamer Körper, sie sehnte sich so nach, was bloß, ein sanftes Auftreffen am Boden, kaum zu spüren, schmales Beben, die Türen, glitten auseinander, gleißendes Licht, die Hotellobby in schierem Licht, blanker Marmor, sie sehnte sich so nach Nacht.

Frau Teupel ging ins Schlafzimmer und öffnete die Fenster, lehnte sich hinaus. Im Hof, kreuz und quer zwischen den Bäumen, flatterte die Wäsche. Es war kalt, obwohl die Sonne schien.

Sie sah eine Zeit lang zu, wie ihre Nachbarin Anstalten machte, ihren Hund zu schamponieren, sie drehte den Wasserhahn auf, der Hund galoppierte mit wehenden Ohren unter Frau Teupels Fenster vorbei.

Hierher, die Nachbarin drehte den Wasserhahn zu, rannte dem Hund entgegen, er schlug einen scharfen Haken, Frau Teupel sah ihn erneut unter dem Fenster vorbeihasten.

Sie schaute der laufenden Nachbarin hinterher, Hannibal, hörst du!

Es war kühler geworden, Frau Teupel sah in den Bäumen die ersten Knospen, kühler, aber Sonne, sie sollte auch die Wäsche in den Hof bringen, sie drehte sich um, schaute auf das Doppelbett, Teupel hatte auf seinem Nachtkasten einen seiner Behälter stehen, Frau Teupel nahm ihn in die Hand, schaute in so ein Gesicht. Das Etikett, *Anomalocaris saron, Chengjiang, frühes Kambrium.* Sie setzte sich auf das Bett, legte die Versteinerung in den Schoß, betrachtete den Schrank, die Kommode, ihre eigene Betthälfte.

Hannibal! Sie hörte Getrappel unter ihrem Fenster, Hannibal hatte zu einer neuen Runde angesetzt. Frau Teupel öffnete den Deckel des Plexiglasbehälters, setzte das Tierchen ans Fenster in die Sonne. Sie sollte die Wäsche in den Hof bringen, dachte sie. Sie stand vor Teupels Betthälfte, rollte den Bettüberwurf zur Seite, legte das Bettzeug auf den Fußboden.

Hannibal! Zu mir! Sofort!

Sie zog das Leintuch von der Matratze, Wäsche in den Hof bringen, Wäsche in den Hof bringen. Sie strich über die nackte Matratze, ging hinaus in die Garderobe und holte den Werkzeugkasten aus dem Schuhschrank.

Mit dem Teppichmesser schnitt sie an drei Seiten der Matratze entlang ein U, klappte den Stoff zurück und legte das Innere der Matratze frei.

Frau Teupel legte das Messer zur Seite, zögerte. Sie krempelte ihre Bluse hoch, hörte draußen im Hof das Geplätscher von Wasser, die Stimme ihrer Nachbarin.

Schau wie schön!

Frau Teupel tat einen Schritt zum Fenster, schaute, die Nachbarin hantierte mit dem Gartenschlauch, Hannibal saß am anderen Ende des Hofes, betrachtete sie.

Schau, rief die Nachbarin, sie ließ das Wasser in feinem Sprühregen auf den Asphalt rieseln, so schön! Hannibal legte sich nieder, bettete den Kopf auf die Pfoten.

Frau Teupel grub ihre Arme in die Rosshaarfüllung, tastete. Sie häufte die Füllung auf den Bettvorleger, reihte die Sprungfedern daneben auf.

Sie ging in die Küche und setzte Teewasser auf. Sie stand

neben dem Herd, wärmte ihre Hände über dem Wasserkessel, schaltete das Radio an – *höchste Alarmbereitschaft bei der Feuerwehr, Sturm Kyrill nähert sich mit einer Geschwindigkeit von 300 Stundenkilometern, spätestens in den Abendstunden wird er auch –*, sie schaltete aus, hörte das Wasser im Kessel.

Sie würde, ja, sie würde die Garderobe ihres Mannes aussortieren und das Innere der Matratze in dem Schrank deponieren, womöglich konnte sie alles noch gebrauchen. Sie würde, Frau Teupel öffnete den Küchenschrank, hatte nicht die Caritas neulich, sie zog die zusammengerollten Tüten hervor, sie würde die Garderobe der Caritas schenken.

Sie goss den Tee auf, kehrte zurück ins Schlafzimmer, setzte sich aufs Fensterbrett.

Die Nachbarin rollte den Schlauch zusammen.

So ein blödes Viech.

Hannibal trottete langsam näher, klaubte auf dem Weg einen Ast auf, legte ihn der Nachbarin vor die Füße.

Ach komm, die Frau drehte sich um, ging ins Haus. Hannibal schaute ihr hinterher, legte sich in die Sonne.

Frau Teupel trank einen Schluck Tee und stellte die Tasse auf die Kommode. Sie ging ins angrenzende Badezimmer, blickte in den Spiegel.

Sie drehte das Wasser auf, ließ es über ihre Hände rinnen. Sie schaute auf die Utensilien auf der Ablage über dem Waschbecken, nahm die Rasierseife und schäumte ihre Hände ein. Sie roch daran, trocknete sich ab und steckte das Seifenstück in ihre Rocktasche.

Sie zog den Bettbezug von der Federdecke, schnitt die aufgedruckten Blumensträuße aus und stapelte sie auf dem Nachttisch.

Sie legte sich in ihr eigenes Bett, starrte an die Decke, draußen hatte jemand begonnen, einen Teppich auszuklopfen. Es war kühl, Wolken zogen über den Himmel, es würde noch einmal Schnee geben. Sie zog sich den

Bettüberwurf bis zu den Schultern hoch, drehte sich zur Seite und schaute in die ausgeräumte Matratze. Sie schloss die Augen, fühlte sich so müde. Das träge Klopfen im Hof. Als wäre es Sommer. Sie hob eine Hand an ihr Gesicht, roch daran.

Sie rollte sich auf den Rücken zurück, schaute an die Decke, die Schatten zogen über die Wände, Gardinenmuster, Sonne, sie schloss die Augen, schaute an die Decke, Sonne, Schatten, schloss die Augen.

Helmut, sagte sie, es klang ungewöhnlich – abstrakt. Sie legte die Hände über ihr Gesicht, roch, seit fast vierzig Jahren, dieser Geruch, Helmut, sie sah, *Helmut, das Gesicht ganz nah, sie nahm ihm die Brille ab, so zart die Haut um die Augen und das Pulsieren an der Schläfe, die Augen wie von Schildkröten, weit in den Höhlen, dunkel, sie strich über seine Wange, den Kopf, fühlte das Haar, roch diese Haut, ich, sagte sie, ohne die Brille so jung und wie ungeschützt, er lächelte, sie lächelte, legte ihre Wange an die seine, ich, sagte sie, ganz nah an seinem Ohr, flüsterte, dieser wunderbare Geruch, Helmut und sie selbst, sie, Helmut, Bilder.*

Sie schlug das Telefonbuch auf, fuhr mit dem Finger die Spalten entlang, suchte. Sie nahm den Hörer ab und wählte die Nummer ein, schaute aus dem Fenster, der Himmel mit Wolken bedeckt, *Rosen – Tirol – was das –* Frau Teupel klemmte den Hörer mit der Schulter fest, fuhr mit dem Finger die Telefonbuchspalte entlang, verglich die Telefonnummer, stimmte, sie horchte, werden gebeten zu warten, momentan sind alle Leitungen besetzt. Zwischendurch ein bisschen Musik, *Schenkt man sich Rosen in Tirol, weiß man, was –* Frau Teupel nahm das Telefon vom Garderobentisch, wechselte hinüber ins Wohnzimmer und ließ sich auf den Diwan sinken, sie stellte sich das Telefon auf den Schoß, *in Tirol – man was das –* sie lehnte sich zurück, *bedeuten –*

Großgärtnerei Berner, was kann ich für Sie tun?

Guten Tag, Frau Teupel richtete sich auf, ich habe gerade einen Garten angelegt.

Er sagte, interessant.

Ich weiß nicht, Frau Teupel schaute aus dem Fenster, die Wolken zogen so rasch über den Himmel, Sonne, Schatten, was denken Sie, hundert, zweihundert, vierhundert Liter Erde?

Ich verstehe. Mit der Erde fängt es an. Wie viel, tja, das richtet sich natürlich nach der Quadratmeteranzahl Ihres Grundstücks, der Art der Gewächse –

Ich habe noch überhaupt keine Gartengeräte, vielleicht bringen Sie einfach ein ausgewähltes Sortiment, Frau Teupel wickelte sich das Telefonkabel ums Handgelenk, diese na, Klappschaufeln, eine Gartenharke und Pflänzchen, Tulpen, Narzissen, vielleicht ein Quittenbaum?

Quittenbaum, notierte der Gärtner.

Ja, Frau Teupel hatte sich wieder gesetzt, lehnte sich zurück, und sonst. Düngemittel.

Düngemittel. So ein Garten wird Ihnen viel Freude machen, sagte der Gärtner.

Sie bestellte noch dies und das, Gurken und Tomatenstauden, ein Vogelhäuschen.

Sie legte den Hörer auf die Gabel, starrte auf das Telefon in ihrem Schoß.

Sie bedeckte ihr Gesicht mit den Händen, roch, Helmut, Augen wie Schildkröten, samten und wie zu tief um hineinzusehen, was für ein, sie spürte ihre heißen Wangen unter den Fingern, musste plötzlich wahnsinnig lachen, was für ein schwachsinniger Anruf, rief sie, Quittenbaum!

Sie schaute ihm zu, hatte sich in die dritte Stuhlreihe zurückgezogen, sah ihn von hinten, diese Bewegungen, so kräftig, Klara hatte ihm immer gerne zugeschaut, diese Konzentration, eine fast böse Konzentration bei der Arbeit, schiere Energie, oder war es Gewalt, Dirigieren ist Macht, hatte er einmal gesagt, Macht und Ohnmacht zugleich, da ist diese Gewalt, ich merke, wie sie kommt, man muss sie zügeln, sonst verschlingt sie, so gierig ist sie, man muss sie zügeln und ihr gleichzeitig freien Lauf lassen, es muss sich die Waage halten, eine Frage der Balance, sie lauschte auf die Musik, sah die Musiker, er brach ab, klopfte auf das Pult, rief irgendwas zu den Bläsern, sie hörte nicht mehr zu, er war nicht weit weg, doch entfernte sich zusehends, entglitt, glitt ab, schon wie weichgezeichnet, gar nicht wahr.

Er hatte sich neben sie gesetzt, trank aus der Wasserflasche, sie fuhr ihm mit der Hand durchs Haar, die nasse Stirn, lächelte ihn an, küsst du mich, sagte sie, er wandte sich zu ihr, streifte ihr Gesicht, küsste die Stirn, auf den Mund, sagte sie, küss mich auf den Mund, er küsste sie auf den Mund, mehr, sagte sie, zog ihn zu sich, er küsste mehr, machte sich los, magst du mich nicht küssen, sagte sie, Herrgott, sagte er, Herrgott noch mal.

Sie ging die Straße entlang, Vögel zwitscherten, Wind, Sonne, Wolken, schnell, schnelle Wolken, wohin wollte sie eigentlich.

Sie wechselte hinüber auf die andere Seite, lehnte sich über das Geländer und schaute ins Wasser. Der Fluss war braun und tintig, brachte allerhand Unrat mit sich, Äste, Kleinkram. Keine Enten. Die Enten waren schon am Vormittag alle in den Abgrund gespült worden. Frau Teupel nahm das restliche Entenbrot aus der Tasche, warf es ihnen hinterher.

Sie setzte sich auf eine Bank. Vielleicht sollte sie nach Kleinradieschen fahren. Ausruhen. Sie war so − schrecklich müde. Vielleicht musste sie sich einfach einmal ein bisschen ausruhen. Sie dachte an den Flugsaurier. An das Seminar. Sie dachte an Uruguay. Das Seminar.

Und heute, Herr Prof. Doktor Teupel nahm die Brille ab, eine ganz besondere Petitesse, er kam langsam hinter dem Katheder hervor, trat nah an die erste Reihe heran, etwas ganz Feines, er beugte sich zu einem der Studenten hinunter, Jahrmillionen alt, flüsterte er, ein Unikat ein, er richtete sich auf, Unikat, und er kann, rief er, in ausgewachsenem Zustand, durchaus die Größe einer besseren Hütte erreichen.

Hier also, er ging zur Tür, öffnete sie, Rhamphorhynchoidea, *der Langschwanzflugsaurier, die früheste Form der Gattung der Petrosaurier, der sogenannten Flugsaurier überhaupt, er gehört, in der* Phylogenetischen Systematik, *in die* Paraphyletische Gruppe, *wie Sie wissen! Darf ich Sie, sagte er über die Schulter in den Korridor, um maximale Vorsicht bitten, meine Herren, dies ist kein Autoreifen! Er lächelte in den Saal.*

In dem Hörsaal würde es still sein, kein Laut, der Rhamphorhynchoidea, rief Herr Professor Doktor Teupel, er machte eine ausladende Geste zur Tür hin, wippte auf den Fußballen, maximale Vorsicht, meine Herren, ma-xi-ma-le Vorsicht.

Er wartete, er musste nämlich, sagte er vertraulich zu dem ihm am nächsten sitzenden Studenten, er musste nämlich ein Taxi nehmen, Kombitaxi, zwei Chauffeure, ein Flugsaurier, sicherlich, aber noch viel zu schwach, viel zu schwach, diese feinen Knöchelchen, er setzte die Brille auf, ging zu der geöffneten Tür, schaute hinaus in den dunklen Korridor.

Rätselhaft, er ließ die Tür offen, ging zurück zu seinem Katheder, setzte sich auf den Stuhl und faltete die Hände auf der Tischplatte, schaute in die erwartungsfrohen Gesichter, vielleicht hat er sich verfahren.

Frau Teupel schloss die Augen, sie würde, sie musste wegfahren, von Kleinradieschen nach Kleinklein, was sollte sie ihm sagen, nach Kleinradieschen wegfahren, ich habe den Flugsaurier in seine Heimat geschickt, Kleinradieschen, wohin sonst, wohin konnte sie auch gehen, ja, mit der Post, Flugpost, versteht sich, wäre ja alles für die Katz sonst, weitläufige Verwandtschaft, es war nur eine weitläufige Verwandtschaft, was sollte sie der weitläufigen Verwandtschaft sagen, dass sie einen Flugsaurier nach Uruguay geschickt hatte, Adresse unleserlich, dass sie das Bett ihres Mannes, dass sie einen Quittenbaum bestellt hatte, sie mochte gar nicht daran denken, konnte sie das einer Verwandtschaft, einer weitläufigen Verwandtschaft sagen?

Nein. Dass sie müde war. So schrecklich müde.

Schau, ich vermisse dich
Ich bin doch hier
So meine ich das nicht
Wie denn dann
Was ist mit dir
Was soll denn schon sein
Was ist bloß los mit dir
Nichts ist, was willst du denn
Ich verstehe es nicht, nichts verstehe ich, irgendetwas ist doch
Bitte, du bildest dir was ein
Was bilde ich mir ein
Was weiß ich bildest du dir ein
Aber ich spüre doch irgendwas
Hör auf damit
Was soll ich aufhören.
Dieses Spüren, immer dieses Spüren
Du bist so schrecklich kalt, warum bist du bloß so kalt zu mir
Ich bin nicht kalt, ich bin wie immer
Bin ich noch deine Liebste
Was soll das
Du sagtest immer, meine schöne Florentinerin
Was willst du bloß
Warum sagst du mir nicht mehr

Was

Dass du mich liebst. Dass ich deine Schöne bin

Ja

Spürst du mich nicht mehr

Doch

Warum bist du nur so fern

Ich bin doch da

Du tust mir so weh

Was tue ich denn

Du bist nicht mit mir, bist du nicht mehr mit mir

Ich weiß es nicht.

Jazz. Frau Teupel hatte den Kopf in den Nacken gelegt, das Schild quietschte im Wind, eine azurblaue Plastiktüte wehte vorbei, Nanu, Frau Teupel schaute der Tüte hinterher, auf der Tüte stand Nanu. Sie würde, sie warf einen Blick in das Ladeninnere, sah den Bärtigen hinter dem Tresen stehen, er hielt sich einen Kopfhörer ans Ohr, sie würde heute einfach einmal ins *Jazz* gehen.

Sie zog die Tür hinter sich zu, der Bärtige verschob einige Hebel an einem Mischpult, bin gleich da, rief er.

Frau Teupel schaute sich um, Schallplatten, die Hocker am Tresen, irgendeine Musik hastete aus den Lautsprechern. Der Bärtige trug die Haare jetzt kurz, sah besser aus, sie knöpfte sich den Mantel auf, bestieg einen der Barhocker.

Er legte den Kopfhörer weg, drehte die Musik leiser, kann ich Ihnen helfen?

Ich suche, Frau Teupel legte ihre Handtasche auf den Plattenteller, die *Rosen in Tirol.*

Der Bärtige fuhr sich mit der Hand über die Brust, *Rosen in Tirol*, sagte er, Rosen in Tirol, sagt mir jetzt gar nichts, was ist das denn für ein Album, ist das was Neueres?

Nein, nein, auf keinen Fall, dazu habe ich ja schon getanzt.

Regionaler Jazz? Er strebte einem der Regale zu, mal sehen, den Namen der Band haben Sie jetzt nicht zufällig parat? Oder – heißen die so? *Rosen in Tirol*? Ist das, er stutzte, drehte sich um, sagen Sie mal, ist das überhaupt Jazz?

Das weiß ich jetzt nicht, Jazz? Kann schon sein, gut möglich, dass das ein Jazz ist, ich habe da ja so wenig Ahnung.

Der Bärtige fuhr sich mit den Händen durch die Haare, das ist, er starrte auf die Regale, ließ die Hände sinken, das ist kein Jazz, das ist kein Jazz. Ich kenne meinen Jazz, *Rosen in Tirol*, eher ist Schubert ein Bierfass, als dass das ein Jazz ist.

Kein Jazz, Frau Teupel nahm ihre Handtasche wieder an sich, rutschte vom Hocker, das ist ja, sie schaute ihn an, ja, was mache ich denn da?

Tja, er schaute in die Regale, ich meine, ich kann Ihnen natürlich was anderes raussuchen, er ging die Platten durch, was zum Tanzen wollen Sie, ich hab auch ein paar Swingsachen da, ich such Ihnen einfach was raus.

Sie setzte sich wieder auf den Hocker.

Er legte einige Platten auf den Tresen, ich, er zögerte, ging vor ihr ein wenig in die Knie, ich darf doch. Er stülpte ihr vorsichtig die Kopfhörer über, sie schaute in sein nahes Gesicht, so – dunkel, er prüfte den Sitz der Hörer, stellte sie ein wenig enger. Er ging um Frau Teupel herum, ruckelte sie mitsamt dem Hocker näher an den Tresen heran, sie spürte ganz zart diesen Bart im Nacken, sie sog die Luft ein, sie roch, unvermeidlich, es roch nach Abenteuer. Er nahm die Handtasche vom Plattenteller, legte eine Scheibe auf und ließ die Nadel hinuntersinken.

Sie lauschte, der Bärtige stand jetzt wieder hinter dem Tresen, er deutete auf die Kopfhörer, zog die Augenbrauen hoch, Frau Teupel nickte, er drehte die Lautstärke ein wenig höher, sie lächelte.

Wollen wir spazieren gehen, Klara schlüpfte in den Mantel, hakte sich bei ihm ein, sie verließen die Oper durch die Drehtür, die Musiker standen noch vor dem Gebäude, rauchten, redeten, die Koffer mit den Instrumenten neben sich, sie winkten ihnen zu, gingen über den großen Platz. Es war spät jetzt, die Probe hatte sich lange hingezogen, so spät und dennoch diese Mengen von Menschen, Männer, Frauen, auch Kinder, so spät und immer unterwegs.

Ich will ein wenig allein sein.

Was?

Ich will jetzt ein wenig allein sein, wiederholte er, er war stehen geblieben, richtete ihr den Mantelkragen, geh schon vor ins Hotel, ich komme dann.

Aber wir hatten doch abgemacht –

Ich brauche ein wenig Zeit.

Warum, sie schaute ihn an, warum nur.

Er lächelte sie an, keine Sorge, sagte er, strich ihr über die Haare, es ist alles gut.

Sicher, fragte sie.

Er küsste sie auf die Wange, sicher, sagte er.

Sie zog die Kopfhörer herunter und rutschte vom Hocker.

Das war, Frau Teupel hielt inne, sie musste eine ganz zerzauste Frisur haben, es fühlte sich an, als sei alles zerzaust, sie strich sich ein paar Strähnen hinters Ohr, vermutlich auch das Gesicht, ganz zerzaust, das war wirklich erstaunlich, sagte sie endlich.

Das freut mich, der Bärtige grinste, das hat Saft, das ist – pur, verstehen Sie, pure Kraft.

Ich verstehe. Frau Teupel schaute ihn an. Da war ein, sie trat ein wenig näher heran, da hing an seinem Bart, sie zupfte mit spitzen Fingern ein langes Haar heraus.

Entschuldigen Sie, sagte sie, aber da hing dieses –

Na so was, er nahm ihr das Haar ab, wickelte es um

357

den Zeigefinger, ein Haar, das muss von meiner Freundin sein.

Das ist besser jetzt, sie deutete auf seinen Kopf, mit den Haaren, mit *Ihren* Haaren meine ich, steht Ihnen viel besser. Sie sehen aus wie – Sie sehen jetzt aus wie ein Cowboy, sie lächelte.

Meine – mit den Haaren? Stimmt, ich habe sie geschnitten, ist schon eine Weile wieder her, aber, stimmt. Wie ein Cowboy, er fuhr sich durch die Haare, ernsthaft? Das ist gut, oder? Bloß, kennen wir uns? Er musterte ihr Gesicht, aus der Tonhalle vielleicht, kommen Sie ab und zu zu den Kammermusikabenden?

Frau Teupel knöpfte den Mantel zu, sie schüttelte den Kopf, auf der Bank, sagte sie, bei der Allee, Sie hatten damals gerade eine – eine kleine Auseinandersetzung? Vielleicht eine Schlägerei, ich glaube fast, Sie hatten damals gerade eine wilde Schlägerei hinter sich.

Auseinandersetzung. Richtig, der Bärtige fuhr sich über die Brust, Sie sind – Sie sind die mit der Schlange, oder? Er machte mit den Fingern ein paar Schrittbewegungen auf dem Tresen, aber die Beine bilden sich schon zurück, er lachte.

Frau Teupel lachte mit, ja, sie bilden sich schon zurück. Er hatte ihr die Schallplatten in eine Papiertüte gesteckt, reichte sie über den Tresen.

Also dann, sagte sie.

Ja, sagte er.

Sie ging zur Tür, schaute hinaus auf die Straße, ein Kind mit einem Schulranzen schlurfte an dem Geschäft vorbei, ich habe, sagte sie, sie legte die Hand auf die Klinke, schaute hinaus, dem Kind hinterher, ich habe mir heute einen Garten angelegt, sie drehte sich um.

Der Bärtige kam hinter dem Tresen hervor.

Einen Garten, sagte er.

Ja. Frau Teupel warf ihm einen raschen Blick zu, haben Sie auch einen Garten?

Einen Garten? Nein, sagte er betroffen, leider nein.

Ich, Frau Teupel öffnete die Tür, trat einen Schritt hinaus, der Wind leckte schon an ihr, wurde schon stärker, ich gebe heute Abend ein kleines Gartenfest. Vielleicht, sie strich sich die Strähnen hinters Ohr, alles zerzaust, das Gesicht, was war bloß mit ihrem Gesicht, vielleicht mögen Sie auch kommen?

Sie klemmte die Tüte unter den Arm, streckte ihm die Hand hin, Teupel, entschuldigen Sie, ich habe mich gar nicht vorgestellt, Josefine Teupel, ich weiß nicht, ob Sie –

Doch, er schüttelte ihre Hand, warum nicht, er lachte, warum eigentlich nicht?

Schubertgasse 8, ich kann Ihnen das aufschreiben.

Nicht nötig, Schubertgasse, das merk ich mir, Schubert, alter Freund von mir, Schubert, das alte Bierfass, Schubertgasse 8, fein.

Theo? Sie stand am Fenster, drehte sich um.

Er zog die Tür hinter sich zu, legte den Mantel ab, schläfst du noch nicht, sagte er.

Ich habe gewartet, auf dich habe ich gewartet.

Spionierst du mir jetzt hinterher oder was.

Bitte.

Was bitte.

Ich konnte nur nicht schlafen und habe auf dich gewartet.

Das brauch ich nicht, verstehst du, dass man mich so beobachtet.

Ich beobachte dich nicht, Theo, bitte.

Bitte, was bitte.

Hast du dich verliebt.

Was.

Hast du dich in eine andere Frau verliebt?

Was soll das?

Warum gibst du mir keine Antwort?

Ich brauche so einen Dreck nicht, so einen Dreck muss ich mir nicht anhören.

Warum kannst du mir nicht einfach antworten?

Weil ich mich auf so ein Niveau nicht einlasse, darum. Er nahm seinen Mantel, wandte sich zur Tür, Klara fasste ihn am Arm, bitte nicht, sagte sie, bitte, bitte geh nicht, nicht jetzt, lass mich jetzt nicht allein, sag mir, was los ist, ich bitte dich, ich verstehe nichts.

Er machte sich los, stand an der Tür, da ist nichts zu verstehen, sagte er, schaute sie an, du bildest dir was ein. Er öffnete die Tür, vom Korridor das helle Licht, Klara wich zurück ans Fenster, ist das wahr, sagte sie, ist das wirklich wahr.

Glaub, was du willst.

Sie öffnete die Tür, hörte über sich die kleine Glocke. Sie wanderte zwischen den Regalen entlang, nahm eine der Thermoskannen in die Hand, *was, Herr Teupel hatte eher weniger Sinn für Musik, was ist denn das? Er zog die Tür ins Schloss, Josefine, er stellte den Aktenkoffer auf das Telefontischchen, Josefine? Was ist denn das für eine Negermusik? Er öffnete den Koffer, ich dachte eigentlich, er räumte die Papiere beiseite, wo habe ich eigentlich, dachte eigentlich, ich würde heute mit dem Archaeopteryx Fortschritte machen, was war denn mit dem Flugsaurier, war kein Kombitaxi frei? Habe ich die jetzt liegen lassen, nein, nein hier sind sie, er fischte zwei kleine Beutel aus dem Aktenkoffer, nahm die Brille ab, Lurche, Josefine, Lurche in Bernstein, glasklar zu sehen, sag mal, dieses Geräusch, stammt das von den Nachbarn? Das geht aber nicht, er setzte sich auf den Garderobenstuhl, holte die Lupe aus dem Koffer und hielt die Lurche unter das Licht der Tischlampe, das geht aber nicht, sagte er versonnen, meine lieben Nachbarn.*

Frau Teupel stellte die Kanne zurück ins Regal, Kleinradieschen, unmöglich konnte sie jetzt noch nach Kleinradieschen abfahren, der Gärtner kam, sie warf einen Blick auf die Uhr, der Gärtner würde in dreieinhalb Stunden kommen, sie nahm einen Eierzerteiler in die Hand, öffnete ihn, ließ ihn einrasten, mit einem Quittenbaum, sie seufzte.

Kann ich Ihnen behilflich sein?

Frau Teupel verklemmte sich den Finger im Eierzerteiler, die Verkäuferin von *Hulesch und Quenzel,* musste sich von hinten angeschlichen haben.

Ich, Frau Teupel legte den Eierzerteiler zurück ins Regal, schüttelte den Finger, ja, sagte sie, eigentlich ja, ich suche, was suchte sie eigentlich, wo, sie schaute sich um, wo war sie eigentlich, *Hulesch und Quenzel,* genau, sie wollte eigentlich –

Ich wollte eigentlich, sagte sie, sie nahm den Eierzerteiler wieder zur Hand, einen, sie legte ihn wieder zurück. Einen Grill, sie wandte sich der Dame zu. Einen Tischgrill.

Wenn Sie mir bitte, die Dame deutete in einen der Gänge, Tischgrille haben wir in mehreren Ausfertigungen, sehr gerne gekauft sind derzeit die japanischen Modelle –

Frau Teupel folgte ihr langsam. Und der Bärtige. Sie wusste nicht einmal, wie er hieß. Ein Gartenfest, *heute Abend gebe ich ein kleines Gartenfest,* hatte sie gesagt. Sie hatte, sie schloss die Augen, sie hatte bis dahin nicht gewusst, dass sie ein Gartenfest veranstaltete. Sie blieb kurz stehen, ihr war es ganz schwarz vor Augen. Sie hatte bis anhin noch nicht einmal einen Garten. Sie wartete, bis ihr Blick wieder aufklarte, Eiswürfelbehälter, sie nahm eines der Modelle aus dem Regal, bediente den Hebel, zu was in aller Welt –

Hier wäre das Material Aluminium, rief die Verkäuferin, sie kam den Korridor zurückgeeilt, riss ihr den Behälter aus der Hand, Aluminium, sie war noch außer Atem, vollzog mit geschickten Griffen die Hebelbewegung, Frau Teupel starrte auf die blutroten Fingernägel, sie erinnerten sie an irgendwas, bloß –

Das Wasser gefriert hier regelmäßig und feinstrukturig, die Verkäuferin holte tief Luft, was sich mit einem wohlgestalten und formschönen Produkt bedankt, sie hebelte galant vor und zurück, eine zu ihrer Zeit sehr gern gekaufte Ware, natürlich dem amerikanischen Markt entwachsen, die Amerikaner waren, was gehobeneren Eiswürfelkonsum betrifft, dem Rest der Welt einfach um Längen voraus.

Ja, sagte Frau Teupel, das leuchtet mir ein.

Sie wandte sich ab, die Verkäuferin stellte den Behälter zurück, aber Sie interessieren sich für unseren japanischen Tischgrill, schlicht, aber vollendet, die Kostennutzendeckung ungleich vorteilhafter, wenn Sie mir bitte, sie ging voran.

Die Japaner sind, sagte sie nach hinten, was das Grillieren bei Tisch angeht, reinweg Spitzenklasse. Das Grillieren bei Tisch hat bei den Japanern einfach eine lange Tradition, sie zögerte, das Grillieren bei Tisch, sagte sie langsam, hat bei den Japanern eine längere Tradition, als es die Amerikaner überhaupt gibt. Tja.

Sie bog um die Ecke, sie blieb stehen, Herr, sagte sie, sie tat ein paar Schritte, beschleunigte, Herr Wurlich, also! So geht das aber nicht!

Frau Teupel kam langsam hinterher, sah von Weitem diese Frisur. Wurlich, das, sie erinnerte sich, die blutroten Fingernägel, *für Blut war es eh zu dunkel,* so hatte er gesagt, *für Blut war es eh zu dunkel.* Und was bedeutete das?

Das, die Dame von *Hulesch und Quenzel* schaute fassungslos auf die Ansammlung von Gläsern, das, sagte sie, das ist! Was bedeutet das! Ich hol jetzt die Chefin, das wird mir doch zu bunt!

Sie entschuldigen mich, sie schob Frau Teupel zur Seite, hastete zwischen den Regalen davon.

Herr Wurlich, Frau Teupel stieg vorsichtig über die Gläser, wie geht es Ihnen. Sie warf einen Blick auf die Gläser.

Gut, ich, Wurlich fuhr sich mit den Händen durch die Haare, schön, Sie zu sehen, er lächelte kurz, deutete auf die Gläser auf dem Fußboden, Weingläser, Saftgläser, Likörgläser, Einweckgläser, sie waren unterschiedlich hoch mit Wasser gefüllt und bedeckten den gesamten Korridor.

Ich arbeite gerade an einer Komposition, er sammelte die Notenpapiere vom Boden auf, steckte die Stimmgabel in die Sakkotasche, ich bin, nachdem es mit dem Klavierspielen vorbei war, ich weiß nicht, er schaute sie von der Seite an, erwähnte ich Ihnen gegenüber das Verschwinden, das nahezu Wegschmelzen meiner Hände?

Ja, sagte Frau Teupel vorsichtig, ich erinnere mich, so etwas in der Art schon einmal gehört zu haben.

Nun, seither habe ich – viel Zeit. Maestro Barnabas, sagte er, seine Stimme schraubte sich eigenartig schrill in die Höhe, er hielt inne, Maestro Barnabas, sagte er ruhig, gondelt irgendwo in der Welt herum, er hat eine Sängerin, eine unbekannte Sängerin, Naturtalent, muss man wohl sagen, er hat sie entdeckt, sozusagen, und auch gleich geheiratet, wie auch immer, hat ein Kind mit ihr, gondeln zusammen irgendwo in der Weltgeschichte, der Maestro und die talentierte Sängerin, mit den Philharmonikern natürlich, derzeit gerade in Tokio, wenn ich mich nicht irre, vielleicht ist es aber auch schon ein Jahr her, die Tournee durch Japan, vielleicht ist Tokio schon wieder vorbei, die Zeit zerrinnt mir zwischen den nutzlosen Fingern, vielleicht habe ich es neulich in der Zeitung gelesen, vielleicht aber auch schon vor über einem Jahr, ich weiß es nicht, die Konzerte in Tokio – natürlich Beethoven, die Japaner lieben Beethoven, warum? Ich weiß es nicht, ich habe keine Ahnung, vielleicht denken sie: Das ist Europa, vielleicht ist für die Japaner Beethoven Europa und wer weiß, womöglich haben sie recht? Vivaldi, Mahler, Schönberg? Nein. Das ist nicht das Europa, wie wir es kennen, sagen die Japaner. Die Japaner wollen Beethoven. Barnabas und die Philharmoniker und der Chor und – eine neue Sängerin, ein neuer Stern am Solohimmel, mit Beethoven in Tokio. Und ich – ich habe viel Zeit. Wurlich ließ sich in die Hocke nieder, tauchte den Zeigfinger in eines der Wassergläser und fuhr über den geschliffenen Rand, er lauschte auf den Ton, blickte hinauf zu Frau Teupel, ich habe unendlich viel Zeit, er lächelte. Schön, Sie zu sehen, sagte er. Seither bringe ich die Gläser zum Singen, er deutete auf die unzähligen Gläser, ich komponiere ganze Symphonien.

Hier lang, Frau Teupel hörte hinter sich das Klappern von Absätzen, drehte sich um, sah zwei Frauen den Korridor entlangkommen, hier lang, sagte die Verkäuferin zu der Frau an ihrer Seite.

Da, die Verkäuferin drängelte sich an Frau Teupel vorbei, Herr, sie fixierte Wurlich, Herr Wurlich kann Ihnen sicherlich erklären, was es damit auf sich hat.

Die Dame klemmte ihren Bestellkatalog unter den Arm, reichte Frau Teupel die Hand, Quenzel mein Name, im Namen unseres Geschäftes möchte ich mich bei Ihnen für die Unannehmlichkeiten entschuldigen, die Sie hier erfahren müssen, der Verkauf geht gleich weiter.

Herr *Wurlich*, sie setzte sich eine rote Lesebrille auf, musterte die Gläser auf dem Boden, Wurlich, sie schaute über den Rand der Brille, darf ich fragen, welche Genialitäten Sie uns heute zu präsentieren gedenken?

Herr Wurlich, begann Frau Teupel, sie stieg über eines der Einweckgläser –

Herr Wurlich, hob Frau Quenzel die Stimme, Herr Wurlich ist einer unserer – Mitarbeiter, einer unserer – temporären Mitarbeiter. Und Herr Wurlich scheint sich bei uns sehr wohlzufühlen, sie blätterte in dem Katalog, betrachtete angelegentlich eine Seite mit verzinkten Eimern, an den einen Tagen beschäftigt er sich damit, die Wände mit − Klaviertasten zu bemalen, anderntags erwische ich ihn dabei, wie er mit einem Aufnahmegerät die Verkaufsgespräche unserer Mitarbeiter mitschneidet − eine Symphonie der Verkaufsgespräche schwebte ihm vor − und heute? Sie klappte den Katalog zu, rollte ihn zusammen und deutete auf Wurlich. Ja was? Herr Wurlich? Was hat das, sie nahm eines der Cocktailgläser hoch, hielt es gegen das Licht, was hat das zu bedeuten?

Eine, Wurlich fuhr sich durch die Haare, eine Symphonie −

Wurlich! Frau Quenzel warf das Cocktailglas hinter sich, Schluss jetzt, ich kann dieses Wort nicht mehr hören, Symphonie, wenn ich das schon höre, das ist kein Konzerthaus hier, Wurlich, das ist, die ganzen Gläser, sie nahm die Brille ab.

Sie sind hier, sagte sie bedächtig, bei *Hulesch und Quenzel*, mein lieber Herr Wurlich, 149 Jahre Erfahrung im Geschäftsbereich Haushaltswaren, wir feiern Jubiläum! Nächstes Jahr wird hier Jubiläum gefeiert! Die Tücke des Objekts! Ich kann meine Zeit nicht damit verschwenden, jeden Tag eine Malerkolonne zu organisieren, die die Klaviere an der Wand übertüncht.

Ich versuche, Wurlich stopfte die Notenpapiere in eine Mappe, ich versuche doch nur, mich zu überlisten. Ich dachte mir, er drückte die Papiere gegen die Brust, trat ganz nah an die Geschäftsführerin heran, ich dachte mir, flüsterte er, ich könnte vielleicht, immerhin ist ein gemaltes Klavier so gut wie kein Klavier, ich dachte, ich könnte vielleicht dadurch den Bann durchbrechen. Verstehen Sie, er stellte sich auf die Zehenspitzen, Frau Teupel hatte bisher nicht bemerkt, wie klein er war, die Chefin von *Hulesch und Quenzel* war einen halben Kopf größer als er, er stellte sich auf die Zehenspitzen, flüsterte der Geschäftsführerin ins Ohr, den Tönen muss man sich ganz vorsichtig nähern, verstehen Sie, sie sind scheu, ich war zu, er hielt inne – gierig, verstehen Sie mich, ich wollte, er drehte Frau Quenzel ein wenig herum, schaute nun der Chefin direkt in die Augen, ich wollte alles, wisperte er, ich verlangte nach der Musik, wie man beim Bäcker ein Brötchen bestellt, Sie verlangen beim Fuschl ganz selbstverständlich nach einem Brötchen, aber, er schüttelte den Kopf, so ist das nicht, nicht mit der Musik, man darf nicht fordern, sie, er richtete der Geschäftsführerin den Kragen, strich ihn glatt, sie verweigert sich sonst, er lächelte, hob seine Hände, nehmen Sie zum Beispiel meine Hände, sagte er, was ist damit?

Die Geschäftsführerin hob eine Augenbraue, was ist damit?

Nichts. Nichts, sie verschwinden, sie sind praktisch schon gar nicht mehr da, sie wurden mir – genommen – verstehen Sie?

Frau Quenzel räusperte sich, ja, Herr Wurlich, sie trat einen Schritt zurück, dann haben wir uns so weit verstanden. Sie musterte ihn, wollten Sie nicht einen Friseur aufsuchen?

Natürlich, Wurlich strahlte, sieht gut aus, oder?

Die Geschäftsführerin setzte sich die rote Brille auf, man sieht nichts davon, sie nahm die Brille wieder ab.

Die Spitzen, Wurlich deutete mit Daumen und Zeigefinger einen minimalen Abstand, nur die Spitzen.

Frau Quenzel warf Frau Teupel einen Blick zu, schüttelte beinah unmerklich den Kopf, etwas wie ein Lächeln um die Mundwinkel.

Sie klappte den Bestellkatalog auf, verzinkte Eimer, hochinteressante, wunderbar verzinkte Eimer. Das war dann alles, sagte sie.

Ach, sie war schon halb im Korridor verschwunden, Irene? Sie kam ein paar Schritte zurück.

Ja, die Verkäuferin schreckte hoch.

Die Geschäftsführerin schaute von dem Katalog hoch, Sie räumen das dann weg bitte.

Sie hörten zu, wie die Schritte irgendwo in den Gefilden des Ladens verklangen, schauten sich an.

Frau Gerlach, sagte Wurlich, er tat einen Schritt auf die Verkäuferin zu, ich werde –

Der japanische Tischgrill, die Verkäuferin wandte sich aufgeräumt an Frau Teupel, ist, wenn man das Prinzip erst einmal verstanden hat, in seiner Bedienung sehr einfach gehalten, wenn Sie mir bitte, sie wies in einen der Gänge.

Den würde ich dann nehmen, Frau Teupel öffnete ihre Handtasche, schloss sie wieder.

Vielleicht wäre es möglich, dass Ihr Mitarbeiter, sie warf einen raschen Blick auf die Verkäuferin, Ihr temporärer Mitarbeiter meinte ich natürlich, ihn mir heute am frühen Abend vorbeibringt? So gegen – sieben?

Herr Wurlich, die Verkäuferin hatte eine ganz hohe Stimme, sie betrachtete ihre Fingernägel, ich bin mir nicht ganz sicher, ob Herr Wurlich in der Lage ist, ich meine, sie warf einen abschätzigen Blick auf Wurlichs Hände, immerhin werden sie immer weniger.

Sie stieg über die Gläser und rauschte davon.

Das ist sehr freundlich, Wurlich nahm eines der Biergläser, trank es aus, Sie sind –

Den japanischen Tischgrill, Frau Teupel drängelte sich an ihm vorbei, Schubertgasse 8, so gegen – sieben?

Sie ging in die Richtung, in der die Verkäuferin verschwunden war, der Ausgang, wo war, irgendwo geschäftsmäßiges Gemurmel, weit, weit vorn Tageslicht, sie sichtete endlich die Kassa, perlfarbene Papiertüten, rosig wie der junge Tag.

Denkst du nie an das Kind?

Was hat das Kind damit zu tun, willst du mich erpressen.

Du bist so fremd geworden, wann ist das bloß passiert.

Wie du mit einer Affenliebe an dem Kind hängst –

Du, rief sie, du, sag mir, dass das nicht wahr ist.

Was, was denn bloß.

Dass du nicht mehr nah bist, dass du jetzt so weit weg bist. Du hast doch mich, du hast doch das Kind, fühlst du nichts mehr, empfindest du nichts für uns.

Ich weiß es nicht. Vielleicht. Vielleicht ist das so. Ich empfinde nichts.

Frau Teupel wanderte an den Geschäften entlang, sie holte die Einkaufsliste aus der Tasche, Schinken, Emmentaler, seit Jahr und Tag kaufte sie Schinken und Emmentaler, sie blieb vor einem Geschäft stehen, starrte in die Auslagen, Schinken und Emmentaler, es wurde ihr immer unangenehmer, an der Wurstheke nach Schinken zu verlangen, das Wort Schinken kam ihr immer schwerer über die Lippen, in der Auslage schwebte ein Ei, eine Kartoffel und Paprikaschoten, *was gibt es denn heute Schönes, Herr Teupel blätterte in seinen Papieren, diese Spiegeleier neulich, die waren wirklich gut, er sortierte die Blätter, schichtete sie auf dem Tischgrill zu drei Stapeln, vielleicht sollten wir öfter Spiegeleier essen, was meinst du, Josefine, wir könnten eigentlich jeden Tag Spiegeleier essen. Diese Bewerbungsgespräche sind eine einzige Farce, er setzte sich vor die drei Stapel, wie soll das Institut seinen Nachwuchs fördern, wenn es keinen zu fördernden Nachwuchs gibt. Das sind alles keine Talente, kein Gespür, keine Visionen, ich unterscheide nur noch zwischen schlecht, ganz schlecht und unglaublich, er tippte auf die Papiere, hob den letzten Stapel hoch, las ein paar Zeilen, blätterte, unglaublich, er legte ihn zurück, einfach unglaublich.*

Er nahm die Brille ab, massierte sich die Nasenwurzel, beugte sich über den Tisch, schraubte an einem der Knöpfe, was haben wir

*denn da, er setzte die Brille auf, studierte die Zeichen, Japanisch
haben wir da, und das heißt, lass mich einmal überlegen, mein
Japanisch ist ein wenig eingerostet, anbraten,* bronzieren bis der
Teint erglänzt, *Japaner sind ja die Meister der kunstvollen Um-
schreibung, unübertroffen,* bis der Teint erglänzt, *so was in der
Art war das,* gülden übertünchen, dass der Morgen ganz er-
rötet, *könnte es auch sein, und das Nächste, so ohne Zusammenhang fällt mir das jetzt nicht ganz leicht, Japaner übrigens, er legte
die Brille wieder ab, bewerben sich eher weniger. Sehr gerne Chinesen. Die Chinesen sind ja groß am Kommen, jetzt auch in der
Altertumsforschung, in der Geologie, Paläontologie, überall kann
man das merken, Chinesen sind ja regelrechte Arbeitstiere, die Papiere begannen zu rauchen, Herr Teupel wedelte die Schwaden weg,
aber die Kontingente, ich muss mich an die Kontingente halten,
wir haben einen Chinesenstopp, verordnet von ganz oben, das hat
natürlich politische Hintergründe, die Papierstapel gingen nach und
nach in Flammen auf, jetzt hab ich's aber, Herr Teupel beugte sich
wieder über den Tisch, schraubte an dem Schalter,* bis ins Innerste
vordringen, *so heißt das, könnte aber auch* gut durchbraten
bedeuten, vordringen zum Kern, *aber, er setzte sich die Brille
auf, was, hustete, wedelte den Rauch weg, was ist denn, Josefine,
was bedeutet denn, meine Unterlagen, die Bewerbungen, schlecht,
ganz schlecht, unglaublich, was –*

Frau Teupel wühlte in ihrer Handtasche, holte ein Erfrischungstüchlein hervor und riss die Packung auf. Sie
wischte sich die Hände, das war's dann mit dem japanischen
Tischgrill, sie starrte in das Schaufenster, starrte die Kleider
an, Kleider? Ja, Kleider und Paprikaschoten. Genauso gut
könnte sie den Tischgrill auch gleich abbestellen. Genauso
gut könnten sie von nun an auch jeden Tag Spiegeleier essen, *seit es Eier und Menschen gibt Herr Teupel ließ sein Spiegelei
auf eine Scheibe gebutterten Toasts gleiten, verzehrt der Mensch
das Ei. Das Ei ist, seit der Mensch auf diesem Planeten wan-
delt, immer an seiner Seite, das Ei, denken wir an den Urvogel,*

denken wir an den Archaeopteryx, den heutigen Legehennen in gewissen Punkten durchaus vergleichbar, ich erinnere dich an seine eher marginalen Flugkünste, der Archaeopteryx musste, wollte er eine kleine Runde in den Lüften drehen, erst auf einen Baum kraxeln, eine Anhöhe erklimmen, von wo aus er dann, zugegeben plump und kurzatmig, aber er flog, das Ei jedenfalls, das Ei des Archaeopteryx –

Frau Teupel öffnete hastig die Ladentür, stürzte hinein, der ältere Herr, er hatte in seinem Sessel eben noch in einem Buch gelesen, sprang auf, kann ich helfen, rief er, er eilte Frau Teupel entgegen, wenn ich Ihnen irgendwie behilflich sein kann, er riss die Tür auf, eine Belästigung, er trat einen Schritt hinaus auf den Gehweg, wurden Sie Opfer einer Belästigung, *un colère* –

Ich würde gerne ein, Frau ließ ihren Blick kurz über die Wände gleiten, über den Mann, kannte sie ihn? Er kam ihr so – ein Kleid, sagte sie, ich würde gerne ein Kleid kaufen – kam ihr irgendwie so bekannt vor, aber sie konnte sich nicht erinnern, sie stellte ihre Handtasche ab, vielleicht hatte er zugenommen, oder eher abgenommen, ein Kleid, sagte sie, irgendwas ohne Eier, ich meine, so ein Unsinn, natürlich ohne Eier, ich wollte sagen –

Non, der Verkäufer hob den Finger an die Lippen, er schloss vorsichtig die Tür hinter sich, nein. Non, non, ne disez rien, sagen Sie nichts. Ich verstehe Sie absolut. Absolument. Ohne Eier. Mal sehen, was wir da Schönes für Sie finden können. Er ging die Kleiderstange entlang, ohne Eier. Das wird schwierig. Da hätten wir zum Beispiel dieses hier, er holte eines der Kleider von der Stange, hielt es hoch, drehte es.

Das ist, Frau Teupel musterte das Kleid, das ist wirklich sehr schön.

Oui, der Verkäufer wendete den Bügel hin und her, jaja. In der klassischen Pepitafaçon. Nur, er stockte, tut mir leid, das hatte ich ganz vergessen, das Ei am Saum, das hätte ich jetzt fast übersehen, l'œuf à la frontière, er hängte den Bügel zurück, aber wir geben die Suche nicht auf. Wir, er ging an der Kleiderstange entlang, wir geben nicht auf. Es wird, es muss eines geben ohne Ei, wir werden es finden, er schob ein paar Bügel auseinander, mon Dieu, o nein, nein nein, das Eierkleid. Ich dachte, das hätte ich längst verkauft, am besten, Sie schauen gar nicht erst hin, am besten –

Das Telefon klingelte, Sie entschuldigen mich, pardonnez-moi, er eilte zu seinem Pult, nahm den Hörer ab, allô, allô, c'est toi Simone? – Ach, Franz, du bist das, er setzte sich auf den Tisch, grüße dich, alles sauber? – Am Sonntag, Zibebenstraße 5, die Schinaglgassn ist abgewirtschaftet, da tauscht sich auch grad das Klientel, der Zehnte wird grad so ein Familienbezirk. – Na, weißt eh, die bunten Wimpel überall und diese Cafés mit den Krabbeldecken und den Hippgläsern, das lohnt sich nimmer. – Nein, im Ersten, Innenstadt, total zentral, die Zibebenstraße ist super, total super, so eine Witwenstraße, aber bessere, weißt eh, wie mein Mann gestorben ist, habe ich die Villa draußen verkauft und mir fürs Alter später eine Wohnung in der Innenstadt genommen, na, fürs Alter ist gut, sind doch schon alt, zum Sterben müsst man sagen, hab mir zum Sterben eine Wohnung in der Innenstadt genommen, auch schön, warum nicht. – Genau, am Sonntag in der Nummer 5, bei Gnagl, die war aber eh auch noch nicht so alt, hat unterrichtet, am Konservatorium, Trompete, vermut ich jetzt mal, die Wohnung ist jedenfalls voll mit Trompeten, aus allen Epochen, Trompeten aus dem Barock, Trompeten aus dem Mittelalter, Trompeten aus der Steinzeit, das wird ein Riesengeschäft. Und durchsichtige Nachthemden, sehr lustig, groß wie Tipis, die war nämlich ungeheuer dick, die Trompetengnagl, hat's glaub ich zerrupft, vor lauter Essen, denk ich mir jedenfalls. Kommst auf einen Sprung vorbei? – Wieso kannst so weit nicht vorausplanen, das ist doch nicht weit, bis zum Sonntag, das – Curry? Vernebelt dir das Gehirn? Verstehe. Riech ich schon durchs Telefon. – Nein, nicht witzig, weiß ich eh. Und der Tankrad? – Echt? Und jetzt rennt der bei der Kälte draußen herum? Die haben Sturmwarnung gegeben, Sturmstufe eins, oder wie das heißt, den weht's uns noch davon – Rote Khmer? Dabei lächelt der immer so nett. – Verstehe. Ich lass mir was einfallen, sag ihm das. Falls er je wieder auftaucht. Womöglich weht's ihn bis nach Vietnam, den Frufru immer hinterher. Na, grüß ihn, ich komm eh noch vorbei, wegen dem Heinzi, der jammert mir schon seit Tagen die Ohren voll. – Nein, nein, Aufträge hätt er genug, rennt eh gut zur Zeit, nein, wegen dem Zyklop, dem Heinzi sein Bruder will nimmer anschaffen, der hat's satt. Weigert sich. Sitzt zu Haus und isst Schokoladentrüffel, schaut sich so Verfilmungen an von den griechischen Gschichterln, wenn seine Verwandten ins Bild kommen, die andern Zyklopen, freut der sich wie ein Kind, spult zurück, freut sich. – Eben, geht nicht. Der Heinzi denkt auch immer, ohne den Zyklopen derwischns ihn, da ist der abergläubisch. Versteh ich aber. Traut sich in der Nacht schon nimmer raus, denkt, wenn er nur auf ein Bier noch rausgeht, da stürmt gleich die ganze Polizei aus dem Gully und sperrt ihn ein. Vielleicht muss man sich den Zyklop mal ein bisserl vorknöpfen, hab ich mir gedacht. Aber da braucht's ein paar Leut mehr als mich, der hat Händ wie Suppenteller. – Der Atlas hat auch Händ wie Suppenteller, da verwett ich was. – Genau, reden wir dann. Halt die Stellung, Franz. Schieb dem Currysepp eine von den Chilis in den Hintern, das wirkt. – Eh, bis dann.

Er legte den Telefonhörer auf, wandte sich wieder Frau Teupel zu, pardon madame, er strahlte sie an, à votre service.

Ich dachte eher an etwas mit Blumen, Frau Teupel nahm

ihre Handtasche wieder an sich, Schinaglgasse, jetzt erinnerte sie sich, die Wohnungsauflösungen, er hatte ihr einmal eine Kaffeemühle verkauft. Er hatte ihr eine Kaffeemühle geschenkt, berichtigte sie sich, innen kein bisschen verrostet, sie hatte sie bloß bis heute nicht wieder zusammenbauen können. Er hatte sich völlig verändert, sah so – französisch aus, aber vielleicht lag das nur an der Baskenmütze, eigentlich auch eigenartig, dass er die Mütze aufbehielt, hier herinnen, und das Baguette da auf dem Pult, etwas mit Blumen, wiederholte sie, natürlich jetzt nicht allzu auffällig, eher etwas Schlichtes, ein paar zarte Blumen.

Oui, rief der Verkäufer, Blumen, fleurs des fleurs. Dass ich das nicht sofort gesehen habe, er schob Frau Teupel vor sich her, drückte sie in den Sessel. Blumen. Sie sind eindeutig der Blumentyp. Typ Blumenfee. Ich werde Ihnen, er eilte hinter den Verkaufstisch an eine Art Schaltpult, bediente einen der Hebel, die Kleider an der Wand gerieten langsam in Bewegung, zogen an Frau Teupel vorbei, machten kurz vor der Wand einen Rank und verschwanden um die Ecke, verschwanden hinter der Wand, falsche Kollektion, rief der Verkäufer über das säuselnde Geräusch des Motors hinweg, die Eierkollektion, kein Wunder, dass wir da nichts finden. Aber hier, er schaute der neuen Reihe Kleider entgegen, ach nein, un moment, das sind die Artischockenkleider, ich glaube, das steht Ihnen eher weniger, und was haben wir da, Peperoncini, auch nicht so das Wahre.

Frau Teupel hatte sich erhoben, ich werde dann mal, sie tat eine paar Schritte zur Tür. Sie holte ihr Notizbüchlein aus der Handtasche, ich lasse Ihnen meine Adresse da, sie riss das Blatt heraus, hob es hoch, falls Sie mir einmal Ihre Kataloge zukommen lassen wollen, sie legte den Zettel auf eine Kommode.

Aber so warten Sie doch, une petite minute, der Verkäufer legte einen Schalter um, die Kleider standen für einen kurzen Moment lang still und rasten sodann mit beträchtlicher Geschwindigkeit an ihnen vorbei.

Frau Teupel hastete zur Tür, vielleicht ein andermal, rief sie über den ohrenbetäubenden Motorenlärm hinweg.

Tiens! Haben Sie gesehen? Die Blumenkollektion! Schon wieder vorbei. Wenn ich die unter die Finger bekomme, er schaltete zurück, die Kleider legten noch einen Zahn zu, nein, nein, nein, schrie der Verkäufer, Einhalt, ich habe doch, er hebelte an dem Schaltpult, die Kleider rauschten davon, ich verstehe das nicht, rief der Verkäufer, eine klitzekleine Sekunde Geduld, un peu de contenance, madame, wir werden das gleich in den Griff kriegen, wir, das erste Kleid flog durch den Laden, Frau Teupel griff nach der Türklinke, ein weiteres Kleid, Frau Teupel fing es auf, die Artischockenkollektion, eindeutig nicht ihr Fall, die Kleider flogen nur so durch die Gegend, der Verkäufer eilte hinterdrein, versuchte, nach ihnen zu haschen, Frau Teupel winkte ihm rasch zu und schloss die Tür hinter sich.

Liebst du mich nicht mehr.

Nein. Ich liebe dich nicht mehr.

Sie holte ein Erfrischungstüchlein aus der Handtasche, wischte sich die Hände. Sie blickte durch das Schaufenster in den Laden, der Verkäufer taumelte unter einem Berg von Kleidern, tappte dann und wann nach einem daherkommenden Peperoncinitraum.

Na ja, Frau Teupel wechselte die Straßenseite, *Kleid, fragte Teupel, wieso denn ein Kleid? Du hast doch schon eins. Hattest du nicht einmal ein Kleid? Er hatte sich die Lupe ins Auge geklemmt, sortiert Knöchelchen. Morgen fahren wir übrigens ins Niederbayrische, mir ist da was zu Ohren gekommen, wir würden dann gegen halb vier losfahren, vielleicht packst du ein paar Sandwiches zum Frühstück. Sag mal, Herr Teupel nimmt die Lupe aus dem Auge,*

setzt die Brille auf, da fehlt doch eins, er geht die Liste durch, Q56,
wo ist Q56, das darf doch wohl nicht wahr sein.

Sie öffnete die Tür zur Fleischerei, stellte sich in die
Schlange. Der Mann vor ihr hatte seine Einkaufstasche auf
den Fliesenboden gestellt, las in einem Programmheft. Sie
betrachtete seinen bleichen Hals, das graue Haar. Sie schloss
einen Moment die Augen, die Haare, auf dem Kissen die
Haare, braun, erste zarte Fäden von Grau. Sie war auf-
gewacht, es war noch früh am Morgen, leichter Dämmer,
aber die Sonne kroch schon über den Fußboden, übers Bett.
Irgendetwas stach ihr in den Rücken, sie rollte ein wenig zur Sei-
te, holte ein kleines Fossil unter ihrem Rücken hervor. Sie drehte
sich um, Teupel lag auf dem Rücken, atmete, ein, aus, ganz ent-
spannt. Die Haare lagen auf dem Kopfkissen, braun, durchzogen
von ersten grauen Fäden, sie rückte näher an ihn heran, setzte ihm
die Versteinerung auf die Brust. Sie schlüpfte unter seine Decke, er
bewegte sich, zog sie an sich, Mosasaurus missouriensis, sagte sie,
dicht an seinem Ohr, er lächelte, die Augen noch geschlossen, die
berühmte Schnauzenspitze, sagte er, die fehlende Schnauzenspitze
des Sauriers aus Süddakota. Frau Teupel legte die Schnauze auf
den Nachttisch, bettete ihren Kopf auf seine Brust, spürte diesen
mageren Körper, das Schlüsselbein, die Schultern, die Brust, ganz
sanft an ihrem Rücken seine Hand, noch wie im Schlaf, streichelte
ganz sanft, streichelte sich unter dieses Hemd, die langen schmalen
Finger an ihrem Rücken, den Hüften, hoben sie hoch, unter sich
fühlte sie diesen warmen, mageren Körper, küsste, küsste, küsste –

Frau Teupel, der Fleischer wetzte die Messer, was darf's
denn sein, zehn Deka wie immer, gut durchgehangen?

Frau Teupel wandte den Blick von dem immensen Berg
von Faschiertem, der sich unter dem Fleischwolf anhäufte,
in den die Fleischersfrau unablässig große Fleischbatzen hin-
einstopfte. Sie schaute auf die Blutspuren auf seiner Schürze, sie schloss die Augen, öffnete sie, noch wie benommen
starrte sie den Fleischer an, starrte auf seinen Bauch, dieser

dicke Bauch hing über den Hosenbund, heute nicht, sagte sie langsam, mein Mann, sie trat zur Seite, ließ die Frau in der Schlange hinter sich vorrücken, mein Mann ist neuerdings Vegetarier.

Der Fleischer hielt im Wetzen inne, Vegetarier, sagte er. Die Fleischersfrau fischte weitere Fleischbrocken aus der Auslage, hackte sie klein und stopfte sie in den elektrischen Fleischwolf.

Wegen der Tiere, Frau Teupel ging rückwärts auf die Tür zu, mein Mann hat die Tiere so wahnsinnig gern, sie spürte hinter sich die Wand, tastete nach der Tür.

Ja, sagte der Fleischer betreten, das – das tut mir leid.

Sie trat auf den Gehweg. Es hatte wieder zu schneien begonnen, sie holte den Knirps aus der Handtasche, spannte ihn auf.

Wo ist denn, Teupel fuhr an den Straßenrand, stellte den Motor ab, die Autos zogen an ihnen vorbei. Es war noch immer dunkel, langsam die Dämmerung, Wolken. Teupel betrachtete sein Brot, kaute vorsichtig und schluckte den Bissen hinunter, sag mal, Josefine, er hob den Deckel von seinem Sandwich, legte die Tomaten und Gurkenscheiben auf die Armatur, das Salatblatt, wo ist denn der Schinken, Josefine hier muss doch, hier war doch immer, er starrte auf den Zettel, der auf dem Emmentaler lag, nanu, sagte er, nanu. Was bedeutet das, Josefine? Eine Nachricht vom Fleischer? Ist der Schinken aus? Ein Schinkenengpass? Er nahm den Zettel, wechselte die Brille, après moi, entzifferte er, le déluge. Après moi le déluge.

Er nahm die Brille ab, starrte auf den Zettel. Er hob den Kopf, schaute den vorbeirasenden Autos hinterher. Nous, sagte er, das heißt nous.

Après nous le déluge, nach uns die Sintflut, moi würde ja bedeuten nach mir, in dem Zusammenhang völlig fehl am Platz, es handelt sich nämlich, wie dir sicherlich bekannt ist, um einen Ausspruch, einen, er sammelte das Gemüse ein, stopfte es in das Brot

zurück, einen angeblichen Ausspruch wohlgemerkt, der Marquise
de Pompadour, nach der verlorenen Schlacht bei Roßbach anno
1757, eine Allegorie natürlich, die Marquise de Pompadour sprach
generell nicht ungern in Allegorien, bloß, was der Metzger damit
sagen will, ist mir schleierhaft, höchst schleierhaft.

Frau Teupel blieb stehen, wischte mit ihrem Handschuh
die dünne Schneeschicht von einer Bank und setzte sich.

Hör auf, so hör doch auf, er schüttelte sie, du sollst aufhören, so zu schreien, hörst du, hörst du mich.

Menschen mit Schirmen gingen an ihr vorbei, sie betrachtete die Spuren in dem frischen Schnee. Später Schnee. In
diesem Jahr hatte sie nicht mehr mit einem Schnee gerechnet. Eine Polizeipatrouille zu Pferd galoppierte vorbei, galoppierte kurz darauf wieder zurück, beide Polizisten hatten
je einen Banditen vor sich über das Pferd geworfen, Frau
Teupel schaute ihnen hastig hinterher, nein, nein natürlich
nicht. Sie würde nach Kleinradieschen fahren. Mit dem
Zug. Sie würde nachher den Ferdi anrufen und ihn bitten,
dass er sie von der Station abholte. *Er legte ihren Koffer auf die*
Rückbank, in dem Auto war es kalt, sie sah ihren Atem vor dem
Mund. Ferdi drehte den Zündschlüssel, komm schon, murmelte er,
der Motor kam ein wenig in Gang, soff wieder ab, komm, komm,
er zündete erneut, sie lauschten, weg, ich hätt ihn laufen lassen
sollen, sagte er, aber bei der Verspätung. Er zündete erneut, bei der
Kälte streikt er immer, Ferdi rieb sich die Hände, bin eh gespannt,
ob wir überhaupt hinaufkommen, er zündete erneut, lauschte, er
lächelte sie an, wenn wir hier überhaupt wegkommen.

Sie fuhren langsam auf der verschneiten Straße Richtung Klein-
klein, Ferdi beugte sich weit über das Lenkrad, wischte immer wie-
der die beschlagene Scheibe, es schneite stark, irgendwo weit vorn
Rücklichter, rote Punkte in dem Schneegestöber, es wurde schon
langsam dunkel.

Du, aber die Anna freut sich, Ferdi bremste vorsichtig ab, das Auto schlingerte ein bisschen, er bremste noch einmal kurz, schaltete den Blinker ein, sie war schon ein bisschen traurig, dass ihr das letzte Mal so gar keine Zeit mehr gefunden habts, weißt eh, die Anna schreibt sich die Daten von der Fossilienmess immer in ihr Büchel rein und dann denkts, dass du eh früh genug Bescheid gibst und so zwei Wochen vorher wartets halt. Sie fuhren durch den Wald, der Schnee häufelte sich am Fahrbahnrand, Ferdi schaltete das Fernlicht an. Alt ist sie halt, die Mutter, denkt immer, sie derlebt den nächsten Frühling nimmer, er lachte, aber zach, er lachte, Josefine schaute ihn an, zäh, sagte er laut, die Mutter, zäh ist die, die wird uns noch alle überleben, ich mein, er zwinkerte, jung sind wir eben auch nicht mehr, gell Fini.

Er ließ den Motor laufen, öffnete das Scheunentor, das brauchen wir gar net probieren, da den Berg nauf, er fuhr das Auto hinein, das Licht an der Scheunenwand, das Heu, Augen. Die Katze, für eine Sekunde erstarrt in dem Scheinwerferlicht, verschwand in der Dunkelheit. Ferdi schaltete den Motor ab. Nimmst dir da die zwei Wanderstöck und ich nehm den Koffer.

Die Nacht war ganz klar, und sie schaute über den Schnee, glatt und wie geträumt in dem Mondlicht, oben in dem Haus die Fenster erleuchtet, es war so still.

Die Fini, die Anna würde die Hände zusammenschlagen, ja die Fini, dass ich das noch erleben darf.

In Kleinklein könnte sie am Ofen sitzen, aus dem Fenster schauen. Es würde so still sein, das Ticken der Uhr, der Schnee vor dem Fenster, auf den Feldern. Tannen. Der Geruch von brennendem Holz, das Knacken. Die Katze strumpfte über die Dielen, schaute zu ihr hoch, schaute so seltsam. Irgendwo im Haus die Anna, räumte. Sie würde aufstehen und zu Mittag Knödel mit Fleisch und Kraut essen, sie würde zur Jause ein Birnenbrot mit Butter essen und einen Milchkaffee trinken und sie würde zum Abend eine Suppe essen und einen Krapfen, sie hätte zum Frühstück ein Käsebrot gegessen. Dazwischen würde sie am Ofen sitzen. Dösen.

Die Katze, der Geruch von Holz, draußen der Schnee. Holz hackend vor dem Haus ihr Cousin, Schafe fütternd im Stall, Schnee schaufelnd. Die Anna im Haus, räumte. Räumte die Schubladen aus und wieder ein, räumte die Möbel um und wieder zurück, räumte. Sie würde nicht denken. Sitzen. Nur sitzen. Am Ofen.

Und wenn Sie weiterhin, jemand fasste sie am Arm, sie öffnete erschrocken die Augen, Ihren Schirm derartig geneigt halten, der Mann zog sie hoch, in dieser exzentrischen Schräghaltung, sind Sie innerhalb der nächsten halben Stunde zugeschneit. Er hakte sie bei sich unter, führte sie über die Straße und schob sie durch die offene Ladentür. Er schüttelte ihren Schirm aus und schloss die Tür hinter sich.

Ich stelle den Schirm ins Hinterzimmer, zum Abtropfen, er musterte sie, den Mantel geben Sie mir am besten auch gleich mit, sie knöpfte den Mantel auf.

Er trug Mantel und Schirm mit weit ausgestreckten Armen vor sich her, kam mit einer Decke zurück. Er legte sie ihr um die Schulter, und am besten, er schob sie vor sich her durch das Gestrüpp, räumte zwei Kissen beiseite, Sie setzen sich hier auf den Diwan und ich koche Ihnen einen Tee.

Sie setzte sich nieder, er verschwand irgendwo zwischen den Bäumen. Sie spürte, wie der Schnee in ihren Haaren zu schmelzen begann, über das Gesicht rann. Sie starrte in dieses teichgrüne Licht, ein Schatten schwebte unter der Kuppel, in einem matten, goldenen Strahl, drehte sich langsam nach links, hielt kurz inne, dröselte wieder zurück. Sie fühlte diese Müdigkeit, in den Beinen, im Kopf, überall. Sie wickelte die Decke enger um die Schultern, legte sich ein wenig zurück, starrte in die Blätter eines Orangenbaums, dicke, tieforange Früchte zogen die Äste nach unten. Unter der Kuppel ein Engel, schwebte. *Josefine, sie hörte die Stimme weit entfernt, hätte gerne die Augen geöffnet, alles so bleischwer, die Augen, der Mund, der ganze Körper, Josefine, sie öffnete die, nein, sie bekam diese Augen nicht auf, spürte nur plötzlich an ihrer*

Hand, sie spürte ihre Hand, spürte, wie er fest ihre Hand drückte,
Josefine, ganz nah die Stimme, sein Geruch, er rieb seine Wange
an der ihren, diese weiche Haut, leicht rau, Josefine, flüsterte er, sie
drehte den Kopf, versuchte, den Kopf zu drehen, vielleicht hatte sie
ihn gedreht, vielleicht nicht, alles drehte sich, wendete sich, um und
um, Josefine, lag der Kopf gerade, lag er gedreht, wo war, was war,
alles wird gut, es wird alles wieder gut, es roch nach, Helmut und
was war das andere, es roch nach, Krankenhaus, so roch Kranken-
haus, sie öffnete die Augen einen Spalt breit, alles weiß, die Wän-
de, das Bett, der Tisch, alles so weiß, ihr Helmut, Josefine, spürte
seine feste Hand, meine geliebte Josefine.

Sie starrte in die Orangen, in die Orangen, *meine geliebte*
Josefine.

Sie hatte – was hatte sie gerade gedacht? Sie hatte – nichts
erledigt, sie hatte weder Schinken noch ein Kleid, sie hatte
kein Brot eingekauft, nichts. Einen Tischgrill, sie schloss die
Augen, sie hatte einen Tischgrill. Und was sollte sie darauf
grillen? Spiegeleier? Sie hatte keinen Schinken, kein Kleid,
kein Brot und kein Grillgut. Sie konnte jetzt auf keinen Fall
ein weiteres Mal in die Fleischerei gehen und Grillgut kaufen. Ihr Mann war Vegetarier. Er hatte die Tiere so wahnsinnig gern. Ihr Helmut. Ihr Helmut machte sich über Tiere
erst dann einen Gedanken, wenn sie fossilen Charakter angenommen hatten. Zu alledem, sie setzte sich hastig auf,
zu alledem kam in einer, sie warf einen Blick auf die Uhr,
in einer Viertelstunde der Gärtner, sie stand auf, faltete die
Decke zusammen, schaute sich um. Sie brauchte ihren Mantel, sie ging ein paar Schritte hinein zwischen die Bäume,
suchte nach dem Weg, sie ging noch ein bisschen, zögerte.
Sie dachte, in dem Halbdunkel eine Bewegung gesehen zu
haben, in dem Baum eine, sie wich zurück, eine Schlange,
sie war sich ganz sicher, eine riesige Schlange zwischen den
Ästen gesehen zu haben, dickleibig, grün, verschwand irgendwo in der Krone, aber wieso, sie schaute nach oben,

wieso überhaupt Krone, es wurde immer dunkler, weit über ihr irgendwo die Decke, eine Kuppel. Sie drehte sich um, wo war, sie lief in eine Richtung, wo war der Orangenbaum, sie hörte eine Eule rufen, dreimal, viermal, sie verhedderte sich in irgendwas, bückte sich und löste eine Ranke von ihrem Fuß, es wurde immer dämmriger um sie herum, das Licht, wo war das mattgoldene Licht, wie ein Schimmer nur, schräg über ihr, sie hörte Flügelschlagen, Fledermäuse? In dem fahlen Licht der Kopf einer Frau, die Augen geschlossen, lag da so im Moos, sie tastete sich vor, sah den Diwan, der Orangenbaum. Von links hörte sie Schritte, sie ließ sich niedersinken, sah den Mann näherkommen.

Sie erhob sich, er stellte das Tablett ab, schenkte Tee in eine Tasse.

Ich muss, sagte sie, es ist schon fast vier.

Ja? Er zog eine Uhr aus der Tasche, unmöglich, bei mir ist es eben drei Uhr, er lächelte, an Ihrer Uhr muss jemand manipuliert haben, so was kommt vor, er reichte ihr die Tasse, Sie müssen sich aufwärmen, meine Dame, noch zehn Minuten länger da draußen auf der Bank, und jeder hätte Sie für eine originelle Schneeskulptur gehalten.

Aber, sie warf einen Blick hoch zu der Kuppel, der Schatten drehte sich leicht, das goldene Licht fast erloschen, es dämmert bereits.

Sie irren sich bestimmt, er klopfte mit dem Löffel an seine Teetasse, es hellte sichtbar auf, unter der grünen Kuppel der Engel in zartgoldenem Strahl, sinnend, *fiat lux,* sagte er, nicht wahr, im März dämmert es sowieso bedeutend später, meine Dame, eine Sinnestäuschung, die Kälte, der Schnee, trinken Sie, essen Sie, er schob ihr einen Teller mit Gebäck zu, ich lege außerordentlichen Wert auf Ihre Meinung bezüglich meines Freizeitgebäcks, trinken Sie, Sie werden sich sogleich fabelhaft erfrischt fühlen.

Sie nahm die Tasse samt Untertasse in die Hand, rührte

ein bisschen, Freizeitgebäck, sagen Sie mal, wer sind Sie überhaupt.

Für Sie einfach der Florist, er deutete eine kleine Verbeugung an, schob den Gebäckteller in ihre Reichweite, es verschafft einem ein bisschen Freizeit, er schenkte sich selbst eine Tasse Tee ein, jeder Manager würde mir viel Geld dafür bezahlen, Ihnen serviere ich es frank und frei, ich schenke Ihnen eine Stunde, zwei, ich schenke Ihnen die Zeit, die Sie brauchen. Ich koche übrigens vorzüglichen Tee, er lächelte ein wenig, trinken Sie nur, er ist nicht vergiftet.

Nein, Frau Teupel musste lächeln, nein natürlich nicht. Sie nahm einen Schluck vom Tee, er schmeckt sehr, sie rührte noch ein bisschen, sehr erstaunlich.

Vorzüglich, beharrte er, er reichte ihr den Teller.

Natürlich, beeilte sie sich zu sagen, sie nahm ein Stück Freizeitgebäck vom Teller, vorzüglich, der Tee, sehr erstaunlich.

Jakaranda, sagte er, er beugte sich nah zu ihr, schaute sie an, musterte, sie sah in seine Augen, irgendetwas stimmte nicht mit seinen Augen, oder waren es ihre eigenen, die wie – verschoben waren? Ein Stück verrückt?

Sie steckte sich den letzten Rest Gebäck in den Mund, wie bitte? Sie wollte die Teetasse mitsamt dem Unterteller auf das Tischchen stellen, er hielt ihre Hand fest.

Die Jakaranda, sagte er, ich muss darauf bestehen, dass Sie die Tasse leer trinken, die Jakaranda ist sozusagen wie für Sie gemacht, ich mache nicht ungern diverse kleine Experimente, Jakaranda, ursprünglich in den Tropen ansässiges Gewächs, hierzulande gerne zur Zimmerpflanze degradiert, sie blüht blau oder auch violett. Mögen Sie Blau?

Nun ja, Blau, Frau Teupel trank die Tasse leer, er nahm sie ihr ab. Sie betrachtete ihre Hände, streckte die Finger, zog sie zusammen, was war nur, Blau, sagte sie ratlos.

Oublié et perdu, flüsterte er, er goss den Rest des Tees aus der Kanne in eine Kübelpflanze, *vergessen und verloren*, nun meine Dame, was führt Sie zu mir, Rosen Tulpen Nelken, womit kann ich dienlich sein, vielleicht ein Kaktus?

Nein, Frau Teupel öffnete ihre Handtasche, starrte hinein, sie schloss sie wieder, entschuldigen Sie, sie lachte, ich habe Ihre Frage glaube ich nicht ganz verstanden.

Wir werden Ihnen einfach was Schönes zusammenstellen, er reichte ihr den Arm, führte sie unter den Bäumen hindurch, mal sehen, sagte er.

Frau Teupel lehnte sich gegen den Kassatisch, verschränkte die Arme, frisch haben Sie es hier, meinte sie aufgeräumt.

Ach herrje, einen Augenblick, er verschwand in der Tür zum Hinterzimmer, kam mit ihrem Mantel zurück und hielt ihn auf. Sie schlüpfte hinein, er war ganz warm, komisch, sagte sie, sie knöpfte ihn zu, betrachtete die Ärmel, so einen hatte ich auch einmal.

Wurde er Ihnen entwendet? So was kommt vor, die Polizei patrouilliert jetzt neuerdings schon zu Pferd, um diesem wirklich perfiden Mantelklau endlich den Garaus zu machen. Banditen.

Ja, Frau Teupel nickte langsam, jetzt, wo Sie es sagen, sie lachte, ich glaube fast, er wurde mir entwendet.

Empörend, der Florist schüttelte den Kopf, er zupfte einzelne Blumen aus den Kübeln, wirklich empörend. Wie viel darf's denn sein?

Frau Teupel überlegte, sie schaute sich um.

Alle, sagte sie.

Er warf ihr einen Blick zu, da müsste ich dann aber mehrere Gebinde machen.

Natürlich, sie öffnete die Handtasche, suchte, sie entnahm ihr eine kleine Dose, steckte sich ein Hustenbonbon in den Mund, entschuldigen Sie, ich habe so einen frivolen Geschmack im Mund.

Pardon? Der Florist starrte sie an.

Jakaranda, sagten Sie? Sie schaute ihre Hände an, spreizte die Finger, zog sie zusammen, ein vorzüglicher Tee, ganz vorzüglich. Die dort auch, sie deutete auf einen Blumenkübel, Sie müssten mir dann übrigens beim Tragen behilflich sein.

Selbstverständlich, der Florist zögerte, er betrachtete sie von der Seite, lockerte die seidig grüne Fliege unter seinem Kinn, selbstverständlich. Ich sage dann dem Fleischer Bescheid.

Wie bitte?

Der Laden, der Florist schlug die Blumensträuße in Papier, ich kann den Laden nicht allein lassen.

Ach so, Frau Teupel schaute sich das Bild über der Kassa an, eine Frau schwamm in einem Teich, natürlich, sagte sie, schwamm auf den Betrachter zu, das Gesicht, als wäre es in ständiger Bewegung, war seltsam unscharf, einen Moment lang glaubte sie, sie zu kennen, dann wieder –

Schönes Bild, sagte sie.

Danke, der Florist räusperte sich, verpackte die letzten Blumen.

Ich würde es dann mitnehmen, Frau Teupel betrachtete ihre Hände, spreizte die Finger, zog sie zusammen.

Dieses Bild, der Florist löste die Schleife an der Schürze und schlüpfte in sein Sakko. Er band sich den Schal um den Hals, dieses Bild ist, leider, unverkäuf–

Frau Teupel schaute auf, sie schaute ihn an, schaute ihn an, aber wie an ihm vorbei, in ihren Augen war so ein seltsamer, ich werde es jetzt mitnehmen, sagte sie.

Wie Sie wünschen. Der Florist warf ihr einen aufmerksamen Blick zu, so ein seltsamer Glanz, ich meinte nur, aber sicherlich, wenn Sie es wünschen. Ich muss rasch, er ging ein paar Schritte zur Tür, der Fleischer.

Verstehe, Frau Teupel stellte die Handtasche ab, nur keine Eile, ich hänge in der Zwischenzeit das Bild ab.

Ja, sagte er, er machte eine Handbewegung, wollte irgendwas sagen, genau, sagte er dann. Er öffnete die Tür, verschwand in dem Schneegestöber.

Du bist verrückt, Klara, das bist du, hör auf, so zu schreien, ich halt das nicht aus.

Frau Teupel schaute sich um, öffnete die Tür zum Hinterzimmer und kehrte mit einer kleinen Stehleiter zurück. Sie rückte sie unter die Wand und hängte das Bild ab. Sie legte es auf den Kassatisch, beugte sich darüber. Sie hätte nicht sagen können, war es gemalt, war es eine Fotografie, das Wasser des Teichs schimmerte in einem späten Licht, oder war es der Mond, war es Nacht? Bäume standen bis dicht heran ans Ufer, die Äste berührten das Wasser, waren ganz dicht belaubt, lachte die Frau? Sie schien zu lachen, im nächsten Moment schon veränderte sich der Gesichtsausdruck, das Licht auf dem Wasser, die Bäume, bewegten sich die Bäume? Alles war sich gleich geblieben und doch wie eine Kleinigkeit verrückt, eine Spur nur, wieder wechselte das Licht, Frau Teupel dachte, sie sehe die Schatten über die Wasseroberfläche wandern, das Sonnenlicht durch die Blätter, die Bewegung des Windes in den Bäumen, kräuselte sich das Wasser? Und die Frau? Lachte sie?
   In ihrem Rücken öffnete sich die Tür, sie richtet sich auf und drehte sich um.
   Der Florist stampfte den Schnee von den Schuhen, ließ den Fleischer, nein, es war der Lehrling, er hatte eine riesige Nase, Frau Teupel hatte bei dem Lehrling immer den Eindruck, sie sehe erst die Nase und dann erst mal lange nichts und dann kam der Lehrling. Der Florist ließ die Nase eintreten, den Lehrling.
   Ich bin gleich wieder da, sagte er zu ihm. Du setzt dich am besten, er schaute sich um, nahm einen Kaktus vom

Stuhl und stellte den Stuhl neben den Schildkrötenteich, du setzt dich hierhin, sagte er zum Lehrling, er winkte ihn herbei, der Lehrling setzte sich auf den Stuhl.

Schau dir die Schildkröten an, von denen kann man allerhand lernen. Ab und zu ein Blick hoch zum Engel, das kann nicht schaden, und vor allem, der Florist ging in die Knie, schaute dem Lehrling tief in die Augen, vor allen Dingen, verkaufe nichts, solange ich weg bin, es kommen allerlei Verrückte daher, halt sie hin, erzähl irgendwas, schick sie notfalls weg, verkauf auf keinen Fall etwas. Ich bin gleich wieder da. Iss nichts, was herumliegt, man weiß nie, welche Wirkung es hat, spiel nicht mit den Steinen, es könnte fürchterliche Folgen haben, am besten, du fasst überhaupt nichts an. Bleib hier auf dem Stuhl, schön auf dem Stuhl, Schildkröten schauen, wenn man gut zuhört, erzählen sie einem den Sinn des Lebens, das sollte man sich nicht entgehen lassen.

Der Lehrling schaute in den Schildkrötenteich, der Florist legte ihm den Zeigefinger unters Kinn, drehte den Lehrlingskopf zu sich, ich sehe alles, er lächelte, vergiss das nicht. Und was ich nicht sehe, er deutete zum Engel unter der Kuppel, das sieht er, er hat Augen wie ein Adler. Kennst du die Augen der Adler, Kleiner?

Der Lehrling nickte langsam.

Gut, der Florist erhob sich, das ist gut. Er klopfte ihm auf die Schulter, schaute hinüber zu Frau Teupel, sie hatte das Bild in gewachstes Blumenpapier geschlagen und unter den Arm geklemmt, gehen wir, sagte er.

Wenn du schon so fragst. Ja. Ich möchte, dass wir uns trennen. Das möchte ich.

Frau Teupel stand vor dem Haus, schaute die Fassade hoch, Schneeflocken taumelten in dem Licht der Straßenlaterne, legten sich auf ihr Gesicht. Das hier war es, glaube ich, sie steckte den Schlüssel ins Schloss, passte. Sie suchte nach dem Lichtschalter, der war doch hier irgendwo, sie fühlte den Schalter unter den Fingern, schaltete das Licht ein. Der Florist klemmte mit dem Kinn die obersten Blumenarrangements fest, quetschte sich an ihr vorbei, dritter Stock, rief sie ihm hinterher, links.

Aber gern, er wankte die Stufen hoch, Frau Teupel stampfte den Schnee von den Schuhen und schüttelte den Schirm aus, stieg hinter ihm die Treppen hoch.

Sie probierte die Schlüssel aus, einen nach dem anderen, seltsam, sagte sie, sie betrachtete ihre Hände, spreizte die Finger, oder war es der zweite Stock?

Kein Problem, der Florist hatte einen hochroten Kopf, er versuchte, er knisterte verhalten mit dem Blumenpapier, versuchte, die Pakete in der Balance zu halten, wankte hinter Frau Teupel wieder ein Stockwerk zurück. Sie beugte sich über die Schilder an den Türen, hier war's, jetzt fällt es mir wieder ein, zweiter Stock Mitte, die Tür in der Mitte, sie ließ ihn an sich vorbei in den Flur treten. Sie legte die Handschuhe ab. Immer geradeaus, sagte sie, glaube ich zumindest, sie lachte, legen Sie die Blumen einfach auf den Tisch, ich kümmere mich dann darum. Sie wickelte das Bild aus dem Papier, stellte es in die Garderobe zwischen die Kleider. Sie schlüpfte aus dem Mantel, betrachtete ihn, drehte ihn um und um, sie hatte einmal einen wirklich sehr ähnlichen Mantel besessen, einen –

Wenn Sie so freundlich sein könnten –

Ach, verzeihen Sie, sie warf den Mantel über den Telefontisch, eilte ins Wohnzimmer und nahm dem Floristen Stück für Stück die Blumen ab, Sie können sich ja gar nicht rühren.

Er legte den letzten Strauß auf den Tisch.

Frau Teupel ging in den Flur, öffnete die Handtasche,

holte ein Feuchttüchlein heraus und riss die Packung auf, hier, sie reichte ihm das Tüchlein, Sie sehen schrecklich aus.

Sehr freundlich, vielen Dank, er wischte sich über die Stirn, ich werde mich mal nicht allzu lange aufhalten, wer weiß, was die Nase für einen Unfug anstellt. Bestimmt finde ich ihn im Kampf mit einer fleischfressenden Pflanze, er klopfte ein Stäubchen vom Revers, oder Schlimmeres.

Sie begleitete ihn zur Tür, vielen Dank noch mal, sagte sie.

Er warf ihr einen Blick zu, sagen Sie, Sie fühlen sich aber wohl, so en gros, die Jakaranda, ich muss mich da noch einmal belesen, es scheinen da einige Charakteristika im Gebrauch der Jakaranda zutage zu treten, die mir bislang unbekannt waren. Vielleicht ist es aber auch die Kombination mit dem Freizeitgebäck, das hatte ich natürlich nicht bedacht. Sie fühlen sich – wie fühlen Sie sich?

Vorzüglich, Frau Teupel lächelte ihn an, es geht mir ausgezeichnet, ich fühle mich fabelhaft erfrischt. Ich möchte Sie übrigens an dieser Stelle gerne zu meinem heute Abend stattfindenden Gartenfest einladen, so gegen halb neun, passt Ihnen das? Schubertgasse 8, zweiter Stock Mitte, jetzt wissen wir ja Bescheid.

Der Florist lauschte, draußen tobte der Schneesturm ums Haus, heulte durch den Kamin, irgendwo zerschellte irgendwas, es hörte sich nach einer herumfliegenden Eternitplatte an.

Ein Gartenfest, sagte er beunruhigt, er faltete das Tüchlein zusammen, steckte es in die Sakkotasche, er musterte sie kurz von der Seite, sie lächelte ihn an, schaute knapp an ihm vorbei, warum nicht, sagte er langsam, er schaute sie an, in ihren Augen so ein Glitzern, warum eigentlich nicht.

Sehr schön, dann bis heute Abend, Sie brauchen nichts mitzubringen.

Gut, er rückte die Fliege zurecht, schön. Er winkte noch einmal und wandte sich zur Treppe.

Lieber Theo,

was ist das, was passiert. Ich verstehe nicht. Kannst du mir nichts sagen, was ich verstehen kann? Was ist passiert mit uns, oder anders, was ist passiert mit dir? Ich bin nicht anders, weißt du, ich bin die, die ich immer war, mein Gefühl ist bei dir. Ich bin unverändert. Ich verstehe wenig. Dass du nicht mehr da bist. Das verstehe ich. Dass ich allein bin. Dass ich einen so großen Schmerz hatte, wie ich nicht sagen kann. Ich werde es nie sagen können. Weiß ich, dass es mir irgendwann besser gehen wird? Ich weiß es nicht. Ich hoffe es, ich glaube es nicht.
Diese Zeit ist so schwer, sie kommt so schrecklich nah, das späte Licht, die gelben Blätter, alles will noch einmal wach sein, ich möchte nicht. Mein Körper tut nur weh in dem klaren Licht. Ich träume viel in dieser Zeit, so viele Bilder, so viele Gedanken. Ich denke oft an unsere Reise durch Japan, es war die letzte Reise und sie war schon so schwer. Ich denke wie in Episoden, nur diese einzelnen Szenen, sie tun nur noch weh, weil in ihnen doch eigentlich schon das Ende war, ist es nicht so?
So oft denke ich an das andere Kind, welches wir nicht bekommen haben, so oft denke ich, ich müsste zerfließen vor Traurigkeit. Ja, es ist gut, bin ich jetzt nur allein mit einem Kind. Es ist so schwer genug. Meine wunderbare Anna. Aber weißt du, ich hätte mir ein Leben gewünscht, welches dieses andere Kind möglich gemacht hätte. Ich weine viel um dieses Kind, um dieses Leben. Ich habe es mir gewünscht, und dass ich davon lassen muss, hat etwas zerbrochen in mir. Ich habe mir ein glückliches Leben gewünscht, und ich hätte, nein, ich weiß, ich habe alles dafür getan. Ein schönes Leben, das habe ich gewollt, ich erinnere Tage, Momente, ich erinnere das Gefühl, dass es

so wunderschön war, das tut mir in meinem Herz so weh. Das ist so. Ich habe dir vertraut. Alles, ich habe dir alles anvertraut. Ich fühle mich so verwundet jetzt. Dass man so nah sein kann, und das waren wir, hast du es vergessen, hast du es einfach vergessen, wir waren so sehr nah, und dass man dann seine Liebe einfach wegnehmen kann, das verstehe ich nicht. Ich hatte nicht gewusst, dass es das gibt, dass man das einmal muss, dass man sich gegen die Liebe entscheiden muss, gegen sein Herz, dass man sich das aus dem Herz herausreißen muss, so viel Gefühl. Dass ich das muss. Dass es das Einzige ist, was einen rettet. Das habe ich sehr sehr schwer und so bitter lernen müssen, dass es mir jetzt noch so wehtut, in meiner Brust, in meinem Herz, überall, es tut mir überall weh und ich bin in mir drin so wund.

Dass dieses mein Wollen nicht reicht, dass Liebe nicht reicht, das ist so schwer für mich zu verstehen. Ich verstehe es nicht. Dass es so ist, das sehe ich, mehr ist es nicht. Ich habe mir meine Nähe und meine Sehnsucht, ich habe mir diese Liebe aus dem Herzen gerissen, es ist nicht weniger. Es hat mir so fest wehgetan, dass ich nur hätte schreien mögen, was kann man sonst, Sterben wäre das Nächste, ich bin nicht gestorben, man stirbt davon nicht, das habe ich verstanden, dass man aber nicht sterben kann davon, dass man es erleben muss, jede Sekunde davon erleben muss, das ist so grauenhaft. Es ist genau das: Grauen. Mir hat es gegraut, immer, in jeder Sekunde. Du warst schon ganz woanders, ist das so. Du warst so lange für mich und für mich warst du mein Gefährte und das warst du für immer, es war so einfach für mich, verstehst du, dass mich das so schlimm getroffen hat, dass du ganz woanders schon warst, du hast mich nicht mehr verstanden, denn dann hättest du mich geliebt, so einfach.

Frau Teupel leerte die Liköre und Brände ins Klo und spülte die Flaschen aus. Sie hatte die Blumen aus dem Papier gewickelt, sortierte sie in die Flaschen, in Vasen, Marmeladengläser, verteilte sie in der Wohnung. Sie stellte ein paar Blumenarrangements auf ein Tablett und trug sie ins Schlafzimmer, setzte sie auf der Kommode ab.

Auf dem Nachttisch lagen die aus dem Bettbezug ausgeschnittenen Blumensträuße, was wollte ich bloß, sie nahm sie zur Hand, was wollte ich bloß mit den Blumensträußen, sie hielt probeweise einen davon gegen die Wand, überlegte.

Es klingelte. Sie schaute aus dem Fenster, Schnee, der Sturm rüttelte an den Bäumen, die Wäsche längst verschwunden, sie dachte an Hannibal, die Nachbarin mit dem Gartenschlauch, es schien unmöglich, dass es erst heute Vormittag gewesen war. Es klingelte. Frau Teupel zuckte zusammen, das war, sie ging in den Flur, hob den Hörer des Telefons ab, hallo, sagte sie, Freizeichen. Sie legte auf, es klingelte, sie hob den Hörer der Gegensprechanlage ab. Hallo, sagte sie, hallo.

Hallo. Großgärtnerei Berner, ich weiß nicht –

Der Gärtner, der Garten. Das Gartenfest, Frau Teupel setzte sich auf den Garderobenhocker.

Ja, sagte sie, ich erinnere mich. Das Gartenfest, heute Abend würde sie ein Gartenfest geben. Kommen Sie hoch, dritter Stock, ach nein, zweiter Stock Mitte. Sie hängte den Hörer auf, *ein Gartenfest, Teupel starrte durch die beschlagenen Gläser seiner Brille in die Garderobe, starrte zwischen die Mäntel, sie nahm ihm die Brille ab, wischte ihm den Schnee vom Gesicht. Warum nicht, er wischte mit dem Taschentuch an den Gläsern herum, schaute mit kleinen, geröteten Augen zwischen die Mäntel, wenn dir das Freude macht. Wladimir Kramnik von Lenau ist übrigens Schachweltmeister, großartige Familie, er setzte sich die Brille wieder auf, Topalov hatte im Prinzip keine Chance, keine Chance. Von Lenau blieb aber, auch in dieser Partie, seinem klassisch-positionellen Stil treu –*

Sie öffnete die Wohnungstür und betätigte den Licht-

schalter im Stiegenhaus. Sie hörte ihn die Treppen hoch-
kommen.

Frau Teupel? Er schaute vom letzten Treppenabsatz aus zu
ihr hoch, trug eine Kiste mit Setzlingen, entschuldigen Sie
die Verspätung, der Sturm draußen, ich war mir auch nicht
ganz sicher, ob Sie bei diesem Wetter, natürlich ist es bei
diesem Wetter unmöglich, im Garten zu arbeiten, ich habe
mehrfach versucht, bei Ihnen anzurufen, leider –

Aber das macht doch nichts, Frau Teupel hielt ihm die
Tür auf, er erklomm die letzten Stufen, und das Wetter, was
kümmert uns das Wetter, wir drehen einfach die Heizung
auf.

Ach so, der Gärtner stampfte den Schnee von den Schuhen, klemmte die Kiste unter den Arm, Sie bewirtschaften
richtig ein Glashaus, dann ist das natürlich was ganz anderes.
Ich hatte schon die Befürchtung –

Kommen Sie, Frau Teupel ging voraus.

Sollte ich dann nicht vielleicht die Sachen gleich unten
lassen? Oder haben Sie von hier oben Zugang zum Hof?

Na, zum Hof jetzt nicht gerade, stellen Sie die Dinge erst
mal hier im Flur ab, nicht gerade zum Hof, bei uns ist eher
alles ein bisschen kompakter.

Eine Terrasse. Sie kultivieren einen Terrassengarten, der
Gärtner stellte die Kiste ab, machte sich wieder auf den Weg
nach unten, das gibt es in dieser Stadt ja häufiger.

Wie froh war unsere Zeit, ich wäre es immer weiter mit
dir gerne gewesen, aber ich weiß, es ist lange her. Warum
hat es aufgehört? Sie war schon lange vorbei, und ich habe
es nicht fassen und nicht glauben können, ich habe nicht
verstehen können, dass sie vorbei sein sollte und warum
sie nicht wiederkehre, das habe ich auch nicht verstanden.
Ich war bereit dazu, verstehst du das. Ich war bereit für die
frohe Zeit, bereit, glücklich zu sein, und dankbar dafür,

dass wir uns haben. Von mir aus hätte sie nicht vorbeigehen können, für mich war das Leben nicht mehr schwer, weil ich dich hatte. Wenn ich nur weiter geliebt worden wäre und wenn ich nur weiter diese Liebe geben hätte können, von der ich jetzt nicht mehr weiß, wohin damit. Das klingt so leicht. Und, genau, für mich ist es leicht. Ich liebte dieses Leben, dieses gemeinsame Leben, es war mir alles.

Aber es war nicht schön, das ist das Schreckliche, ich wollte es schön, ich wünschte es so sehr und tat doch alles dafür, und für dich war es nicht schön, fühlte sich für dich alles anders an? Ich habe so eine Angst, dass es so ist. Ich sehe, du fühlst nicht mehr mit mir, und ich habe Angst, dass du nie mit mir gefühlt hast. Das zu merken, dass du nicht mit mir zusammen empfindest, dass ich das nicht mitleisten kann, dass es dir auch so wohltut, dass du genießt, was auch ich genieße, dass du es auch so liebst und es dich so froh macht wie mich, das ist für mich schrecklich. Wenn es nicht so ist, dann kann man nichts tun. Ich konnte nichts mehr tun, das war mir das Schrecklichste.

Ich habe so gern geliebt. Ich habe mir diese Liebe aus dem Herzen gerissen, es ist nicht weniger, es ist genau das, aus meinem Herz. Es hat mir furchtbar wehgetan. Ich wünschte, das nie wieder erleben zu müssen. Ich hoffe, es heilt irgendwann. Erinnerungen sind so stark, im Moment, ich sehe sie kommen und versuche einfach nur, sie auszuhalten, bis sie wieder gehen. Das ist alles. Wie man so nah sein konnte, wie wir es waren, und damit aufhören, werde ich nicht verstehen, das ist nicht zu verstehen, es ist nur so. Vieles ist einfach nur so, das denke ich viel, das ist für mich schwer. Du hast mein Leben schön gemacht, für eine Zeit, golden, ich habe mich sicher gefühlt und das, obwohl du den Boden so schwankend gemacht hast, immer mehr und mehr. Dass das vorbei ist, dafür bin ich froh, ich konnte nicht mehr, es hat mich kaputt gemacht. Das hat mich so bedroht, ich erinnere so viele Momente, ich erinnere so viel Ohnmacht dir gegenüber, dass du, den ich so liebte, so zu mir sprachst, so zu mir handeltest, wie du es tatest, das hat mich so hilflos gemacht und so verzweifelt. Ich verstehe nichts, was passiert ist.

Er ließ den letzten Erdbeutel von den Schultern gleiten, stellte ihn zu den anderen und schloss die Tür.

Wollen Sie sich einen Moment setzen, Sie müssen ja ganz außer Atem sein.

Danke, er lächelte, legte den Strohhut ab, man gewöhnt sich. Wo wäre dann, er schaute sich um, der Garten?

Frau Teupel ging voraus, ich war mir nicht sicher, darum habe ich es vorerst noch nicht weggeräumt, sie wies auf das Rosshaar auf dem Bettvorleger, ob es sinnvoll wäre, unter der Erde mit dem Rosshaar erst mal für eine gewisse Wärmedämmung zu sorgen.

Der Gärtner schaute auf die Rosshaarfüllung, er suchte nach der Terrassentür, und wo wäre dann der, er warf einen Blick auf das Fenster, das Bett, den Schrank. Ich verstehe, sagte er. Ich verstehe.

Oder was meinen Sie? Frau Teupel drehte sich zu ihm um, sonst verräum ich sie einfach im Schrank oder gebe sie demnächst der Caritas mit, die stricken vielleicht Unterhosen für Eskimos daraus.

Eskimos. Der Gärtner lehnte sich gegen das Bett. Das ist natürlich eine Möglichkeit, wobei, eine gewisse – Wärmedämmung wäre sicherlich von Vorteil, auch wenn, er lachte kurz, auch wenn Sie hier sicherlich nicht mit Temperaturen unter null zu rechnen haben.

Ach, wo denken Sie hin, Frau Teupel zupfte das Rosshaar auseinander, legte in die Matratze eine dünne Schicht und verräumte den Rest im Schrank, wir brauchen ja nicht viel, sagte sie, schenken wir den Rest der Caritas, eine Rosshaarunterhose ist besser als keine Rosshaarunterhose, nicht wahr?

Sie können dann übrigens gerne anfangen, sie blickte auf, der Gärtner stand vor dem Bett, hatte die Hände auf die Bettpfosten gestützt, schaute versunken in die ausgehöhlte Matratze.

Ich denke an diese Jahre und ich meine, das Herz müsse mir brechen. Aber das Herz bricht nicht, ich weiß nicht, warum. Das ist so. Es bricht nicht. Ich lebe und muss heilen, das Heilwerden tut weh, immerzu. Dieser Herbst tut weh, ich weiß nicht, warum. Vielleicht, weil er alles ist, was ich gewünscht hatte, der Herbst ist so – innig, er ist so pur, so intensiv, und ich habe so intensiv gelebt, diese Jahre mit dir. Ich danke dir für die Zeit. Wäre es nach mir gegangen, sie hätte schön sein können, immer, ich war dazu bereit.
Da ist dieses Kind, da ist deine Tochter. Weißt du, Anna, sie sucht dich, und auch sie versteht nicht. Dass du nicht mehr da bist. Dass du einfach weg bist, dass du das kannst, nach den Jahren, nach den Zeiten, nach allem, was war, das verstehe ich nicht, und Anna versteht es auch nicht. Es ist ihr unbegreiflich, wie das sein kann. Mir ist es auch unbegreiflich, wie so etwas sein kann. Du warst da und selbstverständlich, ihr Papa war ihr so selbstverständlich. Dass man sie einfach verlassen kann, auf ihre kleine und junge Art ist auch sie so getroffen davon und so verunsichert. Es macht einen sehr an sich zweifeln, wenn man das erlebt, glaub mir, und für sie ist es nicht anders. Du hast nicht gekämpft, nicht um mich, nicht um das Kind, das tut so weh. Du bist ganz woanders, das weiß ich, ich weiß es im Kopf, verstehst du. Würde ich verstehen, wo du bist, vielleicht könnte ich es annehmen. Aber ich lebe nur damit. Es ist so. Mehr nicht.

Er klopfte an den Türrahmen zum Wohnzimmer, Frau Teupel?

Ich bin gleich bei Ihnen, Frau Teupel fixierte mit Sekundenkleber den letzten Blumenstrauß aus dem Bettüberzug an der Tapete, drückte ihn fest.

Ich wäre mit der Erde so weit fertig und würde jetzt mit der Bepflanzung beginnen. Ich bin mir nicht ganz sicher wegen des Quittenbaums, an welche Position dachten Sie denn. Er folgte Frau Teupel ins Schlafzimmer.

Hinten rechts, Frau Teupel bohrte ihre Hand in die Erde, er kann dann seine Schatten spendende Wirkung auch über den Nachttisch hin ausdehnen.

Das stimmt. Der Gärtner überlegte kurz. Das stimmt natürlich.

Er trug die Kisten mit den Setzlingen ins Schlafzimmer, Frau Teupel drehte die Sprungfedern in die Erde, auf dass die Pflanzen sich daran hochwänden, wie sie ihm erklärte. Er hieß dies einen erstaunlichen Gedanken.

Ich danke dir für die Jahre. Es bleiben die Erinnerungen.
Sie tun noch weh. Herbst tut noch weh, die roten Blätter,
das Licht, die Sätze tun noch weh, diese schönen Sätze,
dass ich deine schöne Florentinerin war, vor so langer
Zeit, deine Liebste, dass es vor so langer Zeit war, tut weh,
und dass es dann aufhörte, gesagt zu werden, gefühlt zu
werden, das tut so weh.
Die Purheit tut weh, es war mein pures Gefühl, alles.
Dass du mich Liebste nanntest und damit aufhörtest, ich
verstand nicht, warum. Warum ich nicht deine Liebste
blieb, für immer, das habe ich nicht verstanden. Dass es alte
Erinnerungen sind, die so wehtun, dass die schöne Zeit so
lange zurückliegt, noch weit vor dem Zeitpunkt, an dem
du gegangen bist. Das verstehe ich nicht. Dass du dich der
Liebe entzogst, dich dagegen verwehrtest, sie nicht mehr
wolltest, nichts mehr dafür getan hast, nicht mehr mich als
Liebste wolltest, ich verstand nicht. Ich war so verzweifelt,
in den letzten Zeiten, so sehr, wie ich gar nicht sagen

kann. Wie ich dich gebeten habe um die Liebe. Ich habe nicht verstehen können, dass sie nicht mehr ist. Es ist nicht zu verstehen. Es bleiben einfach nur die Jahre, diese Zeit. So intensiv, wie Herbst. Ich habe die roten Blätter gesehen mit dir, ich habe den Wind gehört, das Licht auf dem Fußboden, überdeutlich. Ich lebe überdeutlich und hatte in dir einen gefunden, der mit mir überdeutlich lebte, das war schön. Ich lebe immer noch überdeutlich, es ist merkwürdig, dass es so ist. Allein damit zu sein, nachdem man zu zweit damit war, allein mit der Fülle, der Intensität, der Schönheit, den Gerüchen von Kaffee und getoastetem Brot, dem Licht, dem Geräusch des Windes in der Nacht, das ist schwer.

Und ich weiß, ich war doch eigentlich schon lange damit allein, du warst lange schon nicht mehr mit mir, ich wollte es nur nicht wahrhaben, weil es so wehtut, dass es so ist. Ich spüre so sehr die Zeit, ich spüre Schönheit, Glück, alles. Versuche, es auszuhalten, dass man allein ist, ich glaube, ich hatte gehofft, ich hatte in diesen Jahren gehofft, es wäre nicht so, dass man nicht allein ist, dass man zu zweit ist, in allem, nicht mehr allein. Das war schön, dieser Gedanke, für diese Zeit dieses Gefühl. Mit der Überfülle nicht allein zu sein. Ich war so glücklich, wie ich nicht zu sagen vermag. Und weißt du, ich wusste darum, ich war mir meines Glückes bewusst, jeden Tag. Es war nicht von Dauer. Es gehen zu lassen, unendlich schwer. Ich hätte es freiwillig nicht getan. Mir sind mit dir Dinge passiert, die nie passieren dürfen, nicht einem Liebespaar und auch sonst nicht. Aber die Grenzen waren lange schon verwischt, ich hatte keinen Schutz mehr, ich schützte mich nicht, weil ich auch nicht gewusst habe, dass man sich je würde schützen müssen vor dem, den man liebt. Wäre nicht das Kind, ich wäre kaputtgegangen daran. Ich konnte nicht denken, dass ich das nicht erleben darf. Aber ich konnte denken, dass ein Kind das nicht erleben darf. Ich konnte nur über sie mich selber schützen, das hat mich erschreckt. Sie hat mich gezwungen, gegen mein Gefühl zu handeln, gegen mein Wollen, gegen das, was mein Herz wollte, und das ist gut, das sehe ich jetzt, dass es richtig war. Ich dachte immer, das sei nicht möglich. Dass man gegen sein Herz entscheiden muss. Aber das ist so, und es ist richtig. Alle Kategorien geraten durcheinander. Nichts gilt mehr.

Er verräumte die leeren Erdtüten in einer der Holzsteigen, sie reichte ihm seinen Hut.

Ich werde mich dann mal auf den Weg machen, er warf einen letzten Blick auf das Blumenbeet.

Ein kleines Kunstwerk, meinte Frau Teupel, Sie sind eindeutig ein Meister Ihres Faches.

Es sieht wirklich, er zögerte, sehr –

Übrigens, Frau Teupel war voraus zur Tür gegangen, natürlich kommen auch Sie heute Abend zu meinem kleinen Einweihungsfest.

Ich weiß nicht, der Gärtner stapelte die leeren Steigen aufeinander, ich bin nicht so arg gesellig, müssen Sie wissen, ich –

So gegen halb neun, Frau Teupel hielt ihm die Tür auf, Sie müssen sich auch nicht umziehen, diese Latzhosen stehen Ihnen außergewöhnlich gut.

Ich lebe so gern. Ich möchte gerne froh sein. Mehr weiß ich nicht. Erinnerungen tun furchtbar weh, der Herbst tut weh, Worte tun weh, die gesagt wurden, die schönen tun weh und die bösen. Dass die schönen nicht mehr gesagt wurden, tut weh, dass die bösen immer und immer gesagt wurden, tut weh. Du hast mich zutiefst getroffen, es gibt keine Ebene, auf der du mich nicht zutiefst getroffen hast, das ist so. Dass du mit mir so umgegangen bist, dass du mit meiner Liebe so umgegangen bist, die so vertrauensvoll war und so unendlich, das wird vielleicht nie heilen, vielleicht doch, ich weiß es nicht, ich habe es nicht verstanden.

Es klingelte, Frau Teupel stopfte die letzten Paar Socken in den Caritassack, sie ging zum Telefon, griff, nein, sie drehte um und nahm den Hörer von der Gegensprechanlage, hallo?

Hallo? Boutique *Légume et Œuf,* à votre service, ich wollte Ihnen gerne was vorbeibringen.

Zweiter Stock, sie drückte auf den Türöffner, *Légume est Œuf?* Frau Teupel schaute in den Garderobenspiegel, *Gemüse ist Ei,* was mag das sein.

Sie schleppte den Caritassack in die Garderobe und verräumte ihn im Schuhschrank, öffnete die Wohnungstür. Sie ging zurück ins Schlafzimmer, verteilte die Blumengebinde auf der Kommode, den Nachttischen, der Fensterbank. Sie rückte die Vase am Fenster zurecht, schaute hinunter in den Hof, die Fenster rundherum erleuchtet, irgendwo dahinter Hannibal, ungewaschen, stinkend.

Madame Teupel? Es klopfte an der Wohnungstür, Monsieur Vert von der Boutique *Légume et Œuf,* darf ich eintreten?

Frau Teupel ging in den Flur, schaltete das Deckenlicht an, Sie sind das, ich habe mich schon gefragt –

Entschuldigen Sie die späte Störung, Vert legte das Paket auf den Telefontisch, nach dem Malheur heute Nachmittag, le malheur d'après-midi, es ist übrigens alles wieder in Ordnung, ein kleiner Fehler, une petite petite désordre, im Getriebe, dachte ich mir jedenfalls, ich bring Ihnen einfach mal ein ausgewähltes Sortiment aus der Blumenkollektion vorbei, ganz unverbindlich naturellement. Ich müsste nur rasch ein bisschen was aufbügeln.

Frau Teupel öffnete die Tür zum Bügelzimmer. Sie ging

zum Fenster und drehte die Heizung auf, so ein Wetter, sagte sie, und das im März.

Vert stellte sich das Bügelbrett höher, wickelte das Kabel vom Bügeleisen und steckte es in die Steckdose, wenn man den Medien glauben darf, er legte seinen Mantel ab, werden wir das jetzt öfter haben. Aber, er holte das Paket aus dem Flur, wie ich immer sage, comme je dis toujours, wer braucht schon Polarkappen.

Frau Teupel hörte den Schlüssel im Schloss, entschuldigen Sie, darf ich Sie einen Moment sich selbst überlassen, mein Mann –

Ich bitte darum, er betätigte probeweise den Sprühmechanismus des Wäschesprenklers, ich lege Wert darauf, Ihnen meine Kollektion in absolut knitterfreiem Zustand zu präsentieren, totalement infroissable.

Frau Teupel trat in den Flur, schloss die Tür zum Bügelzimmer hinter sich, Helmut, sagte sie.

Teupel stellte vorsichtig seinen Aktenkoffer zu Boden, er war nur im Hemd, auf seinen Schultern stapelte sich der Schnee, der nun in kleinen Portionen auf den Läufer fiel.

Josefine, könntest du, Frau Teupel wollte ihm das Ding abnehmen, welches er, in sein Jackett gewickelt, mit den Armen umschlang, nein, nein, die Brille, Teupel ging ein wenig in die Knie, wandte ihr das Gesicht zu, der Schnee rann in hurtigen Bächen über seine Wangen, über seinen Hals, ins Hemd, Frau Teupel nahm ihm die beschlagene Brille ab, legte sie beiseite, er blinzelte.

Darf ich fragen, Frau Teupel musterte ihren Mann von oben bis unten, wieso du keinen Schirm, keinen Mantel und keine Mütze trägst und um welche Art von Koloss du dein Jackett gewickelt hast? Ein Elefantenei?

Josefine, ich bitte dich, Teupel ging ins Wohnzimmer, Elefanten haben zu keiner Zeit der Evolution, Frau Teupel ging hinter den Fußspuren auf dem Läufer her, sag mal, ist bei euch an der Universität ein Sumpf aufgebrochen, deine Schuhe lassen nicht vermuten, dass du einer reinen Kopfarbeit nachgehst.

Ich musste einen Umweg machen, Teupel schaute sich suchend um, einen kleinen, durch den Wald, wo leg ich den jetzt am besten hin, er ging zurück in den Flur, vielleicht ins Badezimmer, er öffnete mit dem Ellbogen die Tür, verschwand im Bad. Frau Teupel schaute sich die Tritte auf dem Teppich an, ein Yeti, sagte sie vor sich hin, das ist es, ich lebe zusammen mit einem Yeti.

Sie ging durch die Wohnung, verteilte überall Kerzen und zündete sie an, löschte die Lichter.

Madame Teupel, Vert steckte den Kopf aus dem Bügelzimmer, das erste Modell wäre so weit anprobefertig, wenn Sie ein Sekündchen Zeit hätten, une petite bagatelle de l'époque, er schloss hinter ihr die Tür, Ihr Mann wird begeistert sein, il vient d'être fou, eines meiner wirklich außergewöhnlichsten Exemplare.

Mein Mann, Frau Teupel schlüpfte aus dem Rock, knöpfte sich die Bluse auf, nur, damit Sie sich nicht allzu sehr wundern, er musste heute einen kleinen Umweg durch den Wald nehmen, sie stieg in das Kleid, blickte in den Spiegel. Vert schloss am Rücken den Reißverschluss, und, er warf einen Blick über ihre Schulter in den Spiegel, was sagen Sie, avez vous des mots?

Es klingelte. Ihre Augen trafen sich im Spiegel, wer mag das sein, sagte sie, muss das sein, sagte er. Frau Teupel schaute sich um, nahm ihren Morgenrock vom Kleiderbügel. Sie schlüpfte in die Ärmel, Sie entschuldigen mich, flüsterte sie, sie schloss die Tür zum Bügelzimmer hinter sich, knüpfte den Gürtel des Morgenrocks zu. Teupel kam aus dem Bad, die Haare wie Nudelsuppe auf dem Kopf, sie nahm den Hörer ab, wer mag das sein, Teupel schaute sich nach seiner Brille um, hier ist es auch plötzlich so duster, kurzfristiger

Stromausfall nehme ich an, ich sehe, du hast schon für Kerzen gesorgt, das wird sich gleich legen, Josefine. Wer mag denn das sein?

Frau Teupel versteckte den Hörer hinter ihrem Rücken, drückte auf den Türöffner, ich weiß es nicht, sagte sie, vielleicht der Gärtner?

Der Gärtner? Teupel setzte sich seine Brille auf, schaute sich angestrengt in der Garderobe um, schaute auf den Morgenrock. Bist du krank?

Frau Teupel machte eine Schleife in den Gürtel, ich, sagte sie –

Macht nichts, ich brate uns Spiegeleier, Teupel machte sich auf den Weg in die Küche, der Strom wird sicher gleich wieder zur Verfügung stehen.

Frau Teupel verfolgte mit den Augen die Fußspuren auf dem Teppich. Helmut, sagte sie, ich muss dir etwas sagen.

Ich bin heute in bester Stimmung, meine Liebe, in Hochstimmung, Teupel drehte sich unter der Küchentür um, er tropfte praktisch überall, das Hemd, die Hose, ich habe, sagte er –

Wegen des Flugsauriers, sagte Frau Teupel.

War kein Kombitaxi frei? Dachte ich's mir doch, aber ich muss dir was anderes –

Es klopfte an der Tür, Frau Teupel öffnete, Herr Wurlich! Sie trat zur Seite, kommen Sie herein, meinen Mann kennen Sie ja schon.

Ich hatte das Vergnügen, Wurlich nickte hinüber zu Teupel, warf einen Blick auf die Schuhe.

Helmut, Herrn Wurlich kennst du ja schon.

Nicht, dass ich wüsste, Teupel wechselte die Brille, betrachtete diese Frisur.

Beim Neugröschl, du erinnerst dich bestimmt. Mein Mann musste heute einen kleinen Umweg durch den Wald nehmen, Frau Teupel wies mit der Hand zum Wohnzimmer, stellen Sie ihn dort einfach auf den Tisch.

Wurlich drängelte sich an Teupel vorbei, er musterte das nasse Hemd, die Schuhe, Nudelsuppe. Ach so, sagte er. Sie, er wanderte mit den Augen an Herrn Teupel hoch, Sie wurden wohl von dem Unwetter überrascht, regelrecht überrascht? Im – Wald?

Teupel schaute hinunter auf Wurlich, auf den Tischgrill, diese Frisur, Josefine, was –

Ich werde mal, Wurlich deutete auf den Grill, den japanischen Tischgrill installieren, er verschwand im Wohnzimmer.

Teupel legte die Brille ab, rieb sich die Augen, ich werde mir etwas Bequemeres anziehen, er steuerte auf das Schlafzimmer zu, und dann muss ich dir unbedingt zeigen, was ich im Badezimmer –

Vert steckte seinen Kopf aus dem Bügelzimmer, Madame Teupel, ich wäre so weit, wenn Sie une petite minute de votre époque –

Darf ich vorstellen, mein Mann, Helmut, das ist Monsieur Vert von der Boutique *Légume est Œuf.*

Légume et, Gemüse und Ei, was, Josefine, was soll das?

Guten Tag, Vert winkte mit zwei Fingern.

Guten Tag.

Ein Sekündchen nur de votre époque, Vert wandte sich wieder an Frau Teupel, Sie werden staunen. Er verschwand im Bügelzimmer.

Josefine, was hat das alles zu bedeuten? Was für Epochen?

Gleich, Helmut, Frau Teupel warf ebenfalls einen Blick ins Wohnzimmer, Wurlich hatte sich in die Bedienungsanleitung vertieft, hantierte an den Knöpfen. Sie ging zum Bügelzimmer, ein Sekündchen, sagte sie, Monsieur Vert war so freundlich, sie warf einen Blick auf die Uhr, ich erklär dir das später in Ruhe, sie verschwand im Bügelzimmer.

Dass eine so innige Liebe aufhört zu sein. Aber das ist so und es passiert, einfach so, es ist möglich, das ist schier nicht zu glauben, für mich. Ich spreche nur für mich, das ist alles, was ich weiß. Manchmal dachte ich, ob du alles vergessen hast. Ob das die einzige Möglichkeit ist. Ob du kein Gefühl hast. Wie du sagtest, dass du nichts mehr fühlst. Ich fühlte so viel und du nichts? In mir diese unendliche Verzweiflung und diese Traurigkeit und in dir nichts, du sagtest, du fühlst nichts, das war mir schrecklich und ist es immer noch, dass du mich nicht mehr verstehen konntest, weil du mich nicht mehr fühltest und nicht mehr mein Gefühl spürtest, meine tiefe Traurigkeit. Es hätte mich zerreißen können, es hätte mich zerreißen müssen, ich dachte, ich würde durchdrehen, an diesem Gefühl, dass du parallel zu mir lebst, dich wegwendest, nicht mehr nah bist und nicht mehr nah sein willst.

Es klingelte.

Frau Teupel schloss die Tür zum Bügelzimmer hinter sich, verknotete den Gürtel vom Morgenrock, Teupel erschien in Unterwäsche und einem schwarzen Kniestrumpf in der Tür zum Schlafzimmer, Josefine, wer –

Frau Teupel schaute auf seine Waden, vielleicht der Gärtner, sagte sie, sie drückte den Türöffner, wo ist denn dein zweiter Strumpf?

Der Gärtner, Teupel nahm die Brille ab, schaute sie an, drehte sie, setzte sie wieder auf, mein Strumpf, den muss ich wohl verloren haben, auf dem Weg, aber, Josefine, mal was ganz anderes, da im Schlafzimmer, er deutete nach hinten, du musst dir mal ansehen, was im Schlafzimmer los ist. Es ist mir ein Rätsel, ein wirkliches Rätsel.

Ich habe mir heute einen Garten angelegt, sagte sie.

Josefine, Teupel nahm die Brille ab, tat ein paar Schritte in den Flur, in der Hand hielt er eine Gartenharke.

Es klingelte an der Wohnungstür, Frau Teupel schob ihren Mann beiseite und öffnete.

Weißt du noch, wie ich geschrien habe, als das Kind zur Welt kam? Mehr ging nicht, verstehst du? Mehr Schmerz kann ein Mensch nicht aushalten. Es war dieses Gefühl, als du aufhörtest, mich zu lieben, als du mir sagtest, du hast aufgehört, mich zu lieben, mehr ging nicht. Als das Kind zu Welt kam, wollte ich sterben, das ist wirklich so, dieses Gefühl, mehr nicht ertragen zu können, man kann irgendwann einfach nicht mehr ertragen, als Mensch. Man erträgt mehr, als man glaubt, aber es gibt ein Äußerstes. Man kann nur noch schreien, Schreien ist wie sterben wollen, aber nicht können.

Hallo, er reichte ihr die Hand, ich habe, er hob eine Papiertüte, ich habe uns ein bisschen was an Musik mitgebracht.

Darf ich vorstellen, mein Mann, Helmut, darf ich vorstellen, sie wandte sich an Stanjic, lachte, Entschuldigung, ich weiß Ihren Namen gar nicht.

David, David Stanjic, er reichte Teupel die Hand hinüber, das macht Stimmung, sagte er zu ihm, er hob die Papiertüte, schaute auf die Waden. Sie, er deutete auf die Gartenharke, Sie arbeiten auch im Garten Ihrer Frau?

Frau Teupel, Wurlich erschien in der Wohnzimmertür, ich habe da so meine Probleme mit der japanischen Anleitung.

Herr Wurlich, Frau Teupel ging ein paar Schritte auf ihn zu, darf ich Sie bekannt machen, Herr Stanjic.

Sie reichten sich die Hände.

Freut mich.

Freut mich.

Im Regal müsste eigentlich ein japanisches Dictionnaire sein, Frau Teupel ging Richtung Wohnzimmer, ich such Ihnen das schnell heraus.

Madame Teupel, Vert steckte den Kopf aus dem Bügelzimmer, si vous avez la bonté, wenn Sie so gütig wären –

Herr Wurlich, Herr Stanjic, darf ich vorstellen, Monsieur Vert von der Boutique *Légume est* –

Es klingelte.

Josefine, was, Frau Teupel ging zur Gegensprechanlage, Teupel hatte schon den Hörer abgenommen, hallo, sagte er, hallohallo?

Er lauschte, warf einen Blick in die Runde, er ließ den Hörer sinken, ein Gärtner, sagte er, unten ist ein Gärtner und verlangt Einlass.

Frau Teupel drückte auf den Türöffner.

Madame Teupel, Vert erschien wieder in der Tür, einen ganz klitzekleinen Moment, er rieb sich die Hände, ich bin gespannt, was Sie dazu sagen werden, tendu comme un arc –

Ich komme, Frau Teupel folgte ihm ins Bügelzimmer, du kümmerst dich bitte so lange um unsere Gäste, sie wandte sich an ihren Mann, vielleicht hilfst du Herrn Wurlich kurz beim Tischgrill, du sprichst doch Japanisch.

Japanisch, Teupel setzte sich auf den Garderobenhocker, Stanjic folgte Wurlich ins Wohnzimmer, hielt auf den Plattenspieler zu und packte die Schallplatten aus.

Frau Teupel trat aus dem Bügelzimmer, schloss die Tür hinter sich. Ihr Mann saß auf dem Garderobenhocker, klopfte mit der Gartenharke auf dem Telefontischchen den Takt, schaute konzentriert ins Nichts. Der Gärtner stand neben der Tür, er hatte eine Getränkekiste auf der Schulter, Schnee auf dem Strohhut.

Da ist sie ja, sagte Teupel erleichtert, er erhob sich, Josefine, ich sagte dem Herrn bereits, dass es sich um einen bedauerlichen Irrtum handeln muss, auch die anderen Herren im Wohnzimmer, man muss ihnen mitteilen, dass ein Irrtum vorliegt, ein repetitiver Irrtum.

Helmut, das ist Herr Kron von der Großgärtnerei Berner, Herr Kron, meinen Mann kennen Sie ja in der Zwischenzeit.

Herr Kron. Großgärtnerei. Es ist vielleicht gar nicht so schlecht, dass Sie da sind, Teupel öffnete die Schlafzimmertür, in unserer Abwesenheit hat sich in unserem Schlafzimmer Mysteriöses zugetragen, Sie sind, er wandte sich um, Sie sind doch Gärtner?

Kron nickte, er räusperte sich, hievte die Getränkekiste auf die andere Schulter, ja, sagte er.

Eine erstaunliche florale Entwicklung, innerhalb *kürzester Zeit*, Teupel näherte sich dem Bett, nahm die Brille ab und unterzog den Quittenbaum einer näheren Untersuchung, ein Quittenbaum, wenn ich mich nicht irre, naturhistorisch natürlich äußerst interessant, ein Blackout, möchte ich fast sagen, eine Entgleisung der Natur, unter anderen Umständen sicherlich ein spannendes Forschungsobjekt, in diesem Zusammenhang jedoch, in meiner Privatwohnung nachgeradezu –

Herr Kron, Frau Teupel schloss die Tür zum Schlafzimmer, legen Sie doch ab.

Das ist, Kron hob die Kiste von der Schulter, Saft, Erdbeersaft, sagte er, zwölf Flaschen Erdbeersaft, ich war mir nicht ganz sicher, wie viele Gäste Sie erwarten.

Aber das wäre doch nicht nötig gewesen, Frau Teupel ging voraus in die Küche, räumte den Tisch frei, immerhin haben Sie sich nicht noch extra umgekleidet, sie zog eine der Flaschen aus der Kiste, diese Latzhose steht Ihnen wirklich kolossal gut.

Sie öffnete den Küchenschrank und stellte die Gläser auf ein Tablett, Kron entkorkte die erste Flasche und schenkte den Erdbeersaft ein, ich habe mich kaum mehr getraut, mit dem Lieferwagen zu fahren, draußen bricht gerade ein Orkan aus, wenn Sie mich fragen.

Ein Orkan, Frau Teupel drückte ihm das Tablett in die Hand, das ist mir gar nicht aufgefallen.

Aus dem Wohnzimmer tönte plötzlich Musik, Teupel erschien in der Schlafzimmertür, Josefine, was ist denn das für eine Negermusik, kommt das von den Nachbarn?

Das ist, Kron stand mit dem Tablett, lauschte, das ist vielleicht Rockmusik, schlug er vor.

Das ist nun also diese berühmte Rockmusik, Teupel tastete nach der anderen Brille in seiner Jacketttasche, das klingt ja fast schon extraterrestrisch, er schaute an sich hinunter, das Unterhemd, Unterhose, Gartenharke, extragalaktisch möchte ich fast behaupten, Josefine, wo ist denn eigentlich mein Jackett, was ist denn hier los, Josefine?

Aber, um noch einmal auf den Sturm zu sprechen zu kommen, Kron hielt Teupel das Tablett mit den Gläsern hin, einmal dachte ich sogar, eine Eternitplatte an mir vorbeifliegen zu sehen, Frau Teupel drückte ihrem Mann ein Glas in die Hand, er nahm die Brille ab, eine Eternitplatte? Er starrte Kron an, das ist allerdings nicht ganz uninteressant. Wo kommt sie her? Wo will sie hin? Eine Eternitplatte. Merkwürdig.

Ich habe Sie noch gar nicht, Frau Teupel geleitete Kron zum Wohnzimmer, öffnete die Tür, mit meinen anderen Gästen bekannt gemacht, hier unter dem Tisch, Herr Wurlich, ein Pianist, der es noch weit bringen wird, er ist gerade nicht zu sehen, dort unter dem Tisch, er installiert einen japanischen Tischgrill, und hier drüben, Herr Stanjic, der unserer Stereoanlage diese erstaunlichen Klänge entlockt, darf ich Sie bekannt machen, mein neuer Gärtner, Herr Kron, ich kann ihn nur wärmstens empfehlen, alleine die schiere Muskelkraft, die er —

Stanjic hob den Kopf, legte die Schallplatte zur Seite, Kron, sagte er, das ist doch Valentin Kron.

Kenn ich nicht, Wurlich beugte sich unter dem Tisch

hervor, er holte eine der Kerzen näher heran und blätterte in einer Bedienungsanleitung vom Ausmaß eines Lexikons, warf einen Blick in das Dictionnaire, was soll denn das bedeuten, *vordringen bis ins innerste Strahlende?* Diese Sprache treibt mich noch in den Wahnsinn.

Das ist doch, Stanjic stand auf, fuhr sich über die Brust, Kron! Valentin Kron!

Wurlich warf einen Blick auf Kron, kenne ich nicht, sagte er, sprichst du zufällig Japanisch?

Ach, Sie kennen sich, das ist schön, Frau Teupel schob Kron ins Wohnzimmer, das ist für mich als Gastgeberin natürlich eine gewisse Erleichterung, wenn manche Gäste schon befreundet sind.

Es klingelte. Teupel stand in der Wohnzimmertür, verschüttete den Saft, Kron war so freundlich, ihm umgehend nachzu – wer mag das sein, Teupel schaute seine Frau an, starrte in das aufgefüllte Glas, Josefine, ich weiß beim besten Willen nicht, wer da noch kommen sollte.

Frau Teupel drängelte sich an ihm vorbei in den Flur, drückte auf den Türöffner, das muss, sagte sie, Vert öffnete die Tür zum Bügelzimmer, hielt die Hand lauschend ans Ohr, midi est sonné? Qui fait du grabuge? Was kracht hier? Er lächelte in die Runde, stutzte, schweifte zurück, *Herr Valentin*, er ging mit ausgestreckter Hand über den Flur, lange nicht gesehen, wie geht's der Natur? Er schüttelte Kron die Hand, gut sehen Sie aus! Herr Valentin, sagte er erklärend in die Runde, alter Freund der Familie, er tätschelte Krons Hand, lange nicht gesehen, Herr Valentin!

Ja, Kron machte sich los, steckte die Hand in die Hosentasche.

Wir unterhalten uns später, Vert klopfte ihm auf die Schulter, wir haben uns sicher viel zu erzählen. Er wandte sich um, denn jetzt, jubelte er, der Höhepunkt, Sie werden hingerissen sein, ravissez, le point culminant, la robe pêlée-mêlée –

Pêlée-mêlée? Kunterbuntes Kleid? Teupel drückte das Saftglas gegen die Brust, sagen Sie mal, sind Sie noch bei Trost?

Vielleicht, Frau Teupel fasste ihren Mann am Arm, dirigierte ihn ins Badezimmer, vielleicht schaust du dich einfach einmal nach deinem Jackett um, wie sieht denn das aus.

Einen Moment, Monsieur Vert, sie schloss die Badezimmertür, es hat eben geklingelt, ich bin gleich bei Ihnen.

Vert rieb sich die Hände, vite vite madame, j'ai entendu le sonneur. Er zog sich ins Bügelzimmer zurück, Frau Teupel öffnete die Wohnungstür.

Er hat *den Glöckner* gehört, fragte Teupel hinter der Badezimmertür, Josefine, wer in aller Welt kommt da?

Meine Dame, Lenau deutete einen Handkuss an, es ist mir eine Freude, diese unwirtliche Zeit in Ihrer Anwesenheit genießen zu dürfen, *Kyrill,* er schaute ihr in die Augen, draußen tobt Kyrill, doch der schiere Anblick Ihres liebreizenden Lächelns lässt mich alles vergessen, dieser, er warf einen Blick auf den Morgenrock, Morgenrock steht Ihnen wirklich außergewöhnlich gut.

Sehr freundlich, legen Sie doch ab, ich muss nur schnell, Frau Teupel wandte sich zum Bügelzimmer, ich muss mich kurz um Monsieur Vert von *Légume est Œuf* kümmern – kennen Sie Monsieur Vert von *Légume est Œuf?*

Nein, nein, bedaure, Lenau hängte seinen Mantel an einen Bügel, *Légume et Œuf?* Nie gehört.

Ich dachte nur, mitunter kommt es doch vor, dass auf einer Gesellschaft der ein oder andere Bekannte auftaucht, das ist dann immer eine kleine Freude.

Sehr richtig, eine Freude, ich müsste Sie bitten, mir kurzen Zugang zu Ihrem Kühlschrank zu gewähren, zu Ihrem Tiefkühlfach, um genau zu sein, Lenau zog ein flaches Paket aus dem Sakko, eine kleine Überraschung, es empfiehlt sich, sie bis zum rechten Augenblick kühl aufzubewahren.

Geradeaus ist die Küche, am besten, Sie gesellen sich anschließend zu meinen anderen Gästen, das wäre dann die Türe rechts, aber Sie hören ja die Musik, ich bin gleich so weit.

Musik, das ist gut, Lenau steuerte Richtung Küche, ich kann ein bisschen Ablenkung gebrauchen, ich hatte gerade ein sehr unschönes Erlebnis mit der Nase, mit dem Lehrling meine ich, ich traf ihn in sehr ungewöhnlicher Position, wirklich äußerst ungewöhnlich, und ich muss mein Bedauern darüber ausdrücken, aber ich fürchte, sein Verstand hat ernsthaft gelitten, faselt wirres Zeug, unkontrollierte Zuckungen, ich habe ihn erst mal dem Fleischer zurückgegeben, aber, er lächelte, ich will Sie nicht aufhalten, später mehr davon, er öffnete die Küchentür.

Du hast mir das Schlimmste angetan, was man einander antun kann, du bist aus dieser Liebe weggegangen. Das ist nicht auszuhalten, dass das so ist. Und doch ist es auszuhalten. Ich habe so geschrien, als du gingst, das war nicht eine Wut. Das war, als würde mein Körper schreien. Die Geburt habe ich überlebt, obwohl ich wünschte, währenddessen, ich würde sterben, ich wünschte das so sehr. Jetzt bin ich froh, es war nicht so. Ich bin auch bei dir froh, es war nicht so. Dass man nicht stirbt daran, auch wenn man es wünscht. Schlimmer geht nicht. Ich habe das Äußerste erlebt, was man fühlen kann, so denke ich. Und das habe ich überlebt, das klingt lächerlich, aber das ist es nicht, es ist mir ernst.

Vert knüpfte ihr das Mieder zu, un rêve, er schüttelte den Kopf, ein kunterbunter Traum, er drehte Frau Teupel zu sich herum, nestelte am Dekolleté, keine Blumen zwar, das ist richtig, aber ich konnte einfach nicht widerstehen, Ihnen eine der Glanzleistungen meines Schaffens mit einzupacken.

Frau Teupel drehte sich, betrachtete sich von der Seite, der Rock bauschte, knisterte.

Allein diese Silhouette, charmante, charmante, Josefine-Pêlée-Mêlée, Sie heißen doch Josefine, ich werde das Kleid nach Ihnen benennen.

Ich, Frau Teupel drehte ihm den Rücken zu, ich werde doch noch die beiden anderen probieren, die Sie dabeihaben, wenn Sie gestatten, die Entscheidung ist wirklich schwierig.

Selbstverständlich, er öffnete das Mieder, half ihr aus den Ärmeln, ich bügele uns das rasch auf.

Es war so sehr schlimm, wie ich es nicht sagen kann. Ich konnte nur warten, dass es aufhörte, so schlimm zu sein. Es hat überall wehgetan, im ganzen Körper, im Kopf, im Denken, im Schlafen, immer und überall.
Ich habe nur gewartet, dass Zeit verstreicht, dass Zeit macht, dass es nicht mehr so wehtut. Das ist so. Seltsam genug.

Sie bleiben doch, Frau Teupel ging voran ins Wohnzimmer, ich gebe heute ein kleines Gartenfest, nur ein paar Freunde, mein Mann, sie öffnete die Wohnzimmertür, meine Herren, darf ich vorstellen, Monsieur Vert von *Légume est* –

Stanjic packte die letzten Schallplatten zusammen, er drängelte sich an Frau Teupel vorbei zur Tür, Entschuldigung, sagte er.

Herr Stanjic, Sie brechen schon auf? Frau Teupel schaute ins Wohnzimmer, Wurlich saß auf dem Klavierhocker, drehte sich langsam hin und her. Kron stand mit dem Tablett neben dem Tisch, Lenau lehnte mit dem Rücken zum Fenster, hatte die Hände vor der Brust verschränkt.

Helmut, sie wandte sich an ihren Mann, er hatte das Sakko über sein Unterhemd gezogen und hielt ein gefülltes

Erdbeersaftglas in der Hand, eine Gartenharke, Helmut, was ist denn hier los?

Teupel hob die Gartenharke, es ist mir ein Rätsel, Josefine, ein Rätsel, diese ganzen Herren, die anachronistischen Vorgänge in unserem Schlafzimmer, der Herr, der sich gerade in der Garderobe betätigt, gebärdete sich eben noch ganz *außergewöhnlich* gegen unseren verehrten Freund Herrn von Lenau, sehr speziell, Herr von Lenau –

Bitte, Lenau drehte sich um, hob beschwichtigend die Hände, lassen Sie doch das von, ich bitte Sie.

Wieso Lenau? Frau Teupel schaute von einem zum anderen, Sie sind – Sie sind von Lenau?

Lenau deutete eine kleine Verbeugung an, gestatten, aber bitte, lassen Sie doch das von –

Der Archaeopteryx? Frau Teupel starrte ihren Mann an, Lenau, Sie sind – der Archaeopteryx?

Lenau versuchte ein Lächeln, nun ja, Archaeopteryx, das kann man so direkt nicht sagen, eigentlich natürlich nein, aber in gewissem Sinne doch wieder schon, ich bin, wenn man es so formulieren möchte, der Archaeopteryx unter den Menschen, ich bin die Übergangsform, der Fingerzeig zu einer neuen Gattung, ich bin –

Lass doch mal diese Geschichten, Kron stellte das Tablett ab, zog einen Stuhl unter dem Tisch hervor und setzte sich. Lass einfach einmal diese Geschichten, er vergrub den Kopf in den Händen.

Ach, Frau Teupel lächelte ein bisschen, Sie kennen sich, das ist schön.

Es geht, Kron fuhr sich mit den Händen übers Gesicht, starrte auf das Tablett. Er nahm ein Glas Erdbeersaft zur Hand, schaute Lenau an, nicht so besonders schön eigentlich, sagte er, er leerte das Glas, stellte es auf das Tablett zurück.

Ich gehe dann mal, Stanjic erschien in der Tür, in eine

Lammfelljacke gepackt, er hatte sich einen Schal um den Hals gewickelt.

Herr Stanjic, David, Frau Teupel fasste ihn am Arm, Sie können uns unmöglich jetzt schon verlassen, sie führte ihn in den Flur, zog die Tür hinter sich ein wenig zu, ich verstehe auch gar nicht, dieser verfrühte Aufbruch, das Fest hat noch gar nicht begonnen, es tut mir sehr leid, wenn ich Sie durch meine lange Abwesenheit erzürnt haben sollte, Monsieur Vert von *Légume est Œuf* –

Nein, Stanjic hob die Hände, nein, nicht *Légume et Œuf*, es geht um etwas ganz anderes.

Sollte mein Mann Sie durch eine unbedachte Äußerung, mein Mann macht mitunter die ein oder andere unbedachte Äußerung, das dürfen Sie nicht so ernst nehmen.

Stanjic ging zur Wohnungstür, öffnete sie, schaute in das dunkle Stiegenhaus.

Ihr Mann ist ganz in Ordnung, er knipste draußen das Licht an, er hat einen an der Waffel, aber sonst, ganz in Ordnung.

Ja dann, Frau Teupel knüpfte eine Schleife in den Gürtel ihres Morgenrocks, löste sie, dann weiß ich beim besten Willen nicht, was Ihren Unmut hervorgerufen haben sollte. Sie schlüpfte an ihm vorbei, schloss die Tür, kommen Sie, Sie haben diese wunderbare Musik dabei, diese, na, Rockmusik –

Das ist keine Rockmusik, Stanjic ließ sich auf den Garderobenhocker sinken, stellte sich die Tüte mit den Schallplatten auf den Schoß. Er lehnte den Kopf gegen die Wand, starrte die Mäntel an.

Sie müssen vielleicht einfach eine Kleinigkeit zu sich nehmen, starrte die Mäntel an, Sie – Hunger – nichts eingekauft – der Fleischer – mein Mann – Vegetarier – keinesfalls zum Fleischer – Spiegeleier braten – japanischer Tischgrill –

Er beugte sich vor, starrte die Mäntel an, *Hulesch und Quenzel* – *Tücke des Objekts* – Erdbeersaft – wunderbare Rockmusik – starrte die Mäntel an und fischte das Bild aus der Garderobe, drehte es um.

Frau Teupel hielt inne, das habe ich jetzt in der ganzen Hektik völlig vergessen, das wollte ich eigentlich noch aufhängen.

Stanjic schaute in das Gesicht, in ständiger Bewegung, die Schatten auf dem Teich, Bäume im Wind, das Gesicht, das Gesicht, schwamm dem Betrachter entgegen, woher, begann er, schwamm ihm entgegen.

Der Florist, Herr von Lenau, ein guter Freund meines Mannes, er war so freundlich, es mir zu überlassen.

Stanjic schaute in das Gesicht, er stellte die Tüte mit den Schallplatten zu Boden, ging zum Wohnzimmer, riss die Tür auf.

So ein ausgefeimtes Arschloch, sagte Lenau gerade zu Wurlich.

Sie, Frau Teupel erschien in der Tür, schaute von Lenau zu Wurlich, Sie kennen sich wohl, das ist –

Und was ist das? Stanjic durchquerte das Zimmer, hielt Lenau das Bild vor die Augen, was bitteschön ist das?

Kron schob den Stuhl zurück, stand auf, das ist doch, er kam langsam näher, Wurlich drehte sich auf dem Klavierhocker, das ist doch, sagte Kron –

Das ist, Lenau schaute in das Gesicht, immer in Bewegung, ein Experiment, sagte er, er ließ sich auf einen Stuhl sinken, eine Spielerei, *ein Scherz* –

Stanjic hob das Bild, zog es Lenau über den Kopf, lange nicht so gut gelacht, sagte er.

Sie, Frau Teupel tastete nach der Wand, kennen sich, schön.

Oh oh oh, sagte Wurlich, er schüttelte den Kopf, klaubte einen Glassplitter vom Frack.

Das ist doch, Kron setzte sich wieder, er schaute von Stanjic zu Lenau.

Ja, fang dich wieder ein, Kron, Stanjic klopfte ihm auf die Schulter, er zerriss das Fotopapier zu kleinen Stücken, streute es über den Tisch, genau, das ist Klara.

Oh, oh, oh, Wurlich schüttelte den Kopf, Teupel folgte wie hypnotisiert dem Wippen seiner Frisur.

Sie irren sich, Stanjic wandte sich an Frau Teupel, zog ebenfalls einen Stuhl unter dem Tisch hervor, ließ sich darauf fallen, er öffnete die Lammfelljacke, lockerte den Schal, dieser Herr ist mir gänzlich fremd.

Frau Teupel warf einen kurzen Blick auf Lenau, auch schön, sie ging an den Tisch und nahm das Tablett an sich, darauf sollten wir vielleicht anstoßen. *Auf die Freundschaft*, sagte Frau Teupel, sie hob ihr Glas. Wartete.

Auf die Freundschaft, murmelten die Gäste, man leerte die Gläser.

Herr Wurlich, Frau Teupel wandte sich aufgeräumt an Wurlich, wie weit sind Sie denn mit dem japanischen Tischgrill?

Tischgrill! Lenau fischte sich ein paar Glassplitter aus dem Haar, wenn Wurlich Ihnen einen Tischgrill installiert, können Sie hinterher Ihre Kartoffeln aus einem Lagerfeuer holen, das vorher einmal Ihr Haus war.

Weißt du, was du bist, Wurlich drehte sich mit dem Klavierhocker zu Lenau, deutete mit dem Zeigefinger auf ihn, ein bösartiger, arroganter Mensch. Ein unzufriedener.

Und du bist ein blödes Arschloch, Lenau schnipste ein Stück Bilderrahmen von seinen Hosen, ein blödes, ein saudummes Arschloch. Mit einer Scheißfrisur.

Teupel verschüttete den Saft, Herr von Lenau, sagte er, Kron schenkte ihm nach, Josefine, ich bin mir nicht ganz im Klaren, was hier eigentlich vor sich geht. Sollten wir auch nicht endlich einmal etwas essen? Soll ich uns Spiegeleier

braten, du bist krank, er warf einen Blick auf den Morgenrock, die Herren müssen dann auch sicher bald gehen.
Morgen, er stellte das volle Erdbeersaftglas auf die Anrichte,
setzte sich die andere Brille auf, morgen ist immerhin ein
normaler Arbeitstag.

Eine fantastische Idee, idée fantastique, Vert rieb sich die
Hände, wir braten uns Spiegeleier, sagten Sie nicht etwas
von einem japanischen Tischgrill? Merveilleux, *une grillade
à la mode japonaise*, grillen auf Japanisch, nein nein nein, er
fasste Frau Teupel am Arm, ich mache das, Ihr Gatte und ich
kümmern uns um alles, keine Sorge, vielleicht noch etwas
Musik, er wandte sich an Stanjic, sind Sie nicht der maître
de la musique? Le DJ?

Ja, Frau Teupel holte die Papiertüte aus der Garderobe,
tun Sie uns den Gefallen, David, ich darf Sie doch David
nennen, sorgen Sie ein bisschen für Stimmung.

Stanjic betrachtete die Tüte, verschob mit der Schuhspitze die Reste des Bildes, er schaute auf Lenau, auf Kron,
na bravo, murmelte er. Er packte die Schallplatten wieder
aus, legte eine Scheibe auf den Plattenteller. Er wickelte den
Schal von seinem Hals und ließ die Nadel niedersinken.

Ah, Vert lauschte, du jazz, er legte Teupel die Hand auf
den Arm, das ist Musik für Männer wie Sie und mich, pour
les hommes de la cuisine. Er schob ihn neben sich her, die
Küche, Sie müssen mir verraten, wo die Küche ist.

Zeit verändert Dinge. Ich verstehe noch nicht, wieso.
Ich bin so dankbar dafür. Ich denke zurück an diesen
unsäglichen Schmerz und mich schaudert. Es war so
schlimm, so unsagbar schlimm.

Wurlich drehte an den Knöpfen, er warf einen Blick in die
Bedienungsanleitung, keine Ahnung, was das bedeuten soll,
Sonnenball, verschluckt von einem Löwenbaby, aber immerhin,

er hielt seine flache Hand über die Grillplatte, heiß werden tut es.

Vert stellte eine Platte mit Cocktailkirschen auf Zahnstochern auf den Sofatisch, rieb sich die Hände.

Très bien, messieurs, madame, er nahm eines der Eier aus dem Karton, hob es hoch, les œufs japonaises, er klopfte es am Tischrand auf, ließ es auf die heiße Steinplatte gleiten. Es verkohlte praktisch im selben Moment, Vert wedelte die Schwaden weg, hustete, très japonais, sagte er, Wurlich drehte an den Knöpfen, blätterte in der Bedienungsanleitung, Stanjic schaltete die Musik lauter, das macht Stimmung, sagte er, grinste.

Hab ich's nicht gesagt, Lenau betrachtete seine Fingernägel, Löwenwurlich schafft das eins, zwei, hier alles in Flammen –

Kannst du vielleicht Japanisch? Wurlich knallte die Bedienungsanleitung zu, oder Japanisch in einer bescheuerten spanischen Übersetzung?

Ich kann alles, Lenau lächelte, alles.

Neues Spiel, neues Glück, Vert lächelte in die Runde, hob ein frisches Ei über seinen Kopf, un autre jeu, un autre œuf, une autre chance, n'est-ce pas, monsieur Valentin?

Kron nahm Teupel die Gartenharke aus der Hand, schabte die Eierasche von der heißen Platte, gab die Harke zurück. Er wischte die Asche vom Tisch in seine hohle Hand, ja, sagte er.

Darauf sollten wir anstoßen, Frau Teupel schenkte die Gläser voll, auf das Glück, meine Herren, *à la chance!*

À la chance, murmelten die Gäste. Man leerte die Gläser.

Es krachte, sie zuckten zusammen, Herr Teupel verschüttete den Erdbeersaft. Kron schenkte umgehend nach. Die Musik erstarb mit einem jaulenden Geräusch, es war plötzlich ganz still. Lenau trat ans Fenster. Kyrill, sagte er leise, *jetzt kommt Kyrill.*

Noch ein Gast? Teupel stellte das Glas ab, wischte an dem Saft auf seinem Sakko, Josefine, wie viele Gäste kommen denn noch?

Kyrill ist kein Gast im üblichen Sinn, Lenau hatte sich umgedreht, in dem Kerzenlicht schimmerte seine grünseidene Fliege, das Hemd, seltsam silbrige Zeichen, er nahm sich eine Cocktailkirsche, drehte den Zahnstocher, er schaute quer durch das Zimmer zu Frau Teupel, er kommt und geht, wie er will, flüsterte er, nimmt sich, wonach es ihn verlangt, Zerstörung ist seine Spur, verwüstete Länder, Felder, Wälder, der Tod folgt ihm auf den Fersen, Kyrill. Das ist Kyrill. Nichts bleibt, wie es ist. Not und Verzweiflung. Er stieß sich vom Fensterbrett ab, tat ein paar Schritte in das Zimmer, Berge entstehen, Meere versickern, ganze Kontinente verschwinden im Nichts, lösen sich auf, einfach so, Kyrill ist die Angst, ist die nackte, erbärmliche Angst, die durch unsere Adern jagt. Das alles ist Kyrill. Er lächelte, steckte die Cocktailkirsche in den Mund und versenkte den Zahnstocher in einem Blumentopf.

Mangez, mangez, tout est servi, Vert klopfte mit der Gabel auf den Tischgrill, œuf, œuf, que lac je, Ei, Ei, was seh ich, er verteilte die Eier auf die bereitgestellten Dessertteller.

Die Musik war leiernd wieder in Fahrt gekommen, ah, rief Vert, du jazz!

Lenau lächelte, trat an den Tisch, das sieht doch schon ganz appetitlich aus, sagte er, schaute Frau Teupel in die Augen.

Wurlich musterte die Eier, warf einen Blick in die Bedienungsanleitung, in das Dictionnaire, *hauche, auf dass unter deiner Glut die Seele erglimme,* auf gut Deutsch sagt man zu so was vermutlich einfach Stufe drei.

Tapas, die Glut, Lenau nahm einen der Teller entgegen, *die Glut.*

Wurlich blätterte zu der spanischen Übersetzung, stimmt, sagte er, *tapas, die Glut.*

419

Frau Teupel hob das Glas, das ist ein Wort, sagte sie, *auf die Glut*, meine Herren.

Auf die Glut, murmelten sie. Man leerte die Gläser, Lenau füllte sie aufs Neue, *auf Kyrill*, sagte er, auf dass die Welt in ihren Grundfesten erzittere.

Auf Kyrill! Man trank.

Ich habe selten, Vert schlug in dritter Runde Eier auf den Grill, selten einen Haushalt mit einem derart üppigen Vorrat an Hühnereiern gesehen, chapeau, madame, wo Eier sind, da freut sich der Gast.

Stanjic setzte sich vor die Stereoanlage, stellte den Lautstärkeregler ein wenig höher, aux jazz, Vert hob das Glas, machte ein paar Tanzschritte, aux jazz!

Jazz, man hob die Gläser, trank.

Vert nahm Frau Teupel bei der Hand, drehte sie um sich herum, es krachte, Herr Teupel verschüttete den Erdbeersaft, Kron schenkte umgehend nach. Die Musik jaulte noch ein paar Takte lang, verebbte.

Lenau trat ans Fenster. Wenn meine Augen mich nicht trügen, er hob eine Hand an die Stirn, spähte, sah ich eben einen Lieferwagen am Haus vorbeifliegen. Er drehte sich ein wenig herum, Kron, fährst du immer noch den grünen Lieferwagen?

Kron nickte, stellte die Erdbeersaftflasche ab.

Lenau drehte sich wieder zum Fenster, es krachte, das war er, er nickte. Ein grüner Lieferwagen.

Vielleicht könnte es erfrischend sein, sich an meiner kleinen Überraschung zu laben, er ging Richtung Küche, ich habe uns eine wirklich überraschende Überraschung mitgebracht, die sollten wir uns nicht entgehen lassen.

Lieber nicht, Kron setzte sich an den Tisch, schaute auf seinen leeren Teller. Er nahm sich ein Spiegelei vom Grill.

Lenau öffnete das Paket, wickelte den Eiswürfelbehälter aus dem Papier. Er bediente die Hebelfunktion und stemmte die Würfel umstandslos heraus. *Wenn Sie einmal,* er ließ einen davon in Frau Teupels Glas gleiten, *keinen Mond zur Hand haben,* er verteilte die Würfel auf die restlichen Gläser, *tauen Sie doch einfach schnell eine frische Portion Mond auf.*

Er hob das Glas, es begann zu glimmen, sanfter Mondenschein legte sich über die Wände, *es ist, als hätt der Mond die Erde sanft geküsst,* zitierte Lenau in einem flüsternden Singsang, stockte, *auf dass –* sagte er, *und wie –* er schien zu überlegen, *auf Eichendorff,* sagte er dann, er verbeugte sich gegen Frau Teupel, auf Eichendorff, man hob die Gläser, trank.

Wurlich hatte sich ans Klavier gesetzt, betrachtete die Tasten, er schlug einen Ton an, lauschte, trank einen Schluck, er spielte mit der rechten Hand ein paar Takte, lauschte. Er trank das Glas leer, stellte es auf das Klavier, er wiederholte die Melodie, wiederholte sie, wiederholte, spielte mit der Linken die Begleitung.

Passenderweise, er drehte sich ein wenig auf dem Hocker, *die Königin der Nacht,* im Sopran, Koni Wurlich, der Sopranino.

Kron fischte den Mondwürfel aus seinem Glas, schaute hinein. Er trank das Glas leer, legte den Würfel auf die flache Hand und schnippte ihn durch den Raum in Lenaus Erdbeersaftglas.

Lenau stellte das Glas weg, schüttelte den Erdbeersaft von der Hand und betrachtete die Flecken auf dem Hemd.

Du hast Mond auf der Brust, Kron deutete auf das Hemd. Stanjic grinste, na bravo, sagte er.

Lenau warf ihm einen Blick zu, dürfte ich einmal Ihr Badezimmer benutzen, er wandte sich an Frau Teupel, im Flur die erste Tür links, sagte sie, sie hatte sich ans Klavier gelehnt, schaute auf Wurlich.

Lenau ging zur Wohnzimmertür, Teupel hob die Gartenharke.

Dürfte ich einmal durch, bitte, Lenau wich nach rechts aus, Teupel streckte die Hand aus, versperrte die Tür.

Herr Professor Doktor Teupel, Lenau schaute auf, ich müsste mich kurz in Ihr Badezimmer zurückziehen, er deutete auf sein Hemd, ein kleines Malheur, nur ein paar Mondspritzer, wenn ich sie auswasche, bevor sie getrocknet sind, bleibt sicherlich nichts davon zurück.

Teupel betrachtete seinen Kniestrumpf.

Herr Doktor? Hören Sie mir zu?

Leider geht das jetzt nicht. Teupel wich seinem Blick aus, wir – unser Badezimmer wird gerade renoviert.

Helmut? Was ist denn hier los? Frau Teupel kam auf sie zu, Herr von Lenau müsste kurz in unser Bad.

Ja, ich sagte ihm gerade, dass unser Badezimmer momentan leider nicht zur Verfügung steht, langwierige Renovationen, vielleicht kann Herr von Lenau mit der Küche vorliebnehmen, Josefine, würdest du ihm freundlicherweise die Küche –

Bist du verrückt geworden? Frau Teupel schob den Arm ihres Mannes zur Seite, wieso sollte unser Badezimmer nicht benutzbar sein, was für Renovationen, seit ich mit dir verheiratet bin, hast du nie auch nur eine Glühlampe gewechselt, sie wandte sich an Lenau, das wäre mir neu, Renovationen. Wenn mein Mann im Wohnzimmer sitzt und liest und die Glühbirne der Deckenlampe versagt, setzt er sich halt in die Garderobe. Das ist mein Mann. *Renovationen im Badezimmer.* Sie zeigte auf die Badezimmertür, gleich rechts finden Sie den Lichtschalter.

Sie kam zurück ins Wohnzimmer, Vert bewegte sich mit kleinen Schritten durch das Zimmer, drehte sich, hatte die Augen geschlossen, dann und wann ein kleiner Schluck, sie umrundete ihn, Wurlich griff in die Tasten. Teupel hatte sich in den Lehnstuhl gesetzt, hielt das gefüllte Glas in der Hand, die Gartenharke.

Helmut? Frau Teupel beugte sich zu ihm nieder, alles in Ordnung?

Teupel nickte, ich denke gerade an die bevorstehende Ausstellung, *Sein und Werden im paläografischen Zeitalter,* er nickte noch ein bisschen, im *paläomagnetischen Zeitalter* meinte ich. *Im Paläozoikum. Im paläozoologischen Zeitalter. Sein und Werden. Im paläolinguistischen Zeitalter.*

Dann ist ja alles gut, Frau Teupel klopfte ihm auf die Schulter, dann ist alles gut.

Hast du verstanden, was diese Geburt unseres Kindes war? Hast du verstanden, was es bedeutet, dass ich dir ein Kind geboren habe?

Dass ich sterben wollte und aber nicht gestorben bin, verstehst du das, verstehst du, was ich bereit war zu zahlen? Das ist wichtig. Es ist so unglaublich, wie diese Trennung, für mich. Dieser Schmerz, der eine wie der andere, ist unsagbar. Er ist zu groß für Menschen, würde man meinen, und doch erlebt man ihn. Es sind Schmerzen, die mehr sind als wir, so denke ich. Ich habe auch daran gelernt, es war höher als ich, und ich habe angenommen, ich wollte nicht, aber ich war bereit dazu. So ist das, für mich.

Lenau erschien in der Tür, *Papapapapapapapa*, sang Wurlich, und nun, rief er über das Klavier hinweg, *Papapapapapapapa*, der wunderbare, der unvergleichliche, der Dialog, der Liebesdialog des Papageno –

In Ihrem Badezimmer, Lenau räusperte sich, er warf einen Blick auf den eifrig hantierenden Wurlich, er hob die Stimme, in Ihrem Badezimmer –

Der Liebesdialog des Papageno mit seiner Papagena, Wurlich beugte sich über das Klavier, *Papapapapapa*, Stanjic hatte die Schallplatten niedergelegt, trat an das Klavier, trank sein Glas aus, stimmte ein, *Papageno, Papageno –*

Papagena, Papagena, sang Wurlich entzückt zurück, Frau Teupel lachte.

Sitzt ein Archaeopteryx, sagte Lenau. In Ihrem Badezimmer sitzt ein Archaeopteryx. Er ging zum Klavier, schlug den Deckel zu, Wurlich zog erschrocken die Hände weg.

Lenau drehte sich um, im Badezimmer sitzt mein Archaeopteryx, sagte er, er fixierte Teupel. Herr Professor Doktor Teupel? Und die Nase schwebte über dem Schildkrötenteich, Herr Doktor Teupel! Er drehte sich, schaute allen der Reihe nach ins Gesicht, der Fleischerlehrling schwebte, mit verbundenen Augen wohlgemerkt, jemand hatte ihm, er warf einen Blick auf Teupels Beine, Teupel stellte den bestrumpften Fuß über den nackten, mit einem Strumpf, einem schwarzen Kniestrumpf die Augen verbunden. Über meinem Schildkrötenteich. Und wo waren die Schildkröten, fragte er in die Runde. Gute Frage. Er wanderte langsam an den Gesichtern vorbei. Im Schildkrötenteich? Er blieb vor Vert stehen. Nein. Nein, leider nein. Er drehte sich um, fixierte Teupel. Im Lehrlingshemd, zu meinem Bedauern musste ich die verstörten Schildkröten aus dem Hemd der Nase fischen, wo sie, verzweifelt Schwimmbewegungen vollführend, ihm bis an die Grenze der Erträglichkeit den Bauch kitzelten. Fraglich, ob er je wieder von Verstand sein wird, faselt wirres Zeug, verfällt in hektische Zuckungen, wenn man ihn nur anschaut. Glauben Sie, es war auch nur ansatzweise aus ihm herauszubekommen, was vorgefallen war? Nichts, nur Gefasel, Zuckungen, *der Engel,* rief er manchmal aus, *es war der Engel!* Besonders hell war er nie, nun gut, aber jetzt, jetzt kann man ihn vergessen. Der Fleischer hat ihn sich über die Schulter geworfen und abtransportiert wie eine ausgenommene Schweinehälfte. Wer weiß, wohin.

Auf den Archaeopteryx, Vert schwankte ein bisschen, aux arschäopterix, comme dit la France.

Auf den Archaeopteryx, man hob die Gläser, trank.

424

Lenau warf das Glas gegen die Wand, setzte sich in den zweiten Lehnstuhl, schlug die Beine übereinander. Ich denke, er betrachtete mit halb geschlossenen Augen Teupel, legte die Fingerspitzen aneinander, Sie schulden mir eine Erklärung.

Wurlich klappte den Klavierdeckel hoch, griff in die Tasten, *Papagena, Papagena –*

Papageno, Papageno, sang Stanjic, er hatte sich wieder vor dem Plattenspieler niedergelassen, drehte an den Knöpfen.

Herr Professor Doktor Teupel? Lenau beugte sich ein wenig nach vorn, betrachtete ihn. Frau Teupel, kann es sein, er lehnte sich wieder zurück, beobachtete Teupel, dass Ihr Mann gerade eine *Petrifikation* durchmacht, eine fossile Phase?

Das ist sogar sehr wahrscheinlich, Frau Teupel betrachtete ihren Mann, ich schau mal, ob ich in der Hausapotheke was finde, vielleicht eine Kompresse.

Kompresse, Lenau betrachtete nachdenklich Teupel, ich möchte meine Zweifel anmelden, dass mit einer Kompresse hier wirklich gedient wäre, er zog eine kleine Dose aus der Sakkotasche, aber womöglich versuchen wir es einmal damit, ich hatte schon länger einmal darüber nachgedacht, Ihren Mann einem kleinen Versuch zu unterziehen, er entnahm der Dose eine Ampulle, hielt sie gegen das Licht. Wenn Sie mir kurz assistieren würden, es bedürfte einer klitzekleinen intravenösen Aktion.

Frau Teupel warf einen Blick auf ihren Mann, ich denke, ich suche lieber nach einer Kompresse, sie ging zur Tür, verschwand.

Lenau wog die Ampulle in der Hand, beugte sich nah an Teupels Gesicht, winkte ein bisschen, nichts.

Keine Reaktion, Lenau schaute auf Teupel, warf einen schnellen Blick in die Runde, Wurlich fingerte am Klavier, Stanjic hantierte an den Knöpfen, Vert drehte sich zur Musik, trank, kicherte. Kron saß am Esstisch und versuchte, die Papierschnipsel des zerstörten Bildes zusammenzusetzen.

Lenau nahm die Spritze aus der Dose, steckte eine frische Nadel ein. Er brach den Glaskopf der Ampulle auf, zog die durchsichtige Flüssigkeit in die Spritze, hielt sie gegen das Licht. Er drückte ein paar Tropfen heraus, streifte Teupels Hemd hoch, stach ihm die Nadel in den Arm.

Stanjic war herübergekommen, setzte sich auf den Sofatisch, trank einen Schluck Erdbeersaft. Und was genau treibst du da?

Lenau zog die Nadel aus dem Arm, tupfte ein wenig an der Einstichstelle herum und verräumte das Besteck wieder in der Dose, ließ sie in der Sakkotasche verschwinden.

Oxytocin, sagte er, er begutachtete Teupel, beugte sich nah an sein Gesicht, winkte ein bisschen.

Aha. Stanjic stützte die Hände ab, schaute in Teupels Gesicht. Dann ist ja alles klar, sagte er.

Oxytocin, Lenau schlug die Beine übereinander, das Hormon, das gemeinhin in Verbindung mit dem menschlichen Sozialverhalten gebracht wird, die Plebs spricht in diesem Zusammenhang gern vom Bindungshormon schlechthin, eine starke Vereinfachung natürlich, trifft aber die Sache im Großen und Ganzen nicht so schlecht.

Stanjic schenkte sich Erdbeersaft nach, aha.

Es gibt da in der letzten Zeit einige Forschungen auf dem Gebiet des Autismus, Lenau legte die Fingerspitzen gegeneinander, wippte mit dem Fuß, mit ganz außergewöhnlichen Erfolgen, Dr. Dr. Carol-Oats, von der *Mount Sinai School* in New York, berichtete auf der Jahrestagung des *American College of Neuropsychopharmacology*, ein naher Freund von mir übrigens, Dr. Dr. Carol-Oats –

Aha. Stanjic stellte das Glas ab, und was genau hat das mit dem Herrn in der Sitzgarnitur zu tun?

Lenau warf einen Blick zur Decke, Dr. Dr. Carol-Oats,

wiederholte er nachdrücklich, berichtet von ganz phantastischen, revolutionären Resultaten in der Autismusforschung, dank der intravenösen Verabreichung, wahlweise auch per Nasensonde, ich hatte gerade keine Nasensonde zur Hand, die Verabreichung per Nasensonde hätte den ungemeinen Vorteil –

Stanjic lachte, Nasensonde, sagte er, was erzählst du mir da eigentlich.

Lenau wandte den Kopf ab, ein hoffnungsloser Fall, genauso gut könnte ich einem Maulwurf die Verfahrensweise der atomaren Spaltung nahebringen.

Nein nein, Stanjic schenkte sich Erdbeersaft nach, es interessiert mich, wirklich, vor allem die Sache mit der Nasensonde, er lachte, die Sache mit der Nasensonde hört sich wirklich gut an. Also, du schließt einen Autisten an eine Nasensonde an, und dann? Er schenkte Lenaus Glas voll, stellte die Flasche ab.

Lenau seufzte, trank einen kleinen Schluck, er drehte die Flasche, studierte das Etikett, ein guter Jahrgang, bemerkte er, gut abgelagert, Erdbeersaft gewinnt mit den Jahren enorm und kann durch die Ausfaltung seiner Aromenfülle eine erstaunliche Wirkung an den Tag legen, er trank das Glas leer, schnalzte anerkennend mit der Zunge, hervorragend, bemerkenswerter Nachklang nach, ja nach was, beinah animalisch, gute Fruchtsäfte, fügte er erklärend hinzu, arbeiten, sie lagern ab, das ja, aber sie schlafen nicht, sie arbeiten und dieser, tja, moschusartige Nachklang am Gaumen deutet meiner Meinung nach auf eine besonders fruchtige Sorte, kennen Sie die *Belzsche Bulpe*? Fabelhafte Züchtung, eine Beere, die –

Nasensonde, erinnerte Stanjic, er nahm ihm die Flasche ab, schenkte nach.

Also, Lenau seufzte, man verabreicht Oxytocin, intravenös oder, er warf einen Blick auf Stanjic –

Via Nasensonde, half Stanjic nach, er nickte, die gute, alte Nasensonde.

Wie auch immer, Lenau trank das Glas leer, hielt es Stanjic hin, er füllte es, die Methodik sei dahingestellt, sollen sie das Zeug von mir aus fressen, Tatsache ist, dass es wirkt. Es verringert die, sagen wir, Verhaltensauffälligkeiten von Autisten, es versetzt sie in die für sie ungekannte Lage, emotionale Regungen sowohl bei anderen Subjekten wahrzunehmen als auch sie sogar selbst zu produzieren. Der Autist fühlt, liebt, leidet, der Autist hört somit auf, Autist zu sein. Er leerte das Glas, hielt es Stanjic hin, ein unerhörter Quantensprung in der medizinischen Grundlagenforschung.

Und der Herr hier, Stanjic deutete auf Teupel, Herr Doktor Teupel ist also, er senkte das Kinn zur Brust, schaute Lenau verschwörerisch in die Augen, ist also Autist?

Nun, Lenau nahm sich eine Cocktailkirsche, tauchte sie in den Erdbeersaft und lutschte daran, nicht gerade Autist, sagen wir, er kokettiert mit gewissen autistischen Zügen.

Was, Kron hatte den letzten Schnipsel eingesetzt, lehnte sich zurück, was macht eigentlich Klara.

Wurlich hielt kurz inne, spielte dann weiter, leise jetzt.

Vert war stehen geblieben, trank das Glas leer, meine Tochter, er fuhr mit dem Zeigefinger um den Rand des Glases, leckte ihn ab, meine Tochter ist neuerdings Sängerin, ein Naturtalent, hat geheiratet, hat eine wunderbare Tochter, ungeheuer glücklich, meine Tochter, ihre Tochter, der Mann, alle ungeheuer glücklich, totalement heureux, sagte er, gerade befindet sie sich mit ihrem Mann in Tokio.

Oh oh oh, sagte Wurlich, er schüttelte den Kopf.

Lenau hatte sich erhoben, trat ans Klavier und legte die Hand aufs Gehäuse, Tokio, sagte er, was in aller Welt will sie denn in Tokio. Überhaupt, er nahm eine der Kerzen aus der Halterung des Klaviers, löschte sie mit einer raschen Handbewegung, wieso eine Tochter, was heißt hier glücklich, was heißt hier geheiratet, warum denn geheiratet, wann hat denn die Klara geheiratet, überhaupt, er haute Wurlich die Kerze auf den Kopf, wen hat denn die Klara geheiratet?

Wurlich nahm die Hände von den Tasten, spiegelte sich im Lack des Klaviers. Barnabas, sagte er.

Lenau haute ihm die Kerze auf den Kopf, wie bitte, rief er.

Wurlich fischte sich die Kerzenstücke aus den Haaren, drehte sich auf dem Klavierhocker herum, schaute hoch zu Lenau, sie hat Barnabas geheiratet, Theodin Barnabas, Maestro Theodin –

Barnabas, Lenaus Stirn verdüsterte sich, er setzte sich auf die Tastatur, starrte Wurlich ins Gesicht, und wieso ist sie bei Barnabas, wieso ist sie nicht bei dir, du blöder Hund?

Wurlich drehte sich wieder zum Klavier, schaute auf die Tasten, tja, sagte er. Sagen wir, sie hat sich verbessert.

Das stimmt allerdings, Lenau betrachtete seine Schuhe, hob den Blick und schaute hinüber zu Kron, er verschob einzelne Papierschnitzel.

Was machen sie denn in Tokio, fragte Kron.

In Tokio? Wurlich klimperte neben Lenaus Hintern ein paar Tasten, na was schon. Japanische Snacks essen, Beethoven spielen, Japaner lieben Beethoven, die Neunte rauf und runter, vögeln was das Zeug hält und sich die Chinesische Mauer ansehen.

In Japan. Lenau zog die Augenbrauen hoch.

Ja. Wurlich kletterte die Oktaven hoch, klimperte, er legte den Kopf schräg, lächelte Lenau an, wenn Klara sich die Chinesische Mauer anschauen will, schaut sie sich die Chinesische Mauer an. So ist das nun mal.

Stimmt, Lenau nickte ein bisschen, schenkte Wurlichs Glas nach, sie prosteten sich zu, *auf Barnabas*, sagte Lenau.

Auf Barnabas.

Sie tranken ihre Gläser aus, schwiegen ein bisschen.

Was sind denn japanische Snacks, fragte Kron.

Sie schauten sich an, brachen in brüllendes Gelächter aus, Wurlich prustete den Erdbeersaft übers Klavier, Stanjic fiel vom Sofa, er lachte, dass ihm die Tränen kamen, kämpfte sich hoch, stellte das Glas auf den Sofatisch, ach Kron, sagte er, er wischte sich die Augen, immerhin fragst du nicht, was Vögeln ist.

Messieurs, je vous pris, ich bitte Sie, es handelt sich immerhin um meine Tochter, es handelt sich immerhin, Vert hielt Stanjic das Glas hin, um –

Klara, Stanjic füllte die Gläser, sie hoben sie hoch, *auf Klara*.

Auf Klara.

Hervorragender Erdbeersaft, Vert schenkte nach, betrachtete anerkennend die Flasche, sehr super.

Ja, Kron nahm ihm die leere Flasche ab, öffnete eine neue. Den hat Klara noch gemacht.

Na, Wurlich schnüffelte an seinem Glas, hab ich's mir doch – er schüttelte seinen Kopf, Teupel starrte auf diese Frisur, das Fliegen dieser Frisur, irgendwas, murmelte Wurlich, irgendwas schüttet sie hinein, mein Verdacht ist ja, dass diese Sprühflasche –

Frau Teupel erschien in der Tür, ein weiteres Tablett mit Cocktailkirschen in der Hand, ich weiß beim besten Willen nicht mehr, Vert nahm ihr das Tablett ab, wonach ich eigentlich gesucht habe, sie lachte, aber mit Cocktailkirschen liegt man ja eigentlich immer richtig.

Eine Kirsche, Vert hielt Stanjic das Tablett unter die Nase.

Ja.

Frau Teupel öffnete ihren Morgenrock, legte ihn ab.

Phantastique, Vert stellte das Tablett auf dem Klavier ab, applaudierte, Typ Blumenfee, fleur de fleur, Sie sind die schönste unter den Blumen.

Frau Teupel drehte sich, dass der Rock sich bauschte, *auf Josefine*, rief Vert, auf Josefine, man trank.

Auf den Couturier! Lenau lächelte maliziös, hob das Glas, aux couturier, krähte Vert, bon parlé monsieur, man trank, Wurlich drehte sich ein wenig auf dem Klavierhocker, wiederholte die letzte Phrase, wiederholte sie, eigentlich käme jetzt das Glockenspiel, er klimperte ein bisschen was.

Der eigentliche Höhepunkt des Papageno, Lenau leerte das Glas, *auf den Papageno!*

Man hob die Gläser, Papageno, trank.

Oder eigentlich der Höhepunkt im gesamten Schaffen Mozarts. *Auf Mozart!*

Man trank.

Im musikalischen Schaffen überhaupt. *Auf die Musik!*

Man öffnete eine neue Flasche.

Dass ich dir ein Kind geschenkt habe, war genau das, ein Geschenk.

Kron nahm einen Schluck aus der Flasche, wanderte in der Wohnung herum, suchte den Garten. Er öffnete die Tür zum Bügelzimmer, schaute. Er trat ein, warf einen Blick in den Flur und schloss die Tür hinter sich.

Meine Liebe auch. Dass ein Geschenk nicht gewollt wird, ist so furchtbar, das ist nicht zu verstehen. Mein Schenken war rein, es war pur, das sage ich ehrlich.

Und nun, Wurlichs Hände glitten über die Tasten, er drehte sich ein wenig, orgelte leise lauernd irgendwo in den unteren Oktaven, Tanz, er drehte sich zum Klavier, fingerte die Tastatur entlang, die Kerzen auf dem Klavier bebten, Tanz, rief Wurlich.

Frau Teupel drehte sich, Vert fasste sie fest um die Taille, sie spürte den Atem an ihrem Hals, ma plume, flüsterte er in ihr Ohr, meine Feder, drehte sie, dass der Rock sich bauschte, *ma petite plume.*

Stanjic lehnte an der Wand, das Glimmen in den Gläsern, Schatten, die über die Tapete huschten, er fuhr sich mit der Hand über die Brust, seine Augen wanderten über das Klavier, das Sofa, kurz zurück, Teupel, versunken in dem Lehnstuhl, in Betrachtung der Gartenharke, verliebte sich gerade in seine Gartenharke, weiter weiter, das Sofa, leere Flaschen auf dem Tisch, Lenau in dem anderen Stuhl, schaute konzentriert nach, Stanjic folgte seinem Blick, Frau Teupel wirbelte an Verts Arm, drehte drehte drehte sich, bis alles verwischte, Augen Blumen Haare, schillernd in den Hüften, Stanjic stieß sich von der Wand ab, tat einen Schritt ins Zimmer, die Tür öffnete sich, Kron, sagte Stanjic, Valentin Kron. Er musterte ihn. Was ist denn mit dir passiert.

Wurlich schaute über die Schulter, lauernd in den unteren Oktaven, leise orgelnd, schönes Gemüseallerlei, sagte er, seine Frisur wippte im Takt.

Pêlée-mêlée, rief Vert, eine meiner Glanzleistungen, auf diesem Kleid vereinen sich die Feldfrüchte dieser Erde.

Lenau beugte sich vor, ich würde sagen, er zog die Augenbrauen hoch, auf diesem Kleid vereinen sich mehr Feldfrüchte, als die Erde sie in ihren kühnsten Visionen je zu träumen wagte, er deutete auf eine der Früchte, oder was zum Beispiel ist das?

Vert kniete sich hin, hob den Saum, es muss sich um irgendeine alte Landsorte handeln.

Alte Landsorte, Lenau schüttelte den Kopf, erzählen Sie mir nichts von alten Landsorten, solche Gemüse gedeihen womöglich irgendwo in unserer Galaxis, auf der Erde mit Sicherheit nicht. Er warf einen Blick auf das Kleid, man muss auch ein Außerirdischer sein, um so was ernsthaft zu tragen, aber bei Ihnen, so als Gärtnermontur, vielleicht sollten Sie es in Ihrem Betrieb als Arbeitskleidung ins Gespräch bringen, er lehnte sich zurück, legte die Fingerspitzen aneinander, oder was meinen Sie, Monsieur Vert?

Magnifique, ein Großauftrag, Vert strich bei Kron die Puffärmel zurecht, die Kunden werden begeistert sein, das ist die Werbung, die mein Geschäft braucht.

Das kann ich mir vorstellen, Lenau schlug die Beine übereinander, lächelte, das kann ich mir lebhaft vorstellen.

Stanjic musterte Kron von oben bis unten, das Kleid bauschte sich, klaffte über der Brust auseinander, von Typ Blumenfee kann bei dir keine Rede mehr sein, eher Typ Gemüsepfanne, Stanjic grinste, so eins will ich auch.

Kron deutete nach hinten, im Bügelzimmer, sagte er, ich wollte eigentlich in den Garten.

Diese Geburt war das Bild dafür, du und ich, unsere Liebe, das war ohne Spiel, ohne Kompromiss, ich habe mich ganz gegeben, nicht nur einen Teil. Darum hat es mich auch ganz zerschlagen und tut ganz weh. Ich hatte keine Betäubung, kein gar nichts. Da waren nur du und ich. Nichts sonst. Ich habe versucht, es auszuhalten, und ich habe es ausgehalten.

Sie standen allen prächtig, die Röcke bauschten sich, schillerndes Grün an den Hüften, Narzissen, Hyazinthen, Hortensien auf der Brust, Rücken, rosenumrankt die Rücken, schwarzäugige Susannen die Manschetten, *die Jakaranda*, flüsterte Lenau, Wurlich changierte violett und blau, la fantaisie de Jakaranda, magst du blau, Wurlich? Lenau sortierte die Falten seines Tulpentraums, Wurlich?

Und wie, Wurlich hob die Röcke, setzte sich auf den Klavierhocker, der Stoff blähte sich, bauschte herab, er hieb in die Tasten, und wie! Ein Changieren, blau violett, eine wildgewordene Tropenschlange, Jakajakaranda, glitt über das Klavier.

Dass du meine Liebe nicht angenommen hast, das habe ich ausgehalten.

Die Jakaranda, murmelte Lenau, er schob sich zwischen Vert und Frau Teupel, griff nach ihrer Hand, zog sie dicht an sich, drehte sich mit ihr, er beugte sich nah an ihren Hals heran, papierblasse Haut, puderfein, fasste sie fester, die Jakaranda, vergessen und verloren, sie spürte diesen Körper dicht hinter sich, *vergessen und verloren, oublié*, er schwenkte sie, sie drehte sich, drehte sich,

Ich habe diese Verzweiflung ausgehalten.

drehte sich, fing sie auf, Stanjic fing sie auf, *et perdu*, Stanjic, funkelnde Sonnenblumen auf der Brust, Mohn in den Falten, Butterklee am Saum, der Bart wie ein Gewitter im Gesicht, fing sie auf, ich wollte Ihnen sagen, David, Frau Teupel fasste ihn um die Mitte, fasste diese schmalen Hüften, diese Hüften, David, die Röcke bauschten sich, zwei Blumen im Flug, David, ich darf doch David, um und um und um,

Ich habe das Sterbenwollen ausgehalten.

Sie riechen so nach, drehte sich, Kron, Kron im Gemüsealb-traum, Arme, Muskeln, das Mieder klaffte, Kron, das Ge-müse sprengend, Sie riechen so nach, ihr Gesicht an seiner Brust, Feld, Heide, er beugte sich zu ihr nieder, mit dem Mund, mit dem Mund, mit dem Mund, also mit Lippen diesen Nacken, Stanjic, woher kommt plötzlich Stanjic, packt diesen Kron, wirft ihn zur Seite, nach Abenteuer, Frau Teupel öffnet die Augen, stellt sich auf die Fußspitzen, reibt so ganz vorsichtig ihren Kopf an diesem Bart, Gewitter, grollend wie von ganz fern, ein Geruch wie Rauch und Brot, Abenteuer, David, Sie riechen so nach,

Ich halte die Bilder aus, die Erinnerungen, schaue sie an.

plume, ma petit plume, haucht, Vert haucht, streicht über diese schillernden Hüften, nennen Sie mich doch, Lenau, aalgleiches Gleiten, schnappt gezielt diese Hand, bitte, nennen Sie mich Alexander, Alexander, Frau Teupel streicht die Haare zurück, diese, Haarnadeln, irgendwo waren doch diese, Haarnadeln, Alexander, die Tulpen, Lenau in den Tulpen, rot und gelb und weiß, kreisen, die Tulpen kreisen, sie kreist um die Tulpen, vorbei, an dem Klavier vorbei, Sofa, ein Teupel, Regale, Büfett, der Tisch, das Klavier, am Klavier, Wurlich am Klavier, die Frisur, sie würde so gerne, weiter weiter, Büfett, das war doch ihr Teupel, würde so gerne ihren Kopf in diese Frisur, ihr Teupel mit der Gartenharke, Regale, Tischgrill, ihren Kopf in diese Frisur betten, atmen, Koni Wurlich, er hob den Kopf, schaute so, schaute so in ihre Augen, eigenartig konkret, Koni, *der Sopranino*, ich möchte so gerne einmal in diesen Haaren, schneller und schneller, Lenau lächelt, lächelt, wühlen, das Gewitter, grollend, *schon ganz nah*, packt, schlägt zu, Tulpen wirbeln, Gewitter, nah, Mund, Brot und Rauch, sie schmeckt, kostet diesen Mund, wie Butterbrot und Rauch, so schmale, wirklich unglaublich schmale Hüften, auspacken, sie würde gerne diese schmalen Hüften, regelrecht auspacken, aus dem Mohn schälen, Butterklee zerstampfen,

Sie ändern sich immer.

Kron, Valentin Kron, schnippst weg, schnippst das Gewitter weg, Muskeln fegen diese schmalen Hüften hinfort, dieses junge Gesicht, Valentin Kron, unwahrscheinlich jung, Muskeln unter der Seide, sie spürt ganz deutlich unter der chinesischen Seide diese, ich, ein Raunen am Ohr, irgendwo hinter ihr, ich tanze Ihnen eine Gladiole, Josefine, Sie heißen doch, Josefine, Alexander, *après moi le déluge,* er streicht diesen Rücken, streicht so sanft diesen Rücken, flüstert, le déluge,

Herbst ist schwer.

ich bewahre sie auf, schon lange sammle ich sie, ich habe, gewartet, nennen Sie mich Alexander, ich bitte Sie, Alexander, Sintflut, heiß, es ist so, heiß, Sintflut, Sintflut,

In mir, Sintflut, weißt du, kennst du, verstehst du, wovon ich spreche? In mir die Sintflut. Es bleibt, Klara.

draußen der Sturm, Häuser Menschen alles fliegt vorbei, *Kyrill,* draußen tobt Kyrill, wütend, gierig, *das ist Kyrill.*

7.

Teupel.
Die Lösung.

Après moi le déluge. Er ließ den Zettel sinken, nahm die Brille ab.
Er schaute den Archaeopteryx an, er hatte Schaum an den Ohren.
Nous, dachte er, das heißt nous.

Teupel sah den Mann mit der Frisur am Klavier sitzen, jeder
Hieb in die Tasten ein Klappern, Klopfen, ein einziges Ge-
schepper, was war denn das für eine Musik, ein Geklopfe, er
konnte sich nicht erinnern, je so eine Art von Musik vernom-
men zu – er öffnete die Augen, starrte auf die Gartenharke,
die Beine, die Haare an den Beinen ganz verklebt, Erdbeersaft auf den Beinen, er stellte das leere Glas auf den Tisch.
Er warf einen Blick auf das Klavier, irgendetwas klapperte
vor dem Fenster im Wind, er schaute hinaus, lauschte auf das
Geräusch, plötzlich hörte es auf. Es war ganz still. Dämmer.
In den Gläsern ein blasses Mondlicht, letzte Schimmer an
den Wänden. Es roch nach Spiegelei und nach verklungener
Musik. Teller, Gläser, Flaschen, ein Ei, Teupel setzte sich auf,
suchte nach der Brille, ein Ei an der Wand. Er lehnte sich
zurück, schloss die Augen, Josefine? Mir ist mein Spiegelei
an die Wand gefallen, seine Frau lächelte, Helmut, sagte sie,
Helmut, Helmut, er öffnete die Augen. Keiner. Er war ganz
allein. Draußen setzte das Klappern wieder ein.
   Er schaute auf das Sakko neben sich auf dem Sofa, seidig

grün das Futter. Strümpfe auf dem Sofatisch, ein lila Hals-
tuch, ein Wollpullover. Er langte hinüber zu dem Sakko,
legte es sich über die Beine. Er strich über das Grün, frisches
Moos in dem frühen Licht, strich über die, er tastete, strich
über diese Innentasche. Er fuhr mit der Hand hinein und
nahm den Packen Zettel heraus.

Hast du je einem Drachen ins Auge gesehen?

Er drehte den Zettel um, nichts. Er legte ihn zur Seite.

Auf dem Leuchter hing eine grüne Latzhose, drehte sich.
Langsam nach rechts, hielt kurz inne, dröselte nach links.
Er schaute auf den Packen Notizzettel in seiner Hand, *was
siehst du?*

Er stand auf, trat ans Fenster. Es war noch ganz früh, ein
bisschen sickerte das erste Licht zwischen den Häusern hindurch, Schnee, überall lag Schnee, Äste, Bäume auf den
Gehwegen, umgefallene Bäume, die Äste geborsten, Plas-
tiktüten und anderer Abfall hatte sich in den Zweigen verhakt, Mülltonnen auf der Straße, Scherben.

*Helmut. Manchmal sage ich deinen Namen und er klingt, als
hörte ich ihn zum ersten Mal. Helmut und Josefine. Das sind wir.*

Teupel dachte an die herumfliegende Eternitplatte. Wo
kam sie her, wo wollte sie hin? Und der Sturm, wohin geht
Kyrill, wenn er ermüdet?

*Erinnerst du dich an den Abend bei Neugröschl? An die Sache
mit dem Klavier? Wahrscheinlich nicht. Du hast nichts bemerkt.
Aber was ich erinnere, stärker als alles andere, ist das Bild, wie du
mir in den Mantel hilfst. Ich bin am anderen Ende des Lokals, sehe
dich. Du hilfst mir in den Mantel.*

Er ging ins Badezimmer, schaltete das Licht ein. Das Fenster stand einen Spaltbreit offen, es war sehr kalt, einzelne
Schneeflocken wehten herein, taumelten in die Wanne, auf
die Fliesen. Im Spiegel dieser Mann mit der Gartenharke in
der Sakkotasche, er schaute an sich herunter, Unterhemd,
Unterhose, Erdbeersaft, der Strumpf. Er setzte sich auf den

Badewannenrand, der Archaeopteryx. In der Badewanne saß der Archaeopteryx, wartete.

Im Übrigen bin ich der Meinung, dass Karthago zerstört werden sollte.

Er legte den Zettel mit den anderen auf die Ablage unter dem Spiegel, sah sein Gesicht, *ceterum censeo*, sagte er, der alte Cato, er sollte sich rasieren, die Rasierseife, er griff nach der Rasierseife, die Rasierseife, er suchte nach der Rasierseife, war verschwunden, die Rasierseife war einfach verschwunden. Er nahm die Brille ab, massierte sich die Nasenwurzel. Er schaute sich um, hier war das Badezimmer. Er ging aus dem Bad hinaus, schloss die Tür. Das war der Flur, die Garderobe, die Mäntel in der Garderobe, die Tür zum Wohnzimmer stand noch offen, die Latzhose auf dem Leuchter, drehte sich. Er öffnete die Tür, das war das Badezimmer. Der Spiegel. Keine Rasierseife. *Ceterum censeo.* Er ging die Zettel durch.

Fetzen göttlichen Bartes zausten durch die Nacht, den hatten sie kahl gerupft vor Wut.

Er fühlte eine Art – Übelkeit aufsteigen, er stützte sich mit der Hand an den Kacheln ab, schloss die Augen, oder war es ein Schwindel, alles schien sich zu drehen, eine Übelkeit oder ein Schwindel, es war in ihm oder es war außerhalb, ein Schwindel, eine Übelkeit. Entweder, oder. Er wusste es nicht. Ein Schwindel in ihm drin, draußen die Übelkeit. Er ließ das Wasser einlaufen, schüttete eine Flasche Pfirsichschaumbad hinein.

Auf kirschhölzernen Baumschaukeln erklommen sie die Himmel, lehrten die Engel den freien Fall.

Kirschhölzerne Baumschaukeln, er schloss die Augen, ein Gefühl wie ein Schlag in die Magengegend, er öffnete die Augen, doch, *kirschhölzerne Baumschaukeln.* Er drehte den Zettel um, nichts, er wendete ihn wieder, *lehrten die Engel den freien Fall.* Er stieg aus der Unterhose, legte das Jackett ab, das Hemd, er streifte den Strumpf vom Bein. Er faltete die Kleidungsstücke über den Toilettendeckel, schaute, wie das Wasser am Bauch des Archaeopteryx hinaufkletterte.

Hörten nicht. Hatten nämlich ihre Ohren verloren, vor lauter schnell.

Er schaute in den Spiegel, ging ganz nah heran. Was. Heißt. Das. Was. Er fasste sich an den Kopf, ein Schmerz, ein Messer, wühlte im Kopf herum, um und um, rührte in diesem Kopf. Er tastete sich an den Kacheln entlang und legte den Packen Zettel auf den Spülkasten. Er stieg vorsichtig in die Wanne, ließ sich in die Knie, das Wasser war sehr heiß. Der legendäre zehnte. Archaeopteryx, Kopf von oben, abgedrehte Hinterzehen, ein erstes Schaumbad, das Wasser stand ihm bis zum Hals, Teupel glitt vollständig hinein, drehte den Hahn zu, es war plötzlich ruhig, nur das Knistern des Schaumes.

Sie saßen sich gegenüber, Schaum türmte sich auf dem Wasser, Schneeflocken, die sich auf ihre Gesichter legten, schauten sich an, Herr Doktor Teupel, der Archaeopteryx, schauten.

Er langte nach einem der Zettel auf dem Spülkasten, hielt ihn ganz nah an seine Augen heran, *après moi*, er kniff ein Auge zu, *le déluge*. Er ließ den Zettel sinken, er schwebte auf dem Schaum, trieb davon. Er nahm die Brille ab. Er schaute den Archaeopteryx an, er hatte Schaum an den Ohren. Nous, dachte er, das heißt nous.

Er zog den Morgenmantel über, setzte die Brille auf.

Après moi le déluge.

Er schaute in den Spiegel. Nous, sagte er, nous nous.

Spiegel. Der Lehrling über dem Schildkrötenbecken, drehte sich, der Engel mit dem Gesicht zur Wand. Freier Fall, was war das. Was. Der Lehrling über dem Schildkrötenbecken, die Augen verbunden, unter dem Hemd die zarten Bewegungen der Schildkröten. Spiegel, er schaute in den Spiegel, schaute immer in den Spiegel.

Er wickelte den Archaeopteryx in ein Handtuch, ging mit ihm über den Flur.

Hast du je einem Drachen ins Auge gesehen?

Die Tür zum Schlafzimmer stand einen Spaltbreit offen, er lugte hinein, Morgendämmer.

Was siehst du?

Was denn. Er setzte sich auf den Garderobenhocker im Flur, presste den Archaeopteryx an seine Brust, schaute, wie das Wasser an seinen Beinen hinunterrann, auf den Teppich tropfte. Was schon. Er schloss die Augen, hörte von fern dieses Klopfen. Der Lindwurm, *Lenau hinter dem Kassatisch, klopfte mit den Fingerknöcheln gegen das Holz, wird die Schlange zu groß, nimmt sie an Gewicht zu, mehr und mehr, passt sie irgendwann nicht mehr in unsere Vorstellung von einer Schlange, es ist ein Lindwurm. Er strich über das Blumenpapier unter seinen Händen, strich es glatt. Ein Drache.*

Ja, Teupel hatte seinen Aktenkoffer auf den Kassatisch gelegt, ließ die Schlösser aufschnappen, das Buch habe ich auch gelesen.

Herr Professor Doktor Teupel, ich warne Sie, sagte Lenau bedächtig. Im Übrigen lenken Sie vom Thema ab. Der Drache. Was sagt uns die Existenz der Drachen, Herr Professor Doktor Teupel? Was bezwingen wir, so wir den Drachen bändigen, ihn gar töten? Wogegen kämpfen die Ritter, die ausziehen, den Drachen zu fordern? Sie kämpfen gegen sich selbst, verstehen Sie? Gegen das Dunkel, das in jedem von uns ist. Wer dem Drachen ins Auge schaut, sieht sich selbst ins Innere, wer den Drachen bezwingt, bezwingt auch sich selbst und hat damit keinen gleichwertigen Gegner mehr. Der Drachentöter ist der für die Königin einzig ebenbürtige Gefährte. Sie hat verdient, einen zum Manne zu erhalten, der Mut hat, Mut zu kämpfen, Mut zu werben, den Mut, sich selbst zu überwinden. Das ist der Ritter, der ist ein Mann. Herr Professor Doktor Teupel. Herr Doktor. Teupel. Er klopfte mit den Fingerknöcheln gegen das Holz, gegen das Holz, Teupel öffnete die Augen, von draußen dieses Klappern und Klopfen, irgendetwas schlug beständig gegen die Hauswand. Er nahm einen weiteren Zettel, hielt ihn dicht an seine Augen. *Müde sein. Mit dem Gesicht in die Suppe fallen.*

Er legte seine Wange an den Stein, er war noch warm vom Bad, er schloss die Augen. Nein. In seinem Kopf, nein. Nur das. Ein Wort. Nein. Immer wieder.

Neulich saß ich auf der Ablage neben der Spüle und schleuderte Zwetschgenknödel zu Boden. Nicht einmal mein Gewissen vermochte mich davon abzuhalten.

Nein.

Er stieß die Schlafzimmertür auf, trat ein. Blumen, überall verteilt Blumen, auf dem Fensterbrett, den Nachttischen, auf dem Fußboden, umgestoßene Vasen und Flaschen, Pfützen glitzerten.

Er sah seine Frau mit dem Gesicht in ihrem Garten liegen.

Man sollte in tiefen Gewässern immer eher flach schwimmen. Füße verlieren sich sonst in der Bodenlosigkeit. Bis zur Unkenntlichkeit womöglich.

Um sie herum drapiert, ineinander verknäult, dicht gedrängt die gestrige Gesellschaft. Sie trugen diese opulenten Kleider.

Gestern klingelte es an der Tür, ich machte auf. Er hatte am linken Fuß einen kleinen Huf, lächerlich.

Im Körper wie ein Widerstand, wie erbrechen müssen und aber nicht können. Nein.

Sie trugen beinah diese opulenten Kleider, waren, bevor sie von ihnen abgefallen waren, abgeblättert, Stück für Stück abgeblättert wie welkes Laub, diese opulenten Kleider getragen, die nun, müden Blumen gleich, das Zimmer dekorierten, das Bett umflorten. Ein Tumult von Stoff und Blumen, Muskeln und Mohn, Wicken, Kornähren und Enzian, Herr von Lenau, Teupel wechselte die Brille, Herr von Lenau, distinguiert bis in die Fingerspitzen, noch nackt von vollendeter Eleganz, grüne Fliege, lehnte leise schnarchend am Quittenbaum, Tulpen und Narzissen, eine Frisur, der Herr mit der Frisur, ganz entspannt auf dem Bauch seiner Frau, Gänseblümchen, Krokusse, Rosen, Akelei und Haut, Haare, ein Bart, friedlich an ein muskulöses Bein geschmiegt, Karotten, Paprika und Avocados, Gemüse, die Teupel in seinem Leben noch nicht gesehen hatte, über allem, wie ein zarter Anstrich von Schnee, eine dünne Daunenschicht.

Atmen.

Don Quichotte in den Wasserwerken gesichtet, im steten Clinch mit den Turbinen.

Zu viel.

Es war. So still.

Josefine, sagte Teupel, ganz nass, sein Gesicht ganz nass, war er in eine der Pfützen gefallen.

Doch mitunter saßen sie geziert bei Tisch, tauschten Kuchenrezepte, Bastelideen, und tranken sie, so spreizten sie den kleinen Finger ganz weit.

Josefine.

Er nahm die restlichen Zettel, aß sie auf.

Josefine.

Und irgendwas, war es ein Satz, war es eine Idee, eine Erinnerung oder eine Stimmung, kam das von ihm oder war es sowieso im Raum, dachte er das oder wer dachte, wer dachte hier eigentlich.

Liebe mich.

Josefine.

Josefine.

Er öffnete den Schrank. Rosshaarfüllung. Er schob die Rosshaarfüllung zur Seite. Er wickelte den Archaeopteryx fest ins Handtuch, *Josefine. Josefine. Josefine.* Nahm ihn in den Arm, faltete sich ins Regal.

Benjamin Lebert. Flug der Pelikane. Roman.
Gebunden

Anton flüchtet aus seinem tristen Hamburger Dasein zu
Onkel Jimmy nach New York, um in dessen Luncheonette
Pfannkuchen zu backen und Eleanor zu vergessen. Er findet
sich in einer Welt wieder, die neben aller Hektik auch Zeit
für Onkel Jimmys Erzählungen bietet. Sie alle kreisen um
die legendäre Gefängnisinsel Alcatraz und den großen Ausbruch von 1962. Anton gerät in den Sog dieser Geschichten
und stößt dabei auf Stationen seiner eigenen Vergangenheit, denen er auch lieber entkommen wäre.

www.kiwi-verlag.de

Kiepenheuer
&Witsch

Thomas Pletzinger. Bestattung eines Hundes. Roman.
Gebunden

Ein Ethnologe in einer Lebenskrise, ein Kinderbuchautor
mit einem Bestseller und einer Ruine am Luganer See,
eine finnische Ärztin, ein kleiner Junge ohne Vater, ein
mysteriöser Freund, ein sterbender Hund und ein ver-
stecktes Manuskript: Thomas Pletzinger macht daraus
eine hochspannende, aberwitzige und anrührende Geschichte.

»Richtig gute Bücher können dreierlei: Überraschen. Auf-
wühlen. Umhauen. Dieses ist das überraschendste, das
aufwühlendste und – tatsächlich – das umhauendste
Buch seit langem.« *Saša Stanišić*

www.kiwi-verlag.de

Feridun Zaimoglu. Liebesbrand. Roman. Gebunden

Mit Mut zum Pathos und mit feiner Ironie erzählt Feridun Zaimoglu von einer großen Liebesbeschwörung – rasant, berührend und komisch.

»Man muss sich Feridun Zaimoglu wie einen Bildhauer vorstellen, der aus dem Rohstoff der deutschen Sprache neue, bislang ungesehene Bilder meißelt.« *taz*

www.kiwi-verlag.de

Kiepenheuer & Witsch